KB175450

풍석 서유구 산문 연구

저자 김대중

현재 서강대학교 국어국문학과 부교수로 재직중이다. 편역서로『나는 모든 것을 알고 싶다—성호사설 선집』이 있으며, 논문으로「조선 전기·중기 사립경세학 초탐初探」, 「'작은 존재'에 대한 성호 이익의 '감성적 인식'」등이 있다.

풍석 서유구 산문 연구

김대중 지음

2018년 3월 20일 초판 1쇄 발행

펴낸이 한철희 | 펴낸곳 돌베개 | 등록 1979년 8월 25일 제406-2003-000018호
주소 (10881) 경기도 파주시 회동길 77-20 (문발동)
전화 (031) 955-5020 | 팩스 (031) 955-5050
홈페이지 www.dolbegae.co.kr | 전자우편 book@dolbegae.co.kr
블로그 imdol79.blog.me | 트위터 @Dolbegae79

주간 김수한 | 편집 이경아
표지디자인 민진기 | 본문디자인 이은정·이연경
마케팅 심찬식·고운성·조원형 | 제작·관리 윤국중·이수민
인쇄 한영문화사 | 제본 경일제책사

ISBN 978-89-7199-846-5 (94810)

책값은 뒤표지에 있습니다.

돌베개 한국학총서 19

풍석 서유구 산문 연구

김대중 지음

돌베개

서문

본서는 조선 후기 실학자 풍석楓石 서유구徐有榘의 산문 세계를 탐색한다. 토대가 된 것은 저자의 박사학위 논문 「풍석 서유구 산문 연구」(2011)와 두 편의 후속 논문 「『예규지』倪圭志의 가정경제학」(『한국한문학연구』 51, 2013), 「『이운지』怡雲志의 공간사고」(『한국문화』 68, 2014)이다.

박사학위 취득 후 공부를 더 해보니 새로운 문제의식이 생기는 동시에 박사논문의 부족한 점도 좀 더 냉정하게 보이기 시작했다. 그래서 박사논문을 대대적으로 수정하고 싶은 생각이 없지 않았지만, 새로운 과제를 탐구하면서 앞으로 나아가는 것이 더 필요하다고 판단하여 일단 눈에 띄는 잘못을 바로잡고 부족한 점을 부분적으로 보충하는 선에서 이제까지의 연구를 갈무리한다.

서유구를 연구하면서 저자가 각별히 유의한 것은 충실한 실증적 토대 위에 폭넓은 지적 전망을 열어 가는 것이다. 본서는 문헌 조사 같이 작고 세밀한 작업에서부터 시작하여 문학사적 조망 같이 거시적인 방향으로 확장되는 구도를 취한다. 그 도약의 발판이 되는 것은 바로 서유구 필생의 업적 『임원경제지』林園經濟志이다. 본서는 『임원경제지』로 대변되는 서유구의 학문과 사상을 '임원경제학'으로 개념화하여 다각적인 분석을 시도한다.

사대부가 벼슬에 의지하지 않고 자립적으로 자기 삶을 돌보는 것이 '임원경제학'의 핵심이다. 따라서 '임원경제학'을 탐색하다 보면 '사대부의 계급성' 문제와 곳곳에서 부딪치지 않을 수 없다. 본서는 이 문제를 일부 다루긴 하지만 아직 불충분한 점이 많다. 앞으로 공부해 나가면서 '사대부의 존재방식'과 관련된 제 문제를 좀 더 깊이 있게 파헤쳐 보고 싶다.

이 책을 쓰기까지 많은 학은學恩을 입었다. 박사학위 논문을 심사하시며 많은 가르침을 주신 임형택 선생님, 김명호 선생님, 이종묵 선생님, 정우봉 선생님께 깊이 감사드린다. 그리고 학부 이래 지금까지 많은 가르침을 주신 지도교수 박희병 선생님과 서울대학교 고전문학 전공 여러 선생님들께 머리 숙여 감사드린다. 아울러 충고를 아끼지 않은 동학들께도 고마운 마음을 전한다.

2018년 3월
김대중 삼가 씀

차 례

서문　　　　　　　　　　　　　　　　　　　　　　5

제1장　**연구 시각**　　　　　　　　　　　　　　11

제2장　**문헌적 기초**　　　　　　　　　　　　　30

　　　1. 문집의 서지적 특징　　　　　　　　　30

　　　2. 작품 편년　　　　　　　　　　　　　56

제3장　**서유구 산문의 형성 배경**　　　　　　69

　　　1. 경화사족京華士族의 심미 취향　　　　69

　　　2. 서적의 수집·정리에 대한 관심　　　81

　　　3. 현실 지향적 학문관　　　　　　　　108

제4장　서유구 산문의 전개상　　　　　　　　125

1. 수학기의 다각적 모색　　　　　　　　　126

2. 방폐기放廢期와 『임원경제지』의 구상　　　133

3. 복직기의 활동과 노년의 정회　　　　　　136

제5장　서유구 산문의 세계　　　　　　　　143

1. 교양을 통한 자기 형성　　　　　　　　143
　　(1) 예술 취향과 탈속적 인생관 (2) 여가 생활과 내면의 확충

2. '사실'의 추구　　　　　　　　　　　172
　　(1) 실증적 지식으로서의 '사실' (2) 생동하는 '사물 그 자체'로서의 '사실'

3. 생활 세계에의 밀착적 접근　　　　　　219
　　(1) 농업 문제에 대한 구체적 인식 (2) 주변적 인물에 대한 공감

4. 삶의 굴절에 따른 자기 응시　　　　　　260
　　(1) '오비거사'五費居士의 회고 (2) 홀로 남겨진 자의 비탄

제6장 　**서유구 산문에 나타난 자립적 삶의 모색**　296

1. 빈곤의 체험과 자기반성　296

2. 가정경제학　314
　(1) 서유구의 '임원경제학'　(2) 빚지지 않는 삶
　(3) 이익 추구의 윤리적 합리성

3. 자립적 삶의 공간 표상　347
　(1) 사상 과제로서의 '거주'　(2) 내밀한 사적 공간
　(3) 생업의 공간　(4) 내적 요구에 의한 공공성 구축

4. 『임원경제지』의 절충주의적 성격　384

5. 『임원경제지』와 여타 산문의 연관　402

제7장 　**문학사적 전망**　411

1. 동시대 지식인들과의 비교　411

2. 실학적 학풍과 문풍의 계승　447

풍석 서유구 연보　501
참고문헌　513
찾아보기　522

제1장

연구 시각

일각에서 조선 후기는 번영의 시기로 기억된다. 하지만 그것은 일부 계층에 한정된 모습이다. 17세기 이후의 도시적 성장[1]을 배경으로 하여 서울·근기近畿 지역에서는 향락적 유흥 공간이 형성되는 한편, 서화 골동품을 수집·감상하거나 중국의 희귀한 서적을 수장하는 등의 취향이 상층 사대부들을 중심으로 확산되었다.[2] 그러나 그 이면에는 또한 소수 벌열의 권력 독점, 사대부 계층 내부의 분화, 수탈과 전횡에 따른 빈부 격차의 심화, 농민의 토지 이탈과 같은 고질적인 문제가 짙은 그늘을 드리우고 있었다.

1　농업 생산력의 발전, 임란(王亂)에 참전한 명군(明軍)을 통해 유입된 은(銀)의 유통, 중개 무역으로 인한 막대한 이익 등이 그 요인으로 꼽힌다. 고동환, 「조선 후기 도시경제의 성장과 지식세계의 확대」(한림대학교 한국학연구소 편, 『다시, 실학이란 무엇인가』, 푸른역사, 2007), 253~259면 참조.

2　강명관, 『조선 시대 문학 예술의 생성 공간』(소명출판, 1999)에 수록된 「조선 후기 서울의 중간계층과 유흥의 발달」, 「조선 후기 서적의 수입·유통과 장서가의 출연」, 「조선 후기 경화세족과 고동서화 취미」, 「조선 후기 예술품 시장의 성립」 등 참조.

풍석楓石 서유구徐有榘(1764~1845)는 경화사족京華士族으로서 풍족한 성장 과정을 보냈으면서도, 경화사족의 존재방식에 대해 통절히 반성한 끝에 '굶주림'의 문제를 해결하기 위해 일평생 농학農學에 매진했다. 서유구는 농학자일 뿐 아니라 산문가, 비평가, 고증적 경학가經學家, 문헌학자, 실무형 관료 등 대단히 다채로운 면면을 가지고 있다. 그럼에도 불구하고 1970년대에 처음 학계의 주목을 받았던 것은 농학자적 면모다.[3] 이는 그 당시 학계 초미의 관심사, 식민사관의 극복과 내재적 발전론의 확립을 위한 것이었다. 조선의 봉건 지주제가 당대의 시대적·사회적 요청에 의해 해체되어 가는 역사적 발전 과정을 입증하는 주요 증거의 하나로 서유구의 농학이 포착되었던 것이다.

이런 연구 시각은 이미 여러 차례 비판받은 바 있다. 이제 한 시대를 풍미했던 패러다임에 대해 객관적인 혹은 무관심한 거리를 유지할 수 있게 되었지만, 그렇다고 해서 선학先學의 연구가 무의미해진 것은 아니다. 내재적 발전론은 다음 세 가지 문제를 여전히 제기하고 있다고 생각된다. 첫 번째는 '역사성' 내지 '역사적 방향성'의 문제다. 서유구가 어떤 모색을 했다면, 그건 어떤 역사적 성격을 갖는가? 어떤 시대를 만들어 가고자 한 것인가? 그런 방향성 속에서 그는 여타의 문인·학자와 어떤 연관성 및 변별성을 갖는가? 두 번째는 학술과

---

3   김용섭,『조선 후기 농학의 발달』(서울대학교 한국문화연구소 한국문화연구총간 2, 1970;『조선 후기 농학사 연구』란 제목으로 신정 증보됨, 일조각, 1988; 신정 증보판, 지식산업사, 2009); 김용섭,『조선 후기 농업사 연구』(2)(일조각, 1971; 신정 증보판, 지식산업사, 2006); 김용섭,「18,9세기의 농업실정과 새로운 농업경영론」(『대동문화연구』9, 1972; 신정 증보판『한국근대농업사연구』(1), 지식산업사, 2004, 3~183면에 재수록); 김용섭,「다산과 풍석의 量田論」(『한국사연구』11, 1975; 신정 증보판『한국근대농업사연구』(1), 지식산업사, 2004, 185~209면에 재수록).

작품을 통한 '시대에 대한 대응'의 문제다. 서유구의 모색이 어떤 역사적 방향성을 갖는다면, 그가 시대적 과제에 그 나름의 방식으로 대응함으로써 그럴 것이다. 서유구의 모색은 조선 후기라는 시대와 어떤 긴장 관계를 견지하고 있는가? 다른 한편으로는 또 어떤 긴장 관계를 놓쳐 버렸는가? 세 번째는 '주체성'의 문제다. 서유구의 학문과 문학이 시대에 대한 모종의 대응 방식으로 파악된다면, 그 대응의 주체적 성격이 중요한 문제로 떠오르지 않을 수 없다. 서유구는 어떤 점에서 얼마만큼 주체적이었는가? 그리고 얼마만큼 주체적이지 못했는가? 그리고 주체성을 판단하는 정당한 기준은 어디에서 어떻게 확보할 것인가?

초기에 서유구 연구를 추동했던 내재적 발전론은, 비록 이제는 그 타당성과 시효성이 크게 의심받고 있음에도 불구하고, 큰 틀에서는 이런 화두를 여전히 던지고 있다. 그렇다면 내재적 발전론에 의한 연구 이후에 어떤 방향으로 서유구 연구가 진행되어 왔는가?

1980~1990년대에도 '농학자 서유구' 연구가 일부 이어지긴 했지만,[4] 사회경제사에 대한 관심의 퇴조와 더불어 이런 방향의 연구는 급격히 사라졌다. 그 대신 『임원경제지』林園經濟志를 통해 파악할 수 있는 서유구의 다른 면모, 예를 들면 양생술養生術이나 화론畵論 등에 착안한 연구가 일부 이루어졌다.[5] 『임원경제지』는 농업은 물론 원예, 목축, 의류, 요리, 여가 활동, 예술 취미 등 일상생활 전반에 대한

4　김용섭, 『조선 후기 농학사 연구』(일조각, 1988); 이춘녕, 『한국농학사』(민음사, 1989).

5　이진수, 「조선양생사상의 성립에 대한 고찰」(『동아대 석당논총』 12, 1987); 이성미, 「『임원경제지』에 나타난 서유구의 중국회화 및 화론에 대한 관심」(『미술사학연구』 193, 한국미술사학회, 1992)

광범위한 지식을 담고 있다. 이 점에 비추어 보면, '농학자 서유구'
는 어떤 의미에서는 여타의 다양한 면모를 단순화한 결과일 수 있다.
1980~1990년대에는 서유구 연구가 주춤해지긴 했지만, 농학자로
환원되지 않는 서유구의 전모를 복원하기 위한 첫걸음을 내디뎠다고
할 수 있다.[6]

그 뒤를 이어 2000년대로 접어들면서 서유구 연구는 다시 활기를
띠기 시작한다. 이 점은 최근 학술대회의 기획 주제를 통해 쉽게 확
인할 수 있다. 2006년에는 한국실학학회에서 '조선 후기 달성 서씨
가의 학풍과 실학'이란 주제로 춘계학술대회를 개최했고, 2008년에
는 전북대 쌀·삶·문명연구단에서 『임원경제지』 연구의 문명사적 의
의'란 주제로 제2차 포럼을 개최했으며, 2009년에는 진단학회에서
『임원경제지』의 종합적 고찰'이란 주제로 제37회 한국고전연구 심
포지엄을 개최했다. 이상 서유구 특집 학회에서 발표된 논문들은 대
체로 『임원경제지』를 다루고 있는바, 다음 몇 가지 유형으로 구분될
수 있다.

첫 번째는 생활사 및 예술사의 자료적 측면에서 『임원경제지』에
접근한 유형이다.[7] 이들 연구에서도 서유구의 사상이나 학술의 특징

6　『임원경제지』에 대한 연구 외에도, 강민구, 「풍석 서유구의 시경학 연구 서설」(『반
교어문연구』 제9집, 1998); 강민구, 「서유구의 시경 변석에 대한 연구」(『한국시가연구』
제4집, 1998) 등 서유구의 경학(經學)에 대한 연구도 있다.

7　장진성, 「조선 후기 미술과 『임원경제지』」(『진단학보』 108, 진단학회, 2009,
107~130면); 홍나영, 「조선 후기 복식과 『임원경제지』」(진단학회 제37회 한국고전연구
심포지엄 『임원경제지』의 종합적 고찰' 자료집, 2009; 『진단학보』 108, 진단학회, 2009,
131~165면에 재수록); 차경희, 「『임원십육지』 「정조지」에 실린 우리 음식 이야기」(진
단학회 제37회 한국고전연구 심포지엄 『임원경제지』의 종합적 고찰' 자료집, 2009;
「『임원경제지』 속의 조선 후기 음식」이란 제목으로 『진단학보』 108, 진단학회, 2009,
167~191면에 재수록).

적인 면에 대한 언급이 아주 없지는 않지만, 그보다는 『임원경제지』
에 수록된 다양한 관련 기록들을 토대로 그 당시의 예술 향유 양상이
나 생활상 등을 파악하는 쪽에 더 주안점이 놓여 있다.

두 번째는 『임원경제지』의 유서적類書的 특징에 주목한 유형이다.[8]
이들 연구는 『임원경제지』가 독특한 성격의 유서임을 강조하면서,
유서 편찬사의 흐름에서 『임원경제지』가 편집·체제상 어떤 특징을
지니는지 검토한다. 이상 두 유형의 연구는, 다양한 지식 정보를 수
집·정리한 『임원경제지』의 백과전서적 성격에 기인한 것이다.

세 번째는 학술과 사상의 차원에서 『임원경제지』를 다룬 유형이
다.[9] 이 유형의 연구는 다시 두 가지 부류로 나눌 수 있다. 하나는

8　심경호, 「『임원경제지』의 문명사적 가치」(전북대 쌀·삶·문명연구단 제2차포럼
'『임원경제지』 연구의 문명사적 의의' 자료집, 2008; 『쌀·삶·문명연구』 2, 전북대 인문
한국 쌀·삶·문명연구원, 2009에 재수록; 염정섭·옥영정·심경호·유봉학, 『풍석 서유구
와 임원경제지』, 소와당, 2011에 재수록); 조창록, 「『임원경제지』의 찬술 배경과 類書로
서의 특징」(진단학회 제37회 한국고전연구 심포지엄 '『임원경제지』의 종합적 고찰' 자료
집, 2009; 『진단학보』 108, 진단학회, 2009, 21~41면에 재수록). 그 밖에 한민섭, 「서명
응 일가의 박학과 총서·유서 편찬에 대한 연구」(고려대 박사논문, 2010)도 비슷한 성격
의 연구이다.
9　안대회, 「임원경제지를 통해 본 서유구의 이용후생학」(『한국실학연구』 제11호, 한
국실학학회, 2006); 조창록, 「사대부의 생활 이상과 『임원경제지』」(전북대 쌀·삶·문명
연구단 제2차포럼 '『임원경제지』 연구의 문명사적 의의' 자료집, 2008; 『쌀·삶·문명연
구』 2, 전북대 인문한국 쌀·삶·문명연구원, 2009에 「서유구의 학문관과 『임원경제지』의
글쓰기 방식」이란 제목으로 재수록); 이천승, 「풍석 서유구의 사상사적 위치」(전북대 쌀
·삶·문명연구단 제2차포럼 '『임원경제지』 연구의 문명사적 의의' 자료집, 2008; 『쌀·삶
·문명연구』 2, 전북대 인문한국 쌀·삶·문명연구원, 2009에 「서유구의 『임원경제지』에
담긴 사상사적 함의」란 제목으로 재수록); 김문식, 「풍석 서유구의 학문적 배경」(진단학
회 제37회 한국고전연구 심포지엄 '『임원경제지』의 종합적 고찰' 자료집, 2009; 『진단학
보』 108, 진단학회, 2009, 1~19면에 재수록); 이헌창, 「『임원경제지』의 경제학」(진단학
회 제37회 한국고전연구 심포지엄 '『임원경제지』의 종합적 고찰' 자료집, 2009; 『진단학
보』 108, 진단학회, 2009, 43~80면에 재수록); 염정섭, 「『임원경제지』의 농업사적 배경
과 가치」(전북대 쌀·삶·문명연구단 제2차포럼 '『임원경제지』 연구의 문명사적 의의' 자

1970년대 농업사 연구의 시각이나 주제 등을 일정하게 이어받은 부류이다. 『임원경제지』의 농업기술론, 농정農政 개선론, 경제학 등에 대한 연구가 그것이다. 다른 하나는 내재적 발전론과 무관하게 『임원경제지』에 접근한 부류이다. 『임원경제지』의 '이용후생학'利用厚生學, 『임원경제지』의 서술 방식에 반영된 서유구의 학문관 등에 대한 연구가 그것이다.

첫 번째 부류의 연구 중 농업사 연구의 경우, 과거의 농업사 연구와 주제적으로는 이어지지만, 내재적 발전론을 반복하는 것도 아니고 그렇다고 해서 그와 다른 원리적 고찰을 하거나 역사적 방향성을 탐구한 것도 아니다. 반면 경제학 연구의 경우, '경제학'의 개념 문제와는 별개로, 내재적 발전론에 기반을 둔 전통적인 실학 연구의 시각을 전제로 삼으면서 서유구의 '경제학'이란 것이 그 나름의 성취를 이루긴 했지만 박제가朴齊家(1750~1805)의 그것에 비하면 오히려 퇴보한 것이라는 결론을 도출했다. 이는 박제가의 '경제사상'을 혁신적이고 선진적인 것으로 파악한 연구자의 입장[10]이 반영된 것이거니와, 이제 내재적 발전론의 견지에서 오히려 서유구가 다소 퇴보적인

료집, 2008;『쌀·삶·문명연구』2, 전북대 인문한국 쌀·삶·문명연구원, 2009에 「19세기 초반 서유구의 『임원경제지』 편찬과 「본리지」의 농법農法 변통론」이란 제목으로 재수록됨); 염정섭, 「조선 후기 농업과 『임원경제지』」(진단학회 제37회 한국고전연구 심포지엄 '『임원경제지』의 종합적 고찰' 자료집, 2009;「『임원경제지』 「본리지」의 농정개선론」이란 제목으로 『진단학보』108, 진단학회, 2009, 81~106면에 재수록됨). 그 밖에 유봉학, 「풍석 서유구의 학문과 사상」(염정섭·옥영정·심경호·유봉학,『풍석 서유구와 임원경제지』, 소와당, 2011)도 서유구의 학술과 사상을 중점적으로 다룬 연구다. 그리고 비록 『임원경제지』에 대한 것은 아니지만, 유봉학,『연암일파 북학사상 연구』(일지사, 1995)도 서유구의 학술과 사상을 다각도로 조망한 연구이다.
10   이헌창, 「박제가 경제사상의 구조와 성격」(Ⅰ)(『한국실학연구』제10호, 한국실학학회, 2005); 이헌창, 「박제가 경제사상의 구조와 성격」(Ⅱ)(『한국실학연구』제11호, 한국실학학회, 2006).

실학자로 평가된 점이 흥미롭다. 두 번째 부류의 연구에서도 '이용후생학' 같은 전통적인 실학 연구 개념이 사용되긴 하나, 그 시각은 내재적 발전론이나 실학적 문제의식과 무관하다. 오히려 1990년대 말부터 학계에 불어닥친 소품문 유행 및 소소한 일상에 대한 관심과 더 긴밀한 연관을 맺는 것으로 파악된다.

이상으로 2000년대의 서유구 연구 동향을, 서유구 특집 학술대회의 발표 논문을 중심으로 살펴보았다. 이렇게 학술대회가 계기가 된 연구 외에도, 『임원경제지』를 통해 19세기 초의 음악 향유 양상을 정리하거나,[11] 서유구의 서화감상론을 논하거나,[12] 조선 후기 사대부의 생활상을 파악하거나,[13] 『임원경제지』에 대한 서지학적·통계적 조사[14]를 하는 등의 연구가 이루어졌다. 이들 연구의 전반적인 방향이나 성격 또한 위의 세 가지 유형에서 크게 벗어나지 않는 듯하다.

이제까지 조망했다시피, 1970년대 내재적 발전론의 주요 증인이었던 '농학자 서유구'는 1990년대 말을 경유하여 2000년대로 접어들면서, 대규모 장서가이자, 예술에 조예가 깊고 다양한 여가 활동에도

---

11 임미선, 「『유예지』에 나타난 19세기초 음악의 향유 양상」(『한국학논집』 제34집, 한양대학교 한국학연구소, 2000; 한국학연구소 편, 『18세기 조선지식인의 문화 의식』, 한양대학교 출판부, 2001, 381~413면에 재수록).

12 문선주, 「서유구의 『畵筌』과 『藝翫鑑賞』 연구」(한국정신문화연구원 석사논문, 2001); 박은순, 「서유구의 서화감상학과 『임원경제지』」(『한국학논집』 제34집, 한양대학교 한국학연구소, 2000; 한국학연구소 편, 『18세기 조선지식인의 문화 의식』, 한양대학교 출판부, 2001, 415~453면에 재수록).

13 신영주, 「『이운지』를 통해 본 조선 후기 사대부가의 생활모습」(『한문학보』 13집, 2005).

14 노기춘, 「『임원경제지』 인용문헌 분석고」(1)(『한국도서관·정보학회지』 제37권, 2006); 노기춘, 「『임원경제지』 인용문헌 분석고」(2)(『서지학연구』 제35집, 2006); 옥영정, 「『임원경제지』 현존본과 서지적 특징」(염정섭·옥영정·심경호·유봉학, 『풍석 서유구와 임원경제지』, 소와당, 2011, 97~158면).

관심을 가진 경화사족이자, 방대한 양의 지식 정보를 수집·정리·체계화하여 지식에 대한 접근성을 용이하게 한 정보 조직자이자, 사변적인 학문에서 탈피하여 삶의 물질적·실용석 차원에 주목한 이용후생학자로 각광받기에 이르렀다. 요컨대 서유구 연구사의 흐름은 시대 변화에 따른 학계의 동향을 '전형적으로' 보여 준다.

물론 그저 일시적인 유행에 의해, 혹은 시대정신의 변화에 따라 서유구 상像이 바뀐 것만은 아닐 것이다. 일견 상반되어 보일 수도 있는 관점에 의해 다각적인 접근이 가능할 정도로 서유구는 다양한 영역을 포괄하고 있으며, 학계의 다변화된 관심은 이런 서유구의 종합적 면모를 온전히 파악하는 데 적지 않은 도움이 된다.

비록 이런 의의가 인정됨에도 불구하고, 예전에 간과되었던 면면을 나열한다고 해서 곧바로 그것이 서유구의 전체상이 되는 것은 아닐 터이다. 서유구가 농학을 포함하여 일상생활에 필요한 지식 전반을 포괄하고자 했다면, 그 종합의 논리는 무엇인가? 이것을 문제 삼는다면, 내재적 발전론이 남겨 놓은 화두, 즉 '역사적 방향성', '시대에 대한 대응', '주체성'의 문제에 대한 숙고가 불가결하다. 그간의 서유구 연구가 요소적인 방향으로 흘렀다면, 그것은 한편으로는 내재적 발전론에 의거한 단순화에 대한 반발심에 따른 것일 수도 있고 『임원경제지』의 종합적 성격에 기인한 것일 수도 있지만, 다른 한편으로는 내재적 발전론의 원리적 극복을 위한 충분한 노력을 거치지 못한 결과일 수도 있다. '이용후생학'이란 용어가 그 단적인 예다. 과거의 실학 연구에서와는 달리 최근 서유구 연구에서 '이용후생학'은 역사적 문제의식과 무관하게 '일상생활을 풍족하게 누리기 위해 필요한 지식 일반'을 뜻하는 용어로 사용되는 감이 없지 않다. '풍족한 일상생활'은 일견 그 자체로 자명해 보일 수도 있지만 엄연히 정치적·

사회적 함의를 갖는 말이다. 이렇듯 따지고 보면 서로 다른 역사적·계층적 전제와 가치관에서 출발한 관점과 개념이 아무런 고민 없이 혼효되어 있는 것이 최근 서유구 연구의 문제점을 단적으로 보여 준다.

이렇게 『임원경제지』 연구가 서유구 연구를 주도하면서 공과功過를 남겨 놓은 가운데 문학 분야에서도 1990년대부터 서유구의 문예론이 연구되기 시작했다.[15] 그런데 작품 세계에 대한 고려 없이는 서유구의 문예론을 온전히 파악하기 어려울 터이다. 이런 상황에서 한민섭의 「풍석 서유구 문학 연구」(고려대 석사논문, 2000)를 통해 비로소 서유구 작품론이 처음 개진되었다. 사회경제사 분야에서 서유구 연구가 시작된 뒤로 한 세대 약간 못 미치는 시점의 일이다. 이 연구는 서유구 산문의 특징을 표현 기법과 주제 의식의 측면에서 고찰한 다음, 관각館閣 문학에 실학적 사유를 접목한 것이 서유구 산문의 독자적인 면이라는 결론에 이르렀다. 다만 연구자가 제시한 서유구 산문의 특징은 '비유를 통한 의론의 강화와 생동감 있는 묘사', '상투적 시각의 거부'와 같이 막연하다. 따라서 이 연구의 성과를 토대로 진전을 이루기 위해서는 서유구 산문의 특징적인 면을 더 예각화하려는 노력이 필요하다.

조창록의 「풍석 서유구에 대한 한 연구」(성균관대 박사논문, 2003)는 한민섭의 연구를 이은 또 하나의 본격적인 서유구 문학 연구이다. 이 연구는 아마 서유구가 남긴 유일한 시집詩集일 것으로 생각되는 『번계시고』樊溪詩稿를 다룬 것이다. 이 시집은 연구자 본인이 새로 발굴

---

15 정우봉, 「19세기 시론(詩論) 연구」, 고려대 박사논문, 1992; 강명관, 「풍석 서유구의 산문론」, 『한국학논집』 제34집, 한양대학교 한국학연구소, 2000(한국학연구소 편, 『18세기 조선지식인의 문화 의식』, 한양대학교 출판부, 2001, 361~380면에 재수록).

하여 학계에 소개한 것으로,[16] 이 연구는 이 새로운 문헌에 대한 논의를 구체화한 것이다.

새로운 문헌을 다루었다는 것 외에 이 연구의 득징은, '임원경제林園經濟와 『번계시고』와의 관련을 중심으로'라는 부제副題에서 확인되듯, 『임원경제지』와 서유구 문학 세계 간의 상호 연관성에 주목했다는 것이다. 서유구에 대한 다방면의 연구가 이미 상당수 축적된 사실을 환기시키면서 연구자는, 서유구의 다양한 면모를 통관하는 것이 무엇인지 묻는다. 서유구가 일관되게 추구한 가치 내지 삶의 지향을 염두에 두면서 서유구의 활동 및 학문, 사상, 문학 등의 전체적인 관련성을 중요한 문제로 제기한 것이다. 이 점에서 조창록의 연구는 기존의 서유구 연구에 비해 진일보한 것으로 보인다. 다만 문제 제기에 상응하는 논의가 충분히 구체화되었는지에 대해서는 의문의 여지가 없지 않다. 일단 작품에 대한 구체적인 분석이 부족하거니와, 해당 작품과 관련된 외부적 정보나 『임원경제지』의 내용을 요소적으로 확인하는 선에서 논의가 그치는 경우가 적지 않아 보인다.

더 나아가 근본적으로는 『번계시고』가 과연 연구자의 문제의식에 어느 정도 부합하는지 의문이다. 물론 『번계시고』는 새로운 자료로 충분히 그 나름의 가치가 있다. 특히 수록 작품 중 「종수가」種樹歌, 「전가십이월령가」田家十二月令歌, 「전가월령후가」田家月令後歌 등은 서유구의 농학자적 면모를 유감없이 보여 준다. 그렇기는 하나, 서유구의 작품 세계에서 시詩가 본령에 속한다고 보기에는 아무래도 어려운 면이 있다. 서유구 스스로도 이 점을 시인했거니와,[17] 사상성, 가

---

16 조창록, 「풍석 서유구와 『번계시고』」(『한국한문학연구』 제28집, 한국한문학회, 2001).

치 지향 등의 문제를 다루기에는 역시 산문이 더 적합하다고 판단된다. 비록 그렇지만 조창록의 연구는 『번계시고』에 대한 최초의 논의이자 서유구의 전체상에 다가가기 위한 시도로 여전히 의의를 갖고 있으며, 그 수정·보완은 후속 연구의 몫으로 남아 있다.

본서는 선행 연구들의 이런 공과를 염두에 두면서 서유구 산문 세계를 탐구하고자 한다. 우선 본서는 본격적인 논의에 앞서, 서유구 문집에 대한 기초 조사부터 한다. 선행 연구들은 공히 이 기초 단계를 생략했다. 그러나 문집은 작가의 정신세계를 집적한 것으로, 서유구 문집이 어떤 경위에서 성립했고 어떤 문집 계통을 잇고 있으며, 어떤 문화사적 동향을 반영하는지 등은 서유구의 작가 의식을 가늠하는 데 중요한 실마리를 제공해 준다. 그리고 서유구 같이 짧지 않은 생애를, 게다가 굴곡 있는 삶을 산 작가의 경우, 삶의 추이에 따른 작품 세계의 전개상을 파악하는 것이 중요하다. 이런 이유에서 본서는 문집의 성립 경위와 서지적 특징을 점검하고, 작품 편년 작업을 하는 것으로부터 논의를 시작하기로 한다.

그다음으로 살펴볼 것은 서유구 산문의 형성 배경이다. 서유구의 문학관이나 학문관은 선행 연구를 통해 어느 정도 밝혀졌다. 따라서 본서는 논의의 반복을 피하기 위해 서유구의 학문적·문학적 정체성을 구성하는 세 가지 측면에 주목하고자 한다. 경화사족으로서의 면모, 서적의 수집과 정리에 일가견이 있는 문헌학자 내지 장서가로서의 면모, 지식의 효용성과 현실성을 강조한 실학자로서의 면모가 그 셋이다. 이 세 가지 면모는 서로 이어지기도 하고 상충하기도 한다.

17　해당 자료는 제2장에서 제시된다.

본서가 이런 접근법을 취하는 이유는 서유구의 복합적인 면을 단순화하지 않기 위해서다. 서유구가 실용을 중시했다는 종전의 관점과 그가 풍요롭고 운치 있는 삶을 추구했다는 또 다른 관심 모두 서로 다른 서유구 상像을 그리고 있지만, 서유구의 일면만을 강조함으로써 오히려 그 전체상을 단순화했다는 점에서는 크게 다르지 않다. 서유구는 경화사족 출신이지만, 그 계급적 소여所與에 머물지 않고 반성적 모색을 했다. 따라서 서유구는 경화사족의 자기 갱신을 보여주는 중요한 사례라고 생각되는바, 그의 이런 면모는 획일적인 시각으로는 온전히 파악하기 힘들다. 서유구의 정체성은 단일하지 않고 복합적이라는 것이 본서의 기본 시각이다. 서유구 산문의 형성 배경에 대한 논의는 서유구의 이런 복합적인 면을 온전히 파악하기 위한 기초 작업이다.

형성 배경에 이어 살펴볼 것은 산문의 전개 과정이다. 종래의 연구들은 모두 서유구의 문학과 학문의 통시적 특징에는 주의를 기울이지 않았다. 작품 편년 작업을 생략한 결과로 판단된다. 본서는 서유구 산문의 동태적 모습에 주목하여, 작품 편년을 토대로, 서유구의 산문 세계가 생生의 국면에 따라 어떻게 전개되었는지를 살펴보기로 한다.

이상의 예비적 논의를 바탕으로 본서는 서유구 산문 세계를 본격적으로 고찰할 것이다. 서유구의 산문 작품에 대한 논의는 대단히 미흡한 실정이다. 심지어는 서유구가 문장가로서 별로 취할 점이 없다고 평가한 경우까지 있다.[18] 그러나 이런 평가는 실용성과 심미성에 대한 경직된 이분법에 기초를 둔 것이 아닌가 한다. 더욱이 이유원李裕元(1814~1888)의 진술에 따르면, 서유구의 글은 당대에 '풍석체'楓石體로 일컬어졌다고 한다.[19] 따라서 서유구가 문장가로서는 볼만한 점이 없다는 기존의 평가는 서유구 작품 세계의 실상과 동떨어진 것이라 하겠다. 이에 본서는 서유구 산문 작품에 대한 충실한 이해를 도모하는 것을 일차적 과제로 삼는다. 구체적인 작품 분석이 진행되고 나면, 서유구 산문이 실용성을 추구하느라 심미적 가치를 도외시했다거나, 서유구는 실용 학문을 중시했으므로 그의 산문은 서유구의 본색을 보여 주지 못한다는 편견과 선입견은 상당 부분 불식될 수 있을 것이라 예상된다.

서유구의 학문적·문학적 정체성을 구성하는 세 가지 측면에 상응하게, 산문 분석도 그 세 가지 방향으로 진행된다. 첫 번째로 다룰 것은 '교양을 통한 자기 형성'이다. 서유구는 경화사족으로서의 문화적 감각을 갖고 있었으며, 그런 배경 속에서 심미적 감수성과 삶에 대한 관점을 형성해 갔다. 선행 연구는 대부분 이 점을 간과했으며, 그로 인해 서유구에 대한 식상한 논의를 반복한 감이 없지 않다. 본서는 '실용적 지향'에 가려진 서유구의 '심미적 지향'에도 적절한 비중을 둔다.

두 번째로 다룰 것은 '사실의 추구'이다. 서유구는 학문적으로 문학적으로 공히 '사실'을 추구했다. 그의 고증적 학문 경향은 이 점과 무관하지 않다. 서유구의 이런 면모는 이미 잘 알려져 있다. 그러나 정작 서유구가 추구한 '사실'의 성격이 무엇인지에 대한 논의는 상대적으로 미흡한 편이다. '사실' 자체가 매우 자명한 것으로 전제되었

---

18 조창록, 「서유구의 학문관과 『임원경제지』의 글쓰기 방식」(『쌀·삶·문명연구』 2, 전북대 인문한국 쌀·삶·문명연구원, 2009), 102면.

19 "若文章, 根柢於兩漢, 規撫於八家. 公少時作, 先輩見之, 輒曰: '非東人語也.' 其灑落綺麗, 源於歐陽子·三蘇之法. 爲文家以'楓石體'效之."(李裕元, 「吏曹判書致仕奉朝賀文簡徐公墓誌」, 『嘉梧藁略』 冊18, 한국문집총간 316, 174면)

기 때문이다. 일견 '사실'은 몰가치적인 것으로 보일 수도 있지만, 꼭 그렇게 볼 수만은 없다. 서유구가 '실용'을 중시한 데서 짐작할 수 있듯이, 그가 추구한 '사실'도 엄연히 그 나름의 가치 지향과 주체 의식을 내포하고 있다. 그런데 서유구를 그저 고증적 학자로 규정해 놓고 나면, 이런 문제에 대한 시각이 차단되거나 협소해지기 쉽다. 본서는 서유구가 추구한 '사실'의 성격이 무엇인지 파고듦으로써, 선행 연구에서 일면적으로 파악하고 넘어간 서유구의 중요한 면모를 재인식하는 데 이르고자 한다.

세 번째로 다룰 것은 '생활 세계에의 밀착적 접근'이다. 세상에 기여하기 위해 서유구가 평생 매진한 것이 바로 농학이다. 서유구의 농학에 대한 연구는 이미 상당수가 축적되었다. 다만 농학 연구의 특성상, 그 선행 연구들은 '전문 지식으로서의 농학'에 치중한 것으로 보인다. 본서는 그보다는 인간과 삶에 대한 어떤 관점이 서유구의 농학을 추동하는지에 주목함으로써, 서유구 농학에 대한 인식의 폭을 넓히기로 한다. 이런 관점을 취하게 되면, 서유구의 농학은 주변부적 인물에 대한 시각 및 태도와 불가분의 관계를 맺는 것으로 파악하지 않을 수 없다. 따라서 본서는 농업 문제에 대한 글에 이어, 주변부적 인물에 대한 서유구의 작품을 검토하기로 한다.

이렇게 공시적 특징에 입각한 세 가지 방향으로 서유구 산문을 검토한 뒤, 다시 통시적 특징에 입각하여 서유구 산문을 분석하기로 한다. 그래서 네 번째로 다룰 것은 '삶의 굴절에 따른 자기 응시'이다. 서유구는 자기성찰적 자세를 견지한 인물이며, 그런 성찰적 자세는 서유구가 학문적·실천적 모색을 하는 데 중요한 역할을 했다. 따라서 서유구의 자기 응시가 어떻게 작품화되었는지는, 서유구의 정신세계를 파악하기 위해 반드시 검토될 필요가 있다. 그러나 기존의 연구들은 그런 자기 응시를 보여 주는 작품들을 단편적으로 언급하거나 그저 전기적傳記的 사실을 개관하기 위한 자료 정도로 활용했을 뿐, 그 중요한 가치를 간과한 면이 없지 않다. 본서는 이렇게 선행 연구들이 소홀히 한 서유구의 자기 응시에 주목한다. 그리고 서유구는 그 자신은 수壽를 누린 대신, 그와 가까운 많은 이들의 죽음을 지켜봐야 했다. 서유구는 그들의 죽음에 비통해하며 자신의 삶을 반추했다. 서유구의 이런 지극히 개인적인 심회는 그의 산문 작품에 대한 연구가 아니고서는 좀처럼 들여다보기 힘들다. 본서는 기존의 서유구 연구가 도외시한 서유구의 이런 내면세계 또한 중시한다.

이상과 같이 본서는 일단 서유구 산문에 대한 분석적 접근법을 취한다. 그렇다고 해서 본서의 주안점이 좁은 의미의 문예미를 확인하는 데 국한된 것은 아니다. 물론 산문 작품의 수사적修辭的 특징과 형식미를 파악하는 것은 산문 연구의 중요한 과제 중 하나이다. 서유구 산문에 대한 충실한 이해를 도모하기 위해, 본서는 산문 작품의 문예미를 중요하게 고려할 것이다. 그런데 서유구는 실용을 도외시한 도락적이고 자기만족적 글쓰기를 극력 비판한 바 있다. 따라서 서유구 산문을 협소한 의미의 문예물로 제한하는 것은 서유구 자신의 문제의식에 부합하지 않는다. 이런 이유에서 본서는 서유구 산문의 문예미를 분석하되 거기서 그치지 않고, 그 분석을 통해 파악된 형식미나 수사적 특징이 서유구의 정신적 지향이나 사고의 특징과 어떤 연관을 맺는지를 중시할 것이다. 다시 말해, 본서는 서유구 산문의 특징이 서유구의 사상적·실천적 지향과 어떻게 어우러지는지에 주목하고자 한다. 즉, 문학 작품과 사상의 내적 연관성에 주안점을 둔다.

이런 관점을 취하고 나면, 산문 연구는 문학 연구에서 출발하되 그 틀에서 머물지 않고, 더 확장되어 학술사적·사상사적·지성사적 구도를 취하지 않을 수 없다. 더 적극적으로 말하자면, 본서는 '사상'을 문학과 분리시키지 않고 문학 연구의 핵심으로 끌어들인다. 이런 이유에서 본서는, 네 가지 방향에서의 산문 분석을 마친 다음, 좁은 의미의 문학 연구의 틀을 넘어서서, 포괄적인 시야에서 서유구 산문의 전체상을 고찰하기로 한다. 물론 본서의 이런 접근법이 모든 산문 작가에게 적합하리라고는 생각하지 않는다. 그러나 서유구의 경우, 그의 사상적·실천적 모색을 입체적으로 조망하는 데 이런 접근법이 유효할 것이라고 판단된다.

그럼 서유구 산문의 전체상을 조망하는 포괄적인 시야를 어디서 확보할 것인가? 본서는 그 시야를 다름 아닌 『임원경제지』에서 찾고자 한다. 『임원경제지』는 서유구 필생의 업적으로, 사대부의 '자립적 삶'에 대한 총체적 시각을 보여 준다. 따라서 서유구의 가치 지향을 파악하기 위해서는 『임원경제지』에 대한 검토가 불가피하다. 뒤에서 상술하겠지만, 본서는 『임원경제지』로 대변되는 서유구의 학문과 사상, 그리고 삶의 최종적 귀결과 가치 지향을 '임원경제학'林園經濟學으로 개념화한다. 다각적인 산문 분석을 통과한 뒤, 본서는 다시 '임원경제학'에 비추어 서유구 산문의 전체상을 조망하는 데 치력할 것이다. 이제까지의 서유구 연구는, 극히 일부의 시도를 제외하고는, 『임원경제지』에 대한 연구와 문학 작품 및 문예론에 대한 연구가 개별적으로 진행되어 왔다. 그러나 이 두 영역은 전혀 별개의 것이 아니며, 그 둘의 상호 관계 속에서 비로소 서유구 산문 세계의 가치 지향이 온전히 파악될 수 있다. 본서는 이 지점까지 논의를 발전시키고자 한다.

서유구 산문과 '임원경제학'의 상호 관계에 주목한다는 것은 그저 학문과 문학이라는 두 영역의 표면적 유사성을 확인하는 것을 의

미하지 않는다. 그런 차원을 넘어서서 본서는 '임원경제학'을 서유구 산문의 핵심으로 다룰 것이다. 서유구 산문과 그의 학문적·실천적 모색의 긴밀한 내적 연관성을 탐구하기 위한 본서의 관법觀法은 다음과 같다.

첫째, 서유구는 경화사족이되 경화사족의 존재방식을 통절히 반성하면서 학문적·문학적 모색을 했다. 따라서 서유구가 어떤 반성적 성찰을 했으며, 그런 반성 속에서 그가 궁극적으로 어떤 삶의 가치를 추구했으며, 그 가치 지향이 그의 산문 세계, 학술사상, 삶의 실천에서 어떻게 구현되는지가 중요한 논점이 된다.

둘째, 서유구는 '심미적 가치'와 '실용적 가치'가 조화를 이루는 삶을 지향했다. 따라서 서유구의 산문 작품과 학술사상에서 그 두 가지 가치 지향이 어떻게 구현되는지, 그리고 어떻게 결합되어 있는지가 중요한 논점이 된다.

셋째, 서유구는 자연이 가장 근원적인 텍스트라고 생각했다. 나중에 해당 작품을 통해 자세히 살펴보겠지만, 이런 그의 사고를 압축한 것이 '자연경'自然經이란 개념이다. 이 개념은 인간과 자연에 대한 서유구의 근원적인 통찰을 담고 있다. 따라서 이런 기저적基底的 사유가 서유구의 산문 세계, 학술사상, 삶의 실천에 어떻게 관철되는지가 중요한 논점이 된다.

이상의 세 가지 관법에 의거하여 서유구의 '임원경제학'을 탐구한 다음, 본서는 시야를 보다 더 넓혀 다시 역사적 지평에서 서유구의 산문 세계를 조망하기로 한다. 우선 본서는 서유구 동시대의 지적 동향에 주목한다. 서유구의 모색이 동시대 지식인들의 어떤 문제의식을 공유한 것인지, 그 공동의 모색 과정에서 서유구가 어떤 성취를 이루었고, 그 이면에 어떤 한계를 남겼는지에 대한 논의는 거의 없다시피 하다. 본서는 학술사적·사상사적·지성사적 견지에서 이 문제를 다룰 것이다.

그런 다음 본서는 다시 시대를 거슬러 올라가, 서유구가 국내외적으로 전대前代의 어떤 지적 전통을 계승했는지를 고찰하기로 한다. 국내적 측면에서 본서가 주목하는 것은 가학家學의 전통과 연암일파燕巖一派의 계승이다. 가학의 전통에 대해서는 그간 빈번히 지적되어왔지만, 대체로 비슷한 논의가 반복된 감이 없지 않다. 본서는 서유구가 가학을 이었다는 단편적인 사실을 지적하는 데서 더 나아가, 그가 그 계승 과정에서 어떤 '창안'創案을 이루었는지에 주목한다.

연암일파의 계승에 대한 논의도 마찬가지다. 서유구가 연암일파의 법고창신론法古刱新論과 이용후생학을 계승했다는 것 역시 그간 어느 정도 지적되었지만,[20] 그 이후로 논의의 진전이 이루어졌다고는 하기 힘들다. 그런데 그보다 더 큰 문제는 그 계승 양상에 대한 논의가 다소 일면적이라는 점이다. 서유구가 박지원朴趾源(1737~1805)이나 박제가의 영향을 받은 사실을 지적하는 선에서 대부분의 선행 연구들이 만족하고 있지만, 이는 매우 불충분한 논의가 아닌가 한다. 연암일파 내에도 엄연한 차이가 있거니와, 서유구는 박지원·박제가와 공통점뿐 아니라 차이점 또한 갖고 있으며, 그 차이점은 사소한 것으로 치부될 수 없는 비중을 갖는다고 생각된다. 본서는 이런 문제를 하나하나 짚어 감으로써 논의의 진전을 꾀한다.

끝으로, 국외적 측면에서 본서는 고염무顧炎武(1613~1682)와 위희魏禧(1624~1681) 등 명말청초明末淸初의 경세적 고증학자 및 문장가에

---

20 유봉학, 『연암일파 북학사상 연구』(일지사, 1995), 187~229면; 김명호, 『환재 박규수 연구』(창비, 2008), 214~225면 참조.

주목한다. 본서의 주안점은 단순한 수수授受 관계를 확인하는 데 있지 않고, 서유구의 주체적 수용 태도를 파악하는 데 있다. 서유구가 명청대明淸代 문학과 학술을 어떤 문제의식하에 자기화했는지 살펴봄으로써 서유구, 그리고 서유구로 대변되는 조선 후기의 문예적·학술적 성과가 어떤 점에서 개방적이면서도 주체적인 모색의 결과였는지를 살펴보는 것이 그 목표다.

제2장

문헌적 기초

1. 문집의 서지적 특징

서유구의 문집은『풍석전집』楓石全集이다. 본격적인 논의에 앞서, 서
유구의 저술 일반을 개관하면 다음과 같다. 홍경모洪敬謨(1774~1851)
의 기록이다.

『임원경제지』林園經濟志 114권

『풍석고협집』楓石鼓篋集 6권

『금화지비집』金華知非集 14권

『번계모여고』樊溪耄餘稿 2권

『금화경독기』金華耕讀記 8권

『행포지』杏浦志 6권

『종저보』種藷譜 1권[1]

『누판고』鏤板考,『모시강의』毛詩講義,『난호어목지』蘭湖漁牧志 등은 생략되었다. 이상의 저술 중 시문집은『풍석고협집』,『금화지비집』,『번계모여고』이다.『번계모여고』는, 선행 연구에서는 미상이라 했지만,[2]『번계시고』樊溪詩稿를 산정删定한 것이 아닌가 한다.[3] 본서는 산문을 집중적으로 다루므로,『번계시고』는 필요에 따라 부분적으로 참고하기로 한다.

『풍석고협집』과『금화지비집』은 모두 산문집이다.『풍석고협집』은 1781~1788년의 작품들을 서유구가 직접 산정删定·편집한 것이고,『금화지비집』은 그 이후의 작품들을 모은 것이다. 이 둘을 합편合編한 것이『풍석전집』이다. 위의 저술 목록을 보면,『풍석전집』은 서유구 사후死後에 편집된 것이 분명하다. 합편되기 전의『풍석고협집』과『금화지비집』의 존실存失 여부는 미상이다.[4] 현재로서는 서울대

1　"(…) 其在林園也, 薈萃博採, 纂『林園經濟志』一百一十四卷,『楓石鼓篋集』六卷,『金華知非集』十四卷,『樊溪耄餘稿』二卷,『金華耕讀記』八卷,『杏浦志』六卷,『種藷譜』一卷藏于家."(洪敬謨,「吏曹判書致仕奉朝賀楓石徐公諡狀」,『古稀堂賸墨』;『叢史』, 장32 앞~뒤, 규장각 소장, 도서번호: 古3428 263(6) 10) 이하『총사』를 인용할 때에는 서지 사항을 생략한다.

2　조창록,「풍석 서유구와『번계시고』」(『한국한문학연구』 제28집, 한국한문학회, 2001), 291면.

3　「자이열재 기문」(自怡悅齋記),「거연정 기문」(居然亭記) 등 서유구가 번계(樊溪)에서 살 때 지은 산문들이『금화지비집』에 수록된 것으로 보아,『번계모여고』가 번계 시절의 산문집일 가능성은 희박하다고 판단된다.『번계시고』는 불분권(不分卷) 3책으로, 뽑을 만한 작품 제목 위에 권(圈)이 하나에서 세 개까지 쳐져 있고, 평측이 맞지 않는 글자에 대한 교정 사항이 서미(書眉)의 부전지(附箋紙)에 적혀 있다. 이렇게 권이 쳐진 작품 위주로 수록하고 교정 사항을 반영하여 2권으로 정리한 것이『번계모여고』일 가능성이 높지 않은가 한다.

4　박지원의 경우 생전에 스스로 편집한 다양한 문고(文藁)들이 발굴되었으며, 이덕무의 경우도 자필본(自筆本)으로 추정되는『영처고』(嬰處稿)가 발굴된 바 있다. 따라서 서유구의 경우도 자료 발굴을 기대해 봄 직하지만, 아직까지는 자료의 행방을 알 수 없다. 박지원과 이덕무의 경우에 대해서는 김영진,「박지원의 필사본 소집(小集)들과 작

고문헌 자료실 소장 『풍석전집』(도서번호: 3436-4)이 유일본인 듯하다.[5] 따라서 이 전집에 의거하여 『풍석고협집』과 『금화지비집』의 특징을 가늠해 볼 수밖에 없다.

서울대본 『풍석전집』은 총 8책으로, 필사 경위가 불분명한 후사본後寫本이다. 1~2책은 『풍석고협집』이고, 나머지는 『금화지비집』이다.[6] 장황裝潢은 사침안정법四針眼訂法을 따라,[7] 조선본朝鮮本이 대체로 오침안정법으로 된 것[8]과 다르다. 그리고 제1책 마지막 장 뒷면의 좌측 하단에 'G331製本'이라 표시되어 있으며, 이하 매 책마다 연속된 번호가 부여되어 같은 방식으로 되어 있다.[9] 그렇다면 『풍석

품 창작년 고증」(『대동한문학』 23, 2005); 김영진, 「박지원의 필사본 소집(小集)들과 자편고 『연상각집』 및 그 계열본에 대하여」(『동양학』 제48집, 단국대학교 동양학연구소, 2010); 정민, 「『영처집』에 실린 성대중의 친필 서문」(『문헌과 해석』 통권 12호, 2000년 가을) 참조.

5   서울대 소장본 『풍석전집』은 경성제국대학 당시에 이성의(李聖儀)로부터 65.30엔(円)에 구입한 것으로, 등록 시기는 쇼와(昭和) 7년(1932) 2월 24일이다(서울대 중앙도서관 고문헌 자료실, 『圖書受入原簿』, 233면). 아마 구입 시기도 여기서 크게 뒤지지 않을 듯하다. 이 당시에 이성의는 서울 와룡동에서 화산서림(華山書林)을 운영했으며, 경성제대 도서 중 여기서 구입한 것이 많다.

6   각 책의 표제, 수록 범위, 분량은 다음과 같다. 제1책: 표제: 鼓篋集 乾, 수록 범위: 鼓篋集 卷1~3, 분량: 총 75장. 제2책: 표제: 鼓篋集 坤, 수록 범위: 鼓篋集 卷4~6, 분량: 총 75장. 제3책: 표제: 知非集 禮, 수록 범위: 知非集 卷1~2, 분량: 총 89장. 제4책: 표제: 知非集 樂, 수록 범위: 知非集 卷3~4, 분량: 총 86장. 제5책: 표제: 知非集 射, 수록 범위: 知非集 卷5~6, 분량: 총 91장. 제6책: 표제: 知非集 御, 수록 범위: 知非集 卷7~8, 분량: 총 88장. 제7책: 표제: 知非集 書, 수록 범위: 知非集 卷9~10, 분량: 총 62장. 제8책: 표제: 知非集 數, 수록 범위: 知非集 卷11~12, 분량: 총 85장.

7   반면 『번계시고』의 장정은 오침안정법을 따랐다고 한다. 藤本幸夫, 『日本現存朝鮮本硏究 集部』(京都: 京都大學術出版會, 2006), 986면 참조.

8   천혜봉, 『한국 서지학』(민음사, 개정판, 1997), 105면.

9   참고로 'G331' 이하 'G338'까지의 일련번호는 수기(手記)이고, '製本'은 고무인을 찍은 것이다. 고무인은 경성제대 인장이 확실한 듯하다. 그리고 장정에 사용된 끈도 후대의 것으로 보인다.

전집』의 장정裝幀은 경성제대京城帝大 도서관 측이 한 듯하다.

그다음으로 『풍석전집』에 저자 이름이 어떻게 표기되었는지 살펴보기로 한다. 『풍석고협집』과 『금화지비집』 모두 이렇게 되어 있다.[10]

洌上 徐有榘 準平

'준평'은 서유구의 자字이고, '열상'은 한강가를 뜻하는 말로 서유구의 거주지를 가리킨다. 서유구가 젊은 시절에 살았던 용산龍山과 말년에 살았던 두릉斗陵 모두 한강에 인접했거니와, 치사致仕 후에 살았던 번계樊溪도 그 당시의 서울 근교이다. 조선 문집의 저자란에는 작자의 관향貫鄕을 표기하는 것이 일반적이다. 중국에서는 저자의 이름을 표기할 때 당시의 거주지를 위주로 하는데, 조선에서 저자의 관향을 표기한 것은 이것이 와전된 결과이다.[11] 그런데 서유구는 이런 관행을 답습하지 않고 관향 대신 거주지를 밝혔다. 고증학자로서의 소양이 이런 작은 데서부터 확인된다. 같은 사례로 서유구의 아들 서우보徐宇輔(1795~1827), 정약용丁若鏞(1762~1836), 정약용의 아들 정학연丁學淵(1783~1859)의 문집을 들 수 있다.[12]

---

10 편자냐 저자냐의 차이가 있긴 하지만, 『행포지』, 『난호어목지』, 『금화경독기』, 『종저보』, 『임원경제지』도 마찬가지로 되어 있다. 다만 『금화경독기』에는 '洌上'이 빠져 있다. 『모시강의』와 『번계시고』에는 저자 이름이 표기되지 않았다.

11 이 점과 관련하여 정약용의 다음 언급이 참고가 된다: "中國人撰書錄名, 並主時居, 非稱姓貫. 如秀水朱彝尊, 家在秀水; 會稽張介賓, 家在會稽. 我邦不知此例, 月沙稱延安李某, 湖洲稱平康蔡某皆誤. 自今著書鈔書, 汝輩亦稱洌水丁某可也. '洌水'二字, 示之天下, 旣足標別, 蘋以鄕土, 亦甚親切."(丁若鏞, 「答兩兒」, 『詩文集』; 『與猶堂全書』 第一集 第二十一卷, 한국문집총간 281, 458면)

12 『추담소고』(秋潭小藁)에 "洌上 徐宇輔 魯卿"이라고 되어 있고(『秋潭小藁』 卷第上, 장1앞, 규장각 소장, 도서번호: 古 3428 310), 『삼창관집』(三倉館集)에 "洌水 丁學稼

『풍석전집』소수所收『풍석고협집』은 총 6권이다. 이 권수卷數는 홍경모의 기록과 일치한다. 그렇다면 이『풍석고협집』은 어느 정도로 원래 모습을 유지하고 있을까?『풍석전집』으로 합편되면서 어떤 변화를 겪었을까? 자료상의 난점이 있지만,『풍석전집』을 통해 어느 정도의 추정을 할 수 있다. 첫 번째 단서는 서유구 본인의 「자인」自引이다.

풍석자楓石子의 글을 모아 책으로 만들었으니 모두 6권이다. 1권에서 3권까지는 서序·기記·서書 몇 편이고, 4권에서 6권까지는 전傳·지誌·잡문雜文 몇 편이다. 신축년(1781)과 무신년(1788)이 그 시작하고 마친 해다. (…) 중주中州의 조설범趙雪驅이 서문을 짓고 여러 명가名家가 각자 평어評語를 달았다. 부용강芙蓉江 서유구가 「자인」을 지었으니, 올해 나이 스물넷이다.[13]

일단『풍석전집』소수『풍석고협집』의 권수 및 각 권별 수록 문체는 서유구의 진술과 일치한다.[14] 그리고『풍석전집』소수『풍석고협집』에는 성대중成大中(1732~1812), 이의준李義駿(1738~1798), 이덕무

著"라고 되어 있다(丁學淵,『三倉館集』;『다산학단 문헌집성』1, 대동문화연구원, 2008, 381면). 이하『추담소고』를 인용할 때에는 서지 사항을 생략한다.

13 "集楓石子文裝池成, 凡六沓: 一沓之三沓, 序·記·書如干篇; 四沓之六沓, 傳·誌·雜文如干篇. 辛丑戊申, 其起訖之之歲也. (…) 中州趙雪驅作序, 諸名家各有評語, 而芙蓉江徐有榘自引, 岦季二十四."(徐有榘,「自引」,『楓石全集』, 한국문집총간 288, 213면) 다만 인용문에서 서유구가 자신의 나이를 왜 스물넷이라 했는지는 미상이다.

14 현재 권5에는 묘지명 외에도 탑명(塔銘), 제문(祭文), 애사(哀辭) 등이 실려 있는데, 이들 모두 묘지명과 유사한 성격의 글이므로 서유구가 묘지명 하나를 대표로 든 것으로 받아들여도 무방하다.

李德懋(1741~1793) 등의 평어가 붙어 있으므로, 평점본評點本으로서의 특징 역시 서유구의 진술과 일치한다.[15] 다만 『풍석고협집』에 얹은 서문으로 말하면, 현행본과 서유구의 언급 사이에 다소 차이가 있다. 서유구의 「자인」을 제외하면 『풍석전집』에는 2종의 서문이 붙어 있다. 그 하나는 이유원의 「『풍석집』서문」(楓石集序)이다. 이 글은 서유구 사후의 『풍석전집』을 대상으로 한 것이므로 『풍석고협집』과 무관하다. 또 하나는 서형수徐瀅修(1749~1824)의 「『풍석고협집』 서문」(楓石鼓篋集序)이다. 이 글은 1788년 백로일白露日, 즉 음력 8월 8일에 지어졌다.[16] 그런데 「자인」에는 이 서문에 대한 언급이 없고, 『풍석전집』에는 조설범趙雪驫이 지었다는 서문이 빠져 있다.[17]

조설범 서문의 행방은 미상이다. 조설범이란 인물도 미상인데, 다만 1783년에는 서형수의 『시고변』詩故辨에 서문을 지어 주었고, 1785년에는 박지원에게 '공작관'孔雀館 석 자字를 써서 보내 준 사실이 확인된다. 그 관련 기록들을 통해 단편적인 추측을 해 보면, 조설범은 전당錢塘 사람으로, 호號는 가전稼田인 듯하며, 1783년에 수직랑修職郞이었다.[18] 수직랑은 정8품이다. 어떤 사람이 『시고변』을 가지

---

15 평점서로서의 『풍석고협집』의 특징에 대해서는 졸고, 「『풍석고협집』의 평어 연구」(서울대 석사논문, 2005) 참조.

16 「楓石鼓篋集序」 말미에 "戊申白露日, 明皐樵隱書于必有堂中"(『楓石全集』, 211면)이라고 명기되어 있다.

17 아울러 홍석주(洪奭周)의 「비길사(費吉士) 난치(蘭墀)에게 보낸 답서(答書)」(答費吉士蘭墀書)를 통해, 청나라 문사 비란치(費蘭墀)가 서유구의 글에 부치는 서문을 지은 사실이 확인된다. 그 답서의 해당 부분을 들면 다음과 같다: "楓石弁卷之文, 醇深和緩, 有典有則, 僕與徐君俱受百朋之貺矣. 徐君博而好古, 間有考證家言, 要非如近日大言詆諆者. 聞執事之論, 其有不懨然心服乎? 當爲執事三致意也."(洪奭周, 「答費吉士蘭墀書」, 『淵泉先生文集』 卷之十六, 한국문집총간 293, 357면) 다만 홍석주가 언급한 서유구의 글이 정확하게 어떤 것인지는 현재로서는 미상이다.

18 우선 박지원과 관련된 기록을 들면 다음과 같다: "(…) 其後五年, 客之遊中州者,

고 가서 조설범에게 보여 주었더니, 조설범이 매우 기뻐하며 서문을
지어 주었다고 한다.[19] 아마 이 일이 인연이 되어 서유구도 조설범의
서문을 받은 것이 아닌가 한다. 서유구의 진술에 따르면, 조설범은
『풍석고협집』 외에도 서유구의 1785년 작 『좌구논단』左邱論斷의 서
문을 지어 주었다고 한다.[20] 서유구는 『좌구논단』과 조설범의 서문을
보관하고 있다고 했지만, 현재는 모두 전하지 않는다. 서유구가 이
말을 한 시점은 봉조하奉朝賀로 치사한 뒤므로, 빨라도 1839년이다.

  서유구의 「자인」을 잇는 두 번째 단서 역시 서유구 본인의 글
「심치교沈穉敎에게 보내 작은 초상화에 대한 제시題詩를 지어 달라
고 청하는 편지」(與沈穉敎乞題小照書)이다. '치교'穉敎는 심상규沈象奎
(1765~1838)의 자字이다.

    이생李生 명기命基가 저를 위해 작은 초상화를 그려 주었는데,
    먹을 묻힌 곳을 횡서척橫黍尺으로 쟀더니, 세로는 팔 촌寸이고

得 '孔雀館' 三字而還. 錢塘人趙雪帆所書也. 曩者吾於趙未有一面, 豈於他人乎? 聞余之
風而萬里寄意者耶?"(朴趾源, 「孔雀館記」, 『煙湘閣選本』; 『燕巖集』 卷之一, 한국문집
총간 252, 21면) 그다음으로 서형수와 관련된 기록을 들면, 「詩故辨序」 맨 끝에 "乾隆
四十八年癸卯圓釘, 修職郎 稼田 趙雪驪序"(徐瀅修, 『詩故辨』, 장1뒤, 국립중앙도서관
영인수집본, 도서번호: 古 1233 61)라고 되어 있다.
19 "『詩故辨』一書, 區區綴輯之本意, 盖不欲止於是而已. 自篇旨而推及於六義、古韻、
天文、地理、鳥獸、艸木、服食、器用, 裒然成一副巨觀, 此特開其端耳. 年前偶爲入燕都者
所取去, 示稼田趙雪驪, 稼田心頗契好, 爲序弁卷, 謂當與金樻石室之藏同供選擇則過
矣."(徐瀅修, 「與鄭水部 厚祚」, 『明皐全集』 卷之五, 한국문집총간 261, 98면)
20 "記昔乙巳冬, 某在蓉洲精舍, 讀『春秋左氏傳』, 妄有意於鄒夫子讀其書論其世之
義, 參互諸說, 反覆推究, 頗覺宋儒之必謂六國時人者, 多未免捉襟露肘, 失於攷据, 而
漢儒授經聖門之說, 猶之去古不遠, 傳信已久, 故歷引諸說, 附以己意, 著爲『左邱論斷』
一編. 中州趙雪驪爲之序, 頗詡其折衷允當, 至今藏在筐篋矣."(徐有榘, 「與淵泉論左氏
辨書」, 『金華知非集』 卷第三, 『楓石全集』, 338~339면)

가로는 세로의 삼분의 이가 되지 않습니다. 초상화를 다 그린 뒤에 그 바깥에 동그랗게 선을 둘러 거울을 마주 보고 자기 모습을 비춰 보는 형상을 만들었습니다. 이 예는 회암晦庵 주자朱子에게서 창안되었는데, 근래에는 왕어양王漁洋 이상貽上(왕사진王士禛)이 이 예를 따랐지요. 어떤 사람은 동그란 것이 둥근 창이라 하는데 아닙니다.

초상화에 그려진 모습은 이렇습니다. 머리에는 복건幅巾을 썼고, 심의深衣를 입고 큰 띠를 찼으며, 허리 아래는 숨어서 보이지 않습니다. 오른손으로는 띠를 잡았고 왼손으로는 책을 펼쳐 들었습니다. 눈은 초롱초롱해 생각이 모여 있는 듯합니다. 그런데 모여 있는 생각이 무엇인지는 그림으로 충분히 표현하지 못했으니, 당신이 글을 한 편 지어 드러내 주셨으면 합니다. (…)

문장이 공교롭건 엉성하건 아름답건 추하건 간에, 그 문장을 지은 사람의 고심苦心을 전하는 것은 똑같습니다. 감히 제 스스로 부족한 점을 헤아리지 않고 평소에 지어 둔 글을 모아서 정리하고 또 작은 초상화를 맨 앞에 얹어, 유자儒者의 도道를 종宗으로 하여 도교와 불교의 이로움을 통합하는 방법에 스스로를 의탁했습니다만, 문장이 엉성하고 무잡蕪雜하여 멀리 전하지 못하리라는 것을 스스로 압니다. 만약 당신께서 짧은 시를 몇 편 지어 주어 초상화 왼쪽에 제題하신다면 그 덕분에 제 글도 소중하게 전할 것이니, 그렇게 되면 다행 아니겠습니까.[21]

---

21 "李生命基爲僕寫小照, 墨所加以橫黍尺計之, 縱八寸, 衡不及參之二. 旣像而圈其外, 爲對鏡自照狀. 此例創於晦庵朱子, 近世王漁洋貽上用之, 或以爲圓牖, 非也. 其像頂戴幅巾, 深衣大帶, 自腰以下, 隱而不見, 右手捫帶, 左手展卷, 目眹眹似意有所會. 所

이 말대로면 『풍석고협집』 맨 앞에 이명기李命基[22]가 그린 서유구 초상화가 있었던 것이 된다. 심상규가 과연 부탁대로 제화시題畫詩를 지어 주었는지는 미상이다. 현재 진하는 『두실존고』斗室存稿에는 해당 작품이 보이지 않지만 영본零本이므로 단언할 수 없다.[23]

고려 혹은 조선 시대의 문집에, 그것도 작가 생전에 작가의 초상화를 첨부하는 경우는 극히 드물다. 물론 서유구 이전 시대의 문집에도 작가의 초상화를 첨부한 예가 없지 않으나 모두 후대에 의한 것이다. 고려 혹은 여말선초麗末鮮初 작가의 문집에서 이런 예가 더러 확인되는데, 『익재난고』益齋亂藁, 『야은일고』埜隱逸稿, 『포은집』圃隱集, 『야은집』冶隱集이 그 경우다.[24] 서유구 이전의 조선 시대 문집에서는 이런 예가 좀처럼 확인되지 않는다. 『매월당시 사유록』梅月堂詩四遊錄이 그 드문 예에 속한다.[25] 그 책 맨 앞에 김시습金時習(1435~1493)의

會者圖不能盡其意, 願得足下一言發揮之. (…) 夫文章之巧拙姸醜姑勿論, 傳其人之苦心則一耳. 輒敢不自量揣, 彙次平日纂述, 復以小照冠之, 竊自附於宗儒統仙佛之道, 而自知辭拙語蕪, 不堪傳遠, 如足下賜以數篇短律, 題其左方, 則可藉之爲重而傳, 顧不幸歟!"(徐有榘,「與沈穉敎乞題小照書」,『楓石鼓篋集』卷第三,『楓石全集』, 247~248면) 인용문의 괄호 안 보충은 모두 저자에 의한 것이다. 이하 모두 같다.

22   이명기는 초상화로 유명한 화가로, 강세황(姜世晃), 유언호(兪彦鎬) 등 당대 명사(名士)의 초상화를 그린 바 있다.

23   서유구의「의정부 영의정 문숙 심공 묘지명」(議政府領議政文肅沈公墓誌銘)에 따르면, 『두실존고』는 총 14권이라고 한다: "有『斗室存稿』十四卷."(『金華知非集』卷第八,『楓石全集』, 453면) 따라서 총 4권인 일본 동양문고(東洋文庫) 소장본『두실존고』는 영본이 확실하다. 표지 좌견(左肩)에 '零本'이라고 먹으로 적혀 있다고 한다(藤本幸夫,『日本現存朝鮮本研究 集部』, 京都: 京都大學學術出版會, 2006, 906면).

24   李齊賢,『益齋亂藁』, 한국문집총간 2, 499면; 田禄生,『埜隱逸稿』, 한국문집총간 3, 415면; 鄭夢周,『圃隱集』, 한국문집총간 5, 560면; 吉再,『冶隱集』, 한국문집총간 7, 390면. 단,『埜隱逸稿』에는 '埜隱先生遺像'이라는 제목만 달려 있고 초상화란이 비워져 있다. 그 옆에 "今去先生已遠, 眞本顧無可據, 而旣有諸公所著讚文, 故姑且存其依摹之地以竢藏之者云"이라는 설명이 달려 있다.

25   『매월당시 사유록』에 대해서는 임형택,「『梅月堂詩四遊錄』에 관하여」(『한국문학

초상화가 있는데, 이 역시 후인後人에 의한 것으로, 『풍석고협집』과
는 그 성격이 다르다. 서유구 당시에 나온 여타의 문집 중에 작가의
초상화가 붙어 있는 예는 찾아보기 힘들다. 『풍석고협집』 이후의 문
집까지 고려해도 『은송당집』恩誦堂集과 『고환당수초』古歡堂收艸 정도
가 확인된다.[26] 이 중 『은송당집』은 작가 자신이 편찬·공간公刊한 것
이므로 『풍석고협집』과 유사한 사례라고 할 수 있다.

　반면 중국의 문집에는 작가의 초상화가 첨부된 경우가 적지 않
다. 원대元代 작가의 문집으로는 『안문집』雁門集, 『오서산선생유집』
吳書山先生遺集 등을 들 수 있다.[27] 다만 이들 문집은 모두 후손에 의
해 청대淸代에 간행된 것이다. 명청대 작가의 문집으로는 모곤茅坤
(1512~1601)의 『모록문선생문집』茅鹿門先生文集[28]을 들 수 있다. 거기
에 모곤의 화상畫像이 두 점 실려 있다. 관복 입은 모습이 첫 번째이
고, 평상복 입은 모습이 두 번째이다. 『매촌가장고』梅村家藏藁, 『독록
당시집』獨漉堂詩集, 『서곡후집』恕谷後集 등도 같은 부류에 속한다.[29] 이
들 문집은 모두 후손이나 문인門人 등 후인에 의해 편찬된 것이다.[30]

<hr />

사의 논리와 체계』, 창작과비평사, 2002), 116~123면; 심경호, 『김시습평전』(돌베개,
2003), 582~583면 참조.
26　李尙迪, 『恩誦堂集』, 한국문집총간 312, 168면; 姜瑋, 『古歡堂收艸』, 한국문집총
간 318, 376면.
27　薩都拉, 『雁門集』, 續修四庫全書 集部 別集類 1324, 1면; 吳會, 『吳書山先生遺
集』, 續修四庫全書 集部 別集類 1325, 283면.
28　茅坤, 『茅鹿門先生文集』, 續修四庫全書 集部 別集類 1344, 441면.
29　吳偉業, 『梅村家藏藁』, 續修四庫全書 集部 別集類 1396, 55면; 陳恭尹, 『獨漉堂
詩集』, 續修四庫全書 集部 別集類 1413, 1면; 李塨, 『恕谷後集』, 續修四庫全書 集部
別集類 1420, 1면.
30　그 밖에 작가의 초상화가 첨부된 명청대 문집을 들면 다음과 같다: 兪允文, 『仲蔚
先生集』, 續修四庫全書 集部 別集類 1354, 338면; 楊嗣昌, 『楊文弱先生集』, 續修四庫
全書 集部 別集類 1372, 1면; 瞿式耜, 『瞿忠宣公集』, 續修四庫全書 集部 別集類 1375,

이와 달리 서유구가 거론한 왕사진王士禛(1634~1711)의『어양산인
정화록』漁洋山人精華錄은 작가 자신이 생전에 편집·공간한 문집에 초
상화가 늘어 있는 경우이나.³¹ 왕사진은『정화록』에 첨부된 초상화에
대해 언급하면서, 초상화가 자기 모습과 매우 흡사하며, 그에 대한
화상찬畫像讚을 받으면 좋겠다고 밝힌 바 있다.³² 결국 그는 자기 모
습을 온전히 세상에 전하려는 뚜렷한 목적을 갖고 초상화를 첨부한
것이다.³³ 그 밖에 작가 생전의 문집에 작가의 초상화가 첨부된 예로
『동심집』冬心集,『인암시존』訒葊詩存,『소목자시삼각』小木子詩三刻을
들 수 있다.³⁴

이렇게 보면『풍석고협집』은 작가의 초상화를 첨부한 문집의 계
통, 그중에서도 작가 생전에 작가가 직접 자신의 초상화를 첨부한 문

168면; 釋 德淸,『憨山老人夢遊集』, 續修四庫全書 集部 別集類 1377, 246면; 張大復,
『梅花草堂集』, 續修四庫全書 集部 別集類 1380, 273면; 杜濬,『變雅堂遺集』, 續修四
庫全書 集部 別集類 1394, 1면; 萬壽祺,『墨西草堂詩集』, 續修四庫全書 集部 別集類
1394, 197면; 釋 函可,『千山詩集』, 續修四庫全書 集部 別集類 1398, 1면; 張履祥,『楊
園先生詩文』, 續修四庫全書 集部 別集類 1399, 1면; 何焯,『義門先生集』, 續修四庫全
書 集部 別集類 1420, 141면; 胡天遊,『石笥山房集』, 續修四庫全書 集部 別集類 1425,
323면; 顧光旭,『響泉集』, 續修四庫全書 集部 別集類 1451, 291면; 顧景星,『白茅堂
集』, 四庫全書存目叢書 集部 別集類 205, 533면.

31 이 시집은 왕사진의 문인에 의해 편찬된 것으로 되어 있으나, 사실상 왕사진이 직
접 산정한 것으로 밝혀졌다. 李毓芙,「後記」; 王士禛,『漁洋精華錄集釋』, 李毓芙·牟通·
李茂肅 整理, 上海: 上海古籍出版社, 1999, 2052면 참조.

32 "禹鴻臚再作『精華錄』前戴笠小象, 極肖. 欲雪坪製一贊, 然後送典記耳."(「王貽上
與林吉人手札」; 王士禛,『漁洋精華錄集釋』, 李毓芙·牟通·李茂肅 整理, 上海: 上海古
籍出版社, 1999, 1998~1999면)

33 『정화록』(강희 39년 간본) 이후 12년 뒤 왕사진의 문인이『대경당집』(강희 51년 간
본)을 냈는데, 여기에도 마찬가지로 왕사진의 초상화가 첨부되어 있다: 王士禛,『帶經堂
集』, 續修四庫全書 集部 別集類 1414, 2면.

34 金農,『冬心先生集』, 續修四庫全書 集部 別集類 1424, 538면; 汪啓淑,『訒葊詩
存』, 續修四庫全書 集部 別集類 1446, 226면; 朱休度,『小木子詩三刻』, 續修四庫全書
集部 別集類 1452, 447면.

집의 계통을 잇고 있는 것으로 판명된다.

서유구는 왜 굳이 문집에 자신의 초상화를 붙이려 했을까?

> 예전에 뇌연雷淵 남공南公(남유용南有容)의 문집을 보았는데, 「초상화를 그리는 화가에게 준 서문」(贈寫眞者序)에 이런 말이 있더군요. "유교儒教를 믿는 사람은 '생명이 있는 것은 반드시 죽게 마련이니, 죽고 나면 형체와 마음 모두 없어진다'라 하고, 불교를 믿는 사람은 '형체는 사라지지만 마음은 사라지지 않는다'라 하고, 도교道教를 믿는 사람은 '형체와 마음 모두 사라지지 않는다'라 하고, 초상화를 그리는 화가는 '마음은 사라지지만 형체는 사라지지 않는다'라고 한다."
>
> 제 생각에 도교와 불교는 허탄하므로 취할 점이 없지만, 오직 초상화를 그리는 화가의 말에는 꽤 실리實理가 있습니다. 그러나 마음은 사라지지만 형체는 사라지지 않는다면 과연 그 사람에게 무슨 보탬이 있겠습니까? 게다가 도서圖書는 불과 백 년밖에 가지 않으니, 그 마음이 이미 후세에 전할 수 없다면 형체가 어찌 홀로 전할 수 있겠습니까? (…) 그 마음이 이미 전하고 형체 또한 거기에 붙어 전한다면, 이른바 형체와 마음 모두 사라지지 않는다는 것이 아니겠습니까? 이러한 것은 유자儒者의 도道를 종宗으로 하여, 도교와 불교의 이로움을 통합하는 것으로, 옛사람이 '불후의 성사盛事'라고 일컬었던 것입니다. (…)
>
> 제 글은 지금 한창 사람을 고용해 베끼는 중입니다. 문집은 여섯 권으로 나누어 서序, 기기, 서書, 전傳, 비지碑誌, 잡저雜著 등 각 문체가 대략 갖추어졌습니다. 다 베끼고 나면 비단 헝겊으로 덮고 상아 첨籤을 단 다음에 감춰 두어 침중枕中의 비서秘

書로 삼을 계획입니다. 옛날 백향산白香山(백거이白居易)의 저서는 전륜轉輪에 숨겨져 있었고, 육천수陸天隨(육귀몽陸龜蒙)의 저서는 불상佛像 뱃속에 숨겨져 있으니, 옛사람이 자기 글을 사후死後에 전하는 데 급급한 것이 이와 같았습니다. 제 문장이 비록 이 두 분에게 전혀 미치지 못합니다만 사람은 다른 사람의 글을 아끼지 않고 자기 글을 아끼는 법이니, 글을 좀 아는 사람은 혹시라도 저를 탓하지 않겠지요?[35]

글을 통해 자기의 마음을 전하고 초상화를 통해 자기의 모습을 전하여, 내면과 외면 모두 불후하게 하는 것이 서유구의 의도이다. 불멸의 추구 그 자체는 그리 새로울 게 없지만, 그 구체적인 방식과 그것을 정당화하는 논법은 주목된다. 서유구는 인간의 외형과 내면이 유한한지 무한한지에 대한 네 가지 관점을 검토한 뒤, 그 네 가지 관점의 장점을 모두 통합함으로써, 외면과 내면을 모두 갖춘 자신의 모습 전체를 온전히 남기고자 했다. 결국 모든 장점을 통합하려는 욕구, 그리고 자신의 온전한 모습 전체를 남기고자 하는 욕구가 서유구

---

35 "曾看雷淵南公文集, 有「贈寫眞者序」曰: '儒者曰: "有生必有死, 形與心俱滅." 佛者曰: "形滅而心不滅." 仙者曰: "形與心俱不滅." 寫眞者曰: "心滅, 形不滅."' 僕竊思仙佛誕也無足取, 獨寫眞者之言頗有實理. 然心滅而形不滅, 果何益於其人? 且圖書之力不過百年. 其心旣不能傳於後世, 則形焉能獨傳? (…) 其心旣傳, 形亦附而傳焉, 則非所謂形與心不滅者乎? 若是者, 宗儒者之道, 統仙佛之利, 而昔人所稱不朽盛事也. (…) 拙藁方倩人繕寫, 分爲六卷, 序·記·書·傳·碑誌·雜著各體略具. 私計繕寫畢, 錦其帕, 牙其籤, 藏之爲枕中秘書. 昔白香山著書藏之轉輪, 陸天隨著書藏之佛腹. 古人汲汲於身後之傳如此. 僕文雖遠不逮二子, 然不愛僆手而愛乞指, 識者或不我罪乎邪?"(徐有榘, 「與沈穉敎乞題小照書」, 『楓石鼓篋集』卷第三, 『楓石全集』, 247~248면) 인용된 남유용의 글은 「贈寫眞者朴善行序」(『雷淵集』卷之十二)이다. 백거이와 육귀몽의 고사에 대한 언급은 왕사진(王士禛), 『향조필기』(香祖筆記) 권12에 보인다.

에게 있었던 것이다.

이런 욕구는 곧 자신의 강한 존재감을 스스로 확인하고 타인에게도 각인시키고자 하는 욕구와 불가분의 관계를 맺는다. 자신의 글은 그 나름의 가치를 가지며, 자신의 글을 남기기 위해 애쓰는 것은 비난받을 행동이 아니라고 강조한 데서 이런 욕구가 재차 확인된다. 이런 정신 자세는, 자신의 직접적인 노출을 꺼리고 자기 절제를 미덕으로 여기는 사대부 문화에 비추어 보면 퍽 이질적이다. 금욕주의와는 다른 문화적 감각이 『풍석고협집』의 편집 체제로 외화外化되었다고 할 만하다.[36] 그러나 아직 수학기修學期에 있는 청년 서유구에게, 이렇게까지 해서 굳이 자신을 알려야 할 이유는 딱히 없어 보인다. 이 점에서 서유구는 한편으로는 젊은이답다고 할 수 있고, 다른 한편으로는 강한 자기애와 자기 현시自己顯示의 욕구를 보여 준다고 할 수 있을 터이다.

그렇다면 서유구가 그토록 소중하게 간직하고 싶어 했던 『풍석고협집』의 행방은 어떻게 되는가? 『풍석고협집』은 『풍석전집』으로 합편되기 전에 한 번 외형상의 변화를 겪는다. 서유구의 진술에 따르면, 아들 서우보가 세상을 뜬 뒤에 그 시문詩文을 수습해 『추담집』秋潭集 2권[37]을 만들어 『풍석집』楓石集 뒤에 붙였다고 한다.[38] 아마 요절

---

36   서유구가 계획한 『풍석고협집』의 보관 방식에도 이런 문화적 감각이 반영되어 있다. 『풍석고협집』이 완성되면, 그는 책에 상아 첨을 달고 비단 헝겊으로 책을 덮어 고이 간직할 계획이라고 밝히고 있다. 그만큼 자신의 글을 소중히 여긴다는 것이겠지만, 다른 한편으로는 호사 취향을 보여 주는 말이기도 하다. 결국 『풍석고협집』은 제작 과정과 투입된 재료 등의 측면에서 청년기 서유구의 정신 자세와 문화적 감각을 보여 준다.
37   현재까지 확인된 서우보의 문집은 규장각 소장 『추담소고』(秋潭小橐)가 유일하다. 『추담소고』는 상·중·하 3권으로 되어 있어 그 권차가 서유구의 진술과 다르다.
38   "兒早以能詩名, 間或從余治古文辭. 旣死, 捃摭箱篋, 得詩文藁四五寸, 刪定爲『秋

한 아들을 추억하기 위해서였을 것이다.

『풍석고협집』에 비해 『금화지비집』에 대한 언급은 더 빈약하다. 이런 세약 속에서나마 확인 가능한 사항들을 정리해 보면 이렇다. 우선 홍경모의 기록으로 돌아가 보면, 『금화지비집』은 총 14권이다. 반면 『풍석전집』 소재所載 『금화지비집』은 총 12권이다. 이렇게 권수가 줄어든 것이 작품 산정刪定에 따른 것인지 아니면 단순한 분권分卷의 차이로 인한 것인지는 미상이다. 수록 작품 중 「도덕지귀」 발문(跋道德指歸)은 1789년 작이고, 「칠보에게 보임」(示七輔)은 1844~1845년 작이며, 「예조 판서 서공 신도비명」禮曹判書徐公神道碑銘은 1845년 경에 지어졌다.[39] 즉, 『풍석고협집』이 완성된 1788년 이듬해의 작품부터 1845년 서유구가 별세하기 전의 작품들까지 『금화지비집』에 실려 있다. 요컨대 『금화지비집』은 『풍석고협집』 이후 평생에 걸친 산문 창작의 총결산이다.

그렇다면 『금화지비집』은 어떻게 성립되었는가? '자신의 잘못을 알다'란 뜻의 '지비'知非는, 거백옥蘧伯玉이 매일 잘못을 뉘우쳐 50세에 49년간의 잘못을 알았다는 고사에서 유래한 것으로,[40] 저자 본인

潭集』二卷, 附余『楓石集』後."(徐有榘, 「亡兒墓誌銘」, 『金華知非集』 卷第七, 『楓石全集』, 441면) 선행 연구는 여기서 『풍석집』이 곧 『풍석전집』이라 했지만(조창록, 「서유구·서우보 부자의 방폐기 행적과 난호(蘭湖) 생활」, 『한국실학연구』 제16호, 한국실학학회, 2008, 212면), 그게 아니라 『풍석고협집』을 가리키는 것이 거의 확실하다. 『풍석전집』은 서유구 사후에 나온 것이므로, 서유구가 말한 『풍석집』이 『풍석전집』을 가리킬 가능성은 없다. 『풍석고협집』을 『풍석집』으로 약칭(略稱)한 예는 「중부 오여 선생 제문」(祭仲父五如先生文)에서도 확인된다: "嗚呼! 小子記昔 『楓石集』之粧池成也, 先生文以弁首."(『金華知非集』 卷第五, 『楓石全集』, 398면)

39 구체적인 편년 작업은 다음 절에서 이루어진다.

40 "凡人中壽七十歲, 然而趨舍指湊, 日以月悔也, 以至於死, 故蘧伯玉年五十而知四十九年非."(『淮南子』 卷1 「原道訓」)

이 아니면 할 수 없는 말이다. '금화'金華[41]는 1807년 무렵부터 1811년까지 서유구가 산 곳이다.[42] 서유구 본인의 술회에 따르면, 그는 1806년 이후로 모두 네 차례 거처를 옮겼다고 한다.[43] 금화, 대호帶湖, 번계, 두릉이 그곳이다. 이 중 금화와 대호에서 산 것은 이른바 '방폐기'放廢期의 일이다. 방폐기는 서유구가 정계에서 퇴출된 약 20년의 기간을 말한다. 요컨대 '금화지비집'이란 제목은, 그 끝을 기약할 수 없는 암담한 시절에 자신을 돌아본다는 의미를 담고 있다. 그렇다면 『금화지비집』은 그 제목에서부터 『풍석고협집』과는 상당히

---

41 '금화'는 경기도 포천시 영중면 금화봉 주변일 것이라 짐작된다. 조창록, 「풍석 서유구의 『금화경독기』」, 『한국실학연구』 제19호, 한국실학학회, 2010, 290면 참조. 참고로 서유구는 "四堅之奇, 余耳之久而未之賞焉. 歲己巳在金華山莊, 偕鄰友崔仲受以二月辛丑發行, 午憩于柯亭店, 依山村落頗殷盛, 前坪平㴲, 亦畿北可居地也"(「四堅記」, 『金華知非集』卷第五, 『楓石全集』, 390면)라고 했는데, 같은 일을 두고 『금화경독기』에서는 "往在己巳春, 余在維揚, 與隣友崔仲受往見安峽四堅"(「四堅」, 『金華耕讀記』卷之四, 장16뒤, 東京都立中央圖書館 소장, 도서번호: 特7641)이라고 했다. 따라서 금화산장은 유양, 곧 양주(楊州)에 있었던 것이 된다. 「四堅記」를 보면, 서유구는 금화산장에서 출발해 오시(午時)에 가정자(柯亭子)에서 휴식한다. 따라서 금화는 가정자 인근 지역이 된다. 가정자는 소요산 아래다: "柯亭子: 在楊州邑北四十里逍遙山下."(徐有榘, 「名基條開」, 『相宅志』卷第二; 『林園十六志』5, 보경문화사 영인, 2005, 481면) 『금화경독기』는 성균관대학교 조창록 선생이 제공해 주신 것이다. 후의에 감사드린다. 이하 『금화경독기』와 『임원경제지』를 인용할 때에는 서지 사항을 생략한다.

42 서우보의 다음 언급 참조: "丁卯秋, 媼有風眩之疾, 避寓于椒洞, 而余將往觀家大人于蘆原寓所, 歷省媼病, (…) 余隨家大人移居于金華山莊, 而離媼之懷, 屈指四年. 辛未春, 復隨家大人來居于豆湖, 始與媼團圓, 而時媼已老矣."(徐宇輔, 「祭庶曾祖母密陽朴氏文」, 『秋潭小橐』卷第下, 장27앞~뒤)

43 "吾於丙寅以後凡四遷其居: 金華以山無拱抱, 迫近官路棄; 帶湖以背無靠依, 土亦赤黏棄; 樊溪以基窄田堉, 經濟莫施棄; 近所占斗陵, 江山最昭曠可喜, 而所乏者前坪耕稼之耳."(徐有榘, 「示七輔」, 『金華知非集』卷第三, 『楓石全集』, 346면) 그 밖에도 서유구는 거처를 6번, 9번 옮겼다고 술회한 바 있다: "歲丙寅, 余放廢于野, 突嗟漂搖, 前後凡六遷其寓"(「叔弟朋來墓誌銘」, 『金華知非集』卷第七, 같은 책, 440면); "汝年舞勺, 家難斯詽, 我居九遷, 輒以汝從. 楊原灌圃, 帶湖治農."(「祭亡兒生日文」, 『金華知非集』卷第五, 같은 책, 401면)

다른 정신 자세를 보여 준다고 할 수 있다.

서유구가 자신의 거주지를 저서 제목에 명기한 예는 『금화지비집』 외에도 두루 확인된다. 『번계시고』의 '번계', 『난호이목지』蘭湖漁牧志의 '난호'蘭湖[44]가 그 예다. 『금화지비집』 외에도 『금화경독기』 역시 '금화'란 지명을 제목에 내세우고 있다. 그런데 '금화'가 1811년까지의 거주지라면, 『금화지비집』에는 그 시기의 글만 수록되어야 하는 것 아닌가? 『번계시고』에는 번계 시절의 시 작품이 수록되었다. 반면 『금화지비집』은 금화 시절 이후의 산문 작품도 포괄하고 있다. 이건 어떻게 된 것인가? 이 문제와 관련하여 서유구의 다음 언급이 참고된다. 1796년에 정조正祖의 명으로 편찬해 올린 「신정 향음의」新定鄕飮儀와 「신정 향사의」新定鄕射儀의 편찬 경위 및 관련 일화를 기록한 글의 말미다. 현재로서는 『금화지비집』의 편집과 관련하여 서유구가 남긴 유일한 진술로 생각된다.

> 경신년(1820)에 내가 난호에 있을 때, 예전의 글상자를 정리하다 이 권卷을 발견했다. 오랫동안 쓰다듬고 있자니 황홀하게 임금님의 말씀이 다시 들리는 듯한데, 교산喬山의 활과 검은 이미 까마득해져 찾을 수가 없었다. 마침내 정사淨寫하여 『금화집』金華集에 편입하고, 삼가 성상聖上의 말씀을 편篇 끝에 적어 평생

---

44 난호는 1815년부터의 거주지다: "乙亥春, 余卜築于湍州之蘭湖."(徐有榘, 「承政院都承旨徐公神道碑銘」, 『金華知非集』卷第六, 『楓石全集』, 405면) 그리고 "師住金剛山之白蓮菴, 今年暮春, 甁錫西遊, 爲余講首『楞嚴』于蘭湖精舍. (…) 乙酉四月, 楓石居士書"(「題華嶽堂零稿」, 『金華知非集』卷第九, 같은 책, 481면)란 기록을 통해, 서유구가 1825년까지 난호의 집을 유지한 사실이 확인된다. 난호의 위치에 대해서는 서유구의 다음 언급 참조: "壬戌冬, 余哭笏園子於桐原. (…) 後五閏而余卜築蘭湖, 距桐原二十里而近."(「從祖弟穉斡墓誌銘」, 『金華知非集』卷第七, 같은 책, 443면)

토록 끝나지 않을 애통한 심정을 기록한다.[45]

　1820년에 난호에서 살 때 「신정 향음의」와 「신정 향사의」를 찾아내어 깨끗이 옮겨 적은 뒤 『금화지비집』에 편입했다고 서유구는 밝히고 있다. 따라서 서유구는 방폐기에 이미 『금화지비집』의 편찬을 염두에 두고 자신의 글을 자각적으로 수습·정리하고 있었던바, 금화에서 다른 곳으로 거처를 옮긴 뒤에도 문집 제목에는 변화가 없었던 것이 된다. 즉, 금화 시절 이후의 산문집을 서유구가 별도로 엮었을 가능성은 희박하다.[46]

　그렇다면 『풍석전집』 소재 『금화지비집』은 편집 체제상 어떤 특징을 보여 주는가? 『풍석고협집』과의 대비 속에 그 답을 찾아보도록 한다. 우선 『풍석고협집』과 『금화지비집』의 권차를 대비해 보면,[47] 『금화지비집』에 부친 서문이 없는 사실이 눈에 띈다. 서유구 자신에 의한 것도, 제3자에 의한 것도 없다. 이 점과 관련하여 이유원의 다

45　"歲庚辰, 余在蘭湖, 撥舊篋得此卷, 摩沙久之, 怳然天香之復聞, 而喬山之弓劍已邈焉不可追矣. 遂淨寫編入于『金華集』中, 而謹記聖語于篇端以識終天不泊之慟云."(徐有榘, 「題新定鄉飲鄉射儀」, 『金華知非集』 卷第九, 『楓石全集』, 482면)

46　참고로, 『금화경독기』도 '금화'라는 지명을 제목에 밝혔지만 방폐기 이후의 글도 포함하고 있다. 서우보 사후에 지어진 것이 분명한 '화통'(化統)이 그 예다. 그 밖에도 1841년경에 서유구는 고인이 된 심상규의 묘지명을 지으면서 여전히 자신을 '金華昔僚'라 칭한 사실이 확인된다(「議政府領議政文肅沈公墓誌銘」, 『金華知非集』 卷第八, 『楓石全集』, 454면). 따라서 『금화지비집』이 금화 시절 이후의 글들을 포괄한 것은 그리 이상한 일이 아니다.

47　『풍석고협집』의 권차는 다음과 같다: 서(序), 자인(自引), 총목(總目), 권1 서(序), 권2 기(記), 권3 서(書), 권4 전(傳), 권5 묘지명(墓誌銘)·탑명(塔銘)·제문(祭文)·애사(哀辭), 권6 잡저(雜著). 『금화지비집』의 권차는 다음과 같다: 총목(總目), 권1 상소(上疏)·계의(啓議), 권2 서(書), 권3 서(書)·서(序), 권4 변(辯), 권5 기(記)·제문(祭文), 권6 신도비명(神道碑銘)·묘표(墓表), 권7 묘지명(墓誌銘), 권8 묘지명(墓誌銘)·유사(遺事), 권9 잡저(雜著), 권10 책대(策對), 권11~12 책(策).

음 언급이 참고가 된다.

산 남쪽 집에 만 권의 책 있었고	萬卷山南屋,
두릉 북촌에 집 한 칸 마련하셨지.	一椽斗北村.
법도 모두 정치했고	規制皆精緻,
문장에 연원 있었네.	文章有淵源.
훌륭한 글을 누가 지어 주려나?	大筆何人贈,
유집遺集에 서문이 남아 있지 않구나.	遺集序不存.[48]

마지막 두 구를 보면, 『금화지비집』에는 서문이 없었던 것이 된다.[49] 이런 상황에서 이유원이 『풍석전집』에 서문을 부친 것이다.[50]

그다음으로 눈에 띄는 것은 상소上疏, 계의啓議, 책대策對 등의 관각문館閣文이다. 이것은 『풍석고협집』 이후의 사환仕宦 생활을 반영한 것이다. 신도비명神道碑銘은 정3품 이상이 짓는 것이 관행으로, 이 또한 서유구의 관력官歷을 반영한다.

그 밖에도 의론문議論文의 증가가 눈에 띈다. 『풍석고협집』에는 '변'辨 혹은 '변'辯에 해당하는 것이 「춘왕정월변」春王正月辨 한 편인데, '잡저'로 분류되어 있다. 반면 『금화지비집』에는, 「좌씨변」左氏辯

---

48 李裕元, 〈徐楓石有榘〉, 「懷長老, 倣古人體十九首」, 『嘉梧藁略』 冊4, 한국문집총간 315, 122면.

49 '유집'(遺集)은 『금화지비집』을 가리키는 듯하다. 『풍석고협집』에는 서문이 남아 있기 때문이다.

50 서유구의 손자 서태순(徐太淳, 1821~1868)이 이유원에게 서유구 묘지명을 청한 사실에 비추어 보면, 아마 그 서문도 서태순의 요청에 의한 것일 가능성이 없지 않다: "公之言怳若隔晨, 而公之孫執以屬公銘."(李裕元, 「吏曹判書致仕奉朝賀文簡徐公墓誌」, 『嘉梧藁略』 冊18, 한국문집총간 316, 172면)

상·하를 한 편으로 칠 경우, 총 4편의 변辯이 실려 있으며, '잡저'가 아닌 '변'으로 따로 분류되어 있다. 책대策對는 관각문이긴 하나 의론문의 성격을 가지며, 특히 권11~12에 수록된 「의상경계책」擬上經界策은 책대의 형식을 빌린 의론문으로, 서유구의 농학을 유감없이 보여 주는 대표작이라고 하기에 무방하다. 『풍석고협집』과 달리 『금화지비집』에는 이러한 책대가 4권에 걸쳐 수록되어 있다. 이들 '변'과 '책대'는 편폭이 커서 본격적인 의론문이라 하기에 무방하다. 이렇게 의론문에 대한 분류가 더 세분화되고 편 수와 편폭이 늘어난 것이 『금화지비집』의 중요한 특징 중 하나다.

그런데 『금화지비집』의 편집 체제는 다소 불충분하거나 부정확한 점이 없지 않다. 첫째, 문체의 분류와 권차卷次가 일부 맞지 않다. 『풍석고협집』에는 각 권별로 각 문체가 수록되어 있으며, 여러 문체가 함께 수록된 권5의 경우도 그 수록 문체는 모두 유사한 성격의 것이다. 반면 『금화지비집』에는 서書와 서序, 기記와 제문祭文이 함께 묶여 있다. 특히 기와 제문은 그 성격이 판이하다. 둘째, 같은 문체 내에서도 체제가 일부 갖추어지지 않았다. 예를 들어 서序의 경우, 책에 대한 서문 외에도 송서送序와 수서壽序가 수록되었는데, 송서가 책에 대한 서문들 중간에 편입되어 있어 체제가 정연하지 않다. 셋째, 작품 배열이 더러 편년과 맞지 않다. 예를 들어 「교인 『계원필경집』 서문」(校印桂苑筆耕集序), 「『종저보』 서문」(種藷譜序)은 1834년 작인데, 그다음에 수록된 「『해거재시초』 서문」(海居齋詩鈔序)은 1832년 작이다. '기', '잡저' 등에서도 이런 사례가 확인된다.[51]

---

51 이상과 같이 『금화지비집』의 체제는 다소 불완전하다. 그렇다면 『풍석전집』 소재 『금화지비집』은 과연 얼마만큼 서유구의 의도 내지 편집 방향을 반영한 것일까? 이 문제

이제까지 살펴본 『풍석고협집』과 『금화지비집』을 합편한 것이 곧 『풍석전집』이다. 합편한 사람은 '수운자'水芸子로 되어 있는데, 누구인지 미상이다. 일반적으로 문집의 체제는 문체별 분류를 따르는 것이 통례다. 같은 문체면 초년작이건 말년작이건 함께 묶이며, 추후에 발견된 글들은 '습유'拾遺나 '속집'續集 등의 형태로 첨부된다. 이와 달리 『풍석전집』은 시기별로 성립된 각각의 문집을 합쳐 놓은 것이다. 박지원, 이덕무, 이만수李晩秀(1752~1820), 남공철南公轍(1760~1840)의 문집도 마찬가지다. 그 밖에도 비록 문집 전체가 그런 건 아니지만, 시詩에 한해 각 시기별 시집을 합편한 예가 있는데, 채제공蔡濟恭(1720~1799), 김려金鑢(1766~1821)의 문집이 그렇다.

이런 형태의 문집은 조선 초기에는 잘 보이지 않고 조선 후기에 현저하게 증가한다. 왜 그럴까? 우선, 작품 창작과 문집 간행에 대한 작가의 태도에 중대한 변화가 생겼기 때문이다. 박지원의 예에서 볼 수 있듯이, 작가 생전에 본인의 글을 거듭 퇴고하고 문집의 체제를 잡아 다양한 자편自編 문집을 엮는 행위가 조선 후기에 대단히 자각적으로 이루어졌다. 이런 자편 문집들은 작가 자신의 의도에 따라 편집된 것이니만큼 그 자체로 독립성을 갖는다. 따라서 이런 자편 문집들을 후대 사람이 임의로 재편집하기가 조심스럽거나 꺼려질 가능성이 높다. 요컨대 작가가 남긴 글들을 작가 사후에 제삼자가 수습하고 산정하여 문집을 내던 기존의 관행에서 벗어나, 작가 자신이 생전에 자신의 글을 수습하여 자신의 의도대로 편집하게 된 변화상이 『풍석

에 대해 단언하는 것은 물론 불가능하다. 그러나 서유구 본인이 서적의 정리·간행에 일가견이 있었던 사실을 감안하면, 『금화지비집』의 편집상의 미비점은 일말의 의구심을 자아낼 만하다.

풍석 서유구 산문 연구

전집』 계통의 문집들에 반영되어 있는 것으로 생각된다.

그다음으로 명청대 서적의 영향을 고려해 볼 만하다. 중국의 경우, 작가 생전에 간행된 문집의 양이 증가한 것은 명대 가정嘉靖 (1522~1566) 연간 이후로 알려져 있다.[52] 장방기張邦奇, 육채陸釆, 조학전曹學佺, 담원춘譚元春, 도륭屠隆, 원굉도袁宏道, 전겸익錢謙益, 왕사진, 소장형邵長蘅 등의 문집은 작가 생전에 개별적인 문집의 형태로, 혹은 각 시기별 문집들이 합편된 전집全集의 형태로 유통되었다. 소장형의 『소자상전집』邵子湘全集의 예에서 볼 수 있듯이, 작가 생전의 시기별 문집들을 모은 문집을 '전집'이라 칭한 경우가 있는데, 『풍석전집』의 명칭도 이 예를 따른 것으로 보인다. 다만, 똑같이 작가 생전에 문집이 나왔다 해도 명청대의 경우 대부분 간본刊本이었던 반면, 조선 후기의 경우 남공철 문집을 제외하면 거의 대부분 필사본이었다. 이는 양국 출판문화의 차이를 반영한다.

『풍석전집』의 또 다른 특징은 시를 일체 수록하지 않은 산문집이라는 것이다. 『풍석전집』의 편집자는 자연경실自然經室 소장 자료를 이용했다고 표지에 밝혔다. 자연경실은 서유구 만년의 서실 이름이다. 그런데 홍경모에 의하면, 『풍석고협집』과 『금화지비집』은 물론 『번계모여고』 역시 서유구 사후에 집에 보관되어 있었다고 한다. 그렇다면 『풍석전집』의 편집자가 이 중에서 굳이 『번계모여고』를 제외한 이유는 무엇일까?

더 세분해서 보더라도 『풍석고협집』과 『금화지비집』 모두 시가 없는 산문집이다. 이것은 아마 서유구 자신의 편집 방침에 따른 것이

52　오오키 야스시, 노경희 옮김, 『명말 강남의 출판문화』(소명출판사, 2007), 42면.

아닌가 한다. 서유구는 이십 대 및 오십 대 때에 공히 시에 능하지 않다고 스스로 밝혔으며,[53] 그를 종유한 후배의 평가도 그렇다.[54] 물론 서유구가 시를 짓지 않았던 것은 아니다. 『번계시고』 이전의 시 창작을 알려 주는 기록들이 남아 있다. 그 기록들을 통해, 『풍석고협집』 이전부터 서유구가 혹은 집안 어른의 명에 따라, 혹은 스스로의 흥취에 따라 시를 지은 사실이 확인된다.[55] 그러나 이 시편들은 문집으로 수습되지 않은 듯하다.

『풍석고협집』 이후에도 서유구는 시 창작을 해 온 것으로 파악된다.

> 진후산陳后山(진사도陳師道)은 평생 가난했다. 처자妻子가 외가에
> 기식寄食했는데, 집에서 보낸 편지를 받고 쓴 시에 "소식 알려
> 주리란 걸 잘 알지만/어찌 지내는지 감히 못 묻겠구나"라고 했
> 으니, 그 심정을 상상할 수 있다.

53　이십 대 때의 기록은 다음과 같다: "余素喜文章, 而獨不能詩."(徐有榘, 「梨雲閣詩序」, 『楓石鼓箧集』卷第一, 『楓石全集』, 221면) 오십 대 때의 기록은 다음과 같다: "吾之於詩猶子瞻之於酒云. 子瞻不能飮而好飮人以酒, 吾不能詩而好評論人詩."(徐有榘, 「題蘭湖華萼集」, 『金華知非集』卷第九, 『楓石全集』, 480면)

54　"楓石又力治古文, 專學牧齋, 又精於天文曆學, 但其韻語及騈儷始不致力, 遜於他文, 然盖才有不逮也."(洪翰周, 『智水拈筆』卷8, 아세아문화사 영인, 1984, 430면)

55　1778년의 시 창작에 대한 기록을 들면 다음과 같다: "記昔正廟戊戌, 余年十五受『毛詩』于先仲父五如先生, 見先生前列盆菊五種, 朝夕賞翫, 如余今日之爲, 而賦五言古體以志之. 先王父文靖公取覽而和之, 且命余小子兄弟步其韻. 余作頗爲長老誚可, 先大夫擊節嘉賞, 謂近濂洛風韻."(徐有榘, 「五菊志感」序, 『樊溪詩稿』1, 국립중앙도서관 영인수집본, 도서번호: 古 3643 456, 장28앞~뒤) 1779년의 기록은 이렇다: "己亥夏, 余曉起如厠, 偶得'艸裏鳴蛩怨曉色'之句. 時余年十六, 學詩於伯氏, 歸語伯氏, 伯氏謂氣象悽切, 禁令不終篇."(徐有榘, 「詩忌悽切」, 『金華耕讀記』卷之四, 장1뒤) 그리고 徐命膺, 「乙巳除夕, 與兒瀅修孫有榘守歲, 用江韻各賦」(『保晚齋集』卷第二, 한국문집총간 233, 109면)는 서유구의 1786년의 시 창작을 알려 준다. 이하 『번계시고』를 인용할 때에는 서지 사항을 생략한다.

병인년(1806) 여름, 중부 명고공明皐公(서형수)께서 섬으로 귀양 가셨다. 나는 조정에서 불안한 입장이 되어, 망해촌望海村에 임시로 머물렀다. 이때 온 가족이 벌벌 떨며 그날 아침에 그날 저녁을 장담하지 못하는 상황이라, 매번 집에서 보낸 편지를 접할 때마다 더욱 괴로웠다. 그래서 나는 「떨어져 살며. 8수」(索居八首)를 지었다. 그 시에서 "비록 시골로 도망 온 지 오래됐지만/되레 발소리 드물게 듣기를 원하네"라고 했는데, 그 당시의 막막한 심정을 잘 형용했다고 스스로 생각했다. 그러던 터에 나중에 진후산의 시를 보고 깜짝 놀라 "무기無己(진사도)가 먼저 자리를 차지했구먼"이라고 했다. 그랬더니 어떤 객이 비웃으며 말했다. "그대는 정말 시학詩學에 어둡구려. '편지 한 통 부친 뒤로/지금 벌써 열 달이 지났네./소식 올까 되레 두려우니/마음에 무엇이 남아 있으랴'란 두보杜甫의 시구詩句를 보지 못했소?" 이 말에 나는 웃으며 이렇게 말했다. "우선 노두老杜(두보)를 따라 곤경 속에서도 꿋꿋하게 헤쳐 나가는 사람이 돼야겠소이다."[56]

---

56 "陳后山一生淸苦, 妻子寄食外家, 得家信詩云: '深知報消息, 不敢問何如.' 其況味可想也. 丙寅夏, 仲父明皐公謫海島. 余不安于朝, 僑寓望海村時, 渾家惴惴若不保朝夕, 每接家書, 輒增惱懊. 余賦「索居八首」, 有云: '縱然逃竄久, 還願聞跫稀.' 自謂頗形侘傺無聊之心緒. 後見后山詩, 啞然曰: '已被無己先著坐.' 有一客哂曰: '子自矇于詩學耳. 獨不見老杜'自寄一封書, 今已十月後. 反畏消息來, 寸心亦何有'之句乎? 余笑曰: '且放老杜爲窮道疾足者.'"(徐有榘, 「窮道疾足」, 『金華耕讀記』卷之四, 장4뒤~장5앞) '陳后山一生淸苦~其況味可想也'는 瞿佑, 『歸田詩話』에서 전재한 것이다. 인용된 진사도의 시는 「寄外舅郭大夫」의 셋째·넷째 구절이고, 인용된 두보의 시는 「述懷」의 후반부이다. 망해촌은 지금의 노원구 도봉산 아래다: "望海村: 又在楊州南三十五里道峯山下."(徐有榘, 「名基條開」, 『相宅志』卷第二; 『林園十六志』 5, 481면) 참고로 서유구는 또 망해촌에서 각심촌(角心村)으로 옮기는데, 각심촌은 지금의 노원구 월계동 각심촌(覺心村)일 것으로 짐작된다(이종묵, 『조선의 문화 공간』 4, 휴머니스트, 2006, 379면 참조). '覺心'은 '恪心'으로 표기되기도 한다.

방폐기의 시 창작을 알려 주는 말이다. 방폐기가 시작된 1806년에 서유구의 고통과 번뇌가 특히 극심했을 것으로 헤아려지는데, 그 심회를 표현한 시가 곧 「떨어져 살며. 8수」(索居八首)이다. 이런 작품은 심심파적으로 짓는 시와는 전혀 다를 것이므로, 서유구가 꼭 시를 도외시하고 산문 창작에만 몰입했다고 하기는 힘들 듯하다.

그렇다면 이런 시 작품들이 『금화지비집』에서 빠진 이유는 무엇일까? 편 수가 부족해서일까? 산일散逸된 것인가? 서유구 스스로가 뺀 것인가? 이 문제와 관련하여 인용문이 참고된다. 애초에 서유구는 자신의 시가 괴로운 심사를 잘 표현했다고 스스로 생각했으나, 나중에 어떤 객客으로부터 시학詩學에 어둡다는 지적을 받았다고 한다. 이런 일화로 미루어 보면, 서유구는 그때그때의 내적·외적 필요에 따라 시를 짓긴 했지만, 역시 자신의 본령은 아니라고 판단했을 가능성이 높지 않은가 한다.

문집에 산문만 수록한 예가 없는 것은 아니다. 귀유광歸有光(1506~1571)과 모곤의 문집이 그 예이다. 그리고 시보다 산문을 우선한 경우도 있다. 위희魏禧(1624~1681)의 문집이 그 예이다. 그러나 이런 예가 그리 일반적이었던 것은 아니다. 조선도 마찬가지다. 일례로 박지원의 경우 산문만 수록한 자편 문고文藁가 다수 전하지만, 『연암집』에는 시도 함께 수록되었다. 『풍석전집』 외에 산문만 수록한 문집으로 유언호俞彦鎬(1730~1796)의 『연석』燕石 정도가 확인되지만, 이 역시 원래는 시와 산문 모두를 갖춘 문집이었을 것으로 추정된다.[57]

---

57   유한준(俞漢雋)의 다음 언급 참조: "族父今判中樞止軒公所著『燕石集』, 詩五百四十六, 序記三十七, 題跋銘贊說四十五, 狀誌碣六十, 祭文哀辭五十, 書牘百七十, (…) 合詩文近千餘篇."(俞漢雋, 「燕石集序」, 『自著』著草, 한국문집총간 249, 476면)

그럼 끝으로 이본 문제를 살펴보기로 한다. 서울대본은 후사본이 므로 그에 선행하는 본이 있었던 것이 틀림없다. 이 문제와 관련하여 중경문고中京文庫 도서 목록이 참고된다. 거기에 '풍석집'楓石集이란 서명書名이 확인된다.[58] 중경문고본『풍석집』은 총 14책 필사본으로, 30엔円이었다고 한다. 재단 설립자의 기부 증서가 쇼와昭和 17년 (1942)에 작성되었으니, 그 당시의 서적 형태와 물가를 반영한 기록이다.

중경문고본의 실물이 확인되지 않은 상황에서 단언할 수는 없지만, 몇 가지 추정은 가능하다. 우선, 그것이『풍석고협집』일 가능성은 희박하다. 서울대본을 기준으로 하면『풍석고협집』은 6권 2책이므로, 14책으로 편차編次되는 건 불가능하다. 그렇다면 중경문고본은『금화지비집』이나『풍석전집』의 이본일 가능성이 높다.[59] 서울대본에 비해 책 수가 대폭 증가한 것으로 보아, 중경문고본에는 서울대본에 없는 작품들이 수록되었을 수도 있다. 일례로 서울대본에는『임원경제지』의 16지志에 대한 인引 중에 맨 첫 작품인「『본리지』 인」本利志引만 수록되었다. 그렇다면 서울대본에 누락된 나머지 15편의 인이 중경문고본에는 수록되었을 수도 있다.

그런데 이본 문제와 관련된 더 결정적인 단서는 서울대본 안에 있다.『금화지비집』제2권「백씨 좌소 선생에게 올려 후기候氣를 논한

---

58 『財團法人中京文庫設立許可申請書類聚』(국립중앙도서관 소장, 도서번호: 한古朝 25-60), 91면.
59 서울대본과 동일한 본을 다시 14책으로 분책(分冊)한 것이 중경문고본일 가능성도 배제할 수 없다. 결국 실물의 발굴·확인을 통해서만 확답할 수 있는 문제이긴 하나, 각 책의 분량이 그리 많다고 할 수 없는 서울대본을 굳이 14책으로 다시 나누어 제본할 필요까지는 없을 것이라 판단된다.

편지」(上伯氏左蘇先生論候氣書)에 17자字가 누락되었는데, 해당 행 상
단에 '十七字落'(17자 결락)이라 적힌 첨지가 붙어 있고, 그 위에 다시
이렇게 적혀 있는 첨지가 덧붙어 있다.

此在西法未出之前其疎於籌法固其所也.
이상 17자가 탈락되어, 풍석암서옥본楓石庵書屋本에 의거하여
보충한다.

쇼와昭和 12. 3. 2.[60]

이 첨지를 통해 『금화지비집』 혹은 『풍석전집』의 '풍석암서옥본'
의 존재가 확인된다. 쇼와 12년(1937) 3월 2일의 기록이므로, 적어도
이때까지는 그 본이 남아 있었던 것이 된다.

2. 작품 편년

서유구는 79세 때(1842) 자신의 삶을 회고하여 다섯 시기로 나눈 바
있다.[61] 선행 연구들도 대체로 이 구분을 따르고 있다. 첫 번째 시
기는 서유구가 한창 학문적·문학적 수련을 받던 때로, 1764년에서
1790년 과거 급제 전까지다. 두 번째는 정조正祖의 지우知遇를 입어
서적 편찬 사업에 종사하던 시기로, 과거 급제 이후부터 1806년에

---

60 "此在西法未出之前其疎於籌法固其所也. 以上十七字脱, 楓石庵書屋本ニョリ 補
う. 昭和 十二. 三. 二." 결락된 부분은 『풍석전집』 제5책 장63앞 2~3행이다.
61 해당 작품은 「五費居士生壙自表」인데, 추후에 자세히 다룰 것이므로 여기서는 생

방폐放廢되기 전까지다. 세 번째는 이른바 '방폐기'로, 1806년에서 1823년 정계 복귀 전까지다. '방폐기'는 서형수가 '김달순金達淳 옥사 獄事'[62]에 연루되어 유배되자, 그 여파로 서유구도 향촌에 유폐된 시기를 말한다. 네 번째는 서유구가 마침내 복권되어 두루 요직을 거친 뒤 봉조하로 은퇴하기 전까지로, 1823~1839년이다. 다섯 번째는 은퇴 이후이다.

첫 번째 시기는 수학기修學期다. 『풍석고협집』 소재 작품들은 1781~1788년 사이에 창작되었으므로, 모두 수학기 산문에 속한다. 그중 본문 내에 창작 연도가 기록된 것은 다음과 같다.

> 「「세검정아집도」에 제題한 글」(題洗劍亭雅集圖), 1781년.
> 「『본사』 발문」(跋本史), 1785년.[63]
> 「「지북제시도」 제기題記」(池北題詩圖記), 1787년.
> 「왕부 보만재 선생 제문」(祭王父保晩齋先生文), 1788년.

그다음으로 본문 내에 창작 연도가 명기되진 않았지만 작품 내의 진술이나 주변 기록을 통해 창작 연도를 확정할 수 있는 것을 들면 아래와 같다.

략한다.

62　'김달순 옥사'는 당시 시파(時派) 세력을 견제하기 위해 벽파(辟派) 의리를 강조한 김달순이 반대파의 공격을 받아 결국 처형되고 그에 연루된 사람들이 처벌된 사건이다. 박광용, 「조선 후기 「탕평」 연구」(서울대 박사논문, 1994), 219~221면 참조.

63　『풍석고협집』에는 창작 연도가 밝혀져 있지 않으나, 『보만재총서』(保晩齋叢書)에 기록되어 있다(『保晩齋叢書』 7, 서울대학교규장각한국학연구원 영인, 2009, 329면).

「『본사』의 논단을 보충한 글」(本史補論斷), 1785년.

「지팡이에 새긴 글」(杖銘), 1786년.

「숙제 유락 자서」(叔弟有樂字序, 1787년.

「종부제 유영 자서」從父弟有榮字序, 1787년.

「이우산에게 보내 고문상서古文尙書에 대해 논한 편지」(與李愚山 論尙書古文書), 1787년.

「유군 탄소 제문」(祭柳君彈素文), 1788년.

「송원사. 기하자의 죽음에 곡하며」(送遠辭. 哭幾何子), 1788년.

「심치교沈穉敎에게 보내 작은 초상화에 대한 제시題詩를 지어 달 라고 청하는 편지」(與沈穉敎乞題小照書), 1788년.

「『본사』의 논단을 보충한 글」(本史補論斷)의 창작 연도를 1785년 으로 판단한 근거는 다음과 같다. 서유구가 용주溶洲에서 서명응徐命 膺(1716~1787)을 모신 것은 1785~1787년의 일이다.[64] 그런데 1785 년 작인 「『본사』 발문」(跋本史)이 『본사』本史 완성 뒤에 지어진 게 분명 하므로, 서유구가 서명응의 『본사』 편찬을 돕는 과정에서 작성된 「『본 사』의 논단을 보충한 글」은 1785년 작이라는 결론이 나온다. 「지팡이 에 새긴 글」(杖銘)의 창작 연도는 『금화경독기』에 밝혀져 있다.[65] 「숙 제 유락 자서」叔弟有樂字序의 창작 연도의 판단 근거는, 서유락徐有樂 (1772~1830)의 나이가 16세가 되었다는 작품 내 언급이다.[66] 「종부제

---

64 서유구의 다음 진술이 그 근거이다: "乙巳先王考文靖公卜築蓉洲, 吾與汝母從焉. (…) 後二年文靖公捐棄廢著, 歸竹西之第, 每語及昔日恩愛, 未嘗不涕沾頤也."(徐有榘, 「亡室貞夫人礪山宋氏墓誌銘」, 『金華知非集』 卷第七, 『楓石全集』, 433면)

65 徐有榘, 「杖銘」, 『金華耕讀記』 卷之三, 장12뒤 참조.

66 "古者, 八歲入小學, 十五入大學, 而年今十五加一, 以其時考之, 則可矣. 故名而曰

유영 자서」從父弟有榮字序도 함께 지어졌으므로[67] 창작 연도가 같다.

「이우산에게 보내 고문상서에 대해 논한 편지」(與李愚山論尙書古文書)의 창작 연도의 판단 근거가 된 것은 이희경李喜經(1745~?)의 2차 연행燕行에 대한 언급이다.[68] 「유군 탄소 제문」(祭柳君彈素文)과 「송원사」送遠辭는 모두 유금柳琴(1741~1788)의 죽음을 계기로 창작된 것이므로 1788년 작이다. 심치교沈穉敎, 즉 심상규에게 보낸 편지는『풍석고협집』의 제작 막바지에 작성된 작품이므로 1788년 작이 틀림없다.

그다음으로 창작 연도를 대략 추정할 수 있는 작품을 들면 아래와 같다.

> 「권응수전」權應銖傳, 1781~1785년.
>
> 「위희·소장형전」魏禧·邵長蘅傳, 1781~1785년.
>
> 「환성암 사리탑명」喚醒庵舍利塔銘, 1786년경.
>
> 「세심헌 기문」(洗心軒記), 늦어도 1787년.
>
> 「『금릉시초』金陵詩草 서문」(金陵詩序), 1787년경.
>
> 「『부용강집승시』 서문」(芙蓉江集勝詩序), 1785~1787년.
>
> 「이우산에게 보내 '深衣續衽鉤邊'에 대해 논한 편지」(與李愚山論深衣續衽鉤邊書), 1785~1787년.
>
> 「김씨·박씨 열부전」(金·朴二烈婦傳), 1785~1787년.

有樂, 字而曰朋來, 而勉乎哉!"(徐有榘,「叔弟有樂字序」,『楓石鼓篋集』卷第一,『楓石全集』, 222면)

67 "是日也, 從父弟有榮亦冠."(徐有榘, 같은 글, 같은 책, 223면)

68 서유구는 "前年綸庵李生喜經入燕"(「與李愚山論尙書古文書」,『楓石鼓篋集』卷第三,『楓石全集』, 243면) 운운했는데, 그 연행이 1786년의 일이다. 오수경,「18세기 서울 문인지식층의 성향」(성균관대 박사논문, 1990), 29면 참조.

「화정부인전」和靖夫人傳, 1785~1787년.

「딸아이 노열 광전명」(女老悅壙塼銘), 1785~1788년.

「유군 묘명」柳君墓銘, 1787~1788년.

『풍석고협집』에는 전傳이 4편 수록되었는데, 그중 「김씨·박씨 열부전」과 「화정부인전」에서 서유구는 자신을 '용주자'蓉洲子라 칭하고 있다. 따라서 이 둘은 용주 시절 작품이다. 반면 「권응수전」과 「위희·소장형전」의 논찬論贊에는 '용주자'란 칭호가 없다. 따라서 이 두 작품은 서유구가 용주로 옮기기 이전에 창작되었을 것으로 추정된다.

「세심헌 기문」의 '세심헌'洗心軒은 서로수徐潞修(1766~1802)의 당호堂號인데, 1787년작 「「지북제시도」池北題詩圖 제기題記」에서 서유구는 그를 '세심자'洗心子라 부르고 있다. 따라서 늦어도 이 시기에는 '세심'이란 당호가 사용되었던 것이다. 「환성암 사리탑명」은 1786년에 입적한 비구니의 다비식을 마친 주지승의 청으로 지어졌으므로, 그즈음에 창작되었을 것으로 짐작된다.

「『금릉시초』 서문」의 창작 연도의 추정 근거는, 1787년 음력 3월에 자신이 학산鶴山에서 돌아왔는데 이번에는 서유본이 거기로 간다는 서유구의 진술이다.[69] 그리고 서유구는 용주로 옮겨 온 뒤로 이의준에게 명물도수학을 배웠으므로,[70] 「이우산에게 보내 '深衣續衽鉤邊'에 대해 논한 편지」는 용주 시절의 작품이라 판단된다.

69 "余以三月歸自鶴山, 而伯氏今又行矣."(徐有榘, 「金陵詩序」, 『楓石鼓篋集』 卷第一, 『楓石全集』, 220면)

70 "旣而移家于蓉洲, 得見愚山李先生于西湖, 則又說鄭司農之名物、朱紫陽之性理."(徐有榘, 「與朋來書」, 『金華知非集』 卷第二, 『楓石全集』, 325면)

「딸아이 노열 광전명」이 1785~1788년 작으로 추정되는 것은, 아이가 1784년에 죽은 뒤 몇 년 지난 시점에서 이 작품이 지어졌기 때문이다.[71] 「유군 묘명」에서 서유구는 망자를 처음 본 것이 1787년인데 그 뒤 1년이 못 되어 부음을 접했다고 밝혔다.[72] 따라서 그 창작 연도는 1787~1788년이 된다.

그 밖에 『금화지비집』에 수록된 「『도덕지귀』 발문」(跋道德指歸)도 1789년 작으로 수학기 산문에 속한다. 『도덕지귀』道德指歸에 그 창작 연도가 명기되었다.[73]

두 번째는 사환기仕宦期다. 창작 연도가 확인 내지 추정 가능한 사환기 산문은 다음과 같다.

「십삼경에 대한 대책문」(十三經對), 1790년.

「농업에 대한 대책문」(農對), 1790년.

「『팔자백선』 서문」(八子百選序), 1790~1800년.

「등등사 기문」(登登舍記), 1790~1800년.

「악惡 또한 성성이라 하지 않을 수 없다는 말에 대한 논설」(惡亦不可不謂之性說), 1790~1800년.

「동원정사 기문」(桐原精舍記), 1791~1802년.

「규장각 대교를 사직하는 상소」(辭奎章閣待教疏), 1792년.

「진잠鎭岑에 부임 가는 족숙 이수理修를 전송하는 글」(送族叔理修

---

71 "老悅者, 楓石子之幼女也. 甲辰三月生于苧谷之寓榭, 五十日而病風死. (…) 瘞于東坡之原. 後數年楓石子過其地而悲其言之不幸中也, 迺治塼書銘納之塚."(徐有榘, 「女老悅壙塼銘」, 『楓石鼓篋集』 卷第五, 『楓石全集』, 266면)

72 이 작품은 추후에 자세히 다룰 것이므로 여기서는 생략한다.

73 徐命膺, 『道德指歸』, 115면(마이크로필름), 규장각 소장, 도서번호: 古 1401 1.

之任鎭岑序), 1792년.

「자전자궁慈殿慈宮께서 경모궁景慕宮에 납실 때 마땅히 행해야
할 의절儀節을 널리 상고하여 올린 계啓」(慈殿慈宮詣景慕宮時, 合
行儀節博考啓), 1794년.

「영성靈星과 수성壽星에 대해 제사 지내는 전례에 대해 널리 상
고하여 올린 의논」(靈星、壽星祀典博攷議), 1797년.

「순창군수로서 왕명에 응해 올린 상소」(淳昌郡守應旨疏), 1798년.

「용만 백일원 절목 후지」龍灣百一院節目後識, 1803~1804년.

「증수『용만지』발문」(跋增修龍灣志), 1803~1804년.

「용만 팔일당 약」龍灣八一堂約, 1803~1804년.

「홍문관 부제학을 사직하는 상소」(辭弘文館副提學疏), 1806년.

「동원정사 기문」은 서명선徐命善(1728~1791) 사후에 그 아들 서
로수에게 선영先塋이 있는 땅을 지킬 것을 당부한 글이므로, 그 창작
연도의 상한선은 서명선의 몰년(1791)이고, 하한선은 서로수의 몰년
(1802)이다.

서유구의 각종 관각문 및 「용만 백일원 절목 후지」등 관료 생활
과 관련된 작품들의 창작 연도는 서유구의 관력官歷 및 실록의 해당
기사를 통해 확인 가능하다. 「십삼경에 대한 대책문」, 「농업에 대한
대책문」, 『팔자백선』서문」, 「등등사 기문」, 「악惡 또한 성性이라 하
지 않을 수 없다는 말에 대한 논설」은 모두 초계응제문抄啓應製文이므
로, 그 창작 연도의 하한선은 1800년이다.

세 번째는 방폐기放廢期다. 확인 가능한 방폐기 산문의 작품명과
창작 연도는 다음과 같다.

「숙제 붕래에게 준 편지」(與叔弟朋來書), 1806~1808년경.

「붕래에게 준 편지」(與朋來書) (1),[74] 1806년.

「붕래에게 준 편지」(與朋來書) (3), 1807년.

「사견기」四堅記, 1809년.

「『난호화악집』에 제한 글」(題蘭湖華萼集), 1817년.

「『남승도』 시권』에 제한 글」(題攬勝圖詩卷), 1820년경.

「망실 정부인 여산 송씨 묘지명」亡室貞夫人礪山宋氏墓誌銘, 1820년.

「『신정 향음·향사의』에 제한 글」(題新定鄉飲鄉射儀), 1820년.

「의상경계책」擬上經界策, 1820년경.

「망매 숙인 서씨 묘지명」亡妹淑人徐氏墓誌銘, 1821년경.

「형님 62세 생신 제문」(伯氏六十二歲初度日祭文), 1823년.

이 중「사견기」,「망실 정부인 여산 송씨 묘지명」,『『난호화악집』에 제한 글」,「『신정 향음·향사의』에 제한 글」,「형님 62세 생신 제문」의 창작 연도는 본문 내에 기록되어 있다.

서유락에게 보낸 서신 중「붕래朋來에게 준 편지」(1)의 창작 연도는「오비거사 생광자표」五費居士生壙自表에 밝혀져 있다. 그리고「붕래에게 준 편지」(3)은 서유구가 44세 때 지은 것이므로,[75] 1807년 작이다. 그 밖에「숙제 붕래에게 준 편지」에서 서유구는 수삼數三 년이 지나면 서유락의 나이가 40이 된다고 했으므로,[76] 그 창작 연도의 하

---

74 『금화지비집』에는「붕래에게 준 편지」가 3통 실려 있다. 일련번호는 편의를 위해 필자가 붙인 것이다.

75 본문에 "試思吾自有生以來至于今四十四寒暑一萬七千三百有餘日"(徐有榘,「與朋來書」,『金華知非集』卷第二,『楓石全集』, 328면) 운운한 구절이 있다.

76 "吾今須白齒豁, 衰相日迫, 五十六十, 直朝暮耳. 君亦更數三年則四十矣."(徐有榘,

한선은 1808년이 된다. 「망매 숙인 서씨 묘지명」은 서유구의 누이가 1801년에 몰세한 지 20년 뒤의 작품이므로, 그 창작 연도는 1821년경이 된다. 「의상경계책」의 창작 연도는 선행 연구의 추정을 따랐다.[77]

네 번째는 복직기復職期 내지 현달기顯達期다. 이 시기의 작품 중 창작 연도가 명기된 것은 다음과 같다.

「『행포지』 서문」(杏蒲志序), 1825년.

「중부 오여 선생 제문」(祭仲父五如先生文), 1825년.

「죽은 아내를 이장移葬하며 지은 제문」(祭亡室遷窆文), 1830년.

「죽은 아들을 이장하며 지은 제문」(祭亡子遷窆文), 1830년.

「『해거재시초』 서문」(海居齋詩鈔序), 1832년.

「교인 『계원필경집』 서문」(校印桂苑筆耕集序), 1834년.

「『종저보』 서문」(種藷譜序), 1834년.

「완재정 기문」(宛在亭記), 1834년.

「『보만재집』 발문」(保晩齋集跋), 1838년.

이 중 「『행포지』 서문」, 「교인 『계원필경집』 서문」, 「『해거재시초』 서문」, 「『종저보』 서문」의 창작 연도는 각각 『행포지』, 『계원필경집』, 『해거재시초』, 『종저보』에 기록되어 있다.

그다음으로 창작 연도가 명기되진 않았지만 확정 내지 추정 가능한 것은 아래와 같다.

「與叔弟朋來書」, 『金華知非集』 卷第二, 『楓石全集』, 324면)
77 김용섭, 신정 증보판 『한국근대농업사연구』(1)(지식산업사, 2004), 153면 참조.

「우사영정 기문」(又思潁亭記), 1823~1824년.

「수씨 단인 이씨 묘지명」(嫂氏端人李氏墓誌銘), 1825년경.

「강화유수를 사직하며 올린 글」(辭江華留守書), 1827년.

「죽은 아들의 공령함功令函에 적은 글」(書亡兒功令函), 1827년경.

「죽은 아들 생일 제문」(祭亡兒生日文), 1828년.

「형조 판서로 재직했을 당시, 참판參判 임존상任存常, 참의參議 이경재李景在와 함께 올린 연명聯名 상소」(刑曹判書時與參判任存常、參議李景在聯名上疏), 1831년.

「예문관 제학을 사직하는 상소」(辭藝文館提學疏), 1832년.

「호조 판서를 사직하는 상소」(辭戶曹判書疏), 1832년.

「호남의 부포賦布를 돈으로 대신 바치게 할 것을 청하는 상소」(請湖南賦布蠲代疏), 1834년.[78]

「연천 홍상서에게 보내 『계원필경집』에 대해 논한 편지」(與淵泉洪尙書論桂苑筆耕書), 1834년.

「규장각 제학을 사직하는 상소」(辭奎章閣提學疏), 1835년.

「이조판서를 사직하는 상소」(辭吏曹判書疏), 1835년.

「숭품崇品을 내려 주신 것을 거두어 주시기를 청하는 상소」(乞收崇品陞授疏), 1838년.

「죽은 아들 묘지명」(亡兒墓誌銘), 1838년경.

「치사致仕를 청하는 상소」(乞致仕疏), 1839년.

---

78 『순조실록』(純祖實錄) 33년 계사(1833) 12월 16일(임자) 조에 '전라감사(全羅監司) 서유구가 산골 고을의 대동 면포(大同綿布)를 돈으로 대납할 것을 소청(疏請)하다' 운운한 기사가 보인다(『純宗大王實錄』卷之三十三 ; 『朝鮮王朝實錄』48, 국사편찬위원회, 1971, 404면). 이때를 양력으로 환산하면 1834년 1월 25일이 된다.

「우사영정 기문」은 방폐기 끝에 서유구가 복권된 시점에서 창작되었으므로[79] 1823~1824년 작이 분명하다. 「수씨 단인 이씨 묘지명」은 빙허각憑虛閣 이씨가 1824년에 별세하고 1년 뒤에 그녀를 서유본과 합장合葬하고 나서 지은 것이므로 1825년 작일 가능성이 높다. 홍상서泉洪尙, 즉 홍석주洪奭周(1774~1842)에게 보낸 편지는 『계원필경집』의 교정을 본 뒤 그 서문까지 짓고 나서 보낸 것이므로 1834년 작으로 판단된다.[80] 「죽은 아들의 공령함에 적은 글」은 서우보 사후에 그의 글상자를 수습한 서유구의 심정을 토로한 작품이므로 서우보 몰년인 1827년 작으로 추정된다. 「죽은 아들 생일 제문」은 서우보 사후 11개월 뒤의 생일에 지은 것이므로 1828년 작이다. 「죽은 아들 묘지명」은 1838년에 서우보를 이장한 다음에 지은 작품이므로, 창작 연도 또한 그즈음일 듯하다. 각종 관각문의 창작 연도는 서유구의 관력官歷 및 실록의 해당 기사를 통해 확인 가능하다.

다섯 번째 시기는 삶의 마지막 국면이다. 이 시기의 작품명 및 창작 연도는 다음과 같다.

「연천에게 보내 「좌씨변」에 대해 논한 편지」(與淵泉論左氏辨書), 1839년 이후.

「좌씨변」左氏辯, 1839년 이후.

「자이열재 기문」(自怡悅齋記), 1839년.

---

79 본문에 "歲癸未, 絫蒙恩復廁于朝"(徐有榘, 「又思穎亭記」, 『金華知非集』 卷第五, 『楓石全集』, 385면) 운운한 구절이 보인다.
80 참고로 이규경(李圭景)의 진술에 따르면, 『계원필경집』의 교정 작업은 1834년 봄에서 가을까지 이루어졌다. 李圭景, 「崔文昌事蹟辨證說」(『五洲衍文長箋散稿』 卷49) 참조.

「거연정 기문」(居然亭記), 1839년.

「윤현로 61세 생일 수서壽序」(尹顯老六十一初度序), 1840년.

「오비거사 생광자표」五費居士生壙自表, 1842년.

「중부 명고 선생 자지 추기」仲父明皐先生自誌追記, 1842년.

「막냇동생 사침에게 보낸 편지」(與季弟士忱書), 1841년경.

「태손에게 보임」(示太孫), 1841~1844년.

「칠보에게 보임」(示七輔), 1844~1845년.

「예조 판서 서공 신도비명」禮曹判書徐公神道碑銘, 1845년경.

이 중 본문 내에 창작 연도가 명기된 작품은 「윤현로 61세 생일 수서壽序」, 「중부 명고 선생 자지 추기」, 「자이열재 기문」이다. 「거연정 기문」은 「자이열재 기문」과 함께 창작되었을 것으로 짐작된다.[81]

「연천에게 보내 「좌씨변」에 대해 논한 편지」는 서유구의 「좌씨변」에 대한 홍석주의 의견을 묻는 편지인데, 그 답장에서 홍석주는 서유구를 '봉조하'라 칭하고 있다.[82] 따라서 「연천에게 보내 「좌씨변」에 대해 논한 편지」 및 「좌씨변」은 1839년 이후의 작품이 분명하다.

서유구는 치사한 뒤로 1840년까지 번계에서 살다가 두릉으로 거처를 옮기는데, 그 정확한 시기는 불분명하다. 「막냇동생 사침에게

---

81 다만 「자연경실 기문」(自然經室記)의 창작 연도는 확언할 수 없다. 이 작품도 「자이열재 기문」, 「거연정 기문」과 마찬가지로 번계의 생활 공간에 대한 글이다. 그러나 서유구는 치사(致仕)하기 전에 이미 자연경실을 조성했던 것으로 파악된다. 『화영일록』(華營日錄)의 다음 기록들을 보면, 서유구는 수원 유수(水原留守)로 재직했을 당시에 이미 수원과 번계를 오가며 생활했던 것으로 파악된다: "出樊溪, 拜大宅祠宇, 仍留自然經室, 兩宿而歸."(1837년, 4월 초2일 조; 『華營日錄』, 아세아문화사 영인, 1990, 240면) 따라서 「자연경실 기문」이 꼭 1839년에 창작되었다고 단정할 수는 없다.

82 洪奭周, 「答徐奉朝賀準平論左氏辨書」(『淵泉先生文集』 卷之十七, 한국문집총간

보낸 편지」에서 서유구는 번계를 떠나 두릉으로 옮길 계획을 굳혔고, 「태손에게 보임」은 두릉의 초당이 완성된 뒤의 작품이므로, 「막냇동생 사침에게 보낸 편지」가 「태손에게 보임」에 앞선다. 서유구가 1840년까지 번계에서 산 것은 확실하므로, 「태손에게 보임」의 창작 연도의 상한선은 1841년이 된다. 따라서 그보다 앞선 작품인 「막냇동생 사침에게 보낸 편지」는 1841년경에 창작되었을 가능성이 높다.[83] 「칠보에게 보임」은 80세를 넘긴 뒤의 작품이므로[84] 1844~1845년 작이다. 그리고 「예조 판서 서공 신도비명」은 서유구가 1786년에 생원시生員試에 합격하고 60년이 지난 시점의 글이므로,[85] 1845년 작이 거의 틀림없다.

293, 385~387면) 참조.

83 참고로 이 편지에서 서유구는 1809년의 일을 회상하면서 30년의 세월이 지났다고 했으며, 자신은 곧 80세가 되어 가고 서유비(徐有棐, 1775~1847) 또한 수년(數年) 뒤면 70세가 된다고 했다: "昔在己巳 (…) 此願竟莫之遂, 而俛仰三十年間, 孤苦零丁, 秖今老白首, 相對者惟君與吾耳. (…) 吾今八耋到頭, 君亦更數年則奄然七十翁矣."(「與季弟士忱書」, 『金華知非集』卷第三, 『楓石全集』, 343~344면)

84 "吾今視少蘊六十之戒恰過二十年, 而猶且汲汲爲一區宅子, 勞役心神, 使少蘊有知, 能不撫掌笑其妄邪?"(徐有榘, 「示七輔」, 『金華知非集』卷第三, 『楓石全集』, 346~347면)

85 "歲丙午有榘中生員試, 時公已病, 肩輿來賀, 呼之使偶坐, 所以期勉之者鄭重. 至今思之, 怳若隔宿, 而忽忽已六十光陰矣."(徐有榘, 「禮曹判書徐公神道碑銘」, 『金華知非集』卷第六, 『楓石全集』, 412~413면)

풍석 서유구 산문 연구

제3장

서유구 산문의 형성 배경

이제까지 서유구 문집의 성립 경위 및 서지적 특징을 검토한 다음 작품 편년 작업을 했다. 이상의 예비적 검토를 실마리로 삼아, 지금부터는 서유구 산문의 형성 배경을 살펴보기로 한다.

서유구 산문의 형성 배경과 관련하여 본서는 서유구의 학문적·문학적 정체성을 구성하는 세 가지 측면에 주목한다. 경화사족으로서의 면모, 서적의 수집과 정리에 대해 집요한 관심을 가진 장서가 내지 문헌학자로서의 면모, 지식의 사회적 연관을 중시한 실학자로서의 면모가 그 셋이다.

1. 경화사족京華士族의 심미 취향

수학기의 서유구 집안은 한창 전성기를 구가하고 있었다. 따라서 경화사족의 풍요로운 생활이 서유구 산문의 형성 배경이 되었을 것이

다. 여타 상층 사대부들과 마찬가지로 서유구도 서화골동이나 원림
園林 조성 등에 관심을 가졌던 것으로 파악된다. 다음 글은 그런 생활
상의 한 면을 보여 준다.

> 내 가정 교사는 기하자幾何子 유탄소柳彈素(유금柳琴)이다. (…)
> 주객主客의 예를 차리지 않고 곧장 무릎이 서로 닿도록 붙어 앉
> 아 시문詩文을 담론하고, 간간이 서화書畫와 금석각金石刻을 꺼
> 내 품평·감상하는 게 다반사였다.[1]

이런 언급을 통해, 서유구가 평소에 예술 작품 감상을 즐겼으며,
예술 취향의 공유가 지인과의 교유에서 중요한 비중을 차지했다는
사실이 확인된다.

그렇다면 서유구는 예술 취향을 통해 그 나름의 심미적 감각을
키워 갔을 터이다. 이렇게 해서 형성된 감식안은 후에 『임원경제지』
의 서화 비평으로 구체화된다.[2] 『임원경제지』에는 한당漢唐 이전부
터 수당隋唐 이후 명청明淸까지의 중국 서화 및 삼국 시대부터 서유구
동시대에 이르기까지의 서화에 대한 서유구의 비평이 망라되어 있
다. 여기에서 거론된 작품 중 「형악비」衡岳碑 탑본榻本, 김홍도金弘道
(1745~?)의 「음산대렵도」陰山大獵圖, 이인문李寅文(1745~1821)의 「고

---

1 "余之藝師曰幾何子柳彈素. (…) 至不設主客禮, 卽促郄談詩文, 開出書畫金石刻,
評品鑑賞以爲常."(徐有榘, 「送遠辭. 哭幾何子」, 『楓石鼓篋集』卷第五, 『楓石全集』, 273
면)
2 문선주, 「서유구의 『畫筌』과 『藝翫鑑賞』 연구」(한국정신문화연구원 석사논문,
2001), 42~108면; 박은순, 「서유구의 서화감상학과 『임원경제지』」(한국학연구소 편,
『18세기 조선지식인의 문화 의식』, 한양대학교 출판부, 2001, 415~453면) 참조.

송유수관산수폭」古松流水館山水幅은 서유구 가장본家藏本이다.[3] 또한 서유구는 '자이열'自怡悅이라는 옹방강翁方綱(1733~1818)의 글씨를 가지고 있다가 편액으로 건 바 있는데,[4] 이 역시 서유구의 예술 취향 및 서화 수장의 일단을 보여준다.

서화 수장 및 예술 취향은 상층 사대부 일반이 공유한 것으로, 다음 글은 서유구의 심미적 취향을 잘 보여 준다.

나는 벼루를 사방에 보관하고 있다. 도운연濤雲硯, 우초연雨蕉硯, 용주연龍珠硯, 봉호연蓬壺硯이 그것이다. 이 중 우초연이 내가 가장 아끼는 것으로, 단계산端溪産이다. 쓰러진 파초 잎이 비바람에 반쯤 꺾인 형상을 현지玄池 주변에 가로로 새겨 넣었기 때문에 그런 이름을 붙였다. 예전에 경자년(1780) 중하中夏에 나는 죽서竹西의 태극실太極室에 있었다. (…) 몇 년 뒤 정원사가 북돋는 것을 잘못해서 파초가 뿌리까지 말라 시들어 죽었고, 나도 용주蓉洲로 집을 옮기게 되었는데, 우초연이 이때 마침 나에게로 돌아왔다. 나는 혼자 이런 생각을 했다. '조만간 파초를 심어 놓고, 창가에서 빗소리를 들으며, 이 벼루를 사용해 시를 적는 것을 올해의 피서 계획으로 삼아야지.' 그러나 마침 일 때문

3 "余家舊藏「峋嶁碑」榻本, 盖棲霞本也"(徐有榘, 「藝翫鑑賞」上, 『怡雲志』卷第五; 『林園十六志』5, 351면); "余家舊有金弘道「陰山大獵圖」絹本, 八幅連作一屛"(徐有榘, 「藝翫鑑賞」下, 『怡雲志』卷第六, 같은 책, 380면); "近年院畵中李寅文最以山水擅名, 余家有數本."(같은 글, 같은 책, 같은 곳)

4 "余得翁覃溪書'自怡悅'字, 將以顏于齋, 而時余未脫塵鞅, 懼其冒也, 藏之笥篋有年, 旣耄而歸田, 乃刻揭諸楣, 嗟嘑晚矣! 雖然不猶愈乎終其身冒而不返也乎?"(徐有榘, 「自怡悅齋記」, 『金華知非集』卷第五, 『楓石全集』, 388면)

에 분주하게 도성에 있느라 소원을 이루지 못했다.[5]

벼루의 배치 및 명명, 그리고 시詩를 지을 때 우초연雨蕉硯을 사용해야겠다는 서유구의 계획 모두 심미적이다. 우초연을 다시 얻게 되자, 조만간 파초를 심어, 파초 잎에 빗방울이 떨어지는 소리를 들으며, 우초연에 먹을 갈아 시를 적겠다는 요량이다. 비가 내려 파초 잎에 소리가 울리는 정경, 거기서 촉발된 정회, 그 정회를 표현한 시, 그 시를 기록하기 위한 문방구가 혼연일체가 된다.

이런 심미적 취향은 생활 공간에 대한 관점에서도 확인된다.

원림 가운데 물가에 인접해 있고 모래가 흰 땅을 택해 흙을 돋우어 밑바탕으로 삼고 자죽紫竹 1천 그루를 심는다. 물을 끌어들여 시냇물로 삼아 대나무 숲을 뚫고 졸졸 섬돌을 따라 흘러가게 한다. 대나무 울타리로 보호하고, 대나무 울타리 오른편에 대나무를 얽어 정자를 만드는데, 육각형이나 팔각형으로 한다. 기둥, 들보, 서까래, 난간 등 일체를 대나무로 하고 편목片木은 쓰지 않는다. 그리고 큰 대나무를 가르되 마디를 관통해서 하나는 위로 볼록하게 하고 하나는 아래로 볼록하게 하고 대나무 못으로 고정해 암키와·수키와 대신 사용한다. 그리고 옻칠하고 기름을 바른 다음, 가운데에 기와를 얹어 꼭대기를 덮는다.

5　　"余畜硯四方, 曰濤雲·曰雨蕉·曰龍珠·曰蓬壺, 而雨蕉硯爲余所最奇愛. 硯, 端溪産也. 玄池邊橫刻偃蕉葉風雨半折狀, 故以名. 憶庚子中夏, 余在竹西之太極室. (…) 後數年, 園丁失培, 蕉竟根敗棄. 余亦移家于蓉洲, 而雨蕉硯適以是時歸余. 私謂早晚蒔蕉, 當愡聽雨, 用此硯題詩, 爲今年逃暑計. 會以事牽, 卒卒在闤闠, 願莫之遂."(徐有榘, 「雨蕉堂記」, 『楓石鼓篋集』卷第二, 『楓石全集』, 231면)

정자 안에는 상죽湘竹 평상 하나, 상죽 의자 하나, 반죽斑竹 서궤書几 하나, 반죽 연갑硯匣 하나, 반죽 필통 하나, 대나무 마디 연적 하나를 둔다. 주인은 대나무 갓을 쓰고 마디가 있는 대나무 지팡이를 짚고 그 안을 소요한다. 하루라도 '이 친구'(此君)가 없으면 안 될 뿐만 아니라, 바로 물건 하나라도 '이 친구'가 아니면 안 된다.[6]

'죽정'竹亭, 곧 대나무로만 되어 있는 정자에 대한 글이다. 정자 주변도 대나무 숲이고, 그 숲을 보호하는 울타리도 대나무로 되어 있고, 정자의 재료 일체도 대나무고, 정자에 비치된 각종 기물도 모두 대나무로 제작된다. 뿐만 아니라 정자 주인도 대나무 갓을 쓰고 대나무 지팡이를 짚는다. 대나무와 일체가 되기 위해서다.

요컨대 서유구는 대나무로만 이루어진 공간을 조성하려고 했다. 서유구의 이런 욕구는 굉장히 집요해서, 입장에 따라서는 모종의 강박증이나 과도한 집착으로 보일 법도 하다. 인용문을 보면, 심어야 할 대나무가 무려 1천 그루다. 온전히 대나무로만 구성된 공간을 만들려는 욕구를 여실히 보여 주는 말이다. 그 집념은 '대나무 이외에

---

6   "苑之中擇濱水沙白地, 跳土爲脚, 種紫竹千竿. 引水爲澗, 穿竹林潚潚循階. 護以竹欄. 竹欄之右, 構竹爲亭, 或六角八角. 凡柱梁宋椽闌檻一切以竹, 不用片木. 復剖大竹通節, 一仰一覆, 固以竹釘, 以代鴛鴦瓦. 黑漆灌油, 中覆瓦兜頂子. 亭之內置湘竹榻一、湘竹椅一、斑竹書几一、斑竹硯匣一、斑竹筆筒一、竹節水滴一. 主人戴竹冠携節竹杖, 逍遙其中. 不寧一日不可無此君, 定是一物不可非此君也."(徐有榘,〈竹亭〉,「衡泌鋪置」,『怡雲志』卷第一,『林園十六志』5, 243〜244면) 이 글은 수학기의 작품은 아니지만, 서유구의 심미적 취향을 잘 보여준다고 판단되므로, 이 절에서 함께 다루기로 한다. 인용문의 번역은 안대회 엮어 옮김,『산수간에 집을 짓고』(돌베개, 2005), 78〜79면을 참조하여 필자가 일부 수정한 것이다.

는 일체 다른 나무를 쓰지 않는다'라는 언급에서 다시 한 번 확인되거니와, '어느 물건 하나 이 친구(此君)가 아니면 안 된다'란 말을 통해 극에 달한다.

그렇다면 이상과 같은 서유구의 심미 취향은 어떤 배경에서 형성되었을까? 크게 보면 경화사족 전반의 문화 형태라는 각도에서 설명이 가능할 것이다. 그러나 그런 설명은 선행 연구에서 이미 어느 정도 했으므로, 본서는 서유구 주변 인물의 영향에 초점을 맞추기로 한다.

우선 서명응이 주목된다. 젊은 시절 서유구는 서명응의 훈도를 입었거니와, 이 두 사람은 서화골동에 대한 취향을 일부 공유했다. 일례로 서명응은 무극연無極硯, 조정연調鼎硯, 만절연晩節硯이라는 벼루를 소장했는데, 벼루 각각의 형상과 이름에 상응하는 성격의 글을 지을 때 해당 벼루를 사용하겠다는 계획을 밝힌 바 있다.[7] 또한『임원경제지』에는 이정李霆(1541~1622)의 대나무 그림에 대한 언급이 보이는데,[8] 이정의 그림은 서명응에게 각별한 의미를 지닌다. 서명응 외가의 5세조가 이안눌李安訥(1571~1637)인데, 이정은 이안눌을 위해 묵죽도墨竹圖를 그려 주었다고 한다. 그러나 그 묵죽도 병풍이 절반 정도 좀먹어 그 후손이 안타까워하던 차에, 병풍 그림과 똑같은 8폭짜

---

7 "人有以三硯遺余: 其陰陽五行之象者曰無極硯, 寒梅抱實之象者曰調鼎硯, 叢菊秀盆之象者曰晩節硯, 幷佳品也. 無極所以本源斯道, 則將爲釋經明理之文可以用之; 調鼎所以彌綸斯世, 則將爲需時適用之文可以用之; 晩節所以繩尺斯人, 則將爲褒貶是非之文可以用之. 余之貧於田久矣, 獨於硯富有之如此, 天其使余食於硯乎?"(徐命膺,「三硯銘」,『保晚齋集』卷第九, 한국문집총간 233, 256면)

8 "石陽正李霆, 號灘隱, 鶴林之子也, 善寫竹. 余見二幀, 其一墨竹, 其一以石綠設色."(徐有榘,「藝翫鑑賞」下,『怡雲志』卷第六,『林園十六志』5, 379면) '학림'은 학림정(鶴林正) 이경윤(李慶允)이다. 이정이 그의 아들이라는 서유구의 기록은 착오로, 이정은 익주군(益州君) 이지(李枝)의 아들이다. 오세창(吳世昌),『근역서화징』(槿域書畫徵); 동양고전학회, 국역『근역서화징』(시공사, 1998), 382면 및 420~421면 참조.

리 그림을 발견하게 되었다고 한다. 「탄은 묵죽도 병풍 기문」(灘隱墨竹屛記)에서 서명응은 외조부에게 글을 배우다 이정의 묵죽도 병풍을 구경한 일을 회상하며, 이 작품이 기적적으로 남아 있는 것을 기념하고 있다.

여기에 덧붙여 이정섭李廷燮(1688~1744)과의 관계도 염두에 둘 만하다. 그는 서명응의 장인으로, 서명응에게 학술과 문학 창작에 대해 아낌없는 가르침을 베풀었다. 이정섭은 서화에도 일가견이 있어, 김창업金昌業(1658~1721), 이하곤李夏坤(1667~1724), 이병연李秉淵(1675~1735) 등과 교유하면서 그들이 수장한 서화첩書畫帖을 감상하고 제발題跋을 남긴 바 있다.[9] 게다가 이정섭은 서화골동 수집가로 당대에 명성을 날린 김광수金光遂(1696~1770)의 외삼촌이다. 이런 인적 관계를 배경으로 서명응도 그 나름의 심미안을 길렀을 가능성이 없지 않다.

그다음으로 서로수가 주목된다. 서로수는 비록 서유구의 종조숙부이긴 하나, 서유구와 비슷한 연배였다. 따라서 두 사람은 친근한 관계 속에서 영향을 주고받았을 듯하다. 서로수의 처형 이만수의 기록에 따르면, 서로수는 세상 명리에는 관심이 없고 서화골동에 탐닉한 탈속적인 인물이었다고 한다.[10] 이런 서로수의 생활상을 서유구는 이렇게 묘사한 바 있다.

9　황정연, 「조선 시대 서화수장 연구」(한국학중앙연구원 박사논문, 2007), 270~271면 참조.
10　"景博玉貌淸揚, 風骨秀朗, 一見知其爲法家拂士. (⋯) 弱不勝衣, 寡笑與言, 顧其中介然自守, 於一切榮利芬華衆所趨騖者, 咳唾之不屑也. 忠文公方官位隆赫, 軒駟溢門, 而入景博之室, 則簾閣熏香, 左圖書而右鼎彛, 澹然若山澤之癯."(李晚秀, 「徐景博墓碣銘」, 『玉局集』; 『屐園遺稿』卷之十一, 한국문집총간 268, 506면) 서형수의 「從弟景博墓誌銘」(『明皐全集』卷之十六)에도 이와 비슷한 언급이 보인다.

홀원笏園 남쪽에 네모진 연못이 넘실넘실한데 반쯤은 보이고 반쯤은 숨었다. 엽전 같은 연잎에 꽃봉오리가 이미 핀 것도 있고, 아직 피지 않은 것도 예닐곱이다. 조금 북쪽에 괴석怪石이 둘인데, 움푹 파이고 우뚝 솟아 험준하다. 동쪽으로 주란朱欄을 바라보니 굽이굽이 숨었다 비쳤다 한다.

괴석 왼쪽에는 큰 석상石牀이 하나인데, 술동이 하나, 향로 하나, 다완茶椀 하나, 서함書函 하나가 여기저기 널려 있다. 다완은 가마우지 무늬고 향로는 밤 껍질 색이다. 술동이에는 물총새의 깃을 두 줄기 꽂았다. 책은 응당 당인唐人의 시집詩集이거나 혹은 원명元明 명가名家의 시문집詩文集일 터인데 알 수 없다.

괴석 오른쪽에는 파초가 한 그루 있으니, 큰 잎이 셋이고 작은 잎이 둘인데, 줄기를 감싸면서 막 핀 것과 바람에 반쯤 꺾인 것이 각각 하나씩이다. 저물녘에 그늘이 지자 이끼가 땅을 덮으니 짙푸르고 서늘하여 푸르른 기운이 흐르려 한다.

중앙에 복건幅巾과 큰 띠 차림으로 부들자리 위에 단정히 앉은 아름다운 남자가 한 명 있으니 동산 주인 세심자洗心子(서로수)다. 무릎 앞에 '풍'風자 모양의 단계연端溪硯과 백자필통白磁筆筒을 두고, 한 손으로는 두루마리를 펼치고 한 손으로는 붓은 잡았으나 아직 하필下筆하지는 않았다.[11]

---

11 "笏園之南, 方池演漾, 半矩見, 半矩隱. 荷葉如錢, 菡萏已開, 未開者六七. 稍北怪石二嵌崟伴峙嶄嶄然, 東望朱欄曲曲隱映. 怪石左大石牀一, 錯陳壺一、爐一、茶椀一、書函一. 茶椀鸕斑, 爐栗殼, 壺揷翠羽二莖, 書當唐人詩或元明名家不可知. 怪石右, 芭蕉一本, 大葉三, 小葉二, 抱莖方吐者、風披半折者各一. 晚蔭交, 苔蘚覆地, 蒼蒼凉凉, 空翠欲流. 中有一美丈夫幅巾大帶, 端坐蒲團上者, 園之主人洗心子也. 膝前置端溪風字硏、白磁筆筒, 一手展橫卷, 一手操不聿."(徐有榘, 「池北題詩圖記」, 『楓石鼓篋集』卷第二, 『楓石全集』, 234면)

　　　　　　　　　　　　　　풍석 서유구 산문 연구

서로수의 정원에 대한 묘사이다. 어찌 보면 운치 있는 삶이고, 어찌 보면 호사스러운 삶이다. 인용문에는 문인 취향을 보여 주는 온갖 물건들이 하나하나 나열되어 있다. 구체적인 사물이 소유자의 품격과 고상한 생활상을 대변하고 있는 셈이다. 요컨대 심미적 가치는 사물을 통해 구현된다. 이런 사물에 대한 관심이 서유구 산문의 형성에 중요한 작용을 했을 것으로 짐작된다.[12]

이제까지 서유구 산문의 형성 배경의 하나로 경화사족의 심미적 취향을 살펴보았다. 그런데 예술 취향은 문예 취향과 일정한 연관을 맺는다. 따라서 지금부터는 서유구의 문예 취향을 살펴보기로 한다. 그는 수학기에 육수성陸樹聲(1509~1605)의 『병탑오언』病榻寱言 같은 소품서를 읽었다.[13] 그렇긴 하나 서유구가 수학기에 치력했던 것은 그보다는 당송고문唐宋古文이었던 것으로 생각된다. 다음은 그가 서명응에게 글을 배우던 시절의 일화이다.

---

12 이상과 같이 서유구는 서명응, 서로수 등과 예술 취향을 공유하면서 심미안을 키웠던 것으로 생각된다. 다만 같은 집안 내에도 다소 편차가 있다. 일례로 서형수는 적어도 예술 취향에 관한 한 서유구에게 별로 영향을 끼친 것 같지 않다. 그리고 서명응과 서로수도 상당히 다르다. 서명응에 비해 서로수 쪽이 훨씬 더 심미적이고, 입장에 따라서는 호사스러워 보일 수도 있다. 이런 차이는 경화사족 내의 세대 차이를 반영하는 것이 아닌가 한다. 가문의 번성기에 태어나 어려서부터 풍족한 삶을 누린 세대에게서 예술 취향이 좀 더 전면적으로 나타나는 듯하다. 다만, 이렇게 추측하면서도 다른 한편으로는 상층 사대부의 생활 감각이 작용하는 방식이 단일하지 않았다는 점에도 유의할 필요가 있다. 예를 들어 서유구의 백씨 서유본은 서형수와 마찬가지로 별다른 예술 취향을 보이지 않는다.
13 "記昔在蓉洲精舍也, 偶閱陸樹聲『病榻寱言』, 有云: '人生一歲至十歲爲身計, 二十至三十爲家計, 三十至四十爲子孫計.' 擲卷而笑曰: '嗟嗞乎唉哉! 生而壯而老而死, 而所爲計者不越乎身家子孫之外邪? 其視十五而志于學, 三十而立, 四十而不惑, 何如也?'"(徐有榘, 「與叔弟朋來書」, 『金華知非集』卷第二, 『楓石全集』, 324면)

내 나이 14세 때 선왕부先王父 보만재保晚齋 선생께 『당송팔가문』唐宋八家文을 배울 적에, 구양자歐陽子(구양수)의 여유롭고 곡진한 문장을 흠모했지만 터득한 게 있지 않았다. 하루는 선생께서 증서贈序 한 편을 가져와 보여 주시며 어떤가 물으셨다. 글을 다 읽고 나서 나는, 그 글이 구양수 풍의 글을 짓는 근고近古의 유명 작가 작품이 아닌가 짐작했다. 그랬더니 선생께서 웃으시며 말씀하셨다. "아니다. 이건 지금 시대의 남수재南秀才(남공철) 아무개의 작품이란다. 너보다 겨우 네 살 많지. 네가 구양수를 배우고자 할진대, 어째서 먼저 이 사람을 찾아가 물어보지 않는 것이냐?" 나는 서둘러 저현苧峴의 집으로 찾아갔는데 쌓인 먼지가 평상을 덮었고 집에 책이 가득했다. 고금의 문체의 변화에 대해 마음껏 대화를 나누어, 유익한 말을 많이 듣고 집으로 돌아왔다.[14]

서명응은 평소에 남공철의 문재文才를 눈여겨보았던 듯하다. 그런 서명응의 소개로 서유구는 남공철의 문장을 접하고 그와 교유하게 된다. 남공철의 글에서 서유구가 받은 첫인상은 구양수歐陽修(1007~1072) 풍이라는 것이다. 구양수에 대한 남공철의 유별난 애호는 잘 알려져 있거니와, 서유구도 구양수에게 상당히 경도되었다. 서명응도 이 점에 착안하여 서유구에게 남공철과의 교유를 독려했다.

---

14 "榘年十四, 受『唐宋八家文』于先王父保晚先生, 竊有慕乎歐陽子之紆徐俛仰而未之有得也. 一日先生手一篇贈人序示之曰: '何如?' 榘覽已, 疑其爲近古名家步趨廬陵之作. 先生笑曰: '非也. 此今南秀才某作也. 長汝纔四歲耳. 汝欲學廬陵, 盍先往叩此人?' 榘亟訪于苧峴之舍, 凝塵蔽榻, 其書滿家, 相與劇談古今文體之變, 虛往而實歸."(徐有榘, 「又思潁亭記」, 『金華知非集』 卷第五, 『楓石全集』, 385면)

요컨대 서유구의 문장 학습과 문예 취향은 물론 교유 관계에까지 당송고문에 대한 애호가 반영된 것이다.

이 점은 그 당시 문단의 동향과 연관된다. 그 당시에는 일각에서 소품문이 각광받은 한편, 소품문을 비판하면서 당송고문 중심의 정통 고문론을 견지하려는 경향이 있었으며, 또 다른 일각에서는 당송고문을 중시하되 다양한 시대 다양한 유파의 글에 대해 유연한 자세를 취하기도 했다. 당시의 상층 사대부는 대체로 당송고문 중심의 온건한 문예적 지향을 갖고 있었던 것으로 파악된다. 서명응의 가르침에, 서유구의 문예 취향에, 서유구와 남공철의 교유에 구양수가 거듭 등장하는 것은 이런 배경에서다.

서명응이 서유구에게 남공철의 글을 보여 준 데서 확인되듯이, 서로 왕래가 있는 사대부 집안끼리는 상대방 집안 자제의 작품 창작을 예의 주시하며 자제들 간의 교유를 독려한 듯하다. 일례로 심염조沈念祖(1734~1783)는 서유구의 글을 보고 극찬하여 아들 심상규와의 교유를 주선했다.[15]

이렇게 서유구의 문장 학습에서 당송고문이 큰 비중을 차지하지만, 그렇다고 해서 그것이 유일한 문학적 토대가 된 것은 아니다. 소품

---

15 "尙記前甲辛丑, 涵齋公委訪有渠于竹西書室, 索近作, 擊節獎詡曰: "此非東人語也." 歸令公期會證交, 一見便懽然昆弟如也."(徐有榘,「議政府領議政文肅沈公墓誌銘」, 『金華知非集』卷第八, 『楓石全集』, 454면) 서유구가 심상규와 교유하기 시작한 1781년은, 나중에 『풍석고협집』에 수록될 작품들을 창작하기 시작한 해다. 죽서(竹西)는 죽동 서쪽, 지금의 서울시 중구 남학동 일대로 당시에 좋은 집터로 손꼽혔던 곳이다(조창록,「풍석 서유구에 대한 한 연구」, 성균관대 박사논문, 2003, 18~19면). 서명응의 경저(京邸)가 이곳에 있었다. 앞서 인용한 글 중, '우초연'이 등장하는「우초당 기문」(雨蕉堂記)이 죽서 시절의 추억을 담고 있거니와,「「세검정아집도」에 제한 글」(題洗劍亭雅集圖) 역시 죽서 시절의 작품이다.

문 독서에서 확인되듯이, 서유구는 폭넓은 독서를 통해 다양한 문학적 소양을 쌓았다. 그는 자신의 문예 취향과 관련하여 이렇게 말했다.

> 그 문장으로 말하면 서경西京을 본받는 것을 좋아하고, 당송唐宋의 대가大家로부터 명말明末의 명가名家에 이르기까지 좋아하지 않은 게 없으되 유독 동인東人의 문장은 좋아하지 않아, 보기만 하면 침을 뱉었다. 하지만 그런 본인 또한 스스로 일가一家를 이루지는 못했다.[16]

서유구는 특정 문학 유파에 경도되기보다는 기존의 문학적 성과 전반을 두루 수용하여 자기 나름의 작품 세계를 구축하려는 의욕을 표방한다. 결국 서유구는 다양한 장점을 종합하고자 하는 의욕을 갖고 있었던 셈이다. 그의 이런 문학적 지향은 그의 학문관 및 서적 수집에 대한 생각과 상통하는 점이 있다. 후술하겠지만, 서유구는 다양한 학설을 두루 포괄한 다음에야 일가一家를 이룰 수 있다고 생각했다. 그리고 더 미시적으로 보면, 다양한 장점을 통합하고자 하는 서유구의 욕구는, 자신의 모습을 후대에 온전히 전하기 위해 유·불·도 등의 여러 가지 관점을 검토한 뒤 그 각각의 장점을 모두 통합하고자 한 것, 그리고 '죽정' 및 그 주변을 대나무로 통일하려 한 것과 유사한 사고 패턴을 보여 준다.

이상으로 서유구의 심미 취향과 문예 취향을 경화사족의 문화 의식이란 측면에서 살펴보았다. 경화사족의 문화 의식을 반영하는 것

---

16 "其文好師西京, 自唐宋大家訖明季名家, 靡所不好, 獨不好東人文, 見之輒唾, 然亦不能自成一家也."(徐有榘, 「自引」, 『楓石全集』, 213면)

으로 서화골동 취미와 폭넓은 문예 취향 외에도 장서藏書에의 열의를 들 수 있다. 그런데 서유구의 학문 경향과 서적 간행 활동에서 짐작할 수 있듯이, 서적의 수집과 정리에 대한 서유구의 관심은 별도의 논의를 요할 정도로 각별하다. 이제 이 문제로 넘어가기로 한다.

2. 서적의 수집·정리에 대한 관심

서유구가 박학博學을 추구한 사실은 잘 알려져 있다. 그러나 정작 지식에 대한 서유구의 태도가 어땠는지를 물은 연구는 찾기 힘들다. 서유구에게 서적의 수집과 정리는 단순한 호사 취미가 아니라 '학문 운동'의 일환이었던 것으로 생각된다. 따라서 서적과 관련된 서유구의 견해는 엄연한 학적 영역으로 다루는 것이 합당하다. 이 점에 유의하여, 지금부터는 서적의 수집과 정리에 대한 서유구의 생각을 살펴보기로 하자. 서유구의 장서각藏書閣에서부터 논의를 시작한다. 다음은 서형수의 기록이다.

> 종자從子 유구有榘가 용주溶洲에서 살 때 사방 1묘畝 되는 땅에 정원을 만들고, 돌을 쌓아 계단을 만들었는데, 계단 위에는 단풍나무 10여 그루가 비단 휘장처럼 서 있으며, 계단 아래에는 다포茶圃 몇 경頃이 밭두둑과 교차되어 있다. 계단에서 대여섯 걸음 가서 헌軒을 등진 곳에 서재를 만들었는데, 고요하고 정결하며, 거문고와 책이 기둥에 고여 있다. '풍석암楓石庵'이라는 편액을 걸었으니 사실을 기록한 것이기도 하고 옛일을 기록한 것이기도 하다.

옛 기록에 이렇게 되어 있다. "빈사국頻斯國에 단풍나무 숲이 6~7리인데, 숲 동쪽에 석실石室이 있다. 돌을 모아 상牀을 만들었는데 상 위에 죽간竹簡과 전문篆文이 있다. 예로부터 전하는 말이, 창힐蒼頡이 서적을 만든 곳이라고 한다."

이 말이 허황되어 유자儒者들은 믿지 않지만, 정말로 믿을 수 없는 것인지 또한 알 수 없다. 서적이 창힐로부터 만들어졌다는 것은 또 누가 봐서 누가 전한 것인가? 창힐이란 사람은 있는가 없는가? 있다면 모두 있고 없다면 모두 없는 것이니, 어찌 유독 풍석암에 대해서만 의심한단 말인가?[17]

풍석암은 서유구가 용주에서 살 때 조성한 장서각이다. 용주는 용산龍山의 옛 이름이다.[18] 1785년에 서명응이 죽서竹西의 경저京邸에서 이곳으로 거처를 옮기자 서유구도 따라왔다가, 1787년 서명응 사후 서유구는 다시 죽서로 옮겼다. 따라서 풍석암 조성 시기는 1785~1787년 사이가 된다. 서유구는 이십 대 초반부터 이미 장서에 열의를 가졌던 것이다.

---

17 "從子有榘之居溶洲也, 方畝爲庭, 築石爲階. 階上楓樹十餘株, 簇立錦帳；階下茶圃數頃, 交錯溝塍. 去階五六步, 負軒爲庵, 窈深潔淨, 槧書揩柱, 顏曰楓石庵, 紀實也且志古也. 志曰：'頻斯國有楓林六七里, 樹東有石室, 緝石爲牀, 牀上有竹簡篆文, 舊傳蒼頡造書處.' 其言吊詭, 儒者不之信, 然其不可信亦不可知. 夫書之造自蒼頡, 且孰見而孰傳之? 蒼頡其有人乎無人乎? 有則皆有, 無則皆無, 何獨至於楓石而疑之?"(徐瀅修, 「楓石庵藏書記」, 『明皐全集』 卷之八, 한국문집총간 261, 165면) 빈사국(頻斯國) 운운한 것은 『습유기』(拾遺記) 권9에 보인다. 해당 대목은 『태평어람』(太平御覽) 권706 「복용부」(服用部) 8에도 인용되었다.

18 洪吉周, 「得臺山病枕作, 步韵至四疊, 時至前一日」의 세 번째 수에 "楊津與蓉渚"란 구절이 있는데, 거기에 "臺翁居龍山, 故號蓉湖"란 주석이 붙어 있어 참고가 된다(『沆瀣丙函』 卷之四, 연세대 도서관 소장, 도서번호: 고서(귀) 272 0). 이하 『항해병함』을 인용할 때에는 서지 사항을 생략한다.

그런데 왜 서재 이름이 '풍석'인가? 첫째, '풍석'은 풍석암 주변을 사실적으로 나타낸 말이다. 둘째, '풍석'은 창힐이 문자를 만든 곳을 뜻한다. 즉, '풍석암'은 세상 모든 서적의 시원始原을 공간화한 곳이다. 최초로 문자가 탄생한 원초적 체험으로 소급해 가고자 하는 정신 자세가 풍석암의 명명법에 함축되어 있다. 이런 정신적 지향은 말년의 서재 이름인 '자연경실'自然經室에서도 그대로 확인된다. '자연경'은 '자연이 곧 경서다'라는 뜻이다.

그렇다면 서유구에게 책은 곧 세계 전체다. 이런 정신 자세가 주목을 요하지만 그에 대한 논의는 뒤로 미루고, 일단 서적에 대한 서유구의 글을 살펴보기로 한다. 그는 서적의 수집·분류·관리 전반에 대해 지대한 관심을 갖고 대단히 구체적인 언급을 남겼으며,[19] 읽고 싶은데 아직 입수하지 못한 서적에 대해 소상히 말했다.[20] 그중 목록 작성에 대한 글을 살펴보자.

> 수만의 재산을 쌓은 부자들은 반드시 장부를 적어 재물을 낱낱이 살펴, 질솥과 다리 부러진 솥도 모두 항목에 집어넣는다. 하

19　한두 가지 예를 들면, 서유구는 서적의 분류법에 대해 소상히 논했고(徐有榘, 〈論書目義例〉, 「圖書藏訪」上, 『怡雲志』卷第六, 『林園十六志』5, 389면), 해당 범주에 속하는 해당 서적의 서함(書函)에 그 범주에 해당하는 색의 첨지를 붙임으로써 많은 서적을 효과적으로 관리하는 방법을 소개하기도 했다(徐有榘, 〈四部籤式〉, 「圖書藏訪」上, 『怡雲志』卷第六, 같은 책, 387면).

20　서유구는 『옹계록』(翁季錄), 『백전잡저』(白田雜著), 『좌전경세』(左傳經世), 『방여기요』(方輿紀要), 『문장연요』(文章練要)에 대해 언급하면서, 이들 서적을 입수해서 읽고 싶다는 뜻을 밝혔으며(徐有榘, 「儲書」, 『金華耕讀記』卷之五, 장10앞~뒤), 『사고전서』(四庫全書) 중에서 갖고 싶은 책과 보고 싶은 책의 제목 및 그에 대한 품평을 일곱 가지 범주로 정리하여 『도서대방록』(圖書待訪錄)을 만든 바 있다(徐有榘, 「題圖書待訪錄」, 『金華知非集』卷第九, 『楓石全集』, 479면).

물며 우리들이 장서藏書하는 것은 마음을 깨끗이 닦고 자손을 가르치기 위해서인데, 도리어 목록 작성을 뒤로 미루어서야 되겠는가?[21]

부자들은 아무리 사소한 것이더라도 자기 재산이면 모두 장부에 기록해서 관리하는데, 그보다 훨씬 중요한 장서 목록을 정리하지 않아서야 되겠냐는 지적이다. 그런데 마음을 닦기 위해 독서하는 것이라면, 굳이 목록 정리에 급급할 필요가 있을까? 인용문에서 목록 작성의 당위성은 재산 관리와의 유비 관계 속에서 확보된다. 책이 재화財貨로 간주된 것이다. 책의 보관과 관리를 중요하게 여기는 것은 책을 정신적인 것일 뿐 아니라 물질적인 것으로 간주하기 때문이다. 요컨대 책을 물질적 차원에서 다루는 관점이, 꼭 자각적이거나 전면적이지는 않다 해도, 인용문에 들어 있다.

책을 물질적인 것으로 다루는 태도는, 책의 보관과 관리에 대한 관심으로 구체화될 뿐 아니라, 지식의 '양量'을 중시하는 학적 자세로 이어질 수 있다. 이런 자세는 최대한 많은 학술적 성과를 폭넓게 수용하는 것이 일가一家를 이루기 위한 유일한 방법이라는 사고와 밀접한 연관을 맺는다. 일례로 서유구는, 방대한 서적 수집 없이는 여러 학자들의 장점을 집대성할 수 없으며, 그럴 수 없다면 일가를 이룰 수 없다고 단언한 바 있다.[22]

---

21 "富家子積産數萬, 必有簿卷以勾稽有無, 瓦釜、折脚鐺皆入數目. 況吾輩藏書, 將以淑心身敎子孫, 而顧可緩著錄耶?"(徐有榘, 〈論書目義例〉, 「圖書藏訪」上, 『怡雲志』卷第六, 『林園十六志』5, 389면)

22 "臣旣以編摩之說對揚於前, 而編摩之臧否又全在於廣蒐羣書, 博採衆說. 自古著述之家稍以淹博見稱者, 必皆有引用書目莫不盈軸而溢卷, 非所以誇耀而張大也, 不如

이렇게 종합적 지식을 추구하는 입장에서 서유구는 『사고전서총목』四庫全書總目을 높이 평가했다. 그가 『총목』總目을 본 것은 1821년 겨울과 1823년 봄이다.[23] 『총목』이 '천하의 서적'이라 할 정도로 방대한 서적을 모은 것, 책 하나하나에 제요提要를 붙인 것, 그 내용이 해박하되 체계적이고 자세하되 요령을 갖춘 것, 식견이 정밀한 것 등에 대해 서유구는 극찬했다.[24] 그러나 이런 평가에는 동의하기 힘든 면이 없지 않다. 『총목』에는 특정한 사상적·정치적·비평적 입장이 투영되어 있다. 그 입장은 관점에 따라 보수적이고 친정부적親政府的이라고 비판할 만한 것이다. 게다가 『사고전서』의 성립은 금훼禁燬 서적의 색출과 배제를 동반했다. 그러니 그 방대함이란 것도 검열 뒤의 '통제된 방대함'이다. 따라서 찬탄 일변도인 서유구의 반응은 일면적이고 무비판적이라는 지적을 면할 수 없다. 박학을 추구한 그의 맹점을 잘 보여 주는 사례라 하겠다.

아무튼 이렇게 박학을 중시하는 입장에서 서유구는 다양한 서적

是則無以集衆美而成一家之言也."(徐有榘,「十三經對」, 『金華知非集』卷第十, 『楓石全集』, 497면)

23 "往在辛巳冬, 以右臂不遂之證尋醫在<u>三湖</u>之查亭, 偶從鄰人借見『四庫全書總目』二百卷"(徐有榘,「上仲父明皐先生論紀曉嵐傳書」, 『金華知非集』卷第二, 『楓石全集』, 321면); "癸未春在<u>三湖</u>, 偶見『四庫全書總目』."(徐有榘,「詩忌悽切」, 『金華耕讀記』卷之四, 장1뒤)

24 "蓋當時所聚天下四部之書, 毋慮累千萬種, 而每一書冠以提要一篇. 提要者, 提掫該書之義例, 而系之以評品論斷者也. 其考据之淹貫, 識解之精詣, 雖謂之前無古人, 後無敵手, 非過語笑矣. 如<u>晁公武</u>之『讀書記』、<u>陳振孫</u>之『書錄解題』, 不過一人一家之藏書耳. 其所論著亦止於撰人爵里、義例槩略, 而至于今艶稱爲書目中大家數. 況聚天下之載籍, 而著錄源流, 則如周太史之說昭穆; 區別良楛, 則如齊易牙之辨淄、澠, 博而不雜, 詳而不縟, 古今目錄家中不得不推爲巨擘, 斷斷非後世竊啓之知沾沾以小品自喜者之所可幾及也."(徐有榘,「上仲父明皐先生論紀曉嵐傳書」, 『金華知非集』卷第二, 『楓石全集』, 321면)

을 입수하기 위해 집요한 관심과 노력을 기울였다. 그 연장선상에서 그는 중국본 입수 방안을 상세하게 논했다. 중국본 입수를 위해 연행燕行에 의지할 수밖에 없는 데 따른 문제점을 지적한 뒤, 서유구는 연시燕市 사무역私貿易의 예에 따라 서적을 구매하자고 제안한다. 사무역에서는 '주고'主顧, 즉 단골 고객이라 불리는 사람들이 중국의 대상大商과 계약을 맺어 선물 거래, 외상 거래 등 다양한 방식으로 원하는 물건을 차질 없이 구한다. 서적 구매에도 이런 방법을 도입하여, 중국 문사文士에게 미리 목록을 보내 다각도로 책을 구하게 하고, 거간꾼을 통해 중국의 구장본舊藏本을 입수하면 된다는 것이 그 제안의 골자이다.[25]

이 제안에는 사회적·경제적·제도적 접근의 단초가 들어 있다. 서적 구입은 개인적인 행위로 여겨지기 쉽다. 그런데 서유구는 서적 구입을 모종의 사회적 관행과 제도의 틀에서 이루어지는 경제 행위로 간주한다. 더 나아가 그는 서적 구입의 문제를 동아시아적 차원의 교

---

25 "何謂定力持久? 東人之購求華本, 只有燕輈一路, 不得不寄其權衡于象譯, 而象譯之所從而求訪, 又不越乎坊肆與筆帖式耳. 海內通行之本, 固可輦車而載. 至於蜀刻浙笺, 稀種秘裘, 何從而得之? 況留館有限, 耳目未周, 或重直購來, 原已揷架. 或列目諉誶, 還言無有, 遂令意興索然, 願欲沮敗, 而儲書一事, 往往有不承權興者矣. 我東商譯之販貨燕市者, 無不與彼中富商大賈各相証契, 號俗主顧, 凡販買貨物, 一切付之主顧, 或先與之直而後來責平, 或預齎貨物而後行償報, 多方相濟, 委曲相通, 有所不求, 求之必得. 余謂購書亦宜倣此. 每因貢輶之行, 郵筒將幣, 託契於彼中文士饒鑒藻者, 預致訪書目錄, 或轉求於三吳·七閩等地, 或待省試之年, 求之於擧子囊橐所狹, 或因駔儈壟斷之類, 釣得縉紳故家舊藏, 磨以歲月, 陸續寄來, 今歲未得, 則更求於明歲, 今行未寄, 則更托於後行, 勿小得而意滿, 勿始勤而終惰, 愚公移山, 鬼神可使. 故曰定力持久."(徐有榘, 「儲書」, 『金華耕讀記』卷之五, 장8뒤~장9앞) '筆帖式'은 청나라 관명(官名)으로, 만주어와 한문으로 된 공문서의 번역을 맡은 하급 관리다. '三吳'는 소주(蘇州), 상주(常州), 호주(湖州) 등 장강(長江) 하류 일대고, '七閩'은 지금의 복건성(福建省)과 절강성(浙江省) 남부다.

역이라는 큰 틀에서 본다. 『고금도서집성』古今圖書集成이 중국 장서가들 사이에서 많이 소장되었고 일본에도 서너 부 있는 반면, 조선에서는 왕실 소장본 한 부 외에는 전무하다고 지적한 뒤, 서유구는 이렇게 말한다.

우리나라는 유독 외국의 상선商船이 와서 정박하는 것을 불허不許하니, 구입해 오는 중국본은 다만 공사 편貢使便에 육로로 운송해 온 것이다. 그러나 거각車脚 비용이 왕왕 서적 가격보다 비싸서, 전대纏帶에 있는 돈을 돌아보면 그 십분의 일에도 미치지 못하니, 어찌 포기하여 물러나지 않을 수 있겠는가?

우리나라 문물의 성대함이 해마다 중국에 비견되지만 서적을 수집한 수량은 전대前代에 비해 한참 떨어지니, 이는 다만 선박과 수레의 사용을 강구하지 않았기 때문이다. 해로海路의 통상에 대해서는 비록 금령禁令이 있긴 하지만, 육로 수송 계책은 마땅히 서둘러 강구해야 한다.

매년 공사貢使가 연경燕京에 들어갈 때, 만주灣州(용만龍灣)에서부터 십만 전錢을 나누어 주어, 책문柵門에 들어간 뒤 수레로 방물方物을 수송하는 비용으로 삼는다. 지금 만약 이 십만 전으로 건장한 말 6~7필을 사고 큰 수레 몇 대를 만들어, 가져온 방물을 우리의 수레에 우리가 실어서, 돌아올 때 미처 사무역私貿易으로 구입한 서적을 싣는 것을 허락하고, 그 서적 주인에게 노잣돈을 헤아려 거둔다면, 공가公家에 있어서나 사가私家에 있어서나 모두 비용이 경감되고 일이 잘 다스려질 것이다.

이것은 일개의 담당자가 통변通變하면 될 일에 불과한데 아직까지 나서서 조치를 취한 사람이 있다는 말을 듣지 못했으니,

서적 수집이 도리어 일본에 못 미치는 것이 당연하다.[26]

　서유구는 해상 무역이 금지된 상황에 따른 차선책으로 효과적인 서적 운송 방안을 강구한다. 불필요한 비용을 줄임으로써 서적에 대한 접근성을 높이기 위해서다. 현행 제도의 문제점은 무엇인지, 자신의 제안대로 하면 경비가 어떻게 줄어드는지 등에 대한 논의가 대단히 구체적이다. 요컨대 서유구는 모종의 경제학적 접근을 꾀했다. 물론 서유구의 접근법을 지금의 경제학과 동일시할 수 없지만, 그가 유의한 비용, 유통 방법, 통상 등이 경제 영역에 속하는 것만은 틀림없다. 지나치게 높게 형성된 가격을 서적 구매의 장애 요소로 지적하고, 가격 상승의 기제를 분석하고, 그 분석에 입각하여 해결책을 제시했다는 점에서 서유구는 모종의 경제학적 접근을 한 것이 인정된다.[27]

　이상과 같이 서유구는 서적의 구입·유통에 대해 대단히 구체적인 생각을 갖고 있었다. 그 밖에도 그는 서적 구입 방법을 여덟 가지로

26　"我朝獨不許他國商船來泊, 其所購買華本, 但有貢使便陸運, 而車脚之費往往浮於書直, 顧視槖中之裝, 不及什之一, 安得不廢然而斂手沮退乎? 我朝文物之盛年擬中華, 而聚書之多遠遜於前代者, 特坐不購舟車之用耳. 海路通商雖有約禁, 而陸運之策所宜亟講, 每歲貢使入燕, 自灣州劃與十萬錢以爲入柵後車輪方物之費. 今若以此十萬錢買健壯馬騾六七匹, 仍造大車數輛, 所賣方物, 我車我載, 及其回還, 許載私貿書籍, 而量收盤纏於書主, 則在公在私俱可費省而事辨. 此不過一有司通變之事, 而迄未聞有起而措處者, 宜其聚書之反不及漆齒卉服之類矣."(徐有榘, 같은 글, 같은 책, 장9뒤~장10앞)

27　그러나 서유구의 이런 사고에는 한 가지 맹점이 있다. 인용문에는 사회적·정치적·사상적 접근이 결여되었다. 무역을 통한 서적의 유입은 경제적 현상이기도 하지만 사회적·정치적·사상적 문제와 결코 무관하지 않다. 그런데 서유구는 이런 문제와 연계하여 논의를 확장하지 않는다. 결국 서유구의 논의에서 서적 유통의 경제적 측면은 매우 소상하게 다루어진 반면, 서적 유통을 둘러싼 그 밖의 제반 사항에 대한 고려는 거의 없다시피 하다.

정리한 바 있다. 『통지』通志의 '구서팔도'求書八道를 소개한 뒤 그는 조선 실정에 맞게 변통한 여덟 가지 방법을 제시했다. '조선朝鮮 구서팔도'로 명명할 수 있을 법한 그 첫 번째 방법은 '종류별로 비교해서 구하기'(比類以求)이다.

> 무릇 장서藏書가 수천 권 이상이 되면 먼저 자기의 서가書架에 소장된 것을 가지고 문류門類별로 구분하여 살펴서, 가령 『주역』周易류가 10인데 『서경』書經류가 1이면, 『서경』에 대한 여러 주석서를 급히 사들여 채워야 하고, 예경禮經류가 10인데 악서樂書류가 2이면, 율려律呂에 대한 여러 서적을 급히 사들여 보충해야 한다. 이렇게 종류에 따라 비교하여 미루어 넓히면, 4부의 서적이 대략 구비될 것이다. 이것이 '종류별로 비교해서 구하기'이다.[28]

부문部門별로 구별해 각 부문의 서적 수량을 비교한 뒤, 부족한 분야의 서적을 구입해 보충하는 것이 첫 번째 방법이다. 이렇게 하면 4부部의 서적이 대략 구비되는 효과가 있다.

두 번째는 '대대待對 관계에 따라 구하기'(對待以求)이다.

> 왕필王弼의 주석과 정현鄭玄의 전箋은 역학易學의 대대對待이고, 모장毛萇의 서序와 정현의 설說은 시경학詩經學의 대대이다. 사

---

28 "凡原藏書數千卷以上, 先須以自己櫥笥所收區別門類以觀之, 假如『易』之類十而 『書』之類一, 則急購『書』解諸家而足之, 『禮』之類十而『樂』之類二, 則急購律呂諸編而補 之. 推類比挈, 四部略備. 是之謂比類以求."(徐有榘, 같은 글, 같은 책, 장5뒤)

공事功을 중시한 영가학파永嘉學派와 의리를 중시한 주자학파朱子學派는 상대가 되고, 왕수인王守仁의 양지良知와 나흠순羅欽順의 거경居敬은 상대가 된다. 그러니 만약에 어느 한쪽의 책을 갖고 있다면 반드시 나머지 한쪽의 책을 입수하여 상호 참고하고 비교해야만 비로소 찬반을 정할 수 있다. 이것이 '대대 관계에 따라 구하기'이다.[29]

서로 대립되거나 대비되는 학파의 서적과 주석서를 모두 구비하는 것이 두 번째 방법이다. 대조적인 학설을 비교하여 취사선택하기 위한 방법이다.

이상 두 가지 방법은 모두 지식의 편중 내지 편향을 막기 위한 것이다. 첫 번째 방법은 특정 분야로 장서가 편중되는 것을 막고, 경經·사史·자子·집集의 비중을 균등하게 하는 효과가 있다. 두 번째 방법은 특정 학설의 맹종을 막고, 상호 대립적인 학설을 겸수兼收하는 데 유효하다. 따라서 이 두 방법은 지적인 균형 감각을 반영한다. 특히 두 번째 방법은 교조적 태도에 대한 성찰적 거리를 담지한 일종의 인식론이자, 공정하고 신중한 시비 판단을 위한 방법론이기도 하다.

세 번째 방법은 '소략한 부분으로 인해 구비되기를 구하기'(因略而求備)이다.

구양수歐陽修의 『신오대사』新五代史는 10국國의 일을 기록한 게

---

29 "王註、鄭箋, 易學之對待也；毛序、鄭說, 詩學之對待也. 永嘉之事功與婺、閩之義理相對. 姚江之良知與恭和之居敬相對. 苟儲此邊之書, 必兼收彼邊之作, 參互較絜, 從違始判. 是之謂對待以求."(徐有榘, 같은 글, 같은 책, 같은 곳)

매우 소략하니, 그렇다면 오임신吳任臣의 『십국춘추』十國春秋를 서둘러 구입하는 것이 좋다. 송기宋祁의 『신당서』新唐書는 공거貢擧 제도를 기록한 게 소략하니, 그렇다면 왕정보王定保의 『당척언』唐摭言을 급히 입수해야 한다. 유안기兪安期의 『당유함』唐類函은 당唐 이후의 일을 기재하지 않았으니, 반드시 연감재淵鑑齋의 『연감유함』淵鑑類函을 구입한 뒤에야 유서類書가 비로소 구비될 것이다. 음경현陰勁弦의 『운부군옥』韻府群玉은 누락한 게 많으니, 반드시 패문재佩文齋의 『패문운부』佩文韻府를 구입한 뒤에야 '예'운隷韻의 체體가 비로소 구비될 것이다. 이것이 '소략한 부분으로 인해 구비되기를 구하기'이다.[30]

어떤 책에 소략한 부분이 있으면, 그 부분을 상세하게 다루거나 보완해 줄 수 있는 다른 책을 구하는 것이 세 번째 방법이다.

네 번째는 '모서리 하나를 들면 나머지 셋을 함께 들기'(擧一而反三)이다.

반고班固의 『한서』漢書, 순열荀悅의 『전한기』前漢紀, 원굉袁宏의 『후한기』後漢紀는 예로부터 '삼사'三史로 일컬어졌고, 두우杜佑의 『통전』通典, 정초鄭樵의 『통지』通志, 마단림馬端臨의 『문헌통

---

30 "歐陽氏『五代史』紀十國事頗略, 則吳任臣之『十國春秋』可亟購也. 宋景文『唐書』紀貢擧之制欠略, 則王定保之『唐摭言』宜急收也. 兪安期『唐類函』不載唐以後事, 必購淵鑑齋之『類函』而後類事之書始備. 陰時夫『韻府群玉』掛一漏萬, 必購佩文齋之『韻府』而後'隷'韻之體始備. 是之謂因略而求備."(徐有榘, 같은 글, 같은 책, 장5뒤~장6앞) '隷'韻 운운한 것은 『운부군옥』에 '예'(隷)운이 누락된 데 반해 『패문운부』에는 '예'운이 실려 있기에 한 말이다.

고』文獻通考는 세상에서 '삼통'三通이라 불리니, 그중 둘만 소장하고 나머지 하나는 빠뜨린다면, 정鼎의 세 다리 중 하나가 빠진 것과 뭐가 다르겠는가? 그 밖에도 문단의 작가들을 예로 들면, 세 공씨孔氏가 북송北宋 때 명성을 삼분三分했고, 네 홍씨洪氏가 남송南宋 때 명성을 나란히 했으며, 우집虞集·양재楊載·범형范桙·게혜사揭傒斯가 원사대가元四大家가 되고, 고계高啓·장우張羽·서분徐賁·양기楊基가 명초사걸明初四傑이 되며, 남원南園의 선생先生은 그 수가 다섯이 되고, 민중閩中의 재자才子는 손꼽아 보면 열 명이 있다. 그 하나를 소장했으면 반드시 나머지 둘을 구하고, 그 셋을 얻었으면 다시 나머지 하나를 구해, 기필코 그 숫자를 다 채운 뒤에야 그친다. 이것이 '모서리 하나를 들면 나머지 셋을 함께 들기'이다.[31]

개별적인 저작들이지만 같은 계통 내지 같은 그룹으로 묶여 병칭되는 것들은 하나도 빠짐없이 구하는 것이 네 번째 방법이다.

---

31 "班固之『漢書』, 荀悅之『漢紀』, 袁宏之『後漢紀』, 古稱三史; 杜佑之『通典』, 鄭樵之『通志』, 馬端臨之『通考』, 世號三通. 儲其二, 闕其一, 何異鼎足欠一也? 他如垣諸家, 三孔分鼎於北宋, 四洪聯珠於南渡, 虞·揚·范·揭爲元代四家, 高·張·徐·揚爲明初四傑, 南園先生厥數滿五, 閩中才子屈指有十. 儲其一, 必求其二; 得其三, 更求其一, 期盡滿其數而止. 是之謂擧一而反三."(徐有榘, 같은 글, 같은 책, 장6앞) '三孔'은 공문중(孔文仲) 및 그의 아우 무중(武仲), 평중(平仲)이다. 이들 삼 형제의 작품을 함께 모은 문집으로『청강삼공집』(淸江三孔集)이 있다. '四洪'은 홍붕(洪朋), 홍추(洪芻), 홍염(洪炎), 홍우(洪羽)다. 이들 역시 형제로, 모두 황정견에게 시를 배웠다. '南園先生'은 명나라의 손분(孫蕡), 왕좌(王佐), 황철(黃哲), 이덕(李德), 조개(趙介)이다. 갈징기(葛徵奇)는 이들의 시를 모아『남원오선생집』(南園五先生集)을 편찬했다. '閩中才子'는 임홍(林鴻), 진량(陳亮), 고정례(高廷禮), 왕공(王恭), 당태(唐泰), 정정(鄭定), 왕칭(王偁), 왕포(王襃), 주원(周元), 황원(黃元) 등의 '민중십자'(閩中十子)를 가리킨다. 원표(袁表)와 마형(馬熒)은 이들의 시를 모아『민중십자시』(閩中十子詩)를 편찬했다.

이 중 세 번째 방법은 '지식의 완전성'을 추구한 것이다. 어떤 책이든 해당 주제 전체를 완벽하게 다룰 수는 없다. 지식의 부분성 내지 불완전성은 모든 책의 운명이다. 그런데 서유구는 세 번째 방법을 통해 이런 숙명적인 한계를 해결하고자 한다. 어떤 책의 부족한 부분이 있으면 다른 책을 구해 보충한다. 이 과정을 계속 반복해 나가다 보면 해당 주제의 지식이 완비될 것이다. 이 과정에서 각각의 책들은 개별적인 독립성을 넘어서서 상호 참조적 관계망을 형성하기에 이른다. 이 연결망을 통해 해당 주제에 대한 모든 지식을 담은 '하나의 완전한 책'이 구성될 수 있다. 네 번째 방법도 부분적 지식의 한계를 넘어서기 위한 것이다. 따라서 크게 보면 세 번째 방법과 비슷한 방향을 지향한다고 할 수 있다.

다섯 번째 방법은 '시대에 따라 구하기'(求之以世代)이다.

『통감기사본말』通鑑紀事本末은 위열왕威烈王부터 시작한다. 그렇다면 먼 옛날 삼대三代의 일은 빠졌으니, 마숙馬驌의 『역사』繹史를 가지고 보충해야 한다. 『속자치통감장편』續資治通鑑長編은 북송北宋에서 서술을 마쳤다. 그렇다면 남송 이후의 일은 빠졌으니, 이심전李心傳의 『건염이래계년요록』建炎以來繫年要錄, 작자미상의 『양조강목비요』兩朝綱目備要와 『송계삼조정요』宋季三朝政要를 가지고 그 뒤를 이어야 한다. 시문 선집詩文選集으로 말하면, 풍유납馮惟訥의 『고시기』古詩紀를 소장하여 한위육조漢魏六朝의 비흥比興을 보았으면, 시대를 따라 내려가 『전당시』全唐詩, 『송시초』宋詩鈔, 『원시선』元詩選, 『명시종』明詩綜 중에 하나라도 빠뜨려서는 안 되며, 황종희黃宗羲의 『명문해』明文海를 소장하여 홍희洪熙·선덕宣德 연간으로부터 융경隆慶·만력萬曆 연간까

지의 체재體裁를 보았으면, 시대를 소급해 올라가 『원문류』元文
類, 『송문감』宋文鑑, 『당문수』唐文粹, 『소명문선』昭明文選, 『황패
문기』皇覇文紀 중에 하나라도 빠뜨려서는 안 된다. 이것이 '시대
에 따라 구하기'이다.[32]

어떤 책이 있으면, 그 책이 다루는 시대 이전이나 이후를 다루는
책을 구하여 보충하는 것이 다섯 번째 방법이다.
여섯 번째는 '문호門戶에 따라 구하기'(求之以門戶)이다.

도학道學의 학파가 분열되고 문단의 유파가 각각 개창되었으니,
자양紫陽(주희朱熹)의 도통道統으로 말하면 면재勉齋(황간黃幹)와
북계北溪(진순陳淳)로부터 아래로 여남呂枏과 육롱기陸隴其 등 여
러 사람에 이르기까지, 그 전수하고 전수받은 원류源流를 고찰
할 수 있고, 금계金谿(육구연陸九淵)의 적전嫡傳으로 말하면 자호
慈湖(양간楊簡)와 혈재絜齋(원섭袁燮)로부터 아래로 담약수湛若水
와 유종주劉宗周 등 여러 사람에 이르기까지, 그 법을 전수한 시
말始末을 살필 수 있다. 그 밖에 문학가들로 말하면, 강서江西에
서 종파도宗派圖를 부연하여 이름을 내건 사람이 모두 25명이
고, 북지北地에서 설법說法의 기치를 꽂고 전수한 사람으로 칠

---

32 "『紀事本末』斷自威烈, 則邃古三代之事闕焉, 須取馬鏞『繹史』以補之. 『通鑑長編』
訖于北宋, 則南渡以後之事闕焉, 須取李心傳『繫年要錄』、失名氏『兩朝備要』、『三朝政
要』以續之. 至於詩文選集, 苟儲馮惟訥『詩紀』以觀漢魏六朝前比興, 則沿而下之, 『全唐
詩』、『宋詩鈔』、『元詩選』、『明詩綜』不可闕其一也. 苟儲黃宗羲『明文海』以觀洪、宣、隆、萬
之間體裁, 則溯而上之, 『元文類』、『宋文鑑』、『唐文粹』、『昭明選』、『皇覇文紀』不可欠其一
也. 是之謂求之以世代."(徐有榘, 같은 글, 같은 책, 장6앞~뒤) '馬鏞'의 '鏞'는 '驌'의 오
자(誤字)이다.

자七子·후칠자後七子·말칠자末七子가 있으며, 삼양三楊(양사기楊士奇, 양영楊榮, 양부楊溥)이 관각館閣의 맹주盟主가 되었는데, 그 뒤를 지킨 사람이 이동양李東陽이며, 공안파公安派가 별도로 다른 길을 열자 그와 같은 노선을 달린 사람이 경릉파竟陵派이다. 장서가라면 반드시 유파의 분기를 살펴 그 시말을 잘 알아야 하니, 그런 뒤에야 눈금 없는 저울을 가지고 온갖 보화가 있는 가게에 들어가는 지경에 이르지 않을 것이다. 이것이 '문호門戶에 따라 구하기'이다.[33]

학파와 문학 유파의 전개상을 잘 살펴서 장서를 갖추는 것이 여섯 번째 방법이다.

다섯 번째와 여섯 번째 방법은 통사적·계통적 지식을 중시한 것이다. 다섯 번째 방법을 무한 반복하면 결국 모든 시대에 대한 지식에 도달하게 된다. 따라서 이 방법은 세 번째 방법과 유사해 보인다. 그러나 세 번째 방법이 주제적 연관성에 입각하여 지식의 확장을 꾀하는 반면, 다섯 번째 방법은 시간적 계기성에 입각하여 지식의 확장을 꾀한다. 즉, 세 번째 방법이 지식의 공시적 완전성을 지향한다면, 다섯 번째 방법은 통시적 완전성을 지향한다.

---

33 "道術分裂, 壥垣各闢, 紫陽之道統, 自勉齋、北溪, 下逮呂、陸諸人, 其受授之源流可按也. 全谿之學的, 自慈湖、絜齋, 下逮湛、劉諸家, 其傳法之端委可尋也. 他如治詞藝者, 江西演宗派之圖而桂名者, 總二十五人; 北地樹說法之幢而傳燈者, 有七子、後七子、末七子焉; 三揚主盟館閣, 而殿後者長沙也; 公安別開仄經, 而方駕者竟陵也. 購書之家, 必先有以審其派別, 辨其本末, 然後庶不至操無星之秤, 入百寶之肆. 是之謂求之以門戶."(徐有榘, 같은 글, 같은 책, 장6뒤) '全谿'의 '全'은 '金'의 오자이다. '宗派之圖' 운운한 것은 『강서시사종파도』(江西詩社宗派圖)에 이른바 강서시파의 시인으로 분류되는 25명의 시인 명단이 도표로 제시되었기 때문이다.

그런데 다섯 번째 방법을 설명하면서 서유구가 든 예를 보면 이렇다. 명대明代의 문장 선집을 소장했으면, 그 위로 소급해 원나라, 송나라, 낭나라 등등의 선집을 모두 구비해야 한다. '하나라도 빠져선 안 된다'는 단언에서 강한 집념이 느껴진다. 그런데 서유구의 문학론에서 중국 각 시대의 문학이 동등한 가치를 갖는 것은 아니다. 여느 고문가古文家와 마찬가지로 그도 육조六朝의 문학을 평가 절하했다.[34] 그리고 명대 문학에 대한 평가도 유파별·시기별·작가별로 동일하지 않다. 따라서 서유구가 추구한 장서는 가치 평가와는 다소 다른 차원의 것이라고 할 수 있다. 결국 가치 평가와 무관하게 모든 책은 수집 가치가 있고 또 빠짐없이 구비되어야 한다는 생각이 다섯 번째 방법의 전제로 깔려 있다고 판단된다. 이 점에서 이 방법은 두 번째 방법과 통한다. 시비 판단에 앞서 상반된 양측에 대한 충분한 검토를 중시한 두 번째 방법에서와 마찬가지로, 다섯 번째 방법에서도 특정 시대 문학의 가치를 예단하기에 앞서 모든 시대의 문학을 빠짐없이 파악하려는 생각이 들어 있기 때문이다.

여섯 번째 방법은 '지식의 통시성'을 중시한다는 점에서는 다섯 번째 방법과 비슷하지만, '지식의 계통성'을 중시한다는 점에서는 다르다. 여섯 번째 방법은, 서유구가 추구한 박학의 성격을 확인시켜 준다. 서유구의 박학은 지식의 방대함을 지향하지만, 거기서 머물지 않고 학술사와 문학사에 대한 역사적·체계적 파악을 추구한다. 즉, 학파와 문학 유파의 성립·분기·전개·종말에 대한 문제사적問題史的

---

34 그의 이런 입장은 다음 언급에서 확인된다: "降及六朝, 文體一變, 抽黃而妃白, 儷花而鬪葉, 挿齒牙, 樹壇墠者, 類皆不免乎稗販餖飣, 則此以巧勝, 而靡於氣, 失於法者也."(徐有榘, 「八子百選序」, 『金華知非集』卷第三, 『楓石全集』, 350면)

접근을 요한다. 여섯 번째 방법은 그런 접근을 위해 요구되는 '척도의 문제'를 제기한다. 이 점에서 서유구의 박학은 지식의 무잡한 양적 팽창과 다르다.

일곱 번째 방법은 '서목書目에서 찾기'(求之於書目)이다.

『칠략』七略이 나온 지 오래되었으니, 조공무晁公武와 진진손陳振孫이 기록한 것을 논해 보면, 그 서적 중에 옛날에는 있었는데 지금은 없는 것이 열에 대여섯이 된다. 그러니 목록에 따라 책을 구한다면, 온종일 배곯은 처지에 앉아서 차림판만 보고 제호醍醐와 곰발바닥 구이에 대해 이러쿵저러쿵 말하는 것과 비슷하지 않겠는가? 내가 말하는 것은 요즘 만든 서목書目을 가리킨다. 예를 들어 『사고전서총목』四庫全書總目은 건륭乾隆 신축년(1781)과 임인년(1782) 사이에 편찬하여 올린 것이다. 『절강서록』浙江書錄 또한 건륭 연간에 황명皇命으로 전대前代의 산일散逸된 책을 구할 적에 편찬하여 사고전서관四庫全書館에 바친 것이다. 이 두 책이 나온 것은 지금으로부터 삼사십 년에 불과하다. 건륭 초에 황명으로 편찬된 『천록임랑서목』天錄琳琅書目과 황우직黃虞稷의 『천경당서목』千頃堂書目도 모두 근래에 편찬된 것이다. 이들 여러 종류의 서목書目에 의거해 책이 현재 전하는지 아니면 일실되었는지 여부를 상고한다면, 비록 적중하지 않더라도 크게 틀리지는 않을 것이다. 그래서 '서목에서 찾기'라고 하는 것이다.[35]

35　"『七略』尙矣, 卽論晁公武、陳振孫之所著錄, 其書之昔有今無者什居五六, 按目錄而求書, 不殆類於終日枵腹, 坐閱食帳, 津津說醍醐熊燔也乎? 余所云者, 指近世著錄之

『사고전서총목』같이 비교적 최근에 작성된 목록에 의거하여, 어떤 서적이 현재 전하는지 여부를 파악하는 것이 일곱 번째 방법이다. 최근의 서목書目이어야 하는 것은, 너무 오래된 목록에 들어 있는 책 중에 지금은 없어진 게 태반이기 때문이다.

마지막 여덟 번째는 '제발題跋에서 찾기'(求之於題跋)이다.

> 모진毛晉의 『진체비서』津逮秘書에 남송·북송 명가名家들의 문집 중의 서적에 대한 제발題跋을 뽑아 끝에 부록으로 붙여 놓았으니, 고서古書 전각傳刻의 원류를 고찰하게 하기 위해서였다. 모진은 고서를 전각한 것으로 천하에 유명한데, 서적에 대한 감식이 풍부하기 때문에 이렇게 깊이 마음을 쓴 것이다. 하지만 지금까지 남아 있는 송대宋代 판본은 새벽별처럼 드무니, 그렇다면 송나라 사람의 제발은 오늘날 이미 과거의 흔적으로 되어 버린 것이다. 나는 근래의 문집, 예를 들면 이광지李光地, 주이준朱彝尊, 왕사진王士禛, 기윤紀昀 등의 문집에서 각종 서적에 대한 서문·인引·제발을 채록하여, 그 서적이 남아 있는지 일실되었는지, 판각은 어느 지역에서 했는지, 어느 곳에 전하는지를 자세히 기록하여, 서목書目에서 상세하게 다루지 않은 것을 보충하고자 한다. 그렇게 한 뒤에야 비로소 조용曹溶이 말한바 '밤길을 비추는 등불'과 '보석을 찾는 구슬'에 견줄 수 있을 것이다.

書耳. 如『四庫全書總目』卽乾隆辛丑·壬寅年間纂進者也. 『浙江書錄』亦乾隆中詔求遺書時編進於四庫全書館者也. 二書距今不過三四十年. 乾隆初命纂『天錄琳琅書目』、黃虞稷『千頃堂書』亦皆近代編纂. 據此數種以考其存佚, 雖不中不遠, 故曰求之於書目."(徐有榘, 같은 글, 같은 책, 장6뒤~장7앞) '千頃堂書' 뒤에 '目'자(字)가 빠진 듯하다.

그래서 '제발題跋에서 찾기'라고 하는 것이다.[36]

청대淸代 주요 문집에서 서적에 대한 서문·인引·제발題跋 등을 초록하여, 그 책이 현재 전하는지 여부와 출판지, 소장처 등의 제반 정보를 정리하는 것이 여덟 번째 방법이다.

마지막 두 방법은 모두 중국 문헌을 통한 정보 수집법이다. 일곱 번째 방법은 목록을 활용하는 것이고, 여덟 번째 방법은 문집을 활용하여 목록의 미비점을 보충하는 것이다. 따라서 이 두 방법은 상호 보완적이다. 평소에 읽고 싶었는데 아직 구해 보지 못한 서적에 대한 서유구의 글들이 이 두 방법의 실례實例가 된다.

이상 '조선 구서팔도'는 단순한 서적 구입 요령 이상의 의미를 갖는다. 서적 구입 방법이되, 서유구의 학적 지향이 강하게 투영된 일종의 연구 방법론이자 지식 이론이다. '조선 구서팔도'의 목표는 지식의 완전성과 전체성에 육박하는 것이다. 각각의 방법은 그 구체적인 방법과 절차이다. 처음 두 가지는 지적 편향성을 방지하기 위한 방법이다. 하나는 양적 균형을 통해, 다른 하나는 대립적 학설의 겸수兼收를 통해 지적 균형과 판단의 공정성을 확보하고자 한다. 그다

---

36 "毛晋『津逮秘書』抄撮南北宋諸名家集中書籍題跋附於末, 蓋欲令考見古書傳刻源流也. 毛以傳書名天下, 饒有書卷上鑑識, 故其用意深摯如此. 然宋槧之至今存者稀如晨星, 則宋人題跋在今日已作筌蹄矣. 余欲取近代文集如李榕村、朱竹垞、王阮亭、紀曉嵐諸家, 探錄各種書籍序引題跋, 備著其存佚及刻在何地、傳在何處, 以補書目之所未詳. 夫然後曹溶所謂夜行之燭、探寶之珠, 始可以擬議矣. 故曰求之於題跋."(徐有榘, 같은 글, 같은 책, 장7앞) '夜行之燭, 探寶之珠'는 기승한(祁承㸁)의 『담생당장서약』(澹生堂藏書約)에 보이는 표현이다. 조용(曹溶)의 말로 인용한 것은 서유구의 착오다. 『담생당장서약』은 『지부족재총서』(知不足齋叢書) 제5집에 실려 있는데, 조용의 『유통고서약』(流通古書約)이 『담생당장서약』 뒤에 부록으로 붙어 있다. 서유구의 착오는 여기에 기인한 듯하다.

음 두 가지는 상호 참조적 연결망을 통해 '지식의 부분성'을 넘어서기 위한 방법으로, '공시적 전체성'을 지향한다. 그다음 두가지는 통사적·계통적 접근법으로, '통시적 전체성'을 지향한다. 마지막 두 가지는 면밀한 문헌 조사를 통해 지식의 확장을 꾀한다. 이렇듯 서유구의 '조선 구서팔도'는 지식의 총체성을 향한 세부 절차로, 둘씩 쌍을 이루어 여덟 개의 전체를 구성한다. 심지어 서유구는 쌍을 이루는 방법의 명명이 동일한 통사 구조를 취하게 하는 등 세심한 배려를 아끼지 않았다. 요컨대 '조선 구서팔도'는 상세함과 체계성을 겸비한 지식 이론의 성격을 띤다. 장서 문화의 학문적 승화라 할 만하다.

그런데 장서에 대한 서유구의 생각은 또 다른 측면에서도 장서 문화의 학문적 승화이다. 서유구는 자국의 각종 문헌의 수집·보관 문제에 대해 남다른 관심을 갖고 있었다. 그는 1796년에 각지에 소장된 책판冊板을 조사하고 해제를 붙여 『누판고』鏤板考를 지었다. 이때의 경험을 바탕으로 그는 별집류別集類에 편중된 조선의 장서 실태를 지적하면서, 그 밖의 서적들을 보존하기 위한 노력이 절실하다고 강조했다. 판목板木이 일실된 책은 물론, 활자본과 사본寫本 모두 인멸되기 쉬우니 각별한 주의를 요한다는 것이 서유구의 생각이다.

> 우리나라 서적은 씨가 말라 사부四部의 체제를 갖추지 못하니, 흔하게 일컬어지고 서가書架에 가득 찬 것은 오직 별집류別集類 하나뿐이다. 선조先朝 병진년(1796)에 나는 내각內閣에 있으면서 왕명을 받들어 『누판고』鏤板考를 지었다. 서울과 지방의 공가公家와 사가私家에 소장된 책판冊板을 조사하여 일일이 조목별로 기재하고, 그 찬자撰者의 성명을 함께 기록한 것이 그 대략적인 체제다. 해당 서적의 판본이 어느 지역에 있는지, 판각이 완전

한지 아니면 완결刊缺되었는지, 인쇄에 소요된 종이의 양은 얼마나 되는지를 알고자 한다면, 이 책에 의거하여 살펴보면 거의 틀림없을 것이다. 하지만 이 책은 다만 현존하는 판각을 기록했을 뿐이다. 책판은 일실되었는데 책은 남아 있는 경우, 활자본인 경우, 원래 미처 판각되지 못해 필사본으로 세상에 유행하는 경우로 말하면, 또 마땅히 별도로 사들여야 할 것이다.[37]

서유구가 우선 중시한 것은 정사류正史類이다.

김부식金富軾의 『삼국사기』三國史記는 근래에 활자본으로 세상에 전하는데 수장한 사람이 대단히 드물다. 정인지鄭麟趾의 『고려사』高麗史는 책판은 일실되었고 책만 보존된 경우인데, 인본印本이 날마다 잔결殘缺되고 있다. 우리나라의 정사正史는 오직 이두 종種이 있을 뿐인데, 다시 수십 년에서 백 년이 지나 마침내 없어진다면 동방東方 수천 년의 문헌이 끊어지게 될 것이니, 장서가라면 마땅히 맨 먼저 구입해서 수장해야 할 것이다.[38]

---

37 "東國書籍無種, 不能備四部之體. 其榛楛稱望, 充溢棟宇者, 惟別集一類耳. 先朝丙辰, 余在內閣, 承命編『鏤版考』, 查檢京外公私所藏鏤版. 一一臚載, 並著其撰人性名, 義例梗槩. 凡欲知其書版本之在於某地, 板刻完刓, 印紙多寡, 就此考檢, 庶無違爽. 然此但紀見存板刻耳. 若其版佚書存者, 活字擺印者, 原未鋟梓以寫本行世者, 又當另從求購."(徐有榘, 같은 글, 같은 책, 장16뒤~장17앞) '先朝'는 정조(正祖)를 가리킨다. '鏤版'의 '版'은 '板'의 誤字고, '性名'의 '性'은 '姓'의 오자이다. 활판 인쇄를 할 때 개개의 활자를 판 위에 나열하여 인쇄하는데, 인쇄를 마치면 활자는 다시 흩어지므로 활자본의 발행 부수는 한정되어 있고, 그 보존도 영구적이지 못하다. 활자본이 인멸되기 쉬운 것은 이 때문이다.

38 "金富軾『三國史』, 近以活字本傳世, 而收藏絶罕. 鄭麟趾『高麗史』, 亦板佚書存, 而印本日就斷煉. 我東正史只有此二種, 更過數十百年, 遂泯其傳, 則東方數千年文獻絶矣, 藏書者所宜首先購儲."(徐有榘, 같은 글, 같은 책, 장17앞)

『삼국사기』·『고려사』 등은 유일한 정사正史인데, 하나는 활자본이고 다른 하나는 그 판목이 일실되었으므로, 이 두 서적의 수장이 시급하다. 참고로, 1796년에 서유구는 규장각 서고西庫 소장본이 지극히 희귀한 『고려사』 완본完本임을 알고, 『고려사』의 교정·간행을 정조正祖에게 청하여 승낙을 얻었으나 끝내 그 사업을 추진하지 못했다고 술회한 바 있다.[39]

그다음은 지리서地理書, 의서醫書, 예술서, 농서農書 등이다. 서유구가 거론한 것은 『여지승람』輿地勝覽, 『여지지』輿地志, 『경험방』經驗方, 『원교필결』圓嶠筆訣, 『농사직설』農事直說, 『금양잡록』衿陽雜錄, 『농가집성』農家集成 등이다. 이들 서적은 책판이 일실되었거나 사본으로만 전하니, 좋은 가격으로 사들이고 선사繕寫해서 보존해야 한다고 서유구는 말한다.[40] 그 밖에도 서유구는 야사잡록野史雜錄의 사료적 가치에 주목하여, 패사稗史와 야승野乘은 그 좋고 나쁨을 막론하고 모두 수집해야 한다고 주장했다.[41]

그다음으로 별집류에 대해 서유구는 이렇게 말한다.

> 별집류는 근래에 더욱 넘쳐나 좋은 것과 나쁜 것이 뒤섞여 있어

39 "『高麗史』一百十九卷, 鄭麟趾等奉敎撰. (…) 我東板刻, 亦久已湮滅, 榻本之傳於世者亦絶罕. 校書館藏本脫佚過半, 惟奎章閣西庫有完全本. 正廟丙辰, 余在內閣, 仰請校正付梓, 上頷之而未有成命. 放廢以後追理昔事, 若隔天上. 西庫藏本之存沒, 亦不可問矣."(徐有榘, 「高麗史」, 『金華耕讀記』 卷之三, 장8앞~뒤)

40 "外他, 輿地之書如徐四佳『輿地勝覽』、柳馨遠『輿地志』, 方藝之書如許浚『經驗方』、李匡師『圓嶠筆訣』, 農家如鄭招奉敎撰『農事直說』、姜希孟『衿陽雜錄』、申洬『農家集成』, 或板刻久佚, 或原未付梓. 其板佚書存者, 善價訪求; 其寫本行世者, 繕錄以傳."(徐有榘, 「儲書」, 『金華耕讀記』 卷之五, 장17앞)

41 "若稗史野乘, 零編剩簡, 叢碎堆垛, 不可殫擧, 大抵多寫本. 此類宜不問藏否, 俱收並畜, 以備昭代史料."(徐有榘, 같은 글, 같은 책, 같은 곳)

이루 다 셀 수 없으니, 마땅히 유림儒林의 원류源流와 문단文壇의 감정鑑定이 되는 것을 기준으로 선별하여 보존해야 한다. 옛 판본 중에 최치원崔致遠의 『계원필경집』桂苑筆耕集, 이규보李奎報의 『이상국집』李相國集, 진화陳澕의 『매호집』梅湖集, 이암李嵒 등等의 『철성연방집』鐵城聯芳集, 한수韓脩의 『유항시집』柳巷詩集, 전록생田祿生의 『야은집』壄隱集 같은 것은 모두 판목이 오래전에 일실되었고 전본傳本 또한 희소하니, 특별히 유의해서 수장하여, 끝내 인몰되지 말도록 하여, 고인古人을 영원히 전하는 일을 이루어야 한다.[42]

자국 한문학의 원류에 대한 관심을 보여 주는 언급이다. 이 중 『계원필경집』은 서유구가 홍석주의 도움을 받아 1834년에 간행한다. 서유구 본인이 자신의 주장을 실천한 셈이다.

그런데 서유구의 관심이 옛 전적에만 있었던 건 아니다. 그는 동시대 문헌에 대해 폭넓은 관심을 가지고 있었던바, 이익李瀷(1681∼1763)의 『성호사설』星湖僿說, 안정복安鼎福(1712∼1791)의 『동사강목』東史綱目, 신경준申景濬(1712∼1781)의 『동국지리고』東國地理考, 이덕무의 『앙엽기』盎葉記・『청령국지』蜻蛉國志, 유득공柳得恭(1748∼1807)의 『발해고』渤海考・『사군지』四郡志의 가치에 주목했다.[43] 자국의 역사・지리

---

42 "別集一類, 近益濫觴, 良楛雜糅, 更僕難數. 此當以儒林源流、詞垣品裁揀別而存之. 惟古本舊刻如新羅崔致遠『桂苑筆耕』、高麗李奎報『李相國集』、陳澕『梅湖集』、李嵒等『鐵城聯芳集』、韓修『柳巷』、田祿生『壄隱集』, 皆板刻久佚, 傳本亦稀, 特宜留心收藏, 勿令遂至煙泯, 以成就古人不朽之傳."(徐有榘, 같은 글, 같은 책, 장17앞∼뒤)

43 "近代纂述, 如李瀷『星湖僿說』、安廷福『東史綱目』、申景濬『東國地理考』、李德懋『盎葉記』・『蜻蜓國史』、柳得恭『渤海考』、『四郡考』, 皆可收儲以備考証."(徐有榘, 같은 글, 같은 책, 장17뒤) '安廷福'의 '廷'은 '鼎'의 오자이다.

및 대외 인식과 관련된 서적이 대부분을 차지한다는 점이 특징적이다. 또한 서유구는 국고國故 문헌의 자료적 가치를 중시하여 근래의 관찬官撰 서적에도 주목했다.[44]

이렇게 해서 서유구는 신라, 고려, 조선의 각종 문헌의 수집·보존 문제를 두루 논한다. 별집류에 편중된 장서 실태에 대한 문제 제기인 만큼, 그 포괄 범위가 대단히 넓다. 그러면서도 일정한 분류 체제를 따르고 있어서 논의가 조리 정연함을 갖추고 있다. 서유구는 경·사·자·집 중 사史의 정사正史와 지리地理, 자子의 농가農家·의가醫家·예술, 집集의 별집 순으로 논한 다음, 동시대 및 근래의 문헌은 사찬과 관찬으로 나누어 제시하고 있다.

더 나아가 장서에 대한 관심이 자국 문헌의 조사·수집·보존·보급 등의 문제로 확장되었는데, 이 점이 특히 주목된다. 동시대 문헌을 중시한 관점은 자연경실본自然經室本의 면면에도 반영되었다. 이인로李仁老(1152~1220)의 『파한집』破閑集, 최자崔滋(1188~1260)의 『보한집』補閑集, 신흠申欽(1566~1628)의 『선천규관』先天窺管, 박지원의 『연암집』, 박제가의 『북학의』北學議, 이덕무의 『청비록』淸脾錄, 유득공의 『경도잡지』京都雜志·『사군지』, 이서구李書九(1754~1825)의 『강산시집』薑山詩集, 정약용의 『아방강역고』我邦疆域考·『여유당집』與猶堂集·『논어고금주』論語古今註, 홍길주洪吉周(1786~1841)의 『수여연필』睡餘演筆·『수여방필』睡餘放筆·『숙수념』孰遂念, 정학연의 『삼창관집』三倉館

---

44 "英廟甲申, 先王父文靖公長玉署, 奏令八路郡縣纂修邑志以上, 薈稡成帙, 總五十餘冊, 藏在弘文館, 今不知存佚. 先朝丙辰, 李萬運奉敎增修『東國文獻備考』總百餘冊, 今藏摛文院. 我東掌古之書, 惟此二書爲鉅觀, 亟宜繕寫, 揷架備考."(徐有榘, 같은 글, 같은 책, 같은 곳) '薈稡'의 '稡'은 '粹'의 오자인 듯하다.

集, 박규수朴珪壽(1807~1877)의 『거가잡복고』居家雜服攷 등의 자연경실본의 존재가 선행 연구를 통해 확인된 바 있다.[45] 그리고 여기에 이익의 『관물편』觀物篇, 서형수의 『시고변』詩故辨, 홍석주의 『동사세가』東史世家, 성해응成海應(1760~1839)의 『초사담헌』草榭談獻 등을 추가할 수 있다.[46]

보존이 시급하다며 서유구가 거론한 서적의 일부는 서유구의 『소화총서』小華叢書 목록에도 올랐다. 『소화총서』는 신라·고려·조선의 주요 문헌을 망라한 총서로, 비록 미완의 기획으로 그쳤지만 그 목록이 남아 있어 그 규모와 체계를 가늠해 볼 수 있다.[47] 『소화총서』는 4부 체제를 따라 '경익'經翼, '사별'史別, '자여'子餘, '재적'載籍으로 이루어졌다. 이 중 '사별'에 『청령국지』·『발해고』·『사군지』가, '자여'에 『원교필결』·『경험방』이, '재적'에 『계원필경집』·『성호사설』·『앙엽기』가 포함되었다. 따라서 장서에 대한 서유구의 지론은 『소화총서』와 밀접한 연관을 맺는다고 판단된다. 결국 서유구에게 장서의 문제는 자국의 주요 문헌을 수집·보존·정리하기 위한 문제의식과 맞물려 있

---

45 김영진, 「조선 후기 실학파의 총서 편찬과 그 의미」(이혜순 등 엮음, 『한국 한문학 연구의 새 지평』, 소명출판, 2005), 976~977면; 옥영정, 「『임원경제지』 현존본과 서지적 특성」(염정섭·옥영정·심경호·유봉학, 『풍석 서유구와 임원경제지』, 소와당, 2011), 108~112면 참조. 다만 『거가잡복고』는 자연경실 공책지와 풍석암서옥 공책지를 섞어 쓴 것이다. 참고로 자연경실본 『여유당집』은 단책(單冊)으로 규장각에 소장되어 있다 (도서번호: 일사 古. 819.55 J466y). 총 3권으로 시(詩)를 수록했으며, 신조선사본(新朝鮮社本)의 『시문집』(詩文集) 제1권과 수록 작품 및 순서가 거의 일치한다. 권수제(卷首題)에 권차(卷次)가 표기되지 않고 '與猶堂集卷之'로 되어 있는 것으로 보아, 『여유당집』의 다른 글들이 필사 중이거나 아직 입수되지 않았던 것으로 짐작된다.

46 李瀷, 『觀物篇』, 李佑成 編, 『星湖全書』 7, 여강출판사 영인, 1985; 洪奭周, 『東史世家』, 국립중앙도서관 영인수집본, 도서번호: 古 2130-11; 成海應, 『草榭談獻』, 국립중앙도서관 영인수집본, 도서번호: 古 2510-123.

47 김영진, 앞의 논문, 965~980면 참조.

다. 이 점에서 서적의 수집과 정리에 대한 서유구의 생각은 모종의 역사의식의 발로라고 할 수 있다. 앞에서 본서는, 서유구에게 서적은 곧 세계 전체라는 점을 지적한 바 있다. 서유구의 이런 관점이 자국 문헌에 대한 자각적 사고로 구체화되었다고 생각된다.

자국 문헌에 대한 서유구의 관심은 연암일파燕巖一派의 학문적 관심을 계승한 것이다. 서유구가 『계원필경집』의 간행·유포·보존에 공을 들인 것이 그 좋은 예가 된다. 이 점과 관련하여 다음 글이 참고가 된다. 서유구가 홍석주의 도움으로 『계원필경집』을 입수한 뒤 홍석주에게 보낸 편지의 한 대목이다.

> 『계원필경』은 삼가 수령했습니다. 아직도 기억나는데, 50년 전에 박연암朴燕巖과 이야기하다 화제가 이 책에 미쳤지요. 제가 이 책을 아직 입수하지 못한 것을 대단히 한스러워하자 연암이 탄식하며 이렇게 말했습니다. "이미 일실되어 전하지 않으니, 신라新羅 900년의 문헌이 끊어졌구나!" 이에 서로 한참 동안 한탄했는데, 지금 홀연히 이 책을 얻어 편목篇目을 살펴보니 완연히 『당서』唐書「예문지」藝文志에서 일컬은 20권 전본全本입니다. 저는 미칠 듯이 기뻐, 마치 이미 가라앉은 정鼎을 끌어올리고 무덤 속에 간직된 책을 발굴해 낸 양 황홀했습니다.[48]

---

48 "『桂苑筆耕』謹領. 尙記五十年前與朴燕巖語及此書, 頗恨購之未得, 則燕巖喟然曰: '已佚不傳, 新羅九百年文獻絶矣!' 相與歎嗟久之. 今忽得之, 檢閱篇目, 宛是『唐』「藝文志」所稱二十卷之全本, 狂喜沒量, 怳若綏旣沈之鼎, 發冢裏之篇也."(徐有榘, 「與淵泉洪尙書論桂苑筆耕書」,『金華知非集』卷第三,『楓石全集』, 337면)

인용문이 『풍석전집』을 통틀어 박지원이 문면에 드러나는 유일한 경우이다. 이 편지는 1834년 작이다. 따라서 서유구가 언급한 일화는 1784년경의 일이 된다. 이때는 박지원이 자제군관子弟軍官의 자격으로 연행燕行을 다녀온 뒤다.[49] 이렇게 보면 『계원필경집』에 대한 서유구의 집요한 관심은 박지원과 공유한 것, 더 나아가 자국 문헌에 대한 연암일파의 관심을 계승한 것으로 볼 수 있다.

『소화총서』도 마찬가지다. 이규경李圭景(1788~1856)의 진술에 따르면, 이덕무가 총서 목록을 정해 서유구에게 주었는데, 서유구는 거기에 동시대 작가의 저술을 추가해 『소화총서』를 만들 계획이었다고 한다.[50] 몇 가지 예를 들면, 아마 홍석주의 『동사세가』와 홍길주의

---

49 참고로, 『열하일기』에는 이런 말이 보인다: "『唐書』「藝文志」有新羅崔致遠『桂苑筆耕』四卷, 而後來著書家引用書目無見焉, 書亡當久."(朴趾源, 「口外異聞」, 『熱河日記』; 『燕巖集』卷之十四, 한국문집총간 252, 302면) 동양문고본, 국회도서관본, 승계문고본 등에는 『桂苑筆耕』四卷'의 '四'가 '二十'으로 교정되었고, '書目無見焉'과 '書亡當久' 사이에 "吾東雖有刊本, 中國則"이란 구절이 추가되었다.

50 "『蒼墅漫書』以爲李參判義準嘗萃我東諸賢所著, 分目彙別, 爲類有三: 曰經翼, 曰別史, 曰子餘, 總以名之曰『小華叢書』, 未及成書而卒. 其門人徐有棐士忱示余其編目云云. 此與不佞所嘗見聞似異, 故今略辨之. 我王考雅亭先生曾以可作叢書者前賢所撰述者若干種示徐楓石有榘. 而楓石公嘗語余曰: 雅亭公所授編目, 更加近日諸家所撰, 滙作一書以傳似好, 故每留心徵書, 而姑未遑焉云矣.' 其弟有棐亦言: '欲作『小華叢書』, 君家或有所貯, 爲我滙集.' 蓋不言其師所嘗欲爲, 而自任其集成, 然才短力綿, 何嘗及耶? 李公義準、徐公有榘幷聞教於我王考而欲成其書而未果者也."(李圭景, 「小華叢書辨證說」, 『五洲衍文長箋散稿』卷18, 명문당 영인, 1982, 549면) '義準'의 '準'은 '駿'의 오자이다. 선행 연구는 이 자료를 근거로 "조부의 노력을 빼 버린 서유비와 서유구에 대해 불쾌해하는 오주의 심정이 느껴진다"(김채식, 「이규경의 『오주연문장전산고』 연구」, 성균관대 박사논문, 2008, 27면)라고 했으나, 이는 일부 오해에서 비롯된 반응이라 생각된다. '蓋不言其師所嘗欲爲' 운운한 것은 서유비를 두고 한 말이 분명하다. 게다가 서유구는 자신이 이덕무에게 목록을 받았다고 스스로 밝혔으므로, 그가 이덕무의 공로를 가로챘다고 이규경이 받아들일 이유가 없다. 만일 이규경이 그랬다면, 그가 지속적으로 서유구와 교유한 것 자체가 매우 이상한 일이 아닐 수 없다. 김영진 교수는 인용문을 두고 『창서만록』의 부정확한 기록에 대해 이규경이 불만을 드러낸 것이라고 했는데(김영진,

『숙수념』 같은 것이 새롭게 추가되었을 것이다.

　이상의 논의를 통해 서적의 수집과 정리에 대한 서유구의 일가견이 어느 정도 드러났으리라 생각한다. 장서에 대한 서유구의 관심은 호사 취미나 지식욕의 차원을 넘어 '학문 활동' 내지 '학문 운동'의 일환이었던 것으로 파악된다. 그렇다면 서유구가 추구한 지식은 그 나름의 사회적 연관을 갖고 있을 터이다. 이제 이 문제로 넘어가기로 한다.

3. 현실 지향적 학문관

서유구는 광범위한 서적 수집에 관심을 쏟았지만, 그렇다고 해서 그에게 모든 책이 동등한 가치를 갖는 것은 아니다. 일례로 서유구는 패관 소설稗官小說을 이렇게 비판했다.

> "한 아녀자가 길쌈을 하지 않으면 백성이 혹 추위에 떨 수 있다"라고 가생賈生(가의賈誼)이 말했으니, 이 말이 참으로 옳다. 잠상蠶桑은 나라를 소유하고 가정을 소유한 사람의 중요한 일이다. 이 때문에 옛날에 천자의 후비后妃로부터 서민의 아녀자에 이르기까지 모두 의복을 제공하는 일을 맡았던 것이니, 백성의 일 중에 가장 중요한 것이 된다. 하지만 그 작업의 세부 내용, 예를 들어 누에를 선별하여 번식시키고 누에에게 뽕잎을 먹이고 누

앞의 논문, 973면), 이렇게 보는 편이 온당하지 않은가 한다.

에 밑에 깐 종이를 씻는 방법과 견사繭絲를 물레질하는 제도로 말하면, 그 일을 위해 미리 익히지 못하면 그 일을 할 수 없고 그 이익을 얻을 수 없다. 그렇다면 잠상에 대한 서적을 어찌 하찮게 여길 수 있겠는가? 회남왕淮南王의 『양잠경』養蠶經 이후로 시대마다 짓는 이가 있었고, 송宋·명明에 이르러서는 실로 그 종류가 번다하니, 책을 펼치면 살펴서 실행할 수 있다. 아! 이것을 어찌 패관 소설가가 한갓 말만 하고 실용은 없는 것과 나란히 놓고 말할 수 있겠는가?[51]

『잠사』蠶史 「잠서지」蠶書志에 붙인 논평이다. 『잠사』는 양잠養蠶, 방적紡績 등 의생활衣生活에 필요한 제반 지식을 정리한 글로, 『본사』本史 말미에 붙어 있다. 참고가 될 만한 잠서蠶書를 소개한 것이 곧 「잠서지」로, 여기서 서유구는 한대漢代 서적 1종, 송대 5종, 원대 4종, 명대 2종, 조선 1종, 총 13종을 소개하고 있다.

이들 잠서의 가치를 옹호하면서 서유구는 패관 소설의 문제점을 지적한다. 그 판단 기준은 '실용', 즉 '민생에의 실질적인 기여'에 있다. 이런 견지에서 보면, 패관 소설은 실천성을 결여한 자기만족적

---

51 "賈生有言曰: '一婦不織, 民或受之寒.' 信哉是言也! 蠶桑者, 有國有家之重務也. 是以古者天子后妃以至庶人之婦, 皆有所執以供衣服, 其爲民事之重尙矣. 然其作用之門如種植飼浴之法與夫軒斧繭絲之制, 不有能先爲之諳熟, 則無以用其工而獲其利. 然則蠶桑之書, 烏可少也哉? 自淮南王『養蠶經』以後, 代有作者, 至於宋·明之際, 寔繁其類, 開卷可按而行也. 噫! 此與稗官小說之家徒言而無實用者豈可比倫而語哉?"(徐有榘, 「本史補論斷」 중 「蠶書志」, 『楓石鼓篋集』 卷第六, 『楓石全集』, 287면) 인용된 가의(賈誼)의 말은 『한서』(漢書) 「식화지」(食貨志) 제4에 보인다. 단, 이 말은 가의 본인의 말은 아니고, 가의가 옛날 사람의 말을 인용한 것이다. '宋·明之際'의 '際'가 『보만재총서』에는 '間'으로 되어 있다(『本史』 卷之十二; 『保晚齋叢書』 十八; 『保晚齋叢書』 7, 서울대학교규장각한국학연구원 영인, 2009, 319면).

글쓰기에 다름 아니다. 그런데 잠서와 패관 소설을 동일 선상에서 비교하는 것이 적절한가? 이 둘의 성격은 판이하다. 그렇다면 굳이 동일 선상에 놓고 비교할 게 아니라, 각각의 가치를 승인하면서도 충분히 '실용'의 가치를 옹호할 수 있는 것 아닌가? 이런 질문을 던져 보면, 서유구의 논지에서 모종의 편향성을 감지할 수 있다. 그러나 다른 한편으로 생각해 보면, 그만큼 서유구는 '실용적 가치'에 경도되었던 것이 된다.[52]

앞에서 본서는 장서에 대한 서유구의 글들에 주목했다. 그 글들을 통해 드러난 장서가藏書家 서유구는, 서적에 대한 가치 판단을 유보하고 다양한 서적을 구비하려는 쪽이었다. 그런데 실용을 강조한 서유구는 그렇지 않고 가치 지향적이다. 이렇게 상반된 두 가지 면모가 왜 생겼는지, 그리고 어떻게 서로 얽히는지는 추후 상세한 논의를 요하지만, 요컨대 서유구가 몰가치적인 박학에 탐닉한 것이 아니라는 점만큼은 분명하다.

학문을 통해 세상에 기여해야 한다는 서유구의 생각은 다음과 같이 역사의식으로 발현된다. 박종해朴宗海가 『금석사료』錦石史料[53]를

---

52 일견 이렇게 편향적으로 보일 수도 있는 서유구의 입장은, 잠서의 종류가 실로 번다하다는 말에서도 엿보인다. 서유구가 소개한 잠서는 총 13종이다. 많다면 많지만, 그 수를 헤아릴 수조차 없을 정도로 많은 패관 소설에 비하면 결코 번다하다고 할 수 없다. 서유구의 시각에서는, 패관 소설이 아무리 많더라도 13종의 잠서만큼의 가치는 없었던 것이다. 이 점에서 서유구의 가치 판단은 사회적 책임 의식을 견지한 것이면서도, 입장에 따라서는 다소 편향적이라는 지적이 가능하다.

53 『금석사료』의 존실(存失) 여부는 미상이다. 다만 서유구와 서유본의 서문에 따르면 『금석사료』는 총 64권으로, 조선의 개국 이후 영조(英祖) 때까지를 포괄한 역사서이다. 다만 온전한 체제를 갖춘 것이라기보다는 항목별로 정리된 사료집에 더 가까웠던 듯하다. 관련 자료를 제시하면 다음과 같다: "錦石史料六十有四卷, 潘南朴士涵之所撰也"(徐有榘, 「錦石史料序」, 『金華知非集』 卷第三, 『楓石全集』, 348면); "朴宗海士涵素習於余, 一日造余而請日: '本朝四百年, 國史尙無成書. 此文苑諸公之責也. 宗海不敏,

완성한 뒤 서유구에게 찾아와 서문을 청하자, 서유구는 그 책을 통독한 뒤 이렇게 말한다.

> 우리나라는 교화하여 다스린 것이 오래되고 인재를 기른 것이 매우 성대했습니다. 그런데 선조宣祖와 인조仁祖 시대에 이르러 남쪽과 북쪽이 번갈아 전란을 일으켜 나라 안이 다사다난해졌습니다. 그러자 그 변란을 당한 사람 중에 깊은 계책, 민첩한 대응 능력, 아무리 꺾으려 해도 굽히지 않는 절개를 지녀 위기 상황을 부지하여 후세에 밝게 드러낼 만한 사람이 있지 않음이 없어서 한漢나라를 능가하고 당唐나라를 앞섭니다. 그러나 그 성명姓名과 공적功績이 지금까지 혁혁하게 빛나서 사람들에게 잘 알려져 아녀자와 어린아이들에게까지 모두 칭송받는 경우를 찾아보면, 혹 도리어 송宋·원元보다도 못합니다. 그 이유가 무엇이겠습니까? 문헌이 부족하고 포상하여 드러내려는 노력이 지극하지 않아서일 것입니다. 세상에는 진실로 역사서가 없어서는 안 되고 역사서에는 진실로 사료史料가 없어서는 안 되는데, 동국東國의 역사서가 사료를 시급히 필요로 하는 것이 또 이와 같으니, 그렇다면 이 책을 지은 것이 어찌 다만 조금만 도움이 될 뿐이겠습니까? 훌륭하십니다, 당신이 어디에 의탁해야 할지 잘 아시니 말입니다![54]

<hr />

竊不自揆, 斷自開國以來, 迄于先朝, 纂成列傳若干. 署曰『錦石史料』. 非敢以著述自命也. 分部以繫人, 因人以疏事, 如掌故之籍·甲乙之簿而已. 此宗海之志也. (…)'"(徐有本,「錦石史料序」,『左蘇山人文集』卷第六, 아세아문화사 영인, 1992, 467~468면)

54 "我國朝化理綿遠, 生材特盛, 逮夫宣·仁兩廟之際, 南北交訌, 邦內多事, 則當其變者, 莫不有沈深之略·應猝之才·百折不回之節, 以扶危撑傾, 可章示後世者, 幾幾乎駕漢

서유구는 조선의 사료를 집대성하기 위한 박종해의 노력을 극구 칭찬한다. 『송사』宋史와 『원사』元史는 중국의 정사正史 중에서도 체제, 사료, 문장 등 여러 방면에 걸쳐 문제점이 많은 것으로 알려져 있다. 이런 『송사』와 『원사』에도 훨씬 못 미치는 조선 역사서의 실태를 개탄하면서, 서유구는 『금석사료』의 가치를 높이 평가하고 있다.

요컨대 서유구는 자국에 대한 역사적 인식을 중시했다. 이런 입장에서 서유구는 역사의식을 몰각한 조선 지식인들의 행태를 극력 비판하기에 이른다.

> 제가 일찍이 생각하기에, 오늘날 곡식을 축내며 세상에 보탬이 없기로는 저술하는 선비가 실로 가장 심합니다. 그중 용렬한 사람은 빌리고 품팔이하여 전대前代 사람의 울타리 아래에 빌붙어 살며, 그중 재주 있는 사람도 특이하게 하느라 도리를 어기고 허위에 빠져 실용에 절실하지 않습니다. 무익한 학문에 정신을 피폐하게 하고도 오히려 불안해서 판목板木을 좀먹고 허비해 가며 지금 세상에 자신을 알리고 먼 후대까지 전하기를 바라는 사람이 세상에 어찌 끝이 있겠습니까?[55]

저술을 일삼는 선비들만큼 세상에 유해한 존재는 없다고 서유구

軼唐, 而迺求其姓名事功之至于今赫然照人耳目, 爲婦孺所共道者, 則或反出宋、元之下. 此其故何哉? 將無乃文獻之不備, 而舖揚發揮之力未有至歟. 夫世固不可無史, 史固不可無料, 而東史之亦料也又如是焉, 則是書之作, 豈云少補? 善哉, 子之知所托也!"(徐有榘, 「錦石史料序」, 『金華知非集』卷第三, 『楓石全集』, 348~349면)

[55] "余嘗以爲語今日之空蝗黍粟無補於世者, 著述之士實爲之最: 其庸者假貸傭賃, 寄前人之籬下; 其賢者亦且詭特而遁理, 虛僞而不切實用. 弊精神於無益之學, 而猶且鰓鰓然蠹梓費梨, 祈以詔今傳遠者, 天下何限?"(徐有榘, 같은 글, 같은 책, 349면)

는 단언한다. 지식의 사회적 가치를 도외시한 지식인들의 도락적인 행태와 정신 자세에 대한 문제 제기이다. 이런 비판은 『금석사료』의 가치에 대비적으로 제기되었으므로, 직접적으로는 자국의 역사를 도외시한 지식인들을 겨냥한 것으로 해석될 수 있다. 따라서 서유구가 강조한 '실용'은 자국의 역사에 대한 주체적 인식을 포함한다.

그런데 서유구의 비판은 더 확장된 구도를 취한다. 서유구는 세상에 무익한 지식인을 두 부류로, 즉 '재주 있는 사람'(賢者)과 '용렬한 사람'(庸者)으로 구분한다. '용자'는 모방과 표절을 일삼는 부류이다. '현자'는 재주는 좀 있지만 자기도취적인 글쓰기에 빠진 부류이다. '현자'의 첫 번째 특징은 괴이하고 특이한 글을 쓰느라 상도常道에서 벗어나는 것이다. 두 번째 특징은 지식의 사회적 가치를 몰각한 채 허위적인 것을 탐닉하는 것이다. 이걸로도 모자라 이들은 유명해지기 위해 글을 써 대며 판목을 허비하고 좀먹는다.

이제까지 살펴본 대로, 서유구는 조선 사회에 실질적인 기여를 할 수 있는 지식, 조선 현실에 적합한 지식을 추구했다. 서유구의 이런 면모는 개인적 특징이기도 하지만 조선 후기의 '집체적 노력'의 일환이기도 하다. 그 본격적인 논의는 뒤로 미루고, 지금부터는 '사회적 효용성'과 '현실 적합성'을 지향하는 서유구의 학문관과 문학관이 어떤 배경에서 형성되었는지 가늠해 보기로 한다. 이런 견지에서 눈여겨봐야 할 것은 서명응과 서형수의 훈도이다.[56]

---

56 물론 이것이 유일한 배경인 것은 아니다. 그 밖에도 박지원을 위시한 연암일파의 영향, 위희 등의 경세적 고문가(古文家)의 영향 등이 주목을 요한다. 그러나 연암일파나 명청 문학과의 연관은 단순한 배경 정도가 아니라, 문학사 내지 지성사의 큰 구도에서 논구되어야 마땅하다. 따라서 이 자리에서는 일단 서명응과 서형수의 영향을 살펴보는 선에서 논의를 제한하기로 한다. 서유구 집안의 경세적 학문관에 대해서는 한민섭, 「조

먼저 서명응부터 살펴보기로 한다. 서유구는 손자 중에서 자신이 조부의 가르침을 가장 깊이 받았다고 술회한 바 있다.[57] 서명응은 『보만재총서』保晩齋叢書 중 『위사』緯史의 편찬을 서유구에게 맡기면서 "나는 단서를 열고 너는 완성하여, 하나의 책에 할아비와 손자 모두의 정력精力이 들어 있다면, 후대에 이 책을 읽는 사람이 우리 집안의 가학家學의 원류를 칭상稱賞하지 않을 것이라고 어찌 장담할 수 있겠느냐?"[58]라고 말했다고 한다. 자손과의 공동 작업에 대한 기대감을 잘 보여 주는 일화로, 1784년의 일이다. 서유구는 비록 『위사』 편찬은 돕지 못했지만, 이듬해에 『본사』 편찬을 돕는다. 앞서 거론한 『잠사』의 「잠서지」 논단論斷을 비롯한 몇몇 글들이 그 결과이다. 서유구는 서명응의 분부로 『잠사』를 지으면서 서명응에게 중요한 가르침을 받는다. 다음은 그 가르침에 대한 기록이다.

> 왕부王父 보만공保晩公(서명응)께서 『본사』 20권을 편찬하시고,
> 그중 『잠사』 이하는 나에게 명하시어 뒤이어 완성하게 하셨다.
> 나는 처음에는 『사기』史記와 『한서』漢書의 문체를 본받으려 했
> 으나, 여러 번 원고를 고쳐도 완성하지 못했다. 그래서 못하겠
> 다고 보만공께 말씀드렸다.[59]

선 후기 가학(家學)의 한 국면-서명응 일가의 문학을 중심으로」(『한국실학연구』 14, 한국실학학회, 2007), 268~280면 참조.

57 "先生有孫數十人, 尸鳩之均, 豈或厚薄, 而教愛之深, 小子實最焉."(徐有榘, 「祭王父保晩齋先生文」, 『楓石鼓篋集』 卷第五, 『楓石全集』, 269면)

58 "吾開其端, 汝成其終, 一書而祖孫之精力在此, 則後之讀此者安知不賞我家學之源流邪?"(徐有榘, 같은 글, 같은 책, 270면)

59 "王父保晩公旣編『本史』十二卷, 其『蠶史』以下, 命有榘續成之. 有榘初欲效『史』、『漢』文體, 屢易藁不成, 乃辭不能於公."(徐有榘, 「跋本史」, 『楓石鼓篋集』 卷第六, 『楓石

서유구가 서명응에게 가르침을 받기 전까지의 상황을 개술概述한 인용문에서 이목을 끄는 것은 '못하겠다'(不能)는 말이다. 서유구가 '불가능의 벽'에 부딪힌 시점, 이때가 곧 서명응이 서유구를 일깨우는 바로 그때이다.

보만공께서 말씀하셨다. "그렇지 않단다. 문장은 시대와 더불어 변한다. 역사서는 일을 기록할 뿐 아니라, 겸하여 당시 문기文氣의 승강升降을 보여 주고자 하는 거란다. 반고班固는 사마천司馬遷과의 거리가 멀지 않은 때의 사람이고, 사마천의 책을 바탕으로 하여 그 누락된 내용을 보충했는데도 번간繁簡의 차이가 있고, 범엽范曄의 『후한서』後漢書에 이르면 더욱더 달라졌지. 그 뒤로 각 시대마다 역사서가 다르고 각 역사서마다 문체가 다르니, 이는 기운氣運이 그렇게 만든 것이라 그 이유를 알 수 없단다. 그러니 당시의 문체로 당시의 일을 기록하더라도 당시의 역사서가 되는 데 무방하다. 만약에 가정嘉靖·융경隆慶 연간의 문인들이 『명사』明史를 편찬했더라면, 틀림없이 각고의 노력을 해서 『사기』와 『한서』의 껍데기를 긁어모아 겉모습만 모방했을 것이니, 그 역사서는 명나라의 정사正史가 아니라 바로 한나라의 가짜 역사일 테지. 이 때문에 나는 '이런 어근버근한 글이 무슨 소용이냐'라는 고황제高皇帝(명나라 태조太祖)의 가르침에 대해 숙연한 마음으로 삼가 복종하지 않은 적이 없었던 거란다."[60]

全集』, 289면)

60 "公曰: '不然. 文章與世遞降. 史者不徒紀事而已, 兼欲示當時文氣之升降. 班去司馬不遠, 且因其書而補闕漏, 猶有繁簡之不同. 至范史則滋異矣. 自玆以降, 代各異史,

'불능'不能에 호응하는 서명응의 대답은 '그렇지 않다'(不然)이다. 우선 서명응은 문장의 시대성을 논한다. 서유구가 『잠사』의 집필 과정에서 보범으로 삼았던 『사기』와 『한서』를 예로 들면서 서명응은 역사와 문학의 당대성을 강조한다.

이런 견지에서 서명응은 의고주의擬古主義을 비판한다. '가륭칠재자'嘉隆七才子로 통칭되었던 '후칠자'後七子에 대한 비판이다. 이들은 『사기』와 『한서』를 전범으로 삼았으나, 그 정수를 창의적으로 계승하지 못하고 그 표현을 표절에 가깝게 차용하거나 모방했다는 지적을 면치 못했다. 『사기』와 『한서』를 전범으로 삼았다가 실패한 서유구에 앞서, 그와 비슷한 길을 가다 좌초한 사례인 셈이다. 후칠자에 대한 서명응의 비판은 전형적인 것이므로 그 자체로는 새로울 게 없지만, 서유구에게는 시의적절했을 것으로 판단된다.

또한 후칠자를 비판하면서 '정사正史가 아니다'라고 한 것도 흥미롭다. 대개 '정사'는 '정통성이 인정되는 역사서'를 뜻한다. '정통'은 '이단'과 대립된다. 이단에 대한 억압과 정통성의 확보는 늘 상호적이며, 이 점에서 '정사'는 엄연히 정치적 개념이다. 그런데 서명응은 '모방에 의한 가짜 역사'에 대비되는 '당대의 문체로 기록한 참된 역사'란 의미로 '정사'란 개념을 쓰고 있다. '正史'의 '正'이 '문장의 진실성'을 뜻하는 쪽으로 전변轉變된 것이다. 이런 개념적 전변을 가져온 것은, 동시대와 호흡하면서 동시대의 문체로 동시대의 일을 기록

史各異文, 蓋氣運爲之, 莫知其所以然, 而以當時之文紀當時之事, 亦不害爲當時之史也. 若使嘉隆諸子爲『明史』, 則必當刻意摘欵於『史』、『漢』之皮毛, 爲優孟爲蒩魄, 而其所爲史, 非明之正史, 乃漢之假史. 此吾所以於高皇帝烏用是憂憂爲哉之敎未嘗不斂袵敬服也."(徐有榘, 같은 글, 같은 책, 같은 곳) '蒩魄'은 '糟粕'과 같다.

한 것이 곧 바른 역사서라는 서명응의 확고한 신념이다.

그렇다면 『본사』의 문장은 어떠해야 하는가?

> 더구나 『본사』를 짓는 것은 천하의 우부우부愚夫愚婦로 하여금
> 한번 책을 펼치는 사이에 그 심고 가꾸는 법을 훤하게 알아서
> 실생활에 활용하게 하려는 것이니, 지금 이해하기 고약하고 난
> 해하며 불분명하고 껄끄러운 말을 사용하여 읽는 이로 하여금
> 마치 입에 재갈을 물린 듯하게 한다면, 나는 후세에 글을 모르
> 는 이가 장차 이것으로 장독이나 덮지 않을까 걱정이로구나.[61]

평이하게 써야 한다고 서명응은 당부한다. 농업에 대한 유용한 정
보를 서민들에게 제공하는 것이 『본사』의 목적이기 때문이다.[62]

이렇게 보면, 지식의 사회적 효용성과 실천성, 문체의 당대성, 의
고주의 비판은 하나로 이어진다. 학문론, 창작론, 문학사 인식이 긴
밀한 상호 관계를 형성하는 것이다. 의고주의에 대한 비판은 흔히
'개성의 옹호'를 지향하게 마련이다. 그렇다면 서명응이 강조한 '문

---

61 "況『本史』之作, 蓋欲使天下之愚夫愚婦, 一開卷之頃, 霈然通曉其種植樹蓺之法, 以施之實用. 今爲艱深幽澁之語, 使讀者如鉗在口, 則吾恐後世無文者將以是覆醬瓿也."(徐有榘, 같은 글, 같은 책, 같은 곳) 본서에 앞서 강명관, 「풍석 서유구의 산문론」(한국학연구소 편, 『18세기 조선지식인의 문화 의식』, 한양대학교 출판부, 2001), 373~374면; 한민섭, 「풍석 서유구 문학 연구」(고려대 석사논문, 2000), 21면 등도 이 글에 주목한 바 있다.

62 다만 서명응의 말에는 한 가지 모순이 있다. 서명응은 '우부우부'가 이해할 수 있는 평이한 글을 써야 한다고 서유구에게 당부했다. 그러나 '우부우부'는 한문 해독 능력을 갖추지 못한 서민을 가리킬 터이다. 따라서 아무리 『본사』의 문장이 평이하더라도, '우부우부'에게는 크게 도움이 되기 힘들 것이다. 서명응은 지식의 실용성과 효용성을 중시했지만, 결국 그 실용성과 효용성이란 것은 엄연한 계급적 한계를 갖고 있으며, 서명응은 이 점을 충분히 자각하지 못한 셈이다.

체의 당대성'은 곧 '개성적 문체'로 등치될 수 있을 법하다. 그러나
서명응은 '평이한 글쓰기'를 중시한다. 평이한 글도 개성적이라면 개
성적일 수 있지만, 공안파가 후칠자後七子를 의고주의자로 몰아 가면
서 표명한 글쓰기와는 분명 다르다. 똑같이 의고주의를 비판했는데,
왜 서명응은 공안파와는 다른 방향을 지향하게 되었는가? '실용성'
에 대한 고려 때문이다. 사회에 실질적인 기여를 할 수 있는 글에서
가장 중요한 것은 전달 가능성, 정확성, 유용성이다. 개성적인 표현
은 그에 비하면 부차적이거나 불필요하거나 도리어 방해가 될 수 있
다. 서유구가 「잠서지」 논단에서 패관 소설을 비판한 것도 이런 사고
의 연장선상에 있다.

　서명응의 가르침에 깨달음을 얻은 서유구는 결국 『잠사』를 완성
하기에 이른다. 그 밖에도 『본사』의 일부를 보충한 몇몇 글이 있는
데, 그 글들은 「잠서지」의 논단과 함께 「『본사』의 논단을 보충한 글」
(本史補論斷)이란 제목으로 『풍석고협집』에 실려 있다. 요컨대 서유구
의 『잠서』 편찬은 단순히 서명응을 돕는 작업 정도가 아니라, 학문적
·문학적 수련의 일환이었던 것이다. 주지하다시피 서유구는 평생에
걸쳐 농학에 치력했다. 이런 학문적 이력을 염두에 두면, 서명응의
문학관과 학문관이 서유구에게 끼친 영향은 적지 않았을 것으로 짐
작된다.

　그다음으로 서형수에 대해 살펴보기로 한다. 서형수의 영향을 가
늠하는 데 서형수가 서유구에게 보낸 편지만큼 적절한 자료는 없을
것이다.

　　만약에 늙기 전에 퇴직하여 이 집을 사서 살면서 다시는 개처럼
　　구차하고 쥐처럼 시끄러운 무리들과 시비를 다투지 않고, 책상

자 가운데서 오직 『국조보감』國朝寶鑑·『문헌비고』文獻備考·『해동명신록』海東名臣錄·『인물고』人物考 등을 가지고, 고개 숙여 열성조列聖朝의 본기本紀·연표年表·지지·전傳 이하를 지어 각종 체제를 대략 갖추어 본조本朝의 정결한 역사서 한 부를 완성한다면, 나라의 은혜에 보답이 되는 것이 꼭 새벽부터 밤까지 조정에서 허둥지둥 일하는 것보다 많이 못하지는 않을 것이고, 끙끙거리며 고생한 것이 마침내 거의 결실을 볼 것이다.[63]

서형수는 조선 역사 서술의 계획과 포부를 밝히고 있다. 본기本紀·연표年表·지지·전傳 등을 짓겠다는 말로 보아, 그가 기획한 것은 기전체紀傳體 역사서인 듯하다.

그런데 역사는 후대에 써야 하는 것 아닌가? 서형수는 이런 통념을 비판한다.

대저 이 말은 일시적으로 그냥 해본 이야기가 아니니, 우선 너(서유구)를 위해 긴 말을 꺼리지 않고 해서 내 마음속의 경륜을 알게 한다. 역사서를 짓는 것은 마땅히 후세에 해야 하고, 당대에 해서는 안 된다고 어떤 사람은 말하지만, 이것은 특히 가장 무리無理하고 가장 무식한 말이다. 「주관」周官의 태사太史, 소사小史, 내사內史, 외사外史, 어사御史 등 다섯 직책이 각각의 체제

63　"如得未老休官, 買此屋以居, 不復與狗苟鼠嚇輩爭是非, 而書簏中獨携『國朝寶鑑』、『文獻備考』、『海東名臣錄』、『人物考』若干種, 俛首作列聖朝本紀及年表、志、傳以下, 各體略備以成本朝一部潔淨之史, 其爲報國未必多讓於夙夜顚倒, 而其吃吃呻呫之苦癖, 庶乎其終有結窠矣."(徐瀅修,「答從子有榘」,『明皐全集』卷之五, 한국문집총간 261, 108면)

를 분담하여 당대의 일을 삼가 기록하지 않았더냐? 그리고 반
고의 『한서』와 유진劉珍의 『동관한기』東觀漢記 또한 당대에 명을
받아 편찬한 것이 아니더냐? 세월이 멀어지면 동이同異를 주밀
하게 살피기 어렵고, 일이 쌓이면 시말始末을 허술하게 파악하
기 쉽다. 그래서 옛날에는 당대의 역사를 귀하게 여겼던 것인데
지금은 도리어 당대의 역사를 기휘하니, 우리나라 사람의 좁은
소견은 진실로 책망할 게 못 된다. 사사건건 이와 같으니, 우리
나라에 태어난 사람이 장차 무슨 일을 할 수 있겠느냐? 고루하
다는 비난을 면하기가 참으로 어렵다.[64]

서형수는 동시대 역사를 기휘하는 것은 좁은 소견이라고 일침을
놓는다. '당대성에 대한 자각'이라 할 만하다. 주지하다시피 18세기
중후반에는 안정복의 『동사강목』東史綱目, 이긍익李肯翊(1736~1806)
의 『연려실기술』燃藜室記述 등이 나왔다.[65] 서형수의 역사 편찬 기획
은 이런 지적 동향을 반영한다.

서형수의 이런 관점은 조선의 학문적·문학적 풍토에 대한 비판
의식을 담지한다. 이덕무에게 보낸 편지에서 서형수는 조선 학자들
의 국체성局滯性을 다각도로 비판했다. 조선의 학자들은 학문이 좁고

64　"大抵此不是一時漫話, 聊爲汝不憚齷齪, 俾知吾心上經綸耳. 或曰: '史之作, 宜在
後世, 而不宜在當世.' 此尤寂無理寂無識之言. 「周官」之太史·小史·內史·外史·御史五
職, 豈不分掌各體, 謹書當世, 而班固之『漢書』·劉珍之『東觀漢記』, 亦豈非當世之所命撰
者乎? 歲遠則同異難密, 事積則起訖易踈, 故古以當世之史爲貴, 而今反以當世爲諱. 東
人坐井之見, 固不足責. 事事如此, 生東國者, 將何事可做? 誠難免乎陋矣之誚也."(徐瀅
修, 같은 글, 같은 책, 같은 곳)

65　조선 후기의 사학(史學)의 특징에 대해서는 한영우, 『조선 후기 사학사 연구』(일지
사, 1989) 참조.

식견이 고루하며 특정 학설을 맹신한다는 것, 조선 학계는 학파의 구속력이 강하고 논쟁이 편파적이라는 것이 서형수의 진단이다.[66] 아울러 서형수는 조선 문단의 문제점을 이렇게 논했다.

> 대저 문장은 고사를 사용하는 것보다 어려운 게 없습니다. 그래서 주제를 잘 세우는 사람이라고 꼭 말을 잘 만들 수 있는 것은 아니고, 수사修辭를 잘하는 사람이라고 꼭 속됨을 면할 수 있는 것은 아닙니다. 그런데 근래의 일종의 속학俗學은 특히 매양 수준이 떨어져, 총서叢書에서 글귀를 주워 모으고 잡가雜家에게서 표현을 빌립니다. 그 교활한 것은 마치 난쟁이가 우쭐거리는 것 같고, 그 농염한 것은 마치 나무 인형에 의관衣冠을 씌운 것 같고, 그 화장한 것은 마치 뚜쟁이가 수작 거는 것 같고, 그 허황된 것은 마치 무당이 귀신 운운하는 것 같지요. 그 단서는 이탁오李卓吾(이지李贄)와 원중랑袁中郎(원굉도袁宏道) 무리에게서 일어났는데, 우리나라에서는 오늘날에야 비로소 성행하고 있습니다.[67]

---

66 "夫東人之所謂儒可知已. 硜硜乎言行之信果, 吃吃乎章句之鑽硏, 辨爭者不過朱子初晚之異同, 著述者不越雜服拜揖之先後, 而重以先入是主, 則斥諸家爲互鄕; 聚訟旣多, 則視異趨如私讎, 抉摘太苛, 束縛愈甚, 盖不惟儒者難其出, 亦風氣使不敢出也."(徐瀅修, 「答李檢書 德懋」, 『明皐全集』卷之五, 한국문집총간 261, 100면)

67 "大抵文章莫難於使事. 故能立意者未必能造語, 能遣辭者未必能免俗. 而近日一種俗學, 則尤每下焉, 撥拾叢書, 丐貸雜家. 其桀黠也如侏儒之矜張, 其艶冶也如桃梗之衣冠, 其粉飾也如媒妁之行言, 其誇誕也如巫祝之談神. 其端起於李卓吾·袁中郎輩, 而我國則至今日而始盛行矣."(徐瀅修, 「答李學士 明淵」, 『明皐全集』卷之五, 한국문집총간 261, 101면)

당시에 유행한 각종 총서 및 기타 잡서雜書에서 이것저것 끌어다 내실 없는 글을 지어내는 풍조를 두고 서형수는 '속학'俗學이라고 비판한다. 그 원류로 이탁오와 원굉도를 지목한 것으로 보아, 그의 비판은 패사 소품을 겨냥한 것이 분명하다. 중국에서는 한참 전에 유행했던 것이 조선에서는 이제야 성행하기 시작했다고 지적하면서 서형수는 뒤늦은 유행을 추수하는 몰자각적·몰주체적 행태를 꼬집는다.

그렇다고 해서 서형수가 총서의 가치 자체를 부정한 것은 아니다. 그는 소품문 취향의 총서와 그렇지 않은 총서를 구분하면서, 성대중·박지원·서유구 등의 협조를 얻어 조선 문헌을 망라한 총서를 편찬하고자 했다.[68] 이렇게 총서 내부의 차이를 변별하여 선별적 수용을 꾀한 것에서 서형수의 학자적 식견과 주체 의식을 확인할 수 있다. 그러나 다른 한편으로 서형수의 속학 비판은 정조正祖의 그것을 연상시키는 것으로, 보수적·폐쇄적인 쪽으로 기울 수 있는 위험성을 안고 있다.

이런 미묘한 문제가 남아 있긴 하지만, 서형수가 자국의 역사에 가치를 부여하면서 동시대 학풍과 문풍에 대한 비판적·주체적 입장을 견지한 점만큼은 분명해졌을 듯하다. 서형수의 이런 입장은 조선의 모화慕華 풍조에 대한 비판으로 이어진다. 일례로 그는 중국을 모방하는 게 도리어 속되다고 지적하면서, 현실과 동떨어진 '중국 베끼기'를 비판한 바 있다.[69]

68 　김영진, 「조선 후기 실학파의 총서 편찬과 그 의미」(이혜순 등 엮음, 『한국 한문학 연구의 새 지평』, 소명출판, 2005), 967~970면 참조.

69 　"東俗喜放中華. 南陽之有臥龍祠, 黃州之有月波樓, 三登之有黃鶴樓, 皆因其名之偶同而忘其實之不相近, 往往多可笑者. 余以乙巳九秋, 罪補于江東縣. 縣號'江東', 以其在清川江之東也. 而洲曰吳洲, 門曰白馬, 館曰秋興, 盖無一不以吳志者, 獨太守治事之

이상의 논의를 통해 본서는 지식의 현실 적합성, 실천성, 사회적 가치에 서유구가 얼마나 유의했는지, 그리고 그런 시각을 형성하는 데 서명응과 서형수가 어떤 영향을 끼쳤는지를 살펴보았다. 이렇게 효용성과 현실성을 강조하는 학문관과 문학관이 서유구 산문의 중요한 배경이 되었을 것으로 생각된다.

이렇게 해서 본서는 서유구 산문의 형성 배경을 세 가지 측면에서 살펴보았다. 그런데 그 세 가지 면모가 일관성만 갖는 것은 아니다. 서유구는 상층 사대부의 문화적·예술적 취향을 향유하면서 심미적 감수성을 키워 갔다. 그러나 이런 취향은 다른 한편으로는 호사스럽고 모화적인 것이 될 수도 있다. 또한 실용을 중시하는 입장에서 서유구는 현실을 도외시한 지식인의 행태를 강력하게 비판했는데, 이런 관점은 경화사족 사이에서 확산된 심미적 취향에 대한 비판 의식을 낳을 수 있다. 따라서 경화사족으로서의 문화 의식과 실용에의 지향은 서로 길항 관계에 놓일 법하다. 그렇다면 서유구 산문에서 이 두 가지 면모는 어떻게 구현되며 어떤 관계를 맺는가? 이런 물음이

堂, 名曰牧愛. 余方喜其名之寂近於實. 余友金國寶, 時宰成都, 一日移書於余曰: '牧愛之名俗矣. 子喜不俗, 盍扁以正値?' 余笑國寶知'牧愛'之爲俗, 而不知喜放中華之俗俗於'牧愛'也."(徐瀅修, 「正値堂記」, 『明皐全集』卷之八, 한국문집총간 261, 163면) 물론 그렇다고 해서 서형수가 중국 중심의 문명관을 탈피한 것은 아니다. 「정치당 기문」 후반부를 보면 서형수는 결국 '소중화주의'의 논리를 수긍하고 있다. 따라서 모화 풍조에 대한 서형수의 비판은, 그 자체로 놓고 보면 흥미롭지만, 중화주의의 강고한 틀을 유지하는 가운데 그 내부에서 제기된 것이 된다. 「정치당 기문」의 해당 부분은 다음과 같다: "國寶咄而曰: '固矣哉! 子之不俗也. 且子將離名以求實乎? 將循名以責實乎? 夫以吾東之處外服而能不與九夷同其陋者何哉? 豈不爲先文敎而後武威, 尙禮義而耻功利, 其俗之不放中華幾希也乎? 故曰小中華. 奚特其俗則然? 國門曰崇禮, 放乎宋也; 王殿曰宣政, 放乎唐也; 御苑曰上林, 放乎漢也. 名之所存, 實未必不應. 子苟以正値志于縣? 安知後子而知是縣者不有張翰其人乎?' 余乃喜曰: '始余笑子之俗, 今余喜子之不俗. 非子之俗不俗有異, 余殆以不俗爲俗也.'"(徐瀅修, 같은 글, 같은 책, 같은 곳)

앞으로의 중요한 논점이 될 법하다. 그런데 본격적인 작품 분석에 들어가기에 앞서 점검해야 할 것이 아직 하나 더 남아 있다. 서유구는 활농 시기가 길고 인생의 굴곡이 큰 작가이다. 따라서 작품 세계의 통시적 면모 내지 동태적 모습에 대한 고려가 반드시 필요하다. 본격적인 작품 분석을 잠시 뒤로 미루고, 지금부터는 서유구 산문의 전개과정을 조감하기로 한다.

제4장

서유구 산문의 전개상

앞에서 본서는 서유구의 생애를 다섯 시기로 구분하여, 각 시기별로 편년 작업을 했다. 여기서는 논의 전개의 편의를 위해 이 다섯 시기를 다시 셋으로 줄이기로 한다. 본서의 관심사가 산문 세계의 전개 과정에 있으므로, '전환점'이 가장 중요한 고려 대상이 된다. 그 결정적인 전환점으로 생각되는 시기가 방폐기다. 따라서 본서는 방폐기를 중심에 놓는다.

그러면 첫 번째 시기와 두 번째 시기가 하나로 묶이고, 네 번째 시기와 다섯 번째 시기가 하나로 묶인다. 첫 번째 시기는 수학기, 두 번째 시기는 사환기이므로 서로 이질적이지만, 모두 삶의 상승 국면이라는 점에서 같고, 학문적·문학적 수련을 거친 청년 서유구가 신진 관료로서 자신의 능력을 발휘한다는 점에서 이 두 시기는 연속성을 갖는다. 따라서 이 두 시기를 하나로 묶어도 무방할 것으로 판단된다. 다소 포괄성이 떨어지긴 하지만, 본서는 이 두 시기를 대표하는 용어로 '수학기'를 내세우기로 한다. 그 출발점에 좀 더 비중을 둔 것이다.

마찬가지로 네 번째 시기와 다섯 번째 시기도 서로 이질적이긴 하지만, 이 두 시기는 서유구 노년의 양년, 연륜 있는 학자·관료로서의 면모와 임원林園 생활을 향유하는 한 개인으로서의 면모를 보여준다. 따라서 이 두 시기를 하나로 묶는 것이 그 나름의 장점을 갖는다고 판단된다.

그럼 지금부터 이 삼분법에 따라 서유구 산문의 전개 과정을 살펴보기로 한다. 전개 과정을 조감하는 것이 목적이므로, 구체적인 작품 분석은 뒤로 미룬다.

1. 수학기의 다각적 모색

서유구의 수학기 작품들은 『풍석고협집』에 실려 있다. '고협'鼓篋은 『예기』禮記 「학기」學記에 보이는 말이다. "북을 쳐서 학생들의 주의를 환기한 뒤, 책상자를 열어 공부할 경서를 꺼낸다"[1]라는 의미라고 정현鄭玄은 풀이한 바 있다. 요컨대 서유구는 문집 제목에서부터 '배움의 자세'를 강조하고 있다.

이에 걸맞게 서유구의 수학기 산문들 중에는 '배움의 자세'를 보여 주는 것들이 적지 않다. 「『본사』 발문」(跋本史), 「중부 명고 선생의 『시유집』 목록 뒤에 부친 서문」(仲父明皐先生始有集目錄後序), 「학산 서쪽에서 활쏘기를 배운 일의 기록」(鶴西學射記) 등이 그 예다. 수학기

---

1   "擊鼓警衆, 乃發篋, 出所治經業也."(『禮記注疏』卷第三十六 「學記」第十八 ; 『十三經注疏』整理本, 北京 : 北京大學出版社, 2000, 1230면)

서유구의 학적 관심은 주로 고증학과 실용 학문에 있었던 것으로 파악된다. 「중부 명고 선생에게 올려 『사서집석』에 대해 논한 편지」(上仲父明皐先生論四書輯釋書), 「이우산에게 보내 고문상서古文尙書에 대해 논한 편지」(與李愚山論尙書古文書), 「이우산에게 보내 '深衣續衽鉤邊' 에 대해 논한 편지」(與李愚山論深衣續衽鉤邊書), 「'春王正月'에 대한 변증」(春王正月辨) 등은 모두 고증적 성격의 글이다. 한편 「『본사』의 논단을 보충한 글」(本史補論斷)은 농학에 대한 글로, 실용성을 중시한 서유구의 문제의식을 확인시켜 준다. 그 밖에도 「『청령국지』 서문」(蜻蛉國志序)은 외교, 국방, 국제 관계, 역사 등에 대한 서유구의 생각을 담고 있다.

다른 한편으로 서유구의 수학기 산문들에는 경화사족의 생활상과 문화적 감각이 반영되어 있다. 「「석고문」 서문」(石鼓文序), 「「지북제시도」 제기題記」(池北題詩圖記), 「「세검정아집도」에 제題한 글」(題洗劒亭雅集圖), 「주자 묵적 발문」(跋朱子墨蹟) 등은 서화 수장과 감상의 일단을 보여 주는 작품들이다. 「「석고문」 서문」과 「주자 묵적 발문」은 고증적 성격이 강하다. 이와 달리 「「지북제시도」 제기」, 「「세검정아집도」에 제한 글」은 의표를 찌르는 발상과 예술 작품에 대한 심미적 체험을 담고 있다. 「『이운각시』 서문」(梨雲閣詩序)과 「우초당 기문」(雨蕉堂記)은 서화골동 취미와 원예 취향이 서유구의 문학론과 미의식에 얼마나 깊이 삼투했는지를 짐작케 하는 작품들이다. 이렇게 서유구는 경화사족으로서 그 나름의 심미적 감수성을 키워 가면서도, 사회적 책임감을 도외시한 도락적 태도를 경계했는데, 이 점은 「소음재 기문」(篠飮齋記)에서 잘 나타난다.

서유구의 심미적 취향은 자연에 대한 감수성과 불가분의 관계를 맺는다. 「『부용강집승시』 서문」(芙蓉江集勝詩序)은 부용강 일대의 여덟 가지 승경勝景에 대한 글로, 자연에 대한 고도의 심미적 감수성을 보여 준다. 그리고 「『금릉시초』金陵詩草 서문」(金陵詩序)은 깊은 자연 체험을 담고 있으며, 그 체험은 개성주의적 시론詩論을 개진하는 데 결정적인 역할을 한다. 자연 인식과 문예론이 혼용된 것이다.

이와 더불어 불우한 인물 내지 주변부적 존재에 대한 글들도 청년 서유구의 예민한 감수성을 보여 준다. 「태학생 조군 묘지명」太學生趙君墓誌銘에서 서유구는 자기 뜻을 펴 보지 못하고 세상의 몰인정 속에 죽음을 맞이한 지인에 대한 안타까운 심정을 토로했고, 「유군 묘명」柳君墓銘에서는 미천한 사람의 죽음에 대해 깊은 연민을 표했으며, 「환성암 사리탑명」喚醒庵舍利塔銘에서는 비구니의 행적을 표창했다. 「기하실 기문」(幾何室記)과 「송원사送遠辭. 기하자幾何子의 죽음에 곡하며」(送遠辭. 哭幾何子)는 모두 유금에 대한 글이다. 「기하실 기문」은 세상의 이목에 아랑곳하지 않고 자신이 좋아하는 학문에 몰두한 유금의 모습을 인상적으로 그린 작품이다. 그리고 「송원사」는 유금이 세상을 뜬 뒤, 그의 불우했던 삶, 그와의 추억 등을 더듬어 가며 애도의 정을 표현한 작품이다. 이 두 작품에서 서유구는 유금의 '지기'知己로서, 불우한 지식인 유금을 옹호하거나 추억하고 있다.

그 밖에 소소한 재미를 주는 작품들이 있는데, 「나척동의 기이한 일」(羅尺洞記異)은 '지괴'志怪로 서유구 산문 세계에서 극히 드문 성격의 글이며, 「장하자의 거문고에 새긴 글」(漳河子琴銘), 「지팡이에 새긴 글」(杖銘), 「필세에 새긴 글」(筆洗銘) 등은 모두 단소한 유희적 작품들이다.

이상과 같이 서유구의 수학기 산문들은 다양한 면모를 보인다. 요컨대 서유구는 지식의 정확성을 추구하는 엄밀한 학적 자세, 지식의 효용성을 중시하는 책임 의식, 예술과 자연에 대한 심미적 감수성,

주변적 인물의 삶을 돌아보는 연민의 마음을 두루 길러 가며 다각적인 자기 형성의 길을 모색했던 것이다. 그렇다면 수학기 이후의 작품의 전개 과정은 곧 이 다양한 면면이 발전되거나 약화되거나 지속되는 과정이 될 것이다.

여기에 한 가지 첨가하면, 수학기 산문의 문체적 특징 역시 다양한 면모를 보인다. 서유구는 「오비거사 생광자표」五費居士生壙自表에서 자신이 수학기에 서형수로부터 『주례』周禮 「고공기」考工記, 『당송팔가문』唐宋八家文 등을 배웠다고 술회한 바 있다. 이런 언급을 통해, 서유구의 문장 수련에서 큰 비중을 차지한 것이 무엇이었는지 확인된다. 우선 『주례』 「고공기」의 학습을 토대로 지어진 작품의 예로 「학산 서쪽에서 활쏘기를 배운 일의 기록」을 들 수 있다.[2] 그런데 「고공기」는 단순히 산문의 수사적 특징뿐 아니라 실용을 중시한 서유구의 학적 지향과 관련하여 중요한 의미를 갖는다. 「고공기」는 백공百工의 일을 기술한 것으로, 훗날 서유구는 초계응제문抄啓應製文에서 「고공기」의 서술이 대단히 정밀하고 적실한 점을 높이 평가한 바 있다.[3] 『임원경제지』에는 향촌 생활에 필요한 실용적 지침, 기계 제작법 등이 대거 정리되어 있는데, 「고공기」의 학습이 이런 실용적 글쓰기의 밑바탕이 되었을 것으로 짐작된다.

그다음으로 당송고문의 학습은 서유구가 문장의 체제와 법도를 강구하는 데 밑바탕이 되었을 것이라 생각된다. 서유구의 수학기 산문 중에는 편장법이나 엄정한 법도를 강구한 작품이 적지 않은데,

---

2　한민섭, 「풍석 서유구 문학 연구」(고려대 석사논문, 2000), 38~40면; 졸고, 『풍석 고협집』의 평어 연구」(서울대 석사논문, 2005), 82~83면 참조.

3　조창록, 「풍석 서유구에 대한 한 연구」(성균관대 박사논문, 2003), 48면 참조.

「송모 김공인 묘지명」宋母金恭人墓誌銘, 「중부 명고 선생의 『시유집』始有集 목록 뒤에 부친 서문」 등이 그 예다.[4] 편장법 내지 문장의 체제와 법도를 숭시하는 장작 태도는 수학기뿐 아니라 그 이후로도 일관되게 지속되었다.

그러나 수학기의 산문 세계가 이런 방향으로만 전개된 것은 아니다. 서유구는 파격과 변화를 추구한 작품 또한 적지 않게 남겼다. 우선 지적할 수 있는 것은 서로 다른 문체적 특징의 혼성이다. 「사촌 동생 도가道可에게 보낸 편지」(與從父弟道可書)는 서문의 체제로 편지를 지은 예이고,[5] 「『부용강집승시』 서문」은 기문記文의 체제로 서문을 지은 예이다. 그리고 「열부 유씨 묘지명」烈婦劉氏墓誌銘은 전체가 대화식으로 구성된 파격미를 보여 준다.

이렇게 보면 서유구는 한편으로는 문법을 준수하면서도 다른 한편으로는 다양한 방식으로 파격을 추구한 것이 된다. 이런 문체적 특징도 수학기의 다각적 모색을 보여 준다.

이상으로 수학기 산문의 특징을 개관했다. 그다음으로 사환기 산문의 특징을 개관하기로 한다. 1790년에 서유구는 문과에 급제하는데, 그 뒤로 작품 세계에도 변화가 생긴다. 「순창군수로서 왕명에 응해 올린 상소」(淳昌郡守應旨疏), 「자전자궁慈殿慈宮께서 경모궁景慕宮에 납실 때 마땅히 행해야 할 의절儀節을 널리 상고하여 올린 계啓」(慈殿慈宮詣景慕宮時, 合行儀節博考啓) 등의 관각문이 그 단적인 예이다. 그 밖에도 초계응제문으로 작성된 「『팔자백선』 서문」(八子百選序), 「등등사 기문」(登登舍記), 「악惡 또한 성性이라 하지 않을 수 없다는 말에

---

4   졸고, 앞의 논문. 97~113면 참조.
5   졸고, 앞의 논문. 114~115면 참조.

대한 논설」(惡亦不可不謂之性說), 「십삼경十三經에 대한 대책문」(十三經對), 「농업에 대한 대책문」(農對)도 모두 그렇다.

서유구는 문과 급제 후 곧 규장각 초계문신抄啓文臣으로 선발되어 학문적 수련을 거친다. 『팔자백선』 서문」, 「십삼경에 대한 대책문」, 「농업에 대한 대책문」 등의 초계응제문은 이런 배경에서 창작되었다. 『팔자백선』八子百選은 정조의 문체 순화 정책의 일환으로 편찬된 책이다. 그에 대한 서문에서 서유구는 당송고문의 중요성을 강조하면서 정조의 이런 정책에 동조하는 입장을 취했다. 수학기에 이어 사환기에도 당송고문이 큰 비중을 차지하게 된 것이다. 그리고 「십삼경에 대한 대책문」에서 서유구는 주희의 학설에 위배된 주석을 일괄 제거한 대전본大全本의 폐단을 지적한 다음, 주희의 학설을 위주로 하되 다양한 주석을 두루 포괄한 새로운 판본의 간행을 건의했다. 그의 이런 입장은 수학기에 대전본의 폐단을 비판한 것과 동일한 문제의식에서 출발한 것이다. 마찬가지로 「농업에 대한 대책문」 또한 수학기부터 가지고 있던 농학에 대한 관심을 구체화한 것이다. 이렇게 보면, 서유구는 정조의 명에 따라 각종 글들을 지어 올리면서, 자신이 수학기부터 가지고 있었던 학적 관심을 더욱 발전시켜 구체화했던 것이 된다.

사환기 산문은 사환기 이전의 산문뿐 아니라 사환기 이후의 산문과도 연속된다. 「순창군수로 왕명에 응해 올린 상소」가 그 좋은 예이다. 이 글은 서유구가 순창 군수로 재직했을 때인 1798년에 정조의 윤음綸音에 응해 올린 것이다. 이 글에서 서유구는 정조가 내린 질문에 따라 '토의土宜를 살피는 것'(相土宜), '수리水利를 일으키는 것'(興水利) 등에 대해 하나하나 대답한 다음, 농서農書 편찬, 환곡還穀 제도의 운영, 풍속 교화 등에 대한 의견을 피력한다. 이상의 내용들은 사환기 이후의 농학 연구에서도 중요하게 논의된다. 일례로 서유구는 「의상경계책」에서 치수 사업에 대해 상세하게 논했는데, 이는 「순창 군수도 왕녕에 응해 올린 상소」의 논의를 더욱 발전시킨 것이다.[6]

그 밖에도 산문 창작은 아니지만 사환기의 활동과 관련하여 간과할 수 없는 것이 있다. 서유구는 국왕 정조의 지우를 입어 각종 국가적 편찬 사업에 종사했다. 그는 「오비거사 생광자표」에서 자신의 사환기를 술회하면서 이 점을 중점적으로 부각시킨 바 있다. 서유구는 1791년에 『주역강의』周易講義 · 『상서강의』尙書講義 · 『시경강의』詩經講義 등의 편찬 작업에 참여했으며, 그 후로도 『육주약선』陸奏約選 · 『주자서절약』朱子書節約 등의 교정 작업에 참여했다.[7] 그러나 이보다 더 주목을 요하는 것은 『누판고』이다. 이 책은 정조의 명에 따라 조선 각지의 책판 현황을 조사·정리하고 관련 해제를 붙인 것이다. 여기에는 서지학자로서의 서유구의 역량이 투입되어 있다. 서유구는 서적의 수집·정리·교감·간행에 두루 일가견이 있었던바, 수학기 때의 고증학적 소양이 국가적 사업을 계기로 더욱 발전한 셈이다. 훗날 서유구는 『계원필경집』과 『종저보』를 간행·배포하는데, 사환기의 이런 서적 편찬 경험이 그 밑거름이 되었을 것으로 생각된다.

이상과 같이 서유구의 고증학과 농학은 사환 생활을 계기로 현실에 일정하게 적용될 기회를 획득했다. 따라서 이 시기의 서유구 산문은 그의 수학기 때의 모색이, 비록 국가적 요구에 의한 것이긴 하나, 현실적 요구에 어떻게 부응하여 구체화될 수 있는지를 보여 준다고

---

6   손병규, 「서유구의 진휼정책: 『완영일록』· 『화영일록』을 중심으로」(『대동문화연구』 42집, 성균관대 대동문화연구원, 2003), 108면 참조.

7   김문식, 「풍석 서유구의 학문적 배경」(『진단학보』 108, 진단학회, 2009) 참조.

할 수 있다. 그런데 다른 한편으로 서유구는 서울 생활에 염증을 느끼고 「동원정사 기문」(桐原精舍記)에서 임원林園 생활에 대한 동경을 피력하기도 했다. 그러나 본인의 의지와 상관없이 서유구는 곧 반강제적으로 향촌에 유폐되는 신세가 되고 만다.

2. 방폐기放廢期와 『임원경제지』의 구상

근 20년 되는 방폐기는 서유구의 산문 세계 여기저기에 흔적을 남겨 놓았다. 『금화지비집』에는 서유구가 동생 서유락에게 보낸 서신이 4통 수록되어 있다. 서유락은 방폐기에 서유구 집안의 살림을 돌봐 주는 등, 서유구에게 크게 의지가 된 인물이다. 문집에 실린 이들 편지는 이런 상황에서 작성된 것으로, 방폐기 서유구의 내면세계를 잘 보여 준다.

무엇보다도 방폐기는 서유구에게 빈곤의 체험을 안겨 주었다. 서유락에게 보낸 첫 번째 편지에서 서유구는, 엄동설한에 땔감도 변변히 구하지 못하는 자신의 처지에 대한 참담한 심정을 내비치면서, 형제들이 모여 단란하게 살았으면 하는 소원을 밝힌다. 세 번째 편지에서 서유구는 집터를 잡을 때 유의해야 할 점에 대해 조언한다. 방폐기 동안 서유구는 여러 번 거처를 옮겼는데, 아마 이런 사정과 관련된 조언이 아닌가 한다. 두 번째 편지는 지난 삶에 대한 회고를 담고 있다. 네 번째 편지에서 서유구는 호사스러웠던 과거의 삶을 반성하고, 참회하는 마음을 절절하게 밝힌다.

이처럼 '빈곤의 체험'은 한편으로는 근본적인 자기반성의 계기가 되었고, 다른 한편으로는 단란한 임원 생활을 희구하는 계기가 되었다. 이 두 가지가 서유구의 농학과 『임원경제지』의 기조를 이룬다고 생각된다. 이전까지의 호사스러웠던 삶은 곧 '천지天地에 빚진 삶'이라는 반성 속에서 서유구는 그 빚을 갚는 마음으로 농학에 매진했다. 『행포지』杏蒲志, 『종저보』種藷譜 등 방폐기 이후에 나온 농서들이 그 성과이다. 특히 1820년경에 작성되었을 것으로 추정되는 「의상경계책」擬上經界策은 농업 문제에 대한 서유구의 총체적 시각을 보여 주는 역작이다. 또한 서유구는 임원 생활에 유용한 지식에 관심을 가지고 지속적으로 각종 문헌을 수집·정리하는 한편, 그 자신이 농업·어업 등의 생계 활동에 종사함으로써 몸소 현장 경험을 쌓는다. 이런 문헌 지식과 생활 경험이 『임원경제지』의 밑거름이 되었던 것으로 생각된다.

또한 서유구는 아들 서우보를 비롯하여 서유긍徐有肯(1794~1822), 송지양宋持養(1782~1860) 등을 가르쳤다. 그 강학 활동의 흔적은 고종사촌 송지양에게 보낸 4통의 서신과 「『남승도』攬勝圖 시권詩卷』에 제題한 글」(題攬勝圖詩卷), 「『난호화악집』에 제한 글」(題蘭湖華萼集) 등에 남아 있다. 특히 송지양에게 보낸 편지들은, 서유구가 후배를 어떻게 가르쳤는지를 구체적으로 보여 준다는 점에서 주목된다. 이들 편지는 모두 『전국책』戰國策, 『사기』 등의 역사서를 통한 문장 수업과 관련된 것들이다. 이들 편지에서 서유구는 『전국책』의 문체적 특징을 논하고, 『전국책』과 『사기』를 비교하여 전재법剪裁法을 논하고, 「염파·인상여 열전」廉頗藺相如列傳의 편장법篇章法의 특징을 논하는 한편, 역사서를 읽을 때 지명地名의 연혁沿革을 정밀하게 살펴야 한다고 강조하고, 실제로 지명에 대한 자세한 고증을 펼치고 있다. 이상의 내용은 『금화경독기』에도 거의 그대로 수록되어 있다.

『전국책』과 『사기』에 대한 관심은 그 자체로는 새로울 게 없지만,

서유구 산문의 중요한 특징을 확인시켜 준다는 점에서는 여전히 주목된다. 『전국책』과 『사기』의 학습에서 서유구가 강조한 것은 전재법, 편장구법, 자구字句의 단련, 사실 관계의 정확한 파악 등이다. 방폐기 동안 서유구는 이 점에 유의했으며, 이런 면면이 곧 방폐기 이후 서유구 산문의 중요한 기조를 이룬다고 생각된다.

이상과 같이 보면, 방폐기에도 농학과 고증학에 대한 서유구의 관심은 지속적으로 이어졌다고 할 수 있다. 하지만 중요한 변화가 생겼다. 빈곤의 체험과 자기반성을 통해 농학에 대한 문제의식이 대단히 절실해졌다. 이런 문제의식 속에서 서유구는 문헌 정보에만 의지한 것이 아니라 몸소 현장 경험을 쌓아 가며 농학 연구에 임했다. 이렇게 문헌 지식과 생활 경험이 한데 어우러짐으로써 서유구의 농학은 이전에 비해 훨씬 더 구체성을 띠게 되었다. 그 이전의 농학이 수학기 청년의 농학, 그리고 사환기 관료의 농학이었다면, 방폐기의 농학은 '생활인의 농학', '당사자의 농학'인 것이다.

또 한 가지 중요한 변화는 『임원경제지』의 구상이다. 사환기 산문에서도 임원 생활에 대한 동경이 일부 나타나지만, 그것은 아직 단편적이고 막연한 상태였다. 그러나 방폐기를 계기로 임원 생활은 무엇보다도 서유구가 당면한 현실의 문제가 되었다. 방폐기는 임원 생활을 '학적 과제'로 포착하게 한 중요한 계기가 되었다. 수학기 산문에 비해 방폐기 산문은 그리 다채롭다고 할 수 없지만, 투철한 자기반성이 이채를 띤다. 그리고 수학기의 그 다채로웠던 면면은 나중에 『임원경제지』를 통해 학문적으로 집대성된다.

마찬가지로 고증학 내지 명물도수학에도 큰 변화가 생겼다. 수학기와 사환기의 명물도수학은 어디까지나 중국 문헌에 입각한 것이었다. 그러나 농학에 대한 문제의식이 절실해짐에 따라, 명물도수학도 농촌 생활에 구체적인 도움을 줄 수 있는 방법론으로 재정위된다. 『난호어목지』蘭湖漁牧志가 그 성과이다. 이 책에서 서유구는 어업 종사 경험을 토대로 각종 물고기의 명칭 및 특징을 정리했다. 창작 연도가 불분명하긴 하지만 「낙랑의 일곱 물고기에 대한 논변」(樂浪七魚辯)도 이와 비슷한 성격의 글이다. 이 글에서 서유구는 자국의 산천 초목에 대한 지식을 방치해 둔 조선 사대부들의 지적 태만을 비판했다. 즉, 눈앞의 현실을 실제에 즉해 파악하는 방법으로, 일종의 자기 인식의 방법으로 명물도수학이 재정위된 것이다.

3. 복직기의 활동과 노년의 정회

기나긴 방폐기 끝에 서유구는 1823년 겨울에 복권되어 회양 부사淮陽府使가 된다. 그는 그곳 농지가 황폐한 것을 심각한 문제로 여겨, 공명첩空名帖을 팔아 소를 사서 면리面里에 나누어 주었다.[8] 복직기 동안 서유구는 방폐기의 농학 연구와 현장 경험을 현실에 접목시킬 기회를 갖는다. 방폐기 농학 연구의 성과가 곧 1825년에 완성된 『행포지』이다. 그 서문에서 서유구는 식량 문제가 가장 시급한 문제라고 강조하면서, 이 문제를 외면한 사대부의 허위의식을 질타하는 한편, 자신이 천지에 진 빚을 조금이나마 갚고 세상에 실질적인 기여를 하는 길이 곧 농학이라는 생각을 피력한다.

그 이후로 서유구는 지방관으로서 자신의 경륜을 펼쳐 보였다.

---

8   "謀及道伯, 請得空名帖, 賣帖買牛, 分授面里, 勸相斯勤."(洪敬謨, 「吏曹判書致仕奉朝賀楓石徐公諡狀」, 『古稀堂牒墨』; 『叢史』, 장25앞)

1827년에 강화 유수江華留守로 부임한 그는, 군향곡軍餉穀·회록미會錄米 등의 폐단을 바로잡기 위해 애쓰는 한편, 오랫동안 허위 문서에 의해 빚을 지고 이자를 징수당해 온 백성의 고통을 경감하기 위해, 그 빚을 탕감해 주고 허위 문서를 불태우는 등, 불합리한 수취 제도의 문제점을 해결하기 위해 여러 가지 조치를 취했다.[9]

그 뒤로 서유구는 사헌부司憲府 대사헌大司憲, 공조 판서工曹判書, 형조 판서刑曹判書, 예문관藝文館 제학提學, 예조 판서禮曹判書, 호조 판서戶曹判書 등을 두루 역임한 다음, 1833년부터 1834년까지 전라도 관찰사觀察使로 재직한다. 그 당시에 서유구는 일련의 구휼 정책을 시행했다. 전라도 각 지역의 실정에 맞게 다양한 구휼 방법을 강구하고, 그에 필요한 재정을 확보하기 위해 다각적인 조치를 취하는 등, 그는 상당히 용의주도하게 일을 진행했다.[10] 그 활약상은 그 당시의 사환일기仕宦日記인 『완영일록』完營日錄 곳곳에서 확인되거니와, 『금화지비집』에 수록된 「호남의 부포賦布를 돈으로 대신 바치게 할 것을 청하는 상소」(請湖南賦布鐇代疏), 「『종저보』서문」(種藷譜序), 「완재정 기문」(宛在亭記)도 그 일단을 보여 준다.

「호남의 부포를 돈으로 대신 바치게 할 것을 청하는 상소」는 면화가 흉작이어서 대동 면포大同棉布를 납부할 수 없으니 돈으로 대납하도록 허락해 줄 것을 청한 글이다. 이 요청은 순조純祖의 윤허를 받는

---

9 "丁亥春, 移除江華留守. 公殫竭志慮, 思所以備豫强圉之策, 疏陳救獘五條, 曰軍餉穀之加劃也, 曰會錄米之添補也, 曰添餉條之作租也, 曰各鎭堡之頒廩也, 曰兵庫穀之分峙屬邑也. (…) 先是府民積困於公貨債殖, 以甲乙之虛簿爲丙丁之冒徵者久. 覈其虛實, 溯其久近, 奏請蕩減, 焚其券於庭府, 人頌之."(洪敬謨, 같은 글, 같은 책, 장25앞~뒤)

10 손병규, 「서유구의 진휼정책: 『완영일록』·『화영일록』을 중심으로」(『대동문화연구』 42집, 성균관대 대동문화연구원, 2003), 95~104면 참조.

다.[11] 그리고 기근이 심각해지자 서유구는 구황 작물인 고구마의 재배법을 보급할 필요성을 절감하는데, 『종저보』種藷譜 및 그 서문은 이런 배경에서 지어졌는바, 목민관으로서의 책임 의식을 여실히 보여 준다. 「완재정 기문」은 전주全州 기린봉麒麟峰 아래에 방치되어 온 저수지를 대략 정비하여 물을 댄 다음, 그 중앙에 완재정宛在亭을 조성한 경위를 기록한 글이다. 그 경위는 이렇다. 서유구는 전주에 관개灌漑 시설이 갖추어지지 않아 전라도 내에서 특히 물이 부족한 것을 근심하던 차에, 오래된 저수지 터를 기린봉 아래에서 발견했다. 그래서 그는 그곳을 정비하여 물을 대게 한 다음, 차후에 본격적인 수리水利 사업을 할 때 동서남북을 가늠하기 위한 기준을 표시하기 위해 중앙에 완재정을 조성했다고 한다.

이렇게 전라도 관찰사로서 소임을 다한 서유구는 예문관 제학 등을 거쳐, 1836년에 수원부水原府 유수留守가 된다. 그 당시의 사환 일기가 『화영일록』華營日錄이다. 수원 유수로 재직하면서 서유구는 비축 재원 확보를 위해 다각적인 대책을 강구했다.[12]

그 후 1838년에 그는 사헌부 대사헌으로 있으면서 「구황삼책」救荒三策을 올렸다. 이 글은 『풍석전집』에는 실려 있지 않으나, 『실록』에 일부 인용되어 있다. 그 글에서 서유구가 주장한 것은, 기후 조건이 변화무쌍하므로 다양한 품종을 도입해야 한다는 것, 굶주린 백성을 모집해서 수리 사업을 일으키면 구황 정책과 수리 사업 모두 효과를 볼 수 있다는 것 등이다.[13] 그의 이런 주장은 방폐기에 「의상경계

---

11 『순조실록』 순조 33년 음력 12월 16일 조 참조.
12 손병규, 앞의 논문, 104~106면 참조.
13 "大司憲徐有榘疏略曰: '(…) 我東穀種, 名品雖繁, 其晩蒔而可食者, 唯有蕎麥與菉

책」을 통해 이미 거론되었던 것들이다. 따라서 「구황삼책」은 방폐기의 농학 연구가 관료 생활을 계기로 현실에 적용된 성과며, 이 점에서 중요한 의미를 갖는다.

마찬가지로 강화 유수 및 수원 유수로 재직했을 당시의 활동도 「의상경계책」에서 논의된 지방 재정 및 수취 제도의 문제와 직결된다. 그리고 전라도 관찰사로 재직했을 당시에 힘을 쏟은 구황 정책 및 수리 사업도 「의상경계책」의 해당 내용을 일정하게 실현한 것이라고 할 수 있다. 이렇듯 서유구는 복직되기 전에 온축한 농학 지식, 현장 경험, 농학자적 식견과 연륜을 실무 관료로서 펼쳐 보임으로써 사회에 중요한 공헌을 했다.

그 밖에도 서유구는 전라도 관찰사로 재직했을 당시에 『계원필경집』을 간행했다. 이 역시 평소 서유구의 학문적 소양과 자국 문헌에 대한 집요한 관심에서 비롯된 것이다. 「교인 『계원필경집』 서문」(校印桂苑筆耕集序)은 이런 서유구의 역사의식과 엄정한 학문 자세를 확인시켜 주는 작품이다. 역사적 사실에 대한 엄밀한 자세를 보여 주는 또 다른 작품으로 「사영思穎 남상국南相國에게 보내 제홍록諸弘祿의

豆兩種, 而俱惡濕而喜燥, 宜瘠而忌肥. 以是種而播植膏濕之地, 旱極澇至, 無怪乎徒勞無功也. 臣聞中原、通州等地有六十日稻, 初秋下種, 初冬收穫; 上海、青蒲等地, 有深水紅稻, 六月播種, 九月成熟; 德安府有香秄晩稻, 耕田下子, 五六十日可以食實. 此皆晩蒔而可食者也. 臣謂每歲節使之行, 多方訪求購來, 頒之八方傳殖, 則不過一二年, 人享其利. 其於廣嘉種而救災荒, 豈云小補哉? (…)' 且曰: '(…) 臣又聞救荒之策, 先事爲上, 最是興水利. (…) 臣謂諸道堤堰, 申嚴冒耕之禁, 另施疏鑿之功, 案付以外如有可施瀦閘之制者, 亦令地方官詢究興修, 議賑諸邑, 依朱子浙東之奏, 募饑民修築. 若其財力不敷處, 境內饒戶, 聽其募丁赴役, 日役百夫以上, 差定監官, 事竣後道臣以其名聞, 視募丁多寡, 赴役遠近, 疏鑿廣狹, 或單付樞銜, 或量與爵秩, 以倣漢家力田科遺意, 新設陂塘之占基於有稅之土者, 亦許申狀蠲免, 則賑政堰政, 一擧兩得, 策無便於此者也.'"(헌종 4년 음력 6월 10일 조, 『憲宗大王實錄』 卷之五; 『朝鮮王朝實錄』 48, 국사편찬위원회, 1971, 458~459면)

행적을 논한 편지」(與思穎南相國論諸弘祿行蹟書)를 들 수 있다. 이 편지는 임진년 전란 당시 의병으로 활약한 제홍록에 대한 남공철의 기록 선반에 내해 의문을 세기한 것이나.

이상과 같이 서유구는 기나긴 인고의 세월 끝에 복권되어, 관료로서 주목할 만한 활동을 했다. 그 관료 생활 끝에 서유구는 정조正祖·순조純祖·헌종憲宗 3조朝에 걸쳐 관각館閣을 역임한 공로를 인정받아, 1838년에 숭정계崇政階에 오른다. 이때 지은 글이「숭품崇品을 내려 주신 것을 거두어 주시기를 청하는 상소」(乞收崇品陞授疏)이다. 그리고 이듬해 1839년에 서유구는「치사致仕를 청하는 상소」(乞致仕疏)를 두 차례 올려 윤허를 받아, 봉조하로 치사한다.

이렇듯 대외적으로 보면 서유구는 활발한 활동을 하면서 성공적인 삶을 살았지만, 개인적으로는 상당히 불행했다. 서유구 자신은 복권되었지만, 김달순 옥사에 연루된 서형수는 끝내 복권되지 못한 채 유배지에서 생을 마감했다.「중부 오여 선생 제문」(祭仲父五如先生文)은 그에 대한 참담하고 비통한 심정을 토로한 작품이다. 그리고 서유구 본인은 수壽를 누렸지만, 그 대신 동생 서유락, 아들 서우보 등 가까운 사람들의 죽음을 지켜봐야 했다. 죽은 아들의 생일을 맞이하여 지은「죽은 아들 생일 제문」(祭亡兒生日文), 요절한 아들의 생애를 정리한「죽은 아들 묘지명」(亡兒墓誌銘), 요절한 아들의 글상자를 수습하고 나서 그 감회를 토로한「죽은 아들의 공령함功令函에 적은 글」(書亡兒功令函), 자신과 고통은 함께했지만 영예는 함께 누리지 못하고 먼저 세상을 뜬 서유락의 생평을 기록한「숙제叔弟 붕래朋來 묘지명」등은 모두 홀로 남겨진 자의 심회를 보여 주는 작품들이다.

이렇게 영예로우면서도 음영이 드리워진 관료 생활을 뒤로한 채 1839년에 서유구는 은퇴한다. 번계樊溪에서 서유구는 한적한 임원 생활을 즐기며 여생을 보내는 한편, 『임원경제지』 정리에 박차를 가한다. 「자연경실 기문」(自然經室記), 「자이열재 기문」(自怡悅齋記), 「거연정 기문」(居然亭記)은 모두 번계의 생활 공간에 대한 기문으로, 이당시 서유구의 사유, 생활상, 정회를 담고 있다. 「자이열재 기문」과 「거연정 기문」은 모두 한적한 전원생활의 즐거움과 초연한 인생관을 보여 주는 작품들이다. 「자연경실 기문」은 그의 서재 이름인 '자연경실'의 의미를 설명한 글로, '자연경'은 '자연=근원적 텍스트'라는 사고를 압축한 개념이다. '자연'은 서유구의 수학기 때부터 중요한 위치를 점한다. 서유구는 자연에 대한 감수성을 섬세한 필치로 표현했으며, 자연에 대한 관찰과 자연과의 깊은 교융이 그의 문학론과 미의식을 형성하는 데 결정적인 역할을 했다. 또한 서유구는 평생 농학 연구에 매진했다. 이렇게 보면, '자연경'은 젊은 시절부터 이어져 온 감수성, 미의식, 현실 인식, 학문관 등을 총결집한 개념으로, 서유구가 말년에 도달한 완숙한 사유의 결정체다.

그 밖에 서유구 평생의 학문적 역량이 투입된 것으로 『임원경제지』와 『소화총서』를 꼽을 수 있다. 『소화총서』는 비록 미완의 기획으로 그치고 말았지만, 자국의 주요 문헌을 수집·정리·보존하기 위한 서유구의 집요한 관심과 역사의식을 보여 준다. 수학기 때부터 이어져 온 서적에 대한 관심, 자국 문헌에 대한 주체적 태도가 말년에 이르러 거대한 종합을 이루어 가는 과정에 있었던 것이다. 마찬가지로 『임원경제지』도 방폐기 때부터 이어져 온 연구를 집대성한 것으로, 사대부의 자립적인 삶에 대한 서유구의 총체적 시각을 보여 주며, 방폐기 이전의 산문에서 나타난 다채로운 면모와 다양한 관심사 역시 『임원경제지』로 수렴된다. 이상과 같이 서유구 말년의 총결산은 산문 작품의 창작보다는 주로 학문적 집대성을 통해 이루어진다.

이렇게 자신의 학문을 총정리하는 다른 한편으로 서유구는 죽음을 준비한다. 그 준비는 두 가지 방향으로 이루어진다. 그 하나는 자신의 삶을 돌아보고 유언을 남기는 것이다. 「오비거사 생광자표」五費居士生壙自表는 서유구의 도저한 자기 응시를 보여 주는 작품이다. 이 작품에서 서유구는 자신의 삶을 '다섯 가지 허비'로 요약하고, 자신의 묘석에 '오비거사 달성 서모의 묘'(五費居士達城徐某之墓)라고 단출하게 적을 것을 유언으로 남긴다.

다른 하나는 후손에게 안정적인 삶의 기반을 마련해 주는 것이다. 「막냇동생 사침에게 보낸 편지」(與季弟士忱書), 「태손에게 보임」(示太孫), 「칠보에게 보임」(示七輔)은 모두 서유구의 이런 고민을 담고 있는 편지다. 서유비徐有棐(1775~1847)에게 보낸 편지인 「막냇동생 사침에게 보낸 편지」에서 서유구는, 번계에서 두릉斗陵으로 거처를 옮기려는 자신의 계획을 따르지 않으려 하는 서유비를 꾸짖으면서, 두릉이야말로 자손 대대로 안정적으로 살 수 있는 터전이 될 만한 곳이라고 강조한다. 그리고 자신의 손자에게 보낸 편지인 「태손에게 보임」에서 서유구는, 두릉의 집이 완성되었다는 소식에 기뻐하면서, 벼슬길이 떨어졌는데도 서울에 붙어 있으려고 기를 쓰는 사대부층의 행태를 비판하고, 서울을 벗어나 향리에서 사는 것이 집안을 유지하는 좋은 방법이라고 당부한다. 측자側子에게 보낸 편지인 「칠보에게 보임」역시 집터 잡는 요령에 대한 가르침을 담고 있다. 이렇게 자신의 죽음을 준비하는 것이 서유구 산문 세계의 마지막 모습이다.

풍석 서유구 산문 연구

제5장

서유구 산문의 세계

서유구는 심미적 취향을 가진 경화사족이자, 종합적이고 완전한 지식을 추구한 장서가이자, 세상에 기여할 수 있는 지식을 중시한 실학자다. 서유구의 이 세 가지 면모를 배경으로 해서 창작된 산문 세계는 구체적으로 어떤 특징을 가지고 있는가? 일단 서유구 산문의 세 가지 형성 배경에 입각하여, 그에 상응하는 세 가지 측면에 초점을 맞추어 작품 세계에 접근하기로 한다. 서유구의 산문 작품을 본격적으로 분석하는 것이 본 장의 목표이므로, 본 장에서는 분석 대상이 되는 작품의 원문을 번역문과 나란히 제시한다.

1. 교양을 통한 자기 형성

(1) 예술 취향과 탈속적 인생관

우선, 경화사족으로서의 문화적 감각은 어떤 작품 세계를 형성했는가? 서유구가 예술 작품을 어떻게 체험했는지를 살펴보는 것이 그 대답을 찾는 실마리가 될 수 있다. 다음은 김홍도의「세검정아집도」洗劒亭雅集圖에 부친 서유구의 글이다. 분석의 편의를 위해 세부 단락에 번호를 붙인다.

(1) 오래된 글상자를 정리하던 중 두루마리의 그림 하나를 발견했다. 가로는 5척이고, 세로는 가로의 삼분의 일이 못 된다.

(2) (2-1) 큰 시내가 오른쪽 가에서 소용돌이쳐 왼쪽을 따라가는데, 어지러이 깔린 돌들이 철썩철썩 물결과 부딪치며 물길을 막는다. 그래서 물결이 쳐 흰 거품이 일고 물이 고여 차갑고 검푸르게 되니, 우르르 쾅쾅 하는 게 규룡虯龍이 꿈틀거리는 형세다. (2-2) 복날에 이 그림을 펴서 보니 청량한 기운이 얼굴을 덮치는 게 느껴진다.

(3) (3-1) 북쪽으로 바라보니 소나무가 무성하고, 조금 남쪽에 깎아지른 절벽이 몇 길 높이 솟아올랐는데, 험준한 게 마치 켜켜이 쌓인 죽순 같다. (3-2) 아래에 작은 정자 하나가 절벽을 등지고 물결을 굽어보고 서 있다. (3-3) 정자 밖에는 여섯 사람이 있다. 동자 둘은 샘물을 떠서 차를 끓이고, 한 사람은 걸터앉아 꾸벅꾸벅 졸고 있고, 한 사람은 오른팔로 말고삐를 당기며 팔베개를 하고 누웠고, 두 사람은 반석盤石에 앉아 물을 떠 얼굴을 씻는다. (3-4) 정자 안에는 다섯 사람이 있다. 한 사람은 종이를 펴 놓고 붓을 들고 앉아 있고, 한 사람은 남쪽 기둥을 안고 유연悠然히 서 있고, 세 사람은 동쪽 들보 아래에 둘러앉아 웃고 떠들며 시詩를 담론한다.

(4) (4-1) 이때 물결 소리가 더욱 격해져 곁에서 하는 말이 들

리지 않고, 다만 왼쪽에 율시律詩 다섯 편이 적혀 있다. (4-2)
지은이는 금릉자金陵子(남공철), 홀원자笏園子(서로수), 우초자雨
蕉子(박시수朴蓍壽), 한생韓生, 이생李生이니, 정자 안 다섯 사람
수와 꼭 맞는다.

(5) (5-1) 그림 그린 사람은 단원檀園(김홍도)이고, 제題하는 사
람은 대연岱淵(서유구)이다. (5-2) 정자 안 다섯 사람의 수에 들
지 않지만, 오랫동안 그림을 대하고 있노라니 여전히 정자 안에
앉아 있어 귓가에 샘물 소리가 콸콸 하고 들리는 듯하다.

(6) 신축년(1781) 대서일大暑日에 제題하다.

(1) 撥舊篋得橫卷圖一. 衡廣五尺, 縱廣不及衡三之一. (2)
(2-1) 大溪從右邊濚漩循左去, 亂石硋砑距流, 激之沸白,
渟之況黛, 砯雷轉轂, 作虬龍蜿蜓勢. (2-2) 伏日展之, 覺淸
凉襲面. (3) (3-1) 北望松杉棽蓁, 稍南削壁兀峙數仞, 峻嶒
如疊笋. (3-2) 下有小亭一, 負壁臨流. (3-3) 亭外六人, 童
子二斛泉烹茗, 一人豎膝低頭睡, 一人右臂挽馬韁曲肱臥,
二人坐盤石掬水頮面. (3-4) 亭內五人, 一人展牋操毫坐,
一人抱南柱悠然立, 三人環坐東桌下, 譁笑譚詩. (4) (4-1)
是時水聲益奮, 咫尺語不相聞, 但左方題四韻詩五篇. (4-2)
作者曰<u>金陵子</u>, 曰<u>笏園子</u>, 曰<u>雨蕉子</u>, 曰<u>韓</u>、<u>李</u>二生, 應亭內
五人之數. (5) (5-1) 圖之者<u>檀園</u>, 題之者<u>岱淵</u>. (5-2) 不在
亭內五人之數, 然對卷良久, 依然坐亭內, 耳邊聽活活泉聲.
(6) 辛丑大暑日題.[1]

---

1   徐有榘, 「題洗劒亭雅集圖」, 『楓石鼓篋集』 卷第六, 『楓石全集』, 288면. '岱淵'은 서
유구의 또 다른 호이다. 「與李愚山論尙書古文書」에 대한 다음 평어에서 이의준이 서유

이 작품은 다층적인 미적 체험을 절제된 필치로 표현하고 있다. 우선 경관 묘사를 보면, 서유구는 곧장 세검정을 부각시키는 대신, 그 수변 경관을 묘사한 뒤 세검정에 초점을 맞춘다. 원경遠境에서 근경近境으로 시점이 이동한 것이다. 그런데 이것은 단순한 시점 이동이 아니다. 커다란 계천 홍제천弘濟川에 대한 묘사로부터 시작함으로써, 서유구는 그 역동성과 청량함을 글의 첫머리에서부터 끌어들인다. 홍제천의 거센 흐름과 더불어 경치 묘사가 시작되며, 그 세찬 물결이 글 전체의 분위기를 주도한다.

홍제천 묘사는 생동감으로 넘친다. 그 생동감은 구도를 통해, 다양한 감각적 묘사를 통해 전달된다. 동선이 오른쪽에서 왼쪽으로 급전急轉하는 구도가 역동성을 더하고, 소용돌이치는 모습이 역동성을 더하고, 물결이 돌에 부딪히며 생기는 소리와 물거품이 역동성을 더하고, 우르르 쾅쾅 하는 소리가 역동성을 더한다. 이런 묘사들은 화론畵論에서 중시하는 '세'勢의 생생한 재현이라 할 수 있다.

여기에 덧붙여 "激之沸白, 淳之況黛"란 구절 또한 주목된다. 홍제천 묘사에서 등장하는 유일한 대구對句이다. '激'은 물결이 돌 같은 것에 부딪히는 것을 뜻하고, '淳'은 물이 고여 있는 것을 뜻한다. 전자가 '동'動이라면 후자는 '정'靜이다. '白'은 비등하는 물거품을 뜻하고, '黛'는 깊이 고여 있는 물을 뜻한다. 전자가 '양'陽이라면 후자는 '음'陰이다. 이렇듯 "激之沸白, 淳之況黛"는 적대敵對를 통해 상반된 두 가지 자질을 대비적으로 결합한다. 홍제천에 대한 묘사는 전체적으로 동세動勢가 강하다. 그런데 부분적으로 음양동정陰陽動靜을 대

구를 '대연자'(岱淵子)라고 부른 예가 있다: "古今文自是古今大案. 不有岱淵子大聲之呼, 何由息競止囂?"(『楓石鼓篋集』卷第三, 『楓石全集』, 244면)

비적으로 결합시킴으로써 서유구는 전체적인 흐름을 방해하지 않는 선에서 적절한 변화를 준 것이다.

그다음으로 구조적 특징을 보면, 이 작품의 구조적 특징은 '다층적 예술 체험의 형식화'라 할 만하다. 세부 단락이 6개로 나뉠 수 있을 정도로, 이 작품은 짧은 편폭에 다양한 내용, 다양한 층차를 가지고 있다. 따라서 '다양성 속의 통일성'을 이루고 있는지 여부가 작품의 관건이 될 것이다.

「세검정아집도」의 화면에 대한 묘사는 크게 두 가지로, 즉 세검정 주변 경관에 대한 묘사와 세검정 안팎의 사람에 대한 묘사로 이루어진다. 그런 다음, 화가, 제화시題畵詩의 작자 및 서유구 자신의 호號나 성씨가 나열된다. 따라서 글의 성격이 판이해져 연결이 부자연스러울 수 있다. 이런 문제를 방지해 주는 것이 곧 "이때 물결 소리가 더욱 격해져" 운운한 구절이다. 정자 안 사람들은 무슨 말을 하고 있을까? 들으려 해도 들리지 않는다. 갑자기 물결 소리가 거세졌기 때문이다. 그런데 왼쪽을 보니, 그 대신 시詩가 적혀 있다. 작품 수가 정자 안의 사람 수와 같다. 그렇다면 이 시들은 지금은 안 들리는 대화의 흔적 아닐까? 이런 일련의 연상을 통해, 이질적인 두 부분은 자연스럽게 연결된다. 정자 안 사람들이 담론했다는 '시'와 그림 왼쪽에 적혀 있다는 '시'가 서로 조응되면서, 그 연결은 더욱 긴밀해진다.

이런 일련의 연상을 촉발한 것은 격해진 물결 소리다. 정자 안팎 사람들의 행태를 나열하다 물결 소리 운운한 것은 갑작스럽다. 하지만 홍제천 묘사가 그 장본張本이 되어 조응 관계를 이룬다. 뿐만 아니라, 그 물결 소리는 작품의 결말을 유도한다. 제화시의 작자, 화가, 본인의 호나 성씨를 나열한 뒤 서유구는, 아직까지도 귓가에서 그 소리가 들린다고 말한다. 결국 서유구는 물결 소리와 더불어 그림 속으로 들어갔다가 물결 소리와 더불어 그림 밖으로 나간 셈이다. 기실 '물결 소리가 더욱 격해졌다'라는 구절은, 그 자체로 보면 하등 기발할 게 없는 평범한 진술에 불과하다. 그런데 이 구절이 예술 체험의 중심축이 됨으로써 굉장한 힘을 갖게 되는 것이다. 이 구절은 갑작스러운 느낌을 주면서도 앞뒤의 연관성을 부여한다. 즉, 전환과 연결의 기능을 동시에 한다. 이렇게 편장법상의 복합적 역할을 함으로써 이 구절은 무한한 감흥을 함축하는 동시에 형식적 완결성을 갖추는 역할을 한다.[2]

그런데 이 작품의 구조적 특징은 좀 더 큰 틀에서 음미할 필요가 있다. (1)을 보면, 우선 「세검정아집도」는 '가로 5척'이라는 정확한 수치로 측정된다. 즉, 예술품이기 전에 물리적 크기를 가진 물체로 제시된다. 이렇듯 (1)을 특징짓는 것은 '계측적 태도' 내지 '객관적 태도'이다. 그런데 (2)는 감상자의 정서적 교융을 동반한 심미적 묘사이다. 따라서 (1)에서 (2)로의 이동은 전혀 다른 차원으로의 이행, 즉 물리적 차원에서 심미적 차원으로의 이행이다. 그러다 (2)에서 (3)으로 넘어가면, 작가의 시선은 좀 더 관찰자적인 것으로 변한다. 즉, 풍경에 대한 심리적 밀착도가 떨어진다. 그 뒤를 이어 (4)로 넘어가서 (4-1)에서는 다시 풍경에 대한 심리적 밀착도가 높아진 듯하다가, (4-2)에서 작가는 객관적 사실을 무미건조하게 말한다. 그 다음으로 (5-1)에서 서유구는 마찬가지로 객관적인 어조로 말하더니, 다시 (5-2)에서 자신의 감회를 토로한다. 즉, 그림에 대한 심리적 밀착도가 다시 높아진다. 이와 같이 서유구는 그림 밖에 있다가,

---

2   전통적으로 화론에서 그림을 '소리 없는 시'(無聲詩)라고 해 왔다시피, 소리가 없는 것은 그림의 태생적인 특징이다. 서유구는 이 점을 역으로 이용한 것이다.

안으로 깊이 들어갔다가, 다소 거리를 두었다가, 다시 안으로 들어갔다가, 이어서 다시 밖으로 나갔다가, 또다시 안으로 들어가는 등, 안팎으로의 이동을 반복하고 있다. 그 반복을 통해 생긴 다양한 층차가 곧 다층적 예술 체험의 구조화라 할 것이다.

그 반복의 정점이 (5)이다. 그림 안팎을 넘나들던 서유구는 (5)에서 자신이 풍경 밖의 사람임을 분명히 밝힌다. 하지만 최종적으로 그림 밖으로 나오자 감흥은 오히려 더욱 생생하다. 이로 인해 이 글은 절제된 어조 속에 깊은 감회를 담을 수 있었던 것이 아닌가 한다. 남공철, 서로수, 박시수朴蓍壽(1767~1834)는 모두 서유구의 지인이다. 따라서 이들과 함께하지 못한 아쉬움을 달래며, 이제 그림을 통해서나마 사후적事後的으로 함께 시간을 보내며 깊은 교감을 나눈 것이 (5)로 표현되었다고 해석할 수 있다.

이상의 분석을 통해 보면, 「「세검정아집도」에 제한 글」(題洗劍亭雅集圖)의 묘사·서술·구조적 특징은 다층적인 미적 체험의 외화外化라 하기에 부족함이 없다. 그런데 심미적 감수성의 발현은 그림 감상에만 국한되지 않는다. 그것은 한 개인의 예술 취향은 물론, 외모, 생활 방식, 문학 창작 등에 걸쳐 관철된다. 뿐만 아니라 천지자연도 심미성의 끈으로 인간과 이어져 있다.

> 천지天地의 맑은 기氣가 교융하여 잉태하면 구름·남기嵐氣·화훼가 되고, 기물에 있어서는 종鐘·정鼎·준이尊彝가 되며, 사람에 있어서는 서화書畵가 되고 문장이 되는데, 문장 중에 시詩가 더욱 귀하다. 맑은 시가 맑은 것은 서화 때문이고 이정彝鼎 때문이고 화훼와 구름과 남기 때문이니 그렇지 않으면 시에 맑음이 없다.

훌륭한 도목수가 집을 지을 적에 반드시 먼저 재료를 고른다. 시에도 재료가 있으니 고르는 게 정밀하지 않으면 뒤죽박죽 잡스럽게 되어 그 언어가 맑지 않고, 맑지 않으면 세상에 전하지 않는다. 위빙숙魏氷叔(위희)이 시를 논하여 이렇게 말했다. "옛 사람의 시에는 맑은 기가 없는 게 없어서 구름과 서로 접해 있으므로 세상에 떠다녀 사라지지 않는다." 이 말이 참으로 옳다. 시가 탁하면 둔중해져서 땅에 떨어질 것이다.

天地淸淑之氣, 氤氳苞孕, 爲雲嵐花卉, 其在器則爲鐘鼎尊彝, 在人則爲書畵·爲文章, 而文章之中詩尤貴. 夫淸詩之淸, 以書畵·以彝鼎·以花卉雲嵐, 不爾詩無淸也. 良工搆室, 必先擇材. 詩亦有材焉, 擇之不精, 則囂然雜出, 其言不淸, 不淸則不傳. 魏氷叔之論詩曰: "古人之詩, 莫不有淸淑氣. 與雲物相接, 故嘗浮于世而不沒." 信矣夫! 濁則質而墜扵地矣.[3]

서로수의 시집에 부친 「『이운각시』梨雲閣詩 서문」의 서두이다. 이 글의 자안字眼은 '淸'이다. 서유구는 첫머리에서부터 '淸' 한 글자로 온갖 물상物像을 연출한다. '淸'은 이렇게 드러난다. 첫째, 천지의 '맑은 기'로 드러난다. 둘째, 구름, 남기嵐氣, 화훼 등의 자연으로 나타난다. 셋째, 종鐘, 정鼎, 준이尊彝 등 기물의 형태를 띤다. 넷째, 서화書畵로 형상화된다. 다섯째, 문학 작품으로 표현된다. 이렇게 '淸'은 다양하게 분절화된다. 그런 동시에 이들은 모두 천지의 '맑은 기운'이 화

3　徐有榘, 「梨雲閣詩序」, 『楓石鼓篋集』 卷第一, 『楓石全集』, 220면. 위희의 말은 「汪秋浦詩引」(『魏叔子文集』 外篇 卷之九)에 보인다.

化한 것이라는 점에서 연속성을 띤다.

그다음으로 서유구는 서로수의 시와 관련된 허다한 광경을 다시 '淸' 하나로 그려 보인다.

내 종조숙부從祖叔父 홀원자笏園子(서로수)는 마른 외모에 옥 같은 자태이며, 훤한 빛이 나고 맑고 깨끗하여, 멀리서 바라보면 마치 도사 같으니, 맑은 사람이다. 글씨를 잘 쓰고 그림을 애호하며, 골동품 품평을 특히 좋아한다. 흥이 나면 곧장 대나무 상자를 들고 서호西湖(마포 일대)의 별업別業에서 노닐면서 운연雲烟과 화조花鳥의 아름다운 정경을 따서 가져오는데, 시詩가 날마다 더욱더 풍부해져 재정才情이 자유롭게 발휘되고 풍류가 동탕動盪하니, 맑은 기에서 얻은 것이 많다.

나는 예전에 그 시를 평정評定하여 이렇게 말한 적이 있다. "영롱한 것은 깨끗한 가을 하늘 같고, 향기가 자욱한 것은 꽃향기 가득한 봄 동산 같다. 예스러운 멋은 은殷나라와 주周나라 술잔의 정결한 모습과 같고, 담박하고 고상한 것은 법서法書와 명화名畵의 아름다움과 같다. 천지 사이의 맑은 기운을 모아서 가슴속에 쌓아 두었다가 작품으로 쏟아 내어, 반짝반짝한 것이 행묵行墨 사이에 은은하게 비치고 넘쳐나니, 어찌 이리도 성대하단 말인가! 여기서부터 궁리하고 변화하여 날마다 새로워진 게 많이 쌓이면 세상에 둥둥 떠다녀 사라지지 않을 것이 틀림없다. 후에 시를 채집하는 사람이 있다면 반드시 내 말이 지나치다고 하지 않을 것이다."

余從祖叔父笏園子, 癯貌玉立, 明朗脩潔, 望之若羽人道流, 蓋淸者也. 工書嗜畵, 尤好品論古董, 興至輒攜簏遊西湖別

業, 以攬雲烟花鳥之勝, 而詩日益富, 才情逸發, 風流動盪, 其得於淸氣者居多. 余嘗評定其詩, 以爲芬郁如秋空之英英, 杳艶如春園之馥馥, 蒼古則殷斝周爵之冷汰也, 澹雅則法書名畵之鮮榮也. 湊會天地間淸淑之氣, 結轄于方寸, 抒寫于篇什, 而烔烔者隱映盎溢於行墨之間, 何其盛也! 自是而擬議成變, 富有日新, 則其浮於世而不沒也無疑. 後有采詩者, 必不以余言爲過也.[4]

　서로수에 대한 언급으로 단락이 전환되었지만, '淸'이란 글자를 통해 앞 단락과의 연관성을 잃지 않는다. 서로수의 외모, 풍모, 취미, 생활상, 시 창작은 모두 '淸'을 구현하는 다채로운 제상諸相이다. 이런 면면은 첫째 단락과 하나하나 조응된다.[5] 그 결과 서로수의 시세계는 '淸의 총체적 체현'으로 부각된다.

　이에 걸맞게 서로수의 시에 대한 서유구의 평評 역시 '淸' 하나로 다양한 광경을 빚어낸다. 첫 번째·두 번째 평은 모두 서로수의 시를 자연 경물에 비견한 것이고, 세 번째 평은 골동품에, 네 번째 평은 서화에 비견한 것이다. 이렇듯 앞 단락과 하나하나 조응되는 이 네 가지 평을 토대로 서로수의 시가 '천지의 맑은 기'의 발로라고 한 것은 또 첫째 단락의 첫 번째 문장과 조응한다. 뿐만 아니라, 서로수의 시가 세상에 떠다녀 사라지지 않을 것이라는 평 또한 첫째 단락을 마무

4 　徐有榘, 같은 글, 같은 책, 220~221면.
5 　서로수가 글씨를 잘 쓰고 그림을 애호하는 것은 첫째 단락의 '서화'와 조응된다. 그가 골동품 품평을 좋아하는 것은 첫째 단락의 '종(鐘), 정(鼎), 준이(尊彝)'와 조응된다. 그가 아름다운 정경에서 시재(詩材)를 취한 것은 첫째 단락의 '구름, 남기(嵐氣), 화훼'와 조응된다.

152　　　　　　　　　　　　　　　　　　　　　　　　　　　풍석 서유구 산문 연구

리 짓는 위희의 말과 조응한다. 즉, 둘째 단락의 마지막 대목은 첫째 단락의 수미首尾 모두와 호응함으로써 상호 연관성을 높인다. 그리하여 서로수의 시는, '천지의 맑은 기'를 수렴한 것이 '맑은 시'라는 서유구의 시론을 전면적으로 구현한다.

이상과 같이 「『이운각시』 서문」은 전편을 통틀어 '淸'을 체현하고 있다. 이렇게 '淸'을 추구하는 삶은 곧 탈속적인 삶이다. 따라서 서유구의 심미적 가치 지향은 단순한 예술 취향의 차원을 넘어 인생관의 차원에서 음미될 필요가 있다.

나를 좋아하고 남을 싫어하며, 궁할 때는 근심하고 형통할 때는 즐거워하는 것이 인지상정이다. 하지만 마음은 허명虛明할 뿐이니, 좋아하고 싫어하는 것, 근심하고 즐거워하는 것이 어찌 마음에 본래 있었던 것이겠는가? 다만 외물外物이 그렇게 만들어 허명한 것이 응한 것이다.

그래서 군자의 학문은 반드시 그 텅 빈 것을 텅 비게 하고 그 밝은 것을 밝게 하여 내 마음의 온전한 본체가 확립되어, 외물이 나를 건드려도 혼란되지 않고 나에게 오면 잘 응대하게 하니, 이것이 군자가 마음을 닦는 방법이다. 보통 사람들은 마음을 가지고 외물을 따르기 때문에 외물과 나 사이에서 의혹되고, 곤궁함과 형통함의 갈림길에서 어두워져, 세상에서 한번 뜻대로 되면 반드시 기뻐하는 기색이 얼굴빛에 드러나고 목소리로 나타나며, 뜻대로 안 되면 크게 근심하고 두려워한다. 이 두 가지가 끝없이 이어져 현혹시키기를 반복하여 온갖 감정이 마구 생겨나 그 허명한 것을 볼 수 없는 것은 외형에 얽매여 어리석어진 소치다. 이는 유독 내 욕심은 무궁한데 내 욕심을 채워 줄 수 있는 외물은 유한하다는 것을 알지 못하기 때문이니, 어찌 슬프지 않겠는가?

군자는 그렇지 않아서, 나에게 달려 있는 본성이라면 최선을 다 하고, 저에게 달려 있는 운명이라면 편안하게 받아들여, 부귀에 처해서는 부귀한 대로 행하고, 빈천에 처해서는 빈천한 대로 행하고, 환란에 처해서는 환란에 맞게 행하여, 위로는 하늘을 원망하지 않고 아래로는 사람을 탓하지 않는다. 이는 외물 밖으로 초월하여 나의 허명한 것이 그대로이기 때문이니, 이것이 어찌 마음을 닦은 결과가 아니겠는가?

好我而惡物, 憂於窮而樂於亨, 此人之常情也. 然心卽虛明已, 好惡憂樂, 豈心之本有者哉? 特物使之然而虛明者應之矣. 故君子之學, 必也虛其虛明其明, 使吾心之全體立, 而物之在外者, 觸而不亂, 至而能應, 此君子之所以洗其心也. 蓋衆人則以心殉物, 故惑於物我之間, 冥於窮亨之路, 苟有一得於世, 則必欣欣然見於色發於聲, 若不得者則大憂以懼. 二者相尋於無窮, 眩亂反復, 七情橫生, 而其虛明者無可以見, 則其爲形也亦愚哉! 是獨不知吾之欲無盡, 而物之可以盡吾欲者有盡矣, 豈不悲夫? 若君子則不然, 性之在我者盡之, 命之在彼者安之, 素富貴行乎富貴, 素貧賤行乎貧賤, 素患難行乎患難, 上不怨天, 下不尤人, 蓋以其超於物之外, 而吾之虛明自若也. 此豈非洗心之致乎?[6]

---

6 徐有榘,「洗心軒記」,『楓石鼓篋集』卷第二,『楓石全集』, 227면.

서로수의 세심헌洗心軒에 대한 기문記文의 전반부이다. '마음을 닦는다'(洗心)라는 말의 의미를 부연하면서 서유구는 삶에 대한 초연한 자세를 강조한다. 초연한 인생관의 근간을 이루는 개념은 '허명'虛明이다. 그런데 마음이 본래 허명하다는 사고는 유儒·불佛·도道 모두가 공유한 것이다. 그렇다면 「세심헌 기문」은 어떤 사상에 기반을 두었는가?

「세심헌 기문」에는 유가儒家와 노장老莊 사상이 한데 융합되어 있다. 우선 세상 사람들의 희로애락은 세상 밖에서 보면 결국 외물에 얽매인 소치에 불과하다는 관점은 『장자』莊子 「지락」至樂과 「달생」達生 등에 연원을 둔 것이다. 특히 "만약에 뜻대로 안 되면 크게 근심하고 두려워한다" 운운한 구절은 「지락」의 해당 구절[7]을 그대로 인용하되 중간에 다른 구절을 삽입하여 확장한 것이다. 그다음으로, 내가 해서 되는 일은 최선을 다하되 그렇지 않은 것은 운명으로 받아들여 상황에 맞게 처신하면 된다는 생각은 『예기』禮記 「중용」中庸에 연원을 둔 것이다. 특히 "부귀에 처해서는" 운운한 구절은 「중용」을 그대로 옮겨 온 것이다.

요컨대 서유구는 사상적 근거가 되는 구절들을 자기 글의 일부로 그대로 끌어 썼다. 그 구절들은 「세심헌 기문」의 본문으로 자연스럽게 읽히는바, 서유구의 말로 화化하여 다른 구절들과 무리 없이 연결된다. 서유구는 일종의 복화술을 구사한 것이다. 그 결과 「중용」과 『장자』가 한데 어우러지게 되었다. 물론 이런 융합을 두고 서유구가 사상적 회통會通을 모색했다고 한다면, 그건 과장일 터이다. 그러나

7　"若不得者則大憂以懼, 其爲形也亦愚哉!"(『莊子』, 「至樂」第十八; 王叔岷, 『莊子校詮』, 臺北: 中央研究院歷史語言研究所, 1988, 639면)

꼭 그런 회통에 도달하지 못했다 해도, 이런 융합은 그 나름대로 여전히 흥미롭다. '마음을 닦는다'라는 주제하에 유가의 인생관과 노장의 인생관이 한데 어울리게 되었기 때문이다.[8]

이상의 논의를 통해 확인되었다시피, 서유구의 탈속적 인생관에서는 노장사상이 큰 비중을 차지한다. 이는 선행 연구에서 간과되었던 점이다. '실용을 중시한 농학자'라는 서유구 상像에 견인된 결과가 아닌가 한다. 「세심헌 기문」 외에도 『『금릉시초』金陵詩草 서문」, 「지북제시도」池北題詩圖 제기題記」 등에도 『장자』 독서의 흔적이 남아 있다.[9] 이렇듯 『장자』는 서유구의 인생관은 물론 시론詩論, 예술론, 예

---

8 그 밖에도 「세심헌 기문」은 소식(蘇軾)의 「초연대 기문」(超然臺記) 및 증공(曾鞏)의 「청심정 기문」(淸心亭記)과 밀접한 연관을 맺는다. 따라서 이 두 작품과 「세심헌 기문」의 비교 검토가 필요하다고 여겨지지만, 논의의 번다함을 피하기 위해 여기서는 일단 이 사실을 지적하는 선에서 그치기로 한다. 참고를 위해 「초연대 기문」과 「청심정 기문」의 해당 부분을 제시한다. 먼저 「초연대 기문」의 해당 부분은 다음과 같다: "凡物皆有可觀. 苟有可觀, 皆有可樂, 非必怪奇瑋麗者也. 餔糟啜漓皆可以醉, 果蔬草木皆可以飽. 推此類也, 吾安往而不樂? 夫所爲求禍而辭禍者, 以禍可喜而禍可悲也. 人之所欲無窮, 而物之可以足吾欲者有盡. 美惡之辨戰乎中, 而去取之擇交乎前, 則可樂者常少, 而可悲者常多, 是謂求禍而辭福. 夫求禍而辭福, 豈人之情也哉? 物有以蓋之矣. 彼遊於物之內, 而不遊於物之外. 物非有大小也, 自其內而觀之, 未有不高且大者也. 彼挾其高大以臨我, 則我常眩亂反覆, 如隙中之觀鬪, 又烏知勝負之所在? 是以美惡橫生, 而憂樂出焉, 可不大哀乎?"(蘇軾,「超然臺記」,『蘇軾文集』 卷11: 茅維 編, 孔凡禮 點校,『蘇軾文集』, 北京: 中華書局, 1999 重印, 351면) 그다음으로 「청심정 기문」의 해당 부분은 다음과 같다: "夫人之所以神明其德, 與天地同其變化者, 夫豈遠哉? 生於心而已矣. 若夫極天下之知, 以窮天下之理, 於夫性之在我者能盡之, 命之在彼者能安之, 則萬物自外至者, 安能累我哉? 此君子之所以虛其心也. 萬物不能累我矣, 而應乎萬物, 與民同其吉凶者, 亦未嘗廢也. 於是有法誡之設, 邪僻之防, 此君子之所以齊其心也. 虛其心者, 極乎精微, 所以入神也. 齊其心者, 由乎中庸, 所以致用也. 然則君子之欲修其身, 治其國家天下者, 可知矣."(曾鞏,「淸心亭記」: 陳杏珍·晁繼周 點校,『曾鞏集』, 北京: 中華書局, 1998 重印, 296면)

9 「『금릉시초』 서문」에서 서유구는 시(詩)를 물의 흐름에 비유하는데, 자연의 음향에 착안한 발상 및 다양한 샘물 소리를 나열한 구법(句法) 모두 『장자』 「제물론」(齊物論)에 연원을 둔 것이다. 「지북제시도」 제기」에서 서유구는 의표를 찌르는 기발한 생각을 피

술 감상, 자연에 대한 감수성 등 다방면에 걸쳐 삼투해 있다. 이것은 우연이 아니다. 서유구는 상당히 공들여 『장자』를 읽었던 것으로 확인된다. 본인의 술회에 따르면, 그는 먹색을 구분해 가며 『장자』에 평비評批를 가했다고 한다.[10] 상당한 의욕을 가지고 자기 나름의 평점비평본을 만든 모양이다. 특히 주목되는 것은 그가 읽은 것이 다름 아닌 박세당朴世堂(1629~1703) 주석본이었다는 사실이다. 주지하다시피 박세당은 조선 사상사의 문제적 인물이다. 서유구에게 그 주석본은 어떤 흔적을 남겼을까? 『장자』를 이단이라고 배척하는 대신 유가와 노장의 합일점을 찾고자 한 박세당의 관점에 서유구가 공감했던 것일까? 그래서 「세심헌 기문」과 같이 유가와 노장이 혼용된 작품을 지었던 것일까? 이런 의문을 남겨 둔다.

(2) 여가 생활과 내면의 확충

심미적 가치의 추구는 '여유'를 요한다. 따라서 지금부터는 여가 활동을 배경으로 한 산문들을 분석해 가며, 여가 활동이 어떻게 작품화되었는지, 거기에는 어떤 정신 자세가 들어 있는지 살펴보기로 한다.

력하는데, 이 역시 「제물론」에 연원을 둔 것이다(졸고, 『풍석고협집』의 평어 연구」, 서울대 석사논문, 2005, 92~95면 참조).

10 "羲在竹樹也, 偶得西溪註『南華經』, 逐就其本略加評批, 格頭絲欄之閒, 朱黃燦如, 後爲篠飮子所持去, 逐失其在. 然今臨文訂繹, 尙可記什七八."(徐有榘, 「與宋莊伯書」, 『金華知非集』卷第二, 『楓石全集』, 330면) '竹樹'는 곧 죽서(竹西)의 집을 뜻한다. 1780년과 1781년에 서유구는 죽서에 있었고, 1785년에 용주로 거처를 옮겼다. 따라서 서유구의 이 언급은 1780년에서 1785년 사이의 일에 대한 것으로 판단된다. 「세심헌 기문」의 창작 연도는 미상이지만 그 하한선은 1787년이며, 『금릉시초』 서문은 빨라도 1787년경에 지어졌고, 「지북제시도」 제기」는 1787년 작이다. 따라서 죽서 시절의 『장자』 독서가 이들 작품에 밑거름이 된 것은 거의 틀림없는 듯하다. '格頭絲欄之閒'의 '閒'은 '間'의 오자이다.

여가 생활에 대한 쇄말적인 정보를 확인하는 것은 본서의 관심사가
아니라는 점을 밝혀 둔다.

이십 내에 서유구는 유금에게 활쏘기를 배운 적이 있다. 그에 대
한 글이 「학산鶴山 서쪽에서 활쏘기를 배운 일의 기록」(鶴西學射記)이
다.[11] 이 작품에서 서유구는 유금에게 배운 활쏘기 요령에 의거하여
자기 나름의 학문적 깨달음을 피력한다. 따라서 활쏘기에서 학문론
으로의 이행, 여가 활동에서 정신적 차원으로의 고양이 일어나는데,
그러면서도 그 구체적인 내용은 철두철미하게 활쏘기에 대응된다.
이로써 이 작품은 논리성과 통일성은 물론, 확장된 사유의 역동성과
깊이를 동시에 획득한다. 결국 서유구에게 여가 활동은 '學'의 의미
를 갖는다.

뿐만 아니라 여가는 심미적 감수성을 발양하는 계기가 된다. 「『부
용강집승시』芙蓉江集勝詩 서문」이 그 예다. 부용강은 용주溶洲 일대의
강 이름이다. 다른 문헌에는 잘 확인되지 않는 것으로 보아 서유구
가 개인적으로 붙인 별칭이 아닌가 한다. 곧 제시할 본문을 보면, 노
량진부터 오탄烏灘까지의 한강이 곧 부용강인 듯하다. 서유구가 꼽은
부용강의 승경은 다음과 같다.

　　부용강 원근遠近의 아름다운 경치를 모아 꼽아 보면 여덟 가지
　가 있다. 첫 번째는 '천주봉天柱峯의 한 송이 구름', 두 번째는
　'검단산黔丹山의 아침놀 무늬', 세 번째는 '밤섬의 고기잡이 그
　물', 네 번째는 '만천蔓川의 게잡이 등불', 다섯 번째는 '오탄烏灘

11　이 작품에 대해서는 한민섭, 「풍석 서유구 문학 연구」(고려대 석사논문, 2000),
38~40면; 졸고, 앞의 논문, 82~83면 참조.

에 빼곡히 서 있는 돛대', 여섯 번째는 '노량鷺梁에 아득히 보이는 조각배', 일곱 번째는 '떡갈나무 동산의 비단 같은 단풍', 여덟 번째는 '사촌평沙村坪 보리밭의 옥가루'이다.

集芙蓉江遠近之勝, 指計有八 : 其一天柱朶雲, 其二黔丹紋霞, 其三栗嶼魚罾, 其四蔓川蟹燈, 其五烏灘疊檣, 其六鷺梁遙艇, 其七槲園錦穀, 其八麥坪玉屑.[12]

첫 문장에서부터 곧장 파제破題하면서 서유구는 부용강의 여덟 가지 승경을 나열한다. 통칭하여 '부용강 팔승八勝'이라 불러도 무방할 듯하다. 그다음으로 서유구는 각각의 승경에 대해 묘사한다. 우선 앞의 네 가지에 대한 묘사를 살펴본다.

곧장 강 동남쪽으로 수십 백여 걸음 가면, 빼어나게 우뚝 솟아올라 산이 된 것이 관악산冠岳山이고, 그중 가장 높이 솟아나 봉우리가 된 것이 천주봉이다. 새벽에 일어나서 궤안几案에 기대어 바라보면, 한 송이 흰 구름이 산꼭대기에서 뭉게뭉게 일어나더니 이윽고 자욱하게 모여 빽빽하게 빙 둘러싸 산허리부터 그위는 숨어서 보이지 않다가, 이윽고 싹 날아가 훤해지면 오직 뾰족한 봉우리가 하늘 높이 우뚝하게 서 있는 것만 보인다. 그러므로 이런 경치를 '천주봉의 한 송이 구름'이라 한다. 관악산 서쪽으로부터 내달려 구불구불하다가 다시 갑자기 솟아나 산이

12 徐有榘, 「芙蓉江集勝詩序」, 『楓石鼓篋集』 卷第一, 『楓石全集』, 221면. 번역은 이종묵, 『글로 세상을 호령하다』(김영사, 2010), 86~89면을 참조해 필자가 수정한 것이다.

된 것이 검단산인데, 산색山色이 맑아서 마치 쪽 같다. 거기에 알록달록한 아침놀이 반쯤 덮으면 그 위로 푸른색이 몇 점 보이는데, 동이 터서 아침 햇살이 엷게 쏘면 곱게 무늬를 이룬다. 그러므로 이런 경치를 '검단산의 아침놀 무늬'라 한다. 이 두 가지는 아침에 제격이다.

강 가운데 흙이 쌓여 볼록하게 섬이 된 것이 밤섬이고, 섬과 마주해 구불구불 돌아 지류支流가 된 것이 만천蔓川인데, 한적하고 물결이 담담하며 이슬 기운이 흐르는 물에 가득하다. 밤섬 물가에는 고기잡이 그물이 많고 만천 물줄기에는 게잡이 등불이 많은데, 불을 피워 점점이 보이는 게 마치 별이 드문드문한 것 같고, 사공의 뱃노래는 어부의 노래와 서로 화답한다. 그러므로 이런 경치를 '밤섬의 고기잡이 그물', '만천의 게잡이 등불'이라 한다. 이 두 가지는 밤에 제격이다.

直江東南數十百武, 崱屴詭秀而山者曰冠岳, 最高而峯者曰天柱. 晨起凭眺, 一朵白雲, 濛濛起峯頂, 已而芬郁簇擁, 繞市薈蔚, 自山腰以上, 隱而不見, 已而英英飛盡, 則獨見峯巒砐砑, 倚天屹立, 故曰天柱朶雲. 自冠岳西馳蜿蜒, 復陟起而山者曰黔丹, 山色澄沐如藍, 駮霞半被, 上露螺黛數點, 初旭薄射, 演繢成紋, 故曰黔丹紋霞. 是二者於朝宜. 中江而癃僂爲島者曰栗嶼, 對峃而濚紆爲汜者曰蔓川. 籟寂波澹, 露氣瀫流, 魚罾多在嶼渚, 蟹燈多在川港, 藁火點點如踈星, 行舟欸乃聲, 與漁謌相互答, 故曰栗嶼魚罾, 曰蔓川蟹燈. 是二者於夜宜.[13]

'천주봉의 한 송이 구름'에 대한 묘사는 동세動勢가 강하다. 산의 기세에 대한 묘사가 그렇고, 구름의 시시각각의 변화상에 대한 묘사가 그렇고, 구름과 산이 어우러진 광경에 대한 묘사가 그렇다. 아울러 첫 번째 구절의 자법字法도 주목된다. 해당 원문을 보면, "直江東南數十百武, 剐屴詭秀而山者曰冠岳, 最高而峯者曰天柱"란 구절에서 '山'과 '峯'은 모두 동사로 사용되었다. 이런 자법이 역동성을 강화한다.

반면 '검단산의 아침놀 무늬'에 대한 묘사는, 검단산을 도입하는 구절은 동세가 강하긴 하지만, 색채감이 풍부하다. 서유구는 색채의 미묘한 변화를 국면별로 포착한다. 검단산은 쪽빛이다. 거기에 아침놀이 덮인다. 그러면 그 위로 푸른색이 점점이 보인다. 그러다 동이 터 아침 햇살이 비친다. 그러면 비단 같은 고운 무늬가 생긴다. 이렇게 검단산의 색채 묘사는 5개의 층절로 이루어져 있다. 여기에 '반쯤', '몇 점', '엷게' 등의 단어가 정밀함을 더해 준다. 빛과 색채에 대한 예민한 감각, 세밀한 관찰력, 섬세한 감수성을 느끼게 하는 대목이다.

인용문의 네 가지 묘사 모두 착종 변화를 보인다. 첫 번째 승경은 동세가 강한 반면 두 번째 승경은 색채감이 풍부하다. 하지만 그 둘은 모두 산의 경관이라는 점에서, 그리고 형세 혹은 색채의 다채로운 변화라는 점에서 하나로 묶인다. 세 번째·네 번째 승경은 모두 어부가 조업하는 광경이지만, 하나는 게를 잡기 위해 켜 놓은 등불의 시각적 이미지를 중심으로 하고, 다른 하나는 어부와 뱃사공이 부르는 노랫소리의 청각적 이미지를 중심으로 한다. 그리고 첫 번째와 두 번

---

13   徐有榘, 같은 글, 같은 책, 같은 곳.

째는 아침에 제격인 경관으로, 세 번째와 네 번째는 밤에 제격인 경관으로, 서로 대비를 이루면서 한 짝을 이룬다. 이로써 네 가지 승경에 하루의 시작과 끝이 담기게 된다. 즉, 네 가지 승경의 착종 변화는 곧 하루의 착종 변화가 된다.

이제까지의 묘사는 둘씩 이루어졌다. 이와 달리 다섯 번째부터 여덟 번째 승경은 네 가지가 함께 묶인다.

강 하류는 오탄烏灘인데, 봄 얼음이 다 녹고 조운선漕運船이 모두 모이면, 엷은 구름과 푸른 하늘 사이로 의연하게 천 개의 돛대가 빼곡히 서 있는 게 멀리서 바라보인다. 강 상류는 노량인데, 요수潦水가 불어나 밀려오면 아득한 물결이 넘실거리고 조각배가 흔들흔들 떠 있어서 가는 듯 오는 듯하다. 강 북쪽 기슭은 마포麻浦다. 그 고개에 떡갈나무 수십 그루가 있는데, 가을이 깊어 낙엽이 지면 붉은색과 푸른색이 뒤섞여 난만한 게 마치 촉蜀의 금의산錦衣山 같다. 동쪽 물가는 사촌평沙村坪인데, 마을 사람들이 해마다 밀과 보리를 파종한다. 보리 까끄라기가 막 나왔는데 가는 싸락눈이 처음 내리면 반짝반짝한 게 영롱한 옥구슬 같다. 그러므로 이런 경치를 '사촌평 보리밭의 옥가루', '떡갈나무 동산의 비단 같은 단풍', '노량에 아득히 보이는 조각배', '오탄에 빼곡히 서 있는 돛대'라 한다. 이 네 가지는 어떤 것은 봄·여름에 제격이고, 어떤 것은 가을·겨울에 제격이다.

천주봉·검단산·오탄·노량은 멀리서 바라본 것이고, 밤섬·만천·떡갈나무 동산·사촌평은 궤안几案 사이에서 보이는 것들이다.

江之下流曰烏灘, 春氷旣泮, 漕舶畢集, 遙望千檣簇立淡靄

浮翠間依依然. 上流曰鷺梁, 潦水時至, 溫淼澶漫, 片艇浮
搖, 若去若來. 江之北麓曰麻浦, 峴有楜柞數十株, 秋深葉
老, 丹碧錯互, 爛漫如蜀錦衣山. 東詝曰沙村坪, 村人歲播秥
麥, 麥芒方吐, 微霙初集, 璀璨如琳琅落蘇. 故曰麥坪玉屑,
曰楜園錦穀, 曰鷺梁遙艇, 曰烏灘疊檣. 是四者或宜春夏, 或
宜秋冬. 蓋天柱、黔丹、烏灘、鷺梁, 得之遠眺; 栗嶼、蔓川、楜
園、栗坪, 猶几案間物也.[14]

'오탄에 빼곡히 서 있는 돛대'와 '노량에 아득히 보이는 조각배'는
강 위의 배가 연출하는 광경이다. 반면 '떡갈나무 동산의 비단 같은
단풍'과 '사촌평 보리밭의 옥가루'는 땅 위에 펼쳐진 광경이다. 그러
면서도 앞의 둘과 뒤의 둘 각각이 내부적으로 차이를 보인다. '오탄
에 빼곡히 서 있는 돛대'는 조운선이 밀집한 모습인 반면, '노량에 아
득히 보이는 조각배'는 조각배가 떠 있는 모습이다. 전자가 '밀密'이
라면 후자는 '소疎'이고, 전자가 분주한 것이라면 후자는 한가한 것
이다. 떡갈나무 동산과 보리밭에 대한 묘사는 색채감이 풍부하고 감
각적이다. 그러나 전자가 여러 가지 혼합된 난만한 색채를 보여 주
는 반면, 후자는 차분하고 순일한 백색을 보여 준다. 이렇듯 이들 네
가지 승경은 서로 구분되면서도 함께 묶이고 또 그러면서도 서로 대
조된다. 더 나아가 이들 승경은 혹은 봄·여름에 제격인 것으로, 혹은
가을·겨울에 제격인 것으로, 서로 대비되면서도 결합돼 한 짝을 이
룬다. 이로써 네 가지 승경에 사계절이 담기게 된다. 즉, 네 가지 승

---

14 徐有榘, 같은 글, 같은 책, 221~222면.

경의 착종 변화는 곧 한 해의 착종 변화가 된다.

이렇게 '부용강 팔승'은 중층적으로 착종 변화를 이루면서도 서로 이어서 있다. 그럼 이들 각각의 개별성을 보존하면서 전체를 하나로 이어 주는 끈은 무엇인가? 다름 아닌 '부용강'이다. 부용강이 하나의 강이되 굽이굽이 돌면서 다양한 경관을 담고 있고, 또 그러면서도 하나의 강이듯이, 부용강이 '부용강 팔승' 전체를 관통한다. 이 점은 각각의 승경에 대한 묘사의 도입부에서 분명히 드러난다. 각각 번호를 부여하여 해당 원문을 제시하면 다음과 같다.

(1) 直江東南數十百武, 崛屴詭秀而山者曰冠岳

(2) 自冠岳西馳蜿蜒, 復陡起而山者曰黔丹

(3) 中江而癃傴爲島者曰栗嶼

(4) 對嶼而濚紆爲汜者曰蔓川

(5) 江之下流曰烏灘

(6) 上流曰鷺梁

(7) 江之北麓曰麻浦

(8) 東漘曰沙村坪

이로써, 서유구가 하나 걸러 하나씩 총 4차례에 걸쳐 '江'이란 글자를 표 나게 쓰고 있다는 사실이 확인된다. 이 빈도수는 단순히 여덟 번 중 네 번에 그치는 것이 아니다. (2)는 (1)의 마지막 단어를 이어받아 시작하고, (4)는 (3)의 마지막 단어를 이어받아 시작한다. (5)와 (6)은 강의 하류와 상류이고, (7)과 (8)은 강의 북쪽과 동쪽이다. 이렇듯 '江'이란 글자가 문면에 드러나지 않은 도입조차도 실은 '江'이 생략되어 있거나, '江'이 명기된 부분과 표리를 이룸으로써 자연스럽게 이어진다. 글 전체가 부용강으로 철두철미하게 이어져 있는 것이다.

이상의 여덟 가지 승경에 대한 묘사를 마친 뒤, 서유구는 다음과 같이 글을 종결한다.

> 올해 초봄에 배를 타고 오탄을 지나는데 강 가운데에 바위 하나가 보였다. 거북이가 엎드려서 머리를 내민 것 같은 모양이었다. 그 머리에 큰 글씨가 두 자字 새겨져 있었는데, 이끼에 마모되고 침식되었다. 노로 그 밑을 긁고 손으로 문지른 다음 읽어 보니 '아름다운 경치를 모았다'(集勝)라고 쓰여 있었다. 함께 유람한 지역 주민이 "이것은 명나라 주지번朱之蕃의 필적입니다"라고 했다. 마침내 이 글자를 탁본으로 떠서 돌아와 다시 여덟 조목을 왼쪽에 나열했다. 여러 명가名家에게 시를 지어 달라고 청하려 하는데, 주인이 먼저 서문을 지어 그 뜻을 말한다. 주인은 성姓은 서徐인데 그 이름은 일실되었다. 자호自號는 부용자芙蓉子다.
>
> 今年杪春, 舟過烏灘, 見中流塊石, 龜伏露頂. 頂鑴二大字, 苔缺蘇蝕, 刺艣其下, 手捫讀之, 其文曰: '集勝'. 土人從遊者曰: "明朱之蕃筆也." 遂拓之歸. 復列八目于左, 將丐詩諸名家, 主人先爲序以道其志. 主人姓徐, 逸其名, 自號芙蓉子.[15]

---

15 徐有榘, 같은 글, 같은 책, 222면.

인용문을 보면 통상적으로 서문이 갖추어야 할 내용이 소략하며, 경관 묘사 및 작품의 성립 경위에 대한 설명 모두 산수유기山水遊記에 가깝나. 요컨대 「『부용강집승시』 서문」은 기문記文 같은 서문이다. 그런데 이런 혼성이 기괴하거나 억지스럽지 않고 자연스럽게 받아들여진다. 제목상 '부용강 집승'에 대한 설명이 꼭 필요하다. 따라서 '부용강 팔승'에 대한 묘사가 당연한 것으로 받아들여질 수밖에 없다. 즉, 이 글이 서문이되 기문의 문체적 특징이 혼용된 것은 작품 내적 요구에 따른 것이다.

또 한 가지 주목되는 것은, 이 서문이 이미 완성된 시집이 아니라 앞으로 채워 갈 시권詩卷 내지 시집의 서문이라는 점이다. 즉, 미리 써 둔 서문이라는 것이 이 작품의 독특한 점이다. 따라서 그 시간성은 '미래 완료'가 될 것이다. 이 시간성을 구현하는 것이 '허虛–실實'의 구조이다. '미래 완료'는 아직 실현되지 않았으므로 '허'지만, 어떤 의미에서는 완료되었기에 '실'이다. '집승'은 돌에 새겨진 실물이므로 '실'이지만 그에 대한 시는 아직 없으므로 '허'다. 서문은 이 둘을 매개하므로 '허'면서 '실'이다. 이런 구도가 이 서문의 독특한 미감을 구현한다. '허'에는 서유구의 기대감과 상상이 개입되어 있다. 따라서 '허–실'의 구조는 곧 부용강 주변의 아름다운 경치를 관찰하고 거기서 감흥을 느껴 앞으로 채워질 가상의 시편들을 기대한 서유구의 심리 상태에 대응된다.

이렇게 해서 부용강 주변의 경치와 서유구의 마음이 한데 얽히게 될 뿐만 아니라, 부용강과 서유구가 일체화되기에 이른다. 글을 마치는 시점에서 서유구는 서유구가 아니라 '부용자'芙蓉子로 등장한다. 자신의 이름은 사라지고, 자신의 존재가 곧 부용강과 융합된 것이다. 이로써 「『부용강집승시』 서문」은 '부용강'에서 시작하여 '부용자'로 끝나며, 그 결과 부용강과 서유구는 일체화된다.

이상과 같이 「『부용강집승시』 서문」은 자연에 대한 고도의 심미적 감수성을 보여 준다. 더 나아가 여가 생활은 '인식의 확장'의 계기가 된다. 다음은 「『『남승도」攬勝圖 시권詩卷』에 제題한 글」의 전문이다.

조계인趙季仁(조사서趙師恕)의 소원은 천하의 좋은 산수山水를 모두 구경하는 것이었는데, 나대경羅大經이 이렇게 지적했다. "모두 구경하는 것이야 어찌 가능하겠는가? 다만 내 몸이 당도한 곳을 범상히 지나치지 말 뿐이다." 이 두 사람은 모두 중국 사람인데도 이렇게 말했으니, 하물며 바다 밖 모서리의 구석진 땅에서 태어난 처지에 천하의 명승지를 읊어 댄다면, 뱁새가 붕새를 흉내 내는 것과 뭐가 다르겠는가? 북쪽으로 중원을 노닌 우리나라 사람 중에 최고운崔孤雲(최치원崔致遠)과 이익재李益齋(이제현李齊賢)가 가장 유명하다. 고운의 일은 시대가 멀어서 자세히 알 수 없거니와, 나는 예전에 익재의 「정형」井陘, 「촉도」蜀道, 「황하」黃河, 「민지」澠池, 「이릉에서 일찍 출발하다」(二陵早發), 「금산사」金山寺, 「다경루」多景樓 등을 보고 눈을 휘둥그레 뜨며 망연자실하지 않은 적이 없었으며, 동인東人의 족적이 미친 곳이 아니라고 여겼다. 그 보첩譜牒을 상고해 보니, 사명使命을 받들어 서촉西蜀으로 갔고, 강남江南에서 분향했고, 토번土番(티베트)으로 서둘러 가 충선왕忠宣王을 위문했으니, 수만 리를 왕래하면서 산 넘고 물 건너는 등의 고생을 또 상상할 수 있었다.

경진년(1820)에 아들 우보宇輔가 재종제再從弟 치간穉榦(서유긍徐有肯), 족자族子 치익穉翼(서지보徐芝輔)과 함께 난호초당蘭湖草堂에서 학업에 몰두하여 다른 일은 돌아보지 않았다. 나는 그

도량이 좁아질까 걱정하여 『단궤총서』檀几叢書에 실린 「남승도」
攬勝圖를 건네주어, 그 규칙대로 술을 마시며 시를 짓게 했다.
시권詩卷이 완성된 뒤에 가져다 보니, 북쪽으로는 연계燕薊를 지
나갔고 남쪽으로는 오초吳楚를 다 보았으며 서쪽으로는 파촉巴
蜀에 당도하여, 교외의 누대, 물가의 정자, 도관道觀과 사찰 등
의 승경지를 남김없이 구경했다. 이에 나는 빙그레 웃으며 말했다.
"익재는 괜한 고생을 했구나. 궤안几案 사이를 벗어나지 않고도 천
지의 훌륭한 경관을 모두 유람했으니, 참으로 기이한 일이로구나."

　하지만 내가 일찍이 괴이하게 여긴 게 있다. 고운은 당나라
의 과거시험에 합격하고 어마어마한 장관壯觀을 유력했다. 그러
니 웬만한 경치는 응당 그의 성에 차기 힘들었을 터인데, 그는
만년에 귀국하여 가야산伽倻山과 청량산淸凉山 등지를 돌아다니
는 것을 좋아했다. 그래서 지금까지도 무릉武陵 계곡의 돌에 고
운의 각자刻字가 있다. 그리고 익재가 진관秦關에 들어가서 지은
시에서 "가장 기억나는 건 안화사安和寺 길을/죽장竹杖 짚고 망
혜芒鞋 신고 왕래한 것"이라고 했는데, 지금 금천金川 연암산燕巖
山의 뒤쪽 기슭에 안화사의 옛터가 있으니, 곧 익재가 예전에 왕
래했던 곳이다. 이 두 분은 충분히 장관을 유람했는데도 오히려
동국東國의 산수를 이처럼 두고두고 잊지 못한 것은 또 어째서
인가? 고향을 그리워하는 마음에서였을까? 아니면 동국에도 본
디 아름다운 산수가 많아서 중국에 뒤지지 않기 때문일까? 나
는 늙고 병들어 시골구석에 칩거하고 있으니, 비록 감악산紺嶽山
과 소요산逍遙山 같은 우리나라 안의 명산은 행여 내가 바라볼
수 있겠지만, 이 또한 바다 밖의 세 산과 같아서 바라볼 수는 있
어도 찾아갈 수는 없다. 그러니 너희들이 한번 「동국남승도」東國

攬勝圖를 만들고 술을 마시며 시를 읊어, 나로 하여금 구경하고 와유臥遊하도록 하는 게 좋지 않겠느냐?

趙季仁顯看盡天下好山水, 羅大經難之曰;"盡則安能? 但身到處莫放過耳."之二子皆中州産也而其言如此. 況生於海隅褊壤而哆口談天下名勝, 奚異鷦鷯之肯鷗鵬? 吾東人北遊中原者, 最稱崔孤雲、李益齋. 孤雲世遠不可詳. 余嘗見益齋「井陘」、「蜀道」、「黃河」、「澠池」、「二陵」、「金山寺」、「多景樓」諸作, 未始不瞠乎自失, 以爲非東人足跡之所及. 及攷其譜牒, 奉使西蜀, 降香江南, 奔問忠宣于土番, 往返數萬里之跋涉間關又可想也.

歲庚辰, 兒子宇輔與再從弟稺翰、族子稺翼攻業于蘭湖草堂, 矻矻無二事. 余懼其局也, 授以張氏叢書所載「攬勝圖」, 使按其式飮而賦之. 旣成, 取見之, 則北過燕、薊, 南盡吳、楚, 西抵巴、蜀, 凡郊臺水榭、仙宮梵廬之勝無遺焉. 余乃啞然笑曰:"益齋枉自勞耳. 不出几案之間而攬盡大地之風烟勝槩斯足奇矣."

然余嘗怪孤雲擧唐制科, 遊歷偉壯, 宜其難爲山水, 而晚來東歸, 好盤桓于伽倻、淸凉之間, 至今武陵溪石有孤雲刻字. 益齋入秦關詩云:"令人最憶安和路, 竹杖芒鞋自往還." 今金川燕巖山後麓有安和寺舊基, 卽益齋所嘗來往處也. 二公之飫於壯遊也而猶惓惓不能忘情於東國山水如是又何也? 豈越鳥戀故枝耶? 抑我東固多佳山水, 自不讓中土耶? 吾老且病, 閉戶荒陬, 雖域內名山如紺嶽、逍遙, 企余望之, 而亦如海外三山, 可望不可卽. 汝曹試作東國攬勝之圖, 飮酒賦詩, 使我寓目而臥遊焉其可矣.[16]

「남승도」는 청淸의 오진염吳陳琰이 지은 것으로, 『단궤총서』여집餘集에 실려 있다. 『임원경제지』에도 수록되었다.[17] 「남승도」는 주령酒令에 속한다.[18] 주령은 시주詩酒를 즐긴 사대부의 생활 문화를 배경으로 생긴 것으로, 그리 의미 부여를 할 만한 게 못 된다. 그런데 서유구는 「남승도」, 혹은 「남승도」에 따라 지은 시편詩篇에 몇 가지 의미를 부여한다.

그 의미 부여는 「남승도」 및 『남승도」 시권』을 더 큰 맥락 속에 놓음으로써 이루어진다. 맨 첫 문장부터 맥락화를 유도한다. 조사서趙師恕와 나대경羅大經은 서로 비슷하면서도 대비된다. 그 둘 모두 승경지를 애호한다. 하지만 조사서가 천하의 경치 좋은 곳을 모두 보고 싶어 한 반면, 나대경은 자기가 당도한 곳에 충실할 뿐이라고 말한다. 어찌 보면 이 두 사람은 인간의 양면적인 마음을 대표하는 것일 수도 있는데, 이 두 가지 관점이 인용문의 두 층위를 이룬다.

이런 맥락화는 글의 구조에도 반영되어 있다. 이 글은 크게 세 단락으로 나눌 수 있다. 첫째 단락은 세상의 모든 승경지를 둘러보고

---

16 徐有榘, 「題攬勝圖詩卷」, 『金華知非集』 卷第九, 『楓石全集』, 479~480면. '趙季仁顯看'의 '顯'은 '願'의 오자(誤字)이다. 조계인 운운한 대목은 나대경의 『학림옥로』(鶴林玉露) 권3에 보인다. 조계인은 황간(黃幹)의 문인이다. 그는 세상의 좋은 사람을 모두 알고, 세상의 좋은 책을 모두 읽고, 세상의 좋은 산수를 모두 보는 것이 소원이라고 나대경에게 말했는데, 인용된 나대경의 말은 그에 대한 대답이다. '大地之風烟勝槩'의 '大'는 '天'의 오자인 듯하다. 인용된 이제현의 시구는 「路上」(『益齋亂藁』 卷第一)의 마지막 두 구로, 『열하일기』(熱河日記) 「피서록」(避暑錄)에도 이 시에 대한 언급이 보인다.

17 徐有榘, 「文酒讌會」, 『怡雲志』 卷第八, 『林園十六志』5, 435~436면.

18 이런 종류의 소책자는 당대(唐代)에 이미 생기기 시작하여 명청대에 이르러 급증한다. 『설부』(說郛)에 총 12종의 주령이 실려 있는데, 이 중 7종이 명대의 것이며, 『단궤총서』에 총 10종의 주령이 수록되어 있는데, 이 중 9종이 청대의 것이다. 총서에 수록된 주령의 종류는 上海圖書館 編, 『中國叢書綜錄』2 子目(上海: 上海古籍出版社, 2007), 949~950면 참조.

싶은 욕구에 대한 것이다. 둘째 단락은 『「남승도」 시권』의 창작 연도, 작가, 성립 경위 등에 대한 것이다. 셋째 단락은 자신이 살고 있는 곳 나름의 가치와 의의에 대한 것이다. 통상적인 제발題跋이라면 둘째 단락만으로 충분하다. 보기에 따라 나머지 단락들은 오히려 군더더기일 수도 있다. 그런데 그 단락들이 둘째 단락에 비해 분량상 더 큰 비중을 차지하고 있다. 요컨대 중국 및 조선의 산수山水와 관련된 의론이 큰 틀이 되고, 그 속에 『「남승도」 시권』이 놓여 있는 것이다.

그럼 이런 맥락화를 통해 어떤 의미 부여가 이루어지는가? 서유구가 서우보 등에게 「남승도」를 건네준 것은, 그들이 학업에 매몰되어 국촉局促해질까 우려했기 때문이다. 따라서 「남승도」의 일차적 기능은 유흥을 통한 심신 이완이다. 이 점은 유별날 게 없다. 그런데 첫째 단락을 이어받음으로써, 『「남승도」 시권』은 좁은 조선에서 벗어나 광활한 중국을 종횡무진 유력한 흔적이 된다. 그리하여 '학업에 국한됨'과 '조선에 국한됨'이 중의적으로 겹친다.

그런데 만일 여기서 글이 끝났다면, 이 글은 중국에 대한 동경을 드러낸 데 불과했을 것이다. 하지만 셋째 단락을 통해 이 글은 새로운 국면을 맞는다. 최치원과 이제현이 자국自國의 산수를 애호한 이유는 무엇일까? 그저 고향을 그리워하는 마음에서였을까? 아니면 신라와 고려의 승경이 중국에 비해 손색이 없어서였을까? 이렇게 스스로 물으면서 서유구는, 조선의 승경을 소재로 한 「동국남승도」東國攬勝圖를 만들어 보라고 서우보 등에게 당부한다. 따라서 첫째 단락과 셋째 단락은 대조를 이룬다.

이 대조는 조사서와 나대경의 대조에 상응한다. 그러나 그보다 더 주목을 요하는 대조가 있다. 그것은 동일 인물 간의 대조이다. 첫째 단락에서 최치원과 이제현은 중국을 누빈 인물로 그려진다. 반면 셋째 단락에서 그 두 사람은 신라 혹은 고려를 누빈 인물로 그려진다. 이에 걸맞게 그 구체적인 사례의 속성도 대비된다. 첫째 단락에서 최치원에 대한 예시는 아예 없고, 이제현에 대한 예시는 문헌에 의한 것이다. 반면 셋째 단락의 예시는 무릉계곡의 석각石刻, 금천 안화사 터 등 실물이거나 실물의 흔적이다. 산과 계곡은 예나 지금이나 변치 않거니와, 석각은 '지금까지' 남아 있다. 즉, 첫째 단락의 최치원과 이제현이 문헌상의 인물이라면, 셋째 단락의 그 두 사람은 이 땅에 족적을 남긴 현실상의 인물이다. 이상과 같이 셋째 단락은 첫째 단락과의 대비적 관계 속에서 자국의 산수에 대한 재인식을 담고 있다.

　「남승도」는 소소한 주령酒令에 불과하다. 하지만 서유구는 그것을 금기시하거나 폄하하는 대신 그 효용성에 주목했다. 이 점에서 서유구의 태도는 경직된 엄숙주의와 다르다. 그러면서도 그는 유흥의 이완 효과를 넘어선 '인식의 확장'을 추구했다. 조선에 국한되지 않고자 한 것도 그렇고, 모화적으로 흐르지 않고 자국 산수의 가치를 재인식한 것도 그렇다.[19]

2. '사실'의 추구

이상으로 본서는 심미적 취향을 가진 서유구의 경화사족적 면모가 작품 세계에 어떻게 드러나는지 살펴보았다. 이어서 살펴볼 것은 폭

19　그 밖에 조선 지식인들에게 「남승도」가 어떻게 받아들여졌는지에 대해서는 이종묵, 「조선 후기 놀이문화와 한시사의 한 국면」(성호경 편, 『조선 후기 문학의 성격』, 서강대학교 출판부, 2010), 187~189면 참조.

넓은 지식의 수집·정리에 일가견 있는 학자적 면모를 반영한 작품 세계이다. 일단 본서는 서유구가 '사실'을 추구했다는 점에 주안점을 둔다. 이 점은 이미 잘 알려진 듯하지만 '사실'은 결코 자명한 개념이 아니다. 서유구가 추구한 '사실'의 성격은 무엇인가? 본서는 그 성격이 무엇인지 묻고, 구체적인 작품 분석을 통해 그 답을 찾고자 한다.

(1) 실증적 지식으로서의 '사실'

서유구에게 지식의 정확성과 엄밀성은 인식 행위의 토대가 된다. 그가 무엇보다 교감학校勘學을 중시한 것은 이런 이유에서다. 「중부 명고明皐 선생에게 올려 『사서집석』四書輯釋에 대해 논한 편지」에서 서유구는 문헌 교감에 등한한 조선의 학문 풍토를 지적한다. 교감을 거치지 않은 책에는 오류가 많으니, 책이 없는 것과 다를 바 없다는 것이다.[20] 이런 지적은 조선에서 공식 텍스트로서의 권위를 가진 『사서대전』四書大全의 폐단을 겨냥한 것이다.[21] 주희朱熹의 설에 위배되는 것은 그 타당성을 불문하고 일괄 제거한 것이 그 병폐라고 주장하면서 서유구는 다양한 학설을 포괄한 새로운 판본의 편찬을 건의한

---

20 "『四書輯釋』抄本已裝池成否? 竊謂此本更須煞費勘校, 始可登刊. 我東儒者苦無讎書之學. 板印一行, 訛舛百出. 絶羣之誤, 牡丹之譏, 在在皆是. 若此者與無書等, 不可不愼也."(徐有榘, 「上仲父明皐先生論四書輯釋書」, 『楓石鼓篋集』卷第三, 『楓石全集』, 236면) '絶羣之誤'는 '紀羣'의 '紀'와 '羣'이 인명(人名)인 줄 모르고 감본(監本) 『북사』(北史)에서 '絶羣'으로 잘못 고친 것을 말하고, '牡丹之譏'는 8월을 뜻하는 '牡月'을 오인하여 '牡丹'으로 잘못 판각한 것을 뜻한다. 각각 『일지록』(日知錄) 권18 「감본이십일사」(監本二十一史)와 「별자」(別字)에 보인다.

21 "『大全』全襲『輯釋』, 少有增刪, 其詳其簡, 反不如舊. (…) 今庠序所課, 貢闈所取, 皆用『大全』, 著之爲律令. 經生學士不知『大全』以外更有何書, 試問以『大全』所無, 則瞠目泚顙, 莫之能對. 如是而章一代敎學之功, 繼千古儒林之統, 不亦戞戞乎其難哉?"(徐有榘, 같은 글, 같은 책, 같은 곳)

다.[22] 다양한 학설을 비교·검토함으로써 학자들 스스로가 자기 나름의 판단을 할 수 있게 하기 위해서다. 따라서 교감학은 조선 학계의 독단성·폐쇄성·획일성을 극복하기 위한 토대가 되며, 교감을 통한 '사실의 추구'는 '학문 운동'의 일환으로 중요한 의미를 갖는다.[23]

교감학을 중시한 서유구는 문집 편찬에 임하는 엄정한 자세를 강조했다. 일례로 그는 『유산집』遺山集 중간본重刊本의 문제점을 지적하면서 교감의 중요성을 역설했다. 문집 중간重刊은 선대先代의 업적을 보존하는 중대한 일인데, 교감이 정밀하지 않으면 도리어 해가 된다는 것이 그 요지이다.[24]

이것은 단순한 일반론이 아니다. 그 자신이 최치원의 『계원필경

---

22 "愚嘗聞胡廣、解縉之徒, 承命纂輯也, 凡先儒辨說之不畔於『集傳』者則取之, 不然則勿論是非得失之如何, 一例去之. 取舍失當, 義例繁舐, 而一自頒之學宮之後, 經生學士奉之爲律令, 不知『大全』以外更有何書, 試問以『大全』所無之事, 則瞠目挂齷, 莫之能對. 夫如是, 尙何望辨別乎同異之分, 而折中之得宜哉? 爲今日救弊之道者, 莫如就『大全』中刪繁汰冗後, 採漢、唐以來諸家之說, 與『集傳』同者爲集說, 與『集傳』異者爲附錄, 略如『彙纂』之例, 而又以古序逐篇冠之, 使讀之者有以考較異同, 自爲取舍, 則所以開拓地步, 恢張聞見, 其效豈淺尠也哉? 願執事入告于后, 選一代通明經術之士, 開局纂修, 一如上所云云, 而以次及於『易』、『書』、三禮、『春秋』諸經, 闡揚羣聖之謨訓而微奧畢顯, 網羅諸儒之箋解而古今並收, 章一代文明之治, 啓萬世嘉惠之功則顧不偉歟?"(徐有榘, 「詩策」, 『楓石鼓篋集』卷第六, 『楓石全集』, 285면)

23 앞에서 살펴본 바와 같이, 서유구는 상반되는 학설의 서적을 모두 소장해야 한다고 말했다. 장서에 대한 서유구의 이런 생각도 결국 조선의 학문 풍토에 대한 비판 의식과 맞물려 있다고 생각된다.

24 "重刻古人詩文集是亦典籍中存亡繼絶之一大事業, 而苟其編次校讎之不得整齊精核, 則亦大害事. 近見金元好問『遺山集』, 卽康熙年間錫山華希閔校勘重鐫本也. 「趙閒閒眞贊」十八句, 語意已圓, 而其下忽接之曰: '興定初'云云. 詳其文勢, 其'興定'以下十九行, 卽原贊小序也, 當在題目之次行, 而誤系於原贊之尾, 踈舛甚矣. 至於附錄一卷, 多載同時詩友與遺山賡和之作, 尤爲蛇跗蜩翼矣."(徐有榘, 「遺山集」, 『金華耕讀記』卷之三, 장3앞~뒤) 서유구가 읽었다는 『유산집』은 이른바 '강희본'으로, 규장각에 소장된 『원유산선생문집』(元遺山先生文集)이 강희본이다(도서번호: 奎中 3736). 그 서문은 강희 46년(1707)에 위학성(魏學誠)이 지은 것이다. 그 서문에 따르면, 『유산집』이 오랫동

집』桂苑筆耕集을 입수하여 교감한 뒤 간행한 바 있다. 거기에 부친 「교인校印 『계원필경집』 서문」은 서지학자 내지 고증학자로서의 면모를 여실히 보여 준다. 다음은 그 전반부다.

『계원필경집』 20권은 신라新羅 고운孤雲 최공崔公이 당나라 회남淮南의 막부에 있을 때 공적·사적으로 응수한 글로, 신라로 귀국한 뒤 손수 편집하고 표문을 지어 조정에 바친 것이다.

공公은 이름은 치원致遠, 자字는 해부海夫이고, 고운孤雲이 그 호號다. 호남湖南 옥구沃溝 사람이다. 어려서부터 대단히 총명했다. 12세 때 상선商船을 타고 중원中原에 들어가 18세 때 진사시進士試에 급제했고, 한참 뒤에 율수 현위溧水縣尉에 제수되어 임기를 마치고 물러났다. 이때 황소黃巢의 난을 당했는데, 제도행영도통諸道行營都統 고변高騈이 회남에서 막부를 열고 공을 불러 도통순관都統巡官으로 삼았다. 일체의 표表, 장狀, 문文, 고告가 모두 공의 손에서 나왔는데, 그중 「황소를 성토한 격문」(討黃巢檄)이 세상에 회자되었다. 공의 공로가 상주上奏되어 공은 전중시어사殿中侍御史에 제수되고 비어대緋魚袋를 하사받았다. (…)

바다 밖 구석진 땅 출신으로 어린 나이에 중국에 유학하여, 과거에 급제해 벼슬하는 것을 마치 지푸라기 줍듯하더니 마침내 문장으로 한 세상에 명성을 떨쳐, 같은 때의 빈공賓貢의 부류 중에 공보다 앞서는 사람이 없었으니, 어찌 참으로 호걸스러운 선비가 아니겠는가? 막부에 몇 년 있었던 일로 말하면, 고변이

안 일실되었는데, 화희민(華希閔)이 그 선본을 입수하여 간행한 것이라 한다. 참고로 이하곤, 이의현, 이덕무 등의 조선 후기 문인들이 『유산집』에 지대한 관심을 보인 바 있다.

큰일을 할 인물이 못 된다는 것, 그리고 여용지呂用之와 제갈은
諸葛殷 등이 허황되어 틀림없이 패망하리라는 것을 알고 초연히
떠났는데, 떠난 지 3년이 되자 회남에서 난리가 일어났으니, 그
렇다면 공은 또 기미를 미리 알아 명철하게 처신한 군자와 유사
하다. 그 사람과 문장은, 요컨대 후대에 전해야 할 것이요 민멸
시켜서는 안 된다.

『桂苑筆耕集』二十卷, 新羅孤雲崔公在唐淮南幕府時公私
應酬之作, 而東還之後手編表進于朝者也. 公名致遠, 字海
夫, 孤雲其號也. 湖南之沃溝人. 幼穎慧絶倫, 年十二從商舶
入中原, 十八擧進士第, 久之調溧水縣尉, 任滿而罷. 時値黃
巢之亂, 諸道行營都統高駢開府淮南, 辟公爲都統巡官, 凡
表狀文告皆出公手. 其「討黃巢檄」天下傳誦. 奏除殿中侍御
史, 賜緋魚帒. (…) 夫以海隅褊壤之産而弱齡北學, 取科宦
如拾芥, 終以文章鳴一世, 同時賓貢之流莫之或先, 豈不誠
豪傑之士哉? 若其居幕數載, 知高駢之不足有爲, 呂用之、諸
葛殷等之誕妄必敗, 超然引去, 去三年而淮南亂作, 則又有
似乎知幾明哲之君子. 其人與文, 要之可傳不可泯者也.[25]

『계원필경집』에 대한 정보는 극히 소략하다. 반면 최치원의 생평
生平에 대한 서술이 거의 전부를 차지한다. 첫 문장이 없다면 완연한

---

25 徐有榘, 「校印桂苑筆耕集序」, 『金華知非集』 卷第三, 『楓石全集』, 354면. '賜緋魚
帒'의 '帒'가 『계원필경집』에는 '袋'로 되어 있고, '海隅褊壤'의 '褊'은 '偏'으로 되어 있다
(『桂苑筆耕集』, 한국문집총간 1, 4면). 번역은 이상현 옮김, 『계원필경집』1(한국고전번
역원, 2009), 61~65면을 참조하여 필자가 수정한 것이다. 이하 마찬가지다.

「최고운전」崔孤雲傳으로 읽힐 정도이다. 최치원의 행적에 대한 기술이 본전本傳에 해당한다면, 최치원에 대한 논평은 사평史評에 해당한다. 여기에 걸맞게 서유구의 필치는 자세하되 장황하지 않고, 포괄적이되 핵심을 갖추었다. 최치원의 행적을 두루 언급하면서 황소黃巢의 난 때의 활약을 집중적으로 부각시킨 것이 그 예이다. 요컨대 서유구는 사전史傳의 체제로 서문을 쓴 것이다. 이것이 「교인『계원필경집』서문」의 독특함 점이다.

사전의 체제가 필요한 것은, 서유구의 자세가 곧 역사가의 그것이기 때문이다.

계사년(1833) 가을, 나는 호남 관찰사가 되어 순시하다 무성武城에 이르러, 공의 서원書院을 배알하고, 석귀石龜와 유상대流觴臺 사이를 배회하며 유적을 둘러보니 감개가 일어났다. 그런데 마침 연천淵泉 홍공洪公(홍석주)이 이 문집을 부쳐 주며 말했다. "이것은 거의 천년 동안 끊어지지 않고 실낱처럼 겨우 전해지는 문헌입니다. 그대는 옛 책을 유통시킬 생각이 없습니까?" 나는 마치 큰 보배를 얻은 기분이었다. 오래되면 될수록 더욱더 이 책이 일실될까 우려하여 나는 서둘러 교정하고 취진자聚珍字로 인쇄하여, 태산현泰山縣 무성서원武城書院과 합천군陜川郡 가야사伽倻寺에 나누어 보관했다.

아! 유명한 술도가는 반드시 '두강'杜康이란 이름을 내걸고, 좋은 검의 칼날에는 반드시 '구야'歐冶라고 표기하니, 그 근본과 시초를 잊지 않기 위해서다. 지금까지 전하는 우리나라 시문집은 이 문집을 개산비조開山鼻祖로 삼지 않을 수 없다. 이 문집이 동방 예원藝苑의 근본과 시초이니, 어찌 손상되어 인멸되도록 방치해 두고 보존하기를 도모하지 않을 수 있겠는가?

癸巳秋, 余按察湖南, 巡到武城, 謁公書院, 裵徊乎石龜、流
觴臺之間, 俛仰遺躅, 有餘嘅焉. 曾淵泉洪公以是集寄曰:
"此近千年不絶如綫之文獻耳, 子其無流通古書之思乎?" 余
如獲拱璧, 懼其愈遠而愈佚也, 亟加訂校, 用聚珍字擺印, 分
藏諸泰山縣之武城書院、陜州之伽倻寺. 嗟乎! 名醴之坊, 必
題杜康; 良劍之鍔, 必標歐冶, 爲其不忘本始也. 我東詩文集
之秖今傳者, 不得不以是集爲開山鼻祖, 是亦東方藝苑之本
始也, 庸詎可一任其銷沈殘滅而不之圖哉?[26]

『계원필경집』의 발굴·정리·보존·간행·유포를 서유구가 얼마나
중요한 문제로 인식했는지, 그리고 그 작업을 위한 노력이 어떠했는
지를 확인시켜 주는 언급이다. 서유구에게 『계원필경집』은 평범한
문집의 하나가 아니다. 그것은 자국 한문학의 시초로 특별한 역사적
가치를 갖는다. 「교인『계원필경집』 서문」이 사전의 체제를 취한 것
은 이런 역사의식의 발로이다.

이렇게 『계원필경집』의 역사적 가치를 강조한 다음, 서유구는 서
문을 마무리 짓는다. 통상적인 서문의 결미는 문집과 관련된 감회,
서문을 짓는 자신에 대한 겸사, 상대방에 대한 당부 등으로 채워지게
마련이다. 그런데 「교인『계원필경집』 서문」은 그렇지 않고, 『계원
필경집』과 관련된 의문점에 대한 고증으로 마무리된다.[27] 하나는 중
국 정사正史의 기록과 최치원의 해당 작품 사이의 괴리에 대한 의문

---

26 徐有榘, 같은 글, 같은 책, 354~355면. '亟加訂校'의 '訂'이 『계원필경집』에는 '証'
으로 되어 있고, '陜州'는 '陜川郡'으로 되어 있다(『桂苑筆耕集』, 한국문집총간 1, 4면).

이다. 또 하나는 최치원이 헌강왕憲康王에게 올린 표문表文에서 연호年號가 잘못 표기된 것에 대한 의문이다. 모두 최치원의 글에 대한 의혹을 불러일으킬 수 있는 정황이다. 문헌에 의거하여 스스로 이런 의문을 제기하고 그에 대해 자기 나름의 합리적인 추정을 한 점에서 서유구의 엄밀한 학자적 태도를 확인할 수 있다.

이상과 같이 「교인『계원필경집』서문」은 서적의 교정·보존·출판 활동을 한 서지학자적 면모와, 정확한 사실 관계를 중시한 고증학자적 면모를 잘 보여 준다. 이 서문에서 서유구가 추구한 것은 엄밀한 객관적 사실이다. 그런데 '사실의 추구'는 자국 한문학의 원류에 대한 역사적 관심에 의해 추동된다. 따라서 서유구가 추구한 사실은 몰역사적·몰가치적인 것이 아니다. 객관적이되 가치 지향을 내포한 사실인 것이다.

『계원필경집』의 간행 과정에서 서유구는 홍석주와 서신을 교환했다. 서유구가 홍석주에게 보낸 편지 1통과 그에 대한 홍석주의 답장 1통이 각각 『풍석전집』과 『연천집』淵泉集에 실려 있다. 이들 편지를 보면, 홍석주 집안에 소장된 『계원필경집』을 서유구가 받아 본 뒤, 홍석주에게 편지를 보내 『계원필경집』과 관련된 자신의 소견을 밝히

---

27 "按史稱中和二年正月王鐸代高騈爲諸道行營都統, 五月加高騈侍中, 罷塩鐵轉運使. 騈旣失兵柄, 復解利權, 攘袂大詬, 上表自訴, 言辭不遜. 上命鄭畋草詔切責之. 今考集中有「謝加侍中表」, 巽辭引咎而已, 無一語激憤勃谿; 又有「謝賜宣慰表」云: '仰睹綸音, 深嘉秕政, 師徒輯睦, 黎庶安寧.' 其假借慰奬也若是之懇摯, 史所謂草詔切責者, 無乃非當時實錄也歟? 又按中和紀年止於四年, 而公進表年月, 系以中和六年. 蓋公以中和四年十月浮海, 翌年春始抵國, 又翌年編進是集, 而前一年之改元光啓, 容或未聞知也."(徐有榘, 같은 글, 같은 책, 355면) 『풍석전집』에는 '深嘉秕政'의 '秕政'이 탈락되었는데, 『계원필경집』에 의거하여 바로잡는다(『桂苑筆耕集』, 한국문집총간 1, 4면). 「謝賜宣慰表」의 원제는 「謝賜宣慰兼加侍中實封表」로, 해당 구절은 다음과 같다: "仰睹綸音, 深嘉秕政, 以爲師徒輯睦, 黎庶安寧."(『桂苑筆耕集』卷之二, 한국문집총간 1, 15면)

고 아울러 자신의 서문을 동봉해 홍석주에게 의견을 구했으며, 홍석주가 그에 대한 답장을 보낸 것으로 파악된다. 따라서 이 편지들은 「교인『계원필경집』서문」의 밑그림이라 할 수 있다. 그중 서유구의 편지 한 대목을 읽어 보기로 한다.

제 생각에 우리나라의 문체文體는 매번 중국보다 300~500년 뒤에야 비로소 조금 진일보합니다. 고운孤雲이 중국에 유학한 것이 원화元和의 대가들이 활동할 때와 그리 멀지 않으니 여전히 그 영향을 받았을 법한데, 그 서書·기記·잡문雜文을 살펴보면 오히려 육조六朝의 변려문 형식을 따르고 있어 한유韓愈와 이한李漢의 문풍을 도무지 듣지 못한 듯합니다. (⋯) 시詩는 더욱 더 평이하여 만당풍晚唐風과 전혀 다르니, 이 또한 이상한 일입니다.

가야산 무릉계곡의 돌에 새겨진 "시비 다투는 소리가 귀에 닿을까 봐/흐르는 물로 온 산을 에둘렀네"라는 시구는 지금까지 인구에 회자되고, 금강산의 불경 뒤에 이따금 고운의 제시題詩가 있는데 대체로 모두 청신淸新하고 경절警絶하여, 이 문집과 비교하면 마치 다른 사람 손에서 나온 것 같으니, 더욱더 알 수 없는 노릇입니다. 아마 신라로 귀국한 뒤에 아직 젊고 기운이 강해 학문이 더욱 진보되고 그만큼 격이 더욱 높아져 만년에 더욱더 기이한 경지에 들어간 것일까요?

『당서』唐書「예문지」藝文志에 의하면, 이 문집 외에도 문집 30권이 있다고 합니다. 이것은 모두 귀국한 뒤에 지은 것들로 지금은 이미 산일되어 전하지 않는 듯합니다. 다만 영남과 호남의 오래된 석각 중에 고운이 지은 것이 많으니, 지금 만약 사찰, 사당, 묘지 사이에서 널리 채집한다면 그나마 수십 편을 얻을 수 있을 것입니다. 그 작품들을 모아 원집原集의 부록으로 첨부한 다면 천에 열, 백에 하나라도 행여 보존할 수 있을 터인데 바빠서 그럴 겨를이 나지 않으니 안타깝습니다.

僕嘗謂我東文體, 每後中國三五百年, 始少進一格. <u>孤雲</u>之北學中原, 距元和諸大家不甚遠, 尙可接其咳唾影響, 而夷考其書記雜文, 猶循六朝偶儷之體, 殆若未聞<u>韓</u>、<u>李</u>之風者然. (…) 詩尤平易, 絶不類晩<u>唐</u>遺響, 亦可異也.

　<u>伽倻山武陵溪</u>石刻"常恐是非聲到耳, 故敎流水盡籠山"之句, 至今膾炙人口; <u>金剛山</u>貝葉經背往往有<u>孤雲</u>題詩, 類皆新淸警絶, 視此集若出二手, 尤不可曉. 豈其東還之後, 年力富强, 學愈進而格愈高, 晩益瓖奇入化也歟?

　據『唐』「志」, 是集之外又有文集三十卷, 此皆東還後作, 而今已散佚無傳. 惟<u>嶺</u>、<u>湖</u>之間久遠石刻, 大抵多<u>孤雲</u>撰. 今若廣蒐博訪於梵宮祠墓之間, 尙可得數十篇. 彙附原集, 庶可存什一於千百, 而卒卒未暇, 可恨也.[28]

시대적으로 보면 최치원의 산문은 고문古文 운동의 영향을 받았을 법하고 시는 만당풍晩唐風일 법한데 어째서 그렇지 않은가가 서유구의 의문이다. 이런 문제 제기는 비평가로서의 감식안을 잘 보여 주는데, 「교인『계원필경집』서문」에는 생략되었다.

인용문에서 더욱 이목을 끄는 것은, 최치원이 신라로 돌아와서 지

28　徐有榘, 「與淵泉洪尙書論桂苑筆耕書」, 『金華知非集』卷第三, 『楓石全集』, 337면.

은 시가, 비록 단편적으로 전하긴 하지만, 『계원필경집』소재所載 시편들보다 뛰어나다는 지적이다. 이런 이유에서 서유구는 최치원의 잔편殘編들을 수집해 문집 부록으로 첨부할 계획을 세웠으나, 미처 실행에 옮기지 못한 아쉬움을 토로한다. 『계원필경집』소재 작품들이 최치원 문학의 정수라고 하기에 부족하지 않은가 하는 의구심에서, 그리고 귀국 이후 작들이 오히려 진수가 아닌가 하는 판단에서, 서유구는 최치원의 귀국 이후 작품의 행방을 추적하고자 한 것이다. 『계원필경집』의 역사적 가치를 강조하면서도 그에 대해 냉정한 판단을 하고 다른 가능성을 열어 놓았다는 점에서, 서유구의 자세는 맹목적인 것과 거리가 멀다.

이제까지 살펴보았다시피 서유구에게 정확한 지식과 학적 엄밀성은 자국 문헌에 대한 역사적 관심을 구현하기 위한 토대가 된다. 역사적 사실에 대한 서유구의 학적 태도를 잘 보여 주는 글로 「사영思潁 남상국南相國에게 보내 제홍록諸弘祿의 행적을 논한 편지」가 주목된다. '남상국'은 남공철이다.

이 글을 검토하기에 앞서, 우선 이 글이 작성된 배경을 개관할 필요가 있다. 발단이 된 것은 제안국諸安國이 편집한 『삼충록』三忠錄이다. 『삼충록』은 제안국 집안의 세 사람 제말諸沫(1543~1592), 제홍록(1588~1597), 제경욱諸景彧(1760~1812)의 활약을 기리는 글 일체, 제문祭文·행장行狀·묘지명墓誌銘·묘갈명墓碣銘·신도비명神道碑銘·전傳 등을 모은 것이다. 제말은 임진년 전란 때 의병 활동을 하다 전사했고, 제홍록은 제말과 함께 활동하다 제말이 죽은 뒤 이순신李舜臣 휘하에서 활약하던 중 정유재란丁酉再亂 때 전사했다. 이 둘은 정조 때 각각 병조 판서와 병조 참판으로 추증되었다. 제경욱은 제안국의 부친으로, 홍경래洪景來의 난을 진압하다 전사했는데, 나중에 삼도 수

군통제사三道水軍統制使로 추증되었다. 제안국은 이 세 사람의 행장, 묘지명, 신도비명, 전 등을 모두 당대의 명사들에게 받았다. 그 찬자撰者는 심상규, 남공철, 홍직필洪直弼(1776~1852), 홍석주, 홍길주 등 이다.

제안국은 서유구에게 『삼충록』을 보이면서 제홍록의 묘지명을 부탁했다고 한다. 제홍록의 활약상이 보기 드문 글감이라 판단한 서유구는 승낙했으나, 제홍록의 행적을 상고하다 미심쩍은 부분이 적지 않다는 것을 발견하고는 그 청을 거절한다.[29] 통상적으로 묘지명의 기초가 되는 것은 행장이다. 그런데 제홍록 행장을 지은 사람이 남공철이다.[30] 그래서 서유구는 그에게 편지를 보내 의문을 제기한 것이다.

의문은 세 가지다. 첫 번째는 제말이 죽자 제홍록이 이순신 막하幕下로 갔다는 기록에 대한 의문이다. 대규모의 일본 정예병을 상대로 번번이 승리를 거둘 정도였다면 제말이 거느린 의병의 투혼이 대단했을 뿐 아니라 수준도 높았을 것인데, 제말이 죽자 그 조카 제홍록이 그 의병을 버리고 다른 사람의 휘하로 들어간 것이 의심스럽다는 것이다.[31] 두 번째는 이순신 막하에서 제홍록이 맡은 역할에 대한

---

29 이런 저간의 사정은 서유구의 다음 언급에서 확인 된다: "月初前滿浦僉使諸安國手『三忠錄』來示. 『三忠』者安國七代祖沫、六代從祖弘祿及安國之父景或先後死王事之蹟也. 一門三忠, 吁亦可敬也已. 安國以弘祿墓石之銘, 鄭重謡誘, 襃揚忠節, 垂示來許, 亦操觚家不易得之好材料, 遂不免慨然許之, 而自笑其精銷慮耗, 今我之非故我也. (…) 某實拙訥, 不耐作無其實之語以自欺而欺人, 故已善辭謝却安國之請矣."(徐有榘, 「與思潁南相國論諸弘祿行蹟書」, 『金華知非集』卷第三, 『楓石全集』, 340~341면)

30 그 행장은 『금릉집』에는 없고, 「贈宣武功臣嘉善大夫兵曹參判兼同知義禁府事訓鍊院都正行副正諸公行狀」이란 제목으로 『삼충록』 권1(한국학중앙연구원 소장, 도서번호: K2-421), 24~27면에 수록되어 있다.

31 "狀曰: '萬曆壬辰, 倭寇蘭嶺南. 公從叔父忠壯公起兵追賊熊川、金海、鼎岊等地大破之, 復徇高靈、星州之賊悉平之. 所向克捷, 軍聲大振. 癸巳四月, 忠壯公戰沒, 旣返葬, 方謀再擧, 會統制使李舜臣以書召之, 公卽日馳赴, 仍居幕府.'(狀文止此) 當倭寇渡海之

의문이다.[32] 세 번째는 제홍록이 전사한 일시에 대한 의문이다. 정유재란 때인 1597년 음력 6월에 제홍록이 포위된 진주성晉州城을 지키다 전사한 것으로 행상에는 되어 있지만, 진수성이 함락된 것은 1593년 음력 6월의 일로 이순신이 파직되기 전이므로, 행장의 기록이 의심스럽다는 것이다.[33]

　서유구는 반론 가능성을 염두에 두면서, 공적인 기록과 사적인 기

初, 號稱精銳百萬, 其蠢屯蟻聚於嶺‧湖之間者, 動不下數千萬, 而公之父子能以區區新募之卒, 摧銳陷堅, 到處克捷. 雖其忠義激烈, 有足以得死力, 而其召募團鍊之, 爲一副熊貔之陣, 亦可知也. 忠莊死後, 尚有其從子代領其衆, 則一朝捨之, 單身赴他人之幕何哉? 一可疑也."(徐有榘, 「與思潁南相國論諸弘祿行蹟書」, 『金華知非集』卷第三, 『楓石全集』, 340면)

32 "狀曰: '公久留忠武幕中, 協贊籌畫, 前後獲勝, 神益弘大.'(狀文止此) 夫以忠武之神算偉烈, 尚有藉乎公之協贊, 則其平日之推詡倚仗, 必非尋常將佐之比, 而今攷『忠武日記』云: '甲午二月二十一日庚午, 碧方望將來告仇化驛前倭船八隻列泊云, 故傳令進擊, 而以待諸弘祿之來告. 二十二日辛未, 諸弘祿來告倭船十隻到仇化驛, 六隻到春院云而已曙矣.' 未及追剿, 更令候察而送之, 又有碧方望將諸漢國馳報賊情之文. 未知漢國之於弘祿族屬遠近何如, 而大抵觀其所任, 不過候望瞭察之將領耳. 外此無一語及於弘祿者, 終未見弘祿之果爲入幕之賓. 二可疑也."(徐有榘, 같은 글, 같은 책, 같은 곳) '碧方'은 지금의 경남 통영시 광도면 벽방산이고, '仇化驛'은 지금의 통영시 광도면 노산리 소재로 '邱墟驛'과 같다.

33 "狀曰: '丁酉倭寇復大至, 而李統制被逮, 元均代之. 公歎曰: '賊未平而元帥易, 國事已矣!' 乃往赴晉陽圍城中, 協力城守, 雖軍務旁午, 輒乘間疾馳, 省母于大芚山. 一日自大芚歸, 未及城, 猝遇賊衆, 徒手確之, 中流丸死. 時六月二十一日也.'(狀文止此) 今按晉州守城之役, 前後有二牧使, 金時敏之力戰却賊, 在壬辰十月; 倡義使金千鎰等之城陷死節, 在癸巳六月. 是時忠武以全羅水使, 開府閑山島, 七月始兼三道統制使, 歷甲午、乙未、丙申, 至丁酉正月被逮. 狀所云李統制被逮後往赴晉州圍城者, 無乃紀年之失其實耶? 三可疑也. 或云: '倭寇再逞, 實在丁酉, 安知晉州之更被圍於是時?' 是又不然. 當癸巳城陷也, 賊憤死傷之衆, 夷城郭, 焚舍廬, 一城爲墟, 是甲午乙未之間, 體察使、都元帥時時巡到而已, 終不能開府久住, 更安有守城致寇之事? 正廟壬子, 命文任紀蹟豎碑于忠莊父子死事之墟, 而晉州之碑直謂之起義之初, 卽赴晉陽之圍, 而記其立殣之日, 乃曰丁酉六月之晦, 此尤其紕謬之甚者也. 大抵弘祿始終之蹟, 究無公私乘牒之攷信者. 壬子紀蹟之文, 不過憑據伊時道臣之啓. 道臣之啓亦不過得之嶺外傳聞, 則其多誤而少實, 固其所也."(徐有榘, 같은 글, 같은 책, 340~341면)

록 모두 근거가 부족하고 오류가 많다고 지적한다. 사료 비판을 한 것이다. 공적인 기록은, 1792년에 정조의 명으로 서유린徐有隣이 지은 「쌍충사적비」雙忠事蹟碑이다.[34] 사적인 기록은 『삼충록』에 수록된 제홍록 관련 기록을 가리킬 터이다. 홍직필과 홍길주의 글은 모두 남공철의 행장을 그대로 답습하고 있다.[35] 이들과 비교해 보면, 서유구가 그 행장의 문제점을 파악해 묘지명 청탁을 거절한 것은 엄정한 학자적 태도의 발로라고 평가받을 만하다. 공식적인 국가 기록의 부정확성을 문제 삼을 정도로 서유구의 태도는 엄정하다.

서유구가 남공철에게 제기한 의문은 이상의 세 가지다. 숫자상으로는 셋이지만, 실제로는 남공철의 행장 중 제홍록의 활약상에 대한 기술 거의 전부를 대상으로 한 것이다. 서유구는 왜 이렇게 사실 관계에 민감했던 것인가?

> 저는 실로 재주가 없어서 사실이 아닌 말을 지어내어 스스로를 속이고 남을 속이는 짓은 못합니다. 그래서 이미 좋은 말로 제 안국의 청을 거절했습니다. 제 생각에 지志와 전傳을 지을 때 가

---

34 서유구가 문제 삼은 부분은 다음과 같다: (弘祿)"當壬辰之亂, 與叔父洙共誓討賊, (…) 遂赴晉陽之戰, (…) 一日歸遇賊大隊, 潰圍疾鬪而死, 後八日城亦陷, 丁酉六月晦也."(徐有隣, 「雙忠事蹟碑銘」, 『三忠錄』 卷1, 36면)

35 홍직필은 「副正贈兵曹參判諸公墓誌銘」에서 "及忠壯公戰場, 公號絶不欲獨生, 返葬而謀再擧. 統制使李公舜臣稔聞公智勇, 貽書願見. 及至李公大喜, 仍處幕中, 參贊籌策. 丁酉倭奴再逞, 元均代李公, 於是公赴晉陽, 協力守城. 一日覲母大芚而歸, 到晉州城下猝遇賊, 搏戰殱渠魁, 復單身衝突, 殺傷過當, 竟中流丸而歿, 丁酉六月二十二日也"(『梅山先生文集』 卷之三十七, 한국문집총간 296, 248~249면)라고 했고, 홍길주는 「諸弘祿」에서 "丁酉倭兵復大至鄕, 而李統制遭誣言逮, 弘祿失聲嘩曰: 『國家大事去矣!』 遂赴晉州圍, 助諸將守城, 以其隙省母大芚山中. 一夕自母所歸途遇賊, 徒手搏之, 所殺甚衆, 而竟爲礮丸所中死"(『沆瀣丙函』 卷之一)라고 했는데, 이는 모두 남공철의 행장을 그대로 따른 것이다.

장 어려운 것은 충절忠節을 표창하고 장려하는 것이고, 또 충절을 표창하고 장려할 때 가장 어려운 것은 현재를 말미암아 과거를 서술하는 것입니다. 세상이 어지러울 때라 전문傳聞이 잘못되고 오래된 일이라 기록이 단편적이니, 하나라도 혹시 어긋나 후세 사람의 의심을 일으켜 결국 한 가지 거짓으로 아홉 가지 사실을 덮는 지경에 이른다면, 이는 충성스럽고 의로운 옛날 사람으로 하여금 나의 잘못된 말 한마디로 인해 천 대代 백 대 뒤에 어둠 속에 묻히게 하는 것입니다.

某實拙訥, 不耐作無其實之語以自欺而欺人, 故已善辭謝却
安國之請矣. 某嘗謂志傳之文莫難於襃忠獎節, 襃忠獎節又
莫難於由今叙古. 蓋搶攘之際, 傳聞錯互; 久遠之事, 紀述斷
爛. 一或差爽, 啓後人之疑難, 竟至於以一虛蔽九實, 則是使
古人之忠肝義膽因吾一言之誤而受黯昧於千百世也.[36]

역사 서술의 근본적인 난점은 사건 발생과 그에 대한 서술 간의 큰 시차에 있다. 현재를 말미암아 과거를 서술하는 것이 가장 어렵다는 서유구의 말은 이런 난점에 대한 고민을 담고 있다. 이런 고민 속에서 서유구는 정확한 역사적 평가를 내리기 위해 정확한 사실 확인이 필수라고 주장한다. 역사 기록에 임하는 서유구의 엄격한 태도를 확인시켜 주는 언급이다.

서유구의 이런 언술에서 그가 추구한 사실의 성격이 분명해진다. 그에게 사실은 과거를 알 수 있게 하는 유일한 통로이자, 현재화된

---

36 徐有榘, 「與思穎南相國論諸弘祿行蹟書」, 『金華知非集』卷第三, 『楓石全集』, 341면.

과거이자, 미래에 전하는 과거의 모습이다. 서유구가 사실을 중시한 것은 사실 그 자체를 위해서가 아니다. 사실 확인이 잘못되면 그 사실을 통해 구현될 '가치'가 손상되기 때문이다. 요컨대 실상에 적합한 의미화와 가치 부여를 가능케 하는 실체적 진실이 곧 사실이며, 이 점에서 사실은 가치 지향적이다.

기실 제홍록을 표창하는 것은 국가적 차원의 '제홍록 위인 만들기'에 다름 아니다. 제홍록이 체현한 가치는 '忠'이다. 그것은 유교 국가의 존립과 유지에 필수적인 가치의 하나이다. 제홍록을 의사義士로 각인시키는 작업은 왕조 차원에서 시작되어, 당대의 명망 높은 사대부들의 호응을 얻었다. 여기에 자신의 가문을 현창하려는 후손의 욕구까지 개입되어, 제홍록에 대한 역사적 기억은 다양한 욕망과 이데올로기로 얼룩지게 되었다. 그런데 서유구는 사실 관계를 도외시한 무조건적 찬양에 거리를 둔다. 결국 서유구에게 '사실의 추구'는 사실 관계를 도외시한 '이념적 착색에 대한 비판'으로서 의미를 갖는 것이다.

서유구의 이런 자세는 홍길주의 다음 언급과 대비된다.

후세에도 전란이 있을 때 자기 몸을 버려 나라에 보답한 사람이 많지 않은 것이 아니건만 항상 인멸되어 알려지지 못하니, 역사서에 기록된 것 또한 행불행幸不幸이 있는 것이다. 그러니 설령 전하는 내용 중에 사실보다 과장된 것이 있더라도, 군자는 인멸될 것을 안타까워해야지 그것이 과장되었다고 의심해서는 결코 안 된다. 근자에 향리의 인사들이 왕왕 선대先代의 유사遺事를 수집하여 충효와 절개 있는 행실을 현양하려 해서 거의 집집마다 훤하게 드러나게 했지만, 세상 사람들은 그것이 믿기 어렵다는 것을 늘 흠으로 여긴다. 내 생각에 이것은 의심스러운지 믿을 만한지 굳이 따질 필요가 없다. 설령 꼭 신빙성이 없는데 정려한들, 윤리 깅싱을 세워 후세 사람들을 권면하는 아름다운 뜻에 무슨 해가 되겠는가? 다만 진정으로 우뚝한 절개를 가지고 있으면서도 도리어 민멸되어 알려지지 못한 사람이 있는 것이 한스러울 뿐이다.[37]

홍길주는 사실 판단보다 이념적 판단을 우선시한다. '결코'란 말에서 단호함이 느껴진다. 그가 서유구와 달리 남공철의 행장을 의심 없이 받아들인 것은 이런 사고와 무관하지 않다고 판단된다. 이렇게 보면 서유구의 엄밀한 자세가 한층 더 분명해진다.[38]

37　"後世干戈板蕩之際, 捐七尺之軀以報國者不爲不多, 而恒湮滅於無聞, 簡筴所記蓋亦有幸不幸爾. 設其所傳偶有浮實, 君子唯當悶其湮沒, 而決不可疑其夸濫. 近者鄕曲人士往往蒐其先世遺事, 以求顯忠孝節烈之行, 殆家焜而戶燿, 世俗常病其難信. 余則曰: 是不必問其疑信. 使其未信而旌之, 顧何傷於植綱常勸來後之美意耶? 但其眞有卓異之節而反或泯晦於無聞者爲可恨耳."(洪吉周,「睡餘瀾筆續」上,『沆瀣丙函』卷之八) 인용문의 표점 및 번역은 박무영·이현우 외 역,『항해병함』하(태학사, 2006), 478면 및 189～190면을 참조하여 필자가 일부 수정한 것이다. 앞으로『항해병함』을 인용할 때에는 모두 이렇게 한다.

38　물론 서유구가 '忠'의 이념에 내포된 이데올로기적 속성 자체를 정면으로 비판하거나『삼충록』에 수록된 세 사람의 행적의 가치를 근본적으로 회의한 것은 아니다. 이 중 제경욱에 대한 묘지명을 서유구 본인도 결국 지었으므로(「贈三道統制使諸公墓碑銘」,『金華知非集』卷第六), 그 역시 '忠'의 현양을 통한 '기억 만들기'에 가담한 셈이다. 비록 그렇기는 하나 이런 한계는 유교적 가치를 내면화한 사대부 일반이 공유하는 것이거니와, 서유구가 남공철, 홍직필, 홍길주 등과 다르다는 점 또한 분명한 사실이다. 따라서 이런 큰 테두리의 한계를 간과하지 않으면서도, 그 한계 내에서 서유구가 사실에 입각하여 비판적 거리를 유지하고자 했다는 점에 좀 더 주목할 필요가 있다. 요컨대 서유구에게 '사실의 추구'는 '엄밀성의 추구'이며, 그것은 곧 사실이 아닌 일체의 권위를 의심하는 '비판 의식', 그리고 의심스러운 사항에 대한 섣부른 판정을 유보하는 '신중한 자세'를 담지하고 있다.

「교인『계원필경집』서문」과「사영 남상국에게 보내 제홍록의 행적을 논한 편지」는 서유구가 추구한 사실의 성격을 잘 보여 준다. 그런데 이 경우 사실은 주로 과거의 사실이다. 하지만 최치원의 문집, 그에 대한 서문, 제홍록에 대한 기록, 그에 대한 문제 제기는 모두 과거를 현재화한다. 거기에는 서유구의 역사의식, 가치 평가, 사리 판단이 개입되어 있다. 따라서 '사실의 추구'는 과거 사실의 확인에서 그치지 않으며, 과거와 현재는 표리를 이룬다.

이런 견지에서 주목을 요하는 글로「낙랑의 일곱 물고기에 대한 논변」(樂浪七魚辯)을 들 수 있다.『설문해자』說文解字 어부魚部에, 낙랑군樂浪郡에서 난다는 해설이 붙은 물고기 이름이 모두 일곱 개가 보인다. '魦'(사), '鯜'(첩), '鰯'(국), '魳'(패), '鰅'(옹), '鰊'(역), '鱸'(노)가 그것이다. 이 중 낙랑군 반국潘國에서 나는 것이 여섯이고, 낙랑군 동이東暆에서 나는 것이 하나이다. 이 일곱 물고기를 통칭하여 '낙랑칠어'樂浪七魚라 한다. 서유구는 그 이름과 생김새를 고증하여, 확언할 수는 없지만 대략 분별할 수 있는 것이 다섯, 끝내 알 수 없는 것이 둘이라는 결론에 이르렀다. '魦'는 '海鯊'(해사) 즉 상어류, '鯜'은 '比目'(비목) 즉 가자미류, '鰯'은 '海豚'(해돈) 즉 돌고래류, '魳'는 '河豚'(하돈) 즉 복어, '鰅'은 '鹿鯊'(녹사) 내지 '虎鯊'(호사) 즉 별상어류로 추정되고, 나머지 '鰊'과 '鱸'는 미상이라는 것이다.

이 중 '鰯'에 대한 변증을 예로 들면, 서유구는 방대한 문헌 자료는 물론, 당시의 토산土産 및 어촌에서 통용되는 명칭 등을 두루 참고하여 고증에 임하고 있다.[39] 각 문헌에 산견되는 단편적인 언급들을

---

39 "案『博雅』云: '鱄鰯也.' 又云: '鰱鰯也.'『玉篇』云: '鱄鰱魚, 一名江豚. 天欲風則見.'『本草』云: 海豚魚, 一名鱀魚. 生江中者, 名江豚.' 是鰯也鱄也魳也鰱也鱀也, 皆江

한데 모아 서로 연결하거나 비교함으로써, 서유구는 문헌 간에 상호 연관성을 부여하며, 이런 상호 참조를 통해 추론의 범위를 좁히고 추성 가능성을 높인다. 더 나아가 그는 문헌 자료에 그치지 않고, 실제로 동해안과 서해안에 서식하는 해당 어종의 생김새는 어떤지, 특징과 용도는 무엇인지, 생태는 어떤지, 현지 주민은 그것을 뭐라 부르는지 등에 유의한다.

요컨대 「낙랑의 일곱 물고기에 대한 논변」은 『설문해자』의 의난처疑難處에 대한 고증인 동시에 조선의 물산에 대한 고증이다. 서유구는 문헌 자료에 의거한 '과거적 사실'과 실생활에 의거한 '현재적 사실'을 통합적으로 파악한 것이다. 그는 이렇게 말한다.

> 우리나라가 본조本朝로 접어든 이래로, 연경燕京과의 거리가 수천 리에 불과하여 공물貢物을 실은 수레바퀴 자국이 길에 끊이지 않으니, 그 교화와 문물을 접한 것이 중국 내지內地에 비해 미치지 않은 게 없다. 그런데도 중국 사람이 우리나라의 산천과 인물을 기재한 것 중에 이따금 오류가 보여, 동쪽을 가리켜 서쪽이라 하고 갑을 바꾸어 을이라 한 것을 다시 일일이 셀 수 없다. 더구나 삼한三韓과 사군四郡이 나뉘었을 때로 말하면, 까마득한 옛날의 문헌이 미비하고 우리나라의 방언方言은 정확한 근

豚之一名也. 然郭璞解『爾雅』'鱀是鱁'之文曰: '鱀鰌屬也. 體似鱏, 尾似鮹.' 謂之似鮹, 則鱀與鮹又似非一物矣. 攷之『本草』: 海豚鼻在腦上, 噴水有聲, 與郭註所謂鼻在額上能作聲者合; 胸有兩乳, 牝牡類人, 與『說文』所謂有兩乳者合, 則海豚之爲鮹審矣. (…) 今我東西海有一魚, 海人呼爲水郁魚, 形如大豬, 色黑揚赤, 鼻在頂上, 有聲嚇嚇, 雌者有子如鱧, 常附母胥腹而行, 其爲海豚之一種無疑矣. 『說文』所謂鮹出樂浪者, 豈此魚之謂耶? 鮹者鞠也圓也, 是魚身圓而長, 謂之鮹也固宜." (徐有榘,「樂浪七魚辯」, 『金華知非集』卷第四, 『楓石全集』, 372~373면)

거가 없다. 그리고 황도皇都로부터 육칠천 리 멀리 떨어져, 저술가들이 중역重譯한 것에서 구구하게 자료를 주워 모았으니, 또 어찌 열에 셋은 잘못되지 않을 수 있겠는가? 그 이후로 서긍徐兢의 『고려도경』高麗圖經은 다만 의장儀章을 상세히 기록했을 뿐이고, 동월董越의 사부詞賦는 몇 편 되지도 않지만, 모두 초목草木과 어별魚鼈의 물산에 대해서는 조금도 언급하지 않았다. 그런데 우리나라의 사대부들은 또 충어蟲魚의 명칭을 고증하고 『이아』爾雅에 주석 다는 학문을 하는 것을 달가워하지 않고 어부와 나무꾼이 비속한 말로 전하도록 내버려 두어, 옛 문헌을 인용하고 지금의 사실을 증명하여 잘못을 시정할 수 있는 사람이 없다.

我東入本朝以來, 距燕都不過數千里, 貢琛轍跡交於道路, 其聲明文物之相接, 視內服無不及, 而華人之記載我國山川人物, 往往訛謬錯見, 其指東爲西, 換甲爲乙者, 不可更僕數. 況當三韓四郡分裂之際, 草昧之文獻未備, 洌上之方言無稽, 且距皇都六七千里而遙, 著書者區區掇拾於重譯之餘, 又安得不十爽其三也? 自玆以降, 徐兢『圖經』但詳儀章, 董越詞賦寥寥數篇皆不曁及於草木魚鼈之産, 而我東士大夫又不屑爲箋蟲魚註『爾雅』之學, 一任夫漁工樵豎之哇俚相傳, 莫有能引古證今, 起而是正者.[40]

「낙랑의 일곱 물고기에 대한 논변」의 결론이다. 서유구는 자신의

---

40 徐有榘, 같은 글, 같은 책, 374면.

문제의식을 분명히 밝힌다. 언뜻 보면 '낙랑칠어'에 대한 논증은 고상하지 못하고 자질구레한 듯하다. 그런데 그는 왜 굳이 그 논증에 심혈을 기울인 것인가? 자국의 산천과 물산에 대한 지식이 도외시되어 불분명하거나 부정확한 채로 방치되었기 때문이다. 이 점을 대단히 심각한 문제로 파악한 서유구는 중국 문헌의 오류, 관심의 협소함 등을 지적하는 한편, 자국의 산천초목에 대해 무관심한 조선 사대부들의 학풍을 비판한다.

서유구가 추구한 '사실'의 성격이 이로써 한층 더 명확해진다. '사실'은 그저 책 속에 있는 '박제화된 지식'이 아니다. 자신이 살고 있는 곳에서 만질 수 있고 들을 수 있고 볼 수 있는 '생생한 사실'이다. 결국 「낙랑의 일곱 물고기에 대한 논변」은 '눈앞의 현실'을 정확히 파악하여 학적 차원으로 승화하기 위한 지적 분투의 결과인 것이다.

생활 세계에 즉하여 자국에 대한 '실제적 앎'을 추구한다는 점에서 서유구의 '사실 추구'는 일종의 '인식론' 내지 '자기 인식'의 성격을 갖는다. 요컨대 그가 추구한 지식은 무미건조한 지식의 범위를 넘어서며, 객관적 지식으로서의 '사실'과 사물의 진면목으로서의 '사실'이 한데 어우러져 있다. 그렇다면 생동하는 사물의 진면목으로서의 '사실'은 어떻게 파악되는가?

(2) 생동하는 '사물 그 자체'로서의 '사실'

사물의 생생한 모습을 파악하기 위해서는 '관찰'을 해야 한다. 이것이 아마 통념일 것이다. 그런데 사물의 '생생한 모습'은 무엇인가? 따지고 보면 이 말 자체가 불분명하다. 어떤 사물의 감각적 재현인가? 그렇다면 '관찰'로 충분할지도 모른다. 그러나 '생생한 모습'이 감각적 재현 이상의 것이라면 얘기는 달라진다.

정미년(1787) 2월에 나는 학산鶴山의 병사丙舍에 있었다. 산 동쪽에 큰 시내가 있었는데 나는 달빛을 받으며 그곳에 간 적이 있다. 밤은 적막하고 계곡은 텅 비었으며, 나뭇가지 끝은 움직이지 않았고 다만 시냇물 흐르는 소리가 귀를 때렸다. 나는 두리번거리고 즐거워하며 시냇가의 바위 위로 가서 다리를 쭉 벌리고 걸터앉아 가만히 듣다가 탄식하며 이렇게 말했다.

"아! 이것은 산뢰山籟이니, 이걸 가지고 시詩를 말할 수 있다. 옛말에 이르기를 '하늘이 명산名山을 내면 돌은 그 뼈가 되고 시내는 그 맥脈이 된다'라고 했다. 이와 같기 때문에 활기活機가 동動하여 천연의 소리가 생기는 것이니, 저 화들짝 놀란 것, 훌쩍훌쩍 우는 것, 물결치는 것, 퐁퐁 샘솟는 것이 철썩철썩 치고 콸콸 흐르는 것이 누가 그렇게 시키는 것이겠는가? 그래서 돌이 없는 곳을 '皀'(부)라 하고 시내가 없는 곳을 '洘'(고)라 한다. '皀'와 '洘'는 무미건조한 하나의 흙덩어리일 뿐이니, 설령 사광師曠이 종일토록 곁에서 귀 기울여 듣더라도 어찌 들리는 게 있겠는가? 이것을 '벙어리 산'(啞山)이라 한다."

丁未二月, 余在鶴山丙舍, 山之東有大溪焉. 余嘗乘月至, 夜寂谷虛, 樹杪不動, 但聞川聲瀌瀌撞耳. 顧而樂之, 就溪邊崖石上, 箕踞靜聽之, 喟然嘆曰: "噫! 此山籟也, 可以言詩也已. 語有之: '天生名山, 石爲之骨, 川爲之脈.' 夫如是, 故活機動而籟作焉. 彼咢者、咷者、淵泙者、潗潽者之滈滈之汌汌者, 誰使之然哉? 是故無石謂之皀, 無川謂之洘, 皀、洘也者, 頹然一土塊而已, 雖使師曠終日側耳于傍, 安所聽焉? 此之謂啞山."[41]

「『금릉시초』金陵詩草 서문」의 전반부로, 시냇물 소리의 묘사를 담고 있다. 때는 밤이다. 밤은 어두워서 청각이 예민해지는 때다. 게다가 사방은 고요하다. 나무 끝이 미동조차 하지 않을 정도이다. 이런 분위기로 인해 청각에 감각이 집중된다.

물소리에 감흥을 느낀 서유구의 반응은 두 마디 말로 나타난다. 이 물소리가 산뢰山籟라는 것이 그 하나이고, 이 물소리를 가지고 시詩를 논할 수 있다는 것이 또 하나이다. 그런데 시냇물 소리를 두고 왜 '천뢰'川籟라 하지 않고 '산뢰'라 한 것인가? 갑자기 시 얘기는 또 왜 나오는가? 서유구의 첫 두 마디 말은 돌연한 느낌을 준다.

'산뢰'는『장자』莊子「제물론」齊物論의 '인뢰'人籟, '지뢰'地籟, '천뢰'天籟에 연원을 둔 말이다. 일단 '산뢰'는 시냇물 소리이다. 그에 대한 묘사를 보면, 시냇물이 감정을 가지고 살아 움직이는 느낌을 주는 표현들이 사용됐다. 나열식의 구법句法 또한 시시각각 변하는 다채로운 소리와 물의 흐름에 대응된다. 이런 구법도「제물론」에 연원을 둔 것이다.

시냇물 소리가 '산뢰'인 것은 그것이 산을 산답게, 살아 있는 산으로 만들기 때문이다. 즉, 산뢰는 물리적인 소리가 아니라 '생生의 약동' 같은 것이다. 그것은 '활기'活機가 동해서 나는 소리이다. '활기'가 정확히 어떤 개념인지 규정하기는 어렵다. 다만 돌이 산의 뼈가 되고 시냇물이 산의 맥脈이 되어 산뢰가 생긴다는 서유구의 말로 미루어 보면, '활기'는 유기체적 생명 활동과의 유비 관계 속에서 파악되므

41　徐有榘,「金陵詩序」,『楓石鼓篋集』卷第一,『楓石全集』, 219면. "天生名山, 石爲之骨, 川爲之脈"은『博物志』卷一의 다음 구절에서 인용한 것이다: "地以名山爲輔佐, 石爲之骨, 川爲之脈, 草木爲之毛, 土爲之肉, 三尺以上爲糞, 三尺以下爲地."

로, 생명 활동의 중핵이 되는 그 무엇인 것만은 틀림없다. 그렇다면 '활기'는 '천기'天機라는 개념에서 '생명성'을 특별히 강조하여 파생된 것이 아닌가 한다.

요컨대 시냇물 소리는 단순한 시냇물 소리가 아니라 산이 살아 숨 쉬는 소리이다. 그러니 시냇물 소리를 그저 '천뢰'川籟라 한다면, 그 것은 부적절한 개념이 된다. 서유구는 시냇물 소리를 고립적으로 파 악하지 않고 산과 돌과의 유기적 연관 속에서 파악한다. 그리고 즉물 적으로 대하지 않고 그 '활기'를 감지한다. '활기'는 육안으로 관찰할 수 있는 것이 아니다. 굳이 말하면 '마음'으로 감수할 수 있는 것일 터이다. 따라서 서유구는 시냇물 소리를 '관찰'한 것이 아니라 마음 으로 받아들여 '체험'한 것이 된다. 이렇듯 사물의 생생한 모습은 감 각적 관찰을 뛰어넘는 '깊은 체험'을 통해 드러난다.

그런데 이 물소리를 가지고 시를 논할 수 있다는 것은 또 무슨 말 인가?

오늘날 시를 짓는 사람은 꾸밈을 능사로 여긴다. 그래서 풀싸움 을 하여 잎을 잎끼리 짝 지우고, 푸른색을 뽑아내 흰색을 흰색 끼리 짝 지우며, 토사土沙를 쌓아 봉우리를 만들고 백니수白泥水 를 떠서 수부水符를 제공한다. 그러니 그 시가 맑고 기이하고 화 려하고 농염하지 않은 것은 아니지만, 끊으면 맥이 없고 살펴보 면 뼈가 없어 시들시들 생의生意라곤 없다. 그런데도 오히려 우 쭐하여 스스로 자랑하며 말하기를 '나의 시는 삼당三唐의 정성 正聲이다'라고 한다. 아! 허수아비에 의관衣冠을 입혀 놓고 소 리 내기를 구한들 되겠는가? 식견 있는 사람 입장에서 보면 '벙 어리 시'(啞詩)라고 여기지 않을 게 거의 드물다. 시를 짓되 '벙

어리 시'가 되는 지경에 이르지 않아야만 그런대로 괜찮을 것이
니, 그러므로 나는 시냇물의 흐름에서 시도詩道를 얻었다고 하
는 것이다.

今之爲詩者, 以雕繢爲能事. 鬪草儷葉, 取靑妃白, 墁土沙以
爲峯巒, 酌白泥以供水符, 匪不淸奇華艷, 而切之無脈, 相之
無骨, 蕭然無生意, 而洒沾沾自喜曰:"吾之詩, 三唐正聲也."
嗚虖! 衣冠于土偶而求其聲得乎? 自識者觀之, 不以爲啞詩
也幾希, 爲詩而不至於啞則斯可矣. 故余於川流得詩道焉.[42]

　시에서 공교로운 대구와 화려한 수사는 부차적이며, '생의'生意가
핵심이라는 것이다.[43] 서유구의 이런 시론詩論에는 '산뢰'의 체험이
투사되어 있다. 자연의 생생한 감촉이 문예론으로 삼투한 것이다.
　사물 인식과 문예론의 상호 연관성은 「『금강기유시』金剛紀遊詩 서

42　徐有榘, 같은 글, 같은 책, 같은 곳. '鬪草'는 '鬪百草'와 같은 말로 단오에 하는 민
간의 놀이다. '鬪草儷葉'과 '取靑妃白'은 모두 공교롭게 대구를 맞추는 것을 뜻한다. '鬪
草儷葉'은 '儷花而鬪葉'과 유사한 표현이다. '儷花而鬪葉'은 공허한 형식미를 추구하는
병폐를 지적하기 위해 전겸익이 애용했던 표현으로, 「劉咸仲雪菴初稿序」(『初學集』 卷
31), 「邵幼靑詩草序」(『초학집』 권32), 「張異度文集序」(『초학집』 권33), 「秦槎路史序」
(『초학집』 권33) 등에 두루 보인다. '取靑妃白'은 유종원의 「讀韓愈所著毛穎傳後題」에
보이는 표현으로, 이 역시 모방과 표절의 병폐를 지적한 말이다. '水符'는 '淸水符'를 뜻
하는 듯하다. '조수부'는 소식(蘇軾)이 대나무를 쪼개어 만든 부신(符信)이다. 그는 옥
녀동(玉女洞)의 샘물을 좋아하여 두 병 떠왔는데, 나중에 심부름꾼이 그 물을 다시 떠
올 때 속일까 염려하여, 대나무를 쪼개어 그 한쪽을 근처 사찰의 승려에게 주어 부신으
로 삼았다고 한다. '白泥'는 '白泥水'를 뜻하는 듯하다. 참고로 전겸익의 「華聞修詩草序」
(『초학집』 권32)에 "且子之酌斯泉也, 取其白泥赤印, 供水符而走傳遽者乎? 抑取其冰牙
雪齒, 鳴松風而潑石鼎者乎?"란 구절이 보인다. 서유구가 '酌白泥' 운운한 것은 전겸익
의 이 구절과 연관이 있는 듯하다.

43　「『금릉시초』 서문」의 시론(詩論)에 대해서는 정우봉, 「19세기 시론 연구」(고려대
박사논문, 1992), 95~97면 참조.

문」에서 더 심화된다.[44] 『금강기유시』는 장하자漳河子[45]가 금강산을 유람하고 지은 시집인 듯하다. 이 서문에서 서유구는 도발적인 주장으로 말문을 연다.

> 천하의 동쪽 한구석에 있으면서 그 기이함이 천하에 특히 알려진 것은 금강산이다. 하지만 그 기이함은 모두 가짜일 뿐이다. 내가 부용강芙蓉江가에 있었을 때의 일이다. 어느 여름날 새벽에 일어나 남쪽으로 천주봉天柱峰 꼭대기를 바라보니 흰 연운煙雲이 뭉게뭉게 일어나더니 이윽고 자욱하게 끼어, 산봉우리가 잇따라 높이 솟은 형상이 되어 마치 거북인 듯, 뱀인 듯, 곰인 듯, 날뛰는 원숭이인 듯, 모여 있는 죽순인 듯, 거문고와 술동이인 듯, 안석과 평상인 듯, 신선이 쟁반을 받쳐 든 듯, 도깨비가 사람을 치는 듯했으며, 우뚝 솟은 것, 아래를 굽어본 것, 활 모양을 한 것, 주름진 것, 먼 것, 가까운 것이 뒤섞여 둥둥 떠 있는 것을 이루 다 셀 수 없었다. 그것이 구름인 것을 깜빡하고 곧장 발로 밟고 손으로 문질러 보려 했으나 이내 흩어져 버렸다. 나는 웃으며 말했다. "참, 이건 가짜 봉우리지." 이제 장하자漳河子가

---

44 「『금강기유시』 서문」의 시론에 대한 논의는 정우봉, 앞의 논문, 98~100면 참조. 그 뒤로 한민섭, 「풍석 서유구 문학 연구」(고려대 석사논문, 2000), 49~52면도 '객관적 인식의 중시'란 제목하에 이 작품을 개관했다.

45 장하자가 누구인지는 현재로서는 미상이다. 다만 『풍석고협집』에 「장하자의 거문고에 세긴 글」(漳河子琴銘)이 실려 있는 것으로 보아, 장하자는 서유구가 젊은 시절부터 가까이 지낸 인물이었던 듯하다. 그 밖에도 장하자 선(選), 우초당(雨蕉堂) 장(藏) 『영재시초』(泠齋詩鈔)가 또 하나의 단서가 된다. 우초당은 앞에서 몇 번 등장한 박시수이다. 그렇다면 장하자는 박시수와도 가까운 인물이었던 듯하다. 박시수가 서명응의 외손자임을 감안하면, 장하자는 서유구의 인척일 가능성도 배제할 수 없다. 장하자 선 『영재시초』의 사진은 『추사를 보는 열 개의 눈』(화봉문고, 2010 재판), 11면에 실려 있다.

금강산에 대해 말해 주는 걸 들으니 바로 내가 부용강가에서 본 것과 매우 유사하다. 이윽고 그 시詩를 보면 볼수록 그 기이함에 익숙해서 끝내 나시는 금강산을 보고 싶어 하시 않게 되었다.

居天下一隅之東, 而其奇特聞於天下者, 金剛山也. 然其奇皆假耳. 吾在芙蓉江上, 夏日晨起, 南望天柱峰頂, 白烟濛濛起, 已而攢簇磅礴, 爲峰嶁崱屴之狀, 如龜、如蛇、如熊羆、如騰猱、如束筍、如琴壺、如几榻、如仙人擎盤、如魍魎搏人, 峙者、俯者、穹者、皺者、遠者、近者, 雜而浮者, 不可勝數. 忘其雲也, 直欲足躡手捫, 俄然而散, 則乃笑曰:"此假峰也." 今聞漳河子所言金剛山者, 乃大類吾芙蓉江上所見. 旣而益見其詩, 益稔其奇, 遂不復願見金剛山.[46]

금강산의 기이한 광경은 가짜에 불과하다고 서유구는 말한다. 금강산에 대한 시집 서문의 도입부라 하기에는 대단히 당혹스러운 발언이다. 이어서 서유구는 관악산 천주봉天柱峰의 광경을 묘사한 뒤, 금강산도 이와 크게 다르지 않으며, 장하자의 시를 볼수록 금강산을 보고 싶은 생각이 사라졌다고 말한다. 이 역시 마찬가지로 당혹스러운 발언이다.

천주봉이 어떻기에 서유구는 이렇게 단언하는가? 그 아름다운 경치를 두고 젊은 시절에 그는 '천주봉의 한 송이 구름'이라고 명명한 바 있다. 그런데 같은 천주봉의 구름에 대한 묘사지만, 「『금강기유시』서문」쪽이 훨씬 더 기기묘묘하다. 서유구는 '마치 ~인 듯'을 뜻

46　徐有榘,「金剛紀遊詩序」,『金華知非集』卷第三,『楓石全集』, 352면.

하는 '~如'를 9차례 연달아 사용한 다음, 다시 '~인 것'을 뜻하는 '~者'를 7차례 연달아 사용하여, 구름이 연출하는 온갖 기묘한 광경을 그린다. '~如'의 형식으로 쉴 새 없이 제시되는 비유는 대단히 기이하고 기발하다. 구름은 온갖 존재로 변한다. 거북·뱀 등의 동물로 변신을 거듭하다가, 죽순 같은 식물로 바뀌고, 다시 거문고·술동이·안석·평상 등의 무정물無情物로 탈바꿈하더니, 또다시 신선·도깨비 등 초현실적 존재로 둔갑한다. 그리고 '~者'의 형식으로 연이어 제시되는 모습 또한 갖가지 형태와 형세를 포괄한다. 이렇게 구름의 변화무쌍한 모습은 생동감으로 넘친다. 어찌나 생생한지 그것이 구름인 줄 잊게 할 정도이다.

구름이 연출한 온갖 기묘한 광경을 두고 서유구는 '가짜 봉우리'라 부른다. 봉우리 같지만 봉우리가 아니기 때문이다. 그러나 이 정도로는 금강산의 기이한 광경이 왜 가짜인지 해명하기에 부족하다. 따라서 이제 글은 '가짜'에 대한 논의로 접어든다.

아! 세상 사람들이 모두 금강산의 기이함을 좋아하지만 꼭 그런지는 모르겠다. "금강산이 어째서 기이한가요?"라고 한번 물어보면 틀림없이 "무슨 언덕은 무엇과 비슷하고요, 무슨 시냇물은 무엇과 비슷해요"라고 대답하면서 주먹만 한 돌멩이와 한 국자 정도의 냇물까지도 다른 것과 견주지 않는 사람이 없을 것이다. 그들이 '기이하다'라고 말하는 것은 '무엇과 비슷하다'라고 말하는 데 지나지 않으니, 그렇다면 금강산의 기이함은 빌려 온 가짜기 때문에 기이할 수 있는 것이다. 지금 말과 돼지, 개와 닭은 사람들이 늘 보는 것이므로 거들떠보지 않고 지나가지만, 어떤 사람이 나무를 깎아 그와 비슷하게 만들어 놓으면, 그것을 본

사람은 입을 못 다물고 웃으니, 사람들이 사이비似而非를 좋아하는 것이 참 심하다. 그 진짜를 내가 이미 보았는데 또 어찌 그 가짜를 보고 나서야 크게 감탄하며 기이하다고 하는가?

噫! 世之人皆喜金剛之奇, 而未知其必然邪? 試問曰: "金剛何奇?" 則必曰: "某丘類某, 某水類某." 拳石勺流, 莫不有比擬之者. 蓋其言奇, 不過曰類耳, 然則金剛之奇, 假故能奇也. 今夫馬牛狗鷄, 人所常見, 過而不睨. 有人削木而肖其形, 則見者啞然而笑. 甚矣人之好似也! 其眞者, 吾旣見之矣, 又豈待夫其假者而太息言奇哉?[47]

박지원의 글을 연상시키는 인용문에서 '진짜'(眞)와 '가짜'(假)가 대립된다. '眞'은 원래의 사물 그 자체이다. '假'는 그 원본을 모방한 언어적·조형적 재현이다. '假'는 실물과 유사하지만 실물 그 자체는 아니므로 '비슷한 것', 즉 '類'와 '似'이다. 그리고 '假'는 '가짜'인 동시에, 비유의 보조 관념에 의지하므로 '빌린 것'이다. 결국 서유구가 '금강산의 기이함은 가짜다'라고 했을 때의 '기이함'은 금강산 자체의 기이함이 아니라 금강산의 언어적 재현을 가리킨 것이다. 서유구의 주장은, 비유에 의지한 언어 표현 자체가 근원적인 한계를 안고 있다는 지적인 셈이다. 그렇다면 금강산 그 자체의 참된 모습은 어떻게 파악되는가?

내가 언젠가 들으니 천지의 변화는, 그 시초에는 '환'幻하다고

---

47 徐有榘, 같은 글, 같은 책, 같은 곳.

한다. 동이 트려 할 때 만물이 일어나 소생하여 활기를 띠고, 해가 뜨고 산봉우리에 구름이 끼면 구름과 남기嵐氣의 변화가 분분하여 눈앞에 현란하다. 태고太古의 시초에 천지가 개벽하여 혼돈의 상태여서, 뱀의 몸에 소의 머리를 했다느니 베를 짜는 거인이 있다느니 하는 괴이한 일이 어지럽게 전한다. 지금 산이 천지의 동쪽 한구석에 있으니, 이 또한 하루의 새벽이고 일원一元의 태고이다. 조물주가 장차 여기서 거침없이 흔들고 어지럽게 마구 베풀어, 기이하고 괴상하고 아름답고 영이靈異한 경관을 만들 것이니, 나는 모르겠다. 이때 산과 물건 사이에 분별이 있는가? 저것과 이것 사이에 구분이 있는가? 무엇이 가짜고 무엇이 진짜인가? 무엇이 주主이고 무엇이 객客인가? 사방이 흐릿하고 상하上下가 뒤섞여 있는데, 이때 어느 겨를에 비슷한 부류를 끌어다 견주고 사물에 비유하여 형상화하겠는가?

蓋吾嘗聞之, 天地之化, 其初也幻. 日之將曉, 萬物東作, 殷殷隆隆, 日浴山帶, 雲嵐之變, 紛然而眩目. 太古之初, 天地草昧, 渾渾沌沌, 蛇身牛首, 支機鉅人, 弔詭之事, 雜然而駭傳. 今有山於天地一陲之東, 此亦一日之曉, 一元之太古也. 造物者將於是乎搖蕩恣睢, 紛糾亂施, 以爲詼詭譎怪、瓌偉靈異之觀, 吾未知于斯時也山與物有辨乎? 彼與此有分乎? 何假何眞? 何主何客? 四方濛濛, 上下淬淬, 于斯時也亦何暇乎引類而擬之, 比物而像之哉?[48]

---

48 徐有榘, 같은 글, 같은 책, 352~353면. '山帶'는 산봉우리를 두른 띠 모양의 흰 구름이다.

서유구는 삼라만상의 시원적인 모습에 초점을 맞춘다. 그 모습은 '幻'으로 개념화된다. '幻'은 무정형성無定形性과 변화무쌍함을 뜻한다. 따라서 '허환'虛幻 내지 '변환'變幻 정도로 풀이될 수 있을 듯하다. 천지의 모든 것이 변화무쌍하여 고정불변의 실체가 없는 점, 즉 '虛'를 특히 강조한 것이 '허환'이다.

서유구는 사물의 시원적인 모습을 두 가지 측면에서 논한다. 그 하나는 '하루의 시작'이고, 다른 하나는 '태초의 시작'이다. 새벽이 되면 만물이 잠에서 깨어나 활동하여 천태만상이 눈앞에 펼쳐진다. 이것이 하루의 시작이 보여 주는 시원적 모습이다. 천지가 개벽한 혼돈의 상태에서는, 모든 사물이 상식을 벗어나 온갖 기이한 형태를 취한다. 평균적인 상투성의 속박에서 해방되어 극도의 유동성을 띠면서 새롭게 분절되는 것이다. 이것이 태초의 시작이 보여 주는 시원적 모습이다.

금강산은 곧 하루의 시작이자 태초의 시작이다. 하루하루의 시작이 곧 태초의 시작이며, '지금'이 곧 시원적인 순간이다. 따라서 금강산은 고정불변의 산이 아니라 매일매일 시원적인 모습을 반복하는 장소이다. 매일매일의 금강산이 천지개벽의 혼돈 상태이므로, 산과 산 아닌 것, 이것과 저것, 진짜와 가짜, 주主와 객客의 구분은 모두 무화된다. 상식이라는 이름으로 고정화된 일체의 이분법이 해체되고, 그 대신 태초의 생생한 원기가 유동하는 것이다. 이로써 서유구는 생동하는 사물 그 자체의 진면목에 육박하고자 한다. 이전까지 서유구의 논의는 금강산의 언어적 재현을 중심으로 진행되었고, 그 논의는 '眞/假'의 이항 대립에 의지했다. 그런데 사물 그 자체의 '시원적인 모습'으로 파고 들어감으로써, 전혀 새로운 국면으로 진입한 것이다.

따라서 애초에 이분법에 기초를 둔 상투적인 비유로는 사물의 진면목을 담을 수 없다. 그럼 어떻게 해야 하는가?

> 내가 언젠가 꽃잎을 한 움큼 쥐고 눈을 감고 뿌렸더니 땅에 떨
> 어진 것이 모두 문장文章을 이루었는데, 예전대로 다시 배치를
> 했으나 다시는 그렇게 되지 않았다. 그러므로 환幻은 요명窈冥
> 하여 어떤 의도가 없을 때 생겨나며 기이함은 변화무쌍한 사이
> 에 생겨나는 것이다. 장하자도 한번 이 일을 가지고 생각해 보
> 라. 그러면 틀림없이 크게 웃으며 기이하다고 감탄할 것이다.
> 吾嘗掬花片而瞑目灑之, 落地者皆成文章, 旣復故爲排置,
> 更不復然. 故幻生于窈冥無意之時, 奇生于變化不測之際.
> 漳河子試以是思之, 其必囅然而叫奇也夫![49]

서유구는 '자연의 미'를 강조한다. 의도적인 배치를 통해서는 사
물의 참된 모습에 도달할 수 없다. 사물의 진면목은 인위적인 조작과
안배를 넘어선다. '자연의 미'의 특징을 서유구는 '幻'과 '奇'로 설명
한다. 서유구의 규정에 따르면, '幻'은 일체의 인위적인 의도가 개입
되지 않은 상태에서 생기고, '奇'는 예측 불가능한 변화 속에서 생긴
다. 서유구가 생각하기에 사물의 참된 모습에 육박한 언어적 표현은,
변화무쌍한 사물의 모습을 획일화하는 작위적인 틀에서 탈피하여 삼
라만상의 생생한 모습 그 자체로 수렴될 때 가능한 것이다. 이때의
'奇'는 생생한 사물의 진면목을 뜻하는바, 서두에서 가짜라고 비판된
'奇'와 상반된다.

---

49 徐有榘, 같은 글, 같은 책, 353면.

요컨대 서유구는 사물을 '시원적 사태'로 체험하고, 사물의 생동하는 모습 그 자체로 돌아감으로써 형해화形骸化된 언어적 표현을 근본적으로 쇄신하고자 했다. 「『금강기유시』 서문」의 이런 문제의식과 접근법은 「『금릉시초』 서문」의 그것과 유사해 보인다. 그러나 「『금릉시초』 서문」이 '산뢰'나 '생의' 등의 개념에 의지하여 비교적 단선적인 논의를 펼쳤다면, 「『금강기유시』 서문」은 생동하는 삼라만상의 근원적인 중요성을 중시하는 선에서 더 나아가, 사물의 진면목을 파악하는 데 방해가 되는 것은 무엇인지, 그 문제점은 어디서 기인하는지, 그렇다면 사물의 진면목은 어떤 것이며 그것을 온전히 표현하기 위해서는 어떻게 해야 하는지 등등의 다양한 논점을 탐구하고 있다. 자신의 논지를 전개하면서 서유구는 다양한 예와 개념쌍, 그리고 기발한 표현을 효과적으로 활용하고 있으며, 돌연한 시작, 자유로운 전환 등의 기법을 구사하면서도 글 전체의 논리적 구성을 강구하고 있다. 이렇듯 논의의 범위와 깊이 및 글의 표현과 구성 모두에서 「『금강기유시』 서문」은 「『금릉시초』 서문」 이후의 진전을 보여준다.

서유구 산문에서 생생한 사물 인식은 문예론과 미학뿐 아니라, 세계의 이법理法에 대한 관점, 즉 넓은 의미의 '세계관'과도 밀접한 관련을 맺는다. 이런 견지에서 주목되는 작품은 「자이열재自怡悅齋 기문」이다. 이 작품에서 서유구는 구름의 변화무쌍한 모습을 묘사한 다음,[50] '소유'로 포획되지 않는 자연의 세계에서 생명체의 끊임없는 생

---

50 "齋於山之阿, 起居飮食, 與嶺上雲氣相接, 故取陶隱居'只可自怡悅'之語以名之, 紀實也. 吾之居是齋也, 每晨起見白烟一縷蓬蓬觸石而起, 坌涌盪濔, 如奔馬如風檣, 盤旋乎山之腰脊, 已而沒頂及趾, 區甌凌亂, 殆擧林園人物而浮于空, 已而朝旭穿射, 輕飇披拂, 則倏忽迸散, 如鼇驚兔逝而杳然不可迹矣."(徐有榘, 「自怡悅齋記」, 『金華知非集』 卷第五, 『楓石全集』, 388면)

성과 순환, 생의 연속성, 영원한 생명력의 충만함을 확인한다.[51]

이상과 같이 서유구는 생동하는 사물의 모습 그 자체를 중시했다. 그의 사물 인식 기저에 놓인 근본 개념이 '자연경'自然經이다. '자연경'은 자연이 곧 근원적 텍스트라는 사고를 개념화한 것이다. 이 개념은 자연에 대한 감수성, 미의식, 사물 인식, 현실 인식, 학문관 등을 총결집한 것으로 각별한 주목을 요한다. 「자연경실自然經室 기문」은 '자연경'의 의미를 밝힌 글이다. 이 작품은 일부 선행 연구의 주목을 받긴 했지만,[52] 그 중요성에 상응하는 해석이 충분히 이루어졌다고는 하기 힘들다. 그럼 지금부터 「자연경실 기문」을 살펴보기로 한다. 일단 글의 전개 순서대로 서유구의 생각을 따라가 본다.

우선 서유구는 자연경실이라는 공간에 대한 구체적인 묘사로 말문을 연다.

> 번계樊溪 왼쪽에 어떤 집이 있는데 담장에 숨었다. 교창交牕을 내고 벽을 이중으로 하여 그윽한 것이 마치 감실龕室 같다. 이곳은 풍석자楓石子가 기거하며 독서하는 곳이다. 집 크기가 몇 칸 되지 않는데, 두루마리와 책갑이 그 절반을 차지한다. 정가운데

---

51 "夫如是則雲固出於山而山終不能有之, 而況於齋乎? 況於人於齋者乎? 是不幾於無其實而冒其名也乎? 水生於泉, 而及其奔流放諸海也, 泉不能有之; 葉敷于木, 而及其黃隕而辭條也, 木不能有之. 然而終不可謂水非泉之有而葉非木之有者, 誠以往者過而來者續, 原原乎無盡藏也. 山之有雲, 何以異此? 然則齋於山而雲以名之, 固也非冒也."(徐有榘, 같은 글, 같은 책, 같은 곳)
52 정우봉, 「19세기 시론 연구」(고려대 박사논문, 1992), 100∼101면; 한민섭, 「풍석 서유구 문학 연구」(고려대 석사논문, 2000), 52∼55면; 졸고, 「화훼에 대한 서유구의 감수성과 그 의미」(『한국실학연구』 제11호, 한국실학학회, 2006), 30∼34면; 이종묵, 『조선의 문화 공간』 4(휴머니스트, 2006), 375∼377면 참조.

에 작은 평상을 놓았고, 뒤에는 문목文木 병풍을 두었다. 병풍의 높이는 3척 남짓인데, 주름진 봉우리가 융기했고 그 아래에 얕은 못이 고여 있다. 거기에 원앙이 두 마리 있는데, 하나는 물에 떠 있고 하나는 물결을 스치니, 그 부리·털·뿔·깃털·발톱을 하나하나 가리킬 수 있다. 평상 모퉁이에 밀랍 조화造花를 꽂은 꽃병을 두 개 두었고, 그 밖에 벼루, 궤안, 정이鼎彝 등속을 대략 갖추었다. 그런대로 서권書卷의 운치를 도울 뿐, 구비되기를 구하지는 않았으니, 그렇다면 벼루·궤안·정이 또한 서권과 같다. 이에 지리지地理志의 이른바 "소실산少室山에 자연의 경서가 있다"라는 말을 취하여 '자연경실'自然經室이라고 문미門楣에 써 붙였다.

樊溪之左有屋隱於庽, 交牕複壁, 窈乎若龕, <u>楓石子</u>之所居而讀書也. 屋之深未數楹, 而卷弓緗袠占其半焉. 正中鋪小榻, 背設文木之屏, 屏高三尺餘, 皺峰隆起, 淺潭下匯, 中有鸂鶒二, 一泛一掠波, 其味觜羽爪, 可辨而指也. 隅榻而置蠟花二瓶, 它研几鼎彝之屬略具, 聊以助書卷之趣而已, 不求備也, 則研几鼎彝亦猶之書卷也. 於是取地志所謂<u>少室山</u>有自然經書之語, 榜諸楣曰<u>自然經室</u>.[53]

서유구는 마치 사진 찍듯이 자연경실을 묘사한다. 구체적인 장소와 방위를 적시한 것, 서실에 배치된 각종 기물의 명칭·위치·수량을 정확하게 밝힌 것 모두 자연경실의 모습을 소연하게 그리는 데 일조

---

53 徐有榘, 「自然經室記」, 『金華知非集』卷第五, 『楓石全集』, 386면. '地志' 운운한 것은 『수경주』(水經注)의 "「嵩高山記」曰: '山下巖中有一石室, 云有自然經書、自然飮食'"이라는 구절을 인용한 것이다.

한다. 그러면서도 묘사에 번간繁簡의 차이가 있다. 다른 기물에 비해 문목文木 병풍에 대한 묘사가 특히 세밀하다.

그런데 이런 모습을 한 서실이 어째서 '자연경실'로 명명될 수 있는가? 그 이유는 아직 미상이지만, 그 해답에 대한 암시가 전혀 없는 것도 아니다. 벼루, 궤안 등의 기물이 서적과 같다는 진술이 그것이다. 서유구는 사물과 서적의 연속성 내지 내적 연관성을 간결하게 지적한 셈이다. 하지만 이 정도로는 '자연경'의 의미를 충분히 밝혔다고 하기 힘들다. 오히려 통념적으로 보면, 경서經書는 성현聖賢이 지은 것이므로 '자연경'이란 용어는 성립하지 않는다. 그리고 서실이라는 공간 및 거기에 놓인 각종 기물은 대부분 인공물이므로 '자연경'의 '자연'과 상반된다고 받아들여질 소지가 적지 않다. 이런 통념을 서유구는 다음과 같이 허문다.

어떤 객이 그 의미를 물으며 말했다. "아마도 허언虛言이겠지? 그렇긴 하지만 어째서 기문을 지어 사실화하지 않나?"

풍석자가 말했다. "내 이미 기문記文을 지었네. 자네 아직 못 봤나?"

객이 말했다. "아직 못 봤네."

풍석자가 앞에 진열된 병풍, 평상, 꽃병의 조화造花, 벼루, 정이鼎彝를 가리키며 말했다. "이게 내 기문일세."

객이 눈을 휘둥그레 뜨며 말했다. "무슨 말인가?"

풍석자가 말했다. "자네가 내 방에 들어올 적에 내 문목 병풍을 보니 어떻던가?"

객이 말했다. "하도 교묘해서 처음에는 인공人工인 줄 알았네."

풍석자가 말했다. "내 꽃병의 조화를 보니 어떻던가?"

객이 말했다. "이것도 하도 교묘해서 처음에는 천공天工인 줄 알았네."

풍석지가 말했다. "문목을 두고 인공이라 한 것은 천공이 이처럼 공교로울 줄 생각하지 못한 것이고, 꽃병의 조화를 두고 천공이라 한 것은 인공이 이처럼 공교로울 줄 생각하지 못한 것이지. 그렇다면 하늘의 공교로움이 더 낫다 하겠는가, 아니면 사람의 공교로움이 더 낫다 하겠는가? 하늘과 사람이 번갈아 가며 더 나은 것이니, 그렇다면 사람 손에서 이루어진 죽간竹簡과 칠서漆書를 하늘이라고 유독 못 만들겠나?"

客有詢其義者曰: "噫其虛言與! 雖然盍記以實之?" 楓石子曰: "吾固已有記. 子未見邪?" 客曰: "未見也." 楓石子指屛榻、瓶花、硏彝之雜陳於前者曰: "此吾記也." 客瞠曰: "何謂也?" 楓石子曰: "子之入吾室也, 見吾文木之屛奚若?" 曰: "巧哉! 始吾疑爲人工矣." 楓石子: "見吾瓶花奚若?" 曰: "亦巧哉! 始吾疑爲天工矣." 楓石子曰: "謂文木人工者, 不意天工之若是巧也; 謂瓶花天工者, 不意人工之若是巧也. 將謂天之巧勝乎? 將謂人之巧勝乎? 天與人交相勝也, 則彼竹簡漆書之成於人者, 天獨不能爲乎?"[54]

'자연경실'이란 말이 허언虛言이라고 단정한 객客은 '인공적인 것'과 '자연적인 것'에 대한 이분법적 사고에 갇혀 있다. 이에 서유구는 자연경실에 비치된 문목 병풍과 밀랍 조화造花에 대한 객의 반응을

---

54 徐有榘, 같은 글, 같은 책, 386~387면.

통해 객의 통념을 깬다. 인공人工인 줄 알았던 문목이 실은 천공天工이고,[55] 천공인 줄 알았던 꽃이 실은 인공이다. 객의 이런 반응이 노정한 자기모순으로 인해 천공과 인공의 이분법은 그 타당성을 잃는다.

이렇게 객의 통념을 깬 뒤, 서유구는 천공과 인공이 다른 한쪽에 대해 일방적인 우위를 점하지 않고 상호 우위를 점한다고 지적한다. "하늘과 사람이 번갈아 가며 더 낫다"(天與人交相勝)란 말은 유우석劉禹錫(772~842)의 「천론」天論에서 원용한 것이다. 그러나 그 구체적인 의미는 다르다. 유우석의 이 말은 "하늘이 할 수 있는 것은 사람이 진실로 할 수 없고, 사람이 할 수 있는 것은 하늘이 또한 할 수 없는 바가 있다"[56]라는 뜻이다. 즉, 자연과 인위의 구분을 강조한 말이다. 반면 서유구는 그 둘의 차별성을 무화시키는 것까지는 아니지만, 그 둘의 상호 연관성을 강조한다. 이어서 사람만 글을 지을 수 있는 게 아니라 천지자연도 그럴 수 있다고 말한 데서 이 점이 분명해진다. 결국 서유구는 천공과 인위를 별개의 것으로 나누고 어느 한쪽에 일방적인 우월성을 부여하는 사고방식 자체를 탈피하고자 한 것이다.

그렇다면 이런 이분법적 통념이 생기는 이유는 무엇인가?

북방 사람이 있는데, 닭은 익히 알지만 붉은 꿩은 본 적이 없었다네. 그런데 그가 하루는 남방으로 가서 붉은 꿩을 보고 닭처럼 울기를 바랐지. 이는 습관으로 인해 백태가 낀 것일세. 그러

55　인용문을 보면, 문목 병풍에 보이는 산봉우리, 연못, 원앙새의 모습은 사람이 조각한 게 아니라 천연적인 무늬가 그렇게 된 것이 아닌가 짐작된다.

56　"天之能, 人固不能也; 人之能, 天亦有所不能也."(劉禹錫, 「天論」上, 『劉禹錫集』整理組 點校, 『劉禹錫集』, 北京: 中華書局, 1990, 67~68면)

므로 문목을 두고 인공이라 한 것은 사람의 그림이 백태가 된 것이고, 꽃병의 조화造花를 두고 천공이라 한 것은 천연의 꽃이 백태가 된 것이고, 자연경自然經을 두고 빈말이라 한 것은 성인聖人이 지은 글과 현인賢人이 조술祖述한 것이 경서라는 자네의 고정관념이 백태가 된 것일세. 자네는 어째서 자네의 백태를 긁어내고 자네의 가리움을 제거하고 자네의 몸을 잊고 자네의 총명을 버리고 소실산少室山에서 노닐면서 그 책을 들춰 보고 그 문장을 읽지 않는가? 그러면 빙그레 웃음을 띠면서 정신을 자유롭게 풀어 놓을 수 있지 않겠는가?

北方之人, 慣雞而未見鶩. 一日南行, 見鶩焉而求時夜者, 瞖於慣也. 故謂文木人工者, 人畫爲之瞖也；謂瓶花天工者, 天花爲之瞖也；謂自然之經虛言者, 子所慣聖作賢述之經爲之瞖也. 子何不刮子之瞖, 去子之蔽, 墮子形體, 吐子聰明, 以遊乎少室之山, 以披其裘, 讀其文焉, 將無迺囅然而釋於神邪?[57]

서유구는 천공과 인공에 대한 이분법적 시각을 초래하는 것을 '백태', '가리움', '몸', '총명'이란 말로 지칭한다. 북방 사람 이야기에서 확인되다시피, '백태'와 '가리움'은 모두 좁은 소견과 경험에 의한 선입견과 고정관념을 뜻한다. 몸을 잊고 총명을 버린다는 것은 『장자』「재유」在宥에 나오는 말로,[58] 물아物我의 구분을 초월하여 그 근원적

---

57 徐有榘, 「自然經室記」, 『金華知非集』卷第五, 『楓石全集』, 387면.

58 "鴻蒙曰：'意! 心養. 汝徒處无爲而物自化. 墮爾形體, 吐爾聰明, 倫與物忘；大同乎涬溟, 解心釋神, 莫然无魂.'"(『莊子』, 「在宥」第十一；王叔岷, 『莊子校詮』, 臺北：中央

인 연관성을 파악한다는 뜻이다. 여기서는 인공과 천공을 별개로 보는 협소한 인식을 탈피한다는 뜻으로 전용轉用되었다. 이렇게 사물과 자연에 대한 이분법적 인식에서 벗어나면, 자연이야말로 근원적인 텍스트라는 사실이 시야에 들어온다. 그 근원적인 텍스트를 서유구는 소실산少室山의 책과 문장이라고 부른다.

그런데 서유구는 천공과 인공에 대한 이분법적 접근을 탈피하고자 하지만, 여전히 천공과 인공이라는 개념쌍에 의지하고 있다. 따라서 그 둘의 근원적인 연관성에 대해 더 철저하게 사유하기 위해서는 다른 차원으로의 이행이 필요하다. 서유구는 이렇게 말한다.

> 그리고 자네가 문목을 인공으로 여겼던 것은 조각하고 점철點綴한 것이 그림 같아서네. 하지만 그림은 또 모방한 대상이 있으니, 그림이 모방한 것은 자연의 참모습일세. 아까 말한바 주름진 봉우리와 원앙의 참모습은 과연 누가 조각하고 누가 점철했는가? 자네는 이 점을 조금도 의심하지 않고 저 문목이 그 모습과 닮은 것을 한번 보고는 곧 눈을 휘둥그레 뜨며 깜짝 놀라 신묘하다고 했으니, 그 의혹됨이 참 심하군. 이제 육경六經의 글로 말하면, 또한 성인이 만물의 실정을 잘 그린 것일세. 그대는 어째서 육경을 그림으로 삼고 만물을 원앙으로 삼고 자연의 경전을 문목 병풍으로 여겨 내 말에 반관反觀하지 않는가? 그러면 흡족하여 마음에 맞지 않겠나?
>
> 且子之疑乎文木者, 以其雕鏤點綴之似畵耳. 然畵又有所

研究院歷史語言研究所, 1988, 397면)

似, 畫之所似者眞也. 向所謂皴峰瀾鶺之眞者, 果孰雕鏤之
孰點綴之, 而子曾是之不疑, 一見夫文木之肖其形, 則洒覷
覰然該以爲神, 甚矣其惑也! 今夫六經之文, 亦聖人所以善
畫萬物之情者也. 子何不以六經爲圖畫, 以萬物爲瀾鶺, 以
自然之經爲文木之屛, 而反觀于吾言, 將無乃犁然而契於心
耶?[59]

이제 '천공'과 '인공'의 근원적인 관계에 대한 사고는 사물의 참된
모습에 대한 사고로 심화된다. 여기서 서유구는 '眞'과 '似'를 대비
시킨다. '眞'은 사물 그 자체이고, '似'는 사물의 모습과 외형적으로
는 유사하지만 사물 그 자체는 아닌 것이다. '眞'이 원본이라면, '似'
는 그 원본의 모방이다. 즉, 글을 짓고 예술품을 만들고 공예품을 제
작하는 등의 인간 행위 일체의 근원이 되는 것이 바로 자연이다. 결
국 자연이 인위적인 것 내지 문화적인 것보다 선차적인 중요성을 갖
는다. 이런 근원적인 층위까지 파고 들어가서 다시 생각해 보면, 경
서는 그저 성현이 남긴 책이 아니라, 삼라만상의 참된 모습을 훌륭하
게 그린 그림이다.

이런 사고를 바탕으로 서유구는 다음과 같이 말한다.

내가 예전에 들으니, 경서는 언어에 의지해 이루어진 것이라고
하더군. 언어는 뜻에 의지하고, 뜻은 마음에 의지하고, 마음은
도道에 의지하네. 그래서 도가 있는 곳이 곧 경서가 있는 곳이

59　徐有榘, 「自然經室記」, 『金華知非集』 卷第五, 『楓石全集』, 387면. '犁然而契於心'
은 『장자』 「산목」(山木)의 "犁然有當於人心"이란 구절을 변용한 것이다.

지. 도라는 것은 분분하여 하지 않는 게 없고 주밀周密하여 붙어 있지 않은 데가 없어, 기와와 벽돌에도 있고 똥과 오줌에도 있는데, 더구나 벼루·궤안·정이鼎彝 등속은 어떻겠나? 자네가 또 벼루, 궤안, 정이에서 구해 보면, 굳이 기문에 의지하지 않더라도 알 수 있을 것이니, 이것이 이름하여 '자연의 기문'일세.

蓋吾嘗聞之: 經者待言而成者也. 言待於意, 意待於心, 心待於道. 故道之所在, 卽經之所在也. 道之爲物也, 紛乎其無不爲也, 密乎其無不寄也. 在於瓦甓, 在於屎溺, 而況乎研几鼎彝之屬邪? 子又求諸研几鼎彝, 則將有不待記而知者, 是其名也謂之自然之記.[60]

사물의 참된 모습이라는 차원에서 더 파고 들어가 서유구는 '道'의 차원에서 자연이라는 근원적인 텍스트에 대해 사유한다. 경서는 언어에 의지하지만 그것은 표면적으로 봤을 때 그런 것이다. 그 근원으로 소급해 들어가면, 경서는 결국 도에 의지한다. 이런 차원에서 보면, 도가 있는 곳이면 곧 어디든 경서가 있는 곳이다. 그렇다면 도는 어디에 있는가? 서유구는 도의 편재성을 강조한다. 도는 없는 데가 없다. 아무리 하찮고 더러워 보이는 것에도 도가 있다. 따라서 세상의 삼라만상 일체가 근원적 텍스트, 즉 '자연경'이 된다.

이상으로 일단 「자연경실 기문」의 전개 순서대로 서유구의 생각을 따라가 보았다. 그렇다면 '자연경'의 사상적 기반은 무엇인가? 우선 지적할 수 있는 것은 노장老莊사상이다. 앞서 지적했다시피, 서유

---

60 徐有榘, 같은 글, 같은 책, 같은 곳.

구가 이분법적 사고에 속박된 통념을 넘어설 것을 강조하면서 몸을 잊고 총명을 버리라고 한 것은 『장자』에 근거를 둔다. 더 나아가 '道'의 견지에서 사연을 근원적 텍스트로 사유한 섯 역시 『장자』에 바탕을 둔다. 표면적으로 보면 경서는 언어로 되어 있지만, 근원적인 층위에서 보면 '도'에 의지해 있다는 사고는 『장자』「천도」天道에 그 연원을 둔다.[61] 그리고 '도'는 없는 데가 없어서, 흔히 하찮고 더러운 것으로 치부되는 것에도 모두 도가 있다는 관점은 『장자』「지북유」知北遊에 기반을 둔다.[62] 서유구는 『장자』의 해당 구절이나 어휘를 원용하거나 변용함으로써 자신의 글과 『장자』 사이의 관련성을 분명히 하고 있다.

그다음으로 지적할 수 있는 것은 선천역학先天易學이다. 경서는 사물의 참된 모습을 그린 그림이라는 사고의 연원은 『주역』周易「계사전」繫辭傳의 다음 구절까지 소급될 수 있다: "옛날에 포희씨包犧氏 (복희伏羲)가 천하를 다스릴 적에 위로는 하늘에서 상象을 관찰했고, 아래로는 땅에서 법法을 관찰했고, 새와 짐승의 무늬와 천지의 마땅함을 관찰했고, 가까이는 자기 몸에서 취하고 멀리는 물物에서 취하여, 이에 8괘를 만들어 신명神明의 덕德을 통하고 만물의 실정을 분류했다."[63] 「계사전」의 이 구절은 경서 일반에 대한 직접적인 언급은

---

61 "世之所貴道者書也, 書不過語, 語有貴也. 語之所貴者意也, 意有所隨. 意之所隨者, 不可以言傳也."(『莊子』, 「天道」第十三; 王叔岷, 『莊子校詮』, 臺北: 中央研究院歷史語言研究所, 1988, 498면)

62 "東郭子問於莊子曰: '所謂道, 惡乎在?' 莊子曰: '无所不在.' 東郭子曰: '期而後可.' 莊子曰: '在螻蟻.' 曰: '何其下耶?' 曰: '在稊稗.' 曰: '何其愈下耶?' 曰: '在瓦甓.' 曰: '何其愈甚耶?' 曰: '在屎溺.' 東郭子不應."(『莊子』, 「知北遊」第二十二; 王叔岷, 같은 책, 828면)

63 "古者包犧氏之王天下也, 仰則觀象于天, 俯則觀法于地, 觀鳥獸之文與地之宜, 近

아니고 8괘의 성립에 대한 언급이다. 그렇긴 하나 복희씨가 삼라만상을 관찰하여 그 참된 모습을 8괘로 그려 낸 시원적인 순간으로 소급해서 사유하는 관점이 「자연경실 기문」의 근간이 된다. 복희씨가 획을 그어 만든 역易을 선천역先天易이라 한다.

선천역학 내에도 몇 가지 계통이 나뉘는데, 서유구에게 큰 영향을 끼친 것은 소옹邵雍(1011~1077)의 『황극경세서』皇極經世書이다. 경서는 만물의 실정을 그린 그림이라고 말하면서 서유구는, 이런 관점에서 사물을 '반관'反觀하라고 당부한다. 선행 연구들은 대개 '반관'이란 말을 그저 '돌아보다'라는 뜻의 평범한 단어로 보아 넘겼지만, 이말은 소옹 선천학先天學의 핵심 개념의 하나이다. '반관'은 관찰자의 주관과 선입견을 개입시키지 않고 사물의 관점에서 사물을 보는 것이다. 이런 관점에서 사물을 보면 사물과 관찰자 사이의 근원적인 연관성이 드러난다.[64]

이렇듯 서유구의 '자연경 사상'은 노장사상과 소옹의 선천역학에 기반을 두고 있다. 앞에서 본서는 서유구가 『장자』를 공들여 읽었으며 서유구 산문에서 『장자』가 중요한 역할을 한다고 강조한 바 있다. 그런데 이제 「자연경실 기문」에 대한 검토를 마친 시점에서, 『장자』의 중요성이 더 강조될 필요가 있다. 서유구 산문에서 보이는 구법句法의 특징, 의표를 찌르는 발상, 탈속적 인생관 뿐 아니라, 이분법적

取諸身, 遠取諸物, 于是始作八卦, 以通神明之德, 以類萬物之情."(『周易正義』卷第八「繫辭」下;『十三經注疏』整理本, 北京: 北京大學出版社, 2000, 350~351면)

64　『황극경세서』의 해당 부분을 들면 다음과 같다: "聖人之所以能一萬物之情者, 謂其聖人之能反觀也. 所以謂之反觀者, 不以我觀物也. 不以我觀物者, 以物觀物之謂也. 既能以物觀物, 又安有我於其間哉! 是知我亦人也, 人亦我也, 我與人皆物也."(邵雍, 「觀物內篇」第十二篇; 郭彧 整理, 『邵雍集』, 北京: 中華書局, 2010, 49면)

사고의 틀을 넘어서서 자연을 근원적 텍스트로 대하는 사물 인식과 미의식에 이르기까지, 『장자』가 핵심적인 역할을 하고 있다고 파악되기 때문이다.

또 한 가지 주목할 만한 것은 가학家學의 영향인데, 이 점에 대해서는 추후에 상론하기로 한다. 여기에 덧붙여 화론畵論 등 인접 영역과의 관련에도 유의할 필요가 있다. 동아시아 미학에서 자연은 선차적 중요성을 갖는다. 일례로 동기창董其昌(1555~1636)은 "화가가 옛 사람을 스승으로 삼는 것이 이미 원래 상승上乘이지만, 여기서 더 나아가 마땅히 천지를 스승으로 삼아야 한다"[65]라고 말했는데, 서유구는 이 글을 포함하여 이와 유사한 몇몇 화론을 '천지를 스승으로 삼는 것을 논함'(論師天地)이란 제목으로 『임원경제지』에 수록한 바 있다.[66] 따라서 서유구가 이런 화론에 유의했던 것이 틀림없다.

그런데 「자연경실 기문」은 사상적 측면에서뿐 아니라 산문 기법의 측면에서도 주목된다. 「자연경실 기문」은 자연에 대한 서유구의 근원적 사유를 담은 글인 동시에 잘 짜인 산문 작품이다. 우선 서유구는 자연경실에 대한 구체적인 묘사로 말문을 연다. 그 묘사는 대단히 객관적이고 사실적으로 보이지만, 오히려 더 큰 의문을 남겨 놓는다. 그 묘사 뒤에 서유구는 이에 '자연경실'이라고 써 붙였다고 밝혔지만, 그 묘사가 '자연경'이란 개념과 어떻게 연관되는지는 불분명하다.

---

65 "畫家以古人爲師, 已自上乘, 進此當以天地爲師."(董其昌, 「畫旨」, 『容臺別集』 卷之四;『四庫禁燬叢刊』 集部 32, 501면) 「畫眼」 제36則에는 '已自上乘'이 '已是上乘'으로 되어 있다(黃賓虹·鄧實 編, 『美術叢書』, 南京: 江蘇古籍出版社, 1986, 130면). 번역은 변영섭·안영길·박은화·조송식 옮김, 『화안』(시공사, 2003), 103면을 참조하여 필자가 수정한 것이다.

66 徐有榘, 「畫筌」, 『遊藝志』 卷第四, 『林園十六志』 5, 147면.

이렇게 독자의 궁금증을 불러일으킨 다음, 서유구는 객客과의 대화를 도입한다. 그런데 객과의 대화로 넘어가기 전에 한 가지 더 눈여겨볼 것이 있다. 자연경실에 비치된 물건에 대한 묘사는 매우 객관적인 필치로 이루어졌지만, 모든 물건이 동일한 비중을 차지하는 것은 아니다. 그중에서 문목 병풍에 좀 더 초점이 맞추어졌다. 다른 서술에 비해 문목 병풍에 대한 언급이 분량상 가장 큰 비중을 차지할 뿐 아니라, 그 구체적인 묘사 역시 가장 정채롭다. 이렇게 문목 병풍이 남긴 뚜렷한 인상이 글의 서두에서부터 독자에게 각인되는 것이다.

그다음 서유구는 객과의 대화를 통해, 천공과 인공에 대한 이분법적 통념을 허문다. 서유구는 상대방에게 질문을 던지고, 그에 대한 상대방의 대답에서 허점을 끄집어내는 접근법을 취한다. 통념을 깨기 위한 효과적인 방법이라 생각된다. 서유구가 도입한 대화식 구성은, 단순히 형식적인 혹은 수사적인 것이 아니라, 사유를 진전시키는 정신의 운동 과정을 구조화한 것이다. 그런데 그 대화에서 화제가 된 것은 문목 병풍과 밀랍 조화다. 이로써 객과의 대화는, 한편으로는 사고의 전환과 확장을 동반하면서도, 다른 한편으로는 서두의 자연경실 묘사와 조응된다. 그러나 그 조응은 기계적이지 않으며, 대화 형식과 결합됨으로써, 인식의 확장을 돕는 유력한 장치가 된다.

이어서 서유구는 북방 사람의 우언寓言을 통해, 좁은 소견에 바탕을 둔 편견과 선입견의 한계를 인상적으로 부각시킨 다음, 다시 문목 병풍과 밀랍 조화를 거론하는 한편, '자연경'을 '소실산少室山의 책과 문장'이라고 지칭한다. 이로써 서유구의 언술은 서두의 자연경실 묘사와 다시 한 번 조응된다. 더 나아가 서유구는 사고를 심화시켜, 경서는 곧 삼라만상의 참된 모습을 그린 그림이라는 생각을 피력하는데, 그 구체적인 내용 역시 서두의 문목 병풍 묘사와 조응된다. 이로써 서두의 문목 병풍이 곧 '자연경'으로 부각된다. 끝으로 서유구는 도의 편재성을 강조하면서 기와·벽돌·똥·오줌 등 통념상 하찮고 더러운 것으로 치부되는 사물들을 나열한 뒤, 벼루·궤안·정이鼎彝 등을 나열하는데, 이 역시 서두의 자연경실 묘사와 하나하나 조응된다.

결국 서두의 자연경실 묘사가 글 전체를 관통하고 있는 셈이다. 이런 편장법상의 특징은 우선 글의 통일성을 유지하는 데 기여한다. 기실 「자연경실 기문」은 상당히 다층적으로 구성되어 있다. 「자연경실 기문」은 '자연경'과 관련된 사고를 계속 심화·확장하는 방향으로 진행되는바, 각각의 사유의 국면에 맞게 서유구는 서술 방법을 적절히 바꾼다. 서두는 마치 사진으로 찍은 듯한 사실적 묘사로 시작된다. 그다음으로 대화체가 도입된다. 이어서 '자연경'에 대한 서유구의 사유가 펼쳐지는데, 우화가 삽입되기도 하고, '眞'이나 '道'의 차원으로 사고가 심화되기도 한다. 이렇듯 「자연경실 기문」은 다층적 사유를 담고 있고, 그에 상응하게 그 필치도 다양하다. 그러면서도 그 다양한 내용들은 서두의 자연경실 묘사와 하나하나 조응됨으로써, 입체적이되 산만하지 않고 통일성을 확보한다. 뿐만 아니라 이런 조응 관계를 통해, 자연경실 묘사 속에 등장한 문목 병풍 등의 물건은 동일한 물건이되 각 사유의 국면에 따라 다각도로 음미된다. 이로써 하나의 사태를 이런저런 각도에서 곱씹어 가며 사유를 심화시키는 사색의 과정이 문체적으로 구현된다.

이렇게 보면, 서두의 자연경실 묘사가 글 전체에 걸쳐 관통하는 것은 단순한 수사적 조응이 아니다. 자연경실 묘사로부터 '자연경'에 대한 다층적 사유가 흘러나와 한 편의 글로 구성되며, 이로써 자연경실 묘사가 곧 '자연경'을 구현하기에 이른다. 요컨대 「자연경실 기문」의 편장법상의 특징은 자연경실이라는 공간, '자연경' 개념, 자연경실에 대한 기문, 이 셋의 일체화를 구조화한 것이다. 이 점은 「자연경실 기문」의 마지막 문장을 통해 한층 더 분명해진다. 서유구는 벼루, 궤안 등 자연경실의 기물 그 자체가 곧 자연경이라고 강조하면서, 이것이 곧 '자연의 기문記文'이라고 말한다. 자연경실이 곧 '자연경'이므로 그에 대한 인위적인 글은 필요하지 않으며, 자신의 입에서 흘러나온 말이 곧 자연스럽게 기문이 된다는 말이다. 이렇게 '자연경'에 대한 서유구의 설명이 저절로 기문이 되게 한 구성 방식이야말로 '자연경'이란 개념에 합당하다고 할 수 있다.

이상으로 「자연경실 기문」을 살펴보았다. '자연경' 개념은 자연의 근원적 의미를 망각하게 하는 편견과 선입견에 대한 비판 정신, 그리고 아무리 하찮은 것에도 도道가 있다는 관점을 내포한다. 어떤 것을 하찮은 것으로 치부하고 도외시하는 편견에는 위계적 가치 판단이 개입되어 있다. 그 위계화는 단순히 관념의 차원에서 머무르지 않고 현실적 의미를 갖는다. 따라서 '생동하는 사물 인식'은 '자연경' 개념을 매개로 하여 현실 인식으로 발현될 법하다. 이제 이 문제로 넘어가기로 한다.

3. 생활 세계에의 밀착적 접근

(1) 농업 문제에 대한 구체적 인식

서유구는 실용을 중시했다. 이런 그의 문제의식을 구현한 것이 농학農學이다. 서유구가 농학자라는 사실은 익히 알려져 있다. 선행 연구들을 통해 서유구의 결부제結負制 개혁론, 양전법量田法 개정론, 둔전론屯田論, 농업 기술론, 농업 경영론 등이 두루 밝혀졌다.[67] 그런데 이들 선행 연구의 시각은 좁은 의미의 '농학'에 국한되어 있다. 이 점은 연구 목적상 정당한 것이자 불가피한 것으로 생각된다. 그러나 서유구의 농학은 삶에 대한 근본적이고 총체적인 성찰을 담고 있는바, 농업에 대한 전문 지식은 물론, 인간과 삶에 대한 관점, 사회에 대한 전망을 담고 있으며, '농학'이라는 좁은 테두리에 국한되지 않고 조선 후기 학술사의 동향과 폭넓은 연관을 맺는다. 따라서 농학과 관련된 서유구의 글들은 보다 넓은 관점에서 일종의 '사상적 작품'으로 읽을 필요가 있다.

그럼 농학에 치력한 그의 근본적인 문제의식은 무엇인가? 다음은 「『행포지』杏蒲志 서문」이다.

> 지금 온 천하의 물건 가운데 우주를 통틀어, 그리고 고금에 걸쳐 단 하루라도 없어서는 안 되는 것 중에 무엇이 가장 중요한가? 곡식이다. 지금 온 천하의 일 가운데 우주를 통틀어, 그리고 고금에 걸쳐 신분이 높건 낮건 지혜롭건 어리석건 간에 단 하루라도 몰라서는 안 되는 것 중에 무엇이 가장 중요한가? 농사다.
>
> 내가 늘 괴이하게 여기는 일이 있다. 세상 사람들은 『맹자』孟子의 '남을 다스린다'느니 '남의 다스림을 받는다'라는 글을 오독하여, 천시天時를 이용하고 지리地利를 따르는 일을 모두 어

---

67 김용섭, 신정 증보판 『한국근대농업사연구』(1)(지식산업사, 2004), 148~176면 및 185~209면; 김용섭, 신정 증보판 『조선 후기 농학사 연구』(지식산업사, 2009), 432~478면; 유봉학, 『연암일파 북학사상 연구』(일지사, 1995), 210~229면; 염정섭, 「19세기 초반 서유구의 『임원경제지』 편찬과 「본리지」의 농법(農法) 변통론」(『쌀·삶·문명연구』 2, 전북대 인문한국 쌀·삶·문명연구원, 2009), 44~68면.

리석은 농부에게 맡겨 놓고, 그가 대충대충 일한 소출을 가만히 앉아 보답으로 받을 뿐 제대로 살피지 않는다. 이는 맹자가 '남을 다스린다'라고 말한 것이 바로 부지런히 농사에 힘쓰는 방법으로 다스리는 것임을 도무지 모르는 것이다. 그렇지 않다면, 맹자가 왕도王道를 논할 적에 어째서 맨 먼저 농지와 마을을 정비하고 수목樹木과 축산을 감독하는 것에 대해 확고하게 주장하고 상서庠序의 교육은 오히려 두 번째로 중요한 것으로 두었겠는가?

今夫擧天下之物而求其通宇宙·亘古今, 不可一日缺者, 孰爲最乎? 曰穀. 今夫擧天下之事而求其通宇宙·亘古今, 無貴賤智愚, 不可一日昧然者, 孰爲最乎? 曰農.

吾一怪夫世之人誤讀『孟子』治人治於人之文, 遂以用天分地之事, 一付諸蚩蚩之氓, 坐受其鹵莽滅裂之報而莫之省焉, 獨不知孟子所謂治人, 政以劭農務本之道治之耳. 不然, 其論王道, 何以首先斷斷乎制田里·董樹畜, 而庠序之敎猶在第二義也乎?[68]

사람은 먹지 않고서는 살 수가 없다. 이것은 누구나 아는 사실이다. 하지만 또 쉽게 망각하는 것이기도 하다. 특히 조선 같은 유교 국가에서 농업에 대한 괄시는 유교 경전의 편의적 해석을 통해 정당화된다. 서유구는 그 부당성을 지적하면서 식량과 농업의 근본적인 중요성을 강조한다. 식량은 단순한 물건이 아니다. 인간의 생존을 위한

---

68 徐有榘, 「杏蒲志序」, 『金華知非集』 卷第三, 『楓石全集』, 353면.

필수 불가결의 조건이다. 농업은 하찮은 일이 아니다. 일체의 시간적·공간적·신분적·개인적 차이를 초월하는 우위를 점한다.

서유구의 이런 통찰은 추상적인 관념의 소산이 아니라, 구체적인 체험에 입각한 것이다. "나도 밭이랑에서 일하고 있는 처지니 진실로 남의 다스림을 받고 남에게 식량을 제공하는 부류이다. 농가農家에서 고생해 가며 점점 경험을 쌓다 보니 우리나라 풍속이 나태하여 개도開導할 방법이 없는 것을 개탄하게 되었다"[69]라고 하면서 서유구는 자신을 '농업 종사자'로 위치 지운다. 방폐기 동안 그는 스스로 고생해 가며 농사 경험을 쌓았다. 식량과 농업에 대한 그의 문제의식은 이런 현장 체험에 바탕을 둔 것이다. 실제로 「의상경계책」擬上經界策, 『행포지』杏蒲志, 『임원경제지』 등에는 모두 현장 체험에 입각한 주장이 개진되어 있다.[70]

그런데 농사 경험은 현장의 생생한 지식을 제공할 뿐이 아니다. 다음은 서문의 말미다.

아! 천하에 학술을 연구하는 사람이 많다. 구류九流 백가百家가 다투어 자기 학설을 세워, 전대前代를 계승하고 후대에 빛나기를 바라는 게 얼마나 많은가? 나는 유독 농가자류農家者流에 각별히 공을 들여 나이가 들고 기력이 다하도록 그치지 않았다.

---

69 "余也跡蟄畎畝, 固治於人而食人之類耳. 田家作苦, 積有經驗, 竊有慨乎東俗之窳惰, 而無法以牖之."(徐有榘, 같은 글, 같은 책, 같은 곳)

70 구전법(區田法)의 장점을 논하면서 1811년과 1814년의 경험을 근거로 제시한 것이 그 예다. 「田制」(『杏蒲志』卷1, 한국근세사회경제사료총서 『農書』36, 아세아문화사 영인, 1986, 41면), 「田制」(『本利志』卷第一, 『林園十六志』1, 55면) 등에서 1811년의 일에 대한 언급이 보이고, 「擬上經界策」下(『金華知非集』卷第十二, 『楓石全集』, 527면)에서 1814년의 일에 대한 언급이 보인다.

이는 정말 어째서인가?

　나는 예전에 경학經學을 연구한 적이 있는데, 말할 만한 것은 예전 사람들이 이미 모두 말해 놓았다. 그러니 내가 또 두 번 말하고 세 번 말한들 무슨 보탬이 되겠는가? 나는 예전에 경세학經世學을 한 적이 있지만, 그것은 처사處士가 머릿속으로 생각해 본 말이라 흙으로 만든 국일 뿐이요 종이로 빚은 떡일 뿐이니, 아무리 공교로운들 무슨 보탬이 되겠는가?

　이런 회의적인 생각이 들자 범승지范勝之와 가사협賈思勰의 농학에 매달렸으니, 오늘날 앉아서는 말할 수 있고 일어서는 실용에 적용할 수 있는 것은 오직 이것뿐이며, 조금이나마 천지가 나를 길러 준 은혜에 보답하는 길도 여기에 있고 저기에는 없다고 내 딴에는 생각했다. 아! 그러니 내 어찌 그만둘 수 있겠는가?

　하루도 늦춰서는 안 되는 급선무인데도 온 세상 사람들이 하찮게 여겨 달가워하지 않는 일로 되어 버려, 한번 경작하면 백 사람이 먹을 수 있는데도 10년 동안 9년간 흉년이 들었으니, 떠돌아다니다 굶어 죽어 구학溝壑에 뒹구는 저 사람들이 무슨 잘못이란 말인가? 그렇다면 이 책을 저술한 것이 어찌 또 다만 임하林下에서 자기 힘으로 노동하여 먹고사는 선비를 위한 것일 뿐이겠는가? 세상의 대인 선생大人先生들이여 비웃지 말라!

噫! 天下之治方術者多矣. 九流百家競樹堳埴, 冀以承前而耀後者何限? 余獨弊弊乎農家者流, 窮老盡氣而不之止者, 是誠何爲也? 吾嘗治經藝之學矣, 可言者, 昔之人言之已盡, 吾又再言之ㆍ三言之, 何益也? 吾嘗爲經世之學矣, 處士揣摩之言, 土羹焉已矣, 紙餠焉已矣, 工亦何益也? 於是乎廢然

匍匐于<u>范勝之</u>、<u>賈思勰</u>樹蓺之術, 妄謂在今日坐可言、起可措
之實用者, 惟此爲然, 而其少酬天地祿養之恩, 亦在此而不
在彼. 嗟乎, 余豈得已哉! 夫以一日不可缺之務, 而當擧世鄙
不屑之餘, 一耕百食, 十年九荒, 彼轉輾溝壑者何辜也? 然
則是書之述, 又豈徒爲林下食力之士而作也? 世之大人先
生, 其勿哂之也夫![71]

서유구는 자신이 일평생 농학에 치력한 이유를 세 가지로 설명한
다. 경학과 경세학에 대한 회의가 첫 번째 이유이고, 실생활에 적용
가능한 구체적인 앎의 추구가 두 번째 이유이고, 하늘과 땅의 은혜를
갚는 것이 세 번째 이유이다. 이 세 가지는 모두 방폐기의 체험에서
연유한 것으로 상호 연관성을 갖는다.

집안의 몰락과 더불어 서유구는 생계 문제로 전전긍긍하는 신세
가 된다. 그토록 흔했던 쌀이 그토록 귀해진 것이다. 그래서 서유구
는 "우주를 통틀어, 그리고 고금에 걸쳐 단 하루라도 없어서는 안 되
는 것"이 곡식이라는 사실을 뼈저리게 느꼈을 터이다. 아울러 서유구
는 이제까지 노동 없이 풍족한 삶을 누린 자신이 기실 하늘과 땅에

---

71 徐有榘, 「杏蒲志序」, 『金華知非集』 卷第三, 『楓石全集』, 353~354면. '九流'는 유
가자류(儒家者流), 도가자류(道家者流), 음양가자류(陰陽家者流), 법가자류(法家者
流), 명가자류(名家者流), 묵가자류(墨家者流), 종횡가자류(縱橫家者流), 잡가자류(雜
家者流), 농가자류(農家者流)다. '坐可言、起可措之實用'은 『순자』(荀子) 「성악편」(性惡
篇)의 "凡論者貴其有辨合有符驗. 故坐而言之, 起而可設, 張而可施行"이란 구절에 근
거를 둔 것이다. '一耕百食'은 한번 파종하면 백 사람이 먹을 수 있을 만큼의 소출이 있
는 상등(上等) 토지를 뜻한다. 『농정전서』(農政全書) 권7 「농사」(農事) 〈영치〉(營治) 하
(下)에 "古者分田之制: 上地, 家百畝, 歲一耕之; 中地, 家二百畝, 間歲耕其半; 下地,
家三百畝, 歲耕百畝, 三歲一周" 운운한 구절이 보인다. 참고로 '一耕百食'은 유기(劉基)
의 「북상감회」(北上感懷)에 보이는 '一耕而十食'이란 말과 상통한다.

빚을 진 존재라고 스스로 반성했다. 사회적 존재와 자연적 존재로서 자기반성을 한 것이다.[72]

더 나아가 빈곤의 체험은 학문적 전환의 계기가 된다. '굶주림'의 문제를 통과하면서 서유구는 경학과 경세학 대신 농학 연구에 매진하기로 결심한다. 그렇게 말하는 서유구의 어조는 겸허하게 들리지만 학술사적으로 주목되는 점이 있다. 그는 자신의 학문을 '농가자류'農家者流로 규정한다. '농가자류'는 '구가자류'九家者流의 하나이다. 서유구는 농학이 여타 여덟 가지 학파와 차별화되는 독자적인 학문 영역임을 천명한 것이다.

조선조에서 주류 학문의 지위를 점한 것은 단연 유학儒學, 그 중에서도 성리학이었다. 하지만 '구가자류' 개념으로 소급해 들어가면 유학은 구가자류 중 '유가자류'儒家者流에 해당할 뿐이다. 물론 서유구가 '구가자류' 개념을 도입함으로써 적극적으로 유학을 상대화했다고까지는 보기 어렵다. 그러나 유학이 여타의 학문과 사상을 압도하는 위계적 구도를 어느 정도 약화시키면서 농학의 독자적인 가치를 옹호했다고는 할 수 있을 듯하다. 서유구는 빈곤을 정직하게 직면하고 가난한 삶에 충실함으로써 '조선의 농가자류'로 자기정립을 할 수 있었던 것이다.

서유구에게 농학은 하늘과 땅의 은혜에 보답하는 길이자 굶주림을 해결하는 길이다. 따라서 서유구의 농학은 단순한 도구적 지식의 나열로 그치지 않고 자기반성적 자세를 동반하며 정치적·사회적 무게를 갖는다. 식량 문제에 대한 서유구의 인식이 추상성을 탈피할 수 있었

---

[72] 방폐기의 빈곤 체험과 서유구의 자기반성에 대해서는 추후에 상론한다.

던 것은 궁극적으로 이런 성찰적 자세 덕분이 아닌가 한다.

굶주림의 해결을 위한 서유구의 분투는 공염불로 그치지 않았다. 그는 전라도 관찰사로 재직했을 당시, 농정農政과 구휼에 힘썼다.[73] 그중 고구마 재배법을 보급한 사실이 잘 알려졌다. 1834년에 호남湖南을 시찰하다 기근의 참상을 목도한 그는 고구마 종자를 배포하는 한편, 그 재배법을 정리한 『종저보』種藷譜를 간행·배포한다.

「『종저보』 서문」은 기근 문제에 대한 서유구의 고심을 잘 보여 준다.[74] 기근의 심각성은 자명해 보인다. 그럼에도 불구하고 그 문제가 좀처럼 해결되지 않는 것은 어째서인가? 사람 탓이다. 기근 문제가 아예 방치되었기 때문이다. 우선 농민 스스로가 그 문제를 방치하고 있다. 자구책自救策을 강구하는 대신 땅을 버리고 떠나는 사람이 속출하니 문제가 해결되지 않는다. 그러나 이것은 불가피한 점이 크므로 농민 잘못이라 할 수 없다. 서유구는 그 책임을 위정자에게 돌린다. 위정자의 방관적 태도를 두고 그는 마치 남의 나랏일처럼 본다고 꼬집는다.

1792년에 호서湖西·호남에 기근이 들자 조정에서는 수령을 파견

---

73 손병규, 「서유구의 진휼정책: 『완영일록』·『화영일록』을 중심으로」(『대동문화연구』 42집, 성균관대 대동문화연구원, 2003), 95~104면 참조.

74 "歲甲午, 余巡按湖南, 見蘆嶺南北徃徃有平疇衍壚一望汙萊, 詢之土人, 曰:‘徃値己巳、甲戌之饑, 佃戸流亡, 鎡基不入者久矣.’噫! 天與之時, 地與之産, 皆所以養人也. 而特因人工之不逮, 抛天之時, 錮地之産, 横計於土地所失者, 將不知爲幾千萬億. 竪計於歲年, 巧曆何以窮其數哉! 誠使八口之家凡有荒陂隙地, 輒種藷數十百區, 則其至死不饑, 何渠讓於汶山之蹲鴟, 而一任岾寙, 殆若越人之視秦瘠, 彼轉輾溝壑者何辜也? 余爲是懼, 亟訪藷種於産藷州郡, 頒諸列邑. 且取皇明徐玄扈「甘藷疏」、我東姜、金二氏之譜, 彙類編纂, 用聚珍字擺印廣布, 以詵其種藝之法焉."(徐有榘,「種藷譜序」,『楓石全集』, 356면)‘汶山之蹲鴟’는『사기』(史記)「화식열전」(貨殖列傳)의 "汶山之下, 沃野下有蹲, 至死不飢"란 구절을 인용한 것이다. 이 말은『제민요술』(齊民要術),『농정전서』등 각종 농서에도 인용되었다.

하여 진휼하게 했다. 이때 서유구의 친척 서이수徐理修가 공주목公州牧 진잠현鎭岑縣의 수령으로 차출되었는데, 서유구는 그에게 이렇게 당부했다.

> 그대에게 달렸으니, 제가 무슨 말을 하겠습니까? 예전에 우리 선왕부先王父 문정공文靖公(서명응)께서 그대를 자제子弟처럼 기르시어 숙식宿食을 나랑 함께하게 하셨습니다. 그 당시에 그대는 가난해서 솜옷을 마련하지 못하여, 한겨울에 밤이 쌀쌀할 적마다 얇은 이불을 쥐고 고슴도치처럼 쭈그리고 누워 추위를 탓하며 잠들지 못했는데, 지금도 이처럼 할 수 있습니까? 그대에게 달려 있으니, 제가 무슨 말을 하겠습니까?
>
> 在子已矣, 吾何言哉? 昔我先王父文靖公以子弟畜子, 使與吾共食宿. 時子貧不能具袍繭, 每隆冬夜冷, 持薄被蝟縮臥, 呵寒不成寐, 迺今能如是邪? 在子已矣, 吾何言哉?[75]

서유구는 서이수에게 가난의 체험을 상기시킨다. 1779년에 벼슬을 시작한 이래로 서이수는 14년간 부족함 없이 살아왔다. 그런 그가 진휼의 임무를 수행하기 위해서는 무엇이 필요한가? 우선 관련 지식이 필요할 것이다. 그러나 그것만으로는 부족하다. 서유구는 긴 관료 생활을 통해 희석되었을 법한 가난의 기억을 일깨운다. 서이수가 굶주림을 벗어난 시혜자이기에 앞서 고통받는 당사자의 입장에 설 수 있게 한 것이다. 이렇듯 서유구는 사회 문제에 대한 '자기반성적 접

---

75 徐有榘, 「送族叔理修之任鎭岑序」, 『金華知非集』 卷第三, 『楓石全集』, 351면.

근'을 중시했다. 굶주림의 문제를 자신의 문제로 체험할 때 비로소 '외면하지 않는 용기'가 생기며, 그런 용기 없이는 굶주림의 문제 역시 해결되기 힘들 것이나.

이상과 같이 농업에 대한 서유구의 생각은 대단히 구체적이고 절실하다. 이 점은 전문적인 농학 지식, 농학자적 식견, 현장 체험, 성찰적 자세, 백성의 참상에 대한 정직한 반응 등에서 확인된다. 「의상경계책」은 이런 면면을 총결집한 작품이다. 이 글은 『풍석전집』수록 작품 중 분량이 가장 많을 뿐 아니라,[76] 농업에 대한 서유구의 총체적 시각을 담고 있다. 이렇게 분량으로 보나 내용으로 보나 「의상경계책」은 서유구 회심의 역작이라 판단된다.

이 글은 크게 세 부분으로 나뉜다. 첫 번째 부분은 전제田制 개혁에 대한 논의, 두 번째 부분은 토지 측량법에 대한 논의, 세 번째 부분은 농정農政 시행에 대한 논의이다. 농정에 대한 논의는 다시 여섯 가지로 세분되는데, 그중 치수 사업 및 둔전屯田에 대한 글을 집중적으로 살펴보기로 한다. 농업은 삶의 근간이 되므로, 농업 문제에 접근하기 위해서는 인간의 삶을 구성하는 다양한 측면에 대한 고려가 필요하다. 「의상경계책」에서 서유구는 좁은 의미의 농학적 접근 외에도 자연과학적·제도적·역사적·사회적 접근을 하고 있는데, 치수 사업 및 둔전에 대한 글들은 이 점을 잘 보여 준다.

먼저 검토할 것은 치수 사업에 대한 논의이다. 서유구는 치수 사업의 실태를 조목조목 지적한 다음 구체적인 방안을 다각도로 논한다. 우선 그는 기계 제작을 중시한다. 서유구는 준삽濬鍤, 용조龍爪,

<hr>

76 『금화지비집』의 권11~12 전체가 이 작품에 할애되었다. 결국 「의상경계책」은 소책자 정도의 규모가 된다.

용골차龍骨車, 통차筒車, 용미차龍尾車, 옥형차玉衡車, 항승차恒升車 등 수리水利 기구의 명칭과 용도를 설명한다.[77] 기계 제작 후에 해야 할 일은 '실험'이다. 서유구는 서울 인근 지역에서 수리 기구를 시범적으로 사용해 그 효과를 살펴보자고 건의한다.[78] '실험' 후에 해야 할 일은 '확대 시행'이다. 우선 현지 실정에 맞게 계획안을 수립한다. 현지 조사를 거쳐 사업 시행 지역 및 소요 인력과 예산을 정한다. 그다음 해야 할 일은 예산 확보다. 예산 규모에 따라 관아의 돈을 쓰거나 지역 부호富戶의 협력을 얻는다. 예산을 확보하고 나면, 지형적 특징과 피해 상황에 따라 치수 사업을 실시한다. 이렇게 해서 효과를 보면 고을 단위로 치수 사업을 제도화한다. 전국적인 치수 사업의 '제도적 정착'이 그 궁극적인 목표이다.[79]

---

77 "興水利之方, 又不過曰疏導防衛, 瀦蓄節宣而已. 宜令廟堂不拘資格, 急選通曉水利者三五人, 開局於籌司, 而宰相領其事, 講究開挑圍築閘竇之法, 仍令水衡監造器械. 如濬鍤、龍爪等器, 龍骨、筒車、龍尾、玉衡、恒升等車. 濬鍤者所以套鑱而間溝於田作者也, 龍爪者所以繫纜而爬沙於江河者也, 龍骨、龍尾, 用之於江河而挈水者也; 玉衡、恒升, 用之於井泉而吸水者也."(徐有榘, 「擬上經界策」 下, 『金華知非集』 卷第十二, 『楓石全集』, 534~535면)

78 "器械旣備, 先試之京師數十里內外之地. 漢江上下流之急宜疏濬者三: 西氷庫之下鷺梁之上, 鷺梁之下龍山之上, 楊花渡之下幸州之下, 俱有淺灘. 其楊花渡之下地名鹽倉項, 尤患梗漕, 當用宋人搔乘撈剪、盤弔開挑之法而濬治之, 其最深處宜用龍爪爬去沙泥. 川渠入江之處, 如王山川之入渼陰渡者, 良才川之入三田渡者, 中泠浦之入豆毛浦者, 蔓川之入麻浦者, 沙川之入西江者, 皆設閘竇以節宣之. 楊州渼陰之野, 高陽廻川之坪, 近江而地低, 十年七澇, 此皆宜圍築長堤以護田段, 又倣遂人溝洫之制, 東西兩郊, 各隨地勢開鑿大溝廣一丈以上者以達于川, 又各隨地勢開鑿小溝廣四五尺以上者以達于大溝. (…) 如此則環京師數十里之地可以不病於澇旱而歲歲豐熟矣."(徐有榘, 같은 글, 같은 책, 535면) '宋人搔乘撈剪、盤弔開挑之法'의 '宋人'은 금조(金藻)로, 이 방법은 『농정전서』에 소개되었다.

79 "京師歲歲豐熟, 則八方必將轉相倣則, 乃以已試之器與法頒之八路. 廟堂飭勵方伯, 方伯董率守令, 詢究某處水利當興, 某處水害當除, 合用役丁幾何, 合用錢糧幾何, 大者發官帑, 少者勸富戶, 陂池之闕塞者濬而拓之, 溝澮之壅滯者決而達之, 高則開渠, 卑則築圩, 急則激取, 緩則疏引, 或先易而後難, 或先急而後緩, 次第設施, 悉心經理. 如

이상의 서유구의 접근법은 여러모로 공학적이다. 기계 제작과 실험을 중시한 것부터 그렇다. 해당 지역의 지형적 특징에 입각해 피해 실태를 파악하여 그에 합낭한 시설 배치와 해결 방안을 깅구한 깃 또한 그렇다. 그리고 지역 단위의 소규모 시행을 거쳐 점진적으로 범위를 확대해 나감으로써 제도적 정착을 기획한 것도 공학적이다.

그렇다면 사업 시행에 필요한 재원과 인력을 어떻게 마련할 것인가? 이것이 아마 가장 현실적인 문제가 될 것이다.

신臣이 기사년(1809)과 갑술년(1814) 두 해 동안 조정에서 감면해 주고 구휼하는 데 쓴 곡식의 양을 헤아려 보니, 아무리 적어도 50만 섬 이하로 내려가진 않습니다. 한 사람이 매일 석 되를 먹는다는 범중엄范仲淹의 말을 기준으로 삼아 우리나라의 두곡법斗斛法으로 환산하여 계산해 보면, 응당 40만 명이 5개월간 먹을 수 있는 식량이 됩니다. 이것으로 수리水利를 일으킨다면 무슨 이익인들 일어나지 않겠으며, 이것으로 수해水害를 제거한다면 무슨 재해인들 제거되지 않겠습니까?

신의 생각으로는, 금후에 진휼해야 할 지역이 생기면 먼저 해당 지방관에게 명하여 굶주리는 백성 중에 노약자와 건장한 사람이 몇 명인지 조사하게 하여, 그중 노약자를 한 등급으로 문서에 기재하고 건장한 사람을 또 한 등급으로 기재하여, 노약

有成績著見, 民享其利者, 量加旌擢以聳勸之. 復略倣『管子』閭民定什伍具籠函作土利水之法, 每一鄉置水車一, 濬鍤一, 杶钁鋒函之屬數十, 藏之里社. 每歲收穫旣畢, 守令案視溝渠堤堰, 督民增修, 如此則不出十年, 而八域之田可保歲歲豐熟矣."(徐有榘, 같은 글, 같은 책, 같은 곳) 『管子』 운운한 내용은 『관자』(管子) 「탁지」(度地) 제57에 보인다.

자들에게는 죽을 쑤어 주어 구휼해 주고, 건장한 사람에게는 매일 쌀 석 되를 지급하여 도랑을 준설하거나 둑을 증축하게 한다면 구휼 정책과 수리 사업이 일거양득이어서, 재용을 소비하더라도 재용이 헛되이 소비되지 않을 것이고 백성을 수고롭게 하더라도 백성이 공연히 수고하지 않아서, 다만 일시적인 구황 정책에 그치지 않고 만세萬世의 구황 정책으로 영원히 의뢰할 수 있으니 이보다 더 좋은 계책은 없을 것입니다.

臣料己巳、甲戌兩年朝家蠲放賑濟之數, 少不下五十萬石. 以范仲淹所謂人食三升者率之, 而以我東斗斛法計之, 當爲四十萬人五月之食矣. 以此興水利, 何利之不興? 以此除水害, 何害之不除? 臣謂今後如有賑濟地方, 先令地方官査審飢民老弱彊壯之數, 籍其老弱爲一等, 壯健爲一等, 老弱者設粥以賑之, 壯健者日給米三升, 或開濬溝渠, 或增築圩岸, 則賑政水利, 一擧兩得, 糜財而財不虛糜, 勞民而民不徒勞, 不菫止於一時之救荒, 而可永賴於萬世之救荒, 策無良於此者矣.[80]

서유구는 비용 문제를 구휼 사업과 연계하여 논한다. 건장한 양민良民에게 일정량의 쌀을 지급하는 대가로 치수 사업을 시키면 일거양득이라는 것이다. 사실 구휼 정책과 치수 사업은 별개로 보이지만, 그 근본 취지는 결국 백성을 위한 것이다. 이 둘을 결합함으로써 서유구는 그 공동의 목표를 효과적으로 달성할 수 있는 방안을 모색했

80 徐有榘, 같은 글, 같은 책, 536면. 범중엄의 말은 「上呂相公, 幷呈中丞諸目」에 보인다. 이 글은 『농정전서』에도 인용되었다.

다. 일시적인 구휼에 그치지 않고 기근의 반복 자체를 근절하기 위한 대책이라는 점에서 그 방안은 주목된다. 그리고 이런 정책을 통해 민民이 수동적인 수혜자로 머물지 않고, 자신의 노동력으로 사신의 삶의 조건을 개선시킬 기회를, 비록 고용의 형식으로이긴 하지만, 일정하게 획득한다는 점도 주목된다.[81]

이상으로 치수 사업에 대한 논의를 살펴보았다. 그 논의에는 다양한 관점이 얽혀 있다. 기술적·공학적·제도적·경제적·통계적·정책적·사회적 접근 등등이 복합되어 있다. 결국 서유구는 농업을 둘러싼 삶의 '총체적 국면'에 상응하는 '총체적 관점'에 도달하고자 한 것이 된다. 이는 서유구의 관점이 그만큼 현실 밀착적임을 의미한다.

그다음으로 살펴볼 것은 둔전론이다. 둔전은 일종의 시험적인 집단 농장이다. 서유구의 둔전론은 국가재정을 늘리는 동시에 기득권층의 반발을 최소화하면서 영세 농민의 생활 기반을 마련하기 위한 개혁안으로 그 나름의 장단점을 갖는바, 이미 몇 차례 선행 연구의 주목을 받았다.[82] 우선 서유구는 조세 부담이 농민에게 편중된 부조리를 문제 삼는다. 부호가富豪家는 온갖 수단을 동원해 빠져나가고 고통은 농민 몫이다. 그런데 국가의 세원稅源은 농민에게 몰려 있다. 그러니

81 서유구의 이런 주장만큼이나 흥미로운 것은 그 설득 방법이다. 서유구는 당위성에 호소하는 대신 수치 자료의 분석을 제시한다. 이런 통계적·경제적 접근법은, '사실'과 '실용'을 중시한 서유구의 학적 지향을 유감없이 보여 준다고 할 만하다. 당위론의 차원에서 구휼 정책이나 치수 사업에 반대할 사람은 거의 없을 것이다. 그런데 1809년과 1814년에 소용된 예산은 그 누구도 부인할 수 없는 명백한 사실이다. 그 사실에 입각하여 대책과 그 기대 효과를 논한다면, 막연한 반대는 그 입지를 잃을 수밖에 없다.

82 김용섭, 신정 증보판 『조선 후기농학사연구』(지식산업사, 2009), 469~472면; 김용섭, 신정 증보판 『한국근대농업사연구』(1)(지식산업사, 2004), 148~183면; 유봉학, 『연암일과 북학사상 연구』(일지사, 1995), 210~229면 참조.

민생과 국가재정 모두 파탄 날 수밖에 없다.[83] 이렇게 민생과 국가재
정의 문제를 유기적으로 파악하는 것이 서유구의 기본 시각이다.

　서유구는 둔전의 설치 지역 및 운영 방법 등을 제안한 뒤, 재원 문
제를 소상히 논한다. 그는 서민 생활의 실상, 서울과 지방의 재정 상태,
제도 운영 실태와 그 맹점 등을 면밀히 파악하여, 거기에 맞는 대책을
세운다. 일례로 그는 지방 수취 제도의 불합리성을 이렇게 논한다.

　　양서兩西와 삼남三南의 고을에 공사고公使庫를 설치한 곳이 많습
　　니다. 혹은 돈을 대출하여 이자를 받고, 혹은 곡식을 흩어 주고
　　이자를 거두며, 혹은 폐지된 사찰과 대가 끊긴 집의 농지를 소
　　속시키고, 혹은 한 동네의 요역徭役을 면제해 주는 대신 호구 수
　　를 계산하여 돈을 거두어들여, 송구영신送舊迎新 및 경사京司와
　　상영上營의 징수와 요구에 응하는데, 많게는 한 해에 만 민緡을
　　쓰고 적어도 한 해에 수천 민을 씁니다. 부족하면 곧바로 전결田
　　結에서 부렴敷斂하여 1년에 두 번 거두거나 세 번 거두는 경우도

83　"租調與庸, 其爲經賦也同, 而我國有租而無調庸者何也? 近自百年以來, 始有戶布
之議, 而顧畏難愼, 迄莫能斷而行之. 鹽筴茶酒, 其爲征榷也同, 而我國有鹽稅而無酒課
者又何也? 通都大邑, 一歲千釀, 而錙銖之征不入縣官, 關西於草流溢八域, 而所過關
市, 莫之誰何. 凡漢、唐以來治財之術, 我無一焉, 而其衣冠文物之盛, 則必欲盡倣中國而
後已. 此其財安從出乎? 謗易生於刱見, 故昔之所無者, 今不可刱也; 情易狃於因襲, 故
昔之所有者, 今可以因其名而巧取之也. 是以近來所以生財者, 不過因舊有之軍保而放
番徵布, 因舊有之糴糴而取其雀鼠之耗而已. 行之百餘年, 名額歲增一歲, 剝割日甚一
日, 追莫捧枷, 轉相蔓延. 其猝迫苛橫, 甚於唐德之稅間架; 其掊克無藝, 浮於南宋之經
總制. 宋臣蘇軾所謂盡用衰世苟且之政者在此而不在鹽酒之征矣. 況豪富百計圖免, 農
戶偏受其苦, 窮氓無告, 轉而之四, 則客散田荒, 亦次第事, 而向所謂惟正之貢賦, 太半
爲無籹之不托矣. 上不見有征伐巡狩之事, 下不見有繁華奢侈之俗, 而國之貧也滋甚者,
夫豈無所致而然哉?"(徐有榘, 「擬上經界策」 下, 『金華知非集』 卷第十二, 『楓石全集』,
538〜539면)

있습니다. 조정에서는 알지 못하는 것인데, 한때의 수령이 백성에게 거두어들이는 것이 이처럼 무도하니, 백성이 어찌 곤궁하지 않을 수 있겠습니까?

만약에 각 읍 공사고의 본리本利를 가지고 변매變賣하여 둔전을 설치한다면, 큰 고을에는 수백 경頃을 설치할 수 있고 작은 고을에는 70~80경을 설치할 수 있습니다. 이제 80경을 기준으로 말씀드리면, 농사를 제대로 지으면 평년平年에 수확한 것의 절반이 마땅히 4천 곡斛을 밑돌지 않을 것입니다. 그 사분의 삼을 팔아서 공사고에 부쳐서 한 해의 공사公使 비용으로 삼고 그 나머지 하나를 취하여 창고에 저장하면, 10년 동안 쌓이면 마땅히 1만 곡이 될 것입니다. 그러면 수재水災와 한재旱災 등 위급한 일이 뜻밖에 닥쳤을 때를 대비할 수 있고, 정해진 조목 외의 횡렴橫斂 또한 점차 근절될 것입니다. 비용은 적게 들고 이익은 많다는 것은 이런 것을 두고 한 말입니다.

兩西三南列邑, 多有公使庫設置者. 或貸錢取殖, 或散穀收息, 或以廢寺絶戶之田屬之, 或環一坊除其徭役而計戶斂錢, 以策應送舊迎新及京司上營之徵求, 多者歲用萬緡, 少亦歲用數千緡, 不足則直敷斂於田結, 有一年再斂三斂者. 朝家之所不知, 而一時守令之取民無藝乃如此, 民安得不困? 若取各邑公使庫本利, 變賣置屯田, 大邑置數百頃, 小邑置七八十頃. 今以八十頃爲率, 苟能樹藝有法, 則中年所收之半當不下四千斛. 糶其四分之三, 付之公使庫, 爲一年公使之需. 取其一另貯倉廠, 十年之積, 當爲萬斛, 水旱緩急, 可以有備無虞, 而科外之橫斂, 亦可漸次杜絶. 費短利長, 此之謂也.[84]

서유구는 '공사고'公使庫의 폐해를 집중적으로 파헤친다.[85] 인용문에 따르면, 공사고의 비용은 전임 수령의 전별, 신임 수령의 환영, 서울의 관아 및 상급 관영의 징수에 따라 발생하는바, 적게는 한 해에 수천 민緡, 많게는 1만 민에 이른다.[86] 기실 19세기 초에 지방 재정의 파탄은 대단히 심각한 문제였다. 벌열 정치로 인해 중앙 재정이 파탄 나고, 그로 인해 고을 수령과 아전의 수탈 또한 강화되는 악순환이 반복된 것이다.[87] 공사고는 그 수탈의 도구였던 것으로 보인다. 서유구의 지적에 따르면, 공사고의 큰 문제점은 자의적 운영에 있다. 비용 발생을 핑계로 수령이 절목을 남발할 수 있어 최소한의 안전장치마저 없었고, 그래서 공사고는 쉽게 악용되었던 것으로 생각된다. 서유구가 공사고의 비용을 둔전 소출의 팔분의 삼으로 정해 놓은 것은 이런 폐단을 미연에 방지하기 위해서다. 이렇듯 서유구는 지방 재정의 실태에 입각하여, 안정적인 수입원을 확보함으로써 재정 안정을 도모하는 동시에 수탈을 근절하고 재해에도 대비할 수 있는 방안

---

84   徐有榘, 같은 글, 같은 책, 542면.
85   공사고가 정확하게 무엇인지는 미상이다. 인용문을 통해 짐작해 보면, '민고'(民庫)의 일종이거나 그와 유사한 것인 듯하다. 민고에 대해서는 김용섭, 신정 증보판『한국근대농업사연구』(1)(지식산업사, 2004), 389~452면 참조. 민고는 각 지방마다 관행적으로 운영되었으며 민(民)을 수탈하는 수단으로 악용되었다. 고을 수령과 감영, 서울 관아의 요구에 따라 징수된 그 명목이 대단히 번다했는데, 그 명목은『목민심서』에 소상하게 밝혀져 있다(丁若鏞,『牧民心書』卷6 戶典「平賦」上;『與猶堂全書』第五集 21卷, 한국문집총간 285, 431~434면 참조. 해당 부분의 번역은 다산연구회 역주,『역주 목민심서』3, 창작과비평사, 1981, 110~126면 참조). 예를 들어 고을 수령이 교체될 때에는 원래 저치미(儲置米)를 쓰도록 되어 있으나 민고에서 중복 징수하는 게 일반적이었다. 이런 불합리한 사례가 무수히 많다. 그런데 민고의 절목은 고을 수령에 의해 자의적으로 정해지므로, 조정에서는 일일이 파악하기 힘들다.
86   1민은 1냥이다.
87   한국역사연구회 조선시기 사회사 연구반,『조선은 지방을 어떻게 지배했는가』(아카넷, 2000), 309~335면 참조.

을 모색했다.

　서민 생활과 지방 재정의 실상에 맞게 문제를 해결하기 위해서는 농업 현장에 밝은 사람을 기용해야 한다. 그 구체적인 방안을 논하기에 앞서 서유구는 "우리나라 사람이 선비를 귀하게 여기고 농부를 천시한 지 오래되었습니다. 옛날에 선비는 사민四民의 하나였는데, 지금은 나라 전체의 절반을 차지합니다"[88]라고 지적한다. 이어서 서유구는 농민의 토지 이탈, 실용에 어두운 사대부의 무능함을 지적한 다음, '농업에 밝은 사람'을 발탁하자고 건의한다.[89] '농업에 밝은 사람'은 반양반 반농민으로 전락한 사족士族인 듯하다.[90] 이들을 발탁하여

88　"東人之貴士而賤農也久矣. 古者四民, 士居其一, 今則通國之半矣."(徐有榘,「擬上經界策」下,『金華知非集』卷第十二,『楓石全集』, 529면)

89　"何謂耸以利? 漢之盛時, 孝悌力田同科. 文帝詔賜力田帛二疋, 以戶口率置力田常員, 各率其意以導民. 唐太宗詔民有見業農者不得爲工費, 有舍見業而力田者免其調. 皆所以敦本抑末, 以寓勸率之微權也. 夫民之力田, 自爲八口計耳, 非爲人也, 而上之人乃如是耸勸歆動之, 人孰不樂事趨功, 而田安得不治, 穀安得不豐? 其家給人足, 比隆成康有以哉! 今宜師其意而通變之, 令八道道臣訪求明於農務者一二人, 每歲首薦剡, 與經明行修同擬以聞. 先試京外屯田典農官, 如有實蹟卓異者, 畀以字牧之任, 則擧一勸萬, 比屋上農矣. 識者必謂今之力農者皆樸魯少文之人, 是安知治人? 臣以爲不然. 取人以文藝, 後世末流之失也. 孔門四科, 文學居政事之後; 湖學兩齋, 水利爲治事之一. 文學農政, 何軒何輕? 況今之所謂文藝, 不過聲律對偶而已. 使天下之士童習白紛於櫛句比字之間, 而欲以增長其智能, 擧而措之政事, 亦已疎矣. 論者不此之病, 而必曰取士不可捨此而他求, 何如其不思也?"(徐有榘, 같은 글, 같은 책, 530면) '見業農者不得爲工費'의 '費'는 '賈'의 오자이다.『왕씨농서』(王氏農書)와『농정전서』에는 모두 해당 부분이 '工賈'로 되어 있다. '湖學'은 송나라 호원(胡瑗)이 호주(湖州)에서 사부(辭賦) 중심의 교육에 반대해 경의(經義)와 사무(事務) 위주의 교육 활동을 한 곳이다. 호학에는 경의재(經義齋)와 치사재(治事齋)가 있었는데, 이 중 치사재에서는 변방(邊防)과 수리(水利) 등을 가르쳤다.

90　'농업에 밝은 사람'을 기용하자는 서유구의 개혁안은 이미 선행 연구의 주목을 받은 바 있다. 조창록,「풍석 서유구의「의상경계책」에 대한 일 고찰」(『한국실학연구』11, 한국실학회, 2006), 169~170면 참조. 그러나 이 연구에는 '농업에 밝은 사람'의 구체적인 성격에 대한 논의가 생략되었다. '농업에 밝은 사람'이란 말은 다소 불분명해 보이는데, 서유구가 제시한 개혁안의 성격을 정확하게 파악하기 위해서는 '농업에 밝은 사람'의

지방 둔전에서 시험해 본 다음, 실적이 뛰어나면 고을 수령을 시킨다는 것이 서유구가 제시한 방안이다. 농업을 장려하는 동시에 양반층 내부의 분화에 따른 문제점을 일정 부분 해결하기 위한 대책이라 생각된다.

그런데 농사만 짓던 사람이 어떻게 고을을 다스릴 수 있는가? 기존의 문과 급제자에 비해 자질이 떨어지지 않는가? 이런 반론을 염두에 두면서 서유구는 '농업에 밝은 사람'의 가치를 옹호한다. 농정農政과 글공부의 경중을 비교하면 농정이 더 중요하다는 것, 과거에 급제하기 위해 사대부들이 어렸을 때부터 익힌 시문詩文은 무용지물이라는 것이 그 이유이다. 이렇듯 농업에 대한 문제의식은 사대부층에 대한 비판 의식으로 연결되고, 다시 인적 쇄신과 학적 쇄신의 요구로 이어진다.

서유구의 이런 생각들은 오랜 농촌 생활 속에 형성되었다. 그는 이렇게 말한다.

　　　　신臣은 전야田野에 있은 지 오래되어 보고 들은 것이 많습니다.

성격을 명확하게 규정하고 넘어갈 필요가 있다. '선비를 뽑는다'(取士)라는 말로 보아, '농업에 밝은 사람'은 농민보다는 사족인 듯하다. 그리고 '지금 농사에 힘쓰는 사람은 촌스럽고 노둔하며 교양이 부족하다'(今之力農者皆樸魯少文之人)라는 말로 보아, '농업에 밝은 사람'은 농사를 짓느라 글공부를 거의 하지 못한 사람이 분명하다. 그렇다면 '농업에 밝은 사람'은 사족으로 농업에 종사하는 사람, 즉 몰락 양반일 가능성이 높다. '농업에 밝은 사람'이 요호부민(饒戶富民)을 가리키는 말로 쓰였을 가능성도 배제할 수 없다. 그러나 서유구가 "東人之貴士而賤農也久矣. 古者四民, 士居其一, 今則通國之半矣"라고 전제한 다음에 "今則有高談性命而不辨五穀之名者矣, 擧一國之人而去士, 則存者董什之五矣"(徐有榘,「擬上經界策」下,『金華知非集』卷第十二,『楓石全集』, 529면)라고 한 것으로 보아, '농업에 밝은 사람'은 요호부민으로 신분 상승한 신흥 양반을 가리키는 것 같지는 않다.

선비 중에 부조父祖가 남겨 준 것을 물려받아 편하게 살면서 배불리 먹고 따뜻하게 지내는 사람은 왕왕 풍족한 생활에 길들여져 사려가 부족하며, 느긋하게 즐길 뿐 하는 일 없이 곡식만 축냅니다. 반면 선비 중에 의지할 데가 없는데 능히 스스로의 힘으로 농사를 지어서 집안을 일으킨 사람은 거의 모두가 정력이 강하고 계책을 갖고 있으며, 그 자질과 힘은 일을 추진하기에 충분하고, 지혜와 사려는 전호佃戶를 부리기에 충분합니다. 다만 이런 사람은 시문詩文을 공부하지 못했고 경서經書를 읽지 못했기 때문에 글공부를 한 선비와 하루 사이에 우열을 다툴 수 없으니, 그래서 밭에서 늙어 죽는 처지를 스스로 기꺼이 받아들이는 것입니다.

국가가 이런 부류의 사람들을 위해 별도로 관직 진출의 길을 열어 주어, 행실을 상고하고 청렴함을 살펴보아, 차례대로 주군州郡으로 옮겨 보임補任하여, 각자 자신이 농사를 지으면서 경험한 것을 가지고 가르쳐 일과로 부과하기를 마치 황패黃覇가 영천潁川에서, 공수龔遂가 발해渤海에서, 소신신召信臣이 남양南陽에서 그랬던 것처럼 하게 합니다. 그런 뒤에 전하께서 다시 조정 안팎의 담당자에게 분명히 명하시어, 실적을 평가할 때도 반드시 이것을 기준으로 하고 파면시킬 때도 반드시 이것을 기준으로 하십시오.

臣久處田野, 所聞見者多矣. 士之承父祖緒餘, 安坐而飽煖者, 往往狃於豢養, 短於衡慮, 優游自喜, 空蝗黍粟. 其無所資而能以力稼起家者, 類皆精强有心計, 其材力足以趨事赴功, 智慮足以役使莊戶, 特不能治聲律讀經義, 與操觚之士爭得失於一日之間, 故自甘老死於田間.

國家爲此輩別開進身之路, 考行察廉, 以次遷補於州郡, 使各以己所經驗於樹藝者, 設誠而教課之, 如黃覇之於潁川, 龔遂之於渤海, 召信臣之於南陽. 殿下復明敎中外有司, 考績必以此焉, 黜陟必以此焉.[91]

　서유구는 두 유형의 사족을 대조한다. 하나는 부조父祖의 유산을 물려받아 무위도식하는 부류이다. 다른 하나는 의지할 데가 없어 농사에 힘써 집안을 일으킨 부류이다. 전자는 안락한 생활에 길들여져 나태하고 생각이 짧은 반면, 후자는 일에 단련되어 능력과 지혜를 갖추었다. 모두 농촌 생활자로서 서유구가 직접 보고 들은 사실에 입각한 판단이다. 일하지 않고 기득권을 향유하는 인간이 얼마나 무능하고 병들었는지, 스스로의 힘으로 일어선 인간이 얼마나 유능하고 건강한지를 서유구는 실감한 것이다. 이런 실감이 뒷받침되었기 때문에 서유구의 사대부 비판은 그만큼 설득력 있게 받아들여지는 것이 아닌가 한다.
　이상으로 「의상경계책」의 몇몇 부분을 살펴보았다. 이 글에는 농업에 대한 서유구의 총체적 시각이 집약되어 있다. 그 총체성은 곧 삶의 총체성에 다름 아니다. 요컨대 「의상경계책」의 총체적 시각은 농촌 생활의 실상에 즉한 사유의 소산이다. 그 구체적인 실감을 토대로 서유구는 '스스로의 힘으로 일하는 인간'의 가치를 옹호한다. 따라서 「의상경계책」은 '일하는 존재의 건강성'을 중시하는 인간학의

---

91 徐有榘, 같은 글, 같은 책, 530면. 황패, 공수, 소신신은 모두 한나라 때의 관리로, 각각 영천 태수, 발해 태수, 남양 태수로 재직했을 당시에 농업을 권면하여 경내(境內)를 부유하게 했다. 특히 황패는 한나라 순리(循吏)의 으뜸으로 칭송된다.

구현이기도 하다.

그렇다면 「의상경계책」의 학적 근거는 무엇인가? 그 총체적 관점에 상응하게 학적 근거도 다양하다. 우선 좁은 의미의 농학을 꼽을 수 있다. 그다음으로 서학西學을 꼽을 수 있다. 정확한 측량을 위한 수학 교육의 제도화를 구상하면서 『기하원본』幾何原本 및 『수리정온』數理精蘊을 참작한 것, 지역 간 차이를 고려해 농력農曆을 개정해야 한다면서 각 지역의 경도·위도를 비교한 것, 치수 사업에 필요한 각종 기계의 명칭과 용도를 설명한 것 등이 그 예이다.

그다음으로 경학, 역사학, 제자학諸子學 등의 전통적인 학문 영역을 들 수 있다. 『주례』周禮와 『관자』管子를 참조해서 제도 문제를 논하거나, 중국과 조선의 역사에 대한 해박한 지식을 활용한 것 등이 그 예이다. 이 중 『관자』의 인용이 특히 주목된다. 정통 유가의 입장에서 『관자』는 패도覇道를 논한 책으로 이단시되었다. 그러나 조선 후기로 접어들면서 서명응, 박지원, 정약용 등 일군의 지식인들이 그 경세적 가치에 주목했다.[92] 서유구가 농업 개혁안을 구상하면서 『관자』에 주목한 것은 이런 학술사적 동향을 반영한다.

마지막으로 주희의 경세학을 꼽을 수 있다. 흔히 주희는 성리학의 집대성자로 알려져 있지만, 지방 행정가로서도 괄목할 만한 활약을 했다. 1190년에 장주 지사漳州知事로 재직했을 때 지은 「조주경계장」條奏經界狀과 「경계신제사장」經界申諸司狀은 그의 경세적 면모를 여실히 보여 준다. 서유구는 결부제의 폐단과 양전법 개혁을 논하면서 이 두 글을 유력한 논거로 인용한다. 두 글 모두 경계법經界法 시행을 건

---

92 심경호, 「조선 후기 지성사와 제자백가」(『한국실학연구』 제13호, 한국실학학회, 2007), 376~385면 참조.

의한 글이다. 경계법은 농지를 측량해 토지 대장을 정비하는 개혁안으로, 토호들의 토지 겸병과 토지 은닉의 폐해를 해결하는 것이 그 목적이다. 비록 토호의 반대에 부딪혀 실현되진 못했지만, 이 두 글에서 주희가 제시한 시책은 대단히 구체적이고 치밀한 것으로 평가된다.[93] 조선 학술사에서 성리학의 독점적 권위와 병폐는 주지의 사실이다. 그런데 서유구는 현실을 도외시한 채 고담준론을 일삼는 풍조를 극력 비판하면서도 다른 한편으로 주희의 경세적 면모에 유의한 것이다.

이렇게 해서 농업 문제에 대한 서유구의 인식을 다각도로 고찰했다. 농학에 대한 서유구의 전문가적 지식과 식견도 돋보이지만, 그보다 더 근원적인 중요성을 갖는 것은 '성찰적 자세'와 '체험에서 우러나온 통찰'이다. 기층민의 참상을 외면하지 않는 자세, 식자층의 무책임한 행태와 지적 태만에 대한 자기반성, 그리고 농촌 생활의 실감에 힘입어, 서유구의 농학은 구체성과 절실함을 획득할 수 있었다. 그렇다면 사회 주변부에 존재하는 사람들에 대한 서유구의 시각과 태도는 어떤가? 이 물음이 농학과 연계된 또 다른 문제로 제기된다.

(2) 주변적 인물에 대한 공감

서유구 산문에 등장하는 사회 주변부의 인물은 서얼계 지식인 유금柳琴,[94] 나무 심는 일로 먹고산 유준양柳遵陽, 백악산白岳山 환성암喚醒庵

---

93 주희의 지방 개혁안에 대해서는 束景南, 『朱子大傳』(福建 : 福建教育出版社, 1992), 802~814면; 미우라 쿠니오, 김영식·이승연 옮김, 『인간 주자』(창작과비평사, 1996), 223~224면 참조.

94 유금의 가계, 교유 관계, 학문, 예술 활동에 대해서는 오수경, 「18세기 서울 문인지식층의 성향」(성균관대 박사논문, 1990), 146~161면 참조.

의 비구니 등이다. 그중 유금에 대한 글부터 살펴보기로 한다.

「기하실幾何室 기문」은 유금의 서재 '기하실'에 부친 글이다. 통상적인 기문과 달리, 이 작품은 여러모로 '유금의 초상'이라 이를 만하다. 서유구는 어떤 초상화를 그리고 있는가? 그 밑그림으로 그는 학문론을 개진한다.

소활한 사람과 통달한 사람은 그 학문이 크고, 정밀하고 자세한 사람은 그 학문이 작다. 이는 성품에 가까운 것을 따른 것이다. 성인이 가르친 것도 오직 그 성품을 따를 뿐이니, 정밀하고 자세한 것을 억눌러 억지로 크게 할 수 있는 사람은 있지 않다. 그래서 그 학문을 보면 그 성품을 알 수 있고, 그 성품을 보면 그 사람을 알 수 있었던 것이다.

지금 공부하는 사람은 그렇지 않아서, 오직 그 학문이 크지 않을까 걱정하므로 자기의 본성에 가까운 것을 따르지 못한다. 그래서 정밀하고 자세한 사람은 그 본성을 거슬러 억지로 힘써 크게 하려 한다. 이에 본심과 어긋나는 행실이 있고, 뜻을 어기는 말이 있고, 안으로 부끄러운 명성이 있어, 그 학문을 보더라도 그 성품을 알 수 없고, 그 성품을 보더라도 그 사람을 알 수 없으니 어찌 의혹되지 않겠는가?

疏者達者其學大, 精而審者其學小. 蓋由性之近, 而聖人之教之者亦惟因其性爾, 未有能抑其精審而强其爲大者也. 是以觀其學, 可以知其性; 觀其性, 可以知其人. 今之學者不然, 惟恐其學之不大, 而不能因其性之近也. 是故精審者逆其性而力爲之大, 於是乎有違心之行, 有拂志之言, 有內愧之名. 觀其學不可以知其性, 觀其性不可以知其人, 豈不惑

歟?[95]

서유구는 '인간과 학문의 합치'를 중시한다. 이런 입장에서 그는 고금古今의 대비를 통해 그 당시 학문의 병폐를 지적한다. 학문에는 '큰 것'과 '작은 것'이 있다. '큰 것'은 이기심성론理氣心性論이나 경세학經世學이 될 법하고, '작은 것'은 말단의 기예로 치부된 서학西學이나 실용 학문들이 될 법하다. 이런 구분법에 입각하여 서유구는, 자신의 본성을 어겨 가며 기어이 거창한 것을 하려 드는 학자들의 위선과 자기기만을 문제 삼는다. '자기를 속이지 않는 학문'이 일의적 가치를 갖는 것이다.

그런데 이런 학문론이 기하실과 무슨 상관이기에 서유구는 이렇게 말한 것일까? 유금이 바로 이런 학문론을 체현한 인물이기 때문이다.

나는 일찍부터 유금柳琴 탄소彈素와 친하게 지냈다. 그 사람됨이 전일專一하고 상밀詳密하며 차분하고 정밀하여, 배웠는데 알지 못하거든 그만두지 않고 생각했는데 터득하지 못하거든 그만두지 않으니, 거의 정밀하고 자세한 데 가까울 것이다. 나는 언젠가 남산 기슭에 있는 그의 집을 방문했는데, 그 편액을 보니 '기하실'이라고 되어 있었다. 나는 들어가서 이렇게 따져 물었다. "그대는 듣지 못했습니까? 기예技藝는 도道의 말단이고 수數는 기예 중에 또 말단이니, 그대의 학문이 이처럼 작군요." 그러나 그의 안색을 살펴보니 부끄러워하는 기색이 없었고, 좌우에 있

95　徐有榘, 「幾何室記」, 『楓石鼓篋集』 卷第二, 『楓石全集』, 228면.

는 것이 온통 천문天文과 역수曆數의 서적이었는데, 흡족하여 만
족스러워하는 것이 그의 성품이 원래 그런 것이었다. 내가 따라
서 사과하며 이렇게 말했다. "그대는 평판을 위해 자기의 본성
을 바꾸지 않는 사람입니다. 그리고 온 세상이 큰 것을 힘쓰는
시대를 당하여 그대 홀로 작은 것을 부끄럽게 여기지 않으니,
또한 세상에 우뚝하다고 이를 만합니다."

　탄소가 나를 '지기'知己로 여겨 마침내 기문을 청하니 나는
이렇게 말했다. "그렇습니다. 그대는 본성을 그대로 따르고 명
성을 추구하지 않습니다. 그러니 비록 그대를 대면하지 않더라
도 그대의 학문을 들으면 모두 그대를 알 수 있습니다. 더구나
제가 그대와 친하게 지낸 지 오래되었으니 어찌 잠자코 있을 수
있겠습니까?" 마침내 이상의 내용을 적어 주어, 후대에 이 사람
을 알고자 하는 이들로 하여금 여기서 취하도록 한다.

余夙與柳琴彈素相好. 其爲人也專詳靜密, 學之而弗知弗
措也, 思之而弗得弗措也, 幾乎其精審者矣. 余嘗過其家於
終南之麓, 視其扁則曰幾何室. 入而詰之曰: "子不聞之乎?
藝, 道之末也, 而數於藝又末也. 若是其小哉! 子之學也." 然
察其色, 則亡歉焉, 而左右者皆天文·曆數之書, 快然若自得
者, 蓋其性之固然也. 余從而謝焉曰: "子其不以名易其性者
也. 且當擧世鶩大之時, 子獨不以小爲歉, 亦可謂特立也已."

　彈素以余爲知己, 遂以記請. 余曰: "然. 夫以子之因性而
不趨名, 雖不子之面, 而聞其學, 皆可以知子. 矧余之相好
久矣, 顧安得默也?" 遂書以贈之, 使後之欲知斯人者於焉取
之.[96]

'기하실'이란 편액에 대한 서유구의 첫 반응은 '따져 묻다'(詰)란 단어로 특징지어진다. 기하학은 말단 중에서도 말단 아니냐는 것이다. 그런데 유금의 반응은 어떤가? 겸연쩍은 기색이라고는 찾아볼 수 없다. 천문·역수에 대한 서적으로 둘러싸인 유금은 마냥 기쁘고 행복할 따름이다. 유금의 학문은 곧 천성의 발현이다.

이 점을 실감한 서유구의 반응은 '사과하다'(謝)란 단어로 표현된다. '따져 묻다'에서 완전히 바뀐 것이다. 세상의 풍조, 남들의 시선, 세속의 명예 따위는 전혀 아랑곳하지 않고 자신이 좋아하는 학문을 추구하는 유금의 미덕을 서유구는 높이 평가한다. 그 평가는 '特立'이란 말로 집약된다. 세파에 휩쓸리지 않고 우뚝 서서 자기의 뜻을 굳게 지키는 것이 '特立'이다. 요컨대 '기하실'은 단순한 서재가 아니라, 도저히 숨길 수 없는 유금 자신의 모습이다.

이 점을 헤아린 서유구를 두고 유금은 '지기'知己라고 인정한다. 소소하고 부차적인 것으로 폄하된 기하학의 가치에 대한 옹호, 그런 학문에 몰두하여 '인간과 학문의 합일'을 체현한 유금에 대한 옹호는 모두 '지기'의 입장에서 이루어진 것이다.

이렇듯 「기하실 기문」은 '지기'가 그린 유금의 초상화라 하기에 손색이 없다. 인용문의 마지막 문장을 통해 이 점이 특별히 강조된다. 참고로 이덕무는 이 작품을 두고 다음과 같이 평했다. "탄소彈素가 자기 뜻을 굳게 지키고 전일하게 잡은 것을 말했으니, 이 작품은 비단 탄소의 당실堂室에 대한 기문이 될 뿐만이 아니다. 이 글을 화상찬畫像贊이나 묘지명으로 삼은들 어느 누가 안 된다고 하겠는가?"[97]

---

96 徐有榘, 같은 글, 같은 책, 같은 곳.
97 "道得彈素固守專執. 不徒爲彈素堂室記, 把作畫像贊、墓誌銘, 夫誰曰不可?"(같은

「기하실 기문」의 핵심을 간파한 평이라 생각된다.[98]

유금에 대한 서유구의 각별한 마음을 표현한 또 하나의 작품으로
「송원사送遠辭. 기하자幾何子의 죽음에 곡하며」를 들 수 있다. 이 작품
은 유금의 죽음을 계기로 창작되었다. 1788년 음력 4월에 유금이 생
을 마감한 뒤, 유금이 생각나면 서유구는 거문고를 탔다고 한다. 그
곡조가 「송원조送遠操」이고, 그 노랫말이 「송원사」이다. 「송원사」의
창작 경위에 대한 서유구의 설명은 이렇게 시작한다.

> 내 가정 교사는 기하자幾何子 유탄소柳彈素이다. 나는 머리털이
> 머리뼈를 덮을 정도가 되었을 때 탄소에게 글을 배웠는데, 내
> 수염이 당시의 머리털만큼 자란 지금에 이르도록 탄소의 흔적
> 이 하루도 내게 남아 있지 아니한 적이 없다. 심지어는 주객主客
> 의 예禮를 차리지 않고 곧상 무릎이 서로 닿도록 붙어 앉아 시문
> 詩文을 담론하고, 간간이 서화書畫와 금석각金石刻을 꺼내 품평·
> 감상하는 게 다반사였다. 금년(1788) 4월에 우리 집에 작은 모임
> 이 있었다. 그때 탄소도 와서 술잔을 기울이며 웃음꽃을 피우다
> 해가 지자 자리를 파하고 갔는데, 며칠 지나 부고가 왔다. 아!
> 탄소가 죽다니.
> 余之塾師曰幾何子柳彈素. 余髮鬅鬆覆顱, 則從彈素課書,
> 迄今余髭長如當時之髮, 而彈素之跡未嘗一日不在余也. 至

책, 같은 곳)

98 「기하실 기문」의 이런 특징은 같은 제목의 서형수 글(『明皋全集』卷之八)과 비교
해 보면 한층 더 분명해진다. 서형수의 글 역시 유금의 요청으로 지어졌지만, 그 글에서
유금은 오히려 부차적으로 언급될 뿐이다.

不設主客禮, 即促郄談詩文, 閒出書畫金石刻, 評品鑑賞以
爲常. 今年四月, 余家有小集, 彈素亦至, 傾卮謔笑, 竟晷罷
去, 數日而訃至. 噫! 彈素死矣.[99]

서유구는 유금과의 관계에 대한 언급으로 말문을 연다. 두 사람의
관계는 "탄소의 흔적이 하루도 내게 남아 있지 아니한 적이 없다"란
말로 요약된다. 떼려야 뗄 수 없는 관계라는 것이다. 이것이 글 전체
의 기조를 이룬다.

유금과 함께한 세월에 대한 표현도 여기에 호응한다. 서유구는 일
곱 살 때 유금에게 『사기』史記를 배웠다고 한다.[100] 그렇다면 서유구
가 유금과 함께한 세월은 최소한 1770년부터 1788년까지, 즉 20년
정도 된다. 그런데 이 세월은 수치로 제시되지 않고, 서유구의 신체
적 변화로 표현된다. 이런 표현으로 인해 유금과 함께한 세월은 내
몸의 흔적으로 느껴진다. 또한 그 세월은 유금과 함께한 문학 토론과
예술 감상 등으로, 공유의 세월로 추억된다.

그다음으로 서유구는 유금 생전의 모습을 이렇게 전한다.

탄소는 주비학周髀學을 연구했고 율려律呂에 밝았으며 거문고에

99　徐有榘, 「送遠辭. 哭幾何子」, 『楓石鼓篋集』 卷第五, 『楓石全集』, 273면.
100　"余年七歲從塾師授『史』, (…)"(徐有榘, 「豫讓」, 『金華耕讀記』 卷之四, 장5앞) 여
기서 '塾師'는 곧 유금을 가리키는 게 틀림없다. 서유본도 어린 시절에 유금에게 『사
기』를 배웠다고 술회한 바 있다: "彈素, 故余塾師也. 尙記數十年前口授余『太史公書』,
(…)"(徐有本, 「雲龍山人小照記」, 『左蘇山人文集』 卷第七, 아세아문화사 영인, 1992,
490면) 그렇다면 유금이 서유구에게도 『사기』를 가르친 것이 확실하다. 참고로 서유본
의 이 글은, 유금이 세상을 뜨고 6년이 지난 1794년, 즉 서유본 나이 33세 때의 작품이
다.

특히 벽벽(癖)이 있어 자기 이름을 '금'琴으로 바꾸고, 자字를 '탄소' 彈素라 했다. 늘그막에 곤궁하여 집이 너무나 가난한 나머지 쌀이 한 톨도 없었시만, 유독 방을 깨끗이 쓸고 도서圖書를 쌓아 두고, 시를 읊고 거문고를 타며 실의에 찬 불평스러운 마음을 표현했다.

기억을 더듬어 보니 을사년(1785) 늦가을에 탄소는 나와 함께 부용강芙蓉江에 있었는데, 강기슭 바위 위에 걸터앉아서 비분강개한 마음에 술을 붓고 하늘을 우러러보며 구슬프게 노래를 부르고 거문고를 타 반주를 넣었다. 이때 강가의 구름이 자욱하게 깔리고 흰 물결이 강기슭을 쳐, 애처롭고 서글퍼서 암담한 기분이 들고 마음이 아팠다. 벌써 4년 전 일이다.

탄소는 더욱더 불우해져 장차 검산黔山에 초가집을 짓고 처자식을 이끌고 거기로 가서 여생을 보내려 했으나, 이 역시 돈이 없어 이루지 못했다. 그랬는데 이제야 비로소 상여喪輿를 끌고 그리로 향하게 되었으니, 오호라 슬픈 일이다!

彈素治周髀學, 明律呂, 尤癖于琴, 自名曰琴, 字以彈素. 及其垂老困蹛, 家奇貧無儋石資, 顧獨淨掃灑峙圖籍, 哦詩弄絃以發其侘傺不平之鳴. 憶乙巳杪秋, 彈素從余在芙蓉江, 箕踞崖石上, 酌酒慷慨, 仰面悲歌, 彈琴而和之. 時江雲陰翳, 白浪拍岸, 憭慄愀愴, 黯然傷神, 忽忽已四年事. 彈素益坎壈無所遇, 將縛屋黔山, 挈妻子歸老, 亦無貲未遂, 而今酒引輤轋以向, 嗚呼可悲也已![101]

---

101 徐有榘, 「送遠辭. 哭幾何子」, 『楓石鼓篋集』 卷第五, 『楓石全集』, 273면. 참고로 유금의 조카 유득공에 따르면, 유금의 장지(葬地)는 시흥현(始興縣) 서우리(胥于里)라

풍석 서유구 산문 연구

유금의 학문과 예술, 그리고 무엇보다도 지독하게 궁핍했던 삶에 대한 언급이다. 유금은 불우하고 가난한 처지임에도 학문에 몰두했으며, 시詩와 음악을 통해 분만감憤懣感을 표출했다. 이 대목에서 눈에 들어오는 것은 '유독'(獨)이란 단어다. 이 단어는, 책, 시, 거문고가 유금의 '마지막 보루' 내지 '존재 이유'라는 느낌을 준다.

이토록 가난했으면서도 책과 문학과 음악을 사랑했고, 또 그럴수록 지독한 가난에서 벗어나지 못한 유금의 모습은 어떤 개인적인 일화를 통해 인상적이고 압축적으로 그려진다. 때는 늦가을이다. 강가의 바위에 걸터앉은 유금은 술을 붓고 비분강개한 마음에 슬픈 노래를 부른다. 스스로 거문고 반주를 넣고 있는 그는 고개를 들어 하늘을 우러러보고 있다. 북받치는 마음으로 하늘에 하소연하는 듯, 하늘을 원망하는 듯한 자세다. 이때 강가의 구름이 어둑어둑하다. 음울하고 암담하다. 그리고 흰 물결이 강기슭을 때린다. 물결이 산산이 부서지면서 나는 소리, 그리고 끊임없이 소멸을 향해 치달리기를 반복하는 물결의 움직임이 심연을 건드린다. 이런 경치 묘사는 곧 유금의 마음을 묘사한 것이다.[102] 그러나 그뿐만이 아니다. 그런 유금의 마음을 들여다보고 있는 서유구의 서글프고 안타까운 마음을 묘사한 것이기도 하다. 요컨대 이 경치 묘사는 세 겹의 묘사, 즉 경치 묘사이자, 그 경치에 둘러싸인 사람의 내면 묘사이자, 그 사람을 지켜보고 있는 또 한 사람의 내면 묘사이다. 간결한 묘사에 세 층위가 켜켜이 쌓여 있는 것이다.

한다(柳得恭, 「叔父幾何先生墓誌銘」, 『泠齋集』卷之六, 한국문집총간 260, 108면).
102 한민섭, 「풍석 서유구 문학 연구」(고려대 석사논문, 2000), 46면에서도 이 점이 지적되었다.

이렇게 경치 묘사가 유금과 서유구의 심리 묘사로 될 수 있는 것은 기본적으로 정경과 심리 상태 사이의 상동성 때문이지만, 그 상호 연관성을 강화하는 문법적 장치 또한 눈여겨볼 만하다. 정경 묘사는 '이때'라는 뜻의 '時'라는 글자와 더불어 도입된다. '이때'는 물리적 시간을 가리키는 말이 아니다. 유금의 행위와 정경 사이에 동시성을 부여하는 말이다. 그다음으로 눈여겨볼 것은 '이때'란 단어가 도입되기 전에 놓인 글자이다. 그것은 '화답하다'란 뜻의 '和'이다. 일차적으로 이 말은 유금이 자기 노래에 스스로 반주를 넣는 것을 뜻한다. 그러니까 혼자 하는 화답이다. 그런데 이 말에 이어 정경 묘사가 펼쳐짐으로써, 마치 그 정경이 유금의 마음에 화답하는 듯한 연상을 일으킨다. 이렇게 해서 유금의 심리 상태가 정경 묘사로 들어올 수 있게 된다. 그다음으로 눈여겨볼 것은 정경 묘사 뒤에 덧붙여진 반응이다. '애처롭고 서글퍼서 암담한 것이 마음 아팠다'가 그것이다. 이 말을 두고 꼭 유금의 심리인지 서유구의 심리인지를 구분하는 것은 무리지만, 그 광경을 지켜본 서유구의 심리적 반응이 개입된 것만은 틀림없다. 즉, 이 말을 통해 유금을 보고 있는 서유구의 시선이 슬그머니 글 속으로 들어온다. 이상의 몇 가지 문법적 장치에 힘입어, 경치 묘사는 글 전체의 흐름 속에서 자연스럽게 읽히면서도 단순한 경치 묘사 이상의 정서적 효과를 가져올 수 있었다고 생각된다.

끝으로 서유구는 「송원사」를 지은 경위를 간략하게 설명한다.

> 탄소가 죽은 뒤로 나는 때때로 그리운 생각이 들 때면 번번이 거문고를 타서 「송원조」送遠操를 연주했다. 연주를 마치고 머뭇거리며 우두커니 바라보면 행여 생전과 같은 소리가 들리고 모습이 보이는 듯하다. 하관下棺할 때가 되자 나는 서주絮酒를 가

지고 가 땅에 붓고 다시 슬픈 곡조를 연주하여 애도하고, 제목을 '송원'送遠이라 했다.

彈素旣死, 余時時思至, 輒援琴鼓之, 爲送遠之操, 曲終躊躇, 罷然而望, 幾響像之髣髴焉. 及窆期, 余將絮酒往酹, 復爲楚聲而侑之, 以'送遠'名篇.[103]

　유금은 죽었다. 그리운 마음에 서유구는 거문고를 탄다. 그러자 유금의 음성이 들리는 듯, 모습이 보이는 듯하다. 이것이 「송원사」의 창작 배경이다. 결국 죽은 자와 산 자의 대비, 유금의 죽음 이전과 이후의 대비가 작품의 출발점에 놓여 있는 것이다. 이러한 대비, 그리고 그 간극이 애통한 감정을 증폭하며, 그 증폭된 감정이 글 전체에 구조화된다.

　첫 번째 단락은 '유금 생전에 함께한 세월/유금의 죽음'의 대립 쌍으로 구조화된다. 마지막으로 본 유금의 모습은 평소와 다름없었다. 그런데 뜻밖의 부고와 더불어 이제 유금의 죽음은 '돌이킬 수 없는 사실'이 된다. 유금과 함께한 시간이 그렇게 많은데, 평소와 같았던 그 모습이 마지막일 줄 전혀 예상치 못했는데, 유금은 죽었다. 이런 상황에 걸맞게 서술상 번간繁簡의 차이가 있다. 유금과 함께한 세월에 대한 서술은 첫째 단락의 상당 부분을 차지한다. 반면 유금의 죽음에 대한 서술은 '며칠 뒤 부고가 왔다'라는 단 한 구절로 되어 있다. 그 밖에 유금이 어떻게 죽었는지에 대한 언급은 일체 찾아볼 수 없다. 이런 번간의 차이는, 유금의 죽음이 부고 하나로 갑작스럽게

103　徐有榘, 「送遠辭. 哭幾何子」, 『楓石鼓篋集』 卷第五, 『楓石全集』, 273면.

'통보된 사실'이라는 점을 구조화한 것이다. 마음의 준비가 전혀 되어 있지 않은 서유구에게 유금의 죽음은 뜻밖이지만, 그렇다고 받아들이지 않을 수도 없는 무소선적 사실로 통보된다.

두 번째 단락에서 이 구조는 '유금 생전의 처지/죽은 뒤의 처지'의 구조로 변주된다. 생전에 유금은 지독하게 가난했다. 가난에 내몰린 끝에 유금은 처자식을 거느리고 검산黔山으로 거처를 옮기려 했지만, 돈이 없어 그마저도 여의치 않았다. 그런데 이제 상여喪輿가 그곳을 향한다. 생전에는 살지 못한 곳에 죽어서 묻히게 된 것이다. 이런 대비를 통해 유금의 고단했던 인생이 더욱더 비통하게 느껴진다.

세 번째 단락에서 이 구조는 '유금의 거문고/서유구의 거문고'의 구조로 변주된다. 생전에 유금은 자신의 고독감과 분만감을 거문고 연주로 표출했다. 유금에게 거문고는 단순한 악기가 아니다. 유금이 곧 거문고이다. 자신의 이름을 '거문고'란 뜻의 '금琴'으로 고친 데서 이 점이 분명해진다. 그런 유금의 영혼을 달래기 위해 서유구는 그리운 마음을 담아 거문고를 탄다. 이로써 서유구의 거문고는 거문고를 자신의 분신으로 여긴 사람을 기리기 위한 거문고가 된다. 따라서 거문고를 타고 나니 유금의 음성이 들리는 듯하고 모습이 보이는 듯하다는 서유구의 진술은 단순한 수사의 차원을 넘어선 것으로 받아들여진다. 거문고는 이제 다시는 볼 수 없는 유금의 또 다른 모습인 것이다.

이상과 같이 삶과 죽음의 대비가 각 단락의 내용에 맞게 변주되면서 글 전체를 구조화한다. 이에 상응하여 서유구의 심리 상태도 변한다. 첫 번째 단락에서의 반응은 "아! 탄소가 죽다니"이고, 두 번째 단락에서의 반응은 "오호라, 슬픈 일이다!"이다. 첫 번째 반응도 슬픔을 동반할 터이지만, "슬프다"라고 직접 토로하는 것과는 다르다. "탄소가 죽다니"라는 말은 말 그대로 죽음이라는 불가항력적인 사태 자체

풍석 서유구 산문 연구

가 준 충격에서 비롯된 반응이다. 그리고 부음을 접한 뒤 유금의 삶을 하나하나 회억하고 나니 슬픔이 더 강하게 밀려들어 "오호라 슬픈 일이다"라는 탄식이 나온다. 이로써 슬픔이 최고도에 달한다. 지극한 슬픔 뒤에 오는 것은 '위로'이다. 거문고 연주를 통해 살아 있는 자의 마음을 달래고 망자의 넋을 달래는 것이 세 번째 단락의 반응이다. 이상이 서유구의 심리적 추이다.

이렇게 해서 유금에 대한 서유구의 글 두 편을 살펴보았다. 유금은 여러모로 '주변적 인물'이다. 서얼이었고 가난했으며 비주류 학문에 몰두했고 불우했다. 「기하실 기문」과 「송원사」에는 이런 유금에 대한 서유구의 공감 어린 마음이 담겨 있다. 그 밖에도 조안규趙安達라는 인물을 위한 묘지명도 주목을 요하지만, 선행 연구에서 이미 다루었으므로[104] 이 자리에서는 주의를 환기하는 것으로 그친다.

유금과 조안규는 서유구를 '지기'知己로 여겼다. 이들은 모두 서유구와 평소에 깊은 교감을 나눈 사이다. 그런데 서유구가 마주친 '주변적 인물'은 이런 유형으로 국한되지 않는다. 일면식도 없었던 미천한 사람이 우연한 기회에 서유구의 마음에 흔적을 남겨 놓기도 한다. 「유군 묘명」柳君墓銘이 그 기록이다. 서유구는 이렇게 말문을 연다.

> 유군柳君 준양遵陽은 자字는 사수士守이다. 부용강가에 살면서 나무 심는 일로 먹고살았는데 나이 마흔둘에 죽었다. 그 사람은 천성이 순후하고 성실하며 다른 능력이 없어, 죽을 때까지 저잣거리를 알지 못했다. 그가 죽은 날에 이웃 마을에서 그를 위해

---

104 한민섭, 「풍석 서유구 문학 연구」(고려대 석사논문, 2000), 44~45면; 졸고, 「『풍석 고협집』의 평어 연구」(서울대 석사논문, 2005), 137~140면 참조.

눈물 흘린 이가 많았다.

柳君遵陽, 字士守, 居芙蓉江上, 種樹自給, 年四十二以死. 其人生醇慤無他能, 至死不識闤閬. 死之日, 鄰里多爲之涕者.[105]

망자에 대한 정보가 지극히 간략하다. 망자의 성명, 자字, 거주지, 직업을 제외한 일체의 인정서술人定敍述이 생략되었다. 망자의 성품에 대한 언급도 대단히 간결하다. 유준양柳遵陽은 순후하고 성실하며 나무 심기 말고 다른 것은 할 줄 모른다. 이것이 전부다. 대신 유준양이 얼마나 훌륭한 사람이었는지는, 그가 죽자 그를 위해 운 이웃이 많았다는 사실 하나로 충분히 드러난다. 그리고 서술의 간소함은 유준양의 순후한 성품에 부합하는 것이기도 하다. 순후한 인물을 기리는 데 지나친 격식과 요란한 수사는 어울리지 않는 법이다.

이어서 서유구는 인상적인 일화를 들려준다.

정미년(1787) 봄에 나는 이웃 사람을 따라 꽃구경을 하다가 복숭아나무 동산에 이르렀다. 풀을 깔고 앉았는데 시간이 좀 지나자 울타리 사이로 부스럭부스럭 소리가 들리더니, 작달막한 한 사내가 두 아이를 데리고 구부정하게 지팡이를 짚고 나와 주객主客의 예를 매우 공손하게 했다. 물어보고는 군임을 알았다. 얼굴은 시커멓고 병약해서 옷 무게를 감당하지 못할 정도였다. 시선은 띠 위로 올라가지 않았는데 그를 불러 말을 걸면 눈을 크

---

105 徐有榘,「柳君墓銘」,『楓石鼓篋集』卷第五,『楓石全集』, 264면.

게 떴다. 물으니 병든 지 이미 3개월이었다. 나는 속으로 가엾게 여겼다. 돌아온 지 1년도 되지 않았는데 나는 이런 소식을 접했다. 군이 죽었는데 장사를 제대로 지내지 못하고 복숭아나무 동산의 숲에 빈소를 차렸다는 것이다. 이 말을 듣고 나는 더욱 서글퍼했다.

丁未春, 余從鄰人訪花至桃園, 班荊坐移時, 籬落間颯拉有聲, 一短丈夫從兩稚傴僂扶杖出, 爲主客禮甚恭, 詢之知爲君也. 面黳黃, 厖然不任衣, 視不上帶, 呼語之則揚其目. 問之病已三月矣, 余內憐之. 歸未期, 聞君死未克葬, 殯于桃園之麓, 余益悲之.[106]

유준양과 조우한 한순간에 대한 서술이다. 그 서술은 마치 스냅사진같이 순간을 영원으로 바꾸어 놓는다. 그 만남은 우연한 것이다. 꽃구경을 하던 서유구는 복숭아나무 동산에 한가롭게 앉아 있다. 그런 그 앞에 유준양이 등장하는데, 그 장면이 인상적이다. 부스럭부스럭 소리가 들리더니 웬 구부정한 사내가 터벅터벅 나온다. 부스럭거리는 소리가 궁금증을 유발한다. 그로 인해 유준양의 등장에 시선이 집중될 수밖에 없다. 도대체 누구일까? 그런데 그렇게 해서 등장한 사람의 모습이 정작 어떤가 하면, 작고 구부정하고 초라하고 볼품없고 약하며 병색이 완연하다. 반면 행실은 공손하다. 이렇게 지극히 개인적인 일화를 통해, 짧은 만남이 남긴 뚜렷한 인상이 생생하게 전달된다. 유준양이라는 인물의 직업·신분 등의 외재적 정보가 아니라

---

106 徐有榘, 같은 글, 같은 책, 같은 곳.

한순간의 직접적인 대면이 남긴 느낌이 글에 담긴 것이다.

그 느낌은 '가엾다'라는 말로 요약된다. '물어보고 나서 그가 유준양인 줄 알았다'라는 신술로 미루어 보면, 서유구는 그의 이름 정도는 이미 들어서 알고 있었던 듯하다. 아마 소문을 듣고 막연히 괜찮은 사람이겠거니 했을 것이다. 그런데 막상 그 사람을 만나 보고 나니 연민의 감정이 생긴다. 연민의 감정은 '가엾다'라는 반응에서 더 증폭되어 '더욱 슬퍼했다'라는 반응을 낳는다. 유준양과의 대면이 있은 지 얼마 후에 서유구는 그의 부음을 접한다. 집이 가난해서 장례를 제대로 치르지 못하고 복숭아나무 동산에 빈소를 차렸다는 소식이 들려온다. 서유구가 유준양을 처음이자 마지막으로 만난 장소가 곧 유준양의 빈소가 된 것이다.

유준양은 한순간 마주친 사람에 불과하다. 그런데 서유구는 그런 그의 죽음에 슬픔을 느낀다. '인간적인 조우'가 연민의 감정을 일으키고, 연민의 감정이 슬픔으로 표출된 것이다. 유준양이라는 미천한 사람을 대하는 서유구의 마음이 얼마나 촘촘했는지를 짐작할 수 있다.

유준양의 장례가 제대로 치러지지 못한 것에 슬픔을 느낀 서유구로서는 그 어려운 처지를 외면할 수 없었다.

> 그런 뒤 몇 개월이 되어 그의 아우 건양健陽이 와서 그를 묻을 시기를 알리며 이렇게 말했다. "양楊의 아무 언덕에서 장사 지내려 합니다." 나는 가난하여 부조할 게 없었으므로 마침내 명銘을 지어 그에게 주며 이렇게 말했다. "우선 이것을 묘소에 집어넣게. 그대는 모시로 수의를 만들고 솜을 넣고 관에 칠을 하여야 그대의 형을 영원토록 전할 수 있다고 생각하는가?"
> 後數月其弟健陽來告窆期日:"將葬於楊之某原." 余貧無以

伏助, 酒爲銘而歸之曰: "姑以此納諸幽. 子謂紵絮陳漆可不
朽子兄耶?"[107]

어떻게든 돕고 싶은 마음에 서유구는 묘지명을 지어 준다. 이것이
아마 가진 것 없는 서유구가 해 줄 수 있는 유일한 것일 터이다. 사실
미천한 사람의 묘지명을 짓는 것은 명법銘法에 어긋난다. 그런데도
굳이 서유구가 묘지명을 지어 준 것은 깊은 연민 때문이다. 유준양과
단 한순간 우연히 조우했을 뿐이지만, 그의 죽음을 도저히 외면할 수
없었던 것이다.

유준양은 서유구의 어릴 적 가정 교사나 벗이 아니라는 점에서
는 유금이나 조안규와 다르지만, 생활 공간에서 직접 만난 사람이라
는 점에서는 동일하다. 그런데 서유구의 작품 중에는 직접 만나지 않
은 '주변적 인물'에 대한 것도 있다. 백악산白岳山 환성암喚醒庵의 한
비구니를 기린 「환성암 사리탑명」喚醒庵舍利塔銘이 그것이다. 이 글
의 상반부에서 환성암의 주지가 서유구를 찾아와, 비구니의 행적, 비
구니의 입적 후 사리를 발견하여 안치한 경위 등에 대한 제반 설명을
한 뒤 글을 청한다.[108] 그러자 서유구는 이런 생각에 잠긴다.

---

107 徐有榘, 같은 글, 같은 책, 같은 곳. '楊之某原'의 '楊'은 양주(楊州)를 가리키는 듯
하다.
108 "喚醒庵在白岳山後麓. 山之西, 余丙舍在焉, 去庵未數里, 晨夕梵鍾可聞也. 庵住持
奉敏數從余遊, 一日衣水田衣杖錫而踵門曰: '願有謁也.' 余進之而問焉. 奉敏合爪禮而
曰: '吾庵有有道比丘尼今化矣. 不章是懼, 願得子之言.' 復捧書幣, 合爪再拜曰: 尼, 吾
姑也. 姓某氏, 號海堂, 文化民家女. 幼奇慧, 不茹葷. 虔奉大士, 有出世想. 嘗死三日
復甦, 至老死, 斂處黝然, 人咸異之. 旣長, 落髮入九月山, 澄心習定者數十年. 晚從吾,
流寓四方, 丐以餬口. 然見飢寒, 輒施之無慳. 壬寅來居庵, 時尼老矣, 猶焚修罔懈, 三朝
六時, 佛聲浩浩如也. 居五年, 丙午八月某日, 示寂于庵, 世壽六十七, 法臘四十六. 旣茶
毗, 翌日望見山之阿, 大放光明雲瑞氣. 踵之得舍利二, 卽尼茶毗處也. 於是緇白男女聚

내가 들으니 백악산 꼭대기에 세존암世尊巖이 있는데, 세상에
전하기를 상세上世에 세존 보살이 일찍이 이곳에서 노닐었다고
한다. 지금 바라보니 봉우리가 푸르스름한 빛을 띠며 맑은 기운
이 감돈다. 환성암은 세존암 아래에 있으니 필시 유명한 고승高
僧이 천축天竺의 영취산靈鷲山에 그런 것처럼 많을 텐데 내가 아
직 보지 못한 것이리라. 그렇다면 이 비구니가 바로 그 사람이
라 해도 괜찮지 않을까? 불경에 "사문沙門에 삼좌三坐가 있으니,
선禪이 으뜸이 되고, 경전을 외는 것이 중간이 되고, 중생을 돕
는 것이 아래가 된다"라고 했다. 비구니는 미천하지만 으뜸의
일에 관해서는 물론이고, 중간과 아래의 일이라면 거의 근접했
으니, 진실로 명법銘法에 맞다.

余聞白岳之巓有巖曰世尊, 相傳上世世尊菩薩嘗遊於是. 至
今望之, 峯巒砣硈蔥籠, 有淸淨氣. 庵於巖之下, 意必多高僧
名衲如乾竺鷲嶺之間, 而吾未之見焉, 則謂尼卽其人可乎?
佛之言曰: "沙門有三坐, 禪爲上, 誦經爲中, 助衆爲下." 尼,
微也, 向上事無論已, 中下則幾矣, 是固應銘法.[109]

비구니는 불자이면서 여성이다. 서유구는 그런 미천한 존재의 가
치를 옹호한다. 그 비구니야말로 고승高僧이 아니었을까 하는 생각,
그리고 비구니가 참선을 하고 불경을 외고 중생을 도운 공로가 인정

觀禮拜, 咨嗟駭歎. 庵爲之塡咽. 嗚呼! 豈不异哉? 吾將浮屠藏之, 一置之九月, 一置之
庵, 爲衆生福田. 子其銘之!"(徐有榘, 「喚醒庵舍利塔銘」, 『楓石鼓篋集』卷第五, 『楓石
全集』, 267면)
109 徐有榘, 같은 글, 같은 책, 같은 곳. 인용된 불경은 『무위경』(無爲經)이다.

된다는 판단 모두 그러하다. 물론 서유구의 시각에는 근본적인 한계가 있다. 기본적으로 비구니를 미천한 존재로 한정한 것이 그렇다. 그러나 이 글을 제외하면, 비구니의 행적을 기린 작품이 극히 드물다는 점에도 유의할 필요가 있다. 이런 역사적 제약을 고려한다면, 비구니의 공적을 높이 평가한 서유구의 시각은 큰 틀의 한계를 갖고 있으면서도 역시 그 나름대로 주목되는 면이 있다.[110]

　이상으로 '주변적 인물'에 대한 서유구의 글들을 살펴보았다. 불우하고 미천한 사람에 대한 공감은 굶주림의 문제에 대한 고민과 무관하지 않다. 서유구가 농학에 관심을 기울인 것은 무엇보다도 백성의 참상을 외면하지 않고 절실한 문제로 받아들였기 때문이다. 이는 기층민의 처지에 대한 공감 없이는 불가능하다. 이런 공감이 바탕이 되지 않았다면, 서유구의 농학은 단순한 전문 지식 이상의 호소력을 갖기 힘들었을 것이다. 따라서 '주변적 인물'에 대한 서유구의 작품들은 자칫 그의 방대한 농학 지식에 가려질 수 있는 근본적인 층위를 생각하게 해 준다.[111]

110　그런데 「환성암 사리탑명」의 서문을 일별해 보면, 환성암 주지의 말이 거의 전부를 차지한다는 사실이 눈에 들어온다. 명(銘)의 창작 경위를 설명하는 서문에 통상적으로 들어갈 법한 내용은 거의 전부 주지의 입에서 나온다. 요컨대 서유구는 기본적으로 전문(傳聞)을 기록하는 입장에 서 있다. 다소 특이한 구성이다. 이것은 비구니의 공적을 직접 확인하지 못한 채 그에 대한 판단을 전적으로 제삼자의 진술에 의지할 수밖에 없는 상황을 그대로 반영한 결과가 아닌가 한다. 이런 상황에 상응하게, 비구니에 대한 서유구의 태도도 유금이나 유준양에 대한 것과는 다소 다르다. 비구니의 가치를 옹호하고 있다는 점에서 그의 기본 태도는 '공감 어린 태도'라 할 수 있다. 그러나 유금과 유준양에 대한 시선과 비교하면, 비구니에 대한 시선은 비교적 제삼자적 거리를 둔 것이다. 이렇게 보면 '주변적 인물'에 대한 공감은 그 내부에서 다시 몇 가지 층위를 이룬다고 할 수 있다.
111　물론 유금, 조안규 같은 사람은 기층민에 속한다고는 할 수 없다. 이들은 불우한 존

4. 삶의 굴절에 따른 자기 응시

이렇게 해서 서유구 산문의 세 가지 형성 배경이 각각 이떻게 작품 세계를 통해 구현되는지 어느 정도 밝혀졌을 듯하다. 그런데 그 작품 세계의 면면은 주로 공시적 특징에 입각한 것이다. 그러나 서유구는 80세를 넘긴 인물로 굴곡 있는 삶을 살았다. 따라서 삶의 국면에 따른 작품 세계의 특징이 주제적 특징만큼이나 주목을 요한다. 삶의 굴절은 서유구에게 어떤 흔적을 남겨 놓았는가?

(1) '오비거사'五費居士의 회고

젊은 시절에 서유구는 『풍석고협집』을 직접 편집했다. 문집 등사謄寫가 한창일 때, 그는 심상규에게 편지를 보낸다. 자신의 초상화에 대한 제시題詩를 청하기 위해서다. 25세 때(1788)의 글로 생각되는 그 편지에서 서유구는 자신의 초상화에 대해 이렇게 말한다.[112]

> 이생李生 명기命基가 저를 위해 작은 초상화를 그려 주었는데, 먹을 묻힌 곳을 횡서척橫黍尺으로 쟀더니 세로는 팔 촌寸이고 가로는 세로의 삼분의 이가 되지 않습니다. 초상화를 다 그린 뒤에 그 바깥에 동그랗게 선을 둘러 거울을 마주 보고 자기 모습

재이니만큼, 이들에 대한 정서적 공감이 기층민의 처지에 대한 인식 태도와 일정한 연관을 맺긴 하지만, 그렇다고 해서 그 둘이 동일시될 수는 없을 것이다. 따라서 '주변적 인물'에 대한 공감과 서유구의 농학이 표리를 이룬다고 적극적으로 해석하기에는 다소 무리가 따른다. 그렇게 보기에는, 적어도 산문 작품에서 확인되는 한, 서유구가 농민의 삶에 대해 적극적인 관심을 가진 것으로 파악되지는 않는다. 이 문제에 대해서는 추후에 서유구 산문을 포괄적으로 조망하는 자리에서 다시 생각해 보기로 한다.
112 앞에서 인용한 적이 있으므로 원문은 생략한다.

을 비춰 보는 형상을 만들었습니다. 이 예는 회암晦庵 주자朱子에게서 창안되었는데, 근래에는 왕어양王漁洋 이상貽上(왕사진)이 이 예를 따랐지요. 어떤 사람은 동그란 것이 둥근 창이라 하는데 아닙니다.

초상화에 그려진 모습은 이렇습니다. 머리에는 복건幅巾을 썼고, 심의深衣를 입고 큰 띠를 찼으며, 허리 아래는 숨어서 보이지 않습니다. 오른손으로는 띠를 잡았고 왼손으로는 책을 펼쳐 들었습니다. 눈은 초롱초롱해 생각이 모여 있는 듯합니다.

그림 속의 초롱초롱한 눈빛은 청년 서유구의 명민함, 자기 확신, 미래에 대한 기대감과 포부를 느끼게 한다. 그런데 이 초롱초롱한 눈빛으로 서유구는 무엇을 응시하고 있는가? 바로 자신의 모습이다. 초상화의 테두리가 거울이라고 강조한 데서 이 점이 확인된다.

거울에 자신을 비추어 보는 행위는 양의성兩義性을 갖는다. 그것은 자기반성적 행위가 될 수도 있지만, 자기도취적 행위가 될 수도 있다. 그런데 인용문을 보면, 청년 서유구에게는 자기에 대한 반성적 거리감이 부족해 보인다. 그렇다면 자기 모습을 응시하고 있는 그의 눈빛은 '강한 자기애'의 표출로 해석될 수 있다.

자기애가 꼭 비판의 대상이 되어야 할 것은 아니다. 그것은 어떤 점에서는 인간적이며, 젊은이답다면 젊은이다운 것이다. 금욕적인 자기 절제와는 다른 정신자세와 문화적 감각을 보여 주는 것이라고도 할 수 있다. 하지만 자신을 타자화할 때 비로소 진정한 자기애가 가능한 것 아닌가? 청년 서유구는 이런 고민을 심각하게 한 것 같지 않다. 그 당시 서유구 집안은 한창 성세盛勢를 구가하고 있었고, 서유구는 그 집안의 촉망받는 젊은이였다. 실제로 이 편지 이후 그의 행

보는 전도유망한 명문가 자제의 그것이었다. 서유구의 '강한 자기애'
와 '자기 확신'은 이런 현세적 풍요와 안온함을 배경으로 한다.

그러나 1806년을 기점으로 상황이 급변한다. 서형수가 김달순 옥
사에 연루되어 추자도楸子島에 안치되고, 서유구 집안은 일거에 몰락
한다. 그 여파로 서유구도 정계에서 반강제적으로 물러나 도봉산道峯
山 아래 망해촌望海村으로 피신한다. 이렇게 해서 유배 아닌 유배 생
활을 하게 된 서유구는, 서유락에게 보낸 편지에서 자신의 생을 돌아
보며 이렇게 말한다.

> 편지를 보내와 나더러 손님 접대를 끊고 음식을 줄여서 쌀과 소
> 금, 땔감과 물의 비용을 절약하라고 조언했더구나. 참으로 옳은
> 말이니 따르지 않을 수 있겠느냐? 비록 그렇지만 나는 세 가지
> 허비한 게 있는데, 쌀과 소금, 땔감과 물의 비용은 거기에 끼지
> 않는다.
>
> 처음 내가 명고明皐(서형수) 선생에게 「단궁」檀弓, 「고공기」考
> 工記, 『당송팔가문』唐宋八家文을 배울 적에는, 큰 포부를 갖고 유
> 자후柳子厚(유종원)와 구양영숙歐陽永叔(구양수)의 문장에 뜻을 두
> 었다. 그리고 얼마 후 용주蓉洲로 집을 옮겨 서호西湖에서 우산
> 愚山 이 선생李先生(이의준李義駿)을 만나 뵙고 나서는 또 정사농
> 鄭司農(정현鄭玄)의 명물도수학名物度數學과 주자양朱紫陽(주희)
> 의 성리학을 좋아하여, 한창 노력해도 터득한 것이 없을 때에는
> 고생스러운 공부를 이루 다 감당하지 못했다. 그런데 얼마 되지
> 않아 일을 맡아 하느라 동요되었고 벼슬살이하느라 뜻을 빼앗
> 겨서, 예전에 배웠던 것을 지금 모두 잊어버리고 말았다. 이것
> 이 첫 번째 허비이다.

벼슬살이하는 초기에 선왕先王(정조正祖)께서 발탁해 주시는 은혜를 입어, 나같이 노둔한 사람도 조정에 참여하고 나같이 쓸모없는 사람도 등용되어, 이영각邇英閣과 서청西淸의 반열에서 관원수를 채우게 되어서는 다시 망령되이 환씨桓氏(환담桓譚)처럼 옛일을 상고하고 유중루劉中壘(유향劉向)처럼 서적을 교정하겠노라 스스로 다짐하여, 한창 채찍질하며 힘을 다할 때에는 손에 굳은살이 박이고 눈이 침침해지는 줄도 스스로 모를 정도였다. 그런데 얼마 되지 않아 양장판羊腸坂이 앞에 있고 구당협瞿塘峽이 뒤에 있어서, 수레에 비유하면 굴대가 부러지고 배에 비유하면 키가 없어져서, 막막하여 앞으로 나아가지 못했다. 이것이 두 번째 허비이다.

이렇게 된 뒤에 재주를 억지로 뽑아 올려 조장助長할 수 없고 운명을 인력人力으로 바꿀 수 없다는 것을 알고, 비로소 낙담하여 고개 숙이고 동릉후東陵侯의 오이 가꾸는 법, 운경雲卿의 채소 재배하는 법, 범승지氾勝之와 가사협賈思勰의 나무 심는 법을 연구하여 경영하고 계산하느라 세월이 쌓였다. 그런데 뜻밖에 다투는 사람이 없는 분야에서조차 어떤 물건이 가로막아 어긋나고 얽매이게 하여, 지금에 이르기까지 결국 내 몸은 버려지고 집안은 망하여 온갖 인연이 산산이 깨어지고 말았다. 이것이 세 번째 허비이다.

書至勉我絶餚饌菲飮食以節米鹽薪水之費, 言之良是, 可無從乎? 雖然吾有三費, 而米鹽薪水之費不與焉.

始吾從明皋先生受「檀弓」、「考工記」、『唐宋八家文』, 嘐然有志於柳子厚、歐陽永叔之文章. 旣而移家于蓉洲, 得見愚山李先生于西湖, 則又說鄭司農之名物、朱紫陽之性理, 方

其溺苦而未有得也, 不勝其錐之握而斧之投也. 亡幾何而幹蠱以沮撓之, 游宦以誘奪之, 昔之所學, 今皆忘之, 則一費也.

策名之初, 荷先王淵拂之恩, 參兩乎鷥駬, 繩削乎欀櫟, 使得備數於邇英、西淸之列, 則復妄自期于桓氏之稽古、劉中壘之校書, 方其策勵而陳力也, 不自知其手之胝而目之蒿也. 亡幾何而羊腸在前, 瞿塘在後, 轕折柁失, 迆如而不前則二費也.

夫然後知才之不可握而進也, 命之不可力而移也, 始廢然俛就于東陵之瓜、雲卿之蔬、氾勝之·賈思勰之樹藝, 經營籌度, 積有日月, 不謂無竸之地亦且有物靳之, 齟齬絆攣, 以迄于今而卒之身廢家覆, 萬緣瓦裂則三費也.[113]

---

113 徐有榘,「與朋來書」,『金華知非集』卷第二,『楓石全集』, 325~326면.『금화지비집』에는 서유락에게 보낸 편지가 총 4편 수록되었는데, 인용문은 그 두 번째다. "吾有三費, 而米鹽薪水之費不與焉"의 구법은『맹자』(孟子)「진심」(盡心) 상(上)의 "君子有三樂, 而王天下不與存焉"에 의거한 것이다. "又說鄭司農之名物"의 '說'은 '悅'과 통용된다. '錐之握'과 '斧之投'는 모두 학문에의 매진을 뜻한다. '錐之握'은 소진(蘇秦)이 책을 읽다 졸음이 오면 송곳으로 허벅지를 찔렀다는 고사에서 유래한 표현으로,『전국책』(戰國策) 권3「진책」(秦策)에 보인다. '斧之投'는 문당(文黨)이 나무를 하던 중 "나는 멀리 가서 배우기를 원하니, 먼저 시험 삼아 도끼를 높은 나무 위로 던져 봐야겠다"라 하고 도끼를 던졌더니 도끼가 과연 위로 올라가 걸리기에 장안(長安)으로 가서 경전을 배웠다는 고사에서 유래한 표현으로,『태평어람』(太平御覽) 권611 학부(學部) 5「근학」(勤學) 등에 보인다. '邇英'과 '西淸'은 각각 송대(宋代)와 청대(淸代)에 설치되었던 것으로, 조선의 집현전이나 규장각이 이와 유사한 성격을 갖는다. 여기서는 규장각의 대칭(代稱)으로 사용되었다. '東陵'은 진(秦)의 동릉후(東陵侯) 소평(召平)으로, 진나라 멸망 뒤 포의로 가난하게 살면서 장안 동쪽에 오이를 심었는데, 그 오이가 맛있어서 '동릉과'(東陵瓜)라고 불렸다고 한다. 자세한 내용은『사기』(史記)「소상국세가」(蕭相國世家) 제23에 보인다. '雲卿'은 송대의 은사 소운경(蘇雲卿)으로, 채소밭을 잘 가꾸어 아무리 혹한과 혹서가 닥치더라도 그의 밭에서는 사시사철 채소가 잘 재배되었다고 한다. 자세한 내용은『송사』(宋史) 권459 열전 제218「은일」(隱逸) 하(下)에 보인다.

자신의 인생이 허비로 점철되었다는 고백이다. 서유구는 수학기에 좋은 스승 밑에서 학문적·문학적 수련을 거쳤고, 사환기에 국왕의 지우知遇를 입어 각종 편찬 사업에 의욕적으로 종사했으며, 정국政局이 급변한 뒤로는 농학에 침잠했다. 큰 변고가 있긴 했지만, 삶의 국면에 따라 나름대로 뭔가를 이루었다고 할 수 있다. 그런데 이런 삶이 모두 '허비'로 돌아갔다는 것이다. 심상규에게 보낸 편지에서와는 전혀 다른 자화상이 그려진 셈이다. 극도의 절망적인 상황에 대한 대응 방식은 사람마다 다르다. 과거의 영화榮華에 더 집착함으로써 자기를 지탱하는 사람도 있다. 그런데 서유구에게서는 자신의 행적에 애써 의미를 부여하는 자세를 찾아볼 수 없다. 자부심과 애착을 느낄 수도 있을 법한 것들이 모두 무의미해진 것이다.

그런데 1823년을 기점으로 상황이 다시 바뀌어 서유구는 복권된다. 지방관으로 사환 생활을 재개한 그는 조정의 요직을 두루 거친 뒤 1839년에 봉조하로 치사致仕한다. 18년간의 인고의 세월을 뒤로 하고 16년간의 순탄한 세월을 보낸 것이다. 은퇴 후 서유구는 번계에서 살다가 두릉으로 거처를 옮기는데,[114] 번계에서의 여생도 대체로 평온했던 것으로 보인다.[115]

생의 끝자락에서 서유구는 자신의 평생을 다시 돌아본다. 그 술회를 담은 글이 「오비거사 생광자표」五費居士生壙自表이다. 자찬묘지명自撰墓誌銘으로, 1842년 작이다. 서유구의 몰년이 1845년임을 감안하

---

114 번계는 지금의 서울시 강북구 번동이고, 두릉은 지금의 경기도 남양주시 조안면 능내리이다.
115 번계에서의 서유구의 생활상에 대해서는 조창록, 「풍석 서유구에 대한 한 연구」(성균관대 박사논문, 2003), 95~123면 참조.

면, 삶의 총결산으로서 의미를 갖는 작품이다. '오비거사'五費居士는 '다섯 가지로 인생을 허비한 사람'이란 뜻이다.

> 풍석자楓石子가 부인 송씨의 묘소를 단주湍州 백학산白鶴山 서쪽 선영先塋 아래로 옮기고 나서 그 오른쪽을 비워 두어 앞으로 자신이 묻힐 곳으로 삼았다.
>
> 그러자 어떤 사람이 이렇게 조언했다. "옛사람 중에도 행한 예例가 있는데, 그대는 어째서 <u>스스로</u> 묘지墓誌를 짓지 않으십니까?"
>
> 풍석자가 말했다. "아! 내가 무엇을 기록하겠는가? 내가 옛날 사촌 동생 붕래朋來(서유락)에게 보낸 답장에 '세 가지 허비'의 설이 있었네. (…)"
>
> <u>楓石子旣遷夫人宋氏之塴于湍州 白鶴山西先壠之下</u>, 虛其右爲壽藏. 或甚之曰: "昔之人有行之者, 子盍自爲之志?" <u>楓石子曰</u>: "噫! 吾何志哉? 昔吾答叔弟<u>朋來</u>書, 有三費之說焉. (…)"[116]

우선 서유구는 세 가지 허비를 말한다. 그 내용은 방금 살펴본 편지의 그것과 대동소이하므로 생략한다. 그럼 나머지 두 가지는 무엇인가?

이 설은 병인년(1806) 가을과 겨울 사이에 있었네. 그 이후로 또

---

116 徐有榘,「五費居士生壙自表」,『金華知非集』卷第六,『楓石全集』, 424면.

두 가지 허비가 있었지. 계미년(1823)에 명고공明皋公이 섬에서 육지로 이배移配되셨고 갑신년(1824)에 도류안徒流案에서 그 이름이 영원히 씻기자, 나는 조정에 복귀하여 성은聖恩을 입어, 몰락한 신세에서 재기하여 영예를 입고 요직을 두루 거쳐 위치가 높고 현달한 데 이르렀네. 하지만 재주가 부족하고 성품이 엉성하고 게을러, 조정에 있으면서는 정치에 도움이 되는 계책을 내지 못했고, 관직에 있으면서는 성은에 보답하는 공적이 없었지. 정신이 소모되어 일을 할 수 없는 나이에 이르러, 치사致仕를 청해 퇴직하고 지난날을 돌이켜보니 물거품처럼 덧없네. 이것이 한 가지 허비일세.

병거屛居하던 초기에 근심스러운 처지에 있으면서 근심을 잊기 위해 온갖 서적을 널리 수집하여 『임원경제지』를 편찬했으니, 16부部 110국局으로, 잘못을 교정하고 편차를 정하는 일에 골몰한 것이 앞뒤로 30여 년이네. 그런데 그 책이 거의 완성되려 하는데, 인쇄를 하자니 재력이 없고, 장독대 덮개로 쓰기에 충분하군. 이것이 또 한 가지 허비일세.

此其說在丙寅秋冬之際, 而自茲以往又有二費焉. 歲癸未明皋公自海而陸, 甲申謫籍永滌, 而余復厠于朝, 春陽煦然, 枯荄再榮, 歷敭華膴, 致位崇顯, 而才短性疎慵, 立朝無吁咈之謨, 居官無補報之績, 及其耄至慮耗, 丐休休, 追惟往跡, 幻若浮漚, 此一費也.

屛避之初, 爲在憂忘憂也, 薈萃博采, 纂『林園經濟志』, 部分十六, 局分百十, 弊弊乎丹鉛甲乙之勞者首尾三十餘年, 及其書潰于成, 以之壽梓則無力, 以之覆瓿則有餘, 此又一費也.[117]

1806년 이후로 추가된 두 가지 허비는 관료 생활과 『임원경제지』 편찬이다. 복권된 뒤의 서유구의 행보는 성공적인 편이었거니와, 전라노 관찰사로 재직했을 당시의 활동을 보면 그는 지방 행정가로 사회적 공헌을 했다. 그런데 퇴직한 뒤에 돌이켜보니 이런 삶이 모두 물거품 같다는 것이다. 그리고 『임원경제지』는 서유구 필생의 업적이다. 그런데 이제 그 책이 인멸될 가능성이 높아 보인다. 그렇게 되면 평생의 학문마저 물거품이 되어 사라질 것이다. 정신적인 삶을 포함한 서유구의 삶 전체가 '허비'로 귀결되는 것이다.

'허비'로 점철된 삶은 곧 아무것도 이룬 게 없는 삶이다.

> 이렇게 허비가 다섯에까지 이르러 남아 있는 게 거의 없네. 살아서는 다른 사람에게 도움 되는 게 없었고, 죽어서는 후대에 알려질 게 없으니, 그 살아 있을 때에는 새장 속의 새처럼 하는 일 없이 숨만 쉬었을 뿐이고, 그 죽고 나서는 풀이나 나무처럼 썩어 없어질 뿐일세. 이러고서 뭔가를 이루었다고 할 수 있는가? 그럼 모든 사람이 이룬 셈이지. 이러고서 뭔가를 이루었다고 할 수 없는가? 이룬 게 없는 사람이 또 무슨 말로 기록해 잊히지 않게 한단 말인가? 아! 인생살이가 원래 이처럼 허비인 것인가? 아니면 허비는 잠깐이고 거두어들이기는 오래 하는 사람 또한 있는가?

---

117 徐有榘, 같은 글, 같은 책, 같은 곳. '秊至慮耗'는 나이가 70이 넘었다는 뜻으로, 유종원의 「당고영남경략부사어사 마군묘지」(唐故嶺南經略副使御史馬君墓誌)의 "年七十, 不肯仕曰: '吾爲吏逾四十年, 卒不見大者. 今年志慮耗, 終不能以筋力爲人贏縮"이라는 구절에 연원을 둔 표현이다.

풍석 서유구 산문 연구

저 훌륭한 글을 남기거나 훌륭한 공을 세워서 우뚝하게 불후의 경지에 서 있는 사람으로 말하면, 그 정신과 기백이 틀림없이 천 세世 백 세 뒤에까지 명성을 보호할 수 있을 것이니, 이것은 하루아침에 갑자기 얻을 수 없다네. 나는 어려서는 어리석었고, 장성해서는 근심 속에 살았고, 늙어서는 정신이 흐릿하니, 처음부터 끝까지 돌이켜보면 육신과 더불어 사라지지 않을 것을 찾아본들 결국 거기에 근접한 것도 찾을 수 없네. 그런데도 오히려 80년간 몽땅 허비해 버린 여생을 가지고 뻔뻔스럽게 붓을 잡고 편석片石을 빌려 문식文飾할 뿐 내 인생이 텅텅 비어 아무것도 없다는 것을 스스로 알지 못한다면, 잘못된 것 아니겠나?

蓋費之至五而存者無幾矣. 生無益於人, 死無聞於後, 其生也禽視鳥息已矣, 其死也艸亡未卒已矣. 若是而可謂之成耶? 人盡成也. 若是而不可謂之成耶? 無成者又何語志之勿忘也? 嗟夫! 人之生也固若是費乎? 抑亦有費則暫而收則久者耶? 彼立言立功, 卓然樹足于不朽之地者, 其精神氣魄必有以擁護身名於千百世之後, 此不可一朝襲而取之也. 吾少而恂恂, 壯而慇慇, 老而惛惛, 原始反終, 求其不與身俱化者, 終未得影響近之者, 猶且以八十年費盡之餘景, 靦然操聿, 假片石而文飾之, 不自知其枵然無有也, 不亦傎乎?[118]

다섯 가지나 되는 허비는 단 한 줄로 요약된다. '살아서는 남들에게 도움이 되지 못했고, 죽은 뒤에는 후세에 알려질 만한 게 없다.'

---

118 徐有榘, 같은 글, 같은 책, 424~425면. '禽視鳥息'은 '禽息鳥視'(曹植, 「求自試表」)와 같다. '艸亡未卒'의 '未'는 '木'의 오자인 듯하다.

아무것도 이룬 게 없다. 서유구는 자신의 삶을 굳이 유의미한 것으로 그리지도 않고, 그 허비가 불가피했다고 변호하지도 않는다. 어찌 보면 성공적인 삶을 서유구 스스로가 보잘것없고 무의미한 것으로 돌린 것이다.

이것이 서유구의 자기 응시이다. 그렇다고 해서 삶과 죽음에 대한 달관이 느껴지는 것은 아니다. 오히려 후세에 남길 게 아무것도 없다는 자괴감과 절망감이 강하다. 의문문의 연용連用은 그 절망감의 표현이다. 연달아 나오는 세 개의 의문문을 통해 거듭 확인되는 것은, 자신이 아무것도 이룬 게 없다는 사실뿐이다. 그걸로 끝이 아니다. 인생이 원래 이런 건가? 아니면 허비한 인생은 짧은 대신, 죽은 뒤의 명성은 오래갈 수도 있지 않은가? 다시 이렇게 반문하는 서유구는 애써 마지막 희망의 끈을 잡아 보려는 것처럼 보인다. 그러나 그 질문 끝에 결국 그가 직면하는 것은, 후세에 남길 것이라고는 찾아볼 수 없는 자신의 모습뿐이다. 이렇게 다섯 차례에 걸쳐 연이어 등장하는 의문문은, 허비로 점철된 삶에 대한 서유구의 회한에 찬 반응에 다름 아니다.

그런데 서유구는 왜 자신의 평생을 술회한 것일까? 그 구체적인 상황이 글의 서두에 밝혀져 있다. 죽은 아내를 이장移葬한 뒤 그는 혹자에게 질문을 받는다. 어째서 자찬 묘지명을 짓지 않습니까? 이에 서유구는 자신의 삶이 기록할 만한 것인지를 스스로 문제 삼는다. 혹자에 대한 반문反問으로 입을 연 그는 자신의 삶이 어째서 기록할 가치가 없는지를 조목조목 설명한다. 그 '기록할 가치 없음'을 뜻하는 말이 '허비'이다. 다섯 가지 허비는 곧 서유구 삶의 다섯 국면이다. 이렇게 해서 자신의 삶이 기록할 가치가 없는 이유에 대한 설명이 곧 자신의 삶에 대한 기록이 된다. 이것이 「오비거사 생광자표」의 구성

상의 아이러니이다. 기록으로 남길 가치가 없는 삶이 '가치 없는 삶'
으로 기록된 것이다. 그것도 다섯 조항에 걸쳐 일목요연하게 말이다.

　이 아이러니는 자신의 삶에 대한 서유구의 심적 태도를 구조화한
것이다. 그는 자기 삶에 굳이 의미 부여를 하지 않지만, 그렇다고 해
서 불후에 대한 집착에서 완전히 자유로운 것도 아니다. 그 집착을
단순한 명예욕 같은 것과 동일시하는 것은 적절치 않을 터이다. 그
집착은 어쩌면 인간이 인간인 한 마지막까지 가지고 있는 것일지도
모른다. 이렇게 달관과 집착 사이의 복잡하고 착잡한 마음, 정리된
것 같으면서도 어느 한편은 여전히 정리되지 않았고 또 그럴 수도 없
을 것 같은 그런 마음을 구조화한 것이 「오비거사 생광자표」의 아이
러니이다.

　서유구의 아내 송씨 부인의 몰년은 1799년이다. 이해 음력 정월
에 서유구의 생부 서호수徐浩修(1736~1799)가 별세했기 때문에, 부
인의 장례葬禮는 다소 간소하게 치러졌다.[119] 우선 부인은 장단부長湍
府 아곡鵝谷에 안장되었다가,[120] 1830년 음력 4월에 장단부 금릉리金
陵里 백학산白鶴山으로 이장된다. 같은 날에 서우보의 묘도 함께 이장
된다.[121] 그 뒤 서유구는 1838년에 서우보의 묘를 다시 이장하고, 부

<hr />

119 서호수는 1799년 음력 1월 10일에 별세했고, 송씨 부인은 같은 해 음력 1월 27일에
별세했다.
120 서유구의 다음 언급 참조: "夫人沒以己未正月丙戌, 渴葬于長湍府鵝谷先姑之兆.
時我本生先考文敏公喪在殯, 故葬夫人儀不備."(「亡室貞夫人礪山宋氏墓誌銘」,『金華知
非集』卷第七,『楓石全集』, 432면)
121 서유구의 다음 언급들 참조: "維庚寅四月二十六日甲申, 亡室贈貞夫人礪山宋氏之
柩與亡子宇輔之墓, 同日遷于白鶴山下旺墓之洞"(「祭亡室遷窆文」,『金華知非集』卷第
五, 위의 책, 402면); "始宋夫人之葬在湍州鵝谷之麓, 兒以地匪吉, 屢請余改葬而未遑
也. 及兒喪, 痛毒憑塞, 未暇卜壤, 權厝于其母墓下. 庚寅並母墳遷于金陵里文靖公墓左
麓之後."(「亡兒墓誌銘」,『金華知非集』卷第七, 같은 책, 441~442면)

인의 묘소 오른쪽을 자기의 묏자리로 비워 둔다.[122] 「오비거사 생광자표」의 첫 구절에는 이런 일련의 일들이 압축되어 있다. 결국 서유구는 자신과 가장 가까운 두 사람, 아내와 아들의 죽음을 지켜보았을 뿐 아니라, 이 두 사람의 이장을 계기로 다시 한 번 그 두 사람이 죽었다는 사실을 맞닥뜨리면서 자신의 죽음을 준비한 것이다. 이것이 서유구가 자신의 평생을 술회하게 된 또 하나의 구체적인 상황이다.

따라서 「오비거사 생광자표」는 단순한 회고로 그치지 않고, '유언'遺言의 성격을 갖는다. 「오비거사 생광자표」의 서문은 이렇게 종결된다.

> 그러고는 돌아보며 손자 태순太淳에게 말했다. "내가 죽은 뒤에 큰 비석은 세우지 말고, 다만 작은 묘갈墓碣에 '오비거사 달성 서모의 묘'(五費居士達城徐某之墓)라고 적는 게 좋겠다."
> 顧謂孫太淳曰: "吾死之後, 勿樹豐碑. 但以短碣書之曰五費居士達城徐某之墓可矣."[123]

'허비'로 점철된 인생에 어울리는 유언이다. 「오비거사 생광자표」에는 인정서술人定敍述을 포함하여 일체의 외재적 정보가 생략되었다. 여기에 상응하게 묘갈墓碣도 단촐하다. '오비거사五費居士 달성達城 서모徐某.' 이것으로 충분하다. 생전의 관력이며 행적 따위는 모두

---

122 서유구의 다음 언급 참조: "戊戌以靑烏家言再遷于本生祖考文敏公墓右越一崗坐乙之原, 虛夫人墓右, 爲余壽藏, 東距文靖公墓仍未滿百弓而近也"(「亡兒墓誌銘」, 『金華知非集』卷第七, 같은 책, 442면)

123 徐有榘, 「五費居士生壙自表」, 『金華知非集』卷第六, 같은 책, 425면.

불필요하다. '다섯 가지 허비'로 평생이 요약되고 그 외에는 달리 내세울 게 없다. 후대에 굳이 기억된다면 그냥 그런 모습으로 기억되겠다는 것이다. 이것이 생의 끝자락에서 서유구가 그린 마지막 자화상이다.

사실「오비거사 생광자표」의 내용은 다섯 가지 허비에 대한 설명만으로 충분할 법하다. 그 설명은 혹자와 서유구의 대화를 통해 제시된다. 따라서 손자의 등장은 돌연한 느낌을 준다. 서유구의 유언은 이렇게 전절감轉折感을 동반하지만, 다른 한편으로는 다섯 가지 허비에 대한 술회의 당연한 귀결이기도 하다. 또한 이 유언은 부인의 묘 오른쪽을 비워 두어 자신의 묏자리로 삼았다는 서두의 진술과 조응된다. 결국 죽음에 대한 상념이 글 전체에 배어 있었던 것이다. 이 점이 유언과 더불어 독자에게 더욱 뚜렷하게 각인되면서 글이 종결된다.

이런 편장법상의 특징과 더불어 서술의 번간繁簡에도 유의할 필요가 있다. 유언에 앞서 제시된 다섯 가지 허비에 대한 설명은 일목요연하면서도 비교적 자세한 편이다. 반면 급격한 전환과 더불어 제시된 유언은 대단히 짤막한 구절로 되어 있다. 이 구절에 비하면 다섯 가지 허비에 대한 설명은 오히려 장황하다고 할 수 있을 정도이다. 이렇게 서술 분량이 극단적인 대조를 이룬다. 이런 대비 속에서 서유구의 유언은 대단히 단호하고 엄정한 느낌을 준다. 그리고 허비로 요약된 삶에 더없이 잘 어울리는 것으로 받아들여진다.

그러나 무엇보다 중요한 것은 진술의 진실성이다. 유언은 한 인간이 죽기 전에 남기는 마지막 말이다. 그보다 진실한 것은 별로 없을 것이다. 뿐만 아니라 유언은 절대적 권위를 갖는다. 유언은 감히 어겨서는 안 되는 것이기 때문이다. 결국「오비거사 생광자표」는 서유구가 이 세상에 마지막으로 남겨 놓은 가장 진솔한 자기 고백이자

가장 엄중한 당부이다.

이 작품의 자기 고백적 성격은 작품의 시점과도 연관된다. 자찬묘지명류의 글에서는 자신이 마치 제삼자인 것처럼, 혹은 '3인칭적 1인칭'[124]으로 등장하는 것이 일반적이다. 그런데 「오비거사 생광자표」는 그렇지 않다. 물론 작품의 큰 틀을 보면, 서유구는 '풍석자'楓石子라는 3인칭으로 등장한다. 그러나 그 명칭조차 '3인칭적 1인칭'이거니와, 실질적인 서술에서 서유구는 '나'(吾)로 등장한다. 그런데 이 '나'의 등장이 전혀 어색하거나 도드라져 보이지 않고 자연스럽게 받아들여진다. 혹자에 대한 서유구의 대답이 문면에 그대로 옮겨져 있기 때문이다. 즉, 서유구의 생평, 서유구의 유언은 3인칭의 서술이 아니라 1인칭의 자기 고백으로, 구체적인 상황에서 서유구가 본인 입으로 직접 한 말로 독자에게 재현된다. 「오비거사 생광자표」가 진솔한 자기 고백으로 읽히는 것은 이런 이유에서이기도 하다.

이제까지 「오비거사 생광자표」의 서문을 검토했다. 그 명銘은 다음과 같다.

> 원元·회會·운運·세世 12만 9천6백 년에, 아득한 나의 삶은 겨우 1620분의 1이니, 초라하기 짝이 없구나. 70하고 9년을 이미 허비하여, 또 허공을 지나가는 새랑 다를 바 없으니, 남은 날을 다 살지 않아도 하상下殤과 차이가 있을까 없을까? 옹기 관에 벽돌을 두르면 됐지 명銘이 무슨 소용이랴? 아! 깊숙한 유실幽室에서 우리 선왕부先王父와 선군자先君子를 따르리라.

---

124 가와이 코오조오, 심경호 옮김, 『중국의 자전문학』(소명출판, 2002), 185면.

元會運世十二萬九千六百歲, 藐吾有生堇得一千六百二十
分之一, 芒乎芴哉! 已費七十有九秊, 又無異過空之歐隼, 則
未盡餘日, 其與下殤有辯乎無辯乎? 瓦棺塈周, 焉用銘爲?
嗟幽室之渠渠, 從我先王父、先君子于斯邱![125]

　'원'元, '회'會, '운'運, '세'世는 모두 소옹邵雍이 사용한 시간 단위이
다. 1원＝12회, 1회＝30운, 1운＝12세, 1세＝30년으로, 1원＝12회
＝360운＝4,320세＝129,600년이다.[126] 천지가 개벽하여 만물이 생
멸하고 인류 문명이 흥망하다 천지가 소멸하는 주기가 곧 1원이다.
천지라는 것도 유한한 물건의 하나에 불과하다는 자연철학적 사고를
반영한 것이다. 이런 거대한 우주적 시간 속에서 사람의 한평생이란
얼마나 하찮고 보잘것없는가. 서두의 극명한 시간적 대비는 이 점을
실감케 한다. 1620분의 1은 80이다. 세속적으로 보면 서유구는 수복
壽福을 누린 셈이다. 그러나 그 삶은 거듭거듭 초라하고 보잘것없는
것으로 표현되더니, 급기야 '하상'下殤과 등치된다. 하상은 8~11세
의 요절을 뜻한다. 결국 서유구는, 자신의 죽음이 거대한 우주 속의

125　徐有榘, 같은 글, 같은 책, 같은 곳. '瓦棺'은 옹기관으로 '無服之殤'의 장례에 사용
되었고, '塈周'는 관 주위를 벽돌로 두른 것으로 중상(中殤)과 하상(下殤)의 장례에 사
용되었다. 장상(長殤)은 16~19세, 중상은 12~15세, 하상은 8~11세, '무복지상'은 7세
이하의 요절을 뜻한다. 『예기』(禮記) 「단궁」(檀弓) 상(上)에 "周人以殷人之棺椁葬長殤,
以夏后氏之塈周葬中殤、下殤, 以有虞氏之瓦棺葬無服之殤"이라는 구절이 보인다.
126　"元之元一, 元之會十二, 元之運三百六十, 元之世四千三百二十, 會之元十二, 會
之會一百四十四, 會之運四千三百二十, 會之世五萬一千八百四十, 運之元三百六十,
運之會四千三百二十, 運之運一十二萬九千六百, 運之世一百五十五萬五千二百, 世之
元四千三百二十, 世之會五萬一千八百四十, 世之運一百五十五萬五千二百, 世之世
一千八百六十六萬二千四百."(邵雍, 「觀物內篇」第十篇; 郭彧 整理, 『邵雍集』, 北京:
中華書局, 2010, 35~36면)

미미한 존재의 소멸에 불과하다고 말하고 있는 것이다.

이렇게 해서 자신의 삶에 대한 서유구 본인의 시선과 태도를 살펴보았다. 서유구의 젊은 시절 초상화에는 강한 자기애와 자기 확신이 들어 있다. 그 자기애는 아직 좌절을 겪어 보지 않은, 전도유망한 명문가 자제의 정신세계를 반영한다. 그랬던 것이 삶의 굴절과 더불어 정반대로 바뀐다. 생의 끝자락에서 서유구는 모든 인고와 영광의 세월을 뒤로한 채, 초라하기 그지없는 자화상을 남긴다. 유언이 적혀 있는 그 자화상에는 죽음의 상념이 배어 있다. 서유구에게 죽음의 상념을 불러일으킨 것은 부인의 무덤 오른쪽 빈자리이다. 송씨 부인만 서유구를 버리고 먼저 떠난 것이 아니다. 아들 우보도 그랬다. 뿐만 아니라, 서유구는 80여 년을 살면서 일가친척들의 죽음을 숱하게 겪어야 했다. 서유구는 이들의 죽음을 어떻게 받아들였는가? 이들의 삶과 죽음은 서유구에게 어떤 흔적을 남겨 놓았는가?

(2) 홀로 남겨진 자의 비탄

「오비거사 생광자표」에서 서유구에게 죽음의 상념을 불러일으킨 것이 부인의 묘소였으니, 부인의 죽음에서부터 논의를 시작하기로 한다. 서유구의 부인 여산礪山 송씨(1760~1799)는 익상翼庠의 딸로, 16세 때 서유구에게 시집왔다.[127] 여산 송씨는 서유구 집안의 전성기 때

---

127 송익상 집안과 서유구 집안은 다소 복잡하게 얽혀 있다. 익상의 동생 익해(翼海)는, 출계하여 족숙부인 보명(普明)의 뒤를 이은 인물로, 이정섭의 사위이다. 이정섭에게는 딸이 넷 있었는데, 서명응이 둘째 사위이고 송익해가 셋째 사위이다. 송익해의 아들이 위재(偉載)이고, 위재의 첫째 아들이 지양(持養)이다. 송위재는 서명응의 사위이며, 따라서 송지양은 서명응의 외손자이자 서유구의 고종사촌이 된다. 송지양은 앞에서 여러 차례 등장했는데, 서유구의 훈도와 기대를 받은 인물이다. 그리고 서명응의 처이자 서유구의 조모인 이씨 부인은 서유구의 부인 여산 송씨의 고모와 자매 사이가 된다.

시집와서 생을 마쳤다. 따라서 명문가 여성으로 이런저런 수고를 했겠지만, 1806년 이후의 몰락에 따른 고통은 비껴간 셈이다.

다만 수壽를 누리지 못한 것이 개인적인 불행이다. 아들 우보의 생년이 1795년이므로, 부인은 다섯 살 된 아이를 두고 40세의 나이에 눈을 감은 것이 된다. 송씨 부인이 살아 있었다면 1820년이 회갑回甲이다. 그런데 부인의 묘소에는 여전히 묘석이 없다. 이미 설명했다시피 부인의 장례는 다소 간소하게 치러졌는데, 그 뒤로 서유구는 관직 생활을 하다가 1806년 이후로 방폐된 처지라 미처 부인의 묘소를 돌보지 못했다. 그러니까 방폐기의 굴절은 부인 사후에 끼어든 셈이다.

「망실 정부인 여산 송씨 묘지명」亡室貞夫人礪山宋氏墓誌銘은 이런 상황에서 지어진 글이다. 이 글은 부인의 가계 및 부인 사후에 묘석을 세우지 못한 저간의 사정에 대한 언급으로 시작한다. 거기에 이어지는 대목은 다음과 같다.

> 경진년(1820) 7월 26일, 우보宇輔가 부인의 회갑 되는 날이라 하여, 정갈하고 풍성한 음식을 마련하여 묘소에 올린 뒤, 고개를 돌리고 울면서 이렇게 말했다. "저는 어릴 적에 어머니를 잃어 어머니의 덕성을 제대로 알지 못하는데, 가승家乘에는 뇌문誄文이 없고 묘소에는 묘지墓誌가 없으니, 후대 사람이 무엇을 조술하겠습니까? 저는 슬퍼서 한스러운 마음이 듭니다." 이에 나는 아이더러 앉으라고 한 다음 이렇게 일러 주었다.
>
> 歲庚辰之七月卄六日, 宇輔以夫人生年月日之一週也, 洗腆以薦于墦, 反面而泣曰: "兒幼失母, 莫能名母之德, 而乘無誄, 幽無志, 使後之人何述焉? 余戚戚有感於心." 命之坐而

告之曰: (…)[128]

　일굴조차 기억나지 않는 망모亡母의 회갑을 맞이한 서우보는 눈물을 흘린다. 이에 서유구는 부인이 어떤 사람이었는지 아들에게 차근차근 말해 준다. 송씨 부인은 서유구에게는 아내였지만, 그것은 부인의 유일한 모습이 아니다. 부인은 누군가의 아내이기에 앞서 누군가의 딸이다. 서유구는 여기서부터 이야기를 풀어 간다. 이어서 그는 며느리와 아내로서의 미덕을 각각 말한 다음, 끝으로 어미로서의 미덕을 말한다.

　　늦게야 너를 낳아 보배처럼 사랑했는데, 가난해서 유모乳母를 고용하지 못해 번번이 직접 너에게 젖을 먹였단다. 날씨가 추워 물이 얼어도 몸소 물동이를 안고 포대기를 빠느라 열 손가락이 터서 쩍쩍 갈라졌으니, 보는 사람들이 가슴 아파했단다.
　　세상을 뜨기 2년 전에 폐결핵을 앓아 매우 위독했다. 내가 관청에서 퇴근해서 집에 들어와 보면, 네 어미는 끙끙 앓아누워 있느라 나를 살펴보지 못했다. 세 번 불러야 비로소 네 어미는 눈을 크게 떴는데, 네가 앞에서 엉금엉금 기어 다니는 걸 보고 너를 가리켜 이렇게 말했단다. "내가 죽고 나면 당신은 당연히 재취再娶하실 테니, 이 아이는 장차 누구에게 맡기겠소? 내 생각에는 박온朴媼이 좋겠소. 돌아가신 시할아버지께서 이 아이를 기대하기를 마치 풍년을 기대하듯 하셨는데, 박온은 오랫동안

128　徐有榘, 「亡室貞夫人礪山宋氏墓誌銘」, 『金華知非集』 卷第七, 『楓石全集』, 432면.

시할아버지를 뫼시면서 익히 들으셨지요."

네 어미가 별세한 뒤, 나는 이 말을 생각하여 재취하지 않으리라 맹세하고 아들과 딸을 박온에게 맡겼으니, 박온은 너를 정성스레 돌보아 주셔서, 마침내 네가 성인이 되는 데 이르렀구나. 사람들은 박온이 너를 길러 준 공로만 알지, 네 어미의 한마디 말이 너를 오래오래 살 수 있게 했다는 것은 모른단다. 이것이 네 어미의 어미로서의 모습이다.

擧汝也晩, 愛之如拱璧, 而貧不能雇乳媼, 輒自乳之. 天寒水凍, 躬抱甕瀚褕裸, 十指皸瘃斜互, 見者傷之. 卒之前二年, 病瘵幾殆. 吾退自公入視之, 涔涔臥不省, 三呼之始揚其目, 而見汝匍匐于前, 指而曰: "我死, 子當更娶, 是呱呱者當誰屬? 無已則朴媼可乎! 先王舅望此子如望歲. 媼奉巾櫛久, 耳之熟矣." 汝母旣卒, 吾思其言, 誓不再室, 以子女付媼, 媼保視惟謹, 卒底于成. 人知媼之鞠汝之勤, 而不知汝母一言之燾汝者遠且大. 此汝母之爲母也.[129]

송씨 부인은 유모를 고용할 형편이 못되어 몸소 온갖 고생을 도맡아 했다. 그러나 이보다 더 보는 이를 안쓰럽게 하는 것은 부인이 세상을 뜨기 2년 전의 일이다. 결핵을 앓아 위독한 부인은 아마 마음의

---

129 徐有榘, 같은 글, 같은 책, 433면. '無已則朴媼可乎'의 구법(句法)은 『맹자』의 '無以則王乎'(「梁惠王」上), '是謀非吾所能及也, 無已則有一焉'(「梁惠王」下)에 연원을 둔 것이다. '無以' 혹은 '無已'는 '그만두지 말고 무슨 말이라도 하라시면'이라는 뜻이다. '朴媼'은 서유구의 서조모(庶祖母)로, 원래 평양 감영에 소속된 노비의 딸이었는데, 1776년에 평안 감사로 재임했던 서명응을 따라 서울로 왔다. 「祖庶母朴媼墓銘」(『金華知非集』卷第七) 참조.

준비를 하지 않았을까 한다. 그런데 아직 세 살 밖에 안 된 아이가 눈에 밟힌다. 유언이나 다름없는 부인의 당부만큼 아들에 대한 걱정과 염려를 압축적으로 보여 줄 수 있는 것은 달리 찾기 힘들 것이다.

세상을 먼저 뜬 부인의 미덕을 드러내는 방법은 여러 가지가 가능할 터이다. 서유구가 선택한 방법은 특징적인 에피소드를 통해 부인의 미덕을 집중적으로 부각시키는 것이다. 그로 인해 「망실 정부인 여산 송씨 묘지명」은 상투적이거나 부화한 상찬 일색으로 흐르는 대신, 부인의 생전의 모습을 인상적이고 생생하게 전달할 수 있었던 것으로 생각된다.

그런데 이보다 더 주목을 요하는 것은 서유구가 부인의 총체적 모습을 그려 보이고자 했다는 점이다. 그는 부인의 모습을 딸, 며느리, 부인, 어머니라는 네 가지 측면으로 세분하여 하나씩 서술한다. 이 네 가지 모습은 곧 조선 시대 여성의 존재방식에 대응된다. 서유구는 이 네 가지 모습을 하나로 합침으로써, 자신의 아들에게 부인의 부분적 모습이 아닌 총체적 모습을 알려 주고자 했다. 주도면밀한 글쓰기라 이를 만하다.[130]

요컨대 「망실 정부인 여산 송씨 묘지명」은 어미의 얼굴조차 기억하지 못하는 아들을 위해 서유구가 그려 준 여산 송씨의 초상이다. 이 점과 관련하여 이 작품이 창작된 구체적인 상황에 유의할 필요가 있다. 생모가 어떤 사람인지 알 길이 없어 슬퍼하고 있는 아들더

---

130 이런 총체성에의 지향은 구법(句法)에도 반영된다. 서유구는 네 가지 측면에서의 서술을 마친 뒤에 이렇게 말한다: "噫! 女而婦而妻而母而皆不戾于常, 是足以銘矣."(徐有榘, 「亡室貞夫人礪山宋氏墓誌銘」, 『金華知非集』卷第七, 『楓石全集』, 433면) 감탄사를 동반하면서 부인의 네 가지 모습이 네 번 연용(連用)된 '而'를 매개로 하나로 합쳐지고, 그럼으로써 부인의 총체적 모습이 인상적으로 부각된다.

러 앉아 보라고 한 다음, 서유구는 이야기를 들려준다. 즉, 송씨 부인의 죽음으로 남겨진 두 사람의 대화가 서두에 도입됨으로써 글 전체를 이끌어 간다. 따라서 이 글의 청자는 제삼자가 아니라 바로 아들이다. 그로 인해 이 작품은 묘지명이면서도 진솔하고 정감 어린 글로 읽힌다.

이 점은 부인을 지칭하는 말에서도 확인된다. 통상적인 망실 묘지명에서 부인은 '망실 부인 모씨'로 지칭된다. 이와 달리 「망실 정부인 여산 송씨 묘지명」에서 부인은 거의 전부 '汝母', 즉 '네 어미'로 지칭된다. 이 작품의 맨 첫 구절은 이렇다. "망실 부인 송씨는 대대로 여산礪山의 망족望族이 된 집안의 사람으로, 예조 판서禮曹判書 휘諱 창명昌明의 손녀요, 증이조참판贈吏曹參判 휘 익상翼庠의 딸이다."[131] 이 구절만 놓고 보면, 이 작품은 통상적인 망실 묘지명과 별반 다르지 않다. 하지만 간단한 인정서술이 끝난 뒤에 바로 서우보와의 대화가 도입됨으로써 '망실 부인 송씨'는 슬그머니 '네 어미'로 바뀐다. 이렇게 해서 「망실 정부인 여산 송씨 묘지명」은 한 개인의 각별한 추억을 담은 글이 된다.

그런데 서유구가 아들에게 이런 이야기를 들려주고 7년 뒤인 1827년에 서우보는 33세로 세상을 뜬다. 서유구가 강화 유수江華留守로 재직 중일 때의 일이다. 서우보가 태어났을 당시에 서유구는 정조正祖의 명으로 규장각에서 한창 편찬 사업에 종사하고 있었다. 그러나 서우보의 삶은 전도유망한 명문가 자제의 그것과 판이하게 전개되었다. 12세부터의 삶 거의 전부가 서유구의 방폐기와 겹쳤기 때

---

131 "亡室夫人宋氏, 世爲礪山望族, 禮曹判書諱昌明之孫, 贈吏曹參判諱翼庠之女也."(徐有榘, 같은 글, 같은 책, 432면)

문이다. 그 암담한 생활을 회고하면서 서유구는, "병인년(1806)에 나는 향촌에 방폐되어 돌연히 영락한 신세로 전락했다. 그런 뒤로 하루에 세 번 죽기를 기도한 것이 20년이 되도록 그치지 않았는데, 지금껏 감히 죽지 못한 것은 아이가 있는 것에 의지했기 때문이었다"[132]라고 말한 바 있다. 근 20년 되는 방폐기 내내 서우보는 서유구를 지탱해 준 힘이 되었던 것이다.

서우보는 부친의 농사일과 저술을 도우며 틈틈이 과거시험 공부를 했다고 한다. 당장은 시험에 응시할 수 없는 신세였지만, 언젠가 기회가 올 것이라는 기대감과 집안을 다시 일으켜야 한다는 의무감 때문이었을 것이다. 다행히 상황이 호전되어 서유구는 1823년에 정계에 복귀한다. 하지만 서우보는 자신의 삶을 제대로 피워 보지도 못한 채 생을 마감한다. 1827년 음력 6월 20일의 일이다. 이듬해 음력 5월 11일은 서우보의 생일이다. 사후 11개월이 지난 때이다. 이 날을 기념하여 서유구가 지은 작품이 「죽은 아들 생일 제문」(祭亡兒生日文)이다. 이날 다시 한 번 아들의 부재를 확인하며 서유구는 이렇게 자신의 심정을 토로한다.

오호라, 우리 아이야! 너는 지금 어디로 갔느냐? 지각이 있느냐 지각이 없느냐? 뼈와 살은 비록 흙이 되었지만, 정령精靈은 없어지지 않아 때때로 내 곁을 왔다 갔다 하며 내 근황을 물으려 하느냐? (…) 새벽녘 창가에 빛이 희미할 때, 웃으며 문을 열고 들어오는 사람이 네가 아니냐? 소리를 들어 보니 아니기에 눈

---

132 "歲丙寅, 余放廢于野, 突墮漂搖, 一日三祈死者二十年未艾, 而迄不敢死者, 恃兒在也."(徐有榘, 「亡兒墓誌銘」, 『金華知非集』 卷第七, 『楓石全集』, 441면)

물이 난다. 밤에 등불이 밝은데, 흰칠하게 병풍 옆에 서 있는 사람이 네가 아니냐? 돌아보니 보이는 게 없기에 눈물이 난다. 음식이 입에 맞아 네가 나에게 올린 게 아닌가 싶으면 목이 메어 못 삼키고 눈물이 난다. 정사庭咟를 오르내릴 적에 네가 나를 받드는 게 아닌가 싶으면 앞으로 나가지 못하고 눈물이 난다. 궤안에 기대어 눈을 감고 있으면 삼삼하게 네 모습이 떠오르니 눈물이 나고, 베개 베고 귀 기울이면 황홀하게 네 목소리와 웃음소리가 들리니 눈물이 나고, 책을 펼쳐 '오래오래 살아 자손이 장성했다'란 글자를 보면 눈물이 나고, 재능은 있는데 운이 없고 꽃은 피웠으나 열매는 맺지 못한 일을 들으면 눈물이 난다. 고요한 방에 가만히 앉아 벼루, 궤안, 솥 등 평소에 사람이 사용하는 자잘한 기물을 오랫동안 마주하면 번번이 줄줄 눈물이 나오는 걸 금치 못하겠더구나. 기쁘거나 슬프거나, 힘들거나 편안하거나 어떤 상황이든 눈물 아닌 게 없고, 귀로 들건 눈으로 보건 어딜 가나 눈물 나지 않는 때가 없으니, 어째서 내 눈물이 하염없이 나와 이토록 펑펑 흘러 마르지 않는단 말이냐? 오호라, 원통하다! 너는 어찌 차마 이러느냐?

嗚呼我兒! 汝今何之? 有知乎無知乎? 骨肉雖土, 精靈不爽. 時往來于余側, 欲諗余之近狀耶? (…) 曉慁熹微, 呀然啓戶而入者非汝耶? 諦聽非是則淚; 夜燭暈灺, 頎然隅屛而立者非汝耶? 顧之無眠則淚. 當食甘適, 疑汝之不吾羞也, 則嗌不咽而淚; 升降庭咟, 疑汝之不吾將也, 則足不前而淚; 倚几瞑目, 森然接眉眸口鼻則淚; 伏枕側耳, 怳若聞咳唾嘻咥則淚; 展卷見壽耈長子孫字則淚; 聞人說有材無命, 秀而不實事則淚. 靜室悄坐, 凡研几鼎匜一切生人服用細器, 對之

良久, 輒不禁淚簌簌出. 憂愉勞逸, 靡遇非淚; 耳聞目觸, 無
往不淚. 豈余淚之濆漏, 迺混混而不竭? 噫乎冤哉! 汝胡忍
斯?[133]

　　서우보의 부재로 인한 극심한 고통은 다양한 비유를 통해 표현된
다. 인용문에서는 '눈물'이란 뜻의 '淚'字가 총 12차례에 걸쳐 연달
아 사용되고 있다. 일상생활에서 서유구는 끊임없이 아들의 부재를
확인하고 곧 눈물을 흘린다. 평소에 보고 듣고 접하는 것 모두 아들
의 흔적 아닌 게 없고, 따라서 서유구 본인 말대로 어딜 가나 눈물 아
닌 게 없다. 특히 처음 두 가지 상황, 즉 "문을 열고 들어오는 사람이
네가 아니냐?" 운운한 두 가지 상황은 애통한 마음을 여실히 느끼게
한다. 마치 서우보가 살아 있는 것 같은 느낌이 의문문의 형태로 표
현되는데, 그것이 결국 착각이었다는 것을 확인하는 동작이 곧바로
이어진다. 이렇게 낙차가 큰 '심정적 기대'와 '부재의 현실'이 병치됨
으로써 감정의 증폭이 극대화된다. '淚'字의 반복적 사용은 이런 비
통한 상황에 대응되는 자법字法이다.

　　그런데 서유구의 슬픔은 이걸로 끝이 아니다. 서우보의 죽음은 서
명응 일가의 계통이 끊어지게 되었다는 것을 의미하므로 집안 전체의
슬픔이다. 또한 그의 죽음은 학문적 조력자 내지 계승자의 죽음이기
도 하다. 이렇게 하나의 슬픔이 또 하나의 슬픔으로 이어짐으로써 서
우보의 죽음은 여러 겹의 상실로 부각된다. 이런 극도의 상실감 끝에
서유구는 서우보와 함께했던 생활을 회상하며 이렇게 애통해한다.

---

133 徐有榘, 「祭亡兒生日文」, 『金華知非集』卷第五, 『楓石全集』, 398~399면. '秀而不
實'은 『논어』 「자한」(子罕)에 보이는 말이다.

오호라, 우리 아이야! 네 나이 열세 살 적에, 집안이 어려워져 곧 몰락해 나는 거처를 아홉 번 옮겼는데, 그때마다 너를 데리고 갔더랬지. 양원楊原에서 밭을 가꾸고 대호帶湖에서 농사짓느라 낑낑대고 신음하며 살이 트고 굳은살이 박이도록 고생을 함께하지 않은 게 없었는데, 험난한 데서 나와 평탄한 데로 들어가자 너는 종적도 없이 사라졌구나. 너의 평생은 고생으로 시작해서 험한 것으로 마쳤으니, 하늘이 너를 태어나게 하여 나의 궁함을 막은 셈이다.

슬프다! 그 어려움은 함께했으면서 그 평탄함은 함께하지 못했구나. 다른 사람의 경우더라도 오히려 돌아보고 생각할 터인데, 더구나 나랑 너는 응당 무슨 마음이 들겠느냐? 예전에 먹을 게 떨어져 명아주로 국을 끓이고 보리싸라기로 밥을 지어 먹었지만, 나는 그때 배불리 먹어 그 맛이 꿀처럼 달았으니, 보리싸라기가 달았던 게 아니라 너의 효성스러운 봉양이 달았던 거란다. 이제 풍족해졌지만 다만 나의 슬픔을 더할 뿐이니, 산해진미도 모두 쓰구나. 아 슬프다! 네가 음식을 차려 놓고 아비를 미처 봉양하지 못한 것을 슬퍼하지 않고, 내가 도리어 이렇게 너를 애도한단 말이냐? 이제 다 끝났다 다 끝났어! 뭐라 할 말이 없다.

嗚呼我兒! 汝年舞勺, 家難斯訌. 我居九遷, 輒以汝從. 楊原灌圃, 帶湖治農. 噍嘵胼胝, 靡苦不同. 出險入夷, 汝去無蹤. 最汝平生, 塞始坎終. 天之生汝, 以御我窮. 悲乎同其難, 不同其夷. 在他人, 猶且迴旋思之. 況我與而, 當作何懷? 髟也食貧, 羹藜飯糗. 我時果腹, 其甘如蜜. 匪糗之甘, 甘汝孝養. 今也濃鮮, 祇增我愴. 山珍海錯, 盡是茶苦. 悲乎! 汝不以列

鼎不洎悲其父, 而我反以是悼汝耶? 已矣已矣! 無可語矣.[134]

서우보와의 삶은 '어려움은 함께했지만 평안함은 함께하지 못했다'란 말로 요약된다. 방폐기 내내 서우보는 서유구에게 큰 힘이 되어 주었다. 그런데 서우보는 어려서 어미를 잃고 집안의 몰락으로 그렇게 고생하더니, 상황이 좋아지자 이내 세상을 뜨고 만 것이다. 그리하여 서유구는 본의 아니게 아들을 고생만 시켜 놓고 혼자서 평온한 삶을 누리는 입장에 놓이고 만다. 이렇게 해서 서유구·서우보 부자의 비극성이 다시 한 번 고조된다.

서우보의 경우에서 확인되듯, 서유구 일가 사람들의 삶과 죽음은 방폐기와 밀접한 관련을 맺는다. 우선 서형수는 김달순 옥사에 연루된 당사자이다. 그는 1806년 음력 2월에 흥양현興陽縣에 정배되고, 이어서 같은 해 음력 4월에 영암군靈巖郡 추자도楸子島에 안치된다.[135] 그 뒤 몇 차례 양이量移의 명이 내려졌으나 번번이 반대에 부딪히다가 1823년 음력 7월에야 비로소 그는 임피현臨陂縣으로 이배되지만, 이듬해 음력 11월 2일에 사망한다. 「중부 오여 선생 제문」(祭仲父五如先生文)은 1825년 음력 정월에 서형수를 광명동 선영에 반장返葬할 때 지은 작품이다. 이 글에서 서유구는, 서형수가 자신에게 목숨 같은 존재라고 강조하면서, 재회에 대한 희망을 가지고 근 20년 되는 인고의 세월을 버텨 왔건만 어째서 서형수는 자신을 조금도 기다려 주지 않느냐고 하여, 참담하고 원통한 심정을 표현한다.[136]

---

134 徐有榘, 같은 글, 같은 책, 401면.
135 『순조실록』 8권 순조 6년(1806) 2월 6일(갑신), 4월 1일(무인), 4월 20일(정유) 조 참조.

재회에 대한 희망은 단란한 삶에의 꿈과 표리를 이룬다. 방폐기 동안 서유구는 그런 삶의 회복을 희구했지만, 생모 한산韓山 이씨 (1736~1813)와 형 서유본은 물론, 동생 서유락도 서유구보다 먼저 세상을 떴으며, 그와 함께 희망도 꺾이고 만다. 「본생 선비 정부인 한산 이씨 부장지」本生先妣貞夫人韓山李氏祔葬誌에서 서유구는, 한산 이씨가 명문가 출신으로 시집와 집안의 전성기를 보낸 뒤, 말년에 모진 시련과 온갖 고초를 겪은 끝에 황량한 강가의 낡은 집에서 눈을 감은 사실에 대한 참담하고 죄송스럽고 착잡한 마음을 토로한다.[137]

한산 이씨가 세상을 뜨고 9년 뒤인 1822년 음력 7월에 서유본도 세상을 뜬다. 「형님 62세 생신 제문」(伯氏六十二歲初度日祭文)은 서유본의 62세 생일이 되는 1823년 음력 2월 6일에 서유본 영전에 바친 글이다. 서유본이 살아 있었더라면 이날은 경사스러운 날이 되었겠

---

136 "嗚呼! 先生之於小子, 豈眞世俗所謂猶父猶子已耶? 眷顧憐恤則慈父也, 教誨誘掖則良師也. 以父子之恩, 兼師生之義, 門內後進之中, 其性命我先生, 飢渴我先生者, 小子實專且久. (…) 嗚呼! 小子忍說己·庚之際, 酷罰無二而不死, 天地崩坼而不死, 百罹叢身, 千劫浩茫, 迄至于丙寅滄桑, 生棟覆屋而不敢死, 小子豈敢愛死也哉? 南望溟㴐, 靈光巋然, 雙鯉絡繹, 信息可憑, 則小子曷敢不憚旆無死以待先生之北還耶? 何幸昨秋以後, 春陽一回, 枯荄再蘶, 白簡煥滌, 量移申命, 則幷州善地, 猶之故鄉, 杖屨還山, 從此有漸, 窈庶幾廿年以來胷中之結轖不可茹, 喉間之塡咽不能道者, 傾倒羅烈於國丈之前, 而先生之不少須臾以待者何耶? 小子之待先生行將二十年矣, 先生曾不可以日月待小子也耶?"(徐有榘, 「祭仲父五如先生文」, 『金華知非集』卷第五, 『楓石全集』, 397면) 기미년은 서유구의 생부 서호수의 몰년이고, 경신년은 국왕 정조의 몰년이다. '生棟覆屋'은 『관자』(管子) 「형집」(形執)에 보이는 표현이다.

137 "嗚呼! 先妣生于德門, 歸于名閥, 合二姓之美, 紹光趾譽. 以孝力養舅姑爲賢婦, 以柔順相君子爲令妻, 以慈仁勤勖教育其子女爲壽母. 積行累功, 有大造于我徐, 而不肖等爲子不令, 不能以先妣之養舅姑者養體于先妣, 不能以先妣之順君子者順志于先妣. 最先妣平生, 捋茶乎鼎盛, 集蓼乎遲暮, 拂逆多於愉快, 色笑短於慰瞀, 卒之以致膳常珍之年, 撼頓嗟嘵乎風雨之漂搖, 而荒江老星, 靡苦不嘗, 返觀乎昔年『詩』『禮』琪琚之盛, 邈焉若前塵之不可接, 噫乎慟哉!"(徐有榘, 「本生先妣貞夫人韓山李氏祔葬誌」, 『金華知非集』卷第八, 『楓石全集』, 460면)

지만, 이제 그와 반대가 되어 버렸다. 이 글에서 서유구는 서유본이 세상을 뜬 뒤의 하루하루를 '내가 나를 잃은 나날'(吾喪吾之日)로 표현하면서, 서유본의 부재로 인한 고통을 등활지옥等活地獄의 고통에 비유한다.[138] 등활지옥은 죄인의 뼈를 불사른 뒤 죄인을 소생시켜, 죽고 싶어도 죽지 못하게 하여 영원히 형벌을 받게 한다는 곳이다.

서유본이 세상을 뜨고 8년 뒤인 1830년 음력 2월에 동생 서유락도 세상을 뜬다. 서유락은 서유구에게 여러모로 각별한 인물이다. 서유구는 다음과 같이 말한다.

군君(서유락)은 나보다 여덟 살 적어 어려서부터 나에게 배웠다. 그래서 나를 어버이처럼 섬겨, 내가 무슨 말을 하든 무엇을 시키든 감히 터럭만큼도 어기지 않았다.

병인년(1806)에 나는 시골에 방폐되어, 갑자기 몰락하여 떠돌게 되어 전후前後로 모두 여섯 번 우거寓居를 옮겼는데, 집안 살림의 자잘한 일까지 모두 군에게 맡겼다. 군은 주밀하게 관리하여 아침이 되기 전부터 수고했는데, 내가 어버이를 섬기고 자식을 기르는 데 부족함이 없게 하고, 서적을 읽고 저술하는 데 마음을 쏟을 수 있게 한 것이 20년 동안 한결같았다.

지금 죽이나마 조금 먹을 수 있게 되었는데, 군은 도리어 홀

---

138 "自先生之棄余也, 月圓虧者八矣. 日周天者二百有四矣. 此八箇月二百有四日, 無往非吾喪吾之日, 而造物者之爲此拘拘迄不之休者又何也? 將使余攢萬刺于胷, 轉殷雷于腸, 忍見是日之重回, 而翻昨年祝蝀之觸, 作今日侑哀之酹耶? 將以余爲怪鳥惡物, 沸盡肝血, 慣爲此不祥之音耶? 佛氏之論地獄, 以爲刑莫慘於求死不得, 散可復聚, 設爲燒骼, 揚灰復吹, 爲生人之刑, 以待一死不足贖其罪之人. 余豈有陰累積惡, 入此生地獄, 寧析余之骸, 殘余之形, 而終不許其決疣潰癰耶? 甚矣天之毒余以不死也!"(徐有榘, 「伯氏六十二歲初度日祭文」, 『金華知非集』卷第五, 『楓石全集』, 393면)

쩍 떠나 나를 기다려 주지 않는구나. 자후子厚(유종원)가 말하기를 "내 몸을 가르는 것 같고, 내 생명을 해치는 것 같다"라고 했으니, 하늘이 나를 저주한 것이 참으로 애통하다!

군의 아내 유인孺人 윤씨尹氏는 현감縣監 협의 딸로, 군보다 1년 늦게 태어나 군보다 1년 먼저 세상을 떴다. 군이 분가하여 초원椒園에서 살 적에 집이 가난하여 사방에는 벽뿐이고 쌀독은 텅텅 비었는데, 유인이 부지런히 일하여 매일 두 끼를 유지했다. 때때로 선비先妣를 뫼시고 가서 몸소 불을 때고 요리를 해서 맛있는 음식을 대접하니, 선비가 편안하게 여기시어 "이 애가 나에게 잘하는구나"라고 하셨다. 하지만 석 달 동안 머무는 건 원치 않으시며 이렇게 말씀하셨다. "그 초췌한 모습을 나는 차마 못 보겠다."

무인년(1818)에 군은 나를 따라 대호帶湖 근처로 왔는데, 유인은 거친 삼베옷을 입고 일해 군이 농사짓는 것을 도와, 밭에 참을 해 주고 소 먹이고 농포農圃를 다스리고 누에 치는 것이 이웃 마을의 농가보다 나으면 나았지 미치지 않는 게 없었는데, 결국 고생을 견디지 못하고 세상을 뜨고 말았다.

君少余八歲, 而幼學于余, 事我如嚴上, 嚮言指使, 毋敢毫髮違牾. 歲丙寅, 余放廢于野, 突隳漂搖, 前後凡六遷其寓, 而囊篋細瑣, 一付之君. 君綜理微密, 勞而待朝, 使我事育無闕, 得以放情頤志于圖書鉛槧之間者二十年如一日. 今饘鬻粗給, 而君迺儵然而不我待矣. 子厚有言: "析余之形, 殘余之生." 噫乎恫哉, 天之祝余也!

配孺人尹氏, 縣監映女, 後君一年生, 前君一年沒. 方君之析箸而居椒園也, 家徒四壁, 瓶盎枵然, 而孺人黽勉拮据, 日

> 支二鬴, 時時奉先妣往, 躬炊飪奉甘膬. 先妣安之曰: "是善事我." 然不欲三月淹曰: "吾不忍其瘁也." 戊寅君從我于帶湖之濱, 孺人裙布操作, 佐君于農, 凡饁田飼牛, 治圃餧蠶, 視鄰里力農家過之無不逮, 竟不勝瘁以殞.[139]

서유락은 근 20년 되는 방폐기 동안 서유구를 실질적으로 돌봐 준 조력자이다. 서유락이 온갖 일들을 도맡아 처리해 준 덕에, 그 어려운 시기에 본인은 학문에 전념할 수 있었다고 서유구는 밝힌다. 그 과정에서 서유락이 겪었을 온갖 고생은 그의 부인 윤씨의 죽음을 통해 극명히 드러난다. 서유구가 전하는 윤씨 부인의 모습은 명문가 여성의 그것과는 판연히 다르다. 윤씨 부인은 가난한 처지에 있으면서 온갖 궂은일을 도맡아 하다가, 결국 고생 끝에 생을 마감했다. 그리고 1년 뒤에는 그 남편인 서유락도 아내의 뒤를 이어 세상을 뜨고 말았다. 서유락 부부의 이런 비극적인 죽음은, 그들이 서유구와 함께한 인고의 세월이 어떤 것이었는지를 그 어떤 말보다 여실히 보여 준다. 그런데 이제 좀 살 만해지니까 서유락 부부가 죽고 없다. 고통은 함께했지만 영화는 함께하지 못한 것이다.

물론 서유구 집안사람들 전부가 방폐기의 고통을 겪은 것은 아니다. 서명응 같은 윗세대는 차치하고, 서유구의 아내 여산 송씨가 그렇다. 하지만 부인을 추억하는 서유구의 시선에는 방폐기의 체험이 개입되어 있다. 서유구의 누이 숙인淑人 서씨(1770~1801)도 마찬가지

139 徐有榘, 「叔弟朋來墓誌銘」, 『金華知非集』 卷第七, 『楓石全集』, 439~440면. 유종원의 말은 「志從父弟宗直殯」에 보인다.

이다. 숙인 서씨는 정경우鄭耕愚[140]의 처로, 그녀의 삶에 대한 기록이 「망매 숙인 서씨 묘지명」亡妹淑人徐氏墓誌銘이다. 서씨 집안과 정씨 집안은 혼맥婚脈으로 연결될 뿐 아니라,[141] '저동죽서'苧東竹西로 일컬어진 곳에서 대문을 마주했다고 한다.[142] 이곳은 당시 남산 아래 집터가 좋기로 유명했던 곳이다. 요컨대 숙인 서씨와 정경우의 혼인의 배경이 된 것은 두 집안의 '좋았던 시절'이다. 하지만 누이가 죽은 뒤 20년 정도 흐른 1821년경의 상황은 크게 다르다. 누이가 눈을 감은 시점과 그런 누이를 회상하는 시점 사이에 커다란 간극이 놓여 있는 것이다. 누이의 생평을 회억하면서 서유구는 이런 상념에 잠긴다.

처음 내가 제문祭文을 지어 누이의 죽음을 곡했을 때, 누이의 심상心相과 법상法相으로 보면 모두 마땅히 수壽를 누리고 귀해져야 하는데 오히려 중간에 요절하고 말았으니 하늘을 의심한들 물을 수 없다고 했다. 그런데 지금 와서 보니 매우 그렇지 않다.

오호라! 우리 서씨 집안이 여러 대에 걸쳐 번영하여 우리 선

---

140 정경우는 정원시(鄭元始, 1735~1782)의 아들이다. 정원시는 정창유(鄭昌兪, 1713~1748)의 아들로, 『열하일기』의 배경이 된 1780년 연행에서 부사(副使)로 임명된 인물이다. 정원시의 동생이 곧 시파(時派)의 거두로 정조의 총애를 받은 정민시(鄭民始, 1745~1800)이다. 정민시는 출계하여 정창유의 동생 정창사(鄭昌師, 1716~1733)의 후사가 되었다.

141 서유구 집안과 정경우 집안은 다소 복잡하게 얽혀 있다. 서유구의 친척인 서명민 (徐命敏, 1733~1781)이 곧 정창유의 사위이다. 따라서 서명민과 정원시는 처남 매부 사이가 된다. 그리고 서명민의 누이가 윤원동(尹遠東)에게 시집갔는데, 윤원동은 곧 정원시의 장인이다. 따라서 서명민은 정원시의 아내의 외삼촌이 되기도 한다. 따라서 서씨 집안과 정씨 집안은 두 대에 걸쳐 사돈을 맺은 것이 되며, 정창유의 아들과 딸 모두 서명민 집안과 혼맥으로 연결된다. 박능서, 『한국계행보』(보문사, 1992), 2199면, 2093면, 1122면 참조.

142 조창록, 「풍석 서유구에 대한 한 연구」(성균관대 박사논문, 2003), 18~19면 참조.

왕부先王父와 선군先君의 세대에 이르러 더욱더 치성하여 번창했다. (…) 누이는 생장하고 결혼한 것이 모두 친정과 시댁이 융성할 때를 당하여, 그 빈싱한 모습과 영예가 성대하게 알려졌고, 살면서 험난하고 고생스러운 것을 알지 못한 것이 30년이었다. 상황이 바뀌고 운이 다해, 성대함이 극에 달하자 집안이 몰락하여, 죽음과 환란이 마치 회오리바람과 괴이한 비처럼 몰아닥쳤다. 그런데 누이는 이미 묘소에서 편안히 잠들어 무슨 일이 있는지 알지 못하니, 만년에 낭패를 보아 한 몸에 온갖 근심이 쌓인 내 신세와 비교하면 어떤가?

또한 어떤 사람 말에, 나를 아끼는 사람은 내가 죽게 기도해 달라고 했다. 나는 살아 있는 것을 고통으로 여기는 처지이다 보니, 누이가 수를 누리지 못한 것이 바로 하늘이 누이에게 두터운 은혜를 베푼 것임을 알겠다. 슬프다! 누이는 무량복덕無量福德의 상相이었는데, 과연 여기에서 징험을 보는 것일까? 만년에 기운이 크고 빼어나게 하는 것이 장차 여기에 있는 것일까?

始余操文哭妹, 以妹心相法相皆宜壽且貴, 而乃中道夭折, 疑天之不可問. 繇今觀之, 殆不然也. 嗚呼! 我徐氏奕葉顯榮, 至我先王父、先君之世而益熾以昌. (…) 妹之生長嫁醮, 皆際內外家隆盛之會, 瑀琚蘋藻, 蔚有光譽, 生不識艱難險苦者三十年. 及夫時移運往, 崇極而圮, 死喪患難, 如旋風怪雨, 則妹已偃然寢於巨室而不與知矣. 其視余腕晚顚霅, 一身而百憂何如也? 人亦有言, 愛我者祈我死. 以余之以生爲毒, 知妹之無年乃天所以厚妹也. 悲夫! 妹無量福德相, 其果徵於斯已耶? 晚敎氣麗而穎, 將於是乎在耶?[143]

서유구의 회상 속에 누이의 생사와 집안의 성쇠가 겹쳐진다. 결국 죽은 누이에 대한 추억은, 이제는 과거지사가 되어 버린 집안 전성기의 추억인 셈이다. 누이의 모습은 곧 냉혹한 현실의 풍화 작용을 비껴간 '좋았던 시절의 표상'이다. 따라서 서유구와 죽은 누이 사이에는 돌이킬 수 없는 간극이 놓여 있다. 그 간극으로 인해 두 사람의 처지가 극명하게 대비된다. 따라서 누이의 요절에 대한 안타까움이 이제는 오히려 살아서 고생하는 자신에 대한 비탄으로, 불행이 행복으로, 살아 있음이 고통으로 전도된다.

이제까지 살펴보았다시피 서유구는 부인과 아들, 형제와 일가친척의 죽음을 무수히 겪었다. 본인은 장수했지만, 기구하다면 기구한 운명이다. 서유구는 이런 자신을 두고 이렇게 말했다: "나는 박복한 운명을 타고난 쓸모없는 사람으로, 죽은 사람을 보내는 데 익숙하다. 돌아보니 30년 동안 나랑 할아버지가 같은 형제들이 죽거나 환란을 겪은 것이 마치 맹렬한 바람이 불어닥치고 억수로 비가 퍼붓는 것 같았는데, 나 홀로 재주 없는 사람인 덕에 壽를 누려 이제 과거의 단란했던 시절을 추억해 보니, 까마득하여 마치 손에 닿지 않는 딴 세상인 듯하다."[144] 가까운 이들을 거의 전부 먼저 떠나보내고 홀로 남겨진 자의 비애가 느껴진다.

이상으로 서유구의 아내와 아들을 비롯하여 일가 사람들의 죽음

---

143 徐有榘, 「亡妹淑人徐氏墓誌銘」, 『金華知非集』 卷第七, 『楓石全集』, 431~432면. 서두에서 언급된 제문은 현재 『풍석전집』에는 실려 있지 않다. '愛我者祈我死'는 『좌전』 (左傳) 성공(成公) 17년 전(傳)에 보인다.

144 "余以陳人畸命, 慣送人死, 俛仰三十年間, 一門同堂之內, 死亡患難, 如震風凌雨, 而余獨以不材之壽, 追念疇昔之團圞, 邈焉若異世之不可接."(徐有榘, 「從祖弟稺榦墓誌銘」, 『金華知非集』 卷第七, 『楓石全集』, 444면)

에 대한 애도의 글을 살펴보았다. 이들의 삶과 죽음, 그리고 그 죽음을 받아들이는 서유구의 시선에는 방폐기의 체험이 깊이 개입되어 있다. 서유구는 기나긴 인고의 세월 끝에 결국 복권되었고 장수했지만, 그 대신 주변의 소중한 사람들의 안타까운 죽음을 지켜봐야 했으며, '홀로 남겨진 자'로서 그들의 죽음을 통해 자신의 삶을 반추했다.

끝으로 한 가지 덧붙이면, 이제까지 살펴본 애도의 글 중에는 불교적 사고나 표현을 원용한 대목이 적지 않게 확인된다. 요절한 서우보를 위로하면서 인연설因緣說을 언급하거나,[145] 서유본의 죽음으로 인한 고통을 등활지옥의 고통에 비유하거나, 요절한 누이가 오히려 무량복덕無量福德의 상相이 있다고 한 것 등이 그 예이다. 그런데 서유구 산문 중에 왜 유독 애도의 글에서 특히 불교적 표현이 눈에 띄는 것일까? 우선 애도의 글 자체의 속성 때문일 것이다. 그런 글에서는 생사에 대한 통찰과 정회가 핵심이므로, 불교 교리나 불교 용어가 맥락에 따라 원용될 수 있다. 이 점은 서유구뿐 아니라 유연한 고문가들 사이에서 공통적으로 확인된다. 그러나 그 밖에도 서유구의 개인적인 이유를 함께 고려할 필요가 있다. 서유구는 불경을 집중적으로 공부한 바 있다. 1825년 봄에 서유구의 초대로 금강산의 화악 대사華嶽大師(1750~1839)가 찾아와 『능엄경』楞嚴經, 『반야심경』般若心經 등을 강의해 주었다고 한다.[146] 그렇다면 서유구는 불경에 심취하여

---

145 "佛氏有言曰: '人死則輪迴再生.' 信乎死可復生, 幽可復明, 我父汝子, 無灾無攖, 以續今生未了之因于來生耶?"(徐有榘, 「祭亡兒生日文」, 『金華知非集』卷第五, 『楓石全集』, 400~401면)

146 서유구와 서우보의 다음 언급들 참조: "不見師三十臘矣, 而大圓鏡裏兩心相照, 則此三十臘內我未嘗一日不對師, 師未嘗一日不對我也. 師住金剛山之白蓮菴, 今年暮春, 瓶錫西遊, 爲余講『首楞嚴』于蘭湖精舍. (…) 乙酉四月, 楓石居士書"(徐有榘, 「題華嶽堂零稿」, 『金華知非集』卷第九, 『楓石全集』, 481면); "乙酉春, 家大人解官家居, 寄書邀

상당히 조예가 깊었을 가능성이 높다. 서유구 산문에서 더러 보이는 불교식 사고와 개념은 그 흔적이 아닌가 한다.[147]

師. 時師隱於金剛山中, 覽書, 選少沙彌一人持枘, 徒步五百餘里而來. 家大人仍與講『楞嚴』、『般若』諸經."(徐宇輔,「贈華嶽大師」의 小序,『秋潭小藁』卷第中, 장27뒤)

147 물론 이제까지 살펴본 애도의 글 모두가 1825년 이후에 창작된 것은 아니다. 따라서 화악 대사가 불경을 강의해 준 사실과 이들 작품을 기계적으로 연관 짓는 것은 적절치 않다. 그러나 위의 언급들을 보면, 서유구가 불교에 상당한 관심을 가졌던 것은 분명하다. 1825년의 진술에 따르면, 서유구가 화악 대사를 안 것은 30년 전이라고 한다. 따라서 1825년 이전의 상당한 기간 동안 서유구는 불교에 대해 지속적으로 관심을 가졌을 가능성이 높다. 화악 대사는 화엄학(華嚴學)의 대가로, 김정희(金正喜, 1786~1856)와도 교유했다.

제6장

서유구 산문에 나타난
자립적 삶의 모색

이상으로 서유구 산문의 다양한 면모를 살펴보았다. 그 논의를 발판으로 삼아, 지금부터는 더 포괄적인 시야에서 그 산문 세계를 조망할 차례이다. 그 시야를 어디서 확보할 것인가? 바로 서유구 자신의 반성적 사고에서 확보할 수 있다. 서유구의 반성적 성찰을 담은 글들은 그저 산문 작품의 하나가 아니라, 서유구에 대한 비평적 조망의 시각을 제시해 주는 결정적인 단서로 해석하는 것이 합당하다고 판단된다. 그럼 지금부터 서유구가 어떤 반성적 자기 정립을 모색했는지 살펴보기로 한다.

1. 빈곤의 체험과 자기반성

서유구의 정체성을 구성하는 요소 중 큰 비중을 차지하는 것은 그가 경화사족이라는 사실이다. 그의 집안 배경을 고려하면, 그것은 태생적인 조건이라 할 수 있다. 서유구의 수학기는 그 집안의 최전성기에 해당한다. '淸'의 추구와 生生의 심미화 경향은 그 물질적 풍요와 문화적 향유를 배경으로 한다. 그런데 '맑은 삶'이란 정확하게 어떤 것인가? 그런 삶이 가능한가? 가능하다면 어디서 어떻게 가능한가?

내가 일찍이 괴이하게 여긴 것이 있다. 산림山林과 원지園池의 즐거움을 사람마다 말하지만, 그 즐거움을 즐기는 사람이 결국 한 명도 없는 것은 어째서인가?

벼슬아치는 얽매인 바가 있어서 자유롭지 않고, 과거시험을 준비하는 선비는 유혹된 바가 있어서 달가워하지 않고, 낙척 불우한 무리는 또 재물이 없어 곤궁하다. 오직 공경公卿의 자제들은 밖으로는 세상에 얽매인 바가 없고 안으로는 재물이 없는 걸 걱정하지 않아도 된다. 그리고 사람들이 떠받드는 높은 관직과 영화로운 봉록은 자신이 모두 귀와 눈으로 질리도록 보고 들은 것이라 더 이상 부러워할 만한 게 못되고, 남들은 다 알지 못하는 험난하고 두려운 일로 말하면 또 이미 알고 있기 때문에, 소란하고 분잡한 것을 싫어하며 한가하고 자유로운 것을 좋아하는 게 유독 간절하여, 밥하는 사람이 시원한 데로 가고 싶어 하는 것과 전혀 다를 게 없다. 그래서 세상에서 외물의 속박에서 벗어나 산림의 즐거움을 온전히 누릴 수 있는 사람으로는 오직 이들이 있을 따름이다.

하지만 내가 보고 들은 것으로 말하면, 대대로 벼슬한 집안의 후손이 왕왕 작록爵祿을 조상의 유업遺業으로 보아, 그것을 얻지 못하면 가문의 명성을 실추시킨 것으로 여겨, 연줄을 동원하고 온갖 궁리를 해 그치는 바가 없다. 그중 용렬한 사람은 또

다시 좋은 옷을 입고 거마車馬를 타고 다니며 교유를 맺어, 매일 남을 헐뜯거나 아첨하는 것을 일삼으며 평생토록 감히 도성 밖으로 한 걸음도 옮기지 못한다. 아무리 평천장平泉莊과 봉성원奉誠園 같은 곳을 선대로부터 물려받아 내가 몸을 편안히 하고 정신을 기를 수 있는 곳을 소유했더라도, 모두 노비들이 편히 거처하도록 방치해 두고 그을음처럼 더럽게 여겨 돌아보지 않으니, 이게 무엇 하는 것인가? 즐거움을 누릴 수 있는 땅을 차지하고 있으면서도 스스로 고해苦海로 뛰어드는 것을 나는 심히 슬퍼한다.[1]

임원林園 생활을 향유할 수 있는 '유일한 존재방식'을 서유구는 '공경公卿의 자제'에게서 찾는다. 그들은 벼슬을 안 하니 세상에 얽매일 게 없고, 집안 배경이 좋으니 재산 걱정을 할 필요도 없기 때문이다. 간단하지만 흥미로운 발상이다. 대체로 향촌에서의 탈속적인 삶은 내면세계의 '淸'과 결부지어 파악하는 것이 일반적이다. 그런데 서유구는 그보다는 사회계층적 존재 양태를 문제 삼고 있다.

1　"余嘗怪山林園池之樂, 人人言之, 而竟無一人樂其樂者何也? 蓋縉紳先生有所絆而不自由, 學業之士有所誘而不屑爲, 落拓坎壈之徒則又困於無貲. 惟公卿子弟進無絆於世, 退不患於無貲. 且凡軒冕榮祿之爲衆所歆羨者, 我皆飫於耳目, 更無足艷, 而險苦畏惡之它人所未盡知者則又已知之, 獨切其惡熱擾而樂開放, 殆無異執礜者之欲就淸, 故世之可以脫略外累, 能全山林之樂者獨有此耳. 然余所睹聞則世家之後往往視爵祿爲箕裘, 以爲不得是則墜厥家聲, 凡所以攀援鑽硏, 靡有止啓. 其庸耎者則又復美衣服、都車馬、結交遊, 日以濬訛謟笑爲事, 而終其身不敢移闒閾一步之外, 雖有如平泉之莊、奉誠之園爲先世所遺可供吾安身頤情之所者, 一任其臧獲之晏居, 煤汚而不之顧, 此何爲者也? 余甚悲其據可樂之地而自就於苦海也."(徐有榘,「桐原精舍記」,『金華知非集』卷第五,『楓石全集』, 381~382면) '平泉之莊'은 이덕유(李德裕)의 별장 평천장(平泉莊)을, '奉誠之園'은 마수(馬燧)의 구택(舊宅) 봉성원(奉誠園)을 가리킨다.

서유구의 이런 생각에는 서울 벌열가의 생활 방식에 대한 염증이 들어 있다. '공경의 자제'가 분잡한 도시 생활을 싫어할 수밖에 없는 이유의 하나로 서유구가 들고 있는 것은, 사람들이 선망하는 상층 사대부의 생활 이면의 험악한 면면을 그들이 익히 알고 있다는 사실이다. 당파적 암투 같은 것을 염두에 둔 말인 듯하다. 문제는 그뿐만이 아니다. 사치 행각과 사교 활동을 일삼으며 서울 밖으로 한 걸음도 나가려 들지 않는 부류의 행태 역시 문제다.

따라서 '임원 생활의 향유'는 무엇보다도 사회적·정치적·경제적 의미를 갖는다. 향락적인 서울 생활과 다른 삶의 가능성의 영역으로 '임원 생활'이 포착된 것이다. 그런데 서유구가 생각한 임원 생활의 주체는 인간 일반이 아니다. 인용문은 그 구체적인 계층성을 확인시켜준다는 점에서 주목된다.

그 주체는 다름 아니라 '공경公卿의 자제'이다. 이는 곧 경화 벌열가의 자제를 가리킨다고 생각된다. 그들은 상층 사대부에 속하지만, 벼슬아치도 아니고 과거 준비생도 아니며 낙척 불우하지도 않다. 그러면서도 경제적으로는 풍족하다. 따라서 임원 생활을 하는 '공경의 자제'는 서울 상층 사대부 출신이되 벼슬살이에 연연하지 않고, 서울을 벗어나 향촌에서 자기 힘으로 먹고사는 존재이다. 그리고 그 재지적在地的 기반은 관료적 진출로 입신한 선대에 의해 형성된 것이다. 이 점에서 '공경의 자제'는 하층민이나 농민과도 다름은 물론 몰락 양반과도 구분되고, 관료적 입신을 통해 집안을 일으키고자 하는 부류와도 다르고, 상층 사대부 중에서도 도시의 향락적인 삶에 빠져 있는 부류와도 다르다. 결국 '공경의 자제'의 임원 생활을 가능케 하는 정치적·경제적 자유로움은 그들이 점하는 사대부 계층 내의 이런 독특한 위치로 인해 가능한 것이다.

뿐만 아니라, 인용문에는 서유구의 환상과 동경이 개입되어 있기도 하다. 오직 '공경의 자제'만이 임원 생활을 온전히 누릴 수 있다고 서유구는 단언하지만, 그것은 어디까지나 희망 사항일 뿐이다. 실제로 그가 목도하는 것은 그와 다른 현실이다. 그런데 서유구 본인은 '공경의 자제'의 임원 생활이 꼭 비현실적이라고 생각하지는 않은 듯하다. 속류 사대부의 사치스러운 서울 생활에 대한 비판 의식으로 인해, 그리고 정치적·경제적 부담으로부터 해방된 삶에 대한 동경으로 인해, 입장에 따라서는 비현실적이라고 받아들일 수도 있는 임원 생활을 서유구는 충분히 가능한 것이라고 생각한 것이 아닌가 한다.

한 가지 더 고려해야 할 것은 '가문의 안정감'이다. 사회계층적으로 보면 '공경의 자제'는 경화 벌열가의 정치적·경제적 번영을 배경으로 배태된 인간 유형이다. 따라서 가문은, 가문의 이름으로 집적된 유형·무형의 것들은, '공경의 자제'의 존재가 마치 자명한 것처럼 느껴지게 하는 안정감을 보장해 주는 근본 토대가 된다.

서유구가 '공경의 자제'의 임원 생활을 논하는 맥락을 살펴보면 이 점은 한층 더 명백해진다. 그가 그런 논의를 한 것은 서로수에게 동원桐原으로 돌아갈 것을 당부하기 위해서이다.[2] 서유구가 이런 당부를 한 것은 서명선 사후의 일로, 서로수는 원래 서명민 슬하에서 태어났으나 출계하여 서명선의 뒤를 이었다. 동원은 장단부長湍府 동 자원桐子原으로, 서명선이 퇴직 후 지내기 위해 구입해 둔 곳이다.[3]

---

2   해당 인용문은 「동원정사 기문」(桐原精舍記)의 후반부로, 인용 부분 뒤에 다음 구절이 이어짐으로써 이 작품은 종결된다: "芴園子貌清而志雅, 汙不出于此, 吾知其鹿車載書, 倦歸桐原之有日, 而姑書此以趣其行."(徐有榘, 같은 글, 같은 책, 382면)

3   "我仲父議政公, 爲營菟裘, 得兩地于湍, 一曰桐子原, 一曰廣明洞."(徐瀅修, 「明皐記」, 『明皐全集』卷之八, 한국문집총간 261, 174면)

이 일대에는 서유구 일가의 선영이 조성되어 있다. 일가친척들이 이곳에 모여 시제時祭를 올릴 때의 광경을 서유구는 이렇게 그린다.

> 매번 입춘과 추석의 제사를 올릴 때가 되면, 우리 형제와 일가친척들은 나란히 말을 타고 모두들 동원으로 몰려와, 하룻밤 묵은 뒤에 비로소 나뉘어 서쪽과 남쪽으로 갔다가, 돌아갈 때 다시 동원에 모여, 탁주를 거르고 밤을 쪄 놓고, 이웃집 할아버지와 마을 노인들을 이곳저곳에서 모셔다가 술을 주고받고 노래하며 밤을 지새우는 것을 즐거움으로 삼는다. 우리 일가의 젊은 이들은 바탕이 순박하고 법도를 잘 지켜, 평소에 집 밖에서 노는 일이 없다. 그래서 한 해의 날짜를 손꼽아 가며 한때의 흡족한 즐거움을 찾는 것이 동원에 있지 않은 적이 없다.[4]

결국 서유구가 꿈꾼 임원 생활은 명문가의 번영·결속·안온함을 배경으로 한 것이다. 가문의 번성과 안정적 유지는 경화사족 일반이 공유하는 가장 큰 목표라고 할 수 있다. 따라서 서울 밖으로 한 발자국도 나가려 들지 않는 이들의 행태를 두고 스스로 고해苦海로 뛰어드는 꼴이라고 지적한 서유구도 궁극적으로는 이들과 같은 가치를 추구한 것이 된다. 이 점에서 서유구의 경화사족 비판은 경화사족과 동일한 전제에서 출발한, 경화사족 내부의 비판으로서 일정한 한계

4 "每春秋節享, 吾兄弟叔姪聯鑣累騎, 偕至桐原, 旣宿而後始分之西南, 其歸也復聚于桐原, 釃醪蒸栗, 雜引鄰翁村老, 旅酬嘯歌, 竟宵以爲樂. 吾家少年素醇拙蹈繩墨, 平居無門外遊, 故計周歲之日月而求一時陶暢之樂, 未嘗不在桐原也."(徐有榘, 「桐原精舍記」, 『金華知非集』 卷第五, 『楓石全集』, 381면)

를 갖는다.

그러나 1806년을 기점으로 상황이 급변한다. 집안의 몰락과 더불어 가문의 안정감이 뿌리째 뽑힌 것이다. 그로 인해 서유구는 일찍이 겪어 보지 못한 경제적·물질적·정신적 고통을 겪는다.

눈이 심하게 내렸으니 춥지 않을 수 있겠느냐? 내가 새벽에 일어나 보니 몸이 오들오들 떨리기에 종아이를 불러 동산에서 나무를 해 와 아궁이에 불을 때라고 했더랬다. 그랬더니 그곳이 다른 사람의 동산이라 종아이는 살금살금 가서 머뭇머뭇 사방을 두리번거리며 살펴보아 아무도 없는 것을 확인한 다음에야 비로소 감히 마른 나뭇가지를 주워 가지고 돌아왔는데, 그마저 한 움큼도 되지 않더구나. 생각해 보니 내가 남의 집에 빌붙어 살면서 생명을 부지하고, 사람들과 떨어져 홀로 산 것이 지금 장차 몇 년 몇 개월째인지. 달팽이집 같은 움집으로 말하면 미물微物도 오히려 그렇게 집을 갖고 있는데, 마침내 일곱 자 되는 몸으로 작은 집 하나 빌리지 못하다니, 생계를 꾸리는 방법이 서툰 것이 이 지경에 이르고 말았구나.

기억을 더듬어 보니, 예전에 용주정사蓉洲精舍에 있을 적에 우연히 육수성陸樹聲의 『병탑오언』病榻寤言을 읽었는데, 거기에 이런 말이 있었다. "사람이 살면서 1~20세까지는 자기 몸을 위한 계책을 하고, 20~30세까지는 가족을 위한 계책을 하고, 30~40세까지는 자손을 위한 계책을 한다." 나는 책을 덮고 웃으며 말했다. "어허 그것 참. 태어나서 장성해서 늙어서 죽을 때까지 위하여 계책을 하는 대상이 자기 몸과 가족과 자손을 벗어나지 못한단 말인가? 공자가 15세에 학문에 뜻을 두고, 30세에

자립하고, 40세에 의혹하지 않은 것과 비교하면 어떤가?" 그런
데 눈 깜작할 사이에 마침내 수십 년의 세월을 모두 보내 뜻이
운명과 더불어 막히고 일이 마음과 어긋나, 학문과 사공事功은
따질 것도 없고, 예전에 말했던 자기 몸과 가족과 자손을 위한
계책이란 것 또한 까마득하게 어찌해 볼 도리가 없게 될 줄이야
어찌 생각이나 했겠느냐?[5]

남의 눈치를 보느라 땔감을 제대로 주워 오지 못한 시동의 모습을
통해 서유구의 비참한 신세가 적나라하게 드러난다. 젊은 시절의 포
부는 간데없고, 그때는 대수롭지 않게 보아 넘긴 생계조차 제대로 해
결하지 못하는 자신의 보잘것없는 모습만 남아 있다.

이런 '가난의 체험'은 삶에 대한 관점과 태도 및 학문 전반의 결정
적인 전환점이 된다.

박생朴生이 와서 들려주는 말이, 자네가 접때 여기서 돌아간 뒤
로 밥을 대하여 젓가락질을 못하고 탄식하며, 나의 거친 밥을
생각해서 밥상의 생선과 젓갈에 입을 대지 못했다고 하더군. 자

---

5 "雪甚矣, 得無寒乎? 吾晨起覺體粟而栗, 呼僮樵于園烘于竈. 僮爲其他人之園也,
狙緣而進, 躇躇四顧而睢, 知其無人, 然後始敢拾枯枿以歸, 仍不盈握矣. 念吾僑傺而爲
命, 離羣而索居, 今且幾歲月矣? 蝸舍然窩, 物猶然矣, 迺以七尺之軀莫借一枝之樓, 謀
生之拙至於此哉! 記昔在蓉洲精舍也, 偶閱陸樹聲『病榻寱言』, 有云:'人生一歲至十歲
爲身計, 二十至三十爲家計, 三十至四十爲子孫計.' 擲卷而笑曰:'嗟嗞乎唉哉! 生而壯
而老而死而所爲計者不越乎身家子孫之外邪? 其視十五而志于學, 三十而立, 四十而不
惑, 何如也?' 豈意倏焉轉眼之頃送盡數十年光陰, 而志與命閡, 事與情違, 卽無論學問事
功, 向所謂身家子孫之計者, 亦且茫乎無措手之地哉?"(徐有榘, 「與叔弟朋來書」, 『金華
知非集』卷第二, 『楓石全集』, 324면) 서유락에게 보낸 4통의 편지 중 인용문은 그 첫 번
째이다.

네도 거 참 지나치구먼. 어째서 그랬나? 『원씨세범』袁氏世範을
보지 않았나? 거기에 이런 말이 있지. "하늘과 땅이 생육生育하
는 도道가 사람에게까지 미친 것이 지극히 크고 지극히 넓으니,
사람이 하늘과 땅에 보답할 것이 어디에 있는가?" 나는 이 글을
읽을 때마다 눈을 휘둥그레 뜨며 마음속으로 두려워하여 얼굴
이 벌게지고 땀이 발꿈치까지 흐르지 않은 적이 없다네.

　한번 생각해 보게. 내가 태어난 이래로 지금까지 44차례의
추위와 더위를 겪으면서 17,300여 일을 살았네. 겨울이면 솜옷
을 입고 여름이면 갈포를 입어 혹시라도 빠뜨린 적이 없었을 뿐
아니라, 두꺼운 가죽옷을 입고 화려한 비단옷을 걸친 적 또한
있었지. 아침에는 아침밥을 먹고 저녁에는 저녁밥을 먹어 혹시
라도 빠뜨린 적이 없었을 뿐 아니라, 산해진미를 한 상 가득 차
려 놓고 먹은 적 또한 있었네. 이런 것들을 조금씩 모으고 쌓으
면 어찌 천이나 만으로 헤아릴 뿐이겠는가? 하지만 나는 쟁기
와 호미를 잡아 본 적이 없고, 내 아내는 고치를 켜고 옷감을 짤
줄 모르니, 그렇다면 그 물건들은 모두 어디서 나왔겠는가?

　여기 어떤 사람이 있다고 치세. 그 사람이 매일 자네에게 빌
리기만 하고 몇 해가 지나도록 십분의 일 이자도 갚을 마음이
없는데, 도리어 화려한 옷을 입고 맛있는 음식을 먹느라 보통
사람의 이삼 년 치 비용을 한 끼 밥 먹는 사이에 몽땅 써 버리고
는, 또 이어서 빌리기를 그치지 않는다면, 자네는 참을 수 있겠
나? 조물주가 장차 빚 문서를 가지고 하루아침에 나더러 빚을
갚으라고 독촉하면, 망망한 하늘과 땅 사이에 다시는 빚 독촉을
피해서 내 몸을 둘 곳이 없을 것이니 참 두려운 일일세.

　옛날에 범문정공范文正公(범중엄)은 매일 밤 잠자기 전에 그날

먹고 마시고 생활하는 데 든 비용과 그날 한 일을 속으로 계산해 보았다고 하네. 만약에 그날 한 일이 그날 쓴 비용에 걸맞으면 배를 쓰다듬으며 편하게 잠자리에 들었고, 걸맞지 않으면 아침까지 뒤척이면서 걸맞을 수 있는 방법을 기필코 찾아냈다고 하네. 문정공같이 덕업德業과 명망이 있는 분조차도 오히려 아무 한 일 없이 밥 먹을까 노심초사하며 두려워한 것이 이와 같았는데, 더구나 우리는 천지 사이에 있으면서 눈에놀이나 땅강아지와 무엇이 다른가? 그렇다면 한 톨의 곡식과 한 국자의 물도 오히려 과분할까 걱정인데 감히 음식이 거칠다고 말해서야 되겠는가?[6]

자신이 벌레에 불과하다는 통절한 반성이다. 자신의 삶은 '밥값 못한 삶'이었으며, 그런 삶을 산 자신은 조물주의 채무자로 도망갈 곳조

6　"朴生來, 聞君曩自此歸也, 對餐拄箸而唶, 翟翟乎有思乎吾之槵食也, 而無甘於登盤之魚鮓也. 噫! 君過矣, 何爲其然也? 不曾見『袁氏世範』乎? 其言有曰: '天地生育之道所以及人者至大至廣, 而人之回報天地者何在?' 吾每讀之, 未嘗不目瞿焉心怵焉, 顔發騂而汗被趾焉. 試思吾自有生以來至于今四十四寒暑一萬七千三百有餘日, 冬而絮, 夏而葛, 未之或闕焉, 而亦嘗有御重裘被綺穀時矣; 朝而飯, 夕而飡, 未之或闕焉, 而亦嘗有兼山海列方丈時矣. 銖累寸積, 奚啻千萬計? 然吾未嘗手執未鉏, 吾之妻孥目不識繅梭, 此其物皆安所出乎? 有人於此, 日日擧債於君, 淹歲閱年無意償什一之息, 顧炫衣服美飲食, 用中人三二年之費, 費盡於一飯之頃, 又從而乞貸之不已, 君其堪之乎? 吾懼夫造物者將執卷契, 一朝責負於我, 而茫茫天壤, 更無避債臺以處我也. 昔范文正公每夜將寢, 竊計當日飮食爹養之費與其日所爲何事, 苟所爲稱所費, 摩腹安枕; 不稱則轉輾達朝, 必求所以稱之者. 夫以文正之德業勳望, 猶且怵怵乎素餐之懼如是, 況吾輩在天地間, 何異蠔蟻螻蟻, 則一粒之粟一勺之水, 尙恐其泰也, 而敢曰龜槵云乎哉?"(徐有榘, 「與朋來書」,『金華知非集』卷第二,『楓石全集』, 328면) 인용문은 서유락에게 보낸 4통의 편지 중 네 번째이다. 서유구가 인용한 구절은 원채(袁采),『원씨세범』(袁氏世範) 권상(上)「목친」(睦親)에 보인다. 인용문의 번역은 이종묵,『글로 세상을 호령하다』(김영사, 2010), 270~274면을 참조하여 필자가 수정한 것이다.

차 없다고 서유구는 말한다. 그러니 쌀 한 톨도 오히려 과분하다.

더 나아가 서유구는 자신의 궁핍한 생활상을 보고 근심 걱정한 동생을 오히려 나무란다.

그리고 사람이 태어나서 먹고 쓰는 것이 각각 정해진 양이 있어서, 넉넉하고 부족한 것, 여유 있고 없는 것이 분명하여 어긋나지 않네. 전하는 기록에 실린 것을 상고해 보면, 양 1만 마리를 먹고 난 뒤 죽은 사람이 있고, 5년간 연잎만 먹으며 불상을 완성한 사람도 있네. 그 이야기가 황당무계하지만, 이런 이치가 없다고도 할 수 없지.

그래서 나는 일찍이 생각하기를 안자顔子는 단표누항簞瓢陋巷이 아니었다면 수명이 서른에 미치지 못했을 것이고, 하증何曾이 하루 식사에 만 전萬錢을 쓰지 않았더라면 이소군李少君과 장적교여長狄僑如의 수壽는 말한 것도 못되었을 것이라 했네. 내가 이제 오늘의 거친 밥을 가지고 속죄하여 빚을 줄이고 수명을 연장시킬 수 있겠구나 하고 생각하던 참인데, 자네는 도리어 근심으로 여긴단 말인가? 어찌 이리도 생각이 없나?[7]

---

7 "且夫人生受用, 各有劑量, 豐嗇奇贏, 較然不爽. 考之傳紀所載, 有食盡萬羊而後死者, 有食荷葉五年而竣佛像者. 雖其說弔詭不經, 亦不可謂無此理. 故吾嘗以爲顔子非簞瓢陋巷, 則定不及三十; 何曾不日食萬錢, 則李少君, 長狄僑如之壽不足道也. 吾方且以今日之龥糗謂可以贖愆罪減債負, 增延其壽命. 君顧以爲憂邪? 甚矣未之思也!"(徐有榘, 같은 글, 같은 책, 같은 곳) 참고로「人生受用」(『금화경독기』권6 장7뒤)에 인용문에 대한 서유구의 언급이 보인다. '有食盡萬羊而後死者'는 이덕유(李德裕)가 평생 양 1만 마리를 먹을 팔자인데 과연 그 숫자를 채우고 죽었다는 고사로, 자세한 내용은『선실지』(宣室志) 권9 등에 보인다. '有食荷葉五年而竣佛像者'는 승려 법경(法慶)이 장안(長安)의 선천사(先天寺)에서 불상을 만들다 갑자기 사망했다가 소생해서 연잎만 먹으며 일하다가 5년이 되어 불상을 완성하자 죽었다는 고사로, 자세한 내용은『계원총담』(桂苑叢

　　　　　　　　　　　　　　　풍석 서유구 산문 연구

지금의 가난한 생활이야말로 '밥값 못한 삶'을 속죄하고 수명을 늘리는 길이라는 말이다.

서유구 같은 벌열가 출신에게 가난은 자신의 존재를 원점으로 되돌려 놓는 계기가 된다. 그 원점에서 서유구는 자신의 삶을 돌아본 뒤, 평생 소비할 수 있는 재화의 총량이 사람에 따라 각기 정해져 있다고 말한다. 그러므로 '자기 몫' 이상을 쓰면 안 된다. 그렇게 하는 것은 하늘에 빚을 지는 일이고 자신의 수명을 줄이는 일이다.

이렇게 반성하면서 서유구는 가난을 감내한다. 하늘이니 수명이니 운운한 것은 지금 입장에서 보면 비합리적이라고 할 수도 있을 법하다. 그러나 인용문에는 중요한 직관이 있다. 인간에게는 '정당한 자기 몫'이 있다는 것, 그 몫을 초과한 소비 행위는 옳지 않으며 결국 그에 상응하는 반대급부를 수반한다는 것이 그것이다. 따라서 서유구에게 '절약'은 단순히 자기 욕망을 억누르는 행위가 아니다. 그것은 쓰고 싶은 것을 참는 것이 아니라 '써도 되는 만큼만 쓰는 것'이다. 그리고 써도 되는 것 이상 쓴 것을 갚는 것이다. 즉, '자기 몫'만큼 쓰는 것이 '절약'이다.

이렇게 '자기 몫만큼의 소비'를 중시하는 관점을 본서는 원문의 표현을 활용하여 '제량齊量의 경제관'이라 부르기로 한다. 어떤 면에서 '제량의 경제관'은 막연히 지당한 것처럼 보일 수도 있지만, 엄연히 구체적인 계급성을 갖는다. 하층민에게 가난은 계급적 소여로 불가피한 것이다. 따라서 이 경우 가난은 벗어나고 싶은 것 혹은 벗어나

談)에 보인다. 『계원총담』은 『설부』(説郛) 권26하(下)에도 실려 있다. 하증(何曾)은 사치를 좋아하여 매일 식사에 만 전(萬錢)을 썼으면서도 젓가락을 댈 곳이 없다고 불평한 인물로, 자세한 내용은 『진서』(晉書) 권33 「열전」(列傳) 제3에 보인다.

야 할 것일지언정 자기반성의 계기가 될 수는 없다. 가져 본 자, 누려
본 자의 입장에서 그것은 반성적 가치를 갖는다. 즉, '제량의 경제관'
은 조선 후기 상층 사대부의 반성적 자기 정립을 지향한 것으로서 구
체적인 역사성과 계급성을 갖는다. 이런 '제량의 경제관'은 『예규지』
倪圭志와 폭넓은 연관을 맺는데, 이 점에 대해서는 추후에 상론한다.

서유구의 '제량의 경제관'은 자연적 존재이자 사회적 존재로서의
자기성찰로 이어진다. 그런 반성 속에서 서유구는 「식결」食訣을 짓는
다. 「식결」은 식사에 임해서 생각해야 할 세 가지 사실을 운어韻語로 표
현한 것으로, 황정견黃庭堅(1045~1105)의 「사대부 식시오관」士大夫食時
五觀[8] 및 예사倪思의 「식시오관」食時五觀[9]에 바탕을 두었다. 이중 예사
의 글은 『예규지』에 「식시삼사」食時三思란 제목으로 수록되었다.[10]

요즘 한가하게 있으면서 황산곡黃山谷(황정견)의 「식시오관」을
모방하여 「식결」 3장을 지었네. 매번 밥을 먹을 때마다 다른 반

---

8 '오관'은 다음과 같다: 1. 얼마나 많은 공이 들었는지 헤아리고, 이 음식이 어디서
왔는지 생각한다. 2. 자신의 덕행을 돌아보아, 덕행이 온전한지 흠이 있는지에 따라 음식
을 받아먹는다. 3. 욕심을 막고 허물을 멀리하여 탐하지 않는 것을 으뜸으로 삼는다. 4.
좋은 약이라 생각하고 먹어서 몸의 고통을 치료한다. 5. 도업(道業)을 이루기 위해 이 음
식을 받아먹는다. 黃庭堅, 「士大夫食時五觀」, 『宋黃文節公全集』外集 卷第二十四; 劉
琳·李勇先·王蓉貴 校點, 『黃庭堅全集』, 成都: 四川大學出版社, 2001, 1422~1423면
참조.
9 "魯直作「食時五觀」, 其言深切, 可謂知慙愧者矣. 余嘗入一佛寺, 見僧持戒者, 每食
先淡喫三口. 第一以知飯之正味. 人食多以五味雜之, 未有知正味者. 若淡喫食, 則本自
甘美物, 不假外味也. 第二思衣食之從來. 第三思農夫之愁苦. 若此則五觀中已備其義.
每食用此法, 極爲簡易. 且先喫三口, 白飯已過半矣, 後所食者, 雖無羹蔬, 亦自可了, 處
貧之道也."(倪思, 「食時五觀」, 『經鉏堂雜志』; 陶宗儀, 『說郛』第75册 卷75上, 장5앞~
뒤, 규장각 소장, 도서번호: 奎中 4498 165 74)
10 徐有榘, 〈食時三思〉, 「制用」, 『倪圭志』卷第一, 『林園十六志』 5, 505면.

찬은 곁들이지 않고 먼저 밥만 세 술 뜨는데, 첫술 뜰 때에는 "고르고 깨끗하구나, 내 밥과 내 죽이여! 수북수북하구나, 옥황상제가 내려 주신 복록이여!"라고 염송하고, 두 술 뜰 때에는 "화전火田은 경작하기 어렵고, 수전水田은 김매기 어렵다네. 농사란 게 어려운 일인데 나는 밥을 먹는구나"라고 염하고, 세 술 뜰 때에는 "달구나 달아, 농사지은 쌀이 다니, 달고 향기롭구나"라고 염하지. 이렇게 세 가지로 염하는 사이에 밥은 이미 반 그릇이 비는데, 그러고 나면 마침내 목구멍이 열리고 위장이 통하여 아무리 명아주와 콩잎이더라도 말고기와 곰발바닥 구이 같으니, 어느 누가 이 정도로는 내 처소에 부족하다 하겠는가?[11]

하늘에 감사하고, 농부에게 감사하고, 밥을 먹을 수 있다는 사실에 감사하다. 반찬은 먹지 않고 먼저 밥만 세 술 뜨면서, 한 술 한 술 뜰 때마다 이렇게 염송한다. 그렇게 하면 어떤 효과가 있는지에 대한 언급에, 궁핍한 생활을 해 나가는 당사자 특유의 구체성과 절실함이 들어 있다. 여기에는 경건함이 깔려 있다. '염'은 '식시오관'의 '관觀'과 마찬가지로 불교 용어이다. 요컨대 「식결」은 한편으로는 가난에 대처하는 현실적 요령과 지침인 동시에, 다른 한편으로는 수도자의 계율이 전화轉化된 세속적 삶의 계율이 된다.

---

11 "近日聞居, 傲黃山谷「食時五觀」作「食訣」三章: 每食不雜他味, 先淡食三匙, 第一匙, 念曰: '勻勻淨淨, 我饘我粥, 野頤野頤, 惟皇上帝之祿.' 第二匙, 念曰: '火耕難, 水耨難, 農則難, 而卬則飡.' 第三匙, 念曰: '甘哉甘, 稼穡之甘, 甘而馣.' 如是三念之頃, 食已半盂矣, 遂覺喉開胃暢, 雖藜藿之味, 與駃騠熊膰等, 孰謂是不足吾所哉?"(徐有榘, 「與朋來書」, 『金華知非集』卷第二, 「楓石全集」, 328면) '近日聞居, 傲黃山谷'의 '聞'과 '傲'는 각각 '閒'과 '倣'의 오자이다.

'천지에 빚진 존재'로서 서유구가 속죄할 길은 가난한 생활을 정직하게 감수하는 것뿐만이 아니다. 그는 학문을 통해 그 빚을 갚고자 했다. 그기 평생 농학에 매진한 것은 이 때문이다. 「『행포지』서문」에서 서유구는, 천지가 자신을 길러 준 은혜에 조금이나마 보답하는 길이 농학에 있기 때문에 농학 연구를 그만둘 수 없다고 했다. '천지에 빚진 존재'로서의 자기반성이 서유구 농학의 원체험이라는 것을 확인시켜 주는 고백이다.

이상과 같이 보면, 빈곤의 체험을 통한 서유구의 자기반성은 두 가지 층위를 이룬다. 자연적 존재로서의 자기성찰이 그 첫 번째 층위이고, 사회계층적 존재로서의 자기성찰이 그 두 번째 층위이다.

먼저 첫 번째 층위에 대해 살펴보기로 한다. 지난날을 반성하면서 서유구는, 밥값 못한 삶을 산 자신은 조물주의 채무자며 천지 사이의 빌레에 불과하다고 말한다. 이 말은 단순한 수사修辭가 아닌 듯하다. 「『행포지』서문」에서 서유구는 천지자연에 의지하여 삶을 영위하는 인간으로서 어떻게 살아야 할지를 반성했다. 「식결」의 첫 번째 장章에서 강조한 것도, 밥은 하늘이 내려 준 복록福祿이라는 점이다. 이 역시 황정견의 「사대부 식시오관」이나 예사의 「식시오관」에는 없는 생각이다. 요컨대 서유구는 자신의 삶을, 그 삶을 가능케 한 더 큰 존재의 관점에서, 즉 천지자연의 관점에서 응시하고 있다. 이 점에서 서유구의 자기반성은 자연 속에서 살아가는 인간의 존재방식에 대한 근원적인 성찰을 담고 있다.

이것은 우연이 아니다. 앞에서 본서는 '자연경'自然經이 서유구 사유의 기저적基底的 개념이라고 강조한 바 있다. '자연=근원적 텍스트'라는 서유구의 사고에는 소옹의 선천학적先天學的 관점이 들어와 있다. 그 관점은 '자연경'뿐 아니라 서유구의 자기 응시에도 깊숙이

들어 있다. 「오비거사 생광자표」五費居士生壙自表는 이 점을 잘 보여 준다. 이 작품에서 서유구는 소옹의 자연철학에 입각하여, 거대한 우주적 시간과의 대비 속에서 자신의 삶이 얼마나 보잘것없는지를 말했다. 결국 우주적 관점에서, 혹은 자연의 관점에서 서유구는 부단히 자신의 삶을 점검했던 것이다. 서유구가 조물주의 눈으로, 그리고 천지자연과의 관계 속에서, 자신의 삶을 반성하고 학문적 전환을 한 것은 이런 사고의 연장선상에 있다.

그다음으로 두 번째 층위에 대해 살펴보기로 한다. 서유구는 호사스러웠던 지난날을 돌아보면서, 그런 삶을 향유한 자신과 자신의 아내는 정작 자기 힘으로 노동한 적이 없었다고 반성한다. 빈곤의 체험을 통해, 자신의 안온한 삶을 보장해 주었던 계급적 배경과 그 문제점을 직시하게 된 것이다. 서유구의 이런 자기반성은 더 확장되어 사대부 전반에 대한 비판으로 이어진다.

> 비유하면 문약文弱하면서 자부심만 강한 선비들이 생계를 꾸리는 데에는 무능하면서 재화의 이익에 대해 말하는 것을 수치로 여겨, 처음에는 대대로 전하는 가산家産과 소작료로 여전히 지탱할 수 있다가, 식구가 많아져 한 해 동안의 수입이 부족해지면 가난한 신세로 전락하여 그날 아침에 그날 저녁을 도모하지 못하여 구걸하고 빌리는 등 하지 않는 짓이 없는데도, 돌아다니며 장사하여 이익을 경영하는 일은 내놓고 하려 들지 않는 것과 같습니다. 그래서 신臣은 우리나라에서 재리財利를 논하는 사람은 좋은 계책을 내기 힘들다고 말씀드리는 것입니다.[12]

인용문은 「의상경계책」에서 국가재정이 파탄 났는데도 적절한 대책을 내놓지 못하는 신료들의 무능함을 비유한 대목이다. 이 비유에는 고상한 척하며 무위도식하다 가난해져도 반성할 줄 모르는 사대부들에 대한 비판 의식이 들어 있다.

그 비판 의식은 말년에까지 이어진다. 다음은 서유구가 손자 태순에게 보낸 편지의 일부이다. 서유구는 1840년경에 번계의 전장田莊을 처분하고 두릉으로 옮길 준비를 하는데, 두릉에서 살 집이 완성되었다는 소식에 기뻐하며 손자에게 당부의 말을 한 것이다.

> 내가 늘 괴이하게 여기는 일이 있다. 요즘 벼슬아치 집안은 도성都城 밖 십 리 떨어진 지역을 단 하루도 살 수 없는 황량하고 비루한 시골인 양 여긴다. 그리하여 아무리 녹봉이 나오는 벼슬이 끊어진 뒤라도 자손 된 사람이 도성에서 한 발짝도 떨어지려 들지 않는다. 남자는 농기구를 잡지 않고 여자는 옷감을 짤 줄 몰라서, 굶주림과 추위가 자기 몸에 닥치면 어쩔 수 없이 선대先代에서 물려준 농지를 몽땅 팔아먹고, 물이 새고 구들이 꺼진 한 뙈기 작은 집을 썰렁하게 지키는 주제에 "그럭저럭 조상의 업業을 실추시키지 않을 수 있다"라고 하니, 실추시키지 않은 게 과연 무슨 업業이란 말이냐?[13]

12 "譬如文弱自好之士拙於謀生, 耻言貨利, 其始也世業租課尙可持支, 及其口衆食繁, 歲計不給, 則貧窘漏底, 朝不謀夕, 凡干求假貸, 無所不爲, 而猶不肯顯作轉販營殖之事. 臣故曰我東之言財利者難爲術也."(徐有榘, 「擬上經界策」 下, 『金華知非集』 卷第十二, 『楓石全集』, 538면)

13 "吾一怪夫近世縉紳家, 視城闉外十里之地, 殆若荒徼傖楚之鄕, 不可一日居也. 雖其祿仕旣絶之後, 爲子孫者不肯離闤闠一步地. 男不秉耒耜, 女不識機梭, 及其饑寒切身, 不得不斥盡先世所遺之田産, 而枵然守上漏傍圮之一區宅子, 謂可以不墜祖業. 吾未知所不墜者果何業也?"(徐有榘, 「示太孫」, 『金華知非集』 卷第三, 『楓石全集』, 345면)

벼슬이 떨어졌는데도 한사코 서울에 붙어 있으려고 기를 쓰면서, 재물을 축낼지언정 손 하나 까딱하지 않는 사대부층의 행태를 서유구는 극력 비판한다. 그 대체적인 내용은 앞서 살펴본 「동원정사 기문」(桐原精舍記)의 그것과 비슷해 보인다. 그러나 간과할 수 없는 차이가 있다. 「동원정사 기문」에서는 '향유'가 중시된다. 임원 생활의 '향유'는 명문가 자제의 사회계층적 존재방식 특유의 여유로움에 바탕을 둔다. 반면 인용문에서 중시되는 것은 '향유'가 아니라 '노동'이다. 자기 힘으로 일하여 생계를 해결할 생각조차 하지 않는 경화사족의 뿌리 깊은 허영심과 '자기기만적 존재방식'이 문제시된 것이다.

이렇게 보면 「동원정사 기문」과 인용문은 공통점과 차이점을 모두 갖는다. 그 공통점은 서유구 평생의 일관된 문제의식이 무엇이었는지를 확인시켜 준다. 서울의 향락적 생활에 빠져 있는 경화사족에 대한 비판 및 그와 다른 삶의 가능성 모색이 그것이다. 그리고 그 차이점은 서유구에게 방폐기가 얼마나 본질적인 전환점이 되었는지를 확인시켜 준다. 가난의 체험을 통해 서유구는 스스로를 '하늘에 빚진 존재'이자 '밥값 못한 존재'로 응시하게 되었다. 이런 통절한 자기반성을 계기로 그는 자신이 속한 경화사족의 병폐를 통찰하고, 농학 연구를 통해 굶주림의 문제 해결에 실질적인 기여를 하고자 평생 매진했다.

따라서 방폐기의 체험은 개인적인 체험이되 거기서 그치지 않고 사회적·경제적·학문적 원체험으로서 의미를 갖는다. 그렇다면 이런 본질적인 전환 끝에 서유구는 어떤 삶의 가치를 추구했는가? 서유구의 최종적인 삶의 귀결은 무엇인가? 그런 삶을 위해 서유구는 어떤 학문적·실천적 모색을 했는가?

2. 가정경제학

(1) 서유구의 '임원경제학'

경화사족의 향락적 도시 생활과 다른 삶의 가능성을 서유구는 '임원 생활', 즉 '비도시적 삶'에서 찾았다. 임원 생활에 필요한 지식을 집 대성한 책이 곧 서유구 필생의 업적 『임원경제지』이다. 따라서 그의 가치 지향을 탐구하기 위해서는 이 책에 대한 검토가 불가피하다.

그런데 본격적인 논의에 앞서, 짚고 넘어가야 할 문제가 있다. 『임원경제지』가 과연 서유구의 생각을 담은 저술로 간주될 수 있는 가 하는 문제가 그것이다. 『임원경제지』는 방대한 문헌을 항목별로 분류·정리·배열했다는 점에서 유서類書의 성격을 갖는다.[14] 이런 견 지에서 보면 서유구는 저자가 아니라 편집자이다. 적지 않은 선행 연 구들이 『임원경세지』를 농학, 생활사, 예술사 등의 자료로 다룬 것은 이런 이유에서일 터이다.

그러나 『임원경제지』는 단순한 자료집 이상이다. 우선 편집 행위 를 기계적인 작업으로 치부하는 대신 모종의 정신 활동으로 간주할 필요가 있다. 광범위한 서적들의 수집·선별·분류·재배치·편집에는 서유구의 관점이 개입될 수밖에 없다.

그다음으로 서유구 본인의 학술 업적과의 연관성에 주목할 필요 가 있다. 『임원경제지』에는 『풍석고협집』, 『금화지비집』, 『금화경독

---

14 유서로서의 『임원경제지』의 특징에 대해서는 심경호, 「『임원경제지』의 문명사적 가치」(옥영정·심경호·유봉학, 『풍석 서유구와 임원경제지』, 소와당, 2011), 161~252 면; 조창록, 「『임원경제지』의 찬술 배경과 類書로서의 특징」(『진단학보』 108, 진단학회, 2009), 21~41면; 한민섭, 「서명응 일가의 박학과 총서·유서 편찬에 대한 연구」(고려대 박사논문, 2010), 110~132면 참조.

기』,『행포지』,『종저보』,『난호어목지』,『경솔지』鶊蟀志,『누판고』 등
서유구 자신의 저작 거의 전부에서 발췌한 다양한 글들이 다른 저자
들의 글 사이에 인용되어 있다. 이 점에서『임원경제지』는 스스로가
스스로에게 타자와의 상호 연관성을 부여하면서 자신의 저술 전체를
재배열·재배치·재조직한 '상호 참조망의 체계'이다.

끝으로『임원경제지』의 서술상의 특징에 유의할 필요가 있다.『임
원경제지』에서는 물론 실용적 지침과 정보가 큰 비중을 차지하지만,
더 나아가 이상적인 삶에 대한 선망과 동경, 꿈과 욕망이 뒤엉켜 있
다. 뿐만 아니라 자신의 생활 체험과 삶의 굴곡이 투영되어 있기도
하다.

이상의 몇 가지 사실을 고려하면,『임원경제지』에서 서유구는 저
자와 편집자의 이분법으로는 정당하게 포착될 수 없는 미묘하고 독
특한 위치에 있으며,『임원경제지』는 서유구의 가치 지향을 탐구하
기 위한 중요한 자료로 다루어도 무방하다고 판단된다.

그렇다면『임원경제지』로 대변되는 서유구의 학문을 무엇이라 개
념화할 것인가? 책 제목을 존중하여 '임원경제학'林園經濟學이라고 하
는 것이 어떤가 한다. '임원 생활에 필요한 총체적 지식'을 간결하면
서 포괄적으로 나타낼 수 있는 용어는 달리 찾기 힘들 듯하다.[15]

---

15   물론 '이용후생학'이란 종래의 개념도 있다. 그러나 이 용어는 서유구의 문제의식을
충분히 예각화하기에는 다소 미흡하지 않은가 한다. 서유구는 서울에서의 향락적인 삶
과 다른 삶의 가능성을 '임원 생활'에서 찾았다. 따라서 이런 문제의식을 적절히 담아내
기 위해서는 '임원'이란 말을 특별히 강조할 필요가 있다. 일차적으로 '임원'은 향촌이라
는 생활공간을 지칭하는 말이지만, 더 근본적으로는 삶의 태도, 가치관, 경제관 등을 표
상하는 말이기도 하다. 서유구의 가치 지향은 이용후생론과 일정하게 겹치지만 본질적
으로는 그것으로 한정될 수 없고 오히려 그와 반대되기까지 한 면모를 갖는다. 이 문제
에 대해서는 추후에 상론한다.

그럼 지금부터 '임원경제학'의 가치 지향을 탐구하기로 한다. 방폐기의 빈곤이 '임원경제학'을 추동하는 원체험에 해당하므로, 이 원체험으로 소급해 들어가서 서유구의 '가정경제학'에서부터 논의를 시작하기로 한다.

(2) 빚지지 않는 삶

앞에서 지적했다시피, 서유구가 빈곤의 체험을 통해 형성한 '제량의 경제관'은 『예규지』와 폭넓은 연관을 맺는다. 『예규지』에는 '절검이 수명을 연장시킨다'節儉延壽라는 제목으로 『암서유사』巖棲幽事와 『작비암일찬』昨非庵日纂의 일부가 수록되어 있다.[16] 두 글 모두 제목대로 절약이 곧 복福을 아끼고 수명을 늘리는 길이라는 내용으로 되어 있다. 이런 사고는 앞에서 인용한 서유구의 「붕래에게 준 편지」(與朋來書)와 일치한다. 또한 『예규지』에는 『경서당잡지』經鉏堂雜志의 「식시삼사」食時三思가 수록되어 있다.[17] 이 글은 황정견의 「사대부 식시오관」士大夫食時五觀을 셋으로 간소화한 것이다. 서유구의 「식결」도 「사대부 식시오관」을 변용한 것이므로, 「식시삼사」와도 관련을 맺는다. 그리고 「붕래에게 준 편지」에서 서유구는 '제량의 경제관'을 피력하기에 앞서 『원씨세범』袁氏世範을 중요한 글로 거론하고 있는데, 『원씨세범』은 『예규지』에 빈번하게 인용되는 주요 문헌이다.

이렇듯 서유구의 '제량의 경제관'은 『예규지』와 여러모로 직접적인 연관을 맺는다. 따라서 서유구의 방폐기 체험과 그에 바탕을 둔 자기성찰이 『예규지』에 강하게 투영되어 있다고 할 수 있다. 물론

---

16 徐有榘, 「制用」, 『倪圭志』卷第一, 『林園十六志』5, 504면.
17 徐有榘, 「制用」, 『倪圭志』卷第一, 『林園十六志』5, 505면.

'제량의 경제관'의 계급성 역시 『예규지』에 반영되어 있다. 일례로 『예규지』에서는 노비 관리법이 다루어지는데, 이는 그 계급성을 확인시켜 준다.

'제량의 경제관'은 『예규지』 가정경제학의 두 축을 구성한다. 평생 소비할 수 있는 양이 유한하다는 생각은, 소비 규모를 스스로 한정하는 관점을 내포한다. 따라서 한정된 규모 안에서 자신의 씀씀이를 계획하고 관리하려는 사고가 여기서 도출될 수 있다. 계획과 관리는 소비의 합리성과 관련된다. 이런 합리적 측면이 한 축을 이룬다. 그리고 인간에게는 자기가 평생 쓸 수 있는 몫이 정해져 있으므로 그 정해진 몫만큼만 소비해야 한다는 생각에는 '정당한 몫'에 대한 윤리적 판단과 성찰적 자세가 들어 있다. 이런 윤리적 측면이 또 한 축을 이룬다. 『예규지』에서 이 두 개의 축은 서로 불가분의 관계를 맺는다.

『예규지』에는 「세월계」歲月計와 「일계」日計라는 글이 있다.[18] 「세월계」는 가계家計 운영에 있어서 한 해 및 한 달 단위의 계획이 필요하다는 내용이고, 「일계」는 하루 단위의 계획이 필요하다는 내용이다. 이 중 「일계」를 예로 들면, 그 글은 서유구의 『금화경독기』에서 인용한 것으로, 여기서 서유구는 가정 형편에 따라 하루 단위로 소비 규모를 정해 놓고 그 정량定量을 넘지 않도록 해야 한다고 말한다. 이렇듯 『예규지』는 스스로 소비 규모를 한정하여 자신의 삶을 계획하고 관리하는 태도를 전제로 한다.

그런데 '제량의 경제관'에서 '절약'은 단순히 소비의 '양적 축소'를 뜻하는 것이 아니라 '합당한 만큼의 소비'를 뜻한다. 따라서 '절약'은

---

18 徐有榘, 「制用」, 『倪圭志』 卷第一, 『林園十六志』 5, 503면.

좁은 의미의 경제 행위가 아니라 자기성찰적 행위이자 올바른 행위가 된다. 즉, 경제 행위인 동시에 반성적·윤리적 행위가 된다.『예규지』의 「사양」四養은 이 점을 잘 보여 준다.

> '검'儉 한 글자는 여러 묘한 이치가 생기는 문門이다. 검소하면 다른 사람에게 구하는 것이 없고 자신에 있어서는 욕심이 적으니 덕德을 기를 수 있다. 담박하게 하여 마음을 밝게 하고 청허淸虛하게 하여 신神을 기르니 마음을 기를 수 있다. 스스로 각고의 노력을 하여 씀씀이를 줄이고 구하는 것을 줄이니 청렴을 기를 수 있다. 앞에서는 부족한 것을 참고 후손에게 넉넉한 것을 남겨 주니 복福을 기를 수 있다. 『복수전서』福壽全書 [19]

'절약'은 재용財用을 줄이는 것에 그치지 않고 덕德을 기르는 행위가 된다. 이렇듯『예규지』가 지향하는 것은 좁은 의미의 경제 행위가 아니라 윤리성을 포함한 경제 행위이다. 무한한 이익 추구, 효율의 극대화 등은『예규지』가 지향하는 목표가 아니다.

그렇다면『예규지』는 구체적으로 어떤 삶을 지향하는가? '제량의 경제관'이 결국 강조하는 것은 빚을 져서는 안 된다는 것이다. 이것이『예규지』가정경제학의 기조를 이룬다. 이 점과 관련하여 우선『예규지』의 구성에 주목할 필요가 있다.

---

19 "儉之一字, 衆妙之門. 無求於人, 寡欲於己, 可以養德. 淡泊明志, 淸虛毓神, 可以養志. 刻苦自勵, 節用少求, 可以養廉. 忍不足于前, 留有餘于後, 可以養福. 『福壽全書』"(徐有榘, 〈四養〉, 「制用」) 『倪圭志』卷第一, 『林園十六志』5, 504면) 〈四養〉에는『鶴林玉露』와『福壽全書』가 발췌되어 있는데, 여기서는 후자만 인용한다. '衆妙之門'은『道德經』에 보이는 말이다.

① 씀씀이 조절(制用)

  1) 수입을 헤아려 지출한다(量入爲出)

  2) 절약(節省)

  3) 경계하고 금해야 할 것들(戒禁)

  4) 미리 대비하기(備豫)

② 재산 증식(貨殖)

  1) 상업 활동(貿遷)

  2) 이자 늘리기(孳殖)

  3) 전산田産 두기(置産)

  4) 부지런히 일하기(勤勵)

  5) 사람 부리기(任使)

  6) 팔도의 물산(八域物産)

  7) 팔도의 시장(八域場市)

③ 조선 팔도 거리표(八域程里表)

『예규지』는 '재산 증식'이 아니라 '씀씀이 조절'에서부터 시작한다. 현재 재산 한도 내에서의 계획과 소비가 우선시된다. 적극적인이익 추구와 재산 증식보다는 방어적이고 보호적이고 통제적인 행위가 우선시된다고도 할 수 있다.

이런 견지에서 가장 경계해야 할 것은 빚을 지는 것이다.

> 사람들이 빚을 지는 데 과감한 것은 필시 훗날 여유가 생기면갚을 수 있을 것이라 생각해서다. 하지만 오늘 없는 게 어찌 훗날이라 해서 생기겠는가? 비유하자면 100리 길을 나누어 이틀동안 가면 이틀 만에 갈 수 있지만, 만약에 오늘 가야 할 길을

뒤로 미루어 내일 한꺼번에 간다면 아무리 노력해도 도착할 수 없는 것과 같다. 멀리 보는 식견이 없는 사람은 눈앞의 여유를 구할 따름이니 이찌 훗날을 위해 저축하겠는가? 이런 사람치고 파산하지 않는 이가 없다. 『원씨세범』袁氏世範

집안 살림이 거덜 나는 것은 우선 관전官錢 및 자모전子母錢과 사채를 빌려 쓰는 것에서부터 시작한다. 그 이자가 배로 불어나면 관아에서는 수감되어 곤장을 맞는 위급함이 있고 개인적으로는 소송의 고통이 있다. 이렇게 되면 아무리 자기 재산을 보존하려 해도 그럴 수 없으니, 경계하고 또 경계해야 한다. 『증보산림경제』增補山林經濟

장난 삼아 1문文의 돈을 가지고 매일 배로 늘려서 쌓이고 쌓여 30일이 되면 그 이자가 이루 헤아릴 수 없는 지경에 이른다. 지금 백금百金을 가지고 이자를 취하여 10여 년이 되면 그 이자가 또 어떻겠는가? 그러므로 자모전을 잘 쓰는 사람치고 집안을 거덜 내지 않는 경우가 드물다. 같은 책[20]

「빚지는 것을 경계하라」(戒擧債)이다. 빚진 사람치고 파산하지 않는 이가 없다는 것이 그 대체적인 내용이다. 특히 『증보산림경제』의

---

20 "凡人之敢於擧債者, 必謂他日之寬餘可以償也, 不知今日之無他日何爲而有. 譬如百里之路分爲兩日行, 則兩日可辦; 若欲以今日之路使明日併行, 雖勞苦而不可至. 無遠識之人, 求目前寬餘, 而那積在後者, 無不破家也.『袁氏世範』凡人家破敗, 先自借用官錢及子貸私債而始. 當其利殖滿倍, 官有囚笞之急, 私有訟獄之苦, 雖欲保其産業, 不可得矣. 戒之戒之.『增補山林經濟』戲將一文錢, 逐日倍之, 積至三十日, 則其殖殆至不

내용이 구체적이다. 우선 빚으로 인해 발생하는 문제가 관전官錢과 사채, 공사公私 두 측면에서 기술된다. 그리고 빚으로 인해 결국 파산에 이르게 되는 기제가 간소하게나마 이자의 자가 증식으로 설명된다.

그 밖에 『원씨세범』에는 빚을 져서 파산에 이르게 되는 사람의 심리에 대한 관찰이 엿보인다. 빚을 지면 당장의 필요는 충족할 수 있지만 근본적인 해결책이 되지는 않는다. 빚에 의해 목전의 문제가 잠시 연기된 것일 뿐임에도 불구하고, 그리고 그 이자로 인해 실질적인 경제 여건은 더 악화되었음에도 불구하고, 일단 미봉책에 안도하는 것이 인지상정이다. 이 점에서 인간의 경제적 선택에는 불합리한 점이 엄연히 있다. 빚을 지는 사람의 경제적 선택에 대한 『원씨세범』의 분석은 지금 입장에서 보면 대단히 소박하다. 그러나 경제 행위의 비합리성에 대한 과학적 분석이 최근 행동경제학의 성과에 힘입은 것임을 고려하면, 그 분석에 들어 있는 직관에 주목하는 것이 더 온당하지 않은가 한다.

다만 「빚지는 것을 경계하라」에는 큰 약점이 있다. 그것은 그 글이 빚의 문제를 그저 한 개인의 '선택의 문제'로 축소하고 있다는 것이다. 빚은 꼭 지고 싶어서 지는 것만은 아니다. 어쩔 수 없이 빚을 지는 사람이 적지 않다. 특히 사회 구조적 문제가 개입하는 경우가

可計. 今以百金取殖, 十餘年則其殖之多將復如何? 故好作子錢者, 其家鮮不敗亡. 同上"(徐有榘, 〈戒擧債〉, 「制用」, 『倪圭志』 卷第一, 『林園十六志』 5, 506면) 『원씨세범』의 해당 부분은 「債不可輕擧」(袁采, 『袁氏世範』 卷3, 叢書集成初編, 北京: 中華書局, 1985, 63~64면)이다. 자구에는 약간의 출입이 있다. 번역은 배숙희 역주, 『중국 사대부의 생활문화와 처세술』(지식산업사, 2001), 253면을 참조하여 필자가 일부 수정한 것이다. 앞으로 『원씨세범』을 인용할 때에는 모두 이렇게 한다. 『증보산림경제』의 해당 부분은 〈治財用〉의 제10칙과 제19칙이다(柳重臨, 「家政」 上, 『增補山林經濟』 卷之十一, 한국학 문헌연구소 편, 農書 4, 아세아문화사 영인, 1981, 291면 및 296~297면).

많다. 그런데 인용문에는 그렇게 빚을 강제하는 객관적 혹은 사회 구조적 요건에 대한 고려가 없다. 결국 가정경제학도 정치적·사회적 차원에서 사유되어야 할 터인데, 『예규지』에 그와 관련된 공백이 생긴 것이다.

정치 사회의 문제로 시야를 넓히지 않는 이상, 빚의 문제는 한 개인의 생활 자세의 문제로 환원될 수밖에 없을 것이다. 이런 한계 속에서 『예규지』의 경제관이 구축된다. 빚을 지지 않기 위해 필요한 생활 자세는 '근검'이다. 사실 '근검'의 가치는 자명해서 더 이상 그에 대해 숙고할 필요가 없어 보인다. 그러나 '근검'에도 구분이 있다.

> 부지런히 구하고 검소하게 쓰는 것이 가업家業을 일으키는 묘법妙法이다. 다만 부지런히 구한다는 것은 다만 마땅히 나의 본분 내에서 더욱 수고해야 하는 것이니, 다른 사람의 돈과 재물에 손해를 끼치는 것은 전혀 도모할 생각을 해서는 안 된다. 만약 혹시라도 도모한다면, 천도天道는 순환하기를 좋아하니 아마도 악한 가운데서 얻은 것은 오래지 않아 또 악한 가운데서 배가 되어 사라질 것이다. 검소하게 쓴다는 것은 다만 수입을 헤아려 지출하여 급하지 않은 일을 하지 않는 것이니, 효제충신孝悌忠信을 지키는 인륜 예절과 같이 응당 돈과 재물을 써야 하는 것으로 말하면, 또한 인색하게 굴어서는 안 된다. 만약 이런 일에 대한 지출을 지나치게 줄인다면, 아마도 다른 사람의 비방을 불러들일 것이고 다른 사람의 원한을 살 것이다.　『인사통』人事通[21]

21　"勤求儉用是成家立業之妙法. 但勤求只當於我本分內加意勤辛. 若人損人害人之錢財, 切不可思想圖謀. 卽或謀來, 予恐天道好還, 從惡中得來, 未久又從惡中加倍銷滅

「근검에도 분별이 있어야 한다」(勤儉要有分別)이다. 이 글은 그저 근검해야 한다고 말하는 것에서 더 나아가, 근검을 다시 구분한다. 근검 그 자체가 바람직한 것이 아니라, 근검에도 바람직한 것과 그렇지 않은 것의 구분이 있다는 것이다. 바람직한 근검은 자기 본분 내에서 노력하는 것이지 타인에게 손실을 끼치는 것이 아니며, 수입에 맞게 지출하여 불필요한 소비를 안 하는 것이지 인륜 예절에 대해 인색하게 구는 것이 아니다. 여기서도 '자기 본분', '정해진 한도'라는 개념이 중요한 준거틀로 작용한다. 따라서 '제량의 경제관'이 '바람직한 근검'에 대한 사고에서도 일관되게 개진된다고 할 수 있다.

요컨대 근검이 바람직한지 여부의 판단 기준은 '나의 이익'에 있지 않고 타자의 삶에 대한 고려에 있다. '바람직한 근검'은 타자와의 공생적 관계를 지향한다. 흔히 근검은 훗날의 더 큰 성공을 위해 악착같이 노력하는 것, 따라서 타인을 배려할 여유가 없어도 당연한 것으로 간주되기 쉽다. 그러나 『예규지』가 지향하는 근검은 이와 다르다. 타인에게 손해를 끼치는 근검, 인륜 예절을 저버리는 근검은 바람직하지 않다.

따라서 『예규지』에서는 빚은 물론 '인색함'도 경계의 대상이 된다.

> 집안을 다스릴 때 가장 꺼려야 할 것이 사치라는 것은 사람들이
> 모두 잘 안다. 하지만 가장 꺼려야 할 것이 인색함이라는 것은
> 사람들이 대부분 모른다. 인색함이 극에 달하면 반드시 사치 부

矣. 儉用只是量入爲出, 不急之事莫爲. 至於孝弟忠信人倫禮節之類應用錢財者, 亦不可鄙吝. 若過於減省, 予恐惹人譏誚, 起人怨恨矣. 『人事通』(徐有榘, 〈勤儉要有分別〉, 「貨殖」, 『倪圭志』卷第二, 『林園十六志』5, 523면)

리는 자식이 태어나서, 궁핍한 사람을 구제하는 데는 터럭 하나
도 뽑으려 하지 않지만 낭비하는 데는 한 번에 천금千金을 써 버
린다. 오직 검소함으로써 자기 몸을 돌보고 여러 사람에게 은택
을 베풀어야 비로소 달관達觀의 도道가 된다. 『작비암일찬』[22]

「인색함을 경계하라」(戒鄙嗇)이다. 흔히 사치만을 경계하기 쉬운
데, 이 글은 그런 통념의 허를 찌른다. 인색함이 극에 달하면 반드시
그 자손은 사치를 부리게 된다고 이 글은 말한다. 극과 극은 통한다
는 사고다. 애초에 본서가 '제량의 경제관'에 주목했을 때에는, 정당
한 몫 이상을 쓰지 않는 것, 절약에 그 주안점이 있었다. 그런데 인용
문을 보면, 결국 '제량의 경제관'은 정당한 몫 이상을 쓰려는 한 극단
과 정당한 몫 이하로 줄이려는 한 극단 모두에 대한 통찰, 즉 경제 행
위의 양극단 모두를 지양하는 통찰을 담고 있다.

사치를 부려도 안 되고 인색해도 안 된다면, 남는 재산이 있을 때
는 어떻게 해야 하는가? 남에게 베풀라고 이 글은 말한다. 「근검에
도 분별이 있어야 한다」와 마찬가지로 타자에 대한 윤리적 자세를 중
시한 것이다. 결국 '제량의 경제관'의 윤리적 측면은 자기성찰적 삶
의 자세와 관계될 뿐만 아니라, 타자와의 공생共生을 지향하는 것까
지 포괄한다. 그렇다고 해서 그 윤리적 자세가 이익 추구에 위배되는
것은 아니다. 그렇다면 『예규지』의 가정경제학은 이익을 합리적으로

---

22 "治家最忌者奢, 人皆知之; 最忌者鄙嗇, 人多不知也. 鄙嗇之極, 必生奢男, 濟窮
乏, 一毛不拔, 供浪耗, 一擲千金. 唯儉以視躬, 澤以及衆, 方爲達觀之道. 『昨非庵日
纂』"(徐有榘, 〈戒鄙嗇〉, 「制用」, 『倪圭志』 卷第一, 『林園十六志』 5, 507~508면) 『작비
암일찬』의 해당 부분은 二集 靜觀의 제44칙이다(鄭瑄, 『昨非庵日纂』 二集 靜觀 卷之
八, 續修四庫全書 子部 雜家類 1193, 317~318면).

추구하되 그와 동시에 윤리적 지향을 갖는 것이 될 터이다. 따라서
지금부터는 이익 추구, 합리성, 윤리성이라는 세 계기가 구체적으로
어떤 경제관을 구축하는지 살펴볼 차례다.

(3) 이익 추구의 윤리적 합리성

『예규지』의 서문에 해당하는 「『예규지』인」倪圭志引은 사대부의 상업
종사와 이익 추구에 대한 서유구의 기본 입장을 잘 보여 준다.

> 옛날에 사마천은 「화식열전」貨殖列傳을 지어, 산속에서 은거하
> 는 선비들이 가난을 고수하면서 인의仁義를 말하는 것이 부끄
> 러워할 만한 일이 된다고 하고는, 결국 행실을 가다듬고 절의를
> 지키는 것은 실은 부유해지려고 하는 데로 귀결된다고 했다.
>
> 　이것은 격한 바가 있어서 한 말이니, 후세에 이것을 비판하
> 는 사람이 많다. 하지만 식량과 재산을 구하는 방법은 본래 군
> 자가 취하지 않는 바이기도 하지만 또한 군자가 버리지 않는 바
> 이기도 하다. 그래서 나라를 다스릴 적에 반드시 이것을 급선
> 무로 삼았던 것이다. 유우씨有虞氏가 황제가 되어 맨 먼저 물었
> 던 것이 "식량을 제때에 얻을 수 있게 해야 한다" 운운한 것이었
> 고, 「홍범」洪範의 팔정八政 중 첫째가 식량, 둘째가 재물이다. 그
> 리고 공자께서 가르침을 세우실 적에 또한 백성이 많아졌거든
> 부유하게 하라고 하셨고, 또 식량을 풍족하게 하는 것이 군대를
> 양성하는 것보다 우선했으니, 그 뜻이 이와 같은 것이 있다.
>
> 　군자가 도를 닦는 것으로 말하면, 어찌 일찍이 자기 몸을 따
> 뜻하게 하고 배부르게 하는 것을 뜻으로 삼은 적이 있겠는가?
> 안회顔回가 누추한 골목에서 한 대그릇의 밥과 한 표주박의 음

료를 먹고 마시면서 살아도 그 즐거움을 변치 않았는데, 공자는 그런 그가 어질다고 허여했다. 반면 농사일을 배우려 하고 예의를 우선시하지 않은 번지樊遲를 두고 공자는 '소인'小人이라고 지적했다. 그렇다면 군자가 기르는 바를 알 수 있다.

비록 그렇지만 도에서 귀중하게 여기는 것은 상황에 맞게 하는 것이니, 상황을 고려하지 않고 원칙만 고집하여 융통성 있게 할 줄 모르는 것 또한 바른 것이 아니다. 그러므로 식량과 재물을 구하는 방법을 전부 버려서는 안 된다. (…)

우리나라 사대부들은 자고자존하고 으스대며 의례히 장사를 비천한 일로 여기니 참으로 고루하다. 혹여 궁벽한 시골에서 수양하더라도 대부분 가난한 부류로, 부모가 굶주리고 추위에 몸이 어는 것도 모르고, 처자식의 원망과 꾸지람에도 아랑곳하지 않으며, 두 손을 모으고 무릎 꿇고 앉아 고상하게 성리性理를 담론하니, 어찌 사마천이 부끄럽게 여긴 바가 아니겠는가? 그러므로 생계를 해결하는 방법을 강구하지 않아서는 안 되는 것이다.[23]

---

23 "昔太史遷傳「貨殖」也, 稱巖穴之士守貧而語仁義爲可恥, 竟以砥行礪節者實歸於求富厚, 蓋有所激而發也. 後人多譏者, 然食貨之術, 固君子所不取, 亦君子所不棄也. 故爲邦必以此爲先務. 有虞氏之帝也, 首所詢者'食政惟時'也,「洪範」八政, 一曰食, 二曰貨也. 夫子之立敎也, 亦曰庶則富之, 又以足食在兵之先, 其義有如是矣. 至若君子之修道, 何嘗以溫飽爲志哉? 陋巷簞瓢, 不改其樂者, 與之以賢哉; 學稼學圃, 不先禮義者, 斥之爲小人, 其所養可知也. 雖然道所貴者適可也. 株守而不知通宜, 亦非正也, 故食貨之術, 不可全棄也. (…) 我邦士大夫高自標致, 例以販賣爲鄙事, 固然矣. 或如窮鄕自修, 多貧窶之徒也, 不知父母之飢凍, 不顧妻孥之詈讁, 而攢手支膝, 高談性理, 豈非史遷之所恥乎? 故食之之術, 不可不講."(徐有榘,「倪圭志引」,『林園經濟志』, 大阪府立中之島圖書館 소장본, 한양대학교 백남학술정보관 담헌문고 영인본) 인용문의 원문 표점 및 번역은 조창록,「日本 大阪 中之島圖書館本『林園經濟志』의 引과 例言」(『한국실학연구』제10호, 한국실학학회, 2005), 382~383면; 김정기 옮김,「예규지 서문」(정명현·민철기·정정기·전종욱 외,『임원경제지』, 씨앗을 뿌리는 사람, 2012), 1467~1472면을 참조하여

서유구는 사대부도 자기 힘으로 생계를 해결하기 위해서는 상업에 종사해야 한다고 역설하면서 사대부의 변화를 촉구한다. 이런 이유에서 인용문은 이미 선행 연구의 주목을 받아 왔다. 그런데 이런 주장을 확인하는 것에서 더 나아가 사대부의 상업 종사를 긍정하는 논리가 어떻게 구축되고 있는지를 더 파고들 필요가 있다.

이 글에서 가장 눈에 띄는 것은 사고의 전환이 빈번하다는 것이다. 그만큼 서유구로서는 상업 행위를 정당화함에 있어서 고심이 없을 수 없었던 것이다. "하지만 식량과 재산을 구하는 방법은 본래 군자가 취하지 않는 바이기도 하지만 또한 군자가 버리지 않는 바이기도 하다"라는 문장은 그 고심을 단적으로 보여 준다. 서유구는 사대부의 상업 종사의 당위성을 선명하게 명제화하는 대신, 다소 어중간한 절충안을 내놓고 있다. 가치론적 측면에서는 오히려 '군자가 취하지 않는 바'에 더 강조점이 있다고도 할 수 있다. 『논어』論語의 예에 따라 서유구가 번지樊遲를 '소인'小人이라 한 것은 그런 이유에서일 터이다. 결국 군자의 군자다움은 인의도덕을 지키는 데 있으며, 상황에 따라 융통성을 발휘하는 차원에서 '식량과 재물을 구하는 방법'을 전부 버릴 것까지는 없다고 서유구는 말하고 있다.

요컨대 서유구에게 상업 종사는 어디까지나 차선책이다. 서유구의 절충적 논리를 두고, 상업 긍정의 논리가 불철저하거나 과도기적 양상을 보인다고 평가할 수 있을 법하다. 그러나 다른 한편으로 생각해 보면, 이런 평가에는 상업으로의 전환이 곧 조선 사회의 발전 방향이라는 전제가 깔려 있지 않은가 한다. 그런데 상업을 철저하게 긍

필자가 일부 수정한 것이다. 유우씨의 고사는 『書經』「虞書」〈舜典〉에 보인다. '庶則富之'는 『論語』「子路」에, "又以足食在兵之先"은 『論語』「顏淵」에 보인다.

정하는 것이 더 발전적이라고 단언할 수 있는가? 그러기보다는 서유구의 한계는 한계대로 인정하면서 그 절충적 논리 속에서 어떤 가능성이 도출될 수 있는지에 주목할 필요가 있지 않은가 한다.

서유구의 논리에는 모순되는 두 가지 모멘트가 공존한다. 하나는 '군자가 취하지 않는 바'로 표현된다. 군자는 이익 추구보다는 윤리 도덕을 우선시해야 한다는 사고가 여기에 들어 있다. 이런 사고가 일방적으로 확대되면 상업의 전면 부정으로 귀결될 것이다. 다른 하나는 '군자가 버리지 않는 바'로 표현된다. 생계 해결이 일차적으로 중요하며, 아무리 군자라 해도 수양을 한다는 이유로 생계 문제를 도외시해서는 안 된다는 사고가 여기에 들어 있다. 이런 사고가 일방적으로 확대되면 상업의 전면 긍정으로 귀결될 것이다.

따라서 이 두 모멘트는 길항 관계를 형성한다. '군자가 버리지 않는 바'는 사대부도 스스로 생계를 해결해야 한다는 반성을 낳는다. 그리고 '군자가 취하지 않는 바'는 인의도덕을 뒤로 미루고 이익을 앞세우는 것은 소인의 행동이라는 규범적 판단을 부여한다. 즉, 이 두 모멘트의 길항 관계 속에서 '군자로서의 이익 추구', '바른 이익 추구' 내지 '윤리적 이익 추구'의 문제 설정이 가능해진다.

이 점과 관련하여 왜 서유구가 사대부의 상업 종사를 긍정하는지에 대해 더 생각해 볼 필요가 있다. 서유구는 욕망의 추구 내지 이익 추구라는 관점에서 상업 문제에 접근하지 않는다. 사대부의 '반성적 자기 정립'이라는 견지에서 접근한다. 따라서 서유구에게 상업은 단순한 이윤 창출 행위가 아니라, 자기반성적 행위이자 윤리적 행위이자 사회적 변화를 촉구하는 행위로서 그 의미를 갖는다. 그러므로 상행위를 통한 이익의 '무한 추구'가 아닌 '바른 추구'가 고민될 수밖에 없다.

이렇듯 사대부의 반성적 자기 정립을 모색해 나가는 과정에서 이익 추구가 윤리적·도덕적으로 정향됨으로써 『예규지』의 가정경제학의 기저적 논리가 구축된다. 따라서 『예규지』의 가정경제학에서 부의 축적 그 자체보다는 그 도덕성에 대한 생각들이 더 큰 비중을 차지한다.

우선 상행위에 대한 글을 살펴보기로 한다. 『예규지』에는 상업과 관련된 글들이 7개의 항목하에 실려 있다.

① 생계를 위해서는 장사를 해야 한다(治生須貿遷)

② 선박의 이로움(船利)

③ 수레의 이로움(車利)

④ 매점매석(榷貨)

⑤ 장사 잘하는 비법(商販妙法)

⑥ 상업은 공정함과 진실함을 최고의 가치로 삼는다(商以公誠爲主)

⑦ 가격을 속이는 것은 무익하다(僞賈無益)

「생계를 위해서는 장사를 해야 한다」는 상업 활동의 필요성을 논한 총론적인 글이다. 원활한 상업 활동을 위해서는 운송 수단이 발달해야 하는데, 「선박의 이로움」과 「수레의 이로움」은 이 문제를 다룬다. 「선박의 이로움」은 『택리지』擇里志와 『북학의』北學議에서 발췌한 것이고, 「수레의 이로움」은 『북학의』와 『열하일기』에서 발췌한 것으로, 그 이용후생의 논리는 그간 학계의 주목을 받아 왔다.

「매점매석」은 『열하일기』 「허생전」許生傳의 일부를 수록한 것이다. 매점매석이 치부致富의 비법이라는 것이 그 주된 내용이다. 「허생전」과 유사한 이야기가 야담에서 일부 확인되므로, 이런 생각은 비

교적 널리 유포되었을 것으로 짐작된다. 그러나 매점매석은 치부의
비법이 될 수 있을지는 몰라도 바른 방법이 될 수는 없다. 오히려 매
점매석은 서민에게 피해를 끼친다. 일례로 1833년 3월에 매점매석으
로 인해 쌀값이 폭등하자 일부 주민들이 쌀가게를 습격하여 불을 지
른 사건이 발생했다.[24] 서유구 생전의 일이다. 요컨대 서유구는 매점
매석을 영리한 치부 행위로 인식한 반면, 그것이 민民에게 어떤 피해
를 끼치는지에 대한 구체적인 인식은 상당히 부족하지 않았나 한다.

   그런데 다른 한편으로 「상업은 공정함과 진실함을 최고의 가치로
삼는다」와 「가격을 속이는 것은 무익하다」는 「매점매석」과 달리 이
익 추구의 윤리성을 다루고 있다. 다음은 「상업은 공정함과 진실함을
최고의 가치로 삼는다」이다.

   장사를 하는 사람이 진실로 물건을 유통시키고 이자와 원금을
   헤아리고자 한다면, 요컨대 '공'公과 '성'誠 두 글자에서 벗어나
   지 않는다. 공정하면 사사로움이 없으니, 시가市價가 일정하여
   삼척동자도 속지 않을 정도가 되면 시장으로 가는 사람들이 마
   치 흐르는 물처럼 몰려들 것이다. 진실하면 거짓이 없으니, 사
   람들이 그 후덕함을 은혜로 여길 뿐 아니라 천지 귀신도 장차
   보호하고 도와줄 것이다.   「인사통」[25]

---

24 "備局啓言: '卽聞都下無賴之輩成群作黨, 謂以米價高踊, 專由於市人之操縱, 先破
塵屋, 仍爲放火. 凡城內之以穀爲廛者, 擧被其患, 甚至有各營校卒之禁防出去者, 亦不
能禁斷, 聽聞所及, 光景危怕. 此實無前之變怪, 亦必有始倡煽動之類. 而目下事勢, 猝
無以査其首從, 分等施律, 請爲先令各營門左右捕廳, 多發校卒, 隨挐隨捉, 出付軍門,
當日內梟首警衆.' 允之."(『純祖實錄』 卷33 純祖 33年 3月 8日 己卯, 『朝鮮王朝實錄』
48, 국사편찬위원회, 1971, 390면)
25 "爲商者誠欲通有無權子母, 總不出公誠二字. 公則無私, 市價不二, 三尺之童不欺,

상업의 근본은 이익 추구가 아니라 '공'公과 '성'誠에 있다는 내용
이다. '공'은 정확한 가격으로 공정한 거래를 하는 것이고, '성'은 거
짓이 없는 것으로, 모두 상대방을 기만하지 않는 것이다.

이러한 내용은 다소 일반론의 성격을 띠는데, 이어지는 글 「가격
을 속이는 것은 무익하다」는 보다 더 구체적인 내용을 담고 있다.

재산을 경영하다 우연히 큰 이익을 얻어 부자가 된 사람은 필시
그 운명이 형통하여 조물주가 남모르게 이런 일을 이루어 준 것
이다. 그런데 그 사이에 다른 사람들이 이익을 많이 얻고 빨리
부자가 된 것을 보면, 사람의 일로 천리天理를 강탈하려 한다.

예를 들어 쌀을 팔면 물을 섞고, 소금을 팔면 재를 섞고, 옻
을 팔면 기름을 섞고, 약을 팔면 다른 물건을 섞는 등, 이런 행
태가 이루 셀 수 없을 정도로 많다. 이렇게 해서 당장 이익을 많
이 얻으면 그 마음이야 기쁘겠지만, 조물주가 곧바로 다른 일을
통해 그 이익을 가져가 결국 가난해지고 만다는 것은 모른다.
이것이 이른바 사람이 하늘을 이길 수 없다는 것이다.

대저 장사를 하거나 재산을 경영할 때에는 먼저 진실한 마음
을 가져야 한다. 모든 물건은 반드시 진품으로 갖추고, 또 모름
지기 삼가 아껴야 한다. 큰 이익을 탐내지 않고 천리가 어떤가
에 맡긴다면, 비록 당장 얻는 이득은 적을지 몰라도, 반드시 뒤
탈이 없을 것이다. 「원씨세범」[26]

趨市者自歸之如流水. 誠則無僞, 不惟人懷其厚, 天地鬼神亦且庇佑矣. 『人事通』(徐有
榘, 〈商以公誠爲主〉, 「貨殖」, 『倪圭志』卷第二, 『林園十六志』5, 518면)
26   "人之經營財利, 偶獲厚息以致富厚者, 必其命運亨通, 造物者陰隲致此. 其間有見

이 글에는 이익을 높이기 위한 갖가지 부정행위가 구체적으로 서술되어 있다. 이런 행태는 '사람의 일로 천리天理를 강탈하려 하는 것'으로 규정된다. '강탈'이란 말은 탐욕적인 이익 추구의 면면을 잘 포착하고 있다. 그런데 이보다 더 주목되는 것은 '천리'라는 개념이다. 앞의 글에서 상업 행위의 윤리성은 '공'公과 '성'誠이란 개념으로 설명되었다. 이것은 인간의 도덕적 품성을 나타낸 말이다. 그런데 인용문에서는 인간이 아닌 제3의 관점, 한 개인보다 더 큰 차원의 관점이 '천리'란 개념을 통해 도입된다. 그리고 이런 구도 속에서, 목전의 이익에 급급한 인간의 탐욕과 그 문제점이 비판된다.

이상과 같이 『예규지』의 가정경제학은 적극적인 이익 추구를 긍정하면서도 이익을 추구하는 방법의 정당성과 윤리성에 각별히 유의하고 있다. 사채에 대한 글에서도 이와 유사한 사고가 확인된다. 『예규지』에서 가장 유력한 재산 증식 방법으로 거론되고 있는 것이 바로 사채다. 그와 관련된 글들은 다음과 같다.

> 「빌려주어 이자를 취할 때에는 적절함을 얻는 것이 중요하다」
> (假貸取息貴得中)
> 「돈과 곡식을 다른 사람에게 많이 빌려주어서는 안 된다」(錢穀不可多借人)

他人獲息之多、致富之速, 則欲以人事强奪天理, 如販米則加之以水, 賣鹽則夾以灰, 賣漆則和以油, 賣藥則雜以他物, 如此等類不勝其多. 目下多得贏餘, 其心欣然, 不知造物者隨卽以他事取去, 終於貧乏. 所謂人不勝天. 大抵轉販經營, 先存心地. 凡物貨必眞, 又須敬惜, 不貪厚利, 任天理如何, 雖目下所得之薄, 必無後患矣. 『袁氏世範』."(徐有榘, 〈僞賈無益〉, 「貨殖」, 『倪圭志』卷第二, 『林園十六志』 5, 518면)『원씨세범』의 해당 부분은 「營運先存心近厚」(卷3, 64~65면)이다.

「금은보화를 가만둬서는 안 된다」(金寶莫閒藏)

　모두 『원씨세범』에서 발췌한 것이다. 「금은보화를 가만둬서는 안 된다」는 사채 놓기를 권한 글이다. 돈을 가만둬서는 안 되며, 사채를 통해 이자 수입을 적극 늘려야 한다는 내용이다. 노동·생산·유통에 의하지 않고 금전 그 자체에 의한 이자의 자가 증식을 긍정한 것이다.

　매점매석과 마찬가지로 사채도 이윤 추구의 효과적인 방법이라고는 할 수 있을지언정 올바른 방법이라고는 할 수 없다. 따라서 서유구가 『원씨세범』의 사채 관련 글들을 여과 없이 인용한 것은 비판을 면하기 어렵다. 그런데 이런 한계 내에서 사채에도 그 나름의 윤리가 있다. 「빌려주어 이자를 취할 때에는 적절함을 얻는 것이 중요하다」와 「돈과 곡식을 다른 사람에게 많이 빌려주어서는 안 된다」는 이 문제를 다룬다. 이 두 글을 순서대로 함께 제시하면 다음과 같다.

　　돈과 곡식을 빌려주고 이자를 갚도록 하는 것은 바로 가난한 사람과 부유한 사람이 서로 도움을 주는 것으로 없애서는 안 된다. 한대漢代에는 돈 1000관貫이 있으면 천호후千戶侯에 비견되었으니, 그 1년 이자로 이백천二百千을 얻을 수 있었기 때문이다. 지금 시대에 비하면 2분分에 미치지 못한다. 지금 만약 평균적인 제도로 논하면, 전당포의 월 이자는 2분에서 4분까지이고, 돈을 빌려주는 데 따른 월 이자는 3분에서 5분까지이고, 곡식을 빌려주는 데 따른 이자는 일모작을 기준으로 논하면 3분에서 5분까지이니, 이자를 받는 사람도 가혹한 것이 되지 않고 갚는 사람 또한 불만이 없다. 심지어는 전당포에서 월 이자로 십분의 일을 취하는 경우까지 있다.

그런데 강서江西에서는 돈을 대출하되 1년 안에 갚기로 약속하고 본전과 이자의 액수를 동일하게 합하여 갚기로 계약한 사람이 있었으니, 이는 일관문一貫文을 빌린 뒤에 양관문兩貫文을 갚기로 계약했다는 말이다. 구주衢州 개화현開化縣에는 벼 100근을 빌려준 뒤에 200근을 받고, 절서浙西의 상호上戶는 쌀 1석을 빌려준 뒤에 1석 8두를 거두어들이니, 모두 대단히 불인不仁하다. 그러나 부조父祖가 이렇게 남에게 취했으면 자손이 또한 다시 이렇게 남에게 보상하니, 이것이 이른바 천도天道는 순환하기를 좋아한다는 것이다.　　　　　　　　　　『원씨세범』[27]

빚지는 것을 가볍게 하는 사람에게는 빌려주지 말아야 하니, 필시 의지할 데 없는 사람이 이미 갚지 않으려는 마음을 품은 것이기 때문이다. 남의 돈과 곡식을 빌리는데, 빌린 것이 적으면 갚기 쉽고, 많으면 안 갚기 쉽다. 그러므로 곡식을 빌려 100석에까지 이르고 돈을 빌려 100관에까지 이르면 비록 갚을 수 있는 힘이 있더라도 갚으려 하지 않고 차라리 상환할 자금을 가지고 소송 비용으로 삼는 사람이 많다.　　　　　　　『원씨세범』[28]

---

27 "假貸錢穀, 責令還息, 正是貧富相資不可闕者. 漢時有錢一千貫者比千戶侯, 謂其一歲可得息錢二百千, 比之今時, 未及二分. 今若以中制論之, 質庫月息自二分至四分, 貸錢月息自三分至五分, 貸穀以一熟論, 自三分至五分, 取之亦不爲虐, 還者亦可無詞, 而典質之家至有月息什而取一者. <u>江西</u>有借錢約一年償還, 而作合子立約者, 謂借一貫文, 約還兩貫文. 衢之<u>開化</u>借一秤禾而取兩秤, <u>浙西</u>上戶借一石米而收一石八斗, 皆不仁之甚. 然父祖以是而取於人, 子孫亦復以是而償於人, 所謂天道好還也.『袁氏世範』"(徐有榘, 〈假貸取息貴得中〉, 「貨殖」,『倪圭志』卷第二,『林園十六志』5, 518면)『원씨세범』의 해당 부분은 「假貸取息貴得中」(卷3, 62~63면)이다.

28 "有輕於擧債者不可借與, 必是無藉之人已懷負賴之意. 凡借人錢穀, 少則易償, 多則易負, 故借穀至百石, 借錢至百貫, 雖力可還, 亦不肯還, 寧以所還之資爲爭訟之費者

사채에는 이자가 부과된다. 그 이자의 자가 증식이 부를 형성한다. 이 점에서 사채는 화폐의 물신성을 극적으로 보여 준다. 채권자는 당연히 갑을 관계를 유리하게 이용하여 이자 수익을 높이려 한다. 「빌려주어 이자를 취할 때에는 적절함을 얻는 것이 중요하다」는 바로 이 문제를 논하여, 지나친 이자를 부과하는 것은 '불인'不仁하다고 주장한다. 이익의 무한 추구 내지 무자비한 추구가 아니라 '적절한 추구'와 '적절한 제한'을 지향한 것이다. 그 적절한 한도를 넘으면 그에 상응하는 반대급부가 뒤따른다고 이 글은 강조한다. 이렇게 보면 '제량의 경제관'은 사채에 대한 생각에도 관철된다고 할 수 있다.

'적절한 선'을 초과해서는 안 되므로 과도하게 빌려주는 것도 옳지 않다. 「돈과 곡식을 다른 사람에게 많이 빌려주어서는 안 된다」는 이런 생각을 담고 있다. 이 글은 적극적으로 빚을 놓아야 한다고 말하지 않고, 어떤 경우에 빚을 놓지 말아야 하는지를 말한다. 빚을 쉽게 지려는 사람에게는 빚을 주면 안 된다. 적게 빌려주면 갚기 쉽지만 많이 빌려주면 갚기 어렵다. 그러다 빚이 늘면 아예 빚을 갚고 싶지 않게 된다. 인용문의 이런 내용은 빚이 빚을 낳는 악순환을 간명하게 지적했다고 이를 만하다.

이상의 두 글은 채무자의 입장을 구체적으로 고려하고 있다는 점에서 주목된다. 빚을 지는 것은 어디까지나 채무자의 책임이고, 빚을 갚는 것도 채무자의 책임이며, 빚을 갚지 않거나 못하는 것은 모두 채무자의 의지 부족, 게으름, 무능력 때문이라는 것이 통념이다. 그런데 「빌려주어 이자를 취할 때에는 적절함을 얻는 것이 중요하다」

多矣. 『袁氏世範』"(徐有榘, 〈錢穀不可多借人〉, 「貨殖」, 『倪圭志』卷第二, 『林園十六志』 5, 518면)『원씨세범』의 해당 부분은 「錢穀不可多借人」(卷3, 63면)이다.

는 이와 다른 접근법을 취한다. 이 글은 빌려주는 자의 가혹함을 문제 삼는다. 이 글에서는, 빌리려는 사람의 처지를 무시하거나 악용하여 탐욕적으로 이익을 추구하는 것은 무자비하고 공격적이고 약탈적이라는 생각이 구체적인 사례와 함께 개진되어 있다. 또한 「돈과 곡식을 다른 사람에게 많이 빌려주어서는 안 된다」는, 빚을 져서 갚지 못하는 것은 물론 채무자의 책임이지만, 채무자의 형편을 고려하지 않고 무조건 빚을 많이 주는 채권자에게도 책임이 있다는 시각을 보여 준다. 애초에 빚을 졌다가 갚지 못하게 된 것은 '의지할 데 없는 상황'에 기인한 점이 크다. 따라서 이런 객관적인 상황을 고려하지 않고 무조건 빚을 주는 것은 옳지 않다는 것이다.

물론 인용문은 기본적으로 빌려주는 자의 이익을 대변한 글들이다. 문제가 되는 것은 과도한 이율이지 이자 수입 자체가 아니다. 그리고 빌리려는 자의 상태를 고려해야 하는 것도 결국 이자 수익을 잘 챙기고 원금을 무난히 회수하기 위해서다. 빌리려는 자의 상환 능력을 고려하지 않고 사채 이익을 과도하게 추구하다 보면, 채무자가 상환을 포기하는 데 이르므로 오히려 손해다. 이렇게 보면 인용문은 빌려주는 자의 이익을 대변하는 입장에서, 빌리는 자에 대한 윤리적 태도를 중시한 것이 된다. 이익 추구의 윤리성과 합리성은 채권자의 이익에 위배되지 않는 선에서 절충된다.

이상 사채에 대한 세 편의 글은 비록 송대宋代 문헌에서 발췌한 것이지만, 『임원경제지』를 통해 조선 후기 사회의 맥락 속으로 일정하게 수렴된다고 할 수 있다. 따라서 그 내용을 서유구 시대의 사회상에 비추어 볼 필요가 있다. 우선 찬반 여부를 떠나, 조선 사대부가 이익 추구의 유력한 방법으로 사채에 주목한 것은 상당히 이례적이라고 생각된다. 사대부에게 사채는 부도덕한 것이다. 이런 시각을 대표적으로 보여 주는 것이 바로 정약용의 다음 글이다. 그는 사대부가 자력으로 생계를 해결하는 방법을 논하면서, 농업은 사대부가 감당할 수 없다고 한 다음에 이렇게 말한다.

> 그렇지 않고 돈 궤짝을 들고 나가 포구浦口에 앉아 먼 섬에서 배가 오기를 기다려, 무지한 어민漁民들과 입이 닳도록 다투어, 몇 푼의 이득을 바라고 남의 몫을 깎아 자기의 이익을 더하면서, 거짓말을 해 대고 떠들며 남을 속이고, 눈을 부라리며 마치 대단히 억울하다는 듯이 성을 내고 노려보는 것 또한 천하의 지극히 졸렬한 짓이다.
>
> 그렇지 않고 자모전子母錢을 놓아 사방 이웃의 고혈을 빨아먹으며, 어쩌다 상환 기한을 어기면 힘없고 약한 사람을 잡아다 말뚝에 매달아 놓고 수염을 뽑고 종아리를 쳐서, 온 고을에서 호랑이 같은 놈으로 통하고 부모형제와 처자식들도 원수처럼 미워하면, 이런 사람은 아무리 언덕처럼 많은 재산을 얻더라도 한 세대도 보존하지 못하고, 반드시 그 자손 중에 미치광이가 되거나 술과 여색女色에 빠진 사람이 나와 그 재산을 말아먹는다. 하늘의 법망法網은 넓고 넓어서 성기면서도 빠뜨리지 않으니 심히 두려워할 만하다.[29]

---

29 "不然持錢櫃坐浦口, 伺遠島船來, 與魚蠻子苦口力爭, 冀錐刀之末得, 刻人以傅己, 撒謊哄騙, 眸子突露, 如鬱壘怒瞋, 斯亦天下之至拙. 不然放子母錢, 唆取四憐膏血, 或期程有差, 捉取厄羸罷勾, 縣之馬柳, 拔其鬢毛, 擊其脛踝, 一鄉號爲虎狼, 六親疾如仇敵. 如是者雖得貨如丘陵, 不能保一世, 必其子姓有瘋邪癲狂·甘酒嗜色者出而覆之, 天網恢恢, 疏而弗漏, 甚可懼也."(丁若鏞, 「爲尹輪卿贈言」, 『詩文集』, 『與猶堂全書』第一集 第十八卷, 한국문집총간 281, 385면)

상업과 사채업은 사대부로서 할 짓이 못 된다는 말이다. 정약용은 서유구와 유사하게 사대부의 자립적 삶에 대한 문제의식을 갖고 있었지만, 서유구와 달리 사내부가 상업과 사재업에 종사하는 것을 극력 반대한다. 상업은 졸렬한 짓이고 사채업은 부도덕한 짓이기 때문이다. 특히 사채와 관련된 온갖 패악에 대한 서술이 매우 구체적이다. 따라서 정약용의 관점에서 보면 『예규지』는 그런 졸렬하고 부도덕한 일을 긍정한 것이 된다.

그러나 정약용의 이런 논법은 도덕적으로 옳고 또 그만큼 확고하지만, 그 대신 이분법적 틀을 은연중에 강제하는 면이 있다. 정약용의 글에서 장사는 곧 남을 속이는 일로 그려질 뿐이다. 따라서 『예규지』에서와 같이 상업은 '공'公과 '성'誠을 최고의 가치로 삼는다는 식으로 생각해 볼 수 있는 여지는 없다. 그리고 사채는 선 아니면 악 둘 중 하나로, 즉 악으로 귀속된다. 따라서 일고의 가치도 없다. 그러나 옳지 않은 것이 전부 일고의 가치가 없는가?

비록 옳지 않은 것일지라도 그것이 현실적인 여건에서 상당 기간 동안 불가결하다면, 그것이 초래할 수 있는 피해를 최소화하기 위한 고민 또한 필요하다. 사실 조선 후기 사회에서 사채는 이중성을 갖는다. 조선 후기에 상업적 성장이 이루어졌다고는 하지만, 아직 근대 사회에서와 같은 금융 제도가 정비된 것은 아니다. 따라서 사채는 가진 자의 재산 증식 수단이기도 했지만 일정 부분 금융의 역할을 맡기도 했다.[30] 치부 수단으로서의 사채는 비난을 면하기 어렵지만, 유사

---

30 이것은 꼭 조선 사회에서만 그랬던 것은 아니다. 앞에서 살펴본 글 중 『원씨세범』에 "돈과 곡식을 빌려주고 이자를 갚도록 하는 것은 바로 가난한 사람과 부유한 사람이 서로 도움을 주는 것으로 없애서는 안 된다"라는 구절이 보인다. 이 말은 비록 가진 자의

금융으로서의 사채는 그것을 대체하는 대안적 제도가 마련되지 않는한 불가피한 면이 없지 않다. 따라서 사채업 자체는 비록 옳지 않더라도, 그것을 어떤 방향으로 유도할 것인지는 현실적으로 중요한 문제라 할 수 있다. 그런데 정약용의 접근법으로는 이런 문제 설정 자체가 차단된다. 이런 견지에서 사채에 대한 『예규지』의 글들은 주목을 요하는 면이 있다.[31]

이상과 같이 『예규지』의 가정경제학은 상행위와 사채를 통한 이익 추구를 긍정하되 그 방법의 윤리성을 중시했으며, 그 윤리성은 타자에 대한 고려에서 확보된다. 『예규지』는 상업과 사채뿐 아니라 치부 행위 일반에서도 타자와의 공생을 지향한다.

> 빈부貧富는 일정한 형세가 없고 전택田宅은 일정한 주인이 없다. 돈이 있으면 사고, 돈이 없으면 판다. 전산田産을 사는 사람은 마땅히 이 이치를 알아, 전산을 파는 사람을 괴롭히거나 침해하지 말아야 한다.
>
> 사람이 전산을 파는 것은 혹은 먹을 게 없기 때문이고 혹은 빚을 졌기 때문이고 혹은 가족의 질병과 사망·혼사婚事·쟁송때문이니, 백천百千의 비용이 필요하면 백천의 재산을 팔아야한다. 만약 전산을 사는 사람이 즉시 그 값을 치러 준다면, (전산을 파는 사람이) 비록 남김없이 즉시 써 버리더라도, 하려는 일을

입장에서 한 것이지만, 사채의 금융 기능을 간결하게 지적했다고 할 수 있다.

31 이 점과 관련하여 또 한 가지 눈여겨볼 것은, 『예규지』 소수(所收) 사채 관련 글들이 모두 중국 문헌이라는 사실이다. 아마 서유구는 사채 문제를 다룬 글 중에서 조선 지식인이 지은 것은 달리 찾지 못했던 것이 아닌가 한다. 이 점에서 『예규지』의 사채 관련 글들은 조선 학술계의 어떤 공백을 가시화한다고 할 수 있다.

마칠 수는 있다. 그러나 부유하면서 불인不仁한 사람이 그 급히 쓰고자 한다는 것을 알면, 겉으로는 거절하면서 은밀히 상대방을 꾀어서 그 값을 서늘 깎는다. 그렇게 해서 계약서를 만들고 나면 우선 그 값의 10분의 1~2를 주고, 며칠 뒤에 모두 갚기로 약속한다. 하지만 며칠 뒤에 물어보면 아직 돈을 마련하지 못했다고 핑계를 대고, 또 여러 번 물으면 혹은 몇 민緡의 돈을 주고, 혹은 미곡米穀이나 그 밖의 물건을 비싼 값으로 쳐서 그것으로 모두 보상한다.

전산을 판 사람은 필시 매우 군색할 터인데, 그나마 아주 조금 얻은 것이 즉시 허비되어 흩어져서, 애초에 하려고 했던 일을 다시는 하지 못하게 된다. 뿐만 아니라 왔다 갔다 하면서 돈을 달라고 하느라 또 인력을 부리는 비용이 든다.

저 부자는 속으로 기뻐하면서 꾀를 잘 부렸다고 생각하겠지만, 천도天道가 순환하는 것을 좋아하여 자기 자신이 그 보복을 당하기도 하고 자기 자손이 그 보복을 당하기도 한다는 것을 통 모른다.

『원씨세범』[32]

---

32 "貧富無定勢, 田宅無定主. 有錢則買, 無錢則賣. 買産之家當知此理, 不可苦害賣産之人. 蓋人之賣産, 或以缺食, 或以負債, 或以疾病·死亡·婚嫁·爭訟, 有百千之費, 則鬻百千之産. 若買産之家即還其直, 雖轉手無留, 且可以了其所營之事, 而爲富不仁之人知其欲用之急, 則陽距而陰鉤, 以重扼其價, 既成契則姑還其直之什一二, 約以數日而盡償, 至數日問焉, 則辭以未辦, 又屢問之, 或以數緡授之, 或以米穀及他物高估而補償之. 出産之家必大窘乏, 所得零微, 隨即耗散, 向之所擬以辦某事者不復辦矣, 而往還取索, 夫力之費又居其中. 彼富者方自竊喜以爲善謀, 不知天道好還, 有及其身而獲報者, 有在其子孫者. 『袁氏世範』"(徐有榘, 〈置産當存仁心〉, 「貨殖」, 『倪圭志』卷第二, 『林園十六志』5, 520~521면) 『원씨세범』의 해당 부분은 「富家置産當存仁心」(卷3, 62면)이다.

「전산田産을 둘 때에는 마땅히 인자한 마음을 가져야 한다」이다. 이 글은 토지 매매 문제를 다룬다. 파는 사람과 사는 사람 모두가 있어야 매매가 성립한다. 이 글은 그 양자의 입장을 상당히 구체적으로 서술한다. 글 전체의 전제가 되는 것은 '돈이 있으면 사고, 돈이 없으면 판다'는 간단한 원리다. 전지田地를 팔려는 사람에게는 부득이한 사정이 있다. 이런 사정을 악용해서 이득을 취하는 것은 불인不仁한 처사다. 전지를 판 사람은 그 여파로 더 곤궁해지는 악순환에 처한다. 그러나 그렇게 치부한 사람은 하늘의 보복을 받을 것이라고 이 글은 경고한다.

인과응보에 호소하는 이런 논법은 이제 비현실적으로 받아들여질 터이지만, 이 글이 지향하는 바는 여전히 주목된다. 상대방의 처지를 이용하여 매매를 자기에게 유리한 방향으로 유도하는 것은 불법적이지는 않다. 입장에 따라서는 오히려 이익을 극대화하는 방법이라고 내세울 법도 하다. '저 부자는 속으로 기뻐하면서 꾀를 잘 부렸다고 생각한다'라는 구절은 이런 입장을 대변한다. 그러나 불법적이지 않다 해서 정당한 것은 아니다. 아쉬운 처지에 있는 상대방의 약점을 이용하는 것, 그래서 결국 상대방이 경제적으로 더 힘들어지게 하는 것은, 아무리 본인에게 큰 이익을 보장해 주더라도 금해야 한다는 사고가 이 글에서 개진되고 있다. 이익 추구의 무자비함과 파렴치함에 반대한 것이다.

이렇게 공생을 중시하는 입장에서 『예규지』는 토지 겸병의 문제를 다룬다. 시야가 더 확대된 것이다.

겸병하는 사람은 재산 있는 집 자제가 어리석고 불초한 것을 보고, 그에게 급한 사정이 있을 때에 미쳐 많은 돈을 억지로 빌려

준다. 혹은 처음 빌려줄 때 술과 음식을 대접하여 그의 마음을 기쁘게 하고, 혹은 이미 빌려준 뒤에 수년이 지나도록 찾지 않다가 이자가 많아지기를 기다려 또 술과 음식을 마련해 놓고 그를 초대하여 꾀어서, 결전結轉하여 이자를 포함하여 원금으로 삼아 별도로 다시 이자를 내게 하고, 또 전산田産을 손절매하여 갚도록 꾄다. 법금法禁이 비록 엄하지만 대부분 요행으로 면한다. 그러나 하늘의 죄망罪網은 촘촘하여 빠뜨리는 게 없다. 속담에 "부잣집 자식은 번갈아 생긴다"라고 하니, 번갈아 가며 서로 보복한다는 말이다.

『원씨세범』[33]

「겸병하는 데 술책을 쓰는 것은 장구한 계책이 아니다」(兼并用術 非悠久計)이다. 남송대南宋代에는 호족豪族들의 대토지 겸병으로 인해 무수한 농민들이 소작농으로 전락했으며 광범위한 수탈이 자행되었다. 이 글은 그 토지 겸병의 실상을 생생하게 증언해 준다. 그런데 이 글은 『예규지』의 한 부분을 구성함으로써, 조선 후기의 사회 현실로 일정하게 수렴된다. 주지하다시피 조선 후기에도 부호가富豪家의 토지 과점이 진행됨에 따라 많은 농민들이 생활 터전을 잃고 소작농이나 유랑민으로 전락하여 심각한 사회 문제가 되었다. 서유구는 이 문제에 대한 대책을 「의상경계책」에서 논한 바 있다. 이렇게 보면, 「겸

---

33 "兼并之家見有産之家子弟昏愚不肖, 及有緩急, 多將錢强借, 或始借之時, 設酒食以媚悅其意. 或既借之後, 歷數年不索, 待其息多, 又設酒食招誘, 使之結轉併息爲本, 別更生息, 又誘勒其將田産折還. 法禁雖嚴, 多是幸免. 天網不漏, 諺云: '富兒更替做.' 蓋謂迭迭相酬報也. 『袁氏世範』"(徐有榘, 〈兼並用術非悠久計〉, 「貨殖」, 『倪圭志』卷第二, 『林園十六志』5, 522면) 『원씨세범』의 해당 부분은 「兼幷用術非悠久計」(卷3, 63면)이다.

병하는 데 술책을 쓰는 것은 장구한 계책이 아니다」는 비록 남송대 사회를 배경으로 하지만, 농업 문제에 대한 서유구의 문제의식을 매개로 조선 후기 현실과 일정하게 조응된다고 할 수 있다.

이상과 같이 『예규지』의 가정경제학은 일차적으로는 가정경제의 문제를 다루고 있지만, 공생의 삶을 지향한 결과, 스스로 그 범위를 확장하여 사회 공동체의 문제로까지 나아간다. 가정경제의 문제를 정치적·사회적 문제의 연장선상에서 보고 있는 것이다. 물론 가정경제학은 그 나름의 대상과 범위를 갖고 있으므로 정치 사회의 문제를 전면적으로 감당하지는 못한다. 그러나 이런 한계는 부득이한 것이다. 그렇다면 『예규지』의 가정경제학이 정치적·사회적 영역과의 접점을 마련하고 있는 것은 여전히 그 의의가 인정된다 하겠다.

이 점과 관련하여 또 한 가지 주목되는 글은 「도둑을 막는 여러 가지 방법」(弭盜雜術)이다. 여기에는 『원씨세범』이 두 번, 『인사통』이 두 번 인용되어 있다. 다음은 이 중에서 『인사통』의 첫 번째 인용이다.

> 불행하게도 만약에 흉년을 만났다면, 여유 있는 집에서는 금金과 곡식을 쌓아 두어서는 안 된다. 가난한 사람으로 하여금 차마 굶어 죽게 하고 구제해 주지 않는다면 마음에 어찌 편안하겠는가? 혹은 자기의 전토田土에 도랑과 하천을 깊이 파거나, 혹은 집 주위에 벽과 담장을 수축하거나, 혹은 두둑을 높이거나, 혹은 방옥房屋을 만들되, 다만 품삯으로 지급하는 미곡米穀을 평소보다 더 많이 준다. 이렇게 하여 가난한 사람으로 하여금 구제의 도움을 남모르게 받아 허다한 나쁜 생각을 없애게 하고 나도 덕을 쌓는 동시에 겸해서 실효를 얻는 것, 이것이 남과 내가 모두 이로운 방법이다.
>
> 『인사통』[34]

도둑을 막는 것은 재산을 지키는 주요 방법의 하나이다. 따라서 이 역시 가정경제학의 문제로 포괄된다. 흔히 도둑을 막는 방법이라 하면 담을 높이 쌓거나 경비를 서는 등 물리적으로 도둑의 접근을 차단하는 것을 떠올리기 쉽다. 그런데 이 글은 이와 다른 접근법을 취한다. 흉년이 들었을 때는 사회 불안 요소가 증가한다. 이때 사람을 고용해서 일을 시키는 것이 곧 도둑을 막는 방법이라고 이 글은 말한다. 그저 외부의 침입을 막거나 자기 재산을 지키는 차원을 넘어서 더 근본적인 해결책을 강구한 것이다. 요컨대 재산 보호의 문제가 공생의 문제 혹은 사회 안정의 문제와 연계되어 사고된 것이다.

이 글에는 서유구의 안설按說이 붙어 있다. 이 안설은 서유구가 『인사통』의 해당 부분과 관련하여 어떤 생각을 첨가했는지, 『예규지』와 서유구의 저작 사이에 어떤 연관을 스스로 부여했는지를 보여 준다. 그 안설은 다음과 같다.

> 위빙숙魏氷叔(위희魏禧)의 「구황책」救荒策에 이런 말이 있다. "지역에 한창 큰 기근이 들었거든 마땅히 부유한 집에 권하여 토목 공사를 일으키거나 당연히 행해야 할 예禮를 행하게 하여, 가난한 백성으로 하여금 그에 의지하여 먹고살 수 있게 해야 한다. 권하여 타이를 때 마땅히 세 가지 이익을 가지고 마음이 동하게 해야 한다. 첫 번째 이익은 내가 하고 싶은 일을 이룰 수 있는 것

---

34 "不幸若遇年歲飢荒, 有餘之家不可堆擁金穀. 忍令貧人餓斃而不救, 於心何安? 或自己田土深挑溝河, 或房屋週圍修築墻壁, 或墾挑埂崖, 或起造房屋, 但須工銀米穀破例加添, 令貧人暗受救濟之力, 消許多夕念, 而我又積德, 兼得實效, 此人我兩利之法. 『人事通』"(徐有榘, 〈弭盜雜術〉, 「制用」, 『倪圭志』 卷第一, 『林園十六志』 5, 511면)

이다. 두 번째 이익은 이 일을 빌려 가난한 백성을 구휼함으로써 큰 음덕을 쌓을 수 있는 것이다. 세 번째 이익은 가난한 백성이 일을 즐거워하여 도둑이 되는 데 이르지 않는 것이니, 부유한 집에 이익이 되는 바가 더 크다." 이 말이 이 글과 일치한다.[35]

도둑을 막는 법에 대한 『인사통』의 글이 위희魏禧(1624~1681)의 「구황책」救荒策과 상통한다는 지적이다. 위희의 「구황책」은 '일이 발생하기 전의 계책'(先事之策), '일이 닥쳤을 때의 계책'(當事之策), '일이 발생한 뒤의 계책'(後事之策)의 세 부분으로 구성되는데, 서유구가 언급한 것은 이 중에서 '일이 닥쳤을 때의 계책'의 일부이다.

그런데 「구황책」의 해당 부분은 서유구의 「의상경계책」과도 긴밀한 연관을 맺는다. 앞에서 이미 살펴보았다시피, 「의상경계책」에서 서유구는 흉년이 들어 구휼해야 할 지역이 생기면, 그곳의 건장한 양인良人에게 급료給料를 지급하고 그 대가로 치수治水 사업을 하도록 하는 것이 치수 사업과 구휼 사업을 동시에 할 수 있는 계책이라고 주장한 바 있다. 서유구의 이런 구상은, 위희가 개인 차원의 활동으로 생각했던 것을 국가적·사회 제도적 차원으로 확장한 것이다. 이렇듯 『예규지』의 「도둑을 막는 여러 가지 방법」은 서유구의 안설을 매개로 위희 및 서유구의 구황 정책과 폭넓은 연관을 맺는다. 그 연관을 부여하는 것은 공생의 삶을 지향하는 경제관이다. 이런 삶의 지

---

35 "魏氷叔「救荒策」曰: '地方大飢, 宜勸富室營造土木及一切當行之禮, 使貧民得以資生. 勸諭時當以三利歆動之: 一則成吾欲爲之事, 一則借此賑貧有大陰德, 一則貧民樂業不至爲盜. 富室所益更多矣.' 與此沕合."(徐有榘,〈弭盜雜術〉,「制用」,『倪圭志』卷第一,『林園十六志』5, 511면) '沕'은 '吻'의 오자이다.

향을 매개로 해서, 도둑을 막는 행위는 단순히 외부의 침입으로부터 사유 재산을 보호하는 차원을 넘어서서, 사회적 차원의 문제로 이어질 수 있는 것이다.

이상과 같이 보면, 『예규지』의 가정경제학은 한 개인의 이익을 추구하지만 그 이익은 사적인 것인 동시에 공공성을 함께 갖는다고 할 수 있다. 따라서 이익 추구는 탐욕의 추구가 아니다. 그렇다고 해서 『예규지』의 가정경제학이 이익 추구를 억누르는 것은 아니다. 이익 추구를 위한 구체적이고 합리적인 방법을 강구한다. 그러나 무한한 이익을 추구하지는 않는다. 적절한 만큼의 정당한 이익을 정당한 방법으로 추구한다. 따라서 이익 추구는 윤리적 지향성을 띤다. 그런데 무리한 이익 추구는 결국 이익이 되지 않으므로, 정당한 이익 추구는 합리성 또한 갖는다. 따라서 이익 추구의 윤리성과 합리성은 서로 배타적이지 않고, 이익을 추구하되 공생을 지향하는 구도 속에서 조화를 이룬다.

『예규지』에서 이익 추구가 윤리성과 합리성의 조화를 지향하게 된 것은, 궁극적으로는 서유구가 경제 행위를 단순한 이익 추구 행위가 아니라 반성적 자기 정립이라는 관점에서 사유했기 때문이다. 다만 그 윤리성은 구체적인 사회 역사적 조건 속에서 계급적 한계를 갖는 것으로 드러나는바, 어디까지나 그런 큰 틀에서의 한계 내에서 사유된 윤리성이다. 이상이 『예규지』의 가정경제학이 구현하고 있는 '윤리적 합리성'의 면면이다.

3. 자립적 삶의 공간 표상

(1) 사상 과제로서의 '거주'

『임원경제지』를 편찬하면서 서유구가 염두에 둔 임원 생활은 구체적으로 어떤 것인가? 다음은 『임원경제지』 맨 앞에 보이는 글의 하나이다.

> 밭 갈고 베 짜고 씨 뿌리고 나무 심는 기술과 요리하고 목축하고 사냥하는 방법은 모두 시골 생활에 필요한 것들이다. 그리고 기후를 점쳐 농사에 힘쓰고, 집터를 살펴 살 곳을 정하는 것 및 재산을 늘려 생계를 꾸리고, 기물을 갖추어 일상생활을 편리하게 하는 일 또한 마땅히 있어야 할 것들이다. 그래서 지금 그와 관련된 글들을 수집하는 바다.
>
> 스스로의 힘으로 먹고사는 일이 진실로 갖추어졌다면, 시골에서 살면서 맑게 마음을 닦는 선비로서 어찌 다만 구복口腹을 채우기 위한 일만 하겠는가? 화훼 가꾸는 법을 익히고, 고상한 취미 생활로 교양을 쌓는 것으로부터 섭생하는 방법에 이르기까지 모두 그만둘 수 없는 것들이다.
>
> 의약醫藥으로 말하면 궁벽한 시골에서 위급할 때를 대비하는 데 유용하고, 길흉吉凶의 예절은 대략 강구하여 행해야 할 것들이다. 그래서 그에 대한 글들 또한 아울러 수집했다.[36]

---

36 "凡耕織種植之術, 飮食畜獵之法, 皆鄕居之需也. 占候以勤農, 相基以卜築, 及夫殖貨營生·庀器利用之節, 亦所宜有, 故今所蒐採也. 食力固備矣, 居鄕淸修之士, 豈但爲口腹之養哉? 藝苑肄習, 文房雅課, 以及頤養之方, 所不能已者. 至如醫藥, 爲窮郡備急之

서유구가 생각한 임원 생활은 자기 힘으로 자신을 돌보는 삶이다. 우선 해결해야 할 것은 의·식·주이다. 생산적 활동에 종사함으로써 스스로 생계를 해결한다. 그다음으로 관심을 가질 것은 문화 활동이다. 교양을 통해 운치 있는 삶을 가꾸어 간다. 그 밖에도 의료 문제를 해결해야 한다. 향촌에서 생활하려면 어느 정도의 의학 지식이 꼭 필요하다. 그리고 사대부로서 각종 예절을 챙기지 않을 수 없다. 이상이 서유구가 그려 보이고 있는 임원 생활의 대강이다.

결국 서유구가 모색한 삶은, 서울을 벗어나 자연 속에서 노동과 교양을 통해 자기 힘으로 인간적 가치를 실현하는 삶, 즉 '자립적인 삶'이다. 그것은 무엇보다도 자기 힘으로 생계를 해결하는 삶이다.

따라서 어떤 의미에서 임원경제학의 문제는 '거주하기'로 귀결된다고 할 수 있다. 실제로 거주 공간의 문제는 『임원경제지』에서 중요한 위치를 점한다. 우선 분량상으로 볼 때 그렇다. 『임원경제지』는 총 16지志로 구성되는데, 그중에서 『이운지』怡雲志, 『상택지』相宅志, 『섬용지』贍用志 세 부분에 걸쳐 거주 공간의 문제가 소상하게 다루어진다.

『임원경제지』 내에서 서유구 자신의 글이 인용되는 빈도수도 눈여겨볼 만하다. 『임원경제지』의 내용 중 상당수는 서유구가 아닌 다른 저자들의 글에서 인용한 것들이다. 그런데 거주 공간을 다루는 부분에서는 서유구 자신의 글이 대거 인용된다. 그만큼 서유구 본인이

用, 吉凶等禮, 正宜略加講行者, 故亦並蒐採焉."(徐有榘, 「林園十六志例言」, 『林園十六志』 1, 1면) 번역 및 원문 표점은 정명현·김정기 역주, 『임원경제지 1 본리지 01』(소와당, 2008), 32면을 참조해 일부 수정한 것이다. 앞으로 『임원경제지』의 「예언」 및 『본리지』를 인용할 때는 모두 이렇게 한다.

거주 문제에 대해 고심했던 것이다.

더 나아가 『임원경제지』의 다양한 내용들이 어떻게 내적 연관을 맺는지도 주목을 요한다. 『임원경제지』는 16개 부분으로 세분화되지만, 그 개별 영역들의 상호 연관성에 대한 본격적인 서술은 상대적으로 부족하다. 그런데 앞으로 살펴보겠지만, 거주 공간에 대한 글들은 임원경제학이 포괄하는 상당수의 내용을 집약한다. 따라서 그 글들을 통해 『임원경제지』의 전체 내용이 회집되어 상호 연관성을 부여받는다. 이 점에서 거주 공간에 대한 글들은 『임원경제지』 내에서 독특한 위치를 점한다.

거주 공간에 대한 글들은 서유구가 생각한 '자립적 삶'의 모습을 구체적으로 그려 보인다. 기실 『임원경제지』에 수록된 정보가 구체적이고 실용적이긴 하지만, 서유구가 사대부의 자립적 삶을 어떤 식으로 표상했는지는 오히려 불분명해지는 면이 있다. 그런데 거주 공간에 대한 서술을 통해, 서유구가 염두에 두고 있는 자립적 삶의 모습이 구체적으로 묘사된다. 요컨대 『임원경제지』 소재所載 거주 공간 관련 글들은 자립적 삶을 공간화함으로써 임원경제학 전체를 집약하고 회집하고 '장면화' 한다.

기실 거주 공간에 대한 서유구의 글은 이미 일부 선행 연구의 주목을 받은 바 있다.[37] 관련 선행 연구들은 대체로 서유구가 경화사족이라는 점에 착안했다. 그가 경화사족으로 세련된 취향을 가지고 있었던 것은 사실이다. 그러나 이 점을 일면적으로 강조하면, 임원경제학을 추동한 중요한 문제의식이 오히려 사상될 위험이 높다고 생각

---

37 안대회, 「18·19세기의 주거 문화와 상상의 정원」(이혜순 외 엮음, 『한국 한문학 연구의 새 지평』, 소명출판, 2005), 914~948면. 그 밖에 조선 후기 지식인이 남긴 거

된다. 크게 보면 조선 후기 주거 문화에 대한 기존의 연구들은 대체로 문화사적 시각을 토대로 진행되지 않았나 한다. 그 연구들 덕에 조선 후기 사회에의 접근 동로가 다양해진 점이 인정된다. 하지만 그 다양성은 역사적 전망이 부여되지 못한 채 소재적이고 쇄말적인 차원에 머무른 감이 없지 않다.

이 점에 유의하여 본서는 거주 공간에 대한 서유구의 글들을 단순한 문화적 취향의 차원에서가 아니라 '임원경제학'의 체계 내에서 해석하고자 한다.

(2) 내밀한 사적 공간

『이운지』「형비포치」衡泌鋪置 중 '재료정사'齋寮亭榭에는 총 26종의 거주 공간이 나열된다. 그 26개의 항목이 『임원경제지』 내에서 다시 체계적으로 정리되지는 않는다. 그런데 크게 보면 그 서술은 대체로 '내부'로부터 시작하여 '외부'로 확장되는 구도를 취한다. 이 순서에 따라 우선 내부 공간을 들여다보기로 한다.

서유구가 구상한 내부 공간은 서재, 환실圜室, 온각熅閣, 다료茶寮, 약실藥室, 금실琴室 등이다. 이 중 금실을 살펴보기로 한다. 금실에 대한 서술은 『구선신은서』臞仙神隱書와 『문슬신화』捫蝨新話의 인용을 통해 이루어진다. 이 중 전자의 인용은 다음과 같다.

초당草堂이나 초정草亭 구석방에 금실을 만든다. 지하에 큰 항아

주 공간 관련 글에 대해서는 최식, 「홍길주의 복거(卜居)와 『숙수념』」(『동방한문학』 28, 2005); 이종묵, 「조선 후기 경화세족의 주거 문화와 사의당(四宜堂)」(『한문학보』 19, 2008) 참조.

리 하나를 묻는다. 항아리 안에는 구리종 하나를 건다. 항아리 위는 돌로 덮거나 나무판자를 깔고, 그 위에 금전琴磚이나 나무 궤안을 둔다. 금을 타면 그 소리가 낭랑하고 청량하여, 세상을 벗어난 기분이 절로 든다.[38]

금실은 음향 효과를 고려하여 설계된다. 따라서 전문적인 연주 공간에 근접한 면이 있다. 금실은 외지고 구석진 곳에 조성된다. 이런 공간성은 탈속적이고 내밀한 심미 의식을 반영한다고 생각된다. '세상을 벗어난 기분' 운운한 것도 이런 이유에서일 터이다.

『구선신은서』는 명대明代 문헌이다. 그러나 『임원경제지』에 수록됨으로써 그 내용은 조선 후기 사회의 맥락 속으로 일정하게 수렴된다. 주지하다시피 서유구에게 큰 영향을 끼친 연암일파 지식인들은 예술 취향을 공유했다. 일례로, 유금은 서유구의 숙사塾師로 거문고에 조예가 깊었다. 서유구 자신도 음악에 조예가 깊었다. 그는 유금을 추모하기 위해 거문고 곡조를 지었거니와, 그 자신도 임종 시에 거문고 음악을 들으며 죽음을 맞이했다고 한다. 이유원李裕元은 이 사실을 전하면서 그를 신선에 비유한 바 있다.[39] 이렇게 보면 인용문은 서유

---

38 "草堂之中或草亭僻室製爲琴室, 地下埋一大缸, 缸中懸一銅鐘, 上以石墁或用板鋪, 上置琴磚或木几. 彈琴, 其聲空朗清亮, 自有物外氣度."(徐有榘, 〈琴室〉, 「衡泌鋪置」, 『怡雲志』卷第一, 『林園十六志』 5, 240면) 인용문의 번역은 안대회 엮어옮김, 『산수간에 집을 짓고』(돌베개, 2005), 59면을 참조하여 필자가 일부 수정한 것이다. 앞으로 『이운지』의 「형비포치」를 인용할 때에는 모두 이렇게 한다.

39 "楓石太史八十二疾革, 使侍者彈琴于側, 曲閥而終. 此至人忘形尸解之一事也. 余覽公家狀及於此, 未嘗不茫然歎息. 凡軒駟鳴珂, 敝縕踥躞, 其歸也一也. 公以平日蓄儲發於大歸之時, 聽琴怡然, 無怛化色, 非庸人可跂也."(李裕元, 〈聽琴大歸〉, 「旬一編」, 『林下筆記』卷之三十一, 성균관대학교 대동문화연구원 영인, 1961, 781면)

구의 심미 의식과 친연성을 띤다고 할 수 있다.

서재 또한 탈속적인 삶에의 지향을 공간적으로 구현한다. '서재'라는 항목에는 『준생필진』遵生八牋과 『금화경독기』가 인용되어 있다. 다음은 『금화경독기』의 해당 부분이다.[40]

> 거처하는 곳은 지기地氣를 멀리하는 것이 가장 중요하다. 예로부터 말하기를 신선은 누대에 거처하기를 좋아한다고 한 것은 이 때문이다. 우리나라 사람들은 불을 땐 온돌방에서 지내는 데 익숙하기 때문에 추울 때에는 누대에 거처하지 못한다.[41]

서재를 조성할 때는 지기地氣가 닿지 않게 하는 것이 가장 중요하다. 그 공간성은 탈속적 삶에의 지향에 대응된다. 신선 운운한 것도 그런 이유에서일 터이다.

그런데 내밀한 생활 공간은 내향적이되 폐쇄적이지는 않다. 그것은 외부 세계를 일정하게 내부로 수렴하고, 그럼으로써 또 외부 세계를 적절히 차단한다. 이렇게 내향성과 외향성을 동시에 구현하는 공간이 '영빈관'迎賓館이다.

> 서재 남쪽에 담을 뚫어 문을 만들고 규형圭形의 대나무 사립문을 단다. 문을 나서서 계단을 3층 내려간다. 그곳에 5묘畝 되는 땅을 다스려 세 칸 내지 다섯 칸 규모의 건물을 세운다. 시원한

---

40 이하, 생활 공간과 관련하여 직접 인용되는 글들의 출전은 모두 『금화경독기』이다.
41 "居室取宜隔遠地氣, 古謂仙人好樓居者此也. 東人習處烘火房堗, 寒月不能樓居."(徐有榘,〈書齋〉,「衡泌鋪置」,『怡雲志』卷第一,『林園十六志』5, 239면)

헌軒과 따뜻한 내실, 작은 궤안, 긴 평상을 대략 갖춘다. 벽에는
속기俗氣를 씻어 내겠다는 다짐의 글을 걸고, 시렁에는 귀를 맑
게 하는 경쇠를 달아 놓고 손님을 맞이하여 접대한다. 도사道士
와 책을 보거나 고승高僧과 불경을 담론하거나 날씨가 갤 거라
느니 비가 올 것 같다느니 하는 이야기를 시골 노인들과 나누는
것으로 말하면, 그들과 만나고 헤어지는 곳이 따로 있으니 굳이
이러한 자리를 마련하여 접대하지 않는다.[42]

　영빈관은 손님을 맞이하는 곳이다. 따라서 외부에 대해 개방적일
것이라 생각하기 쉽다. 그러나 이곳은 단순한 사교의 장場이 아니라
탈속적 공간이다. 속기를 씻어 내는 글귀, 귀를 맑게 하는 경쇠 모두
탈속적이다. 이곳에서는 개방과 배제가 표리를 이룬다. 맑은 사람은
들어올 수 있지만, 속된 사람은 들어올 수 없기 때문이다. 따라서 영
빈관을 통해 탈속적 삶이 타자와 공유되더라도 내밀함은 보존된다.
영빈관의 공간 구조도 여기에 대응된다. 영빈관에 가기 위해서는 일
단 사립문을 통과해야 한다. 사립문을 열면 또 계단을 내려가야 한
다. 이런 공간 구조 또한 내밀함을 구현한다.
　흔히 탈속적 삶의 지향은 사상적으로 도불道佛과 친연성을 갖는다
고 짐작하기 쉽다. 일례로 임홍林洪의 『산가청사』山家淸事에도 영빈관
에 해당하는 공간이 언급되는데, 임홍은 그곳을 '도원'道院이라고 부

42　"書齋之南, 穿垣爲門, 圭形竹扉, 出門歷階三級, 闢地五畝, 建舍三五楹, 涼軒、煖
室、短几、長榻略具, 壁揭浣俗之約, 架懸淸耳之磬, 以迎賓款客. 若夫與道侶看籙, 對高
釋談經, 同園翁溪友量晴較雨, 則會合逢別自有其地, 非固設此以待之也."(徐有榘, 〈迎
賓館〉,「衡泌鋪置」,『怡雲志』卷第一,『林園十六志』5, 241면)

른다.[43] 도가적 지향을 분명히 한 것이다. 반면 서유구에게 도사와 승려는 굳이 영빈관에서 접대할 필요는 없는 존재다. 그렇다고 해서 그가 도가와 불기를 적극 배척한 것도 아니다. 유가儒家도 물론 일부 탈속적 지향을 갖지만, 어디까지나 인륜적 질서를 저버리지 않는 한도 내에서 그렇다. 인용문에서 서유구는 굳이 유가적 정당화의 논리를 개진하지는 않는다. 그러면서도 그는 도가와 불가에 대해 미묘한 거리를 둔다.

이런 어중간함은 임원경제학의 사상적 특징을 반영한다. 서유구는 유학뿐 아니라 도교, 불교, 노장사상 등에 두루 관심을 가졌다. 그리고 그 다양한 사상적 관심은 『임원경제지』 곳곳에서 확인된다. 그런데 그 다양한 면면은 통일적 논리 위에 종합되지 못하고 실용적 관점에서 절충되는 경향을 보인다.[44] 이 점에서 영빈관은 탈속적 삶의 지향을 실용적으로 절충한 공간이라 할 수 있다.

(3) 생업의 공간

외부 공간에 대한 서유구의 글들은 이런 '실용적 절충'의 가능성과 한계를 두루 보여 준다. 외부 공간은 외부 세계와의 접촉이 보다 더 전면화된 곳이다. 외부와의 교섭 속에서 선차적으로 해결해야 할 것은 생계다. 지금부터는 사대부의 생업 활동이 어떻게 공간적으로 표상되는지 살펴보기로 한다.

벼슬 없는 사대부의 생업으로 서유구가 생각한 것은 농업, 목축

---

43 "入閣名尊經, 藏古今書, 左塾訓子, 右道院迎賓客."(徐有榘, 〈種梅養鶴說〉, 「衡泌鋪置」, 『怡雲志』 卷第一, 『林園十六志』 5, 232면)
44 『임원경제지』의 절충주의적 성격에 대해서는 추후에 상론한다.

업, 어업, 상업 등이다. 다만 이들 생업 활동은 동등한 비중을 갖지는 않는다. 임원경제학에서 가장 중시되는 것은 농업이다. 서유구는 전통적인 '농본상말'農本商末의 관념을 가지고 있었다. 이런 관념은 『이운지』에도 반영되어 있다. 『이운지』에서는 여러 생업 활동 공간에 대한 구상이 구체적으로 서술되지만, 상업을 위한 공간은 달리 다루어지지 않는다.

농업 활동과 관련된 공간은 '망행정'望杏亭, '첨포루'瞻浦樓, '포정'圃亭 등이다. 우선 포정에 대한 글부터 보기로 한다.

집 남쪽에 평평하고 기름진 밭을 떼어 낸다. 큰 것은 1경頃쯤 되고 작은 것은 그 반쯤 된다. 이 밭을 셋으로 나누어 그 하나에는 밭두둑을 만들고 나머지 둘에는 구전區田을 만든다. 여기에 1년 내내 수확할 수 있는 부추를 일이백 두둑 심고, 특정 계절에 수확하는 채소를 이삼십 종류 심는다. 사방 경계에는 자죽慈竹을 심는데, 이것을 엮어 울타리로 삼는다. 울타리 주변에는 호박이나 오이 등속을 심는다. 남새밭 가운데에 우물을 파고, 다섯에서 일곱 개의 밭두둑 사이에 가로세로로 물길을 만들어 집 안의 연못이나 도랑의 지류를 끌어들여 물을 댄다.

남새밭과 떨어진 언덕 위에 자그마한 정자를 세워 밭을 내려다보며 어린 떡잎이 무럭무럭 자라나고 고운 콩깍지들이 울창하게 크는 아름다운 정경을 감상한다.

한음漢陰의 노인이 옹기에 물을 떠서 밭농사를 지은 것과 하양河陽의 반악潘岳이 채소를 팔아 생활한 것은 모두 산골에 사는 사람의 본색경제本色經濟이다.[45]

포정은 집 남쪽 남새밭 근처에 조성된다. 그에 대한 서술은『관휴지』灌畦志와 긴밀한 연관을 맺는다. 밭두둑을 만드는 등 밭을 다스리는 온갖 방법이『관휴지』에 실려 있다. 부추를 일이백 두둑 심고 채소 이삼십 종을 심는다는 것은『관휴지』중 '남새밭 다스리는 법'治圃法이란 항목하에 인용된『왕정농서』王禎農書의 해당 부분과 일치한다.[46] 인용문 끝부분에서 서유구는 밭농사의 이익을 강조하면서 한음漢陰 노인과 하양河陽 사람의 일을 언급하는데, 이 또한『왕정농서』의 같은 곳에서 재인용한 것이다. 뿐만 아니라 호박, 오이 등을 가꾸는 법도『관휴지』에 소개되어 있다. 이상과 같이 포정에 대한 서술은『관휴지』에 수록된 지식을 실생활에 활용하면서 생계를 돌보는 모습을 간결하면서도 포괄적이고 구체적으로 그리고 있다.

남새밭은 노동 현장이다. 그런데 그 근처에 포정이 조성됨으로써 남새밭은 관조의 대상이 된다. 따라서 포정은 삶에 대한 실용적 관점과 심미적 관점의 통합을 공간적으로 구현한다고 할 수 있다. 그 결과 임원경제의 주체는 생계 활동을 그저 고된 것이 아니라 뿌듯한 것으로 받아들일 수 있게 된다.

그런데 포정에서 남새밭을 내려다보는 행위는 양의성을 갖는다. 포정에서는 어린 떡잎과 고운 콩깍지가 보인다. 한편으로 그것은 노동을 통해 자기 가치를 실현하는 기쁨을 투영한 것일 수도 있고, 고

---

45 "宅之南割平疇膏田, 大可一頃, 小則半之, 三分其田, 以其一治畦, 以其二治區, 種長生韭一二百畦, 時新菜二三十品. 四界植慈竹, 編之爲樊, 環樊之域, 種匏壺瓜瓝之屬. 圃中鑿井, 五七畦塍之間, 縱橫爲畎, 引宅內池塘溝渠之支流灌之. 就皐距圃架小亭而臨之, 以賞其稑甲怒長, 鮮莢蔚扶之美. 漢陰抱甕, 河陽鬻蔬, 皆巖棲谷處者之本色經濟也."(徐有榘,〈圃亭〉,「衡泌鋪置」,『怡雲志』卷第一,『林園十六志』5, 243면) '漢陰抱甕'의 전거는『莊子』「天地」이다. '河陽鬻蔬'는 潘岳의「閒居賦」를 인용한 것이다.

46 徐有榘,〈治圃法〉,「總敍」,『灌畦志』卷第一,『林園十六志』1, 266~267면.

된 노동 뒤에 휴식을 선사하는 것일 수도 있고, 노동의 결실에 대한 기대감을 불러일으키는 것일 수도 있다. 하지만 다른 한편으로 그런 것은 고된 노동으로부터 어느 정도 자유로운 사람, 혹은 토지 소유 관계에서 지배적 위치를 점한 사람에게나 허용된 것일 수도 있다. 요컨대 임원경제의 주체가 구체적인 삶의 현장에서 어떤 위치에 있는가가 문제다. 그 주체는 남새밭에서 직접 일을 한 뒤에 포정에 올라가는가? 아니면 일하는 사람을 부리고 관리하는 입장에서 남새밭을 보는가? 인용문에서는 이 점이 다소 불분명하다.

그 분명한 답은 '망행정'과 '첨포루'에 대한 글에서 찾을 수 있다. 농업은 크게 보면 경작과 수확으로 이루어진다. 망행정은 경작과 관계된 곳이고 첨포루는 수확과 관계된 곳이다. 서유구가 구상한 망행정은 이런 곳이다.

> 집 남쪽 밭두둑과 이랑이 이리저리 난 곳에서 높게 솟아오르고 시원하게 뚫려 있어서 사방을 조망하는 데 막히는 게 없는 땅을 고른다. 땅을 다져서 돈대를 쌓고 돈대 위에 정자 한 채를 짓는다. 정자의 제도는 이렇다. 위는 기와로 하고 아래는 헌軒으로 한다. 사각형으로 만들든 육각형으로 만들든 팔각형으로 만들든 마음대로 한다. 동쪽과 서쪽에 각각 버드나무 다섯 그루를 심어 아침 햇살과 석양에 그늘을 드리우게 한다. 매번 밭 갈고 써레질하고 북 돋우고 김맬 때가 되면, 주인은 탁자 하나, 궤상 하나, 다호茶壺, 술동이를 가지고 하루 종일 정자에 머물면서 일을 독려하고 살핀다. 서릉후徐陵侯의 '살구꽃이 바라보일 때가 되면 밭 갈기를 독려한다'라는 말을 취하여 그 정자를 '망행정'이라 명명한다.[47]

망행정은 농사일을 독려하기 위한 곳이다. 따라서 임원경제의 주체는 농업 종사자가 아니라 관리자로 드러난다. 결국『임원경제지』의 공간 표상은 노비나 선호佃戶를 관리 감독하는 지주의 입장을 반영한 것이다. 망행정의 공간성은 여기에 대응된다. 망행정은 평지에서 높이 솟아오른 곳에 조성된다. 따라서 위에서 아래로 밭을 내려다보게 된다. 이것은 관리 감독의 전제가 되는 위계적 관계를 공간화한 것이라 생각된다. '낮은 곳'에서 조업하는 사람은 '위로부터의 시선'을 의식함으로써 감시를 내면화한다. 망행정이 사방으로 뚫린 곳에 위치하는 것 또한 관리 감독의 편의를 위해서다.

흔히 개방성은 좋은 것으로 간주되기 쉽다. 하지만 그것은 외부의 침해를 용이하게 할 수도 있다.『이운지』에서 '외부의 침해'는 경우에 따라 서로 다른 방식으로 취급된다. 앞에서 살펴본 사적 공간에서는 개방성보다 내향성이 더 중시된다. 이 경우에 '외부의 침해'는 방지되어야 할 것으로 간주된다. 그러나 인용문에서와 같이 개방성이 관리 감독의 효율을 높여 줄 경우에 그것은 바람직한 것으로 간주된다.

기실『임원경제지』내에서 그 행위 주체가 드러나는 모습은 이중성을 갖는다. 그 주체는 일단 농업, 어업, 목축업, 상업 종사자로 받아들여진다. 일례로 서유구는「『본리지』인」本利志引에서, 농업에 종사하고자 하나 농업 기술에 어두운 사람을 개도하기 위해『본리지』

---

47 "宅之南坪畦塍繡錯處, 擇高突爽朗四眺不礙之地, 築土爲墩, 墩上架以一亭. 亭之制上瓦下軒, 或四角或六角八角隨意, 東西各植五柳, 以蔭朝陽夕曦, 每於耕耙勞蓋芸耨之時, 主人携一榼·一几·茶壺·酒鎗, 永日于亭以勸相之. 取徐陵侯望杏敦耕之語, 名其亭曰望杏."(徐有榘,〈望杏亭〉,「衡泌鋪置」,『怡雲志』卷第一,『林園十六志』5, 242면) 徐陵侯의 말은『徐孝穆集箋注』卷四「司空徐州刺史侯安都德政碑」에 보인다. '望杏敦耕'은『禮記』「月令」의 "杏花生, 種百穀"이라는 구절에 근거를 둔 말이다.

를 찬집한다고 밝힌 바 있다.[48] 그리고 그는 「『예규지』인」倪圭志引에
서 사대부도 생계 해결을 위해 상업에 종사해야 한다고 주장한 바 있
다. 이런 측면에서 보면 임원경제의 주체는 생업 종사자이다.

그러나 그와 동시에, 인용문에서 확인되다시피 서유구는 향촌 생
활을 공간적으로 표상하면서 그 행위 주체를 관리자 내지 감독자의
위치에 놓고 있다. 그런데 생업 종사자로서의 면모와 관리자로서의
면모는 서로 모순되지 않는가? 그 둘은 모순되면서도 모순되지 않는
다. 만일 소작농의 입장에 선다면, 그 둘은 상충하게 마련이다. 그리
고 한사寒士는 일꾼을 관리 감독할 처지가 못 된다. 결국 농업에 밝으
면서 많은 사람을 부릴 수 있는 처지가 되어야 생업 종사자이자 관
리자로 살 수 있을 터이다. 그런 처지에 있는 사람은 지주 외에는 달
리 없지 않은가 한다. 입장에 따라서는 첨예하게 대립하는 것으로
받아들일 수 있는 그 두 가지 면모가 임원경제학에서는 그렇게 받아
들여지지 않은 것은, 그것이 지주 입장에서 개진되었기 때문이라 생
각된다.

이는 서유구의 임원경제학이 어떤 큰 한계 속에서 구축되었는지
를 분명히 보게 한다. 서유구는 자립적 생활에 대해 대단히 구체적으
로 사고했다. 이것은 조선 후기 지성사의 중요한 성취로 기억됨 직하
다. 그런데 사대부가 농업을 비롯하여 각종 생업에 종사한다면, 사농
공상士農工商의 관계는 어떻게 재편되는가? 임원경제학의 문제의식
을 추구하다 보면 이런 신분제 문제를 피하기 어렵다. 그러나 임원경

---

48 "今上溯氾·賈之書, 下逮馬孟河·徐玄扈諸家, 撮錄于篇, 以牖諸趨其事而昧其術
者."(徐有榘, 「本利志引」, 『林園經濟志』, 大阪府立中之島圖書館 소장본; 한양대학교
백남학술정보관 담헌문고 영인본)

제학에서는 이런 문제가 다루어지지 않는다. 임원경제학은 정치적·사회적·제도적 영역과의 접점을 잃은 채 주로 실용적 차원에서 사고된다. 그 덕분에 임원경제학은 그 특유의 구체성과 양적 포괄성을 획득할 수 있었지만, 조선 사회 내에서 사대부의 위치를 궁극적으로 어떻게 재정위할 것인가에 대한 고민은 오히려 불철저해진 면이 생긴 것이다. 사대부의 위치에 대한 정치 사회적 고민 없이 자립적 삶을 모색한 서유구로서는 망행정 같은 공간을 통해 향촌 생활을 표상할 수밖에 없었던 듯하다.

이렇듯 임원경제학은 빛과 그림자를 모두 갖고 있다. 첨포루에 대한 글 역시 그 양면을 모두 보여 준다.

> 남쪽 산기슭의 양지 바른 곳이나 동서쪽 산기슭 바깥에, 아름다운 언덕이 둘려 있으며 땅이 비옥하고 샘물이 단 곳을 골라 집을 세 칸 짓는다. 동쪽과 서쪽에는 누각을 세우고 가운데에는 방을 만든다. 방 북쪽 벽에 온각을 설치하여 농사 방법, 곡물 도보圖譜, 파종하기와 김매기, 기후 예측 등을 다룬 책들을 보관한다. 동쪽 기둥에는 왕정王楨의 「수시도」授時圖를 붙여 놓고, 서쪽 기둥에는 「전가월령표」田家月令表를 붙여 놓는다.
>
> 가운데 있는 방에는 평상 하나, 안궤 하나를 둔다. 안궤 위에는 벼루 하나, 필통 하나, 묵상墨牀 하나, '가색일록'稼穡日錄 한 권을 비치하여, 날씨가 흐렸는지 맑았는지 바람이 불었는지 비가 왔는지 등등과 농사를 짓는 작업 과정 모두를 삼가 기록한다.
>
> 동쪽 누각에서는 선농先農의 제사를 지낸다. 서쪽 누각의 서쪽에 땅을 정리하여 작업장을 만든다. 넓이는 열 길쯤 되고, 길이는 수십 길쯤 된다. 가시나무를 심어 경계로 삼고 가시나무를

엮어 울타리를 만든다. 매번 가을에 곡식이 익어 여기로 볏단을 날라 와서 타작을 할 때가 되면, 주인은 평상을 배설해 놓고 난간에 기대어 그 작업을 독려하고 감독한다. 누각에 '첨포루'라는 편액을 건다. 그 명칭은 서릉후의 '부들이 바라보일 때가 되면 가을걷이를 독려한다'라는 말에서 취한 것이다.

내실의 안마당에는 벽돌을 깔아 곡식 말리는 장소로 삼는다. 동쪽에 있는 광은 '만상료'萬箱寮인데, 곡물·채소·과실·나류蓏類의 종자를 저장한다. 서쪽에 있는 광은 '천우료'千耦寮인데, 밭갈이와 써레질, 북 돋우기와 김매기 등에 필요한 농기구들을 보관한다.[49]

첨포루는 세 부분으로 구성된다. 동쪽과 서쪽에 각각 누각이 있고 그 사이에 거실이 있다. 동쪽 누각은 신농씨神農氏의 제사를 지내는 곳이다.[50] 서쪽 누각은 가을걷이 작업을 독려하고 감독하는 곳이다. 그리고 그 주변에서 가을걷이 및 내년 농사의 준비 작업을 한다.[51] 첨포루의 동쪽과 서쪽은 서로 구분되면서 이어진다. 동쪽이 의례儀禮의

---

49 "于南麓之陽, 或東西麓之外, 擇嫩崖環拱土腴泉甘之地, 建舍三楹. 東西爲樓, 中爲室. 室之北壁設爐閣, 藏農方穀譜種藝占候之書. 東楹上粘王禎「授時圖」, 西楹上粘「田家月令表」. 中置榻一几一, 几上置研一·筆筒一·墨牀一, 稼穡日錄一卷, 凡陰晴風雨耕稼功課, 記載惟謹. 東樓以祀先農, 西樓之西除地築場, 廣可十丈, 長可數十丈, 樹界以棘, 編爲藩籬. 每秋熟輪莛, 輾刡于此, 則主人設榻憑欄, 勸相其役. 顔其樓曰瞻蒲, 蓋取徐陵侯瞻蒲勸穡之語也. 室之中庭, 鋪以甋甃, 爲曬穀之所, 東寮曰萬箱, 藏穀菜菓蓏之種, 西寮曰千耦, 藏耕耙勞蓋鋤耨攻治之具."(徐有榘, 〈瞻蒲亭〉, 「衡泌鋪置」, 『怡雲志』 卷第一, 『林園十六志』 5, 242면) '瞻蒲勸穡'은 『呂氏春秋』의 "冬至五旬七日菖始生, 菖者草之先者也, 於是始耕"이라는 구절에 근거를 둔 말이다.

50 전통적으로 신농씨는 사람들에게 농사를 처음 가르쳐 준 존재로 받아들여져 왔다. 농업의 시조를 기억하고, 그럼으로써 농업의 중요성을 되새기는 공간이 동쪽 누각이다.

51 동쪽과 서쪽의 이런 공간 구획은 방위의 상징성에 따른 결과인 듯하다. 전통적으로

공간이라면 서쪽은 실제 작업 공간이다. 동쪽은 서쪽에서 이루어지는 작업의 초석을 놓은 존재를 기리는 곳이고, 서쪽은 동쪽에서 기린 존재의 가르침을 실생활에서 실천하는 곳이다. 이렇게 해서 첨포루의 동쪽과 서쪽은 표리를 이룬다.

이 두 곳은 서로 다른 기능을 수행하지만 모두 '협업의 공간'이라는 공통점을 갖는다. 가을걷이가 협업을 요한다는 것은 굳이 부연할 필요가 없을 터이다. 제사는 공동체적 정체성을 형성·유지·강화하는 협력 작업이다. 신농씨 제사를 통해 참가자들은 자신들이 농업이라는 공통의 끈에 의해 묶여 있다는 사실을 내면화한다. 기실 농업은 공동체적·협력적 작업이다. 따라서 다양한 방법으로 작업자들의 협력성을 끌어올리는 것이 중요하다. 첨포루의 동쪽과 서쪽이 표리를 이룬 것은 이런 이유에서라 생각된다.

이렇듯 첨포루의 동쪽과 서쪽은 각기 다른 속성의 협업을 공간화한다. 그렇다면 그 둘을 매개하는 것은 무엇인가? 중앙의 거실이다. 중앙은 각종 농업 정보를 수집해 놓은 곳이다. 여기에는 각종 농서, 「수시도」授時圖, 「전가월령표」田家月令表 등이 구비되어 있다. 농사 방법 및 각종 도보圖譜는 『본리지』本利志, 『관휴지』 등에 망라되어 있다. 「수시도」와 「전가월령표」 역시 『본리지』에 수록되어 있다. 그리고 기후 예측 방법은 『위선지』魏鮮志에 정리되어 있다. 이렇게 보면, 인용문은 『임원경제지』가 실생활에서 활용되는 장면을 『임원경제지』 내에서 그린 것이 된다.

요컨대 중앙에 집중된 지식 정보에 의해 동쪽과 서쪽의 협업이 매

동방은 시작을 상징한다. 그리고 사계절 중 가을은 서방에 배속된다. 첨포루의 동쪽 누각과 서쪽 누각 각각의 기능은 방위의 이런 상징성에 대응된다.

개되고 관리된다. 이 점과 관련하여 특히 주목되는 것은 '가색일록'稼
穡日錄이다. 가색일록은 농업 일기이다. 서유구는 매일매일의 기후와
작업 과정에 대한 '기록 행위'를 향촌 생활의 중요한 영역으로 간주
한 셈이다. 일단 그 기록 행위는 관리 감독을 위해 작업 실태를 점검
하려는 것이다. 또한 그것은 농업 현장에서 얻은 생생한 지식을 정리
하는 작업이기도 하다. 농학에서는 지식의 현장성이 중요하다. 만약
서유구가 계획한 것처럼 매일매일의 기후와 작업 현황을 기록 정리
한다면, 기후 예측에 필요한 정보를 구축할 수 있다. 그리고 기존의
농학 지식을 수정 보완하거나 새로운 지식을 첨가할 수도 있다. 실제
로 『행포지』杏蒲志, 『임원경제지』 등에는 서유구의 현장 경험을 수렴
한 부분이 더러 확인된다.[52] 따라서 현장 경험을 토대로 조선 현실에
맞는 농학을 구축할 수 있는 토대를 마련하는 데 가색일록이 기여할
수 있다.

가색일록은 농업을 그저 생업 활동으로 보는 것이 아니라 학적 대
상으로 삼는 자세를 전제로 한다. 그리고 이 경우에 학적 탐구 대상
의 범위는 그저 문헌 자료에 그치지 않고 경험 세계로 확장된다. 모
종의 '실험' 비슷한 것을 토대로 경험적 지식이 축적되는 것이다. 이
점에서 가색 일록은 '지식인'의 농업 활동이 어떤 전망을 열어 갈 수
있는가를 시사한다.

가색일록에 대한 구상은 서유구의 관직 경험과도 연관된다. 그는

---

52 구전법(區田法)의 장점을 논하면서 1811년과 1814년의 경험을 근거로 든 것이 그
예다. 「田制」, 『杏蒲志』 卷1(한국근세사회경제사료총서 農書 36, 아세아문화사 영인,
1986, 41면); 「田制」, 『本利志』 卷第一(『林園十六志』 1, 55면) 등에서 1811년의 일에
대한 언급이 보이고, 「擬上經界策」 下(『金華知非集』 卷第十二, 『楓石全集』, 한국문집총
간 288, 527면)에서 1814년의 일에 대한 언급이 보인다.

호남 순찰사로 재직했을 때에는 『완영일록』完營日錄을 지었고, 수원 유수로 재직했을 때에는 『화영일록』華營日錄을 지었다. 모두 일종의 행정 일기이다. 『완영일록』과 『화영일록』에는 그날그날의 날씨, 농업 실태, 각종 공문서, 공무 처리 현황 등이 소상히 적혀 있다. 서유구가 행정 관료로서 업무 처리에 주도면밀했다는 것, 지방 사회의 실태를 정확히 파악하여 조정에 보고하는 한편 그러한 현실에 적합한 조치를 취하고자 했다는 것, 농업 실태를 파악하여 민民의 생계 해결에 실질적인 도움을 주고자 했다는 것 등등을 이들 행정 일기는 확인시켜 준다.[53] 따라서 이 두 기록물은 서유구가 구상한 가색일록이 어떤 성격의 것인지를 짐작하는 데 일정한 참조가 된다.

그렇다면 그의 관직 경험은 『이운지』에 어떻게 수렴되는가? 첨포루의 동쪽과 서쪽을 모두 아우르면서 그 둘을 매개한 공간은 곧 '지식의 공간'이다. 그 공간을 차지하는 주인은 농학 지식의 소유자인 동시에 작업 관리인이다. 이렇게 보면 첨포루의 중앙 거실은 실용적 지식과 관리 감독의 지침이 혼용된 형태의 농학적 사고를 공간화한다고 할 수 있다. 결국 서유구가 염두에 둔 임원경제의 주체는 그저 농학 지식을 습득하여 농사짓는 존재라기보다는, 농학 지식을 토대로 향촌 사회를 지도하는 존재가 아닌가 한다. 그리고 이런 존재방식은 신분제 문제에 대한 고민 없이 사대부의 중심적 위치를 전제로 사대부의 자립적 삶을 모색한 서유구의 기본 관점에 대응되는 듯하다.

따라서 생활 공간에 대한 서유구의 구상을 그저 한 개인의 차원

---

53 『완영일록』 및 『화영일록』에서 확인되는 서유구의 지방 행정가로서의 면면에 대해서는 손병규, 2003 「서유구의 진휼정책: 『완영일록』·『화영일록』을 중심으로」 『대동문화연구』 42 참조.

에서 보는 틀을 넘어서, 향촌 사회를 조직하기 위한 기획의 일환으로 해석할 필요가 있다.

(4) 내적 요구에 의한 공공성 구축

벼슬 없는 사대부의 생활 공간을 구상한다고 하면, 사적 공간을 구축하는 것으로 받아들이기 쉽다. 그런 관점에 따르면, 한 개인의 소유지를 한 개인의 필요에 따라 구획하고 조직하는 과정을 거쳐 생활 공간이 조성될 것이다. 그러나 『이운지』는 한 개인의 내밀한 공간을 중시하되 거기서 그치지 않고 외부 세계와의 관계 속에서 그 범위를 확장해 간다. 그리하여 자립적 삶을 추구한다는 그 자체의 목적에 따라 공공성을 구축하기에 이른다.

자립적 삶에서 일차적으로 중요한 것은 자립적 생계 해결이다. 그런데 그러기 위해서는 역설적이게도 혼자만의 힘으로는 부족하다. 협력이 필요하다. 『이운지』는 그러한 협력적 관계를 중시한다. 첨포루에 대한 글은 이 점을 잘 보여 준다. 그 글의 일부는 앞에서 이미 인용한 바 있다. 그 인용 부분에 이어 서유구는 이렇게 말한다.

> 집 북쪽의 높은 언덕 위에 벽돌을 사용하여 둥근 곳집을 세 채 내지 다섯 채 지어, 매해 소작료로 받는 곡식을 보관한다.
>
> 동쪽 광의 동쪽에 건물 한 채를 지어 부엌, 욕실, 소 외양간, 나귀 외양간, 절구간, 방앗간 등을 차근차근 모두 갖춘다. 건물 좌우에 초가집 수십 채가 여기저기 흩어져 있는데, 집에 반드시 소 두 마리, 개 두 마리, 쟁기 하나, 써레 하나, 낫이나 호미 같은 도구 세 개 내지 다섯 개를 비치한다. 이것이 행포사杏蒲社이다. 사지기 한 사람을 두는데, 사지기는 처자식을 거느리고 이

곳에 살면서 밭에 음식을 내가고, 일꾼을 고용하고, 방아를 찧는 등의 일을 관장한다.[54]

첨포루 옆에는 '행포사'杏蒲社가 조직된다. 행포사는 농민의 협업을 위한 결사체라 짐작된다.[55] 그것은 중앙의 건물 한 채 및 그 좌우의 초가집 수십 채로 구성된다. 중앙의 건물에는 부엌, 욕실, 외양간, 절구간 등이 갖추어진다. 그 주변의 초가집에는 소, 개, 쟁기, 써레, 호미 등이 있다. 그리고 사지기가 행포사에 상주하면서 각종 농사일을 돕는다. 이렇게 보면 행포사는 경작과 수확에 필요한 노동력, 가축, 농기구, 작업 공간, 기타 편의 시설 등을 공동으로 구비·관리·사용하기 위해 조성된 협업 공간인 듯하다.

'행포사'에 대한 구상은 『본리지』의 내용과 표리를 이룬다. 『본리지』에서도 농민의 협력적 결사체가 중시된다. 『왕정농서』에 중국 북방 촌락의 '서사'鋤社가 언급되는데, 서유구는 그것을 『본리지』에 인용하여 소개한 바 있다.[56] '서사'는 이렇게 운영된다. 10가구가 돌아가면서 품앗이로 하루씩 김을 매어 열흘 동안 모든 집의 김을 맨다. 우환이 든 집이 있으면 다른 집이 힘을 합쳐 돕는다. 그리고 가을걷이를 마친 뒤에 모두들 음식을 마련하여 함께 나눈다. 이렇게 보면 서유구가 구상한 '행포사'는 '서사'와 같은 협업적 결사체가 된다.

---

54 "舍北高阜上趓築囷囷三五, 藏每歲租入. 東寮之東, 建以一舍, 庖廚、廩湢、牛宮、驪廐、碓廠、磨屋, 取次皆具. 舍左右, 草屋數十星星點點, 家必置牛四角、犬八足、犁一、耙一、鎒耨之具三五, 是爲杏蒲之社. 置社直一人, 率其妻孥居之, 掌饁田、雇役、礱碾等事."(徐有榘, 〈瞻蒲亭〉, 「衡泌鋪置」, 『怡雲志』卷第一, 『林園十六志』5, 242면)

55 농민의 결사체 이름도 '행포사'이고 그 구성원이 활용하는 공간 이름도 '행포사'인 듯하다. 이어서 거론할 '경솔사'와 '전어사'도 마찬가지다.

56 徐有榘, 〈耘稻田法〉, 「種藝」, 『本利志』卷第五, 『林園十六志』1, 128면.

서유구는 행포사 외에도 '경솔사'鶊蟀社와 '전어사'를 구상했다. 경솔사는 춘경료와 추솔와에서 일하는 여성의 결사체다. 춘경료는 누에치는 곳이고 추솔와는 실을 잣는 곳이다.[57] 따라서 의생활衣生活 관련 여성 협력체가 경솔사이다. 전어사는 목축업과 어업 종사자들의 결사체다. 전어사는 두 가지로 나뉜다. 하나는 '육전어사'陸佃漁社이고, 다른 하나는 '수전어사'水佃漁社이다. 이 중 후자에 대한 서술은 다음과 같다.

> 다른 하나는 강가나 포구와 같이 배가 다닐 수 있는 곳에 있다. 그런 곳에 수십 칸의 집을 짓고 거느림채와 광, 부엌, 욕실 등을 대략 갖춘다. 기磯가 있어서 낚시를 할 수 있고, 거룻배가 있어서 고기잡이를 할 수 있다. 또 작은 배를 여러 척 두어 해외의 소금을 유통한다. 어부와 사공 십여 명을 두어 일을 맡게 한다. 이것이 수전어사이다.[58]

수전어사는 어업과 소금 운송의 편의를 위해 조성된 곳이다. 그곳은 작업 공간일 뿐 아니라 생활 공간이기도 하다. 수전어사는 수십 칸 규모로, 거느림채·광·부엌·욕실 등을 구비한다. 따라서 어부와 사공들의 공동 편의 시설에 근접한 성격을 갖는다. 수전어사라는 공간을 매개로 어업 종사자의 공동 관계가 형성된다.

---

57 徐有榘, 〈春鶊寮·秋蟀窩〉, 「衡泌鋪置」, 『怡雲志』 卷第一, 『林園十六志』 5, 242면.
58 "一在江湆蒲濱可通舟楫之處, 建舍數十楹, 廂寮庖湢略具, 有磯可釣, 有艇可漁. 又置舴艋數三, 以通海外鹽鹽. 置漁父梢工十餘人掌其事, 是爲水佃漁社."(徐有榘, 〈佃漁社〉, 「衡泌鋪置」, 『怡雲志』 卷第一, 『林園十六志』 5, 243면)

이상과 같이 『이운지』는 생계 활동과 관련하여 민간의 협력적 관계, 경제적 공동 관계에 대한 구상을 포함한다. 그리고 그 공동 관계에 의해 모종의 공공성이 구축된다. 물론 서유구의 구상은 큰 틀에서 한계를 갖는다. 행포사 등은 생계 해결과 관련하여 공동의 목표를 추구하는 이들의 결사체이기는 하나, 그 구성원이 완전히 상호 동등한 자율적 주체로서 협력체를 이룬 것은 아니다.[59]

이런 한계가 없지 않지만, 그 틀 내에서는 그 나름의 의의가 여전히 인정된다. 사대부의 자립적 삶에 대해 서유구처럼 구체적으로 사고한 조선 후기 지식인은 그리 많지 않거니와, 그 자립적 삶의 모색 과정에서 자발적인 경제적 공동 관계를 구성하는 데까지 사고를 확장한 예는 더욱 드물다. 그러므로 서유구의 한계는 한계대로 인정하되, 그가 협업과 민간의 결사체 구성에 대한 사고의 단초를 보이고 있다는 점에 주목할 필요가 있지 않은가 한다.

더 나아가 『이운지』에서는 생계 활동뿐 아니라 문화 영역에서의 공공성 구축이 중시된다. 서유구는 서적 출판 및 교육을 자립적 삶의 주요 영역으로 간주했는데, 『이운지』는 그에 대한 구체적인 인식을 보여 준다는 점에서 주목된다.

서적 출판을 위한 공간은 '취진당'聚珍堂이고, 교육 시설은 '의숙' 義塾이다. 이 둘은 서로 연계되어 있다. 우선 취진당부터 살펴보기로 한다.

---

59 행포사 등을 구상한 서유구와 행포사·전어사 등의 실제 구성원 사이에는 엄연한 신분 격차가 있다. 따라서 『임원경제지』에 수록된 글들에서는 다소 불분명하긴 하지만, 서유구가 이들을 일종의 피고용인 집단 비슷한 존재로 간주했을 가능성 또한 배제할 수 없다.

취진당은 활자를 보관하는 곳이다. 외지고 조용한 장소를 골라
건물 두 채를 짓는다. 뒤 건물의 북쪽 벽 아래에 나무 살강을 나
열하여 활자를 보관한다. 남쪽 기둥 아래에 긴 탁자를 나열하여
책을 진열하는 곳으로 삼는다.

앞 건물의 정중앙은 문이다. 왼쪽은 책을 인쇄하는 곳이다.
공투격空套格, 연쇄자烟刷子, 모추자毛椎子, 저연석지貯煙石池 등
책을 인쇄하는 데 사용하는 도구 일체를 이곳에 비치한다. 오른
쪽은 책을 제본하는 곳이다. 정서안釘書案, 큰 송곳, 작은 송곳,
큰 칼, 작은 칼, 협계판夾界板, 저모호필豬毛糊筆, 자호분磁糊盆,
붉은 칠을 한 넓고 긴 탁자 등 책 제본과 장정에 필요한 도구 일
체를 이곳에 비치한다.

좌우의 곁채에는 인쇄용 종이 및 글자를 새긴 판본을 저장한
다. 모두 담장을 두르고 자물쇠를 채워 관리에 유의한다.

터를 잡으려면 의숙 근처가 좋다. 의숙에서 공부하는 자제
중에 교수校讎에 능한 사람이 일을 맡게 한다.[60]

취진당은 활자, 인쇄 및 제본 도구 일체, 판본 등을 보관하는 곳이
다. 서적 출판 및 보급을 위해서다. 주지하다시피 조선 후기에는 경
향간京鄕間 경제적·문화적 격차가 현격했는데, 도서 보급 및 장서 실

---

60 "藏活字之所也. 擇僻静之地, 建舍二. 後舍北壁下列置木廚以藏活字. 南楹下列置
長櫈, 用作擺書之所. 前舍正中爲門, 左爲印書之所, 置空套格、烟刷子、毛椎子、貯煙石
池等一切印書之具. 右爲釘書之所, 置釘書案、大錐、小錐、大刀、小刀、夾界板、豬毛糊筆、
磁糊盆、朱漆濶長卓等一切釘書裝褙之具. 左右廂寮藏印書紙楮及雕造板本. 總繚以墙,
封鎖惟謹. 占基要令傍近義塾, 令藏修子弟嫺於校讎者主之."(徐有榘,〈聚珍堂〉,「衡泌
鋪置」,『怡雲志』卷第一,『林園十六志』5, 241면)

태도 예외가 아니었다. 이렇게 보면 취진당은 향촌 사회에 서적을 보급함으로써 지식의 공공성을 높이는 기능을 한다고 할 수 있다.

서유구의 이런 구상은 그의 사환기仕宦期 실무 경험과 긴밀한 연관을 맺는다. 그는 정조正祖의 명으로 전국의 책판 소장 현황을 조사하여 『누판고』를 지은 바 있다. 이런 실무 경험은 『임원경제지』로 수렴되었다. 지방의 책판 소장 현황을 정리한 글이 '경외누판'京外鏤板이란 제목으로 『이운지』에 실려 있는데, 이는 『누판고』를 인용한 것이다. 결국 서유구는 향촌 사회의 도서 보급 실태에 대해 지속적인 관심을 갖고 있었던바, 취진당은 그의 이런 관심을 공간적으로 구현한 것이 된다.

물론 취진당이 독자적인 공공 기관의 성격을 띠는 것은 아니다. 그러나 그렇기 때문에 오히려 더 주목되는 면이 있다. 서유구는 관官의 입장에서가 아니라 한 명의 독립적인 생활인의 입장에서 생활 공간을 구상했다. 취진당을 통한 서적 보급은 관에 의해 주도되지 않고 향촌 사회에서 자발적으로 이루어진다. 따라서 그것은 자치적으로 형성되는 공공성의 단초를 갖는다. 앞에서 이미 살펴보았다시피 서유구는 도서 수집·정리·간행 전반에 대해 일가견을 가지고 있었다. 취진당에 대한 구상은 그의 이런 면모가 임원경제학의 문제의식과 맞물리면서 향촌 사회의 자치적 공공성에 대한 전망을 열어 가는 방향으로 발전한 결과라 하겠다.

'자치적 공공성 구축'의 가능성은 교육 시설에 대한 구상에서 한층 더 뚜렷하게 확인된다.

취진당 옆에 5~6묘 되는 땅을 다스려 의숙을 짓는다. 그 제도는 이렇다. 시렁이 다섯이고 기둥이 다섯이다. 정중앙의 한 칸은 방이고, 동서 두 칸은 헌軒이다. 또 그 동서 두 칸은 좌우 협실夾室이다. 동쪽·서쪽·남쪽 세 면 주위를 시렁 절반 넓이의 마루로 두른 다음, 난간으로 에워싼다. 동쪽과 서쪽으로 대마루와 연결된 곳에 각각 누각을 하나씩 세운다. 각 방마다 북쪽 벽에 네다섯 개의 서가를 『준생팔전』의 온각 제도와 같은 요령으로 설치한다. 여기에 경사자집經史子集, 유서類書, 첩괄서帖括書를 소장한다.

가운데 방에는 숙사塾師가 거처하고, 좌우 협실에는 수학생 중에서 연장자로 학업이 크게 진보한 사람이 거처한다. 계단을 내려가면 왼쪽 광 하나에는 미곡米穀을 보관하고, 오른쪽 광 하나에는 기물을 보관한다.

뜰 남쪽에 다섯 칸의 집을 세운다. 가운데는 문이고, 좌숙左塾이 두 칸, 우숙右塾이 두 칸이다. 인근 마을의 사족士族 자제와 준수한 평민으로서 여덟 살 이상 된 사람은 좌숙에 들어오는 것을 허락한다. 『소학』小學·사서四書·『이아』爾雅·『효경』孝經을 욀 수 있고 오칠언시五七言詩를 지을 수 있는 사람은 우숙으로 옮기는 것을 허락한다. 오경五經·『사기』史記·『한서』漢書를 욀 수 있고 시부詩賦·사륙문四六文·경의經義를 지을 수 있는 사람은 좌우 협실에 들어가는 것을 허락한다.

『십삼경주소』十三經注疏의 동이同異를 논변할 수 있고, 이십일사二十一史의 기록과 열전列傳의 잘잘못을 평가하고 논단할 수 있으며, 시무책時務策 만언소萬言疏를 지을 수 있는 사람을 '소성'小成이라 하는데, 이들이 집으로 돌아가 다른 사람을 가르치는 것을 허락한다.

동쪽 담장 밖에 건물 한 채를 둔다. 의숙의 청지기가 처자를

거느리고 거기에 살면서 나무하고 불 때고 물 긷고 절구질하는
등의 잡일을 맡는다. 과수원의 나무 뒤나 남새밭 앞에 인근의
밭 2~3경頃과 논 7~8경을 마련하여 숙사와 가중 생활 비용과
닷새에 한 번 학생들을 격려하기 위해 마련하는 술과 음식의 비
용을 댄다.

　학전學田의 표호標號와 한 해 세금 및 지출 액수를 돌에 새겨
정중앙에 위치한 방의 남쪽 창문들 벽에 박아 놓고, 학규學規의
조목을 나무에 새겨 헌실軒室 벽에 못으로 박아 걸어 놓아, 늘
그것을 보면서 삼가 준수하게 한다.[61]

　의숙은 향촌의 자치적 교육 시설이다. 앞에서 간단히 지적했다시
피, 의숙은 취진당과 표리를 이룬다. 취진당 옆에 의숙이 조성됨으로
써 그 둘의 상관관계가 공간적으로 구현된다. 취진당에 대한 글에서
서유구는, 의숙의 학생 중 교정에 능한 사람을 뽑아 취진당에서 일을
맡게 하면 좋겠다고 말한 바 있다. 도서 출판 및 보급을 지방 교육과
연계하여 사고한 것이다.

61　"聚珍堂之傍, 闢地五六畝, 建義塾. 其制五架五楹. 正中一楹爲室, 東西二楹爲軒.
又其東西二楹爲左右夾室. 環東西南三面, 繚以半架廳軒, 護以欄檻. 東西接甍, 各起一
樓, 每室北壁設四五格書廚如『遵生八牋』熅閣之制, 藏經史子集類纂帖括之書. 中室, 塾
師居之. 左右夾室, 藏修子弟中年長業進者居之. 歷階而下, 左廂一, 藏米穀, 右廂一, 藏
器用. 庭之南建舍五楹, 中爲門, 左塾二楹, 右塾二楹. 凡隣里士族子弟、凡民俊秀八歲以
上, 許入左塾. 能念『小學』、四書、『爾雅』、『孝經』, 賦五七言小詩者, 許移右塾. 能念五經
、『史記』、『漢書』, 賦詩賦四六經義者, 許入左右夾室. 能訂論『十三經註疏』異同, 評斷廿
一史記傳得失, 賦詩務策萬言者, 是謂小成, 許令歸家敎授. 東墻之外置一舍, 塾直一人
率妻孥居之, 掌樵爨井臼之役. 果園樹後, 暘圃築前, 置傍近陸田二三頃、水田七八頃, 以
給塾師飯食、裘葛、薪水、膏燭及五日煖講之費. 石刻學田標號、一歲租賦支用之數, 嵌于
正中室南櫳壁上. 木刻學規條目, 釘在軒室壁上, 俾常目恪遵."(徐有榘,〈義塾〉,「衡泌鋪
置」,『怡雲志』卷第一,『林園十六志』5, 241면)

기실 의숙 설립의 일차적 목적은 자녀 교육에 있다. 일례로 『임원경제지』에는 '매화를 가꾸고 학을 기르는 것에 대한 설'(種梅養鶴說)이란 항목하에 『산가청사』가 일부 인용되었는데, 그 인용 부분에 "존경각尊經閣 왼쪽에 의숙을 세워 자녀를 가르친다"[62]라는 말이 보인다. 그런데 서유구의 구상은 『산가청사』의 그것과 다르다. 서유구는 비단 자기 자녀를 가르치기 위한 공간으로, 즉 사적 교육 공간으로 의숙을 구상한 것이 아니다. 그런 차원을 넘어서, 그의 생각은 지방 교육의 공공성을 구축하는 쪽으로 확장된다.

그 입학 자격이 되는 사람은 사족 및 평민의 자제다. 평민 자제가 교육 대상으로 상정된 것이 일단 주목된다.[63] 그러나 그보다 더 주목되는 것은, 사족 자제와 평민 자제가 같은 공간에서 같은 교과 과정을 이수한다는 구상이다. 그렇다고 해서 서유구가 그 둘을 완전히 평등하게 대한 것은 아니다. 그는 의숙 입학 자격을 '사족의 자제'士族子弟와 '평민 중에 준수한 사람'凡民俊秀으로 규정했다. 사족과 달리 평민의 경우에 '준수하다'라는 제한 조건이 붙은 것이다.

유형원柳馨遠(1622~1673)의 증언에 따르면, 양반은 향교鄕校의 동재東齋에 있고 서류庶類는 서재西齋에 있는 것이 일반적이며, 아무리 동재가 비어 있어도 서류는 그곳에 들어갈 수 없었다고 한다. 유형원은 이런 관행을 비판하여, 동재와 서재로 차등을 두지 말아야 한다

---

62 "入閣名尊經, 藏古今書, 左塾訓子, 右道院迎賓客."(徐有榘, 〈種梅養鶴說〉, 「衡泌鋪置」, 『怡雲志』卷第一, 『林園十六志』5, 232면)

63 참고로 유형원은 서유구에 앞서 "사대부의 자제 중에 배움에 뜻을 둔 사람 및 평민 중에 준수한 사람은 나이가 열다섯 이상 되었으면 모두 입학을 허락한다"(大夫士子弟志學及凡民俊秀者, 年十五以上皆許入學)라고 한 바 있다. 柳馨遠, 〈貢擧事目〉, 「教選之制」下, 『磻溪隨錄』卷之十, 명문당 영인, 1982, 180면.

고 주장했다.[64] 이렇게 보면 서유구는 지방 교육과 관련하여 유형원의 문제의식을 일부 계승했다고 할 수 있다. 그러나 유형원과 서유구 사이에는 적지 않은 차이점이 있다. 유형원이 생각한 지방 교육은 국가 주도적이다.[65] 반면 서유구가 생각한 것은 민간 자치적 성격을 갖는다. 따라서 교육 공간의 자급자족적 유지를 위한 경제 기반에 대한 고민은 서유구 쪽이 더 구체적이다.

이 점은 청지기에 대한 언급에서 확인된다. 청지기는 별도의 집에서 사는데, 일정 규모의 논과 밭이 거기에 딸린다. 교사의 생활 비용 및 학생들을 격려하기 위해 장만하는 음식의 비용은 모두 그곳의 소출로 충당한다. 의숙의 수입·지출 내역을 돌에 새긴다는 구상도 주목된다. 그만큼 서유구는 학교의 자치적 운영을 위한 경제 기반을 중시한 것이다. 서유구의 이런 면모는 유형원뿐 아니라 여타의 실학자들에게서 좀처럼 찾아보기 힘들다고 생각된다.[66]

---

64 "今外方鄉校, 兩班居東齋, 庶類居西齋. 故西齋雖空, 而兩班則不肯入; 東齋雖空, 而庶類則不得入, 甚爲無理. 只宜一體隨便入居, 切勿以東西齋室分定等差."(柳馨遠, 「敎選之制」上, 『磻溪隨錄』卷之九, 명문당 영인, 1982, 174면)

65 유형원의 교육 제도 개혁안에 대해서는 제임스 팔레, 김범 옮김, 『유교적 경세론과 조선의 제도들』1(도서출판 산처럼, 2008), 246~298면 참조.

66 그러나 유형원과 달리 서유구에게는 지방 교육에 대한 사회 제도적 접근이 부족하다. 유형원의 경우에 지방 교육 기관의 정비는 선거제(選擧制) 및 신분제 개혁 구상과 맞물려 있다. 물론 서유구의 문제의식은 향촌의 생활 공간을 구축하는 데 있다. 따라서 국가 관할하의 지방 교육 개편, 그리고 그와 연동된 제도 개혁의 구상 같은 것을 서유구에게 기대하는 것은 무리한 점이 분명 있다. 그러나 서유구의 문제의식을 충분히 감안하더라도, 바로 그 문제의식을 더 철저하게 추구하기 위해서는 결국 사회 제도적 접근이 불가결하다. 그 단적인 예로 이런 문제를 생각해 볼 수 있다. 의숙에서 배출된 사람들을 사회적으로 어떻게 흡수할 것인가? 여기에는 교육뿐 아니라 관리 선발, 신분제 등등의 문제가 복합적으로 얽혀 있다. 이런 견지에서 서유구의 생각은 불충분한 점이 인정된다. 그리고 서유구는 사족 자제들과 평민 자제들을 함께 교육시킨다고 간단히 말하고 말았지만, 그것은 결코 간단한 일이 아니다. 입학이 허용되는 평민 자제의 범위를 포함하

의숙에서 교과 과정을 이수한 뒤에 독립적인 활동을 할 수 있는 자격을 갖춘 사람을 서유구는 '소성'小成이라 부른다. 경사經史에 대한 심도 있는 공부를 토대로 당대 조선 사회의 문제점을 진단하고 그 구체적인 대안을 수립할 수 있는 지식인이 '소성'이다. 독립적인 활동을 할 수 있는 지식인의 자격으로 경세적 식견을 꼽은 것에서 서유구의 실학자적 면모가 확인된다.

소성은 귀가하여 다른 사람들을 가르친다. 따라서 지방 교육은 일회적으로 그치거나 특정 지역에 국한되지 않고, 소성을 통해 확산된다. 이 점에서 서유구가 기획한 지방 교육은 일종의 '교육 운동'으로 전화될 수 있는 계기를 내포하고 있다고 판단된다. 의숙을 통해 민간 자치적 교육은 관官의 개입 없이 스스로 퍼져 나간다. 따라서 서유구가 생각한 의숙은 자발적 공공성을 띠며, 그 공공성은 확장성을 갖는다.

그렇다면 소성이 진출할 수 있는 사회 영역으로는 구체적으로 어떤 것들이 있을까? 그리고 소성의 사회적 진출을 뒷받침할 제도적 정비는 어떻게 할 것인가? 서유구에게는 이 문제에 대한 생각이 불분명하다. 비록 그렇지만 소성의 존재방식은 여전히 흥미롭다. 서유구의 구상을 그대로 밀고 가면, 의숙을 통해 배출된 소성은 다른 지역에서 자기 나름의 의숙을 열게 된다. 그런데 의숙은 그 자체의 경제 기반을 갖추고 있으므로, 의숙에서의 교육 활동은 곧 소성의 생업이 된다. 이렇게 보면 서유구의 사고는 직업 교사 내지 직업 학자의 등장을 가능케 하는 발상의 단초를 갖고 있다고 할 수 있다.

이상과 같이 『이운지』에서 향촌의 생활 공간은 공공성을 갖는다.

여 온갖 문제들이 제기될 수 있기 때문이다. 그 문제에 대한 답으로 사회 제도적 접근을 요하는 것이 적지 않을 터이다.

그 공공성이 구축되는 방식은 단일하지 않다. 우선 자력에 의해 생계를 해결하기 위한 노력의 결과로 공공성이 구축된다. 이 경우에 공공성은 민간의 자치적 결사와 협업, 공동 시설의 공동 관리와 공동 이용의 형태로 구체화된다. 따라서 상호 의존적 삶, 공유하는 삶, 협력적 삶이야말로 자립적 삶의 중요한 특징을 이룬다.

그다음으로 민간 영역에서 자체적으로 지식을 전파하기 위한 노력의 결과로 공공성이 구축된다. 이 경우에 공공성은 서적의 출판과 보급, 교육 활동 등을 통해 구체화된다. 따라서 경우에 따라서는 모종의 계몽적 성격을 띨 수도 있을 듯하다. 자립적 삶을 모색하는 지식인에게 지식은 독점적인 것이 아니다. 자립적 삶의 모색으로 인해 오히려 지식의 공공성이 증대한다. 그리고 그럼으로써 또 자신의 생계를 자기 힘으로 해결할 수 있는 길이 열리기도 한다.

요컨대 『이운지』는 내밀한 공간에서 시작하여 공공성에 대한 전망을 열어 가는 쪽으로 확장된다. 외부 세계와의 접촉면이 늘어남에 따라 '나'의 확장이 이루어진 것이다. 그러나 그렇다고 해서 사적 공간을 통해 구현된 것들, 탈속적인 삶의 지향과 내밀한 심미적 감수성 같은 것들이 억눌리거나 휘발되는 것은 아니다.

'차여택'此予宅에 대한 글은 이 점을 잘 보여 준다. 차여택은 부가범택浮家汎宅이다.

> 서호西湖의 화방畵舫에 대해서는 상고할 수 없고, 조채晁采의 남원주南園舟는 지나치게 화려한 흠이 있다. 나는 두 종류의 배를 만들고 싶다. 하나는 호수에 둔다. 고심부高深夫(고렴高濂)가 말한 '가벼운 배'를 본떠, 버드나무가 늘어선 제방과 갈대가 우거진 물가에 띄워 마름을 캐거나 물고기를 낚는다. 하나는 강나루

에 둔다. 왕여겸汪汝謙의 불계원不繫園을 본뜨되 규모를 조금 줄여, 물가를 따라 올라가고 계곡을 거슬러 올라가 좋은 벗을 찾아가거나 명산名山을 유람한다. 공열후公閱侯의 말을 취해 이름을 '차여택'이라 한다.[67]

'차여택'은 '이곳이 내 집이오'라고 풀이될 수 있는 말로, 『장자』莊子에 연원을 둔다. 집이란 곳이 따로 있는 게 아니라 내 발길이 닿는 곳이면 어디든 나의 집이라는 뜻이다. 이는 집과 자연의 완전한 합일을 지향한 것이다. 사실 집이라 하면 정주定住의 장소, 붙박이로 생각하기 쉽다. 따라서 집은 어떤 식으로든 자연과의 분리 및 자연의 인위적 구획을 그 태생적 조건으로 한다. 그런데 차여택은 그렇지 않다. 그것은 유동성을 갖는 가옥이다. 그리고 그 유동성으로 인해 자연과의 합일을 극대화할 수 있다. 그러면서도 그것은 여전히 집의 기능을 잃지 않는다. 이 점에서 차여택은 노장사상에 내포된 인생관, 자연관, 세계관을 건축학적으로 구현한 것이라 할 수 있다.

이렇듯 임원경제학에서는 공공성이 폭넓게 구축되지만, 심미적이고 내밀하고 탈속적인 면은 여전히 존중되고 보존된다. 오히려 더 전면적으로 구현되기도 한다. 사적인 활동 공간은 공적 요구에 의해 침해되지 않지만, 그렇다고 해서 자폐적인 상태에 매몰되지 않고 '공적

---

67 "西湖之畫舫不可考矣, 晁采之南園舟傷於濃矣. 余欲製二舟: 一置湖塘者, 倣高深夫之輕舟, 以浮泛柳堤蘆汀之間, 采藕釣魚; 一置江浦者, 倣汪汝謙之不繫園, 而稍殺其制, 以沿濱溯峽, 訪良дру 朋, 探名山. 取公閱侯之言, 題曰此予宅."(徐有榘, 〈此予宅〉, 「衡泌鋪置」, 『怡雲志』卷第一, 『林園十六志』 5, 245면) 공열후의 말은 『莊子』「則陽」에 보인다. '輕舟'에 대한 자세한 설명은 『준생팔전』 권8에 보인다. '不繫園'에 대해 서유구는 "長六丈二尺, 廣五之一, (…) 陳眉公題曰不繫園"이란 주석을 달았다.

인 것'과의 접점을 유지한다. 자립적 삶의 주체는 한 개인이지만, 그 삶은 자신의 생활 공간에서 자신의 내면적 요구를 존중하면서 자립 저으로 공공성을 구축하는 삶이다.

이 점에서 '공'公과 '사'私는 임원경제학에서 불가분의 관계를 맺으며 혼용된다. 만약 공과 사를 이항 대립적으로 이해한다면, 서유구의 사고는 사적인 삶을 염두에 둔 것으로 간주될 법하다.[68] 그러나 임원경제학의 공간 표상에서는 '공'과 '사'가 매개됨으로써 공공성이 구축된다. 취진당과 의숙에 대한 글을 통해 확인했다시피, '공사혼융公私混融의 공공성'은 국가 혹은 관 주도하에 구축되는 것과 다르다. 임원경제학이 추구하는 공공성은 외부의 권위적 기관에 의해 의무적으로 부가되는 것이 아니다. 그렇게 강제되는 공공성은 외재적이다. 이와 달리 임원경제학이 추구하는 공공성은 민간 영역의 내적 요구에 의해 자발적으로 구축되고 확산된다. 자기 자신의 삶을 자기 힘으로 돌보는 행위 자체가 공공성을 띠는 것이다.

결국 임원경제학에서 생활 공간은 '공사혼융의 공간'이다. 이것을 두고 사회와 개인 사이의 사회, 일종의 '중간 사회' 같은 것이라고 할 수 있지 않은가 한다. 그렇다면 임원경제학은 그저 사대부의 자립적 삶에 필요한 지식을 체계화한 것일 뿐만 아니라, 사대부의 자기 정립을 통해 향촌 사회의 공공성을 자립적으로 구축하기 위한 기획이라 할 수 있다. 사대부의 자립적 삶의 모색이 향촌 질서의 민간 자치적 정립과 '중간 사회'의 구축을 지향하는 잠재력을 갖는 것이다.

---

68 실제로 서유구 자신은 『임원경제지』의 내용이 경세(經世)의 방도가 아니라고 강조한 바 있다: "以林園標之者, 所以明非士官濟世之術也."(徐有榘, 「林園十六志例言」, 『林園十六志』 1, 1면)

요컨대 임원경제의 주체는 '공'과 '사'의 매개자다. 이 점은 『이운지』뿐 아니라 서유구의 이용후생론 전반에서 두루 확인된다. 일례로 서유구는 「향촌에 살면서 마땅히 공업을 익혀야 한다는 것을 논함」(論鄕居宜訓工)에서, 중국은 군현郡縣뿐 아니라 향리鄕里에도 숙련된 공인이 많다고 지적하면서 이렇게 말한다.

　　　우리나라는 이와 다르다. 경성京城 내에 목수, 미장이, 쇠붙이를 다루고 석재를 가공하는 공인이 도합 수백 명에 불과하다. 그런데 이들은 모두 관아에 소속되어 있기 때문에 재력 있는 사람이 아니면 부릴 수 없다. 시골 촌야로 말하면, 비록 100가구가 모여 사는 곳이라 해도 농기구를 잡는 농사꾼 외에는 모두가 놀고 먹을 뿐 곡직曲直, 방면方面, 형세가 무엇인지 모르는 사람들이다. 지붕이 새어 빗물이 뚝뚝 떨어져도 서까래 하나 갈지 못하고, 소반 다리가 부러져도 10년이 되도록 고치지 않는다.
　　　우리나라의 공업 제도가 엉망이 된 것은 제대로 된 장인이 없기 때문이다. 서울에서 멀리 떨어진 곳에 살 계획인 사람이 만약 휘하에 장객莊客 수십 명을 두었다면, 그들 중에 문약文弱하여 논밭에서 일할 수 없는 사람 예닐곱 명을 골라 각각 나무를 가공하고 돌을 가공하고 쇠붙이를 가공하고 미장일하는 방법을 배우게 한다. 처음 집을 짓기 시작할 때, 서울의 뛰어난 공인을 좇아 일을 보조하면서 겸하여 그 기술을 배우게 한 뒤에 계속 익히게 한다. 그러면 비록 집을 수리하고 기물을 보수할 일이 생기더라도, 집이나 기물이 망가졌는데도 장인이 없다는 이유로 그냥 보고만 있고 손을 쓰지 않는 병통은 없을 것이다.[69]

서유구는 서울 외 지역에 숙련된 공인이 전무하다시피 한 현실을 심각한 병폐로 받아들인다. 그나마 서울에 있는 공인은 관아 소속이기 때문에 권력이나 재력이 없으면 부릴 수 없다. 이에 서유구가 생각한 해결책은 이렇다. 서울을 벗어나 향촌에서 살고자 하는 사대부 중에 소작인 수십 명을 거느린 사람이 있으면, 그 소작인들 중 일부를 서울로 보내 뛰어난 공인 밑에서 일을 배우게 한다. 그렇게 해서 숙련된 기술을 습득한 소작인들이 향촌으로 돌아와 공인 역할을 한다.

여기서 주목되는 것은 사대부의 향촌 생활이 지방의 공인 육성과 연계되어 사고된다는 점이다. 서유구는 서울을 떠나 향촌에서 자립적으로 살기로 마음먹은 부유한 사대부를 임원경제의 주체로 상정한다.[70] 그런데 임원경제의 주체는 향촌으로 내려가는 즉시 지방에 제대로 된 공인이 없는 현실을 직면하게 된다. 따라서 임원경제의 실천은 조선 사회의 문제점을 생활 현장에서 가시화하는 계기가 된다.

공인 교육이 제대로 이루어지지 않는 것은 결국 사회 시스템의 문제다. 그런데 서유구는 다른 접근법을 취한다. 서울에서도 공인은 유력자가 아니면 고용하기 어렵다. 따라서 지방까지 공인 교육이 정비되기를 기다리는 것은 현실적으로 요원한 일이라고 할 수 있다. 생활 현장에서 부딪친 문제는 일단 자기 형편에 따라 스스로 해결할 수밖

---

69 "我東異此, 京城內梓人·圬者·攻金攻石之工都不過數百, 而皆繫籍衙門, 非有力者莫可使役. 鄕外村野, 雖百家之聚, 除椎鹵執耒耜外, 率皆遊衣遊食, 不知曲面勢爲何物者也. 屋漏牀牀, 莫改一椽; 槃折其脚, 十年不易. 我東工制之滅裂, 亦由匠手之無其人耳. 凡卜築遠京之地者, 苟於籬下有三數十莊客, 則擇文弱不能服田疇者六七人, 令分學攻木·攻石·攻金·圬墍之法, 最初營造時, 隨京城善手幫助其役, 仍學手法, 不住肄習, 縱有裝摺室屋·補茸器物之事, 亦不患無匠手, 坐視室宇宇用之壞弊而莫之謀也."(徐有榘, 〈論鄕居宜訓工〉,「工制總纂」,『贍用志』卷第四,『林園十六志』2, 501〜502면)
70 이 점은 앞에서「동원정사 기문」(桐原精舍記)을 검토하면서 이미 확인한 바 있다.

에 없다. 이런 이유로 서유구는 지방 행정 내지 국가 행정이 담당해야 할 일의 자치적 해결 방법을 강구하게 되지 않았나 한다.

민간 영역에서 자치적으로 공인 교육을 담당할 수 있는 계층은 현실적으로 부유한 사대부 정도밖에 없을 것이다. 물론 서유구의 발상법은 엄연히 계급적 한계를 갖는다. 지주전호제의 존속을 전제로 하기 때문이다. 그렇기는 하나 조선 후기 사회의 현실적 여건을 고려하면, 부유한 사대부 계층의 귀촌을 곧 지방 사회의 공공성을 높이는 계기로 재정위하고자 했다는 점에서 서유구의 기획은 그 의의를 인정받을 수 있다.

결국 서유구의 이용후생론에서 향촌 사회의 공인 육성은 국가 제도의 공적 차원에서가 아니라 사대부 개인의 사적 차원에서 이루어진다. 이렇게 해서 공인이 육성되면, 향촌 사회에 공업 기술이 전파되는 데 도움이 될 것이라고 서유구는 생각한 듯하다.

> 풍속을 변화시켜서 공인을 소통시키고 상인에게 혜택을 주는 일은 진실로 재야의 사람이 참여하여 도모할 것이 아니다. 그러나 내 소원은 다음과 같다. 하는 일 없이 밥이나 축내는 것을 경계하고 부끄러움을 아는 세상의 군자가 기계를 편리하게 만들어 일상생활을 이롭게 하는 방법에 조금 마음을 두어, 『영조법식』營造法式·『천공개물』天工開物 등의 책을 가져다 충분히 강구하고 서둘러 시험하여, 들이는 힘은 적은데 거둬들이는 효과는 큰 실리實利를 가지고 사람들을 설득한다면, 이익은 누구나 추구하는 것이므로 굳이 번거롭게 권하고 감독하지 않더라도 한 사람이 열 사람에게 전하고 열 사람이 백 사람에게 전할 것이다. 그렇게 되면 기계가 편리해지고 백성의 재용財用이 늘어날

것이니, 어찌 한 고을이나 한 마을을 인도하는 것에서 그치겠는가? 도를 논하고 나라를 다스리는 일에 만에 하나라도 보탬이 된다고 해도 괜찮을 것이다.[71]

「사대부는 마땅히 공업 제도에 유의해야 한다는 것을 논함」(論士夫宜留意工制)의 일부이다. 인용문에서 서유구는, 세상의 군자가 공업 제도를 연구하여 그 이로움을 사람들 앞에서 입증한다면 그 공업 제도가 자연스럽게 유포될 것이라 전망한다.

그런 판단의 전제가 되는 것은, 인간은 누구나 이익을 추구하며 이익을 좋아한다는 인간관이다. 주지하다시피 성리학적 사고에서 '이익'과 '의리'는 이항 대립을 이룬다. 따라서 이익 추구는 '도'道에 위배된다. 그런데 인용문에서는 그렇지 않다. 개개인의 이익 추구는 '도를 논하고 나라를 다스리는 일'과 모순되지 않는다. 서유구의 임원경제학에서 이익 추구는 인간의 자연스러운 본성으로 상정되며, 사적 이익 추구의 결과 사회 전체의 공공성이 확장된다.

이상과 같이 『임원경제지』에서는 임원경제의 주체가 그 스스로의 필요에 따라 자발적으로 공공성을 증대하는 역할을 맡는 존재로 상정된다. 향촌 사회에서 공인을 육성하여 공업 기술 수준을 높이는 작업은 관의 주도가 아니라 민간의 사대부 주도로 이루어진다. 이 점에서 임원경제의 주체는 '관'官과 '민'民 사이에 위치하면서 그 둘을 모

---

71 "變風易俗, 通工惠商, 固非在野者之所與謀, 而余願世之戒素餐知慚愧之君子少留心於便器利用之道, 取『營造法式』、『天工開物』等書, 熟講而亟試之, 以用力寡而收效博之實利歆動之, 則利之所趨, 不煩勸相, 以一傳十, 以十傳百, 器械便利, 民用殷阜, 豈徒爲一鄉一閭之倡率? 雖以仰神論道經方之萬一亦可矣."(徐有榘,〈論士夫宜留意工制〉,「工制總纂」,『贍用志』卷第四,『林園十六志』2, 501면)

두 아우르는 '관민혼융官民混融의 주체'라고 할 수 있다.

그러나 다른 한편으로 생각해 보면, 서유구의 주장은 다소 비현실적이고 나이브한 면이 없지 않다. 애초에 서유구가 임원경제학의 문제의식을 갖게 된 것은 경화사족이 벼슬만 바라보며 기를 쓰고 서울에 붙어 있는 현실 때문이다. 따라서 부유한 서울 사대부가 자발적으로 향촌에 내려가서 소작농들에게 공인 교육을 시킨다는 것은 현실성이 거의 없다고 봐야 할 것이다. 설령 서유구의 희망대로 그런 유형의 사대부가 등장한다 한들, 그들이 공업에 관심을 가짐으로써 향촌 사회에 자연스럽게 공업 기술이 전파될 것이라는 발상도 마찬가지로 나이브해 보이는 면이 적지 않다. 서유구는 이익을 좋아하는 인간 본성으로 환원하여 사고할 뿐, 공업 기술의 확산을 막는 여러 사회적 장애 요인에 대해서는 구체적인 고려를 하지 않는다. 이런 맹점은 결국 사회 제도적 차원의 접근이 결여된 데서 연유하지 않은가 한다.

요컨대 임원경제의 주체는 '공'과 '사'를 매개하며 그 매개는 자발적으로 이루어지지만, 그 매개 방식은 안팎으로 양의성을 갖는다고 생각된다. 임원경제학 내부에서 보면, 그 자발성은 어디까지나 지도적 위치를 점하는 부유한 사대부에 의한 것이다. 따라서 자유로운 동등한 주체들의 협력에 의한 공공성 구축으로 나아가지는 못하고, 민관民官 사이의 중간 지대를 점하게 된다. 바로 이 중간 지대에서 '공공성의 자치적 구축'의 가능성이 싹튼다. 임원경제학 외부에서 보면, 자발성에 의한 공사혼융은 역설적이게도 다른 한편으로는 공적 영역에 대한 사고의 취약성과 표리를 이룬다. 서유구의 임원경제학에서 사회 제도적 차원의 공공 영역은 자립적 삶에 대해 외재적인 것처럼 전제된다.[72] 따라서 공공성 구축을 위해 필요한 제도 정비나 개혁에 대한 고민은 불충분해질 수밖에 없다.

이렇듯 임원경제학은 안팎으로 빛과 그림자를 갖고 있다. 그 양면은 결국 서유구가 상정한 임원경제의 주체가 갖는 이중성에 대응된다. 그 주체는 한편으로는 자립적 삶을 지향하지만 다른 한편으로는 관리자 내지 감독자의 위치에 있다. 그 주체는 한편으로는 자치적 결사체의 형성과 공공성의 구축에 대한 전망을 열어 나갈 수 있는 사고의 단초를 갖고 있지만, 다른 한편으로는 그런 사고를 현실적 여건 속에서 구체화할 수 있는 사회 제도적 고려를 충분히 하지 못한다. 이런 양면성이 임원경제학에 투사됨으로써 빛과 그림자가 동시에 생긴 것이 아닌가 한다. 따라서 사대부의 자기중심성에 대한 보다 더 근본적인 반성과 사회 제도적 개혁의 구상이 뒤따르지 않는 한, 서유구의 임원경제학은 그 이중성을 구성하는 양 측면을 왕복하면서 그 큰 틀의 한계 내에서 맴돌 수밖에 없을 것이라 판단된다.

4. 『임원경제지』의 절충주의적 성격

향촌의 사대부가 돌봐야 할 것은 의·식·주에서 그치지 않는다. 교양을 통해 문화적 욕구를 충족시키는 것도 필요하다. 예술 취향이나 기타 여가 활동에 대한 각종 글들을 수집·정리한 것이 『이운지』인데, 다음은 「『이운지』 인引」의 한 대목이다.

세상에 떠도는 이야기에도 더러 이치가 담겨 있다. 옛날에 몇

---

72 앞에서 이미 인용했다시피, 서유구는 임원경제학이 경세의 방법이 아니라고 전제했으며, 공업 제도에 대한 글에서도 같은 취지의 말을 했다.

사람이 옥황상제에게 하소연하여 소원을 빌었다.

한 사람이 말했다. "현달한 벼슬길에 올라 정승·판서 자리를 차지하고 싶습니다."

옥황상제가 말했다. "좋다. 그렇게 해 주겠다."

또 한 사람이 말했다. "재산이 수만금에 이르는 부자가 되고 싶습니다."

옥황상제가 말했다. "좋다. 너도 그렇게 해 주겠다."

또 한 사람이 말했다. "아름다운 문장으로 세상에 빛나고 싶습니다."

옥황상제가 한참 뒤에 말했다. "좀 어렵지만 너도 그렇게 해 주겠다."

마지막 한 사람이 말했다. "글은 이름 석 자 쓸 줄 정도면 되고 재산은 먹고살 정도면 되니, 다른 건 바라지 않고 오직 임원林園에서 교양 있게 살면서 세상에 달리 구하는 것 없이 한평생을 마치고 싶습니다."

옥황상제가 이맛살을 찌푸리며 말했다. "청복淸福은 혼탁한 세상에 가당치 않다. 너는 망령되이 요구하지 말고 그다음 소원을 말해 보거라."

이 이야기는 임원에서 교양 있게 사는 일의 어려움을 말한 것이다. 이 일은 참으로 어렵다. 인류가 생긴 이래로 지금까지 수천 년이 되도록 과연 이 일을 이룬 사람이 몇 명이나 되는가? 참으로 어려운 일이다.[73]

---

[73] "世所流傳之俗語, 亦或理寓焉. 昔有數人訴于上帝祈其鷰. 一人曰: '願榮顯宦途, 貴占卿相.' 帝曰: '諾. 可賦之.' 一人曰: '願富至累巨萬.' 帝曰: '諾. 亦賦之.' 一人曰:

노동을 비롯하여 일체의 세속적 구속으로부터 자유로운 삶, 맑고 운치 있는 삶에 대한 선망과 동경이 여실히 드러난다. 그러나 그런 삶은 현실 속에서는 거의 불가능하다. 옥황상제조차 내려 줄 수 없을 정도다.

이렇게 보면 서유구가 생각한 자립적 삶은 생계 활동과 여가 활동을 통해 인간의 생물학적 요구와 문화적 요구를 모두 충족시키는 삶이다. 일견 이 두 영역은 서로 구분·대립되는 것처럼 보일 수도 있지만, 서유구의 경우는 그렇지 않다.

그렇다면 서유구가 심미적 가치와 실용적 가치가 조화를 이룬 삶을 지향한 이유는 무엇인가? 그리고 그 두 가지 가치를 결합하는 논리는 무엇인가? 우선 지적할 수 있는 것은 인간학적 관점이다. 다음 글은 심미적인 것과 실용적인 것의 관계에 대한 서유구의 인간학적 관점을 잘 보여 준다.

> 우리 인간은 태어나면서부터 오관五官의 작용을 갖고 있다. 하지만 오관은 홀로 작용하지 못하고, 반드시 천연의 물건에 의지하여 길러져 삶을 풍요롭게 할 수 있다. 곡식, 고기, 채소 같은 것으로 말하면 구복口腹을 기르는 것이 지극히 구비되어 있는데 귀, 눈, 코에 대해서는 유독 기르는 것이 없단 말인가?

'願文章藻詞, 照耀一世.' 帝良久曰: '有些難, 第亦賦之.' 最後一人曰: '書足以記姓名耳, 産足以資衣食耳, 無他望也, 惟祈林園養雅, 無求於世以終身焉.' 帝矍然曰: '淸福不可於濁世. 爾勿妄干, 更奏其次可也!' 此蓋謂林園雅課之難也. 是事也誠難乎哉! 自生民以來, 幾千歲于茲, 果能辦此事者幾人乎? 難矣哉!"(徐有榘, 「怡雲志引」, 『林園經濟志』, 한양대학교 백남학술정보관 담헌문고 영인본) 참고로 인용문과 흡사한 이야기가 劉在建, 『里鄕見聞錄』 卷之三 「金仲眞」(아세아문화사 영인, 1974, 176~180면; 번역은 실시학사 고전문학연구회 옮김, 『이향견문록』, 글항아리, 2008, 268~271면 참조)에 보인다.

인간은 지혜롭고 기술이 뛰어나 짐승과 같지 않다. 짐승은 구복을 채우는 데 급급하여 그 밖의 것에는 미칠 겨를이 없다. 하지만 오직 인간만은 생명을 보존한 뒤에 별도로 구경하고 즐길 거리를 찾는 것이 생명을 보존하는 것보다 더 많으며, 심한 경우에는 나라를 망치거나 자기 몸을 버려 가면서도 그만두지 못하는 사람까지 있다. 이것은 어째서인가?

어떤 사람이 이런 의문을 제기했다. "채소를 심고 거두는 것은 생활을 풍족하게 하는 것이니 실용에 유익하다. 하지만 화훼로 말하면 다만 구경하고 즐길 거리일 뿐인데 무엇 하러 급급하게 군단 말인가? 옛글에 '무익한 일을 하여 유익한 일에 피해를 입히는 짓은 하지 마라'고 했으니, 지금 이 『예원지』藝畹志를 짓는 것은 불필요한 일 아닌가?"

나는 이렇게 대답했다. "그렇지 않다. 모든 물건은 그것을 기르는 데 '허'虛가 있고 난 뒤에야 '실'實을 기르는 게 완전해진다. 다만 '실'을 기르는 것만 힘쓸 줄 안다면 기르는 것이 도리어 거칠고 무잡茂雜해질 게 틀림없으니, '허'와 '실'을 함께 길러야만 완전할 수 있다. 노자老子는 이렇게 말하지 않았던가? '창문을 내어 밝게 하는 것은, 그 무無로 인해 방房의 용用이 있는 것이다.' '무'가 곧 '허'니, '허'를 기르는 것이 '실'을 기르는 방법 아니겠는가? 인간으로 말하면, 입은 진실로 내가 갖고 있는 것이고 귀·눈·코 또한 내가 갖고 있는 것이니, 만약 저것은 기를 줄 알고 이것은 기를 줄 모르다면 저 기르는 것이 치우쳐지지 않겠는가? 우리 인간에게 이바지하는 것을 찾고자 한다면, 반드시 오관을 모두 기쁘게 하는 것이 있은 뒤에야 괜찮을 것이다."[74]

'실'은 인간의 동물적 요구를 충족시키는 것이고, '허'는 동물과 구분되는 '인간의 인간다움'을 구현하는 것이다. 요컨대 '허'와 '실'의 개념쌍은 인간의 양면, 즉 동물이되 동물적 한계를 초과하는 이중적 존재로서의 인간의 모습에 대응된다. 그 개념쌍은 '실용적인 것/실용적이지 않은 것', '생계 활동/문화 활동', '유익한 것/무익한 것', '유용한 것/무용한 것', '동물적인 것/동물 이상의 것' 등의 대립쌍을 거느림으로써 인간적인 삶 전체를 구조화한다.

요컨대 서유구는 문화적인 것 내지 심미적인 것과 실용적인 것이 조화를 이룬 삶이 인간적인 삶이라고 보고 있다. 심미적인 것이 결여된 실용적인 것은 불완전하다. 심미적인 것이 충족될 때 비로소 실용적인 것이 완전해지며 인간의 인간다움이 온전히 구현될 수 있다. 결국 실용성과 심미성의 결합의 논리는 인간의 존재방식 자체에서 확보된다. 이 점에서 서유구의 논법은 인간학적 관점에 기초한다.

그다음으로 지적할 수 있는 것은 사회계층적 측면이다. 서유구가 말한 인간적인 삶은 그저 인간 본연의 것일 뿐만 아니라, 구체적인 사회계층적 함의를 갖는다. 『임원경제지』를 다른 농서와 대비해 보

---

74 "夫吾人之生, 有五官之用焉. 然不能獨行, 必資天物以養之, 得厚其生. 如粟米、膻腥、穀蔌之倫, 所以養口者極其備矣, 則於耳目與鼻, 獨無所養乎? 人者慧而巧, 與禽獸不倫也. 禽獸者急於口腹之養, 無暇及於其外. 惟人則保生以後, 別求所以觀玩之供又多於保生焉. 及其甚也, 至有喪邦損國而不能已者. 此曷故焉? 或難之曰: '稼穡蔬茹, 所以厚生, 有益於實者也. 至於花卉, 但供玩好, 何用汲汲? 傳曰: 「不作無益, 害有益.」 今此 「藝畹志」之述, 不其贅與?' 答曰: '不然. 凡物之養, 有虛者然後養實者全矣. 若但知養實之是務, 則所養反鹵莽矣必也. 虛實兼養, 乃可完矣. 老聃氏不云乎? 鑿戶牖以爲明, 當其無, 有室之用.' 無者虛也. 虛虛非所以養實乎? 其於人也, 口固吾有也, 耳目鼻亦吾有也. 若但知養彼而不知養此, 則彼養者不其偏乎? 如欲求吾人之供, 必有五官俱悅者然後可矣." (徐有榘,「藝畹志引」,『林園經濟志』, 한양대학교 백남학술정보관 담헌문고 영인본) "不作無益, 害有益"은『서경』「주서」(周書)〈여오〉(旅獒)에 보이고, 노자의 말은『도덕경』(道德經) 11장에 보인다.

풍석 서유구 산문 연구

면, 이 점은 한층 더 분명해진다. 일례로 『산림경제보유』山林經濟補遺
는 19세기 초에 성립되었을 것으로 생각되는데, '한사소농'寒士小農의
생산 규모를 정확한 수치로 제시하고, 그의 생활 여건에 따른 구체적
인 지침을 담고 있다.[75] 이런 『산림경제보유』와 달리 『임원경제지』에
는 예술 취향이나 그 밖의 취미 생활에 대한 내용이 대폭 확대되었을
뿐만 아니라, 농업에 대한 지침도 '한사소농'에 국한된 것이 아니다.
이 점에서 서유구가 전제로 한 임원 생활의 주체는 '한사소농'과 구
분되는 점이 있다.

앞에서 강조했다시피, 서유구가 생각한 임원 생활의 주체는 '공경
公卿의 자제', 즉 서울 상층 사대부 출신 중에서 도시적 삶의 문제점
을 통찰하고 향촌에서의 삶을 선택한 부류이다. 이들은 사대부층에
속한다는 점에서 일단 농민과 다르거니와, 사대부층 내에서도 독특
한 위치를 점한다. 이들은 경화사족이므로 그 성장 배경부터 향촌 사
족과 다르다. 하지만 경화사족의 생활 방식에 대한 반성적 거리감을
갖고 있다는 점에서, 향락적이고 비생산적인 생활에 빠져 있는 부류
와도 다르다. 그러면서도 경화사족으로서의 생활 감각과 교양을 갖
추었고 넉넉한 경제적 기반을 갖고 있다는 점에서 몰락 양반이나 한
사寒士와도 또 다르다. 서유구가 심미적 가치와 실용적 가치의 조화
를 지향한 것은 이런 사회계층적 존재방식과 긴밀하게 연관된다고
판단된다.

끝으로 서유구의 삶의 경로도 고려할 필요가 있다. 서유구가 생
각한 임원 생활의 주체가 갖는 사회계층적 특징은 그의 개인사와 밀

---

75 김용섭, 『조선 후기 농업사 연구』(2)(신정 증보판, 지식산업사, 2006), 299~309면
참조.

접한 관련을 맺는다. 서유구는 경화 벌열 출신으로 젊은 시절에 풍요로운 삶을 누렸다. 따라서 심미적인 삶 내지 향유의 삶은 서유구에게 일종의 소여所與이다. 그러나 집안의 몰락과 더불어 임원 생활은 무엇보다도 서유구의 당면 과제가 되었다. 빈곤의 체험을 통해 자립적 삶에 대한 문제의식이 투철해진 것이다. 따라서 방폐기는 '일하는 주체'로서의 반성적 자기 정립을 모색하는 결정적인 계기가 된다. 그런데 긴 방폐기 끝에 서유구는 정계 복귀에 성공하여 비교적 순탄한 관료 생활을 한 뒤 은퇴한다. 따라서 서유구는 완전히 몰락한 채로 생生을 마감한 것이 아니라 상층 사대부의 삶을 회복한 것이 된다. 이렇듯 서유구는 계층적으로 보장된 향유의 삶을 누린 다음, 일거에 그것을 상실했고, 그 상실 끝에 다시 그 삶을 회복했다. 서유구의 사고에서 심미적 가치와 실용적 가치, 그리고 향유의 주체와 일하는 주체가 통합되어 있는 것은, 인간의 본연적인 요구에 의한 면도 있지만, 서유구의 이런 삶의 경로와도 무관하지 않다고 생각된다.

이제까지 서유구가 심미적 가치와 실용적 가치의 조화를 추구한 이유를 인간학적 측면, 사회계층적 측면, 개인사적 측면에서 살펴보았다. 그런데 임원경제학에서 심미적인 것과 실용적인 것의 통합 외에 한 가지 더 주목을 요하는 것이 있다. '도시적 가치'와 '향촌적 가치'의 조화가 그것이다.

'임원경제학'에는 심미적 가치와 실용적 가치뿐 아니라, 도회적 생활 감각과 향촌 생활의 감각 역시 혼융되어 있다. 『본리지』를 비롯하여 『관휴지』灌畦志, 『만학지』晚學志, 『전어지』佃漁志 등은 농업·어업·축산업 등에 대한 소상한 정보와 구체적인 지침을 제공해 준다. 그 글들은 향촌 생활자의 감각을 반영한다. 반면 『섬용지』贍用志에 실린 '사대부는 마땅히 공업 제도에 유의해야 한다는 것을 논함'(論士夫宜

留意工制)이란 제목의 글은 도시 상공업적 감각을 반영한다. 이 글에
서 서유구는, 조선의 자연환경은 중국·일본에 의지하지 않아도 일용
기구를 만들기에 충분한데 조선의 기술력은 열악하다고 지적한다.
그런 다음에 그는 실생활에 도움이 되는 공업을 도외시하고 공리공
담과 무위도식을 일삼는 사대부들의 병폐를 비판한다.[76] 마찬가지로
'향촌에 살면서 마땅히 공업을 익혀야 한다는 것을 논함'(論鄕居宜訓
工)이란 제목의 글도 도시 상공업적 감각을 보여 준다. 결국 도시 상
공업을 중시하는 사고가 향촌에서의 자립적 삶에 대한 고민으로 수
렴된 것이다.

『예규지』의 가정경제학도 마찬가지로 '도시적인 것'과 '향촌적인
것'의 통합을 지향한다. 이 점을 확인하기 위해서는 일단 『예규지』를
『임원경제지』의 전체 구도 속에 놓고 볼 필요가 있다. 서유구는 「『예
규지』 인」에서 다음과 같이 밝힌 바 있다.

> 그 기술에 있어서도 또 구별이 있으니, 농사는 근본이고 상업은
> 말단이다. 이 책이 『본리지』에서 시작하는 것은 농업을 중시한
> 것이고, 『예규지』로 끝맺는 것은 그것이 말단이어서 경시한 것
> 이다.[77]

---

76   徐有榘, 「工制總纂」, 『贍用志』卷第四, 『林園十六志』 2, 500~501면.
77   "於其術也又有別焉. 農者本也. 賈者末也. 是書也始於 『本利』, 重農之道也; 終以
『倪圭』, 爲其末而輕之也."(徐有榘, 「倪圭志引」, 『林園經濟志』, 大阪府立中之島圖書館
소장본. 한양대학교 백남학술정보관 담헌문고 영인본)

여기서 '그 기술'은 '생계를 꾸리는 기술'을 뜻하고, '이 책'은 『임원경제지』를 가리킨다. 인용문에서 확인되다시피, 서유구는 『예규지』를 『임원경세시』의 선제석인 十도 속에서, 특히 『본리지』와의 관계 속에서 위치 지우고 있다. 『예규지』는 사대부의 상업 행위 및 경제 활동을 학적으로 체계화했다는 점에서 조선 후기 지성사에서 이채를 띤다. 그러나 『임원경제지』에서 농업과 상업이 동일한 비중을 갖는 것은 아니다. 서유구 역시 '농본상말'農本商末이라는 전통적인 관념을 갖고 있었다. 그렇다고 해서 상업이 천시된 것은 아니다. 서유구의 경우, '농본상말'의 논리는 상업의 중요성을 승인한 전제 위에 다시 농업과 상업의 경중을 따지는 준거로 작용한다. 따라서 상업을 억누르는 종래의 관점과는 그 지향을 달리한다.

그럼에도 불구하고, 서유구가 '농본상말'의 관념을 갖고 있었던 것은 상업의 가치를 긍정하는 데 있어서 불철저하거나 과도기적인 면을 보여 주는 것 아닌가? 이런 반론은 그 나름의 타당성을 갖는다. 그러나 다른 한편으로 생각해 보면, 이런 반론에는 농본 사회에서 산업 사회로의 전환, 즉 도시화와 산업화가 발전 방향으로 전제된 것이 아닌가 한다. 그런데 그 방향을 전도시키는 것이 과연 근대주의를 비판하는 유효한 방법일까. 그 두 가지 입장 모두 농촌적 삶과 도시적 삶을 상호 배타적인 것으로 간주하고 있다는 점에서는 대동소이하다. 오히려 그보다 더 중요한 것은 농촌적 삶과 도시적 삶이 조화를 이루는 발전 방향을 모색하는 것 아닐까?

『예규지』의 가정경제학은 이런 견지에서 주목된다. 서유구는 비록 경중의 구분을 하고 있긴 하지만, 농업과의 관계 속에서 상업 및 경제 활동을 사고한다. 이런 관점은 『예규지』 곳곳에서 확인된다. 앞에서 거론한 글들 중 「식시삼사」, 「전산田産을 둘 때에는 마땅히 인자

한 마음을 가져야 한다」, 「겸병하는 데 술책을 쓰는 것은 장구한 계책이 아니다」, 「도둑을 막는 여러 가지 방법」은 모두 농촌적 삶을 배경으로 한다. 그 밖에 「오곡을 삼가 아껴야 한다」(敬惜五穀), 「전토가 보배로 여길 만한 것임을 논함」(論田土可寶), 「전산의 경계는 마땅히 분명하게 해야 한다」(田産界至宜分明), 「전산을 둘 때 꼭 기름진 땅을 고집할 필요는 없다」(置田不必膏腴), 「전산을 둘 때 중요한 다섯 가지」(置田五要), 「전산을 팔아서는 안 된다」(田産不宜鬻賣), 「나무를 심을 때에는 적절한 시기를 놓치지 말아야 한다」(種樹毋失時) 등도 그렇다.[78]

「전토가 보배로 여길 만한 것임을 논함」은, 여타의 재화는 손상되거나 없어지는 데 반해 전토는 확실한 경제적 기반이 된다는 취지의 글이다. 이런 생각을 더 분명히 보여 주는 글이 「전산을 팔아서는 안 된다」이다. 농지에서 나는 이익은 적고 이익이 생기는 속도도 느린 반면 상업에서 얻는 이익은 많고 이익이 생기는 속도도 빠르지만, 그렇다고 해서 농지를 팔아 상업을 하면 안 된다는 것이 그 대체적인 내용이다. 서유구가 「『예규지』인」에서 표방한 '농본상말'의 논리가 이 글에서도 그대로 관철되고 있는 셈이다. 그 밖에 「전산의 경계는 마땅히 분명하게 해야 한다」는 토지 경계의 문제, 즉 토지 소유권 설정의 문제를 다룬 글이다. 그리고 「전산을 둘 때 꼭 기름진 땅을 고집할 필요는 없다」와 「전산을 둘 때 중요한 다섯 가지」는 모두 전지를 마련하기 위한 구체적인 지침을 논한 글들이다.

이렇게 보면 『예규지』의 가정경제학에서 상업 행위는 농업과 배

---

78 徐有榘, 「制用」, 『倪圭志』卷第一, 『林園十六志』5, 505면; 「貨殖」, 『倪圭志』卷第二, 『林園十六志』5, 519면; 같은 책, 같은 곳; 같은 책, 519~520면; 같은 책, 520면; 같은 책, 같은 곳; 같은 책, 521면.

타적인 것으로 취급되지 않는다. 오히려 그 어떤 재화보다 농지가 가장 중요한 것으로 부각된다. 농업 생산 활동과 관련된 사항은 주로 『본리지』 등에 갖추어졌지만, 곡식을 소비하는 마음가짐, 토지 매매, 농지 관리와 토지 소유권 보호, 농촌에서 발생하는 분쟁, 농촌에서의 공동체적 삶과 관련된 내용들은 '가정경제학'이라는 견지에서 『예규지』로 수렴된 것이다.

요컨대 『예규지』의 가정경제학은 상업 활동을 통한 이익 추구를 긍정하고 있지만, 더 큰 구도에서는 농업에 더 근원적인 중요성을 부여하고 있으며, 그런 전제 위에서 농업과 상업에 대한 통합적 접근을 지향한다.

그런데 농촌적 삶과 도회적 삶에 대한 통합적 시각은 『임원경제지』에서 그저 그 두 가지에 대한 글들의 병렬과 공존으로 구현되는 것이 아니다. 그보다 더 주목을 요하는 것은 그 두 영역을 관통하는 사고이다. 그 사고는 인간에게 '적정한 몫'이 있으며 그 한도 내에서 경제 활동을 해야 한다는 것, '제량의 경제관'이다. 앞에서 '제량의 경제관'이 『예규지』의 가정경제학에서 두루 관철된다는 것은 이미 확인했다. 그런데 시야를 더 넓혀서 『임원경제지』 전체의 구도 속에서 보면, '제량의 경제관'은 소비·상업 활동뿐 아니라 노동·생산 활동에도 관철된다. 『본리지』 권4의 「농사를 지을 때에는 자기 힘을 헤아려야 한다」(論佃宜量力)[79]가 그 좋은 예가 된다. 농사를 지을 때 욕심을 부려 무리하게 일하면 오히려 농사를 망치므로, 자기 힘을 헤아려 감당할 수 있는 한도 내에서 일을 해야 한다는 것이 그 대체적인 내

---

79 徐有榘, 「營治」, 『本利志』 卷第四, 『林園十六志』 1, 104면.

용이다. 따라서 '적정한 몫'에 대한 사고를 매개로 생산·농업에 대한 관점과 소비·상업에 대한 관점이 통일성을 부여받는다.

더 나아가 이런 사고는 문화생활 내지 여가 생활에 대한 글에서도 확인된다. 『예규지』 권1에는 「서화 골동 구입을 경계하라」(戒買玩好)[80] 란 글이 실려 있다. 서화골동 수집을 위해 과도한 지출을 해서는 안 된다는 내용이다. 요컨대 문화생활에서도 '적절한 몫'이 중요하게 고려된다. 『임원경제지』 중에서 사대부의 문화생활을 다룬 것은 『이운지』이다. 따라서 『예규지』는 취미 생활에 대한 가정경제학적 지침을 제공한다는 점에서 『이운지』와 조응한다. 이런 견지에서 『이운지』의 「삼복피서음」三伏避暑飮[81]이란 글도 주목된다. 『금화경독기』에서 발췌한 것이다. 이 글에서 서유구는 과도한 향락을 추구하는 것을 두고 졸렬한 방법이라고 지적하면서 소박한 방식의 향유를 강조하고 있다. 이 역시 향유의 '적절한 몫'에 대한 사고를 보여 준다.

앞에서 지적했다시피, '적절한 몫'에 대한 서유구의 자각은 방폐기의 체험과 긴밀한 연관을 맺는다. 따라서 '제량의 경제관'이 『예규지』를 포함하여 『임원경제지』의 주요 부분에서 두루 관철되고 있다는 것은, 서유구가 그만큼 반성적 자기 정립을 위한 노력을 일관되게 해 왔다는 것을 의미한다.

이상으로 임원경제학에서 '심미적 가치'와 '실용적 가치', 그리고 '도시적 삶'과 '향촌적 삶'이 통합적으로 사고된다는 것을 살펴보았다. 그런데 임원경제학은 결국 생활 세계와의 교섭 속에서 이루어진다. 따라서 생활 세계에 대한 임원경제학적 시각과 접근법을 고찰할

---

80 徐有榘, 「制用」, 『倪圭志』 卷第一, 『林園十六志』 5, 507면.
81 徐有榘, 〈三伏避暑飮〉, 「節辰賞樂」, 『怡雲志』 卷第八, 『林園十六志』 5, 442면.

필요가 있다.

맨 먼저 살펴볼 것은 사물 일반에 대한 기본적인 시각과 태도이다. 그것은 '하늘이 낸 만물 중에 쓸모없는 물건은 없다' 내지 '세상에 버릴 물건은 없다'라고 명제화될 수 있다. 거름 저장법에 대한 글이 그 좋은 예가 된다. 서유구는 여섯 가지 거름 저장법을 '거름을 저장하는 각종 방법'(儲糞雜法)이란 제목으로 소개하는데, 그 첫 번째 방법이 '남이 버린 것을 내가 취한다'(人棄我取)이다. 이 방법에 대해 설명하는 중에 서유구는 이렇게 말한다.

> 하늘이 낸 만물 중에 쓸모없는 것은 없다. 잘린 지푸라기, 낙엽, 마른 뿌리, 베어 낸 풀도 불에 태우면 거름이 되고, 물에 담그면 거름이 된다. 천하에 형체가 있고 색깔이 있고 기氣가 있고 성질이 있는 물건은 모두 거름의 재료다. 그래서 보통 사람들이 버리는 것을 훌륭한 농부는 취하는 것이다. 속담에 "집안을 망친 자식은 금을 똥처럼 보고, 집안을 번성하게 한 자식은 똥을 금처럼 아낀다"라고 했다.[82]

인용문에서 서유구는 거름 만들기에 대한 실용적 지침을 제공하는 데서 머물지 않고, 더 나아가 사물을 대하는 태도가 어떠해야 하는지를 밝히고 있다. 그것은 '하늘이 낸 만물 중에 쓸모없는 물건은 없다'라는 말로 요약된다. 아무리 하찮고 더러워 보이는 물건이라도

---

82 "天生萬物, 無無用之物. 斷藁、落葉、枯荄、薙薉, 火化之爲糞, 水漚之爲糞. 凡天下有形有色有氣有性之物, 皆糞之料也. 故衆人之所棄, 良農之所取也. 諺曰: '破家之子, 視金如糞; 成家之子, 惜糞如金.'"(徐有榘,〈儲糞雜法〉,「糞壤」,『本利志』卷第四,『林園

그 나름의 가치가 있다는 생각, 그리고 그 더러워 보이는 물건의 가치를 잘 알고 소중하게 다루는 것이 중요하다는 생각이 그 말에 들어 있다. 따라서 인용문은 단순한 실용적·경제적 관점뿐 아니라 사물에 대한 존중심을 담고 있다고 생각된다.

사물에 대한 서유구의 이런 태도는 사물에 대한 실제적이고 구체적인 지식을 중시하는 관점으로 이어진다.

> 우리나라 사람들은 대부분 거칠어서 원래 농사일에 어두운데, 어느 겨를에 미처 나무를 심겠는가? 높은 산과 깊은 골짜기에 저절로 생겨나 말라죽도록 방치해 둔 게 널려 있다. 열매가 있는 것으로 말하면, 때때로 간혹 거두어들여 심기도 하지만 그마저도 극히 드물다. 이럴 뿐만 아니라 사물의 명칭도 연구하지 않아서, 산앵두를 '내'柰(사과)라 하고 오립송五粒松을 '백'柏(측백나무)이라 하며 잎갈나무를 가리켜 '회'檜(잣나무)라 하니, 쥐를 두고 '박'璞(박옥)이라 부르는 것에 가깝지 않은가? 가시나무를 버리면서 '유'杻(싸리나무)라 하니, 어찌 다만 콩과 보리를 구분 못하는 정도이겠는가? 단단하고 질겨서 쓸모 있는 재목이 산택山澤에서 절로 생겨나는데, 그것을 '박달'이니 '가사'니 하고 속어로 막연하게 부를 뿐, 그 명칭이 무엇인지를 분변하지 않는다. 청해진清海鎭과 절이점折尒岾의 경내境內에는 겨울 동안에도 시들지 않는 좋은 목재가 많은데, 그것을 통틀어 '동생수'冬生樹라 부른다. 명칭도 정리하지 않는데 어느 겨를에 그 사용을 강

十六志』1, 115~116면)

구하겠는가? 실질적인 것에 힘쓰는 학자가 연구해서 밝혀야 할
것이 바로 여기에 있다.[83]

　서유구는 사물의 명칭에 대한 정확한 지식의 중요성을 강조한다.
정확한 명칭을 알아야 해당 사물을 알아볼 수 있고, 그 특징과 용도
를 구체적으로 파악할 수 있으며, 그래야 그 사물을 실생활에서 적절
히 활용할 수 있기 때문이다. 요컨대 서유구가 중시한 지식은 관념적
지식이 아니라, 사물에 대한 구체적이고 실제적인 지식, 그리고 그
사물의 적절한 사용 지침을 제공해 주는 지식이다. 이 점에서 그 지
식은 실천적 기능을 겸한다. 이것이 '임원경제학'이 추구하는 지식의
기본 성격이다.

　그런데 향촌에서 스스로 돌봐야 할 삶의 영역은 대단히 다양하다.
서유구는 그 영역을 크게 16가지로 범주화했다. 게다가 그 16가지
활동 영역에 대한 16지志에는 또 방대한 내용이 포괄되어 있다. 그렇
다면 그 다양한 내용은 어떻게 결합되어 있는가? 그 상호 결합을 가
능케 하는 논리는 무엇인가?

　『임원경제지』에는 임원 생활에 필요한 일체의 지식이 집대성되어
있지만, 그 내용들이 정합적인 원리에 의해 종합된 것은 아니다. 그
내용들은 '필요'에 따라 선택·나열·병치되며, 그럼으로써 임원 생활

83　"我邦之人多粗鹵, 稼穡之事本自昧方, 何暇及於種樹乎? 喬嶽濚谷任其自生而橴者
滔滔皆是也. 至其有實者, 時或收而扦之, 然猶零星極矣. 不寧猶是, 並其名物不之究焉:
以山櫻爲㮚, 以五粒松爲柏, 指杉曰檜, 不幾於鼠璞乎? 舍楚曰柤, 奚翅於菽麥乎? 堅靭
有用之材自生於山澤, 呼之以俚語, 曰朴達也, 曰哥沙也, 茫然不辨爲何名. 至於淸海鎭、
折尒苫之內槧, 多美材之經冬不凋者, 總呼曰冬生樹. 名猶不綜, 奚暇究其用乎? 務實之
家所講明者政在於此矣."(徐有榘, 「晚學志引」, 『林園經濟志』, 한양대학교 백남학술정보
관 담헌문고 영인본)

의 전체상을 구현한다. 따라서 다양한 내용을 포괄하는 '임원경제학'의 논리는 절충적 성격을 띤다.

유·불·도의 절충은 이 점을 특징적으로 보여 준다. 서유구는 「『보양지』인」葆養志引의 서두에서 도가·불가와 유가의 차이를 논한다. 도가·불가는 한 개인을 위할 뿐 인류를 도외시하지만 유가는 그렇지 않다는 것이 그 논지다. 유가의 전형적인 논리다. 그런데 이어서 서유구는 이렇게 말한다.

비록 그렇지만 우리가 신神과 기氣를 거두어들이는 수양을 도외시한 적이 있던가? 다만 그것이 대도大道의 일부분이기 때문에 드물게 말했을 뿐이다. 맹자는 야기夜氣를 길렀고, 주자朱子는 일찍이 공동도사空同道士에 의탁하여 조식법調息法에 뜻을 둔 적이 있으니, 이런 수양법을 그만두어서는 안 된다는 것이 분명하다. 사람이 태어나면서 하늘에서 받은 것이 본래 어둡지 않지만, 욕망하는 바가 있어 속박되고 상실되어 결국 그 태초의 상태를 회복하지 못하는 것이 돌이킬 수 없는 물결 같다. 이에 정좌靜坐하여 마음을 정관靜觀하며 화火를 내리고 정精을 길러 그 생명을 보존하는 것 또한 하나의 방법이 된다.

이 지志에는 정精·기氣·신神을 조양調養하는 부분과 진체眞體를 수련하는 항목이 있으니, 이것은 도가와 불가의 방법을 참작한 것이다. 그리고 부모가 장수를 누릴 수 있도록 돌보는 방도와 아이를 기르는 방법이 있으니, 이것은 진실로 우리의 변치 않는 규범이다. 진체眞體를 기르고 섭생하는 데는 또한 예로부터 전해 오는 방법이 있어 도道의 한 단서가 되니, 완전히 버릴 수는 없다. 그래서 대략 엮어서 함께 서술해 두는 바다.[84]

서유구는 유가와 도가·불가 사이의 차이점에도 불구하고 간과할 수 없는 공통점에 주의를 환기시킨다. 그 결과 도가적·불가적 섭생법과 수련법은 유가적 입장에서도 정당화된다. 주희가 『참동계』參同契에 주석을 단 사례가 그 유력한 근거로 제시된다. 하지만 주희의 이런 면모는 후대에 찬반을 불러일으켰는바, 특히 청조淸朝 고증학자들에 의해 유가의 진면목을 어지럽힌 것으로 비판받았다. 따라서 서유구가 유·불·도의 공통점에 주목한 것은 일종의 사상적 선택이 된다.

이런 선택은 모종의 회통會通을 지향한 것으로 받아들여질 수 있는 여지가 없지 않지만, 그 종합의 논리는 불분명하다. 따라서 서유구가 유·불·도의 원리적 종합을 지향했다고는 할 수 없다. 유·불·도는 '필요'에 의해 '병치'되고 '결합'된다. 섭생법과 수련법은 도가와 불가의 방법을 '참작'한다. 그러나 자기 몸만 돌보는 것은 유자의 자세가 아니다. 부모를 봉양하고 아이를 기르는 것 또한 인륜을 중시하는 유자의 소임이니 거기에 필요한 지식을 함께 다룬다. 결국 『보양지』는 도가적·불가적 수련법의 유가적 전변이라 할 수 있다. 하지만 그렇다고 해서 수련법 자체에, 그리고 유가적 가치관에 변화가 생기는 것은 아니다. 유·불·도는 각각의 특징을 유지하면서 '필요'에 따라 요소적으로 선별되어 '병치'된다. 그럼으로써 자신과 자신의 가족을 돌보며 살아가는 인간 행위의 전체상이 구성된다.

---

84 "雖然吾人何嘗舍神氣之收檢哉? 特係是大道之一緒, 故罕言之. <u>孟子有夜氣之養</u>, <u>朱子嘗託於空同道士</u>而留意於調息之法焉, 其不可廢審矣. 夫人之生也, 受於天者固不昧也, 有所欲以梏亡之, 竟不得復其初者滔滔也. 于以靜坐觀心, 降火而養精, 以保厥生, 抑一道也. 今此志中有精氣神調養之節, 有修眞之目, 此參酌乎道釋之法也; 有壽親之方, 有育嬰之法, 此固吾人之恒規也. 蓋茲頤眞攝生, 亦有自古流傳之方, 爲道之一端, 不可全棄, 故所以略綴而兼敍也與."(徐有榘, 「葆養志引」, 『林園經濟志』, 한양대학교 백남학술정보관 담헌문고 영인본)

이런 절충적 태도는 사물에 대한 구체적·실질적·실용적 지식을 중시한 서유구의 사고 패턴에 따른 필연적 귀결이 아닌가 한다. 사변적인 것보다는 물질적 구체성과 실질적 유용성을 우선시하는 서유구의 사고에서 절충 이상의 종합적 논리 체계를 구축하는 것은 아무래도 그리 심각한 사상 과제로 포착되기 힘들었을 것이라 판단된다. 결국 '임원경제학'의 종합은 '절충주의적 종합', '실용주의적 종합', '경험주의적 종합'에 가깝지 않은가 한다. 이것이 서유구 사유의 장점인 동시에 단점이다.

이렇듯 『임원경제지』의 다채로운 내용들은 연역적 논리 체계를 획득하지는 않지만, 그렇다고 해서 무질서하게 나열된 것은 또 아니다. 그 내용들은 하나하나 나열되지만, 그 나열은 무미건조한 나열이 아니라 체계적인 분류·재배치·상호 결합의 결과며, 이렇게 해서 해당 주제의 다양한 측면이 구성되고 총체적 모습이 형성된다.

그 결과 『임원경제지』는 연역적 체계성과 원리적 선명함을 결여한 대신, 다양한 저자의 다양한 목소리를 포괄할 수 있는 가능성을 획득한다. 삶의 복잡다단한 면면을 단순화하지 않고 그 실상에 맞게 구체적으로 파악할 수 있다는 것, 그때그때의 상황에 따라 대응하기에 유리하다는 것, 사용자의 선택에 따라 하나의 책으로부터 다양한 조합들을 창출할 수 있다는 것 등이 그 가능성의 면면이다. '임원경제학'의 절충적 종합은 원리적으로 느슨한 종합이지만, 이 느슨함 덕분에 오히려 이런 가능성이 생긴 것이다.

5. 『임원경제지』와 여타 산문의 연관

서유구가 추구한 삶은 향촌에서의 자립적인 삶이다. 그것은 자기 힘으로 실용적 가치와 심미적 가치를 실현하는 삶이다. 그런 삶을 위해 필요한 제반 지식을 체계화한 것이 '임원경제학'인데, 거기에는 아무리 하찮은 물건이라도 그 나름의 가치가 있다는 관점, 사물에 대한 구체적·실제적 지식을 중시하는 사고, 다양한 영역의 지식에 대한 절충적 태도가 들어 있다. 본서가 '임원경제학'의 이런 면면에 주목한 것은, 서유구 산문을 조망하는 시각을 서유구 자신의 가치 지향에서 찾기 위해서다. 그럼 지금부터는 그 가치 지향에 의거하여 서유구의 산문 세계를 전체적으로 조망하기로 한다.

서유구 산문 중 본서가 맨 처음 다룬 것은 예술 취향 및 여가 활동과 관련된 작품들이다. 「「세검정아집도」洗劍亭雅集圖에 제題한 글」은 미술 작품에 대한 미적 체험을 담은 글이다. 「『이운각시』梨雲閣詩 서문」은 서유구와 마찬가지로 경화 벌열가의 자제인 서로수의 탈속적인 생활 방식·예술 취향·문예 취향을 보여 주는 글이고, 「세심헌洗心軒 기문」은 탈속적 인생관을 피력한 글이다. 그다음으로 「『부용강집승시』芙蓉江集勝詩 서문」은 부용강 일대를 유람한 뒤에 지은 글로, 자연에 대한 심미적 감수성을 보여 준다. 그리고 「『「남승도」攬勝圖 시권詩卷』에 제題한 글」은 『단궤총서』에 수록된 「남승도」라는 주령酒令과 관련된 글이다.

이상의 작품들의 배경이 된 예술 감상, 고상한 생활 취향, 유람, 유흥 등은 '임원경제학'의 인간학적 측면에서 보면 '허'와 '실' 중 '허'에 해당하며, 사회계층적 측면에서 보면 경화사족의 문화적 감각 내지 향유의 삶을 반영한다. 그리고 개인사적 측면에서 보면, 「「세검정아집도」에 제한 글」·「『이운각시』 서문」·「세심헌 기문」·「『부용강집 승시』 서문」은 모두 수학기 산문으로, 서유구가 청년 시절에 집안의 번성을 배경으로 향유의 삶을 누린 것에 대응된다. 그리고 「『남승도」 시권』에 제한 글」은 방폐기 산문으로, 삶의 굴곡을 거친 뒤에도 경화사족으로서의 문화적 감각이 일정하게 지속되었다는 것을 확인시켜 준다.

반면 「『행포지』 서문」, 「의상경계책」 등 농업에 대한 글들은 실용과 직결된다. 그 글들에는 식량 문제에 대한 근본적인 통찰과 다년간의 현장 체험이 들어 있다. 뿐만 아니라 「의상경계책」에서 서유구는 무위도식하는 부류를 비판하면서 자기 힘으로 일하는 인간상을 옹호한 바 있다. 이런 면면은 '임원경제학'의 인간학적 측면에서 보면 '허'와 '실' 중 '실'에 해당한다. 그리고 사회계층적 측면과 개인사적 측면에서 보면 서유구가 경화 벌열가 출신으로 누렸던 삶을 반성하고 '일하는 주체'로서의 반성적 자기 정립을 모색한 것에 대응된다.

그 밖에 「교인校印『계원필경집』 서문」, 「사영思穎 남상국南相國에게 보내 제홍록諸弘祿의 행적을 논한 편지」, 「낙랑樂浪의 일곱 물고기에 대한 논변」은 객관적 사실에 대한 서유구의 엄정한 태도를 보여 주는 글들이다. 그러나 그렇다고 해서 서유구가 '사실을 위한 사실'을 추구한 것은 아니다. 이들 작품을 통해 서유구가 추구한 지식은 자국의 역사나 산천초목에 대한 정확한 지식 내지 실체적 지식이다. 이 점은 '임원경제학'이 추구하는 지식의 기본 성격과 상통하는 면이 있다. '임원경제학'에서 서유구가 중시한 것은 자신이 생활하는 곳에 대한 지식, 그리고 자신이 일상생활에서 교섭하는 사물에 대한 구체적이고 실제적인 지식이기 때문이다. 특히 「낙랑의 일곱 물고기에 대한 논변」은 사물의 정확한 명칭을 중시한 '임원경제학'과 동일한 학적 지향을 보여 준다.

다만 「교인 『계원필경집』 서문」과 「사영 남상국에게 보내 제홍록의 행직을 논한 편지」는 모두 역사적 사실과 관련된 글이므로, 이 두 작품을 '임원경제학'과 단선적으로 비교하는 것은 적절치 않아 보일 수 있다. 그렇기는 하나 큰 방향의 공통점은 여전히 인정된다. 이 두 작품과 '임원경제학'은 자신이 살고 있는 곳에 대한 그 나름의 주체 의식을 담지하고 있다는 점에서 공통점을 갖기 때문이다. 방금 지적했다시피 이 두 작품은 모두 자국의 역사와 생활 현실에 대한 모종의 주체 의식을 보여 준다. '임원경제학' 또한 자립적 삶에 대한 문제의식을 견지했다는 점, 그런 문제의식하에 생활 세계에 대한 실제적 지식을 중시한 점, 이용후생론의 관점에서 조선 사회의 불합리성을 비판하고 그 구체적인 대안을 모색했다는 점에서 그 나름의 주체 의식을 보여 준다. 이렇게 보면 그 두 작품과 '임원경제학'은 큰 방향의 문제의식을 공유하면서 각각 다른 층위에서, 즉 과거의 역사적 층위와 현세적 삶의 층위에서 학문적·실천적 주체 의식을 구현한 것이라고 할 수 있다.

이상과 같이 심미적 가치 지향의 작품군, 실용적 가치 지향의 작품군, 사실적 지향의 작품군은 '임원경제학'과 긴밀한 연관을 맺는다고 판단된다. 다시 말해 자립적 삶의 모색 속에서 이들 작품이 창작된 것으로 파악된다. 물론 서유구의 산문 세계 전체가 '임원경제학'과 완전히 합치된다고 보기는 힘들 터이다. 따라서 서유구 산문과 '임원경제학'의 관계 방식을 몇 가지로 다시 세분해서 볼 필요가 있다.

우선 '임원경제학'과의 연관이 거의 없거나 상당히 약한 작품군이 있다. 「기하실幾何室 기문」, 「송원사送遠辭. 기하자幾何子의 죽음에 곡하며」, 「유군 묘명」柳君墓銘, 「환성암 사리탑명」喚醒庵舍利塔銘 등 불우하거나 미천한 사람들에 대한 작품은 '임원경제학'과 연관된다고 보기 힘들다. 「심치교沈穉敎에게 보내 작은 초상화에 대한 제시題詩를 지어 달라고 청하는 편지」, 「붕래朋來에게 준 편지」, 「오비거사 생광자표」五費居士生壙自表 등 자기 응시를 보여 주는 작품들, 그리고 자신의 아내와 아들을 비롯하여 집안사람들의 죽음과 관련된 심회를 토로한 작품들 또한 마찬가지다.

다만 자신의 삶과 집안사람들의 죽음에 대한 글들은 '임원경제학'의 배경이 되는 서유구 삶의 국면을 보여 준다는 점에서 '임원경제학'과 전혀 무관한 것만은 아니다. 서유구는 자신의 삶을 돌아보면서, 자신이 어떤 인생 경로에서 농학 연구와 『임원경제지』 찬술에 몰두하게 되었는지 밝힌 바 있다. 그리고 방폐의 삶을 살면서 서유구는 향촌에서 가족과 단란하게 살기를 희구했지만 결국 그 꿈을 이루지 못했다. 이런 방폐기의 체험이 '임원경제학'에 대한 서유구의 문제의식을 절실하게 만든 것으로 생각된다. 따라서 자기 자신의 삶과 집안사람들의 죽음에 대한 서유구의 산문 작품들은 『임원경제지』라는 거대한 학술적 성과 뒤에 숨어 있는 서유구의 내면세계, 즉 『임원경제지』 편찬 작업을 30여 년간 해 오는 과정에서 서유구가 느끼게 된 심회를 알려 준다. 이 점에서 이들 작품은 '임원경제학'과 전혀 무관하지는 않지만 또 '임원경제학'으로 환원되지 않는 산문 그 나름의 독자적 가치를 갖는다.

그다음으로 '임원경제학'과 연관성이 있되 『임원경제지』만으로는 파악하기 힘든 서유구의 생각을 확인시켜 주는 작품군이 있다. 「학산鶴山 서쪽에서 활쏘기를 배운 일의 기록」, 「『부용강집승시』 서문」, 「『「남승도」 시권』에 제한 글」이 거기에 속한다. 이 작품들은 각각 활쏘기, 승경지 유람, 주령酒令 등의 여가 활동을 배경으로 창작되었다.

여가 생활에 대한 각종 지식을 집대성한 것이 『임원경제지』의 『유예지』遊藝志와 『이운지』이다. 그런데 거기에서 소개된 내용의 상당 부분은 문헌 인용에 의한 것이기 때문에, 그것만으로는 여가 생활이 서유구에게 구체적으로 어떤 의미를 가졌던 것인지 파악하기 힘들다. 일례로 「『「남승도」 시권』에 제한 글」의 소재가 된 「남승도」는 『이운지』에 소개되어 있지만, 그것만으로는 「남승도」에 서유구가 구체적으로 어떤 의미를 부여했는지 알 수 없다. 그런데 「『「남승도」 시권』에 제한 글」에서 서유구는 자신이 「남승도」를 어떤 상황에서 어떻게 활용했는지, 그리고 거기에 어떤 의미를 부여했는지를 스스로 밝히고 있다.

서유구에게 여가 생활은 단순한 유흥 이상의 의미를 갖는다. 「학산 서쪽에서 활쏘기를 배운 일의 기록」에서 활쏘기는 여가 활동이자 정신적 고양을 동반한 학문 정신의 외화外化이다. 「『「남승도」 시권』에 제한 글」에서 단순한 유흥의 도구에 불과한 주령은 중국에 대한 식견을 넓히고 자국의 산수山水에 대해 관심을 갖는 계기로, 즉 인식을 확장하는 계기로 작용한다. 이렇듯 서유구에게 여가 생활은 호사가적 향락과 변별되는 의미를 갖는다. 이렇게 보면, 이들 산문 작품은 『임원경제지』의 방대한 문헌 인용에 묻혀 있는 서유구의 자각적인 생각을 확인시켜 준다.

끝으로 작품 자체만으로는 파악하기 힘들지만, '임원경제학'과 연계해서 볼 때 작품들 간의 상호 연관성이 뚜렷하게 파악되는 경우가 있다. 작품 자체만 놓고 보면 「「세검정아집도」에 제한 글」·『「이운각시」 서문』 등 심미적 가치 지향의 작품군과 「『행포지』 서문」·『「종저보」 서문』·「의상경계책」 등 실용적 가치 지향의 작품군은 별개로 보인다. 게다가 서유구가 실용을 도외시한 도락적 행태를 비판하면서 농학의 효용을 강조한 것, 그리고 과거의 호사스러웠던 삶을 반성하면서 농학에 매진한 것 등을 고려하면, 서유구 작품 세계에서 이 두 작품군은 상반되거나 길항 관계를 맺는 것으로 받아들여질 법도 하다. 그러나 '임원경제학'에 비추어 보면, 이 두 작품군은 서로 별개의 것도 아니고 상호 모순적인 것만도 아니다. 이 둘은 자립적 삶에 대한 서유구의 사고 속에서 긴밀한 상호 관계를 형성한다. 실용적 가치와 심미적 가치가 통합된 삶을 스스로의 힘으로 일구어 가고자 한 서유구의 가치 지향 속에서 그 두 작품군의 상호 연관성이 소연해진다.

그렇다고 해서 그 두 작품군이 정합적인 논리 체계에 의해 결합되어 있는 것은 아니다. 이 두 작품군은 그 자체로 보면 그 상호 연관성을 알아차리기 쉽지 않을 정도로 각각의 개별성을 갖고 있다. 결국 이 두 작품군은 개별성을 보존하면서 서로 결합되어 서유구가 생각한 자립적 삶의 모습을 구현하는 것이다.

이 점은 서유구의 절충적 태도와 무관하지 않다고 판단된다. '임원경제학'의 다양한 영역을 통합하는 논리는 절충적인데, 서유구 산문의 사상적 특징도 마찬가지다. 일례로 「세심헌 기문」에는 유가儒家와 노장老莊이 '탈속적 인생관'을 매개로 혼융되어 있지만, 그 혼융은 선명한 종합의 논리를 결여한다. 두 사상의 이질성은 원리적으로 전혀 문제되지 않으며, 그 공통점에 의해 두 사상이 공존함으로써 '탈속적 인생관'을 함께 구현한다.

그 밖에도 서유구 산문에는 그때그때의 상황과 필요에 따라 다양한 사상적 지향이 나타난다. 경세적 작품들은 유가와 연결된다. 그러면서도 제도 문제에 대한 논의에서는 정통 유가에서 이단시된 『관자』管子의 사상이 중요한 준거점이 되기도 한다. 그리고 맑고 한적한 삶에의 동경이나 깊은 자연 체험, 생생한 사물 인식, 자연과 인간의 관계에 대한 근원적인 성찰을 담은 작품들은 노장사상에 기반을 둔다. 그리고 생사生死에 대한 통찰, 일상생활에 대한 경건한 자기반성 등은 노장이나 유가와도 연관되지만, 불교와 깊은 연관을 맺는다. 이렇듯 서유구 산문에서 유가, 제자백가, 불가는 다양한 맥락에서 다양하게 등장하지만, 여기에 통일적 원리가 부여되는 것은 아니다. 이들은 '필요'에 따라 '선택적으로' 등장하고, 그럼으로써 산문 세계의 전체상을 구현한다. 물론 이들 세 가지 사상이 동등한 비중을 가진다고는 할 수 없다. 유가의 비중이 가장 크다고 해야 할 것이다. 비록 그렇지만 유가만으로는 충족할 수 없는 영역을 통해 노장과 불교가 유가와 공존하면서 다양한 통찰력을 제공해 주고 있다는 것은 여전히 인정된다.

이상으로 『임원경제지』와 서유구의 여타 산문들이 어떤 연관을 맺는지, 그리고 그 연관 속에서 서유구 산문 세계의 전체상이 어떻게 파악되는지를 살펴보았다. 그런데 그 양자 간의 상호 연관성은 단순히 소재적·내용적 유사성에 의한 것만이 아니다. 그보다는 '자립적 삶'에 대한 기획 속에서 '임원경제학'과 서유구 산문은 상호 조응된다. 뿐만 아니라, 더 근본적으로는 자연적 존재 내지 세상 삼라만상에 대한 근원적인 통찰 속에서 '임원경제학'과 서유구 산문이 긴밀하게 서로 이어져 있다. 이런 근원적인 층위에까지 파고들기 위해서는 '자연경' 개념에 주목할 필요가 있다.

'자연경'은 '자연＝근원적 텍스트'라는 사고를 개념화한 것이다. 인간과 자연의 근원적인 연관성에 대한 사고, 그 연관성을 망각하게 하는 이분법적 사고와 편견에 대한 비판 의식, 자연의 선차적 중요성에 대한 사유, 그리고 아무리 하찮고 더러워 보이는 물건에도 '도道'가 있다는 관점이 이 개념 속에 압축되어 있다. '자연＝근원적 텍스트'라는 사고는 세상 삼라만상에 대한 심층적 사유인 만큼, 서유구 산문 곳곳에서 구현되면서 서유구 산문의 다양한 면면을 하나로 이어 준다.

우선 '자연=근원적 텍스트'라는 사고는 자연에 대한 섬세한 감수성으로 나타난다. 이 점은 굳이 부연할 필요가 없을 듯하다. 그다음으로 '자연=근원적 텍스트'라는 사고는 사물 인식과 미의식으로 나타난다. 「『금릉시초』金陵詩草 서문」에서 서유구가 자연과의 깊은 교융 속에서 '생의'生意를 중시하는 시학詩學을 개진한 것, 「『금강기유시』金剛紀遊詩 서문」에서 사물의 참된 모습 그 자체가 본원적이라고 강조하면서, 거기에 도달하기 위해서는 일체의 인위적인 것 내지 작위적인 것을 넘어서야 한다는 생각을 피력한 것 모두 '자연경' 개념을 문학론과 사물 인식의 차원에서 발현한 것이라고 생각된다.

그다음으로 '자연=근원적 텍스트'라는 사고는 사물에 대한 실제적 지식을 중시하는 관점을 낳는다. '자연경' 개념에는 문자화된 것만이 책이 아니라 삼라만상 일체가 책이라는 관점, 그리고 세상의 모든 사물에 도가 있다는 관점이 내포되어 있다. 따라서 '자연=근원적 텍스트'라는 사고는 자국의 산천초목 및 기타 생활 세계에서 접하게 되는 다양한 사물에 대한 정확하고 구체적인 앎을 추구하는 것으로 이어진다.

끝으로 '자연=근원적 텍스트'라는 사고는 서유구의 반성적 자기 성찰과 관련을 맺는다. 인간과 자연 혹은 인간과 세상 삼라만상의 근원적인 연관을 강조하는 서유구의 사고는 사상적으로는 『장자』 및 소옹의 선천학에 바탕을 둔다. 그중 소옹의 선천학적 사고는, 서유구가 우주적 관점에서 자신을 응시하는 방향으로 확장된다. 서유구는 「오비거사 생광자표」에서 자신의 삶을 총결산하면서 거대한 우주적 시간 속에서 자신의 삶을 응시하는데, 그런 자기 응시가 곧 소옹의 선천학에 기반을 둔 것이다. 그리고 서유구는 집안의 몰락과 더불어 전에 없던 빈곤을 체험하면서, 자신이 '천지에 빗진 존재'이며 '천지의 벌레'라고 반성하고, '천지가 자신을 길러 준 은혜'에 조금이나마 보답하기 위해 농학에 매진했다. 이렇듯 서유구의 자기반성과 농학에 대한 문제의식도 자신을 자연적 존재로 응시하는 관점에 기초한다.

이상과 같이 '자연경' 개념은 서유구의 산문 세계와 다양한 방식으로 관계를 맺으면서 그 다양한 면면을 하나로 이어 준다. 그런데 서유구 산문뿐 아니라 '임원경제학'도 '자연경' 개념과 밀접한 연관을 맺는다. 사물 일반에 대한 '임원경제학'의 기본 관점은 '하늘이 낸 만물 중에 쓸모없는 물건은 없다' 내지 '세상에 버릴 물건은 없다'는 것이다. 이런 생각은 아무리 하찮고 더러워 보이는 물건에도 '도'가 있으며, 세상의 모든 사물이 곧 근원적 텍스트라는 사고와 상통한다. 특히 서유구는 「자연경실 기문」에서 똥과 오줌에도 도가 있다고 말했는데, 그의 이런 생각은 『임원경제지』의 「거름을 저장하는 각종 방법」으로 구체화된다. 이렇듯 하찮고 더러운 것으로 치부되기 쉬운 물건의 가치를 소중히 여기고 그에 대한 지식을 정리한 것은, 한편으로는 경제적·실용적 관심에 의한 것이지만, 더 심층적으로는 사물에 대한 존중심에서 비롯된다. 이런 견지에서 '자연경' 개념은 '임원경제학'의 이런 근본적인 시각에 닿아 있다.

따라서 '자연경' 개념을 매개로 해서 서유구의 산문 세계와 '임원경제학'은 서로 긴밀하게 결합된다. 세상 삼라만상에 대한 근원적인 통찰이 서유구 산문 곳곳에, 그리고 자립적 삶에 대한 생각 곳곳에 삼투한 것이다.

제7장

문학사적 전망

1. 동시대 지식인들과의 비교

이상으로 '임원경제학'과의 연관 속에서 서유구 산문 세계의 전체상을 조망했다. 이로써 서유구 산문이 자립적 삶의 모색 속에서, 그리고 세상 삼라만상에 대한 근원적인 통찰 속에서 창작되었다는 점이 어느 정도 분명해졌으리라 생각한다. 그런데 서유구의 이런 통찰과 모색은 한편으로는 서유구의 특징적인 면이기도 하지만, 다른 한편으로는 그 당시 일군의 지식인들 사이에서 공통적으로 확인되는 면이기도 하다. 따라서 지금부터는 좀 더 시각을 넓혀서, 서유구의 모색이 동시대 지식인들의 어떤 문제의식을 공유한 것인지, 그리고 그 공동의 모색 속에서 서유구는 어떤 성취를 이루었는지, 그 이면에 어떤 한계를 남겼는지 등을 고찰하기로 한다.

우선 본격적인 논의에 앞서, 서유구로 대변되는 '임원경제학'의 모색이 조선 후기 학술사의 지형도 속에 어떤 지점에 놓여 있는지를 가늠할 필요가 있다. 서유구가 활동한 18세기 말~19세기 초의 조선 지식인 전체를 다루는 것은 본서가 감당할 수 있는 범위를 넘어서므로, 일단은 서유구와 교유 관계가 있던 사람들을 위주로 한다. 그 주요 인물로 남공철, 심상규, 홍석주, 홍길주, 성해응 등을 들 수 있다. 이들은 모두 동시대 문단 및 학계에서 적지 않은 비중을 차지한 지식인들이므로 그 나름의 대표성을 갖는다고 할 수 있다. 여기에 덧붙여 정약용도 함께 다룬다. 서유구와 정약용이 직접 교유한 것 같지는 않지만, 문학사적·지성사적 견지에서 그 둘의 비교가 불가피하다고 판단되기 때문이다.[1]

이들은 그 당시 사대부가 나아갈 수 있는 몇 가지 방향을 대변한다. 그 방향은 크게 세 가지로 파악된다. 그중 '임원경제학'을 제외한 나머지 두 가지에 대해 살펴보기로 한다.

그 첫 번째는 심미적 경향이다. 이런 경향을 대표하는 인물이 남공철과 심상규이다. 이들은 모두 경화사족의 문화적 감각과 생활 패턴을 잘 보여 준다. 남공철은 골동각古董閣, 서화재書畵齋 등을 조성해 놓고 서화골동 수장에 열을 올렸거니와, 그 소장 실태 및 품평·감

---

1   정약용이 서유구와 교유했는지는 불분명하다. 그러나 정약용의 아들 정학연이 서유구 집에 출입했거니와(조창록,「풍석 서유구에 대한 한 연구」, 성균관대 박사논문, 2003, 96면; 김명호,『환재 박규수 연구』, 창비, 2008, 225면 참조), 서유구는 정약용·정학연 부자의 글에 비상한 관심을 가졌다. 그들 저작의 자연경실본이 그 증거이다. 뿐만 아니라 서유구는 정약용의 주요 저술들을『소화총서』에 넣었다. 그만큼 정약용의 학문적 성과를 예의 주시한 것이다. 게다가 정약용과 서유구의 교유 관계가 일부 겹쳐, 서유구의 스승 이의준 및 그 아들 이비연(李泌淵, 1772~?)이 정약용과 친분이 있었다. 참고로『여유당전서』(與猶堂全書)『시문집』(詩文集) 제18권에 이의준과 주고받은 서신 6통 및 이비연에게 준 서신 1통이 실려 있다. 그 밖에「부용당 기문」(芙蓉堂記),「장천용전」(張天慵傳)도 이의준과의 교유를 보여 준다. 그리고 홍석주·홍길주 형제는 서유구·정약용 모두와 교유했다.

상의 일단은 「서화발미」書畵跋尾에서 확인 가능하다.[2] 심상규는 당대 최고의 장서가였을 뿐만 아니라, 저택 조성을 비롯하여 모든 것에서 최고를 추구한 것으로 유명하다. 이런 면모를 두고 서유구는 "성품이 강핵剛核하고 자부심이 강해, 큰 것 작은 것 막론하고 둘째가 되는 것을 수치로 여겼다"[3]라고 술회한 바 있다. 이 말은 실록의 심상규 졸기卒記에 인용되어 정론定論으로 받아들여졌다.[4] 요컨대 이들은 조선 후기 사회 일각의 심미적 경향, 즉 고답적인 예술 취향과 세련된 생활 감각을 중시한 경화 벌열의 문화사적 동향을 대변한다. 그러나 남공철과 심상규에게는 경화사족의 존재 방식에 대한 성찰적 자세가 희박하다. 이 점에서 서유구는 남공철·심상규와 전혀 다르다.

서유구, 남공철, 심상규는 모두 명문가 자제로 젊어서부터 서로 교유했다. 즉, 성장 환경이 비슷하다. 그렇다면 서유구와 나머지 두 사람의 차이점은 어디서 연유했는가? 삶의 경로 및 그에 따른 실천적 지향의 차이에서 그 답을 찾을 수 있다. 서유구, 남공철, 심상규 모두 향유의 삶을 누린 경험이 있고, 그것은 사회적·계층적으로 보장된 것이었다. 그러나 남공철·심상규와 달리 서유구는 모든 것을 누린 다음 일거에 상실했고, 그 상실 끝에 다시 향유의 삶을 회복했다. 방폐기의 체험을 통해 서유구는 '일하는 주체'로서의 자기 정립

2   황정연, 「조선 시대 서화수장 연구」(한국학중앙연구원 박사논문, 2007), 429~435면 참조.
3   "性剛核自好, 不論巨細, 恥居第二."(徐有榘, 「議政府領議政文肅沈公墓誌銘」, 『金華知非集』卷第八, 『楓石全集』, 453면)
4   그 졸기는 『헌종실록』 헌종 4년 무술(1838) 6월 20일(기축) 조에 보인다: "象奎, 性侈麗. 故判書徐有榘誌其墓曰: '公性簡亢於物, 恥居第二.' 時人謂之知言. 工詩善尺牘, 藏書之富, 世無與甲乙者, 聲大其身, 每殿上奏事, 鞠鞠如也."(『憲宗大王實錄』卷之五; 『朝鮮王朝實錄』48, 국사편찬위원회, 1971, 459면)

을 모색하면서도, 실용적 가치뿐 아니라 심미적 가치를 함께 중시했다. 결국 서유구는 경화사족의 향락적인 삶을 비판하면서도 경화사족의 문하적 감가을 일정하게 유지했던 것이다.

요컨대 서유구의 '임원경제학'은 경화사족 중에서도 삶의 굴곡 속에 자기반성을 거친 자의 자기 모색이라 할 수 있다. 물론 방폐의 경험과 '임원경제학'이 단선적인 인과 관계를 맺는 것은 아니다. 김매순金邁淳(1776~1840)이 그 좋은 대비적 사례이다. 서유구의 방폐는 김달순 옥사에 의한 것인데, 김매순은 곧 김달순의 사촌 동생으로, 서유구와 마찬가지로 방축되어 근 20년간 재야에 있었다. 그러나 그렇다고 해서 김매순이 서유구와 비슷한 모색을 한 것은 아니다. 그는 김상헌金尙憲(1570~1652) 이래로 전승된 가학家學의 전통과 당론黨論을 계승한 노론계老論系 정통 성리학자이자 고문가로, 서유구와는 여러모로 다르다. 요컨대 서유구와 달리 김매순은 기존의 학문과 문학을 더욱 강고하게 지킴으로써 자신을 지탱했다. 이렇게 보면 서유구의 입장은 한편으로는 무반성적인 향락적 경향과도 다르지만, 다른 한편으로는 완강한 보수적 경향과도 변별된다.

이어서 그 두 번째는 보수적 경향이다. 서유구와는 물론 김매순과도 가까웠던 홍석주가 그런 경향을 대표하는 인물이다. 홍석주는 사상적으로는 정주학程朱學을, 문학적으로는 재도론載道論을 견지했으며, 육경六經과 당송고문이 문학의 전범典範이라고 생각했다.[5] 이렇게 홍석주의 입장은 보수적이지만, '자각적 보수'라는 점에서 그 나름의

---

5   홍석주에 대한 연구로 김철범, 「19세기 고문가의 문학론에 대한 연구」(성균관대 박사논문, 1992); 김문식, 『조선 후기 경학사상 연구』(일조각, 1996); 김새미오, 「연천 홍석주 산문 연구」(성균관대 박사논문, 2009) 등 참조.

주목을 요한다. 그는 사대부들 사이에서 세도世道에 대한 책임 의식이 약화되는 것을 심각한 위기로 파악하여, 그에 대한 대응으로 정통 주자학과 정통 고문론의 회복을 기도한 것이다. 이 점에서 홍석주는 정조의 문체 순화 정책의 이념을 체현한 인물이라고 할 수 있다.

홍석주가 고증학과 명청 문학을 비판한 것도 이런 고심에서다. 그는 원굉도袁宏道와 전겸익錢謙益을 '배우·기녀'로 폄하했고, 고증학의 폐단을 논하면서 지식을 위한 지식의 한계 및 방대한 서적에 압도될 위험을 두루 지적했고, 큰 시야를 잃고 쇄말적인 것에 함몰되는 것을 경계했다.[6] 홍석주의 이런 비판은 정치적 기저 집단으로서의 사대부의 본분을 회복하기 위한 것으로 대단히 자각적이지만, 결국 보수적인 틀 내에 머물러 있다. 요컨대 홍석주에게는 다른 학문적·문학적 패러다임에 대한 고민이 부족하다. 이와 달리 서유구는 학문의 공소화를 비판하면서 지식의 실용성을 추구했다. 그럼으로써 서유구는 꼭 정주학으로 회귀하지 않더라도 사대부가 자기반성을 통해 사회에 기여할 수 있는 길을 모색했다.

이상과 같이 보면 남공철·심상규, 홍석주, 서유구는 그 당시 상층 사대부가 나아간 세 가지 길을 대변한다고 할 수 있다. 각각의 선택에는 그 나름의 성과와 한계가 있다. 남공철·심상규의 심미적 경향은 문화와 예술에 대한 섬세한 감각을 키우는 데는 유리하지만, 자기 만족적이고 도락적인 데로 흐를 위험을 안고 있다. 홍석주의 정주학적 재정위는 이런 위험을 경계하여 사대부의 성찰력과 책임 의식을

---

6   洪奭周,「答李審夫書」,『淵泉先生文集』卷之十二, 한국문집총간 293, 366면;「答成陰城書」,『淵泉先生文集』卷之十七, 같은 책, 371면;『鶴岡散筆』卷之三 第23則,『淵泉全書』7, 오성사 영인, 1984, 91면 참조.

제고하는 데는 유리하지만, 기본적으로 정통주의적이고 보수주의적인 한계를 갖는다. 서유구는 남공철·심상규와 문화적 감각을 공유했으나 그들과 달리 경화사족의 존재 방식을 반성하여 '임원경제학'으로 나아갔고, 홍석주와 사대부로서의 책임감을 공유했으나 그와 달리 정통 주자학, 정통 고문만을 고수하지는 않았다. 이것이 조선 후기 문학사 내지 학술사의 지형도에서 서유구가 놓여 있는 위치이다.

그럼 지금부터는 범위를 더 좁혀서, 서유구와 비슷한 모색을 한 지식인들 내에서 서유구가 점하는 위치를 가늠해 보기로 한다. 서유구의 '임원경제학'과 상통하는 학문 경향을 보여 주는 인물로 성해응, 정약용, 홍길주를 들 수 있다. 이들과 서유구의 공통점과 차이점을 살펴보고 나면, 이들이 그리고 있는 사상적 지형도, 그리고 그 속에서의 서유구의 위치가 좀 더 뚜렷해질 것이다.[7]

우선 큰 방향의 공통점을 확인하는 것으로 논의를 시작한다. 성해응, 정약용, 홍길주는 모두 생산적인 활동으로부터 유리된 사대부의 존재 방식을 반성했다는 점에서 같다. 이들의 공통된 문제의식을 이들 각각의 글을 통해 살펴보면 다음과 같다.

---

[7]   정약용의 경우는 좀 다르지만, 성해응과 홍길주에 대한 선행 연구는 이들의 이런 면모에는 미처 관심을 갖지 못한 것으로 보인다. 따라서 해당 자료를 직접 확인할 필요가 있다. 이제까지 정약용의 작품도 서유구의 '임원경제학'과 연관성을 갖는 것으로 파악된 것은 아니므로, 정약용의 해당 작품도 함께 검토하기로 한다. 성해응에 대한 연구로 김문식, 『조선 후기 경학사상 연구』(일조각, 1996); 손혜리, 「연경재 성해응의 인물기사 연구」(『민족문학사연구』 제24호, 민족문학사학회, 2004); 손혜리, 「연경재 성해응의 열녀전에 대하여」(『한국한문학연구』 35집, 한국한문학회, 2005); 손혜리, 「연경재 성해응 산문의 연구」(성균관대 박사논문, 2005) 참조. 홍길주에 대한 연구로 김철범, 「홍길주 산문의 의의와 문예적 성취」(『한국한문학연구』 22집, 한국한문학회, 1999); 김철범, 「홍길주 〈숙수념〉의 세계」(『열상고전연구』 17, 열상고전연구회, 2003); 이홍식, 「항해 홍길주의 세계인식과 문학적 구현양상 연구」(한양대 박사논문, 2007); 최식, 『조선의 기이한 문장』(글항아리, 2009) 참조.

먼저 성해응은 유식층遊食層의 병폐를 이렇게 논했다.

> 지금의 폐단은 유식층이 많고 묵정밭에 부세가 많은 것이다. 놀
> 고먹는 것이 가장 심하기로 말하면 우리나라의 양반이 최고다.
> 아무런 직위가 없으면서 전원田園에서 산택山澤의 풍요로운 이
> 익을 독차지하고, 상례喪禮와 제사에 대부大夫의 제도를 쓰며,
> 집에 있을 때는 노비를 부리고, 집 밖을 나가면 수행원을 갖추
> 며, 남자는 농사지을 줄 모르면서 풍족하게 식사하고, 여자는
> 베를 짤 줄 모르면서 화려하게 옷을 입을 뿐, 나라의 부역에는
> 하나도 참여하는 바가 없다. 그러나 습속이 이미 고질화되어 바
> 꿀 수 없으니, 재물을 소모하고 백성을 해치는 것으로 말하면
> 이것이 가장 심하다.[8]

부富의 편중, 극심한 빈부 격차, 부호가의 사치 풍조에 대한 문제
제기다. 이런 병리 현상이 빚어낸 기생적 존재가 유식층이다. 성해응
은 생산적인 활동을 기피하고 무위도식을 일삼는 사대부의 병폐를
지적하고 있다.

그다음으로 정약용은 사대부도 자기 힘으로 생계를 해결해야 한
다는 생각을 다음과 같이 피력했다.

---

8   "今之弊患, 遊食者衆而陳田多稅也. 夫遊食之最, 我國之班戶也. 盖無職無位, 而田
園擅山澤之饒, 喪祭用大夫之制, 居則使僕妾, 出則具騎從, 男不知耕而饒其食, 女不知
織而華其衣, 國之役一無所與. 習俗已痼而莫之變改, 耗財害民, 此爲甚焉."(成海應,「食
貨議」上編,『研經齋全集』外集 卷42, 한국문집총간 277, 205면)

태사공太史公이 말했다. "늘 빈천하게 살면서 인의仁義를 말하기를 좋아한다면 역시 부끄러워할 만한 일이다." 공자孔子 문하에서는 재리財利에 대해 말하는 걸 부끄럽게 여겼으나 자공子贛은 재산을 증식했다. 지금 소부巢父와 허유許由의 절개도 없으면서 허름한 초가집에서 살고 명아주와 비름 껍질로 배를 채우며, 부모와 처자식을 추위에 떨고 굶주리게 하며, 벗이 찾아와도 술 한잔 권할 수 없고, 세시歲時에도 처마 끝에 고기가 걸려 있는 걸 볼 수 없으며, 오직 공사公私의 빚쟁이들만 대문을 두드리고 소리를 지른다면, 이것은 천하에서 지극히 졸렬한 것이다. 지혜로운 선비는 이런 짓은 피한다.[9]

생계를 제대로 돌보지 않는 것이야말로 선비의 수치라는 말이다.

이렇게 자기 힘으로 자신의 삶을 돌보지 못하는 사대부층은 인간으로서의 '건강성'을 잃은 존재다. 향락적인 삶에 빠져 있는 상층 사대부의 자제들이 특히 그렇다. 정약용은 이렇게 진단한다.

귀족 자제들로 말하면 모두 쇠약한 기운을 띠었으니 전부 열등합니다. 정신은 책을 덮으면 바로 잊어버리는 수준이고, 지취

---

9 "<u>太史公</u>曰:'長貧賤好語仁義, 亦足羞也.' 聖門恥言財利, 然<u>子</u>贛貨殖. 今無巢父、許由之節, 而犆身蓬蓽之中, 圍腸藜莧之外, 凍餒其爺娘妻孥, 友來不能勸一杯, 歲時檐角不見有縣肉, 唯公私徵欠者打門叱喝, 此天下之至拙也, 智士避焉."(丁若鏞, 「爲尹輪卿贈言」, 『詩文集』; 『與猶堂全書』第一集 第十八卷, 한국문집총간 281, 385면) "長貧賤好語仁義, 亦足羞也"는 『사기』「화식열전」(貨殖列傳)에 보인다. 인용문의 번역은 민족문화추진회 편, 『국역 다산시문집』9(솔출판사, 1983; 중판1쇄 1996), 3~4면을 참조하여 필자가 일부 수정한 것이다. 앞으로 『여유당전서』 시문집을 인용할 때에는 모두 이렇게 한다.

志趣는 하류下流에 안주하는 수준입니다. (…) 이곳 몇몇 고을만 그런 게 아니라 도道 전체가 모두 그렇습니다. 근래에 서울의 귀족 자제들은 모두 물고기와 새를 기르고 노루와 토끼를 사냥하는 것을 육경六經으로 삼는데도 진사進士가 2백 명에 앵삼鸎衫은 매번 50명을 넘으며 대과大科 급제자 역시 이런 형편이니, 세상에 어찌 다시 글공부가 있겠습니까? 대저 인재가 묘연해져 그중 혹 작은 재주를 가져 자기 이름이나마 좀 적을 줄 아는 사람은 모두 하천下賤입니다. 사대부들은 지금 말운末運을 당했으니 인력人力으로 미칠 수 있는 게 아닙니다.[10]

서울을 비롯해 조선 각지의 귀족 자제는 정신적으로 나약하고 무능하며, 인간으로서 건강하지 못하다는 지적이다. 이런 인간형이 말세의 병리적 징후로 포착된다.

끝으로 홍길주는 젊은 시절에, 생산적인 활동에 종사하지 않는 자신의 삶을 반성하면서 이렇게 말했다.

지금 저는 실제로 세상에 유익한 일을 하지 못하면서 공연히 유자儒者라는 이름에 스스로를 의탁하여 글이나 지어 대며 헛된 명예를 꾸미고 있습니다. 그리고 종일토록 도모하여 하는 일 없

---

10 "至於貴族子弟, 皆帶衰氣, 都是下劣, 精神則掩卷輒忘, 志趣則安於下流. (…) 不惟此數縣爲然, 一道皆然. 近日京華貴游子弟, 皆以魚鳥獐兎把作六經, 而進士二百, 鸎衫每過五十, 及第亦然, 世復有文學哉? 大抵人才眇然, 其或斗筲之才, 稍知記名者, 皆下賤也. 士大夫今當末運, 非人力可及."(丁若鏞, 「上仲氏 辛未冬」,『詩文集』;『與猶堂全書』第一集 第二十卷, 한국문집총간 281, 438면) '鸎衫'은 생원시(生員試)나 진사시(進士試)의 합격자가 입는 예복이다.

이 소매에 손을 넣고 앉아서 이야기나 합니다. 그런데도 농부로 하여금 먹을 것을 계속 제공하게 하고, 베 짜는 여인으로 하여금 옷을 바치게 하고, 나무하는 아이로 하여금 땔감을 바치게 하고, 백공百工의 가게로 하여금 기물을 공급하게 합니다. 이건 어째서입니까? 어째서입니까? (…) 사대부 중에 유자라는 이름을 빌려서 편히 앉아 남이 바친 것을 먹고 입는 사람이 날로 늘어나고 있습니다. 부자父子와 형제가 서로 타이르면서, 차라리 구걸할지언정 농農·공工·상商이 되는 것을 달가워하지 않아, 일을 하지 않아 손은 반들반들하고 다리는 두꺼운데도 입에 풀칠하는 사람이 천하에 절반이나 됩니다.[11]

홍길주는 세상에 기여하는 게 없으면서 사대부로서 기득권을 향유하고 있는 자신을 반성한다. 홍길주의 이런 자기반성적 시각은 더 확장되어, 무위도식을 당연시하는 사대부층 전체를 향한다. 그리고 더 나아가서 그는 서울 사대부 전체를 두고 이렇게 말한 바 있다.

우리들이 아침저녁으로 먹는 밥과 죽은 모두 백성의 고혈이다. 부귀한 집에서 누리는 것만 그런 게 아니다. 벼슬 없는 가난한 선비가 기름 팔고 땔감 판 몇 푼의 돈이 모두 어느 현縣, 어느 리

---

11 "今不能實有造以益于世, 徒自託儒名, 惟以章句瓢翰飾虛譽, 終日無猷爲, 袖手坐談, 而使農夫繼飧, 織婦薦衣, 樵兒效薪, 百工之肆供器用, 夫何由哉? 夫何由哉? (…) 士大夫假命以儒, 坐而衣食人之效之者日以滋衆. 父子兄弟相戒告, 寧爲乞丐, 而不肯爲農工賈. 腴手胖胛而餬其口者半天下."(洪吉周, 「重答李審夫書」, 『峴首甲藁』卷之四, 연세대 도서관 소장, 도서번호: 고서(귀) 273 0) 인용문의 표점 및 번역은 박무영·이은영 외 역, 『현수갑고』상(태학사, 2006), 588면 및 409면을 참조하여 필자가 일부 수정한 것이다.

里의 백성이 골수에까지 사무치는 극심한 고통을 받으며 인징隣
徵·족징族徵을 채우고 그다음 날 죽어서 구렁텅이에 뒹군 데서
나온 게 아니라고 어찌 장담할 수 있는가? 그러므로 나는 이렇
게 말한 바 있다. 서울 사람은 아무리 굶어 죽더라도 고종명考終
命한 셈이다.[12]

　빈부 차이를 막론하고, 서울에서 살고 있는 사대부라면 누구나 백
성의 고혈로 먹고산다는 것이다. 정도 차이가 있을지언정 사대부라
는 존재 자체가 민民에 대한 착취와 수탈을 전제로 한다는, 대단히
통절한 반성이다.
　이상과 같이 보면, 사대부의 존재 방식에 대한 반성과 문제 제기
는 서유구를 비롯한 일각의 지식인들 사이에서 공유되었던 것으로
판명된다. 사치 행각을 일삼는 벌열가는 물론, 무위도식을 당연시하
는 사대부층 모두가 사회 병리 현상이라는 것이 서유구, 성해응, 정
약용, 홍길주의 공통된 생각이다. 이런 반성은 그 당시의 사회 현실
을 배경으로 한다. 소수 벌열과 외척에의 권력 집중, 그에 따른 사대
부층 내부의 분기, 생산적 활동으로부터 유리된 유식층의 증가, 부
富의 편중과 민民에 대한 수탈의 심화 같은 병리적 현상에 직면하여,
이들은 사대부의 존재 방식을 심각하게 반성하지 않을 수 없었던 것
이다.
　그렇다면 이런 반성 속에서 이들은 어떤 대안적 사고를 했는가?

---

12 "吾輩朝夕粥飯, 都是生民膏血. 非特貴富家所享用爲然, 布衣寒士賣油販柴之數三
文錢, 皆安知非某縣某里之民剝膚椎髓以充隣族之徵而明日轉于溝壑者耶? 以故余嘗
謂: '京城人雖餓死者, 亦筭做考終命.'"(洪吉周, 「睡餘瀾筆」 中, 『沆瀣丙函』 卷之六)

이들 모두 사대부의 자립적 삶을 모색하여, 사대부도 농·공·상으로 전환하거나 기타 생계 수단을 마련해야 한다고 생각했다. 그럼 지금부터는 이들 각각의 생각을 확인해 가며, 서유구와 같고 다른 점을 살펴보기로 한다. 서유구의 성취와 그 이면의 한계를 좀 더 분명히 하기 위해서다.

먼저 성해응의 글부터 검토한다. 그는 「식화의」食貨議에서 조선의 폐단 중에 가장 심한 것이 사치와 '요민'倖民이라고 지적했다.[13] '요민'은 '요행을 바라는 백성'이란 뜻으로, 유식층을 가리키는 듯하다.[14] '요민'은 농·공·상의 일도 하지 않지만, 그렇다고 해서 유자儒者로서 독서에 힘쓰는 것도 아니다. 이들은 매일 허랑하게 지내는 것을 일삼지만, 그래도 어쩌다 과거에 급제하기도 한다. 성해응은 이런 부류 때문에 요행을 바라는 심리가 나라 전체에 조장되었다고 지적하면서, 이들 '요민'이 모두 자기 힘으로 농사를 짓게 해야 한다고 주장했다.

따라서 향촌에서의 자립적인 삶이 중요한 과제로 포착된다. 그가 「명오지」名塢志, 「동국천품」東國泉品, 「곡품」穀品 등을 지은 것은 이런 문제의식과 무관하지 않다고 생각된다.[15] 「명오지」는 조선 각지의 좋

---

13 "我國之弊, 奢侈與倖民爲最. 今之豪富, 宮室踰制度, 婢僕厭芻豢, 一飮食之費幾傾十家之産, 一臺榭之資幾傾千家之資. (…) 今之人不之農不之商不之工者, 以其勞且賤也. 只托名事儒業, 而終年不讀書不做文, 日事漫浪. 每有科, 輒隨衆波蕩, 或有時乎中第, 故通都鄙兼上下皆倖心也. 倖心長而俗豈不壞, 風豈不澆乎? 若是者殆居國之半, 皆驅而之南畝, 使得自力於耕作, 則穀不可勝食, 且又志定業專, 民皆安其分矣."(成海應, 「食貨議」下編, 『硏經齋全集』外集 卷42, 한국문집총간 277, 210~211면)

14 이들이 과거에 급제하기도 한다거나, 도읍과 시골을 통틀어 이들이 모두 요행을 바라는 마음을 가지고 있다는 등의 언급을 통해 미루어 보면, 성해응이 말한 '요민'은 '요호부민'(饒戶富民)은 아닌 듯하다.

15 「名塢志」, 『硏經齋全集』外集 卷64, 한국문집총간 278, 178~189면; 「東國泉品」,

은 거주지를 정리한 글이고, 「동국천품」은 조선 각지의 수질 좋은 곳의 위치·수품水品·관련 고사 등을 정리한 글이고, 「곡품」은 각종 곡식의 명칭과 특징을 정리한 글이다.

이렇게 보면 성해응은 부호가의 향락적인 생활 풍조와 유식층의 폐단을 문제로 여겨, 사대부의 자립적인 삶을 위한 방안을 모색한 것이 된다. 이 점은 서유구와 비슷하다. 특히 「명오지」는 『임원경제지』에 인용되었거니와,[16] 「동국천품」과 「곡품」은 비록 인용되지는 않았지만 『임원경제지』의 취지와 상통하는 글들이다. 따라서 성해응은 '임원경제학'을 일부 공유했다고 할 수 있다. 그러나 성해응의 모색은 다소 일반론의 차원에 머물러 있다고 판단된다. 유식층도 농사를 지어야 한다고 성해응은 주장했지만, 그 이상의 구체적인 논의를 개진한 것은 아니다. 그리고 「명오지」 등의 글들은 '임원경제학'의 학적 관심을 공유했지만, 『임원경제지』와 달리 단편적이고 산발적인 선에서 그쳤다.

이런 차이가 초래된 이유는 무엇인가? 우선 사대부의 자립적 삶이라는 문제에 접근하는 시각의 차이를 들 수 있다. 서유구와 성해응 모두 생산적 활동으로부터 유리된 사대부의 존재 방식에 대해 비판적이었다. 그러나 서유구가 무엇보다도 본인의 삶을 통절하게 반성하면서 당사자의 입장에서 자립적 삶의 길을 모색한 반면, 성해응에게서는 당사자로서의 반성적 자세와 당사자 특유의 절실함을 찾아보기 힘들다.

『硏經齋全集』 外集 卷44, 한국문집총간 277, 270~273면; 「穀品」, 『硏經齋全集』 外集 卷54, 같은 책, 476~480면.

16 徐有榘, 「名基條開」, 『相宅志』 卷第二, 『林園十六志』 5, 481면.

이런 차이는 그 두 사람의 계급적 정체성의 차이와 무관하지 않다. 서유구와 달리 성해응은 서얼 출신이다. 따라서 성해응은 사치 풍조나 유식층의 폐단을 심각한 문제라고 인식할 수는 있지만, 서유구처럼 자신을 그 반성의 영역에 포함시킬 이유까지는 없다. 물론 그렇다고 해서 그것이 곧 성해응의 한계라고 지적하는 것은 온당치 않다. 오히려 성해응은 그 대신 외부자로서의 날카로운 시선을 획득할 수도 있기 때문이다. 그런데 그는 서유구와 변별되는 외부자적 시선을 보여 주는 것 같지는 않다. '임원경제학'과 뚜렷한 친연성을 보여 주는 성해응의 글들이 다른 한편으로는 결국 박물학적 관심에서 벗어나지 못한 것으로 여겨지는 것은 이런 이유에서가 아닌가 한다.[17]

그다음으로 검토할 것은 홍길주의 글이다. 그는 전제田制 개혁안을 구상하면서 '경자유전'耕者有田의 원칙을 천명했다.[18] 그의 이런 주

---

17 일례로 성해응은 「동방(東方)의 토산(土産)을 기록한 글」(記東方土産)에서 조선의 산천초목에 대한 지식이 심성 수양과는 무관하지만, 박학(博學)도 결국 심성 수양에 도움이 된다고 말한 바 있다. 해당 원문을 들면 다음과 같다: "孔子論『詩』曰: '多識於草木鳥獸之名.' 夫草木鳥獸之名, 固無與於治心治性, 則乃不急之務, 而聖人之訓若是深切者何歟? 草木鳥獸之名, 固無與於治心治性, 然卽『詩』之興觀羣怨之旨而論之, 不得是則不明也. 夫興觀羣怨者卽所以治心治性者也, 然則草木鳥獸之名誠有助於治心治性者也. 是以博學者尙之. 夫博學之至, 雖一物之小者亦不遺焉. 彼天地之廣, 海內之衆, 凡飛潛動植之理, 無不森羅于中. 況所居之一方, 凡有目見而耳聞者, 其可遺之乎?"(成海應, 「記東方土産」, 『研經齋全集』 卷之四十六, 한국문집총간 274, 479면) 성해응의 이런 생각은 자국의 산천초목에 대한 지식을 중시한다는 점에서는 서유구와 일부 비슷하다. 그러나 두 사람의 논법에는 엄연한 차이가 있다. 「낙랑(樂浪)의 일곱 물고기에 대한 논변」에서 서유구는 모종의 자기 인식을 지향했다. 반면 성해응이 강조한 것은 '박학'의 효용이며, 그의 논법에서 자국의 생활 현실에 대한 자각적인 사고는 불분명하다. 이렇게 서유구와 대비해 보면, 산천초목의 명칭에 대한 성해응의 관심은 일종의 자기 인식으로 발전할 수 있는 계기를 전혀 갖지 않는다고는 할 수 없지만, 자국의 생활 현실에 대한 성해응의 문제의식은 결국 '박물학적 흥미' 내지 '박학'의 차원에서 희석되고 만 것이 아닌가 한다.
18 홍길주의 전제 개혁론에 대해서는 김용섭, 『조선 후기 농학사 연구』(신정 증보판,

장은 부호가의 사치 행각 및 유식층의 폐단에 대한 문제의식과 맞물려 있다. 그는 '경자유전'의 원칙을 천명한 다음, 이렇게 말하면서 글을 마무리 짓는다: "지금 왕공귀인王公貴人들은 한 끼 식사로 혹 수십 명분을 한꺼번에 소비하는데, 길에는 굶어 죽은 시체의 뼈가 나뒹군다. 여항閭巷의 평민 중에는 저잣거리에서 유유자적하며 아무 하는 일 없이 배를 채우는 사람이 줄지어 있는데, 농부는 밥 먹기도 힘들다. 나의 방법이 채용되면 농사짓는 사람은 권하지 않아도 날로 늘어날 것이고, 놀고먹는 백성은 금하지 않아도 날로 줄어들 것이다."[19] 이런 언급을 통해 그가 유식층 문제와 연계해서 전제 개혁안을 구상한 것이 확인된다. 따라서 홍길주 역시 사대부의 자립적인 삶을 모색한 것이 된다.

그러나 성해응과 마찬가지로 홍길주의 사고도 다소 원칙론의 차원에 머물러 있지 않은가 한다. 홍길주 역시 사대부의 존재 방식을 새롭게 정립하기 위한 구체적인 대안을 모색하는 쪽으로 사고를 진전시키지는 못한 듯하다. 일례로 『숙수념』孰遂念에 실린 「『농서』 서문」(農書序)은 농학에 대한 홍길주의 관심을 잘 보여 준다. 홍길주는 20권 분량의 농서農書를 편찬할 생각이었는데, 「『농서』 서문」은 그런 구상 속에서 미리 지어 둔 서문이다. 그 서문에, 조선의 곡식 명칭이 중국과 달라서 왕왕 서로 통하지 않는 경우가 있으므로 이에 여러

지식산업사, 2009), 533~534면 참조.

19 "今也王公貴人, 一飯或兼數十人之湌, 而餓殍之骨橫于塗. 閭巷細民優游于街市, 無所業而充其腸者相望, 而農夫之食艱矣. 吾之法用, 則農者不勸而日增, 游食之甿不禁而日縮."(洪吉周, 「制田」, 『縹礱乙幟』卷之一, 연세대 도서관 소장, 도서번호: 고서(귀) 271 0) 인용문의 표점 및 번역은 박무영·이주해 외 역, 『표롱을첨』 상(태학사, 2006), 534면 및 55면을 참조하여 필자가 일부 수정한 것이다.

서적을 참작하여 농서를 짓는다는 언급이 보인다.[20] 그렇다면 홍길주는 서유구의 '임원경제학'과 유사한 학적 관심을 일부 공유한 것이 된다. 그러나 '임원경제학'과 관련된 홍길주의 문제의식은 여기서 더 발전되지는 못한 듯하다.

더구나 농학에 대한 기본적인 접근법으로 말하면 서유구와 홍길주 사이에 적지 않은 차이가 있다. 「『농서』 서문」에서 홍길주는 임금과 재상, 독서하는 선비, 훌륭한 의원醫員, 농부가 각각 자기 나름의 방식으로 사람들에게 은택을 베푼다고 말하면서, 사람이 먹지 않고서는 아무것도 할 수 없기 때문에 이 중에서 농업이 특히 중요하다고 주장했다. 더 나아가 홍길주는 농부의 진실성을 특별히 강조했다. 정치하는 사람, 글 읽는 선비, 의술을 공부하는 의원이 모두 독서를 통해 잘못된 길에 빠질 수 있는 반면, 농부는 진실하고 거짓이 없어서 그런 폐단이 없다는 것이다.[21] 요컨대 홍길주는 단지 실용적 관점에서뿐만 아니라 인간학적 관점에서 농업의 가치를 인식한 것이다. 비록 그렇기는 하나 홍길주가 농학을 통해 사대부의 자립적 삶을 위한 학문적·실천적 대안을 모색하는 데로 나아간 것은 아니다. 이 점에서 홍길주는 서유구와 크게 다르다. 홍길주는 농업의 중요성을 강조할지언정, 당사자의 입장에서 농업 문제를 성찰하지는 않는다. 따라서 서유구에 비해 홍길주의 대안적 사고에는 구체성이 부족하다고 판단된다.[22]

---

20 "吾東方土穀名物皆與中土異, 往往有齟齬而不相通者, 玆參酌成一部書."(洪吉周, 「農書序」, 『孰遂念』第五觀 丁五車念 上, 장40뒤, 규장각 소장, 도서번호: 奎 6650 00)
21 "古書之言政治者幾萬言也. 讀者或用之而汙. (…) 惟農也不然. 盖椎魯蠢痴, 不識字之氓恒居之. 然其道無古今也, 其心至誠而無僞也, 其事至公而無私也. 嗚呼! 神農·黃帝之風存乎今者, 農而已歟!"(洪吉周, 같은 글, 같은 책, 장40앞~뒤)

이런 차이가 생긴 이유는 무엇인가? 우선 가학家學의 차이를 고려해 봄 직하다. 선행 연구에서 두루 지적했다시피 『임원경제지』는 가학의 전통을 딛고 있다. 서유구의 조부 서명응과 생부 서호수 모두 농서들을 편찬했는바, 그 농서들은 『임원경제지』의 중요한 토대가 되었다. 반면 홍길주는 서유구처럼 농학에 치력한 것은 아니다. 그리고 홍길주는 비록 다양한 학문과 사상에 대해 폭넓은 관심을 가지긴 했지만, 그러면서도 고증학의 병폐를 비판하고 정주학程朱學을 존숭했다. 이 점에서 홍길주는 고증학적 성과를 적극 수용하여 주체적인 방향으로 발전시킨 서유구와 다르다. 기실 홍길주가 평생의 스승으로 삼은 사람은 다름 아닌 그의 백씨 홍석주였다. 홍길주가 다양한 학술사상에 대해 비교적 유연한 자세를 갖고 있었음에도 불구하고 정주학을 정통 학문으로 높인 것은 홍석주의 학적 지향과 상통한다. 또한 홍길주는 수학에도 조예가 있었지만, 서유구와 달리 수학 지식을 농학과 같은 실용적·경세적 학문을 위한 방법론으로 재정위하지는 못했다.

그다음으로 개인사적 차이를 들 수 있다. 서유구는 긴 세월 동안

22　이 점과 관련하여 또 한 가지 주목할 만한 것이 있다. 서유구의 글에서와는 달리, 홍길주 글에서는 농부에 대한 이상화(理想化)가 이루어지고 있다. 방금 인용한 「『농서』 서문」에서 홍길주는, 농부야말로 진실한 존재며 이제 신농(神農)과 황제(黃帝)의 풍속은 농부에게 남아 있을 뿐이라고 했다. 홍길주는 이런 논법을 취함으로써 한편으로는 농업의 인간학적 가치를 부각시킬 수 있었지만, 다른 한편으로는 농업에 대한 구체적 고려 없이 농민을 이상화하는 결과를 초래했다. 즉, 농부가 농업 종사자로 겪게 되는 여러 가지 일들에 대한 구체적 인식이 홍길주에게는 매우 부족해 보인다. 이런 홍길주와 달리 서유구는 농민을 이런 방향으로 이상화하지 않는다. 그 대신 농업에 대한 서유구의 인식은 훨씬 더 구체적이며, 당사자로서의 실감을 갖고 있다. 따라서 홍길주가 농민을 이상화한 것은, 오히려 그의 사고의 추상성을 반증(反證)하는 것이 될 수 있다. 이렇게 보면 서유구와 홍길주의 차이는 한층 더 분명해진다.

관료 생활을 했다. 사환기에 서유구는 정조의 윤음에 부응하여 농업 문제에 대한 자신의 소견을 밝히는 등 신진 관료로서 농업에 대한 자기 나름의 생각을 구제화하는 기회를 가졌다. 그리고 서유구는 방폐기의 체험을 통해 자신의 삶을 근본적으로 반성하고, 당사자의 입장에서 자립적 삶의 길을 모색했다. 뿐만 아니라 서유구는 방폐기를 거친 뒤 복직되어서는 지방관으로서 자신의 농학 연구 성과를 현실에 접목시킬 기회를 가졌다. 반면 홍길주도 사환 생활의 경험이 전혀 없는 것은 아니지만 거의 평생을 은거로 일관했으며, 실무 경험을 쌓아가며 농업에 대한 생각을 구체화할 기회를 갖지는 못했다. 그리고 서유구와 달리 홍길주에게는 향촌에서의 자립적인 삶을 자신의 당면 과제로 받아들일 만한 삶의 계기가 없었던 것으로 보인다.

끝으로 자연철학적 사고의 차이를 들 수 있다. 서유구가 자립적 삶을 모색한 데에는 자연적 존재로서의 인간에 대한 통찰이 중요한 계기가 되었다. 홍길주도 '자연=근원적 텍스트'라는 사고를 서유구와 공유하고 있다.[23] 그는 조물주가 위대한 문장가라고 하여 변화무쌍한 자연의 선차적 중요성을 강조했고, 천지자연과 온갖 일상사가 곧 책이라고 하여 '책 읽기'와 '사물 읽기'를 통합적으로 파악했다.[24] 이렇게 보면 홍길주는 '자연경'으로 개념화된 서유구의 사유를 공유한 것이 된다. 그러나 홍길주의 경우, '자연=근원적 텍스트'라는 사고가 서유구의 경우처럼 자연과 인간의 관계에 대한 근원적인 통찰로, 자기반성적 관점으로, 그리고 자연 속에서의 인간 존재에 대한

---

23 자연의 중요성을 강조한 홍길주의 문예론에 대해서는 최식, 『조선의 기이한 문장』 (글항아리, 2009), 176~178면 참조.
24 「睡餘放筆」下 第22則;「睡餘放筆」上 第3則.

성찰로 확장되지는 못한 것으로 보인다.

마지막으로 검토할 것은 정약용의 글이다. 정약용은 사대부의 자립적 삶에 대해 대단히 구체적인 생각을 갖고 있었다. 그는 아들 정학연 및 다신계茶信契 18제자에 속하는 윤종문尹鍾文(1787~?), 윤종억尹鍾億(1788~1837)에게 생계 해결의 요령에 대해 조언한 바 있다. 그중 윤종억을 위해 지어 준 글을 예로 들면, 정약용은 고담준론을 일삼으며 생계를 도외시하는 것이야말로 선비의 수치라고 강조한 다음 이렇게 말한다.

> 비록 그렇지만 종아리를 내놓고 흙탕물 속에 들어가, 써레 잡고 소를 몰며 멍에를 밀고 가다 거머리에 온몸이 빨려 상처가 나 몸이 성한 데가 없는 것은 남자의 곤경이다. 더구나 열 손가락이 파처럼 부드러운 사람이야 아무리 자기 힘으로 하려 한들 그럴 수 있겠는가?
>
> 그렇지 않고 돈 궤짝을 들고 나가 포구浦口에 앉아 먼 섬에서 배가 오기를 기다려, 무지한 어민漁民들과 입이 닳도록 다투어, 몇 푼의 이득을 바라고 남의 몫을 깎아 자기의 이익을 더하면서, 거짓말을 해 대고 떠들며 남을 속이고, 눈을 부라리며 마치 대단히 억울하다는 듯이 성을 내고 노려보는 것 또한 천하의 지극히 졸렬한 짓이다.
>
> 그렇지 않고 자모전子母錢을 놓아 사방 이웃의 고혈을 빨아먹으며, 어쩌다가 상환 기한을 어기면 힘없고 약한 사람을 잡아다가 말뚝에 매달아 놓고 수염을 뽑고 종아리를 쳐서, 온 고을에서 호랑이 같은 놈으로 통하고, 부모형제와 처자식들도 원수처럼 미워하는 것으로 말하면, 이런 사람은 아무리 언덕처럼 많

은 재산을 얻더라도 한 세대도 보존하지 못하고, 반드시 그 자
손 중에 미치광이가 되거나 술과 여색女色에 빠진 사람이 나와
그 재산을 말아먹는다. 하늘의 법망法網은 넓고 넓어서 성기면
서도 빠뜨리지 않으니 심히 두려워할 만하다.[25]

농업, 상업, 사채업은 사대부로서 감당할 수 없거나 할 짓이 못 된
다는 말이다. 그 이유에 대한 설명이 피상적이거나 막연하지 않고,
실생활에 입각해 대단히 구체적이다. 정약용이 생계 문제에 대해 얼
마나 절실하게 고민했는지 짐작케 하는 대목이다. 그렇다면 생계 해
결 방법으로 무엇이 좋은가?

그러므로 생계를 해결하는 방법으로 원포園圃와 목축, 그리고
못을 파서 물고기를 기르는 것만 한 게 없다. 문 앞의 가장 비
옥한 밭을 구획하여 10여 개의 두둑을 만들되 지극히 반듯하고
똑 고르게 해야 한다. 그런 다음, 차례대로 사계절의 채소를 심
어 집에서 먹을 것을 공급한다. 집 뒤꼍의 노는 땅에는 진귀하
고 맛좋은 유실수를 많이 심고, 그 가운데에 조그만 정자를 세
워 밖으로 맑은 운치를 풍기고 겸하여 도둑을 지키는 데 이용한

---

25 "雖然赤脛入泥水中, 執八齒耙, 叱牛推輀, 蜞針徧體, 創痍無完, 此男子困境. 矧十
指柔頓如葱者, 雖欲自力得乎? 不然持錢櫃坐浦口, 伺遠島船來, 與魚蠻子苦口力爭, 冀
錐刀之末得, 刻人以傅己, 撒謊哄騙, 眸子突露, 如鬱壘怒瞋, 斯亦天下之至拙. 不然放
子母錢, 唉取四憐膏血, 或期程有差, 捉取尩羸罷匂, 縣之馬柳, 拔其鬢毛, 擊其脛踝, 一
鄕號爲虎狼, 六親疾如仇敵. 如是者雖得貨如丘陵, 不能保一世, 必其子姓有瘋邪癲狂、
甘酒嗜色者出而覆之, 天網恢恢, 疏而弗漏, 甚可懼也."(丁若鏞, 「爲尹輪卿贈言」, 『詩文
集』; 『與猶堂全書』第一集 第十八卷, 한국문집총간 281, 385면) '四憐'의 '憐'은 '鄰'의
오자이다.

> 다. 먹고 남은 게 있으면 매번 비가 온 뒤에 바랜 잎은 떼 버리고 먼저 익은 것을 가려내서 성시城市에 가서 팔고, 더러 월등히 크고 탐스러운 게 있으면 별도로 편지를 써서 가까운 벗이나 이웃 노인에게 보내 진귀하고 색다른 것을 나누어 먹는 것이 후의厚意이다. 그리고 흙을 잘 다스린 다음 각종 약초, 예를 들어 제니薺苨·자려茈莀·산서여山薯蕷 같은 것을 심는데, 맞는 토양에 따라 구별하여 심는다. 오직 인삼은 특별히 많이 심으니, 방향을 잘 살피고 법을 준수한다면 아무리 여러 이랑에 이르더라도 무방하다.[26]

어떻게 하면 높은 수익을 올려 안정적인 생활을 할 수 있는지에 대한 조언이다. 이 역시 대단히 구체적이다.

이렇게 보면 서유구와 정약용은 여러모로 공통점을 갖는다. 사대부도 생산적인 활동에 종사해야 한다고 주장한 것도 같고, 생계 해결을 위한 구체적인 방안을 고민한 것도 같다. 그런데 정약용의 입장은 내부적으로 다소 편차를 보인다. 젊은 시절에 그는 여전론閭田論을 구상하면서 사대부도 농·공·상으로 전환해야 한다고 주장했지만, 유배 시절에 그는 자신의 제자 윤종억에게 생계 활동에 대해 조언하면서 농업과 상업은 사대부가 할 수 있는 게 아니라고 강조했고 생계

26 "故治生之術, 莫如園圃畜牧及鑿爲陂池渟沼以養魚鱺. 門前一等肥田, 區爲十餘畦, 須極方正平均, 捱次種四時蔬菜以供家食, 屋後閒地多植珍果奇味, 中起小亭, 外張淸韻, 兼以守盜. 已食之有餘, 每雨後摘其褪葉, 取其先熟, 赴城市粥之. 或有肥碩超等者, 別作尺牘以遺親朋隣老, 以分珍異斯厚意也. 又治壤種諸藥艸如薺苨、茈莀、山薯蕷之屬, 隨宜區種, 而唯人蔘特多, 案方遵法, 雖至數頃不嫌也."(丁若鏞, 같은 글, 같은 책, 같은 곳)

활동의 범위를 몇 가지로 제한했다. 당위론과 현실 사이에 괴리가 있는 것이다. 그 괴리는 부득이한 면이 없지 않다. 당위론의 차원에서는 벼슬 없는 사대부가 농사를 지어야 하지만, 현실적으로는 농사 경험이 전혀 없는 사람이 농사일을 감당하는 것은 거의 불가능에 가깝기 때문이다. 그렇다면 서유구의 '임원경제학'은 정약용이 현실적인 이유로 제한한 생계 활동의 폭을 넓혀서 당위론과 현실 사이의 간극을 좁히기 위한 모색의 결과라고 할 수 있다.

결국 정약용과 서유구 모두 '임원경제학'의 문제의식을 공유했지만, 그 두 사람의 학문 세계는 서로 다른 방향으로 전개되었다. 서유구는 '임원경제학'을 집대성했고, 정약용은 경학經學 연구에 기초한 경세론을 집대성했다. 정약용은 자신의 학문 체계를 이렇게 밝힌 바 있다: "육경六經·사서四書로 자신을 수양하고 1표表·2서書로 천하 국기를 다스리니, 이로써 본말本末을 갖추었다."[27] '개인적인 것'과 '사회적인 것'의 종합, 도덕적 자기성찰과 정치적 실천의 종합을 꾀한 것이다. 그런데 이런 학문 체계는 정약용의 어떤 면은 담아내지 못한다. 예를 들어 정약용은 종두법種痘法의 연구·보급에 비상한 관심을 가져 『마과회통』麻科會通을 지었고, 이용후생론의 필요성을 강조했으며, 사대부의 생계 활동에 대해 대단히 구체적인 생각을 갖고 있다. 이들 영역은 '수기'修己와 '치인'治人의 종합에 비해 자질구레하고 부차적인 것처럼 보일 수도 있지만 그렇지 않다. 자립적 삶의 모색은 사대부의 존재 방식에 대한 반성과 그 대안적 실천을 요하므로, 사회적으로나 개인적으로나 공히 중요한 문제다. 그러나 정약용 스스로

---

27 "六經四書以之修己, 一表二書以之爲天下國家, 所以備本末也."(丁若鏞, 「自撰墓誌銘 集中本」, 『詩文集』: 『與猶堂全書』第一集 第十六卷, 한국문집총간 281, 347면)

가 구축한 학문 체계에서는 이런 영역들이 불가피하게 제외될 수밖에 없다.

반면 이렇게 정약용의 학문 체계에서 제외된 영역들을 총망라하여 체계화하고 학적 영역으로 끌어올린 것이 곧 서유구의 '임원경제학'이다. 서유구는 『임원경제지』의 편찬 이유를 다음과 같이 설명한다.

> 사람이 세상을 사는 데에는 벼슬에 나가는 것, 벼슬 없이 시골에서 사는 것의 두 가지 방법이 있다. 벼슬에 나갔으면 세상을 구제하고 백성에게 은택을 베푸는 것이 그 임무이고, 벼슬 없이 시골에서 살면 스스로의 힘으로 먹고살면서 지취志趣를 기르는 것이 그 임무이다. 다만, 세상을 구제하는 학술은 모두 정치 교화에 응하는 것이라 필요하지 않은 게 없어서, 자세하게 서술한 서적이 원래 많지만, 시골에서 살면서 지취를 기르기 위한 서적으로 말하면 수집해 놓은 것이 드물다. 우리나라에는 겨우 『산림경제』 하나가 있으나, 군더더기와 자질구레한 게 많고 채집한 서적의 범위 또한 좁아서 흠으로 여기는 사람이 많다. 그래서 이 책에서는 시골 생활에 필요한 일들을 대략 채집하여, 부部를 나누고 목目을 세운 다음, 여러 서적을 수집하여 내용을 채웠다. '임원'이라는 표제를 단 것은, 벼슬하여 세상을 구제하는 방도가 아니라는 것을 분명히 하기 위해서다.[28]

28　"凡人之處世有出處二道: 出則濟世澤民其務也, 處則食力養志亦其務也. 顧濟世之術, 一應政敎, 無非所需, 固多備述之書. 至於鄕居養志之書, 尠有裒集者. 在我邦僅有『山林經濟』一書, 然中多冗瑣, 所採亦狹, 人多病之. 故於此畧採鄕居事宜, 分部立目, 搜

서유구는 경세학의 가치를 존중하면서도, 경세학에 비해 '임원경제학'이 상대적으로 소홀하게 취급되어 왔다고 지적한다. 누차 확인했다시피, 벼슬 없는 사대부로 어떤 삶을 살 것인가 하는 것은 개인적 문제일 뿐 아니라 사회적·정치적·경제적 문제이기도 하다. 그리고 문제의 심각성을 우려하는 목소리가 일각에서 커져 가고 있다. 그런데 정작 벼슬 없는 사대부의 삶을 위한 제반 지식은 방치되어 있는 실정이다. 서유구는 이런 지적 편향성을 문제 삼으면서 '임원경제학'을 학적 과제로 천명했다. 따라서 '임원경제학'은 정통 학문 외부로 밀려난 영역들의 가치를 옹호하고, 그간 산발적으로 이루어진 연구를 발전적으로 계승하여 새로운 학적 영역을 열어 가기 위한 시도로 평가받을 수 있다. 이런 견지에서 보면 정약용의 학문 체계는 기존의 체계 내부에 있는 것이 된다.

그렇다면 서유구와 정약용이 비슷한 문제의식을 공유했으면서 서로 다른 학문적 선택을 한 이유는 무엇인가? 우선 개인사적 차이를 그 이유로 들 수 있다. 그 두 사람 모두 정치적 시련을 겪었으며, 그 인고의 세월 동안 스스로를 반성하고 자기 나름의 투철한 문제의식 하에 학문적 집대성을 이루었다. 하지만 서유구가 방축된 것과 달리 정약용은 유배 생활을 했다. 따라서 정약용이 서유구처럼 '임원경제학'을 자신의 당면 과제로 삼기는 힘들었을 것이라고 생각된다.

그다음으로 자연과 인간의 관계에 대한 사고의 차이를 꼽을 수 있다. 서유구의 '임원경제학'의 기저에는 자연적 존재로서의 인간에 대한 통찰이 들어 있다. 인간과 자연은 근원적으로 이어져 있으며, 인

群書而實之. 以'林園'標之者, 所以明非仕宦濟世之術也."(徐有榘, 「林園十六志例言」, 『林園十六志』1, 1면)

풍석 서유구 산문 연구

간은 그 자연 속에서 자기 힘으로 살아가는 존재다. 이런 관점이 '임원경제학'의 근간이 된다.

반면 정약용의 사유에서는 자연 속에서 인간이 갖는 존재의 독자성이 강조된다. 물론 정약용의 사상에서 천天과 인人의 연결 고리가 절연하게 끊어진 것은 아니다. 그러나 선행 연구들을 통해 두루 지적되었다시피,[29] 정약용은 종래의 천인합일설天人合一說을 비판하면서 천리天理와 인도人道, 즉 자연적 질서와 인륜적 질서를 구분했다.[30] 이런 구분법으로 인해, 자연과 인간을 통일하는 형이상학적 원리에서 도덕 실천의 근거가 선험적으로 확보되는 성리학적 구도가 상대화되고, 현실 세계에서의 인간의 주체적 선택과 실천이 중시된다.

더 나아가 천리와 인도의 구분은 정치사상 내지 사회사상에도 중요한 변화를 가져왔다. 자연 세계와 인간 세계가 통일적으로 파악되는 성리학적 체계에서는 도덕과 정치 또한 통일적으로 파악되어 왔다. 정약용 역시 수기修己와 치인治人, 즉 도덕적 수양과 정치적 실천의 통일을 중시했다. 하지만 그러면서도 그는 개인의 도덕성과 구분되는 공적公的 영역의 특징에 유의하여, 법과 제도의 문제에 큰 관심을 가졌다.

---

29 박충석, 『한국정치사상사』(삼영사, 1982, 제2판: 2010년), 377~378면; 윤사순, 「다산의 인간관」(한우근 등, 『정다산연구의 현황』, 민음사, 1985), 147~148면; 금장태, 『다산실학탐구』(소학사, 2001), 26~29면; 한정길, 「다산 정약용의 세계관」(『한국실학연구』 제13호, 한국실학학회, 2007), 183~192면 참조.

30 『맹자요의』(孟子要義)의 다음 구절은 정약용의 이런 사고를 잘 보여 준다. "夫陰陽造化, 金木水火土之變動, 非吾身之所得由, 則豈吾身道乎? 若云一陰一陽之謂道, 本之『易』「傳」, 則是言天道, 不是人道; 是言『易』道, 不是天道, 豈可以吾人率性之道歸之於一陰一陽乎?"(丁若鏞, 『孟子要義』, 「盡心」第七, '盡其心者知其性'章; 『與猶堂全書』第二集 第六卷, 한국문집총간 282, 147면) 인용문의 번역은 이지형 역주, 『역주 맹자요의』(현대실학사, 1994), 385면 참조.

뿐만 아니라 자연적 질서와 인륜적 질서를 구분하는 정약용의 사고는 자연관 내지 사물 인식에도 큰 변화를 가져왔다. 정약용도 그 당시의 다른 유학자들과 마찬가지로 하늘이 인간과 만물에 성품 내지 본성을 부여한다고 생각했다. 그러나 정약용은 만물일체설萬物一體說을 비판하면서 인성人性과 물성物性의 차이를 강조했다. 그는 그저 그 차이를 중립적으로 지적한 것이 아니다. 그의 강조점은 사물 일반과 차별화되는 인간 존재의 독자적 가치에 있다.[31] 여타의 사물들과 달리 인간은 영명靈明한 존재다. 따라서 만물을 초월하여 우월한 지위에 있다. 그리고 그런 우월한 존재로서 만물을 향유하고 사용한다. 이것이 정약용의 생각이다. 결국 그는 인간 중심주의적 입장을 견지한 것이다.

이상과 같이 보면, 자연과 인간의 관계에 대한 서유구와 정약용의 사고는 판연히 다르다. 물론 두 사람 모두 자연과 인간의 연관성에 대해, 그리고 자연과 인간의 차별성에 대해 생각하지 않았던 것은 아니다. 예를 들어 서유구도 취미 생활 내지 문화적 활동의 정당성을 논하면서 동물과 차별화되는 인간의 특성을 지적한 바 있다. 그러나 서유구와 정약용의 강조점은 분명 다르다. 서유구는 자연과 인간의 근원적인 연관성을 '자연경'으로 개념화했으며, 그의 '임원경제학'은 그 개념과 긴밀한 연관을 맺는다. 반면 정약용은 자연과 인간의 차별성을 강조하면서 인간의 작위作爲, 인간의 의지, 인간의 결단, 자연적

---

31 『중용강의보』(中庸講義補)의 다음 구절은 정약용의 이런 사고를 극명하게 보여 준다: "況草木禽獸, 天於化生之初, 賦以生生之理, 以種傳種, 各全性命而已. 人則不然, 天下萬民, 各於胚胎之初, 賦此靈明, 超越萬類, 享用萬物. 今乃云健順五常之德, 人物同得, 孰主孰奴?"(丁若鏞, 『中庸講義補』卷1; 『與猶堂全書』第二集 第四卷, 한국문집총간 282, 63면)

세계와 구분되는 인간 사회의 정치적·제도적 측면에 주목했다. 결국 서유구가 '임원경제학'으로 나아간 반면 정약용은 그렇지 않았던 것은, 두 사람의 자연철학적 사고의 차이에서 기인한다고 생각된다.

서유구와 정약용의 이런 차이는 두 사람의 장단점을 모두 반영한다. 서유구에 비해 정약용에게는 자연적 존재로서의 인간에 대한 통찰, 자연과 인간의 근원적 연관성에 대한 통찰이 부족하다. 반면 정약용에 비해 서유구에게는 사회적·정치적 존재로서의 인간에 대한 통찰, 인간의 삶을 보다 높은 차원에서 규정해 주는 정치 체제, 사회 제도 등에 대한 거시적 사고가 부족하다.

이는 그 두 사람의 계층적 정체성의 차이와 무관하지 않다고 생각된다. 서유구와 정약용은 모두 사대부층에 속한다. 그리고 젊은 시절에 신진 관료로서 국왕 정조의 지우를 받은 것도 똑같다. 하지만 두 사람이 사대부로서의 정체성을 가져간 방향은 서로 다르다. 벼슬길이 막힌 상황에서 서유구와 정약용이 사대부적 자기정체성을 어디서 찾았는지에 주목하면, 두 사람의 차이를 좀 더 분명히 파악할 수 있다. 서유구가 임원 생활을 구상하면서 중시한 것은 실용적 가치와 심미적 가치의 조화다. 그런데 사회 계층적으로 보면, 사대부가 생계 해결을 위해 농업이나 상업 등의 생산적 활동에 종사하긴 하지만, 그렇다고 해서 농민과 동일시될 수는 없다. 농민과 구분되는 사대부적 면면은 각종 문화 활동을 통해 구현된다. 반면 정약용은 유배 죄인으로서 과연 자신의 개혁안이 실현될 날이 올지 기약할 수 없는 처지에 있으면서도, 끊임없이 국가 제도, 지방 행정, 법률 행정 등 공적 영역에 대한 광범위한 저술을 남겼다. 그는 이것이 사대부의 당연한 책무이자, 자신을 절망적인 상황에서 지탱해 주는 존립 근거라고 생각했다. 이렇게 보면 서유구와 정약용이 벼슬 없는 사대부의 위치에서 사

대부적 정체성을 가져간 방식은 판연히 다르다.[32]

정치·사회에 대한 거시적 사고가 부족하다는 점 외에, 정약용과의 내비 속에서 드러나는 서유구의 또 다른 한계는 기층민 내지 민중적 세계에 대한 관심이 부족하다는 점이다. 정약용의 작품을 먼저 거론해 보면, 「장천용전」張天慵傳과 「몽수전」蒙叟傳은 모두 미천한 사람의 삶에 대한 관심을 확인시켜 주는 글이다. 「장천용전」은 재주는 뛰어나지만 불우한 삶을 살다 간 미천한 인물에 대한 공감과 연민을 담고 있다. 그리고 「몽수전」은 신분은 낮지만 훌륭한 행적을 남긴 인물의 미덕과 활약상을 기록으로 남기고자 하는 문제의식을 잘 보여 준다. 더 나아가 정약용은 「자찬묘지명」自撰墓誌銘에서 곡산谷山 양민良民 이계심李啓心의 저항적인 모습을, 자신의 삶에 뚜렷한 인상을 남긴 것으로 특별히 기록한 바 있다.

이런 정약용에 비하면 서유구에게는 민중적 세계에 대한 관심이 부족하다. 서유구도 불우한 사람에 대한 공감, 미천한 사람의 죽음에 대한 연민을 담은 작품을 지은 바 있다. 그러나 여기서 더 나아가 기층민의 삶에 대해 고민하고 그에 대한 사고를 구체화하는 방향으로 작품 세계를 발전시키지는 못했다.

사실 정약용은 육경六經을 근간으로 하는 재도론載道論을 강조했다. 따라서 적어도 문학론만 놓고 보면 서유구보다는 정약용 쪽이 더 완고하고 보수적이라고 할 수 있는 측면이 있다. 게다가 서유구는 그

---

32 물론 「의상경계책」 같은 글에서 확인되다시피, 서유구도 사회 제도의 문제에 대해 고민하지 않았던 것은 아니다. 그러나 그의 고민은 농업 문제에 집중되어 있다. 『임원경제지』에서 개진된 몇몇 개혁안도 이용후생의 문제에 집중되어 있다. 따라서 정치·사회에 대한 서유구의 관심은 정약용에 비해 상당히 협소하다고 할 수 있다.

나름대로 '주변적 인물'에 대한 공감과 연민을 갖고 있었으며, 그 자신이 궁핍한 생활을 해 나가며 자신의 삶을 반성적으로 돌아보았다. 그렇다면 서유구도 꼭 정약용과 같은 방식은 아니더라도, 자기 나름대로 민중적 세계에 대한 관심을 키워 갈 수 있는 가능성을 가지고 있었다고 할 수 있다.

더욱이 서유구는 농학에 치력했고 현장 경험도 다년간 쌓았다. 그렇다면 그는 농민의 삶에 대해 관심을 갖고 그와 관련된 산문 작품을 지었을 법도 한데, 적어도 『풍석전집』에는 그런 작품이 없다.[33] 왜 그럴까? 서유구와 정약용 모두 사대부라는 계급적 틀 내부의 인물이다. 하지만 서유구에 비해 정약용은 유배 생활을 계기로 기층민의 생활 현실에 더 밀착할 수 있었고, 그로 인해 자기성찰을 더 철저하게 밀고 나갈 수 있었다. 반면 서유구는 긴 방폐기 끝에 복권되어 오랫동안 관료 생활을 했다. 따라서 정약용에 비해 서유구는 더 뚜렷하게 관료적 정체성을 가지고 있을 수밖에 없었다고 생각된다. 일례로 서유구는 「의상경계책」에서 국가재정의 문제와 농업 문제를 연계하여 생각했다. 그럼으로써 그는 국가재정 확충을 위한 구체적인 대책을 구상했다. 서유구의 이런 면면은 그의 관료적 정체성을 잘 보여 준

---

33 다만 시 작품까지 고려하면, 농민이 처한 현실을 형상화한 작품이 전혀 없는 것은 아니다. 『번계시고』에 수록된 「전가십이월령가」(田家十二月令歌)에 아전의 수탈에 대한 언급이 일부 보인다. 그리고 「전가월령후가」(田家月令後歌)에는 수탈당하는 농민의 고통스러운 삶이 자세하게 그려져 있다. 이들 작품은 『풍석전집』 소재(所載) 작품들에서는 좀처럼 확인하기 힘든 서유구의 면모를 보여 준다는 점에서 주목된다. 그러나 이들 작품 외에는 농민의 삶에 대한 관심을 보여 주는 글을 찾기 힘들다. 이들 작품은 1840년에 창작되었다. 그러니까 말년에 이르러서야 한두 편의 시를 통해 농민의 삶이 서유구의 문학 세계에 들어오게 된 것이다. 이들 작품에 대해서는 조창록, 「풍석 서유구에 대한 한 연구」(성균관대 박사논문, 2003), 138~150면 참조.

다. 이런 차이로 인해 서유구는 정약용에 비해 기층민이 처한 현실에 대한 관심을 문학적으로나 사상적으로 충분히 발전시키지 못한 것이 아닌가 한다.

이상으로 서유구를 성해응, 홍길주, 정약용과 비교하면서 서유구의 성취와 한계를 살펴보았다. 그 비교를 통해 확인된 사실을 정리하면 다음과 같다. 첫째, 생산적 활동으로부터 유리된 사대부의 존재 방식에 대한 반성과 문제 제기는 그 당시 일군의 지식인들 사이에서 공유되었는바, 서유구의 '임원경제학'은 그 공동의 모색의 일환이었다. 둘째, '임원경제학'과 상통하는 산발적인 시도들을 학적 영역으로 끌어올려 구체화·전면화·체계화한 것이 서유구의 성취이다. 셋째, 서유구의 '임원경제학'은 무엇보다도 그 자신의 자기반성과 실천적 모색의 소산이라는 점에서 당사자의 실감과 절실함을 담고 있다. 넷째, 서유구의 '임원경제학'은 자연과 인간의 관계에 대한 근원적인 통찰을 담고 있는 대신, 정치·사회에 대한 전망이 약하다는 한계를 갖는다. 다섯째, 서유구의 '임원경제학'은 경화사족에 대해 반성적 거리를 유지하면서도 기층민과의 간극을 줄일 수는 없는, 경화사족 내부의 자기 갱신이다. 따라서 '심미적 가치'와 '실용적 가치'가 조화를 이루는 삶을 모색한다는 것은 그 장점이지만, 경화사족이라는 계층적 테두리 내에 머물러서 민중적 세계에 대한 시야를 넓혀 가지 못한 것은 그 단점이다. 이런 면면이 서유구가 성해응, 홍길주, 정약용과 자립적 삶에 대한 문제의식을 공유하면서 남긴 그 나름의 성과와 한계다.

이제까지의 논의를 통해 서유구가 조선 후기 사상사에서 어떤 지점에 놓여 있는지가 좀 더 분명해졌으리라 생각한다. 서유구의 모색은 그 당시 사대부가 나아갈 수 있는 몇 가지 방향의 하나를 대변한다고 할 수 있다. 서유구가 택한 방향은 남공철·심상규와도 다르고, 홍석주와도 다르며, 성해응·정약용·홍길주와 비슷하면서도 다르다. 요컨대 서유구가 모색한 자립적인 삶은, 자기 힘으로 일해서 생계를 해결하고 문화적 활동도 하는 삶이자, 자신에 대해, 그리고 자신이 속한 계층에 대해 비판적이고, 도시적 삶에 대한 문제의식을 갖고는 있지만, 그렇다고 해서 사회 전체의 근본적인 변혁을 기획하지는 않고 향촌이라는 생활 공간 속에서 개인적 실천을 해 나가는 삶이다.

끝으로 서유구의 모색이 또 다른 측면에서 어떤 지성사적 전망을 보여 주는지 살펴보기로 한다. 서유구의 '임원경제학'은 자기 힘으로 자신과 자신의 가족을 돌보기 위해 필요한 지식을 체계화한 것이다. 따라서 그 학적 관심은 여성의 활동 영역에까지 확장된다. 일례로 『임원경제지』의 『전공지』展功志와 『정조지』鼎俎志는 각각 의생활衣生活과 식생활을 다룬 것으로, 모두 여성의 활동 영역을 학적으로 체계화한 것이다. 그리고 『보양지』에 소개된 임신·육아 관련 지식도 모두 여성의 삶과 직결된다.

이런 견지에서 주목되는 것은 '임원경제학'과 『규합총서』閨閤叢書의 연관성이다. 『규합총서』의 편자 빙허각憑虛閣 이씨는 곧 서유구의 형수이다. 뿐만 아니라 『규합총서』의 내용이 상당 부분 『임원경제지』와 겹친다. 물론 이 둘 사이에는 차이점 또한 적지 않다. 『규합총서』에 비해 『임원경제지』가 훨씬 더 방대하며 체계적이다. 반면 『임원경제지』와 달리 『규합총서』에는 여성의 생활 경험에 입각한 정보가 다수 소개되어 있다. 이 점은 서유구가 못 미친다고 할 수 있다.[34] 이런

---

34 『임원경제지』와 『규합총서』의 이런 차이점에 대해서는 이혜순, 『조선조 후기 여성 지성사』(이화여자대학교출판부, 2007), 210~215면 참조.

몇몇 차이점이 있지만, 그 공통점은 여전히 주목을 요한다.

『규합총서』가 완성된 것은 1809년 겨울로 생각된다. 서유구가 『임원경세지』를 위한 준비 작업에 착수한 것은 1806년 이후며, 1842년 작인 「오비거사 생광자표」에서 서유구는 『임원경제지』를 엮고 고친 지 30여 년이 되었다고 술회했다. 그렇다면 시기적으로 볼 때 『규합총서』가 『임원경제지』 성립에 영향을 끼쳤을 가능성이 높다. 물론 서유구가 그 책을 읽었을 가능성 또한 매우 높다. 그는 빙허각 이씨의 삶을 기록하면서, 『규합총서』가 빙허각 생전에 이미 세상에 알려져 인척들이 왕왕 전사傳寫했다고 밝혔다.[35] 서유구가 그 독서 기록을 남긴 것은 아니지만, 그 대신 서우보가 「『규합총서』 뒤에 제하다」(題閨閤叢書後)[36]라는 시를 남겼다. 그렇다면 서유구 또한 『규합총서』를 주의깊게 읽었을 수 있다.

또 한 가지 주목되는 것은 서유구가 빙허각 이씨에게 자신의 글의 질정을 구한 사실이다. 그는 이렇게 밝혔다: "예전에 내가 학산鶴山에서 우리 백씨 좌소左蘇 선생을 선영에 장사 지낸 다음, 묘지명을 새겨 땅에 묻으려 했는데, 먼저 형수인 단인端人 이씨에게 원고를 보내 질정을 받았다."[37] 빙허각 이씨에게 「백씨 좌소산인 묘지명」伯氏左蘇山人墓誌銘의 질정을 받았다는 것이다. 빙허각은 학식과 문재文才를 갖고 있어 서유본과 함께 경서를 논하고 시를 수창했다고 한다. 서유

---

35 "著有『憑虛閣詩集』一卷、『閨閤叢書』八卷、『淸閨博物志』五卷. 其『閨閤叢書』, 及端人在時已聞于世, 姻戚往往傳寫焉."(徐有榘, 「嫂氏端人李氏墓誌銘」, 『金華知非集』卷第七, 『楓石全集』, 438면)

36 徐宇輔, 『秋潭小棗』卷第上, 장9앞〜뒤.

37 "往余在鶴山, 葬我伯氏左蘇先生于先兆之阡, 將鑱石埋辭, 先以藁送質于邱嫂端人李氏."(徐有榘, 「嫂氏端人李氏墓誌銘」, 『金華知非集』卷第七, 『楓石全集』, 437면)

구는 이런 형수를 형의 '좋은 벗'(良友)이라고 했다.[38] 따라서 서유구
는 빙허각을 그저 형수로서 의례적으로 대했던 것이 아니라, 학식과
교양을 갖춘 '여성 학자'이자 '백씨의 지기知己'로 존중했던 것이며,
빙허각에게 질정을 구한 것은 이런 존중심의 발로라고 판단된다.

　이렇게 볼 때 서유구와 빙허각 이씨 사이에는 모종의 지적知的 유
대紐帶의 끈 같은 것이 있지 않았나 한다. 『임원경제지』와 『규합총
서』의 상호 연관성이 그 한 가지 증거이거니와, 무엇보다도 이 두 사
람은 삶에 대한 자기반성적 태도를 공유하고 있다. 『임원경제지』와
『규합총서』 간의 소재적·주제적 친연성보다 더 주목을 요하는 것은
바로 이 점이다. 『규합총서』에는 황정견의 「사대부 식시오관」士大夫
食時五觀 전체가 소개되어 있고,[39] 『임원경제지』에는 이것을 세 가지
로 줄인 「식시삼사」食時三思가 실려 있다.[40] 앞에서 살펴본 바와 같이,
서유구는 과거의 호사스러웠던 생활을 반성하면서 「식시오관」을 모
방하여 「식결」食訣을 지었다. 이것이 1807년의 일이니, 이번에는 서

38　"吾伯氏辟咡庭訓, 劬躬讀書, 平居無門外交, 每咿唔有間, 則與端人揚扢墳典, 唱
酬古今體詩, 朱黃筆研, 與刀尺相雜, 逸妻也亦良友也."(徐有榘, 같은 글, 같은 책, 같은
곳)

39　李憑虛閣, 『閨閤叢書』(한국정신문화연구원 영인본, 2001), 14~17면. 자료의 판
독 및 번역은 정양완 역주, 『규합총서』(보진재, 2008 개정판), 27~28면 참조. 다만 그
책의 판독에는 몇 군데 재고의 여지가 있다. 일례로 그 책에서 "둘째는 대덕을 헤아려 섬
기기를 다할 것이다"라고 판독한 구절의 해당 원문은 "기이는 딕덕을 헤아려"인데, 여기
서 '딕덕'은 '대덕'(大德)이 아니라 '내 덕'이 아닌가 한다. 그 밖에 "먼저 세 가지와 또 한
가지를 막을 것이니"라는 의미로 판독한 '세 가지와 또 한 가지를'의 해당 원문은 '셰가
지 와혼 거슬'로 되어 있는데, 이는 '세 가지 과(過)한 것을'로 봐야 할 듯하고, "사백사병
은 각벽(各癖)이 된작시니 시고로 음식으로 의약을 삼아 날로써 부치게 하니"라고 판독
한 구절에서 '각벽'은 '객병'(客病)으로, '부치게'는 '부지(扶持)케'로 보는 것이 옳을 듯
하다.

40　徐有榘, 〈食時三思〉, 「制用」, 『倪圭志』 卷第一, 『林園十六志』 5, 505면.

유구의 글이 『규합총서』에 영향을 주었을 수도 있다. 아니면 그 전에 서유구가 빙허각 이씨의 영향을 받았을지도 모른다. 그러나 수수授受 관계의 선후보다 더 중요한 것은, 서유구와 빙허각 이씨가 삶에 대한 반성적 태도를 공유하고 있다는 사실이다.

빙허각 이씨와 더불어 또 하나의 여성과의 지적 연대의 가능성을 보여 주는 사례로 서유구의 생모 한산韓山 이씨를 들 수 있다. 빙허각 이씨가 이례적인 경우이긴 하지만, 한산 이씨는 빙허각처럼 학식을 갖춘 여성은 아니었다. 하지만 삶의 자세와 관련하여 한산 이씨는 서유구에게 중요한 영향을 끼쳤을 것으로 짐작된다. 다음은 서유구가 방폐기에 몸소 농사를 지어 가며 한산 이씨를 모셨을 때의 일화이다.

> 선비先妣께서는 생활하면서 늘 낭비를 경계하고 염치를 알라고 가르치셨다. 금화산장金華山庄에 계실 적에, 나는 과수원을 가꾸고 밭을 경작하여 음식을 봉양했는데, 선비께서는 밥상을 대할 때마다 번번이 웃으며 이렇게 말씀하셨다. "이 음식들이 모두 네 열 손가락에서 나왔구나. 내가 어렸을 적에 본 건데, 우리 부친 충정공忠正公(이이장李彝章)께서 밥알이 땅에 떨어지거든 반드시 깨끗이 닦아서 입에 넣으시고는 이렇게 말씀하셨느니라. '이 쌀알 하나는 농부의 몇 움큼 되는 땀을 들여 얻은 것이니, 어찌 아까워하지 않을 수 있겠느냐?' 요즘 네 손이 부르트고 굳은살이 박인 걸 보니, 농사의 수고로움을 더욱더 잘 알겠더구나. 저 도성에서 살면서 눈으로 쟁기며 보습이며 호미를 구별하지 못하는 주제에 곡식으로 배를 채우고 옷으로 몸을 두르려고 하는 사람들이 어찌 천지의 도둑놈이 되지 않겠느냐?"[41]

풍석 서유구 산문 연구

집안의 몰락과 그에 따른 고생을 한탄하는 모습은 찾아볼 수 없다. 한산 이씨는 오히려 자기 힘으로 일하여 수확한 아들의 모습에 대견해하고, 농사의 소중함을 더욱 절실히 깨닫는다. 요컨대 한산 이씨는 '일하는 삶'의 가치를 중시했다. 서유구가 '일하는 주체'로서의 자기 정립을 모색한 데에는 한산 이씨의 이런 가르침도 일정하게 작용하지 않았나 한다.

이상과 같이 서유구의 '임원경제학'은 여러모로 '여성과의 지적 연대 가능성'을 보여 준다. 연대의 범위는 전문 지식에 국한되지 않는다. 그것은 책 속의 지식이라는 틀을 넘어서 삶에 대한 근본적인 태도에까지 깊숙이 뻗어 간다. 이로써 조선 후기 문학사·지성사는 여성과의 또 하나의 연대 가능성을 획득한다.

기실 서유구의 '임원경제학' 외에도 남성 사대부와 여성의 연대 가능성을 보여 주는 몇몇 사례가 있다. 첫 번째로 김려金鑢(1766~1821)의 '평등의 감수성'을 꼽을 수 있다. 김려는 여성의 처지에 대한 남다른 감수성을 가졌으며, 그 감수성은 「장원경의 처 심씨를 위해 지은 고시」(古詩, 爲張遠卿妻沈氏作)에서와 같이 계급적 틀을 벗어난 평등 의식으로 확장된다.[42] 두 번째로 임윤지당任允摯堂(1721~1793)의 성리학 연구를 꼽을 수 있다.[43] 이것은 여성이 남성 사대부의 주류 학

---

41 "居恒以戒暴殄知慙愧爲訓. 其在金華山庄也, 有渠灌園耕田以供饔飱. 先妣對餕輒笑曰: '是餕餘者皆從汝十指中出也. 吾幼時見吾父忠正公遇飯粒之落在地者, 必淨拭之納於口曰: 這一粒米, 費盡農夫幾掬汗, 如何不惜也? 近見汝胼胝, 益知稼穡之艱難. 彼居簞轂之下, 目不識耒耜銚鎛而欲穀腹絲身者, 寧不爲天地之盜耶?"(徐有渠, 「書本生先妣貞夫人韓山李氏遺事」, 『金華知非集』卷第八, 『楓石全集』, 470~471면)
42 김려의 '평등의 감수성'에 대해서는 박혜숙, 「담정 김려-새로운 감수성과 평등 의식」(박혜숙 옮김, 『부령을 그리며』, 돌베개, 1996); 김수영, 「김려의 '심씨를 위해 지은 시' 연구」(『국문학연구』18, 2008) 참조.

문으로 진입한 사례이다. 세 번째로 여성의 시문 창작을 꼽을 수 있다. 방금 지적했다시피 서유본은 빙허각 이씨를 학문적·문학적 대화 상대로, 즉 벗으로 대했으며, 지금은 행방이 묘연하지만 빙허각 이씨는『규합총서』외에도『빙허각시집』憑虛閣詩集을 남겼다고 한다. 이와 비슷하게 홍석주의 모친 영수합令壽閤 서씨도 시를 지었으며, 홍석주는 세간의 비난을 감수하고 모친의 시를 수습하여 공간公刊한 바 있다.[44] 홍길주는 영수합 서씨에게 수학을 배웠거니와, 두보 시를 잘못 해석해 모친의 지적을 받은 적도 있다.[45] 또한 홍길주는 강정일당 姜靜一堂의 작품을 높이 평가하여 아들에게 그 몇몇 작품을 베껴 놓도록 했다.[46] 이런 사례들은 일각의 남성 사대부들이 여성의 시문 창작을 독려하고, 여성 작가의 작품을 예의 주시하고 있었다는 것을 보여 준다. 서유구의 '임원경제학'은 여기에 또 하나의 가능성을 추가한다.[47]

사실『규합총서』에 대한 선행 연구는『임원경제지』와의 차별성 내지 그에 대한 우월성을 입증하는 데 치중했다.[48] 여성의 생활 영역에 대해 서유구라는 남성 사대부가 학적으로 접근하는 데는 한계가 있다는 논지다. 옳은 지적이다. 그러나 여성적 영역의 고유성을 고려하면서도, 남성 사대부와의 소통 가능성에도 유의할 필요가 있지 않

43 임윤지당의 성리학 연구에 대해서는 이혜순, 앞의 책, 84~111면 참조.
44 洪奭周,「又書世稿後」(『淵泉先生文集』卷之二十一, 한국문집총간 293, 481면) 참조.
45 洪吉周,「睡餘瀾筆續」下의 58번째 글(『沆瀣丙函』卷之九) 참조.
46 洪吉周,「睡餘瀾筆」上의 39번째 글(『沆瀣丙函』卷之五) 참조.
47 물론 서유구를 포함한 이들 몇 가지 유형은 각각 그 나름의 의의와 한계를 갖는다. 서유구의 '임원경제학'은 '여성 실학'과의 지적 연대의 가능성을 보여 준다는 점에서 여타의 유형들과 다른 전망을 보여 준다. 그러나 김려의 경우와 비교해 보면, 여성에 대한 서유구의 인식과 태도에는 평등주의적 전망이 극히 부족하다.
48 이혜순, 앞의 책, 210~215면의 논지가 그렇다.

은가 한다. 서유구와 같이 '여성 실학'과의 연대 가능성을 보여 주는 사례는 그리 많지 않다. 예를 들어 정약용은 위대한 학자로 꼽히지만, 그의 학문 세계에서 '여성 실학'과의 접점을 찾기는 힘들다. 그렇다면 '여성 실학'을 남성 사대부와 차별화된 고립적인 것으로 간주하기보다는, 여성의 특화된 지식을 구현하면서도 남성 사대부와의 연대가 가능한 것으로 파악하는 것이 조선 후기 지성사의 전망을 넓히는 데 더 유효하지 않은가 한다. 이 점과 관련하여 서유구 주변의 여성들과 서유구가 일정한 기여를 한 것으로 기억됨 직하다.

2. 실학적 학풍과 문풍의 계승

이제까지 본서는 서유구 산문과 '임원경제학'의 긴밀한 상관관계에 착안하여, 그 관련성을 구체적으로 따지고 그 상호 연관성에 따라 서유구 산문 세계의 전체상이 어떤 지향을 가지는지 살핀 다음, 시야를 더 넓혀 서유구가 동시대 지식인들과 어떤 문제의식을 공유했는지, 그리고 그 공동의 모색에 서유구가 어떤 기여를 했는지, 그와 동시에 서유구에게 어떤 점이 부족했는지 등등을 고찰했다. 그럼 지금부터는 시대를 더 거슬러 올라가 서유구가 전대前代의 어떤 문학적·학문적 성과를 계승했는지 살펴보기로 한다.

서유구는 국내적으로는 가학家學의 전통과 연암일파의 계보를 잇고 있으며, 국외적으로는 명청대明淸代의 명물도수학 및 위희魏禧와 같은 경세적 지향의 청초淸初 고문가를 주체적으로 수용한 것으로 생각된다.

그럼 먼저 서유구가 계승한 국내적 성과를 살펴보기로 한다. 우선 살펴볼 것은 가학의 전통이다. 서유구가 가학을 계승한 사실은 이미 선행 연구를 통해 두루 지적되었다. 역학曆學, 천문학, 수학 등 자연과학에 대한 깊은 조예, 박학과 고증적 경향, 총서 편찬에의 관심, 농학과 같은 실용 학문의 강조 등이 서유구 일가 가학의 특징이며, 서유구는 이런 가학의 전통을 충실히 계승했다.[49] 물론 그렇다고 해서 서유구 집안사람들의 학문 경향이 단일했던 것은 아니다. 예를 들어 서호수는 수학을 비롯하여 자연과학에 일가견이 있었고, 서형수는 성리학에 명물도수학을 접목시켰으며, 서유본은 예학禮學에 치력했고, 서유구는 농학과 '임원경제학'을 집대성했다. 이렇듯 서유구 일가 사람들의 학문 경향은 가학의 전통을 공유하면서도 내부적 분기를 이루었다.

요컨대 사대부의 자립적 삶에 대한 서유구의 문제의식 속에 가학의 전통이 수렴됨으로써 '임원경제학'이 성립했다고 할 수 있다. 그런데 서유구 집안 가학의 전통과 관련된 선행 연구의 언급은 주로 학술적으로는 고증적 학풍과 실용적 지향에, 문예적으로는 당송고문 중심의 문풍에 편중된 감이 없지 않다. 이제 여기서 한 걸음 더 나아가 서유구가 '선천학적 사고'를 어떻게 그 나름대로 계승했는지에 주목할 필요가 있다.

이미 선행 연구를 통해 밝혀졌다시피, 서유구의 조부 서명응은 선

49　유봉학, 『연암일파 북학사상 연구』(일지사, 1995), 195~202면; 조창록, 「풍석 서유구에 대한 한 연구」(성균관대 박사논문, 2003), 22~36면; 한민섭, 「조선 후기 가학(家學)의 한 국면-서명응 일가의 문학을 중심으로」(『한국실학연구』 제14호, 한국실학학회, 2007); 김문식, 「풍석 서유구의 학문적 배경」(『진단학보』 108, 진단학회, 2009); 한민섭, 「서명응 일가의 박학과 총서·유서 편찬에 대한 연구」(고려대 박사논문, 2010), 30~73면 참조.

천학先天學에 일가견이 있었다.[50] 그런데 서유구의 생부 서호수가 상수학象數學을 비판한 사실이 단편적으로 지적되고 말았을 뿐,[51] 서명응의 후손들이 그의 선천학을 어떻게 계승했는지가 그동안 소연하지 않았다. 특히 서유본과 서유구는 『주역』周易에 대한 본격적인 저술을 남기지 않아 더더욱 이 문제를 고찰하기 힘들었다. 그런데 『금화경독기』에 상수학과 관련된 글이 있어, 선천학에 대한 서유구의 학적 관심을 확인시켜 준다.[52] 서유구는 이렇게 학술적 견지에서 선천역학에 대해 관심을 갖는 한편, 선천학의 전통 위에서 인간과 자연의 관계 및 자연의 선차적 중요성을 근원적으로 사유했다. 「자연경실 기문」은 이 점을 확인시켜 준다. 따라서 선천학이 매우 근원적인 사고의 층위에서 계승된 셈이다.

그렇다고 해서 서유구의 선천학적 사고가 서명응의 선천학을 그대로 답습한 것은 물론 아니다. 앞에서 살펴보았다시피 선천학적 사고는 자연과 인간의 관계에 대한 서유구의 근본적인 시각을 규정할 뿐 아니라, 「오비거사 생광자표」에서와 같이 거대한 우주적 시간 속에서 자신의 삶을 돌아보는 자기 응시로 이어진다. 반면 서명응의 자기 응시를 담은 작품인 「60세 초상화에 스스로 제題한 글」(自題六十歲眞)과 「자표」自表에는 우주적 시간 속에서 자신을 응시하는 관점이

---

50 서명응의 선천학에 대해서는 박권수, 「조선 후기 象數學의 발전과 변동」(서울대 박사논문, 2006), 67~72면; 135~145면; 이봉호, 「서명응의 선천학, 서양천문학 이해의 논리」(『한국실학연구』 제11호, 한국실학학회, 2006) 참조.

51 박권수, 위의 논문, 156~158면; 박권수, 「서명응·서호수 부자의 과학활동과 사상」(『한국실학연구』 제11호, 한국실학학회, 2006), 115~116면.

52 서유구가 『금화경독기』에 기록해 둔 김영의 「역상계몽」(易象啓蒙)이 그것이다. 「역상계몽」의 자료적 가치는 조창록, 「풍석 서유구의 『금화경독기』」(『한국실학연구』 제19호, 한국실학학회, 2010), 298~300면에서 지적되었다.

보이지 않는다.[53] 특히 「자표」에서 서명응은 자신이 국왕 정조로부터 '보만재'保晩齋라는 호를 하사받은 영광을 특기特記하고 있다.[54] 따라서 서유구가 「오비거사 생광자표」에서 자신의 삶 전체를 '허비'로 돌린 것과는 상당히 다른 자세를 서명응은 보여 준다. 이렇듯 똑같이 선천학적 사고를 공유했으면서도, 서명응과 달리 서유구는 자신을 응시하는 관점으로 선천학적 사고를 가져갔다.

　더 나아가 서유구의 선천학적 사고는 「붕래朋來에게 준 편지」, 「『행포지』 서문」에서와 같이 자연적 존재로서의 인간에 대한 성찰로, 즉 자기반성적 시각 및 자립적 삶을 위한 모색으로 이어진다. 반면 서명응의 자기반성과 농학에 대한 문제의식이 선천학적 사고와 맺는 방식은 이와 다르다. 서명응은 『본사』本史를 편찬한 취지를 밝히면서, 농업이 천하의 대본大本일 뿐 아니라, 하늘도 농업을 근본으로 삼고 땅도 농업을 근본으로 삼고 사람도 농업을 근본으로 삼는다고 강조한 바 있다.[55] 그의 논법은 천·지·인 삼재三才의 구도를 취한 것이

---

53 "藐爾形神, 宜乎山野之沉淪. 儼爾冠紳, 却是巖廊之貴臣. 足若逡巡, 眉若矉顰. 無乃道求天人, 力不足於爲仁, 志切彌綸, 功未試於及民, 位列鼎茵, 貧無以庇其族親者歟? 有書隨身, 應俟千春兮. 亦惟曰好之者佔呻, 不好之者堆彼積塵兮."(徐命膺, 「自題六十歲眞」, 『保晩齋集』 卷第九, 한국문집총간 233, 257면)

54 「자표」에서 서명응은 간단한 인정서술을 마친 뒤 다음과 같이 말한다: "辛丑, 翁子浩修以直提學侍上于奎章閣. 上從容敎曰: '卿父立朝晩節之特著者三: 拒厚謙文苑之薦而威勢不能奪, 一也; 沮國榮復入之階而身自嬰其鋒, 二也; 家有賢弟, 一乃衛社之心而與國同休戚, 三也. 可更號保晩齋,' 翁聞命感涕曰: '古人於尋常爵命, 尙云生托榮名, 死題墓道. 況聖人一言, 炳如日星, 可以爲百世定論乎? 吾死之後, 勿樹豐碑, 只以短碣書曰保晩齋徐某之墓足矣."(徐命膺, 「自表」, 『保晩齋集』 卷第十二, 한국문집총간 233, 303면) 참고로 「자표」의 명(銘)은 다음과 같다: "鶴山之下, 爰有崇岡. 土潔泉甘, 我徐世藏. 生旣履露, 歿又侍傍. 廼順廼安, 終焉尤藏. 嘉號題墓, 豈伊夸張? 匪常之賜, 報以匪常."(徐命膺, 같은 글, 같은 책, 304면)

55 "『本史』以紀志系傳敍農政之始終也. 敍之維何? 「洪範」八政, 食居三公賓師之上而爲其本, 故八穀皆本紀也. (…) 於是統名之曰『本史』, 則以農政天下之大本也. 豈惟天

된다. 이 점에서 농학에 대한 서명응의 시각은 우주론적인 면이 없지 않다. 그러나 그런 우주론적 시각이 자기반성과 결부되거나, 자연적 존재로서 인간이 어떻게 살아야 할 것인가에 대한 성찰로 확장된 것은 아니다. 더욱이 서유구의 「『본사』 발문」에서 확인되다시피, 서명응이 『본사』를 편찬한 것은 농사짓고 살아야 하는 '우부우부'愚夫愚婦에게 실용적 지식을 제공하기 위해서다. 즉, 서명응은 농사짓는 당사자가 아니라 농업 지식을 제공하거나 가르치는 제삼자의 위치에 있다. 따라서 서유구가 자립적 삶을 당면 과제로 인식한 것과 다르다.

이상과 같이 보면 서유구는 서명응의 선천학적 사고를 계승했으되, 그것을 자신의 인생 경험, 자기반성, 자립적 삶에 대한 문제의식 속에서 자기 나름의 방향으로 변용·확장·발전시킨 것으로 판명된다. 이 점에서 가학의 계승과 관련된 서유구의 남다른 성취가 인정된다.

그다음으로 살펴볼 것은 연암일파의 계승이다. 서유구는 박지원을 비롯하여 이덕무, 박제가, 유금, 유득공, 이희경 등 연암일파 지식인들과 종유했다. 선행 연구들을 통해 이미 그 교유 활동의 면면이 어느 정도 밝혀졌으므로,[56] 여기서는 서유구가 연암일파의 어떤 점을 계승하여 발전시켰는지에 논의를 집중하기로 한다. 논의의 번다함을

下之大本而已哉? 仰觀于天, 天有農祥、天田、丈人之星, 則天以農爲本也; 俯察于地, 地有畎澮、溝洫、同成之制, 則地以農爲本也; 中類于人, 人之等不越乎天子、大夫士、庶人, 而天子觀耕耤田, 大夫各事采地, 士庶人以勤惰分爲上中下, 則人以農爲本也."(徐命膺, 「本史序」, 『保晩齋集』 卷第七, 한국문집총간 233, 199면) 이 서문은 『본사』(本史)에도 그대로 실려 있다(『保晩齋叢書』 十三; 『保晩齋叢書』 5, 서울대학교규장각한국학연구원 영인, 2008, 241~243면). '同成'의 '同'은 사방 백 리, '成'은 사방 십 리를 뜻한다.

56 유봉학, 『연암일파 북학사상 연구』(일지사, 1995), 187~210면; 한민섭, 「풍석 서유구 문학 연구」(고려대 석사논문, 2000), 11~13면; 조창록, 「풍석 서유구에 대한 한 연구」(성균관대 박사논문, 2003), 20~21면; 김명호, 『환재 박규수 연구』(창비, 2008), 220면 참조.

피하기 위해, 본서는 연암일파 지식인 중에서도 『임원경제지』에 가장 많이 인용된 박지원과 박제가로 범위를 한정한다.

서유구가 박지원을 혹호酷好한 사실은 잘 알려졌다. 젊은 시절에 서유구는 글을 지으면 반드시 박지원에게 보여 인가를 받은 뒤에 공개했으며, 박지원 문학에 대한 평가 문제를 놓고 당대의 세도가 김조순金祖淳(1765~1831)과 대립한 바 있다. 그는 박지원의 작품을 꾸준히 수집해 온 한편, 후배들에게 박지원에 대한 이야기를 자주 들려주었으며, 박지원 문학론의 핵심이 '법고창신'이라고 명확히 밝히면서 박규수를 비롯한 후속 세대들을 훈도했다.[57] 따라서 서유구는 그 자신이 '법고창신'을 계승·전수하기 위해 자각적인 노력을 한 것이 된다. 뿐만 아니라 서유구는 박지원의 이용후생론을 발전적으로 계승했는데, 『임원경제지』에서 『과농소초』課農小抄와 『열하일기』熱河日記가 빈번히 인용된 데서 이 점이 단적으로 확인된다. 『과농소초』는 『임원경제지』『본리지』에 14회,[58] 『전어지』에 1회[59] 인용되었다. 그리고

---

57 김명호, 『환재 박규수 연구』(창비, 2008), 214~225면 참조.

58 인용된 박지원의 글은 다음과 같다. 『임원경제지』의 해당 항목명, 『임원경제지』의 해당 부분, 박지원의 글 제목 순으로 제시한다. 1. '箕子井田'(『본리지』권1「田制」〈諸田〉; 『과농소초』「箕子田記」) 2. '區田'(『본리지』권1「田制」〈諸田〉; 『과농소초』「田制」) 3. '代田'(『본리지』권1「田制」〈諸田〉; 『과농소초』「田制」) 4. '火田'(『본리지』권1「田制」〈諸田〉; 『과농소초』「田制」) 5. '作陂塘法'(『본리지』권2「水利」〈陂塘〉; 『과농소초』「水利」) 6. '高鄕蓄水法'(『본리지』권2「水利」〈陂塘〉; 『과농소초』「水利」) 7. '農有三奪'(『본리지』권2「水利」〈陂塘〉; 『과농소초』「授時」) 8. '糞宜收儲'(『본리지』권4「營治」〈糞壤〉; 『과농소초』「糞壤」) 9. '論移秧爲危道'(『본리지』권5「種藝」〈稻類〉; 『과농소초』「播穀」) 10. '北土種粟法'(『본리지』권5「種藝」〈粟類〉; 『과농소초』「播穀」) 11. '倉囷藏穀法'(『본리지』권6「收藏」〈蓋藏〉; 『과농소초』「收穫」) 12. '寶窖藏穀法'(『본리지』권6「收藏」〈蓋藏〉; 『과농소초』「收穫」) 13. '耦鋤'(『본리지』권10「農器圖譜」上〈種藝之具〉; 『과농소초』「農器」) 14. '東碓'(『본리지』권11「農器圖譜」下〈攻治之具〉; 『과농소초』「農器」)

59 '治牛疫秘方'(『전어지』권2「收養」下〈牛〉; 『과농소초』「養牛」)

『열하일기』는 『전공지』에 1회,[60] 『전어지』에 4회,[61] 『정조지』에 1회,[62] 『섬용지』에 23회,[63] 『유예지』에 1회,[64] 『이운지』에 8회,[65] 『예규지』에 2회[66] 인용되었다. 이렇듯 서유구는 박지원의 농학과 이용후생론

60 '繰車'(『전공지』권5 「紡織圖譜」; 『열하일기』「馹汛隨筆」)

61 1. '調養總論'(『전어지』권1 「收養」上 〈馬〉; 『열하일기』「太學留舘錄」) 2. '取種法'(『전어지』권1 「收養」上 〈馬〉; 『열하일기』「太學留舘錄」) 3. '御法'(『전어지』권1 「收養」上 〈馬〉; 『열하일기』「太學留舘錄」) 4. '馴鷹法'(『전어지』권3 「弋獵」〈鷹犬〉; 『열하일기』「還燕道中錄」)

62 '論華東飮法'(『정조지』권7 「醞酷之類」〈觴飮諸法〉; 『열하일기』「還燕道中錄」)

63 1. '華制'(『섬용지』권1 「營造之制」〈堂屋庿寮位置〉; 『열하일기』「渡江錄」) 2. '華制'(『섬용지』권1 「營造之制」〈基址〉; 『열하일기』「渡江錄」) 3. '華制'(『섬용지』권1 「營造之制」〈蓋覆〉; 『열하일기』「渡江錄」) 4. '東制'(『섬용지』권1 「營造之制」〈蓋覆〉; 『열하일기』「渡江錄」) 5. '炕制'(『섬용지』권1 「營造之制」〈房炕〉; 『열하일기』「渡江錄」) 6. '堗制'(『섬용지』권1 「營造之制」〈房炕〉; 『열하일기』「渡江錄」) 7. '甃甀法'(『섬용지』권1 「營造之制」〈圬墁〉; 『열하일기』「渡江錄」) 8. '甃深井法'(『섬용지』권1 「營造之制」〈井〉; 『열하일기』「渡江錄」) 9. '燔瓦法'(『섬용지』권2 「營造之具」〈瓦甀〉; 『열하일기』「渡江錄」) 10. '窯制'(『섬용지』권2 「營造之具」〈瓦甀〉; 『열하일기』「渡江錄」) 11. '窯制'(『섬용지』권2 「營造之具」〈瓦甀〉; 『열하일기』「渡江錄」) 12. '柳棬'(『섬용지』권2 「樵汲之具」〈汲器〉; 『열하일기』「渡江錄」) 13. '中國轉磨法'(『섬용지』권2 「炊爨之具」〈粉麪諸器〉; 『열하일기』「馹汛隨筆」) 14. '華造瓷器'(『섬용지』권2 「炊爨之具」〈登槃諸器〉; 『열하일기』「馹汛隨筆」) 15. '氊帽'(『섬용지』권3 「服餙之具」〈冠巾〉; 『열하일기』「馹汛隨筆」) 16. '摺疊扇'(『섬용지』권3 「服餙之具」〈雜餙〉; 『열하일기』「銅蘭涉筆」) 17. '瓷盆'(『섬용지』권3 「盥櫛之具」〈頮洮諸器〉; 『열하일기』「馹汛隨筆」) 18. '水銃車'(『섬용지』권4 「火燭之具」〈救火諸器〉; 『열하일기』「馹汛隨筆」) 19. '太平車'(『섬용지』권4 「騎乘之具」〈乘具〉; 『열하일기』「馹汛隨筆」) 20. '大車'(『섬용지』권4 「運輸之具」〈車〉; 『열하일기』「馹汛隨筆」) 21. '獨輪車'(『섬용지』권4 「運輸之具」〈車〉; 『열하일기』「馹汛隨筆」) 22. '補石法'(『섬용지』권4 「工制總纂」〈攻玉石〉; 『열하일기』「口外異聞」) 23. '珍珠'(『섬용지』권4 「工制總纂」〈珠貝〉; 『열하일기』「口外異聞」)

64 '西洋畵'(『유예지』권4 「畵筌」〈人物〉; 『열하일기』「黃圖紀畧」)

65 1. '蕃琴'(『이운지』권2 「山齋淸供」上 〈琴劍供〉; 『열하일기』「銅蘭涉筆」) 2. '飼魚變色法'(『이운지』권3 「山齋淸供」下 〈禽魚供〉; 『열하일기』「盛京雜識」) 3. '毫品'(『이운지』권3 「文房雅製」上 〈筆〉; 『열하일기』「關內程史」) 4. '東國紙品'(『이운지』권3 「文房雅製」上 〈筆〉; 『열하일기』「關內程史」) 5. '論甆器樣式'(『이운지』권5 「藝翫鑑賞」〈古甆器〉; 『열하일기』「盛京雜識」) 6. '造法糊法'(『이운지』권5 「藝翫鑑賞」〈法書〉; 『열하일기』「銅蘭涉筆」) 7. '論售賣'(『이운지』권6 「圖書藏訪」〈購求〉; 『열하일기』「黃圖紀畧」) 8. '茶具'(『이운지』권8 「名勝遊衍」〈遊具〉; 『열하일기』「口外異聞」)

을 폭넓게 수용하고 있다. 서유구는 단순한 인용·소개로 그치지 않고 사고의 확장을 시도한다. 「온돌 제도」(堗制)가 그 좋은 예다. 박지원은 조선의 온돌 제도의 잘못을 여섯 가지로 조목조목 논한 바 있는데, 서유구는 이것을 부연해 이렇게 논한다.

> 박연암朴燕巖이 우리나라의 온돌 제도에 여섯 가지 잘못이 있다고 했으니, 그 설說이 옳다. 나는 그 설을 부연하여 여섯 가지 피해가 있다고 주장한다. 온돌 제도가 이미 잘못되었다 보니 땔감을 허비하지 않을 수 없다. 도읍에서 땔감이 계수나무만큼 비싸 열 식구 한 가구가 매년 백금百金을 소비해도 부족하다. 장사해서 남긴 이문과 장토庄土에서 거두어들인 것의 태반이 아궁이에 불 때는 데로 사라져 버린다. 이것이 그 첫 번째 피해다. (…) 온돌 제도가 일단 잘못되자 이용후생의 도구 일체가 피해를 받지 않음이 없으니, 시급히 고쳐 캉炕의 제도를 따라야 한다.[67]

이렇듯 서유구는 박지원의 이용후생론을 확장시키고 있다. 인용문은 원래 『금화경독기』의 한 편이었는데, 『임원경제지』에 「온돌 제도」란 제목하에, 『열하일기』의 해당 글 다음에 배치되어 있다. 이로써 서유구는 자신과 박지원의 상호 연관성을 명확히 한다.

---

66 1. '車利'(『예규지』 권2 「貨殖」〈貿遷〉;『열하일기』 「馹汛隨筆」) 2. '榷貨'(『예규지』 권2 「貨殖」〈貿遷〉;『열하일기』 「玉匣夜話」)

67 "朴燕巖謂吾東堗制有六失, 其說是矣. 余衍其說而謂有六害. 堗制旣失, 不得不費薪. 都邑之間, 薪貴如桂. 十口之家歲費百金而不足. 凡褌販之所贏, 庄土之所收, 太半消融於竈灶之中. 其害一也. (…) 堗一失制, 而一切利用厚生之具無不受病. 亟宜改從炕制也."(徐有榘, 〈堗制〉, 「營造之制」, 『贍用志』卷第一, 『林園十六志』 2, 380면)

그러나 서유구의 '임원경제학'은 박지원의 이용후생론과 차별화되는 점이 있다. 우선 쉽게 지적할 수 있는 것은 서유구 쪽이 훨씬 더 폭넓고 체계적이며 전면적이라는 점이다. 서유구가 박지원의 후속 세대이므로, 이런 차이는 일견 당연해 보인다. 그러나 꼭 그렇게 볼 수만은 없는 점이 있다. 자립적 삶에 대한 문제의식과 그 생활 실천의 측면에서 보면 서유구와 박지원 사이에는 공통점이 없지 않지만, 그럼에도 불구하고 엄연한 차이가 있기 때문이다.

　　일단 서유구와 박지원은 모두 향촌에서의 자립적인 삶에 대한 구상을 갖고 있었다는 점에서는 서로 비슷하다. 박지원은 1771년에 개성開城을 유람하다 금천군金川郡 연암협燕巖峽을 발견하고는, 장차 이곳에 은거하기로 마음을 정했다고 한다.[68] 연암협은 개성에서 30리 떨어진 두메산골이다. 그런데 그 뒤로 박지원은 연암협으로 거처를 옮기지 못하고 서울과 연암협을 왕래하며 지내다가, 1778년에 마침내 가족을 이끌고 연암협으로 들어가 은둔한다. 홍국영洪國榮에 의한 정치적 박해를 피하기 위해서다.

　　그 은둔 시절에 박지원은 연암협에 정착하기 위해 그 나름의 노력을 했던 것으로 보인다. 이 점과 관련하여 그 시절에 홍대용洪大容 (1731~1783)에게 보낸 편지가 참고가 된다. 그 편지에서 박지원은, 연암협이 비록 험벽한 곳이긴 하지만, 이곳을 좋아하게 되자 다른 어떤 곳과도 바꿀 수 없게 되었다고 밝힌 바 있다.[69] 연암협에서의 생활

68　朴宗采, 『過庭錄』 卷1; 박희병 옮김, 『나의 아버지 박지원』, 돌베개, 1998, 285면. 번역은 같은 책, 33면 참조.

69　"自去秋, 所以保聚鄰戶者不過三四, 皆鶉衣鬼面, 啁啾齰, 專事埋炭, 不治農業, 無異溪獠洞蠻, 虎豹之爲鄰, 麋鹿之與友. 其險阻孤絶如此, 而心旣樂此, 無與爲易."(朴趾源, 「答洪德保書」第四, 『孔雀館文稿』; 『燕巖集』 卷之三, 한국문집총간 252, 77면; 신

은 박지원이 농학 연구의 필요성을 절감하게 되는 계기가 되었던 듯
하다. 홍대용에게 보낸 편지에서 그는 '산거경제'山居經濟를 기초한다
고 밝혔다고 한다.[70] 그 '산거경제'란 것이 『과농소초』의 토대가 되지
않았나 짐작된다.

「『과농소초』를 진상하며 바친 글」(進課農小抄文)은 그 시절 박지원
의 생활 및 농학 지식이 어떠했는지를 알려 준다. 그 글에서 박지원
은, 자신이 서울에서 생장하여 숙맥菽麥도 구분 못했다고 실토한 다
음, 중년이 되어 귀농할 뜻을 갖고 농서農書를 구해 초록하여 농업에
대한 지식을 얻으려 했지만, 정작 귀농할 농토가 없어서 실제로 농
사를 지어 보지는 못했다고 밝혔다.[71] 그런 다음 그는, 이따금 농부가
농사짓는 것을 보면 농서의 내용과 부합하지 않는 게 많아 농서의 농
법農法을 농부에게 일러 주었으나, 오히려 그 내용이 실정과 동떨어
졌다는 비웃음만 받았다고 말했다.[72] 이렇게 보면, 서울 출신으로 도
회적 생활 감각을 갖고 있었던 박지원은 가세家勢가 기울자 귀농할
생각을 가졌으나 실천으로 옮기지는 못했던 것이 된다. 그리고 그 뒤
로 그는 연암협에서 생활하게 되었지만 오히려 그 생활을 통해, 문헌

호열·김명호 옮김, 『연암집』 중, 돌베개, 2007, 500면) 인용문의 번역은 신호열·김명호
옮김, 같은 책, 172면 참조.

70 이 사실에 대한 언급은 홍기문(洪起文)의 기억에 의한 것이다. 홍대용에게 보낸 박
지원의 해당 편지는 반 이상이 결락되었는데, 그 결락된 부분을 홍기문이 보관하고 있었
다고 한다. 신호열·김명호 옮김, 위의 책, 173면 참조.

71 "臣家世淸貧, 素無田園, 生長蓴穀之下, 目不辨菽麥. 臣祖食亞卿祿, 而臣幼時掬其
紅腐, 種於庭中, 以待其方包也. 稍長, 徵逐儒士, 未嘗與野人佃客相接. 及中歲落拓, 始
有志歸農, 求所謂農家者流而鈔錄之, 然實無田可耕, 特研田而筆耕已矣."(朴趾源, 「進
課農小抄文」, 『課農小抄』卷首; 『燕巖集』卷之十六, 한국문집총간 252, 341면)

72 "往往郊野, 見其耕耘之法, 多不與古書合. 或爲之曉說趙過·賈勰之遺方, 未嘗不爲
村傭里老所笑以爲甚迂也."(朴趾源, 같은 글, 같은 책, 같은 곳)

에 국한된 자신의 농학 지식이 농업 현장과 상당히 유리되었다는 사실을 절감하게 되었던 것으로 보인다.

자립적 삶을 위한 박지원의 모색은 이 이상의 진전을 보지는 못했다. 박지원은 결국 2년 뒤에 서울로 돌아갔다. 이것은 단지 홍국영이 실각한 데 따른 선택만은 아니었던 듯하다. 박지원은 연암협에서의 생활을 일부 못 견뎌 했던 것으로 파악된다. 1778년에 연암협으로 이주하기 전의 기록을 보면, 박지원은 "평소에 비대해서 더위를 몹시 타는데다, 초목의 기운이 푹푹 찌고 여름밤에 모기가 물어 대고 논에서는 개구리가 밤낮으로 쉬지 않고 우는 게 괴로워, 매번 여름이 되면 늘 서울 집으로 더위를 피해 왔다."[73] 요컨대 그는 시골에서의 여름을 견디지 못하고 서울로 온 것이다. 뿐만 아니라 연암협에 머무를 때에도 그는 연암협에 붙어 있지 않고 수시로 도회지를 찾아갔다.[74] 그 밖에도 그는 홍대용에게 보낸 편지에서, 연암협에서 생활하기가 답답하다고 토로한 바 있다.[75]

73　"不侫素肥苦暑, 且患草樹蒸鬱, 夏夜蚊蠅, 水田蛙鳴, 晝夜不息, 以故每當夏月, 常避暑京舍."(朴趾源,「酬素玩亭夏夜訪友記」,『孔雀舘文稿』;『燕巖集』卷之三, 한국문집총간 252, 64면) 인용문의 원문 표점·교감 및 번역은 신호열·김명호 옮김,『연암집』중(돌베개, 2007), 461면; 53~54면 및 박희병·정길수·강국주·김하라·최지녀·김수진·박혜진 편역,『역주·고이·집평 연암산문 정독』(돌베개, 2007), 64면을 참조하여 필자가 일부 고친 것이다. 앞으로『연암집』을 인용할 때는 모두 이렇게 한다.

74　1777년 작으로 생각되는「금학동 별장에서 조촐하게 모인 기록」(琴鶴洞別墅小集記)의 다음 구절에서 이 점이 확인된다: "不侫燕岩峽居, 距中京才三十里, 以故常客遊中京."(朴趾源,「琴鶴洞別墅小集記」,『孔雀舘文稿』;『燕巖集』卷之三, 한국문집총간 252, 76~77면)

75　"當事善規, 則雖牧猪之奴, 固我之良朋; 見義忠告, 則雖釆薪之僮, 亦吾之勝友. 以此思之, 吾果不乏友朋於世矣. 然而牧猪之朋, 難與參詩書之席, 而釆薪之僮, 非可實揖讓之列, 則俛仰今古, 安得不鬱鬱於心耶?"(朴趾源,「答洪德保書」第二,『孔雀舘文稿』;『燕巖集』卷之三, 한국문집총간 252, 76~77면)

이상과 같이 보면, 서유구와 박지원의 생활 감각과 삶의 지향은 상당히 다르다고 할 수 있다. 박지원은 향촌에서 짧은 기간 동안 자립직인 삶을 위한 시도를 하다가 그만두었다. 결국 도회적 체질을 청산하지 못한 것이다. 반면 서유구는 그 자신이 도시적 삶을 누렸으되 다시 거기에 대해 비판적 거리를 두면서, 향촌에서의 삶에 자신을 밀착시켰다. 결국 자립적 삶의 당사자로서의 자세 및 생활 실천을 놓고 보면, 서유구와 박지원 사이에 큰 차이가 있는 것이다.

따라서 서유구와 박지원이 구현하고 있는 사대부 상像에도 차이가 생긴다. 두 사람 모두 사대부의 공리공담과 무위도식을 비판했고, 사회에 실질적인 기여를 하려는 문제의식을 공유했다. 그러나 박지원이 대변하는 사대부 상이 실용적 지식을 연구·보급함으로써 사회 지도층으로서의 역할을 충실히 수행하는 모습을 보여 주는 반면, 서유구가 대변하는 사대부 상은 그런 지도적 역할을 하기에 앞서 그 스스로가 자기 힘으로 살아가는 모습을 보여 준다. 요컨대 박지원의 이용후생론에서 사대부는 '지도자'의 위치에 있는 반면, 서유구의 '임원경제학'에서 사대부는 '당사자'의 위치에 있다.[76]

어째서 이런 이유가 초래되었는가? 우선 당색黨色의 차이를 고려할 만하다. 박지원은 재야 문인이었지만, 노론老論으로서의 정체성을 갖고 있었다. 그가 사회 전반을 주도하는 사대부 상을 견지한 것은 이 점과 무관하지 않을 듯하다. 그다음으로 개인사적 차이를 들 수 있다. 박지원이 2년 만에 서울로 돌아갈 수 있었던 반면 서유구는 18년간 향촌에 유폐되었다. 따라서 향촌에서의 삶은 서유구에게 절실

76　이 문제에 대해서는 곧이어 다시 상론하기로 한다.

한 당면 과제일 수밖에 없었다.

끝으로 더 근원적인 이유로 자연철학적 사고의 차이를 들 수 있다. 그런데 자연철학적 사고에 대한 비교는 두 사람의 사유에 대한 심층적인 접근을 요한다. 따라서 지금부터는 주요 작품을 직접 확인해 가며 이 문제에 집중하기로 한다.

일단 서유구와 박지원은 '자연=근원적 텍스트'라는 사고를 공유했다. 서유구는 그런 사고를 '자연경'으로 개념화했고, 박지원은 '不字不書之文'으로 개념화했다. '不字不書之文'은 '문자화되지 않고 글로 표현되지 않은 문장'이란 뜻으로, 사물 그 자체를 뜻한다.[77] 「자연경실 기문」의 분석을 통해 확인되었다시피, 서유구의 경우에 '자연=근원적 텍스트'라는 생각은 사상적으로는 선천학적 사고 및 장자적莊子的 사유와 밀접한 연관을 맺는다. 따라서 지금부터는 이 두 가지 측면에서 서유구와 박지원을 비교하기로 한다.

먼저 비교할 것은 두 사람의 선천학적 사고다. 다음은 '不字不書之文'에 대한 박지원의 글이다.

> 정밀하고 부지런하게 글을 읽기로 말하면 어느 누가 포희씨庖犧氏만 하겠습니까? 글의 정신과 뜻이 천지 사방에 펼쳐 있고 만물에 흩어져 있으니, 이것이 '不字不書之文'입니다. 후세에 글

---

77 박지원의 문학론과 사물 인식에 대해서는 임형택, 「박지원의 주체 의식과 세계의식」(『실사구시의 한국학』, 창작과비평사), 304~329면; 김명호, 『열하일기 연구』(창작과비평사), 56~63면; 김명호, 「실학파의 문학론과 근대 리얼리즘」(『박지원 문학 연구』, 성균관대학교 출판부, 2001), 165~179면; 박희병, 「박지원 사상에 있어서 언어와 명심」(『한국의 생태사상』, 돌베개, 1999), 297~345면 참조. '문학=근원적 텍스트'라는 사고에 입각한 문예론의 문학사적 전개와 그 행방에 대해서는 졸고, 「요연(廖燕)과 박지원의 원초적 텍스트 이론」(『한국실학연구』 제15호, 한국실학학회, 2008), 158~180면 참조.

을 부지런히 읽는 것으로 잘 알려진 사람들은 거친 마음과 얕은 식견으로 말라붙은 먹과 문드러진 종이 사이를 흐리멍덩한 눈으로 보면서 좀오줌과 쥐똥이나 주워 모으고 있습니다. 이것이 이른바 "술지게미 먹고 취해 죽겠다"라고 하는 격이니 어찌 딱하지 않겠습니까?

저 하늘을 날아가며 우는 새가 얼마나 생기 있습니까? 그런데 적막하게 새 '조'鳥자字 한 글자로 그것을 말살하여 색채를 없애 버리고 그 울음소리를 지워 버리지요. 이것이 마실 가는 촌 늙은이의 지팡이 끝에 새겨진 물건과 어찌 다르겠습니까? 더러 늘 하는 진부한 소리가 싫어서 좀 산뜻하게 바꿔 볼까 하고 새 '조'자 대신 새 '금'禽자를 쓰기도 하지만, 이것은 글만 읽고 문장을 짓는 이들의 잘못이지요.

아침에 일어나니 푸른 나무 그늘이 드리운 뜨락에 여름새들이 울고 있더군요. 그래서 나는 부채를 들어 책상을 치며 이렇게 외쳤습니다.

"저것이야말로 '날아가고 날아온다'라는 글자이고, '서로 울며 화답한다'라는 문장이구나! 갖가지 아름다운 문채를 문장이라고 한다면 저보다 나은 문장은 없을 것이다. 오늘 나는 진정 글을 읽었노라!"[78]

---

78 "讀書精勤, 孰與庖犧? 其神精意態, 佈羅六合, 散在萬物, 是特不字不書之文耳. 後世號勤讀書者, 以俺心淺識, 齏目於枯墨爛楮之間, 討掇其蟫溺鼠渤, 是所謂哺糟醨而醉欲死, 豈不哀哉? 彼空裡飛鳴, 何等生意, 而寂寞以一'鳥'字抹摋, 沒郤彩色, 遺落容聲, 奚异乎赴社邨翁杖頭之物耶? 或復嫌其道常, 思變輕淸, 換箇'禽'字, 此讀書作文者之過也. 朝起, 綠樹蔭庭, 時鳥鳴嚶, 擧扇拍案, 胡叫曰: '是吾飛去飛來之字, 相鳴相和之書! 五采之謂文章, 則文章莫過於此. 今日僕讀書矣!'"(朴趾源, 「答京之」之二, 『映帶亭滕墨』; 『燕巖集』卷之五, 한국문집총간 252, 95면)

박지원은 생동하는 사물 그 자체에 육박함으로써, 형해화形骸化된 지식과 상투적인 언어 표현을 쇄신하고자 한다. 그러기 위해 박지원은 복희씨伏羲氏가 세상 삼라만상을 관찰하여 팔괘八卦를 만든 시원적인 순간으로 소급해 들어간다. 이 점에서 박지원의 사물 인식과 문학론은 선천학적 사고와 일정한 관련을 맺는다.

박지원의 이런 관점은 사물에 대한 존중심을 바탕으로 한다. 「『능양시집』서문」(菱洋詩集序)에서 박지원은, 자신의 선입견과 고정관념을 간여시키지 말고 사물 그 자체의 변화무쌍한 모습을 있는 그대로 받아들일 것을 강조한다.[79] 박지원의 이런 관점 또한 소옹이 말한 '반관'反觀, 즉 관찰자의 주견을 개입시키지 않고 사물의 관점에서 사물을 보는 것과 상통한다.

그 밖에도 '자연=근원적 텍스트'라는 사고는 독서 및 지식의 문제와도 연관을 맺는다. 「소완정 기문」(素玩亭記)에서 박지원은 문자화된 텍스트와 사물의 세계를 분리시키지 않고 천지 사이에 있는 것이 모두 책의 정精이라고 강조하면서 '책 읽기'와 '사물 읽기'의 통합을 지향했다.[80] 박지원이 이런 생각을 개진할 때 역시 복희씨의 획괘畫卦가 중요한 준거점이 된다. 이상과 같이 보면, 박지원의 선천학적 사고는 사물 인식, 자연과 사물에 대한 관심, 문예창작, 독서론, 지식론 등과 폭넓은 연관을 맺는다.

'자연경'에 대한 서유구의 생각은 박지원의 글에서 확인되는 이런 면면과 혹사酷似해 보인다. 그러나 두 사람의 선천학적 사고에는 간

---

79 「『능양시집』서문」에 나타난 박지원의 사물 인식에 대해서는 졸고, 앞의 논문, 130~133면 참조.
80 박희병, 『연암을 읽는다』(돌베개, 2006), 374~381면 참조.

과할 수 없는 차이가 있다. 박지원의 경우, 선천학적 사고는 '사물 읽기', '글 읽기', '글쓰기'의 문제 전반과 연계되면서 문학의 근본적인 쇄신을 추구하는 방향으로 발전한다. 하지만 그럼에도 불구하고 박지원에게는 서유구에 비해 노동에 기반을 둔 삶에 대한 전망이 부족해 보인다. 서유구와 달리 박지원의 경우, 선천학적 사고는 자연적 존재로서의 인간에 대한 통찰 및 자기 자신에 대한 반성적 성찰로 확장되지는 않은 것이다.

앞에서 본서는 서유구의 '임원경제학'과 박지원의 이용후생론을 비교하면서, 박지원에게 향촌에서의 자립적 삶에 대한 구상이 없지 않았음에도 불구하고, 결국 박지원이 향촌에서의 삶을 견디지 못하고 도회적 생활 방식을 고수한 사실에 주목한 바 있다. 박지원과 서유구의 이런 차이는 궁극적으로 선천학적 사고가 그들의 학문적·실천적 모색과 맺는 방식의 차이에 대응한다고 생각된다.

박지원이 자신의 존재 방식에 대해 성찰하지 않았다는 것은 물론 아니다. 예민한 사의식士意識은 그의 자기성찰을 잘 보여 준다.[81] 박지원은 실용적인 지식을 연구하여 농·공·상에게 제공하는 것이 사대부의 책무라고 생각했다. 따라서 서유구와 박지원은 모두 실학적 문제의식을 공유했다고 할 수 있다. 그러나 박지원의 이런 생각은 한편으로는 사회에 대한 책임감을 견지한 것이지만, 다른 한편으로는 엄연한 계층적 한계를 안고 있다. 『과농소초』의 「제가총론」諸家總論에 부친 박지원의 안어按語는 이런 미묘한 점을 잘 보여 준다.[82] 이 글

---

81 박지원의 사의식에 대해서는 이우성, 「실학파의 문학과 사회관」(『한국의 역사상』, 창작과비평사, 1982), 67~69면; 유봉학, 『연암일파 북학사상 연구』(일지사, 1995), 111면 참조.

을 보면, 박지원의 자기반성은 사대부로서 서민에게 실용적 지식을 제공해야 한다는 선에서 머물러 있다. 농업을 잘 아는 것은 사대부가 아니면 할 수 없는 일이라고 박지원은 단언한다. 더 나아가 그는 꼭 농촌에서 생장하여 몸소 농사를 짓지 않더라도 농업에 대해 잘 알 수 있다고 말한다. 그러나 「『과농소초』를 진상하며 바친 글」에서 박지원 스스로가 실토했다시피, 농사 경험이 없던 그의 농학 지식은 농업 현장에 맞지 않았고, 그런 지식을 농부들에게 알려 준 박지원은 그래서 오히려 그들의 비웃음을 샀다.

따라서 사대부로서 박지원이 보여 준 자기반성과 사회적 책임감은 미묘한 자기모순을 내포하고 있다고 판단된다. 원칙과 현실 사이에 엄연한 괴리가 있는 것이다. 그런데도 박지원은, 사대부가 군이 농업 종사자의 위치에 있지 않더라도 농업에 대해 잘 알 수 있으며, 농업에 대한 지식은 사대부가 아니면 제공할 수 없다고 주장하고 있다. 결국 박지원은 농·공·상과 엄연히 구분되는 사대부의 지도적 위치, 그리고 노동으로부터 벗어난 사대부의 존재 방식에 대해서는 그리 심각하게 회의하지 않았던 것이 된다. 이것이 박지원의 자기반성과 사회적 책임 의식 이면에 놓인 한계라고 생각된다.

박지원의 이런 한계는 시정市井의 인물군상에 대한 시각에서도 그

---

82 "臣謹按: 古之爲民者四, 曰士農工賈. 士之爲業尙矣. 農工商賈之事其始亦出於聖人之耳目心思, 繼世傳習, 莫不各有其學. (…) 然而士之學實兼包農工賈之理, 而三者之業必皆待士而後成. 夫所謂明農也通商而惠工也, 其所以明之通之惠之者, 非士而誰也? 故臣窃以爲後世農工賈之失業, 卽士無實學之過也. (…) 如管仲之於齊, (…) 此皆農之故實而古聖人開物成務之遺業也. 惟彼百十四篇, 尙不過載之空言, 而數君子乃能著之行事, 深切著明如此. 是豈盡生長壠畝, 躬服鋤耰而後能之哉? 抑必能口談道德, 志經邦國, 而實學之底於可績也."(朴趾源, 「諸家總論」, 『課農小抄』; 『燕巖集』卷之十六, 한국문집총간 252, 349~350면)

대로 확인된다. 박지원이 기층민의 삶에 대해 깊은 관심을 갖고, 거기서 중요한 인간적 가치를 발견했다는 것은 잘 알려져 있다. 그런데 최근의 한 연구는 박지원의 그런 인간관 이면에 놓인 한계를 지적하면서 박지원 문학을 보다 더 입체적으로 조망한 바 있다.[83] 그 논의의 요점은 이렇다. 「예덕선생전」穢德先生傳에서 박지원은 똥 푸는 사람 엄항수嚴行首를 진실한 인간으로 그렸다. 하지만 그것은 그 인물이 분한分限에 충실했기 때문이다. 결국 박지원의 인간관은, 그 혁신성에도 불구하고, 엄연한 계급적 한계를 갖는다고 판명된다.

그 밖에도 「소완정이 지은 「여름밤에 벗을 방문하고 와서」에 화답한 글」(酬素玩亭夏夜訪友記) 또한 이런 견지에서 재론의 여지가 있지 않은가 한다. 이 작품에서 박지원은 "혹 땔나무 장수나 참외 장수가 지나가면 불러다 더불어 효제충신孝悌忠信과 예의염치에 대해 이야기하며 다정하게 수백 마디 말을 나누었다"[84]라고 밝혔다. 박지원의 이런 행동은, 그가 비록 서민과 대등한 입장에 있는 것은 아니지만, 미천한 사람을 대화 상대로 받아들였다는 점에서 파격적이다.[85] 하지만 다른 한편으로 생각해 보면, 박지원은 결국 백성을 교화하는 입장에 서 있다. 따라서 박지원이 취한 소통 방식, 그리고 자신의 정체성을 지켜 나간 방식은 엄연한 계급적 분한을 전제로 하고 있다고 판단된다.

서유구 역시 이런 한계 속의 인물이다. 그렇기는 하나 그는, 사대

---

83   박희병, 『저항과 아만』(돌베개, 2009), 230~231면 참조.
84   "或販薪賣瓜者過, 呼與語孝悌忠信·禮義廉恥, 款款語屢數百言."(朴趾源, 「酬素玩亭夏夜訪友記」, 『孔雀舘文稿』; 『燕巖集』卷之三, 한국문집총간 252, 64면)
85   박희병, 『연암을 읽는다』(돌베개, 2006), 101~104면 참조.

부가 벼슬에 의지하지 않고 스스로의 힘으로 살아가기 위해서는 사대
부 자신이 노동의 당사자가 되어야 한다고 생각했다. 그리고 그런 존
재 정립을 위한 학문적·실천적 모색을 해 나갔다. 이 점에서 서유구
가 구현하고 있는 사대부 상像은, 유교적 이념을 가르침으로써 사대
부의 주도적 위치를 지키는 것과는 판연히 다른 모습을 구현한다.[86]

　이상과 같이 보면, 서유구와 박지원은 각각 자기 나름의 장단점을
갖고 있다고 생각된다. 박지원에 비해 서유구에게는 하층민이나 시
정市井의 인물군상에 대한 관심이 부족하다고 할 수 있다. 반면 서유
구에 비해 박지원에게는 노동하는 삶에 대한 모색이 부족하다고 할
수 있다. 물론 서유구가 사대부 계층의 테두리를 벗어나 농·공·상과
동화된 것은 아니다. 서유구와 박지원 모두 사대부 계급 내부의 인물
이라는 점에서는 같다. 그러나 그런 큰 틀의 한계 속에서, 서유구가
박지원과 달리 자립적 삶을 위한 자각적 모색을 해 나간 것은 여전히
인정된다. 이 점에서 서유구는 박지원 이후의 진전을 보여 준다고 평
가받을 수 있다. 즉, 박지원이 사대부의 사회적 책임감을 중시하면서
도 지도적 위치를 유지한 단계에 머물러 있었다면, 서유구는 보다 더

86　게다가 『번계시고』의 시 작품까지 고려하면, 박지원과 서유구의 차이는 한층 더 뚜
렷해진다. 「나무 심기 노래」(種樹歌)에서 서유구는 농민을 교화하는 사대부가 아니라,
농민과 농업에 대한 대화를 나누고 농민에게 농업을 배우는 사대부의 모습을 그려 보이
고 있다. 이 시에서 시적 화자는 나무 심기에 실패했는데, 그런 그에게 늙은 농부가 나무
심기 요령을 가르쳐 준다. 그 가르침을 듣고 난 시적 화자는 이렇게 말한다: "我時搘杖
聽其語, 愀然太息復瞠然. 問君不曾讀古書, 焉從受來此眞詮? 儂本生長郊墅者, 耳聞目
見于斯專. 用志不分疑於神, 何待一一古方傳? 子欲學稼問老農, 子欲操舟問長年. 手熟
自然合規矩, 閉門造車出合轍. 我聞斯言如夢覺, 一生悠悠誰巧拙? 從今以君爲石師, 束
閣牀頭種藝訣."(徐有榘, 「種樹歌」, 『樊溪詩稿』1, 장39뒤) 여기서 서유구가 그려 보이고
있는 사대부는 농민에게 유교 윤리를 가르치는 존재가 아니라, 농민에게 농업을 배우는 존
재다. 박지원이 체현하고 있는 사대부 상과는 판연히 달라진 것이다.

당사자의 입장에 밀착하여 자립적 삶을 모색하는 단계로 나아갔다. 이 점이 박지원과의 대비 속에서 파악되는 서유구의 성취다.

선천학적 사고에 이어 그다음으로 비교할 것은 서유구와 박지원의 장자적 사고이다. 「자연경실 기문」에서 서유구는 장자적 사고에 의거하여 똥과 오줌에도 도道가 있다고 했는데, 그의 이런 생각이 『임원경제지』에서는 「거름을 저장하는 각종 방법」이란 글로 구체화되었다. 서유구의 이런 관점은 박지원의 다음 글과 혹사酷似한 사고를 보여 준다.

> 똥과 오줌은 지극히 더러운 물건이다. 하지만 밭의 거름이 되기 때문에 금처럼 아껴서, 길에는 버린 재가 없고, 말똥을 줍는 사람은 오쟁이를 둘러메고 말 뒤꽁무니를 따라다닌다. 똥을 모아서 반듯하게 쌓아 두는데, 팔각형으로 하기도 하고 육각형으로 하기도 하고 누대樓臺 모양으로 만들기도 한다. 거름 저장하는 걸 보니 천하의 제도制度가 바로 여기에 서 있었다.[87]

결국 서유구의 「거름을 저장하는 각종 방법」은 박지원의 이런 사고를 구체화한 것이라고 할 수 있다. 그러나 서유구와 박지원 사이에는 미묘한 차이가 있다. 두 사람 모두 장자적 사고에 의거하여 '도'에 대해 사유하고, 하찮고 더러워 보이는 물건의 가치에 주목하고, 그런

---

87 "糞溺, 至穢之物也. 爲其糞田也, 則惜之如金. 道無遺灰, 拾馬矢者, 奉畚而尾隨. 積庤方正, 或八角, 或六楞, 或爲樓臺之形. 觀乎糞壤而天下之制度斯立矣."(朴趾源, 「馹汛隨筆」, 『熱河日記』; 『燕巖集』 卷之十二, 한국문집총간 252, 177면) 인용문의 번역은 김혈조 옮김, 『열하일기』 1(돌베개, 2009), 253~254면을 참조하여 필자가 일부 수정한 것이다.

사고를 이용후생의 논리로 발전시켰다는 점에서는 같다. 그러나 박지원이 실용 일면을 강조한 반면 서유구는 그렇지 않다.

「자연경실 기문」의 후반부를 보면, 서유구는 똥과 오줌에도 도가 있다고 말한 다음, 벼루·궤안·정이鼎彛 등으로 대변되는 사대부의 심미적 취향 내지 심미적 가치 지향을 포괄하고 있다. 물론 박지원이 심미적 가치를 도외시했다는 말은 아니다. 「필세설」筆洗說은 서화골동에 대한 박지원의 관심을 잘 보여 준다. 그리고 서유구는 『임원경제지』의 『유예지』와 『이운지』에서 『열하일기』를 인용했으므로, 심미적인 삶과 관련된 박지원의 글들에도 유의한 것이 된다. 그러나 그렇다고 해서 박지원이 서화골동도 똥오줌과 마찬가지로 도를 가졌다고 말한 것은 아니다. 박지원의 글에서 똥오줌과 벼루, 궤안 등이 연속성을 띠는 물건으로 함께 나열되지는 않는다. 박지원이 장자적 사유를 받아들여서 하찮은 물건의 실용적 가치 일면을 '도'로 사유한 반면, 서유구는 하찮은 물건의 실용적 가치뿐 아니라 사대부적 취향과 심미적 가치 또한 '도'로 사유한 것이다.

이렇게 박지원과 대비시켜 보면, 서유구의 장자적 사고에서는 비천한 것과 고상한 것, 실용적 가치와 심미적 가치가 통합되어 있는 것이 특징적이라고 할 수 있다. 앞에서 본서는 '임원경제학'의 기본적인 특징을 논하면서, 서유구는 심미적 가치와 실용적 가치가 조화를 이룬 삶을 추구했으며, 그 두 가지 가치 지향은 인간학적 논리에 의해, 사회 계층적 존재 방식에 의해, 개인사적 이유에 의해 서로 결합되어 있다고 지적한 바 있다. 그런데 이제 박지원과의 대비적 고찰을 통과한 시점에서, 또 한 가지의 결합 방식을 강조할 필요가 있다. 즉, '임원경제학'에서 심미적 가치와 실용적 가치는 서유구의 장자적 사고에 의해, 혹은 장자적 사유에 입각한 자연철학적 사고에 의해 결합된다. 이 점에서 '자연경' 개념은 심미적 가치와 실용적 가치를 매개하는 개념, 즉 자립적 삶을 정초定礎하는 개념으로 해석될 수 있다.

이상으로 서유구가 박지원의 어떤 짐을 계승하여 발진시켰는지를 살펴보았다. 그다음으로 살펴볼 것은 박제가와의 연관이다. 박제가도 천지만물이 가장 근원적인 텍스트라는 문학론을 개진한 바 있다.[88] 그러나 이 문제에 대한 논의는 서유구와 박지원의 비교를 통해 방금 했으므로 여기서는 굳이 반복하지 않기로 하고, 그 대신 박제가의 이용후생론과 서유구의 '임원경제학'을 비교하는 데 초점을 맞추기로 한다. 『임원경제지』에는 『북학의』가 대거 인용되었다. 『본리지』에 9회,[89] 『관휴지』·『만학지』·『전공지』에 각 1회,[90] 『전어지』에 4회,[91]

---

88 박제가의 다음 글은 그런 문학론을 잘 보여 준다: "盈天地之間者皆詩也. 四時之變化, 萬籟之鳴呼, 其態色與音節自在也. 愚者不察, 智者由之, 故彼仰唇吻於他人, 拾影響於陳編, 其於離本也亦遠矣. (…) 吾所謂然者, 與其逐末而多岐, 曷若遡本而求要. 夫然後天地之眞聲, 古人之微言, 應若霜鐘之自鳴而陰鶴之相和也. 然則懋官之詩得庖犧·伶倫之心矣. 若夫法律之沿革, 字勾之淵源, 有掌故者在."(朴齊家,「炯菴先生詩集序」,『貞蕤閣文集』卷2; 李佑成 編,『楚亭全書』中, 아세아문화사 영인, 1992, 106~107면) 이 글은 송재소,「초정 박제가의 미의식과 시론」(『한시 미학과 역사적 진실』, 창작과비평사, 2001), 400~401면에서도 다루어진 바 있다.

89 1. '區田'(『본리지』권1「田制」〈諸田〉;『북학의』(進疏本)「區田」) 2. '論障川'(『본리지』권2「水利」〈河渠〉;『북학의』(外篇)「農蠶總論」) 3. '八域總論'(『본리지』권3「辨壤」〈東國土品〉;『북학의』(진소본)「水田」) 4. '論佃宜量力'(『본리지』권4「營治」〈總叙〉;『북학의』(진소본)「地利」) 5. '論耕種宜倣中國'(『본리지』권4「營治」〈總叙〉;『북학의』(외편)「田」) 6. '論備器用'(『본리지』권4「營治」〈總叙〉;『북학의』(진소본)「農器」) 7. '糞宜收儲'(『본리지』권4「營治」〈糞壤〉;『북학의』(진소본)「糞」) 8. '草木糞'(『본리지』권4「營治」〈糞壤〉;『북학의』(진소본)「糞」) 9. '泥土糞'(『본리지』권4「營治」〈糞壤〉;『북학의』(진소본)「糞」)

90 '糞餠法'(『관휴지』권1「總叙」〈澆壅〉;『북학의』(진소본)「糞」); '傳種'(『만학지』권3「蓏類」〈甘藷〉;『북학의』(진소본)「種藷」); '地桑'(『전공지』권1「蠶績」上〈栽桑〉;『북학의』(진소본)「桑」)

91 1. '論華東收養之異'(『전어지』권1「收養」上〈總論〉;『북학의』(內篇)「畜牧」) 2. '餵法'(『전어지』권1「收養」上〈總論〉;『북학의』(내편)「馬」) 3. '論牛宜數浴'(『전어지』

---

468   풍석 서유구 산문 연구

『섬용지』에 5회,[92] 『예규지』에 2회[93] 인용되었다. 서유구는 인용·소개로 일관하지 않고 그 이용후생의 논리를 확장·발전시킨다. 일례로 그는 거름 만들기의 당위성을 논한 박제가의 글을 '거름을 마땅히 저장해야 한다'糞宜收儲란 제목으로 소개한 다음, '거름을 저장하는 각종 방법'儲糞雜法이란 항목을 두어, 거름 저장법을 여섯 가지로 정리한 자신의 글을 소개한다.[94] 박제가가 당위론의 차원에서 주장했던 것을 구체화함으로써 논의의 진전을 꾀한 것이다. 뿐만 아니라 서유구는 경우에 따라 박제가의 주장에 이의를 제기하기도 한다. 일례로 서유구는 "한강 이북에는 논이 많을 수 없다"라는 주장을 담은 박제가의 글을 인용한 다음,[95] 이렇게 반박한다.

> 이 논의가 꼭 옳은 것은 아니다. 사기史起가 장수漳水를 끌어들여 업鄴에 물을 댄 것, 백공白公이 경수涇水를 뚫어 농지에 물을 댄 것, 정鄭나라가 도랑을 연 것, 우후虞詡가 황하를 막아 둔전

권2 「收養」 下 〈牛〉; 『북학의』(내편) 「牛」) 4. '論驢宜駄汲'(『전어지』 권2 「收養」 下 〈驢騾〉; 『북학의』(내편) 「驢」)

92 1. '論甓利'(『섬용지』 권2 「營造之具」 〈瓦甎〉; 『북학의』(내편) 「甓」) 2. '石炭'(『섬용지』 권4 「火燭之具」 〈爐炭〉; 『북학의』(내편) 「鐵」) 3. '華制'(『섬용지』 권4 「運輸之具」 〈舟〉; 『북학의』(진소본) 「船」) 4. '東制'(『섬용지』 권4 「運輸之具」 〈舟〉; 『북학의』(진소본) 「船」) 5. '大車'(『섬용지』 권4 「運輸之具」 〈車〉; 『북학의』(진소본) 「車」)

93 1. '船利'(『예규지』 권2 「貨殖」 〈貿遷〉; 『북학의』(외편·진소본) 「通江南浙江商舶議」) 2. '車利'(『예규지』 권2 「貨殖」 〈貿遷〉; 『북학의』(외편·진소본) 「車」)

94 徐有榘, 『本利志』 卷第四, 『林園十六志』 1, 114면.

95 해당 구절을 포함하여 글 전체를 제시한다: "大約漢水以北, 水田不可多. 蓋新羅學唐之國, 而其地又與淮口相値, 故學江·淮間水田之法, 慶尙之飯稻固也. 至於漢北, 則高句麗也. 統合之後見南人之食稻, 從而效之, 是欲移江·淮風俗於高句麗也, 其可乎? 畿東之歲比不登, 職由於此."(朴齊家, 「水田」, 『北學議』(進疏本); 李佑成 編, 『楚亭全書』 下, 아세아문화사 영인, 1992, 375면)

을 만든 것이 모두 서북쪽 지역에서 있었던 일이라는 것을 유독 듣지 못했단 말인가? 일을 하는 것은 사람에게 달려 있지, 지역에 달려 있는 게 아니다. 서문정徐文定(서광계徐光啓)이 말한바 "한번 해 볼 것이지, 빈말로 막기를 일삼지 말라"라고 한 것이 진실로 확고부동한 논의이다.[96]

한강 이북은 논농사에 부적합하다는 박제가의 주장은 근거가 약하며, 그런 주장이야말로 오히려 농업 발전을 가로막을 위험이 크다는 반론이다. 서유구는 풍토를 중시하되, 풍토의 차이를 핑계 삼는 관리들의 태만을 비판한 바 있다.[97] 인용문은 그의 이런 입장을 반영한 것이다. 이렇듯 서유구는 박제가의 이용후생론을 비판적으로 계승하여 발전시켰다.

그러나 이런 세부적인 내용보다 더 중요한 것은 사대부의 존재 방식에 대한 반성적 시각을 서유구와 박제가가 공유했다는 사실이다. 일례로 박제가는 생산적인 일을 도외시한 조선 사대부들의 행태를 다음과 같이 비판했다.

중국 사람들은 가난하면 장사치가 된다. (…) 우리나라 풍속은 허문虛文을 숭상하고 기휘가 많아서, 사대부들이 차라리 놀고

---

96 "此論未必然. 獨不聞史起之引漳水漑鄴, 白公之穿涇水灌田, 鄭國之開渠, 虞詡之激河, 皆在西北之境乎? 爲之在人, 不在於地. 徐文定所謂試爲之, 無事空言抵捍者, 誠鐵論也."(徐有榘, 〈八域總論〉의 按語, 『東國土品』, 『本利志』卷第三, 『林園十六志』1, 86면) '史起', '白公', '鄭國'의 일은 모두 『한서』(漢書) 「구혁지」(溝洫志) 제9에 보인다. '虞詡'의 일은 『후한서』(後漢書) 권117 「서강전」(西羌傳) 제77에 보인다. 서광계의 말은 『농정전서』(農政全書) 권2 「농본」(農本) 〈제가잡론〉(諸家雜論) 하(下)에 보인다.
97 김용섭, 신정 증보판 『조선 후기농학사연구』(지식산업사, 2009), 437면 참조.

먹을지언정 하는 일이 없다. 농사일은 들판에서 하는지라 혹시라도 알아보는 사람이 없을 수 있지만, 잠방이를 입고 패랭이를 쓰고 물건을 사고판다고 외치며 시장을 지나가거나, 먹줄·칼·끌을 가지고 가서 남의 집에서 날품팔이해서 먹고산다면, 이런 모습을 보고 부끄러워하거나 비웃으며 그 혼인을 끊어버리지 않는 사람이 거의 드물 것이다.

그래서 집에 돈 한 푼 없는 사람도 모두 옷을 꾸미고 높은 갓을 쓰고 소매가 넓은 옷을 입고서 도성에서 허튼소리나 해댄다. 하지만 그들이 먹고 입는 것은 어디서 나오는가? 이에 권세 있는 사람에게 의지하지 않을 수 없어서, 청탁이 습관처럼 되어버렸으며 요행을 바라는 문이 열렸으니, 이것은 시정市井의 장사치도 달갑게 여기지 않는 것이다. 그러므로 중국에서 장사가 공공연한 일이 되는 것보다 도리어 못하다고 주장하는 것이다.[98]

사대부도 스스로의 힘으로 생계를 돌봐야 하며, 그러기 위해서는 상업에 종사해야 한다는 주장이다. 그 당시의 심각한 사회 문제였던 유식층의 증가를 겨냥한 말이다. 이 점에서 서유구와 박제가는 같은 문제의식을 공유했다.

---

98 "中國之人, 貧則爲商賈. (…) 我國之俗尙虛文而多顧忌. 士大夫寧遊食而無所事. 農在於野, 或無有知之者, 其有短襦翁笠, 呼賣買而過于市, 與夫持繩墨挾刀鑿以傭食於人家, 則其不慚笑而絶其婚姻者幾希矣. 故雖家無一文之錢者, 率皆修飾邊幅, 峨冠濶袖, 以遊辭於國中. 夫其衣食者從何出乎? 於是不得不倚勢而招權, 請托之習成, 而僥倖之門開矣. 此將市井之所不食其餘, 故曰: 反不如中國商賈之事爲明白也."(朴齊家, 「商賈」, 『北學議』內篇; 李佑成 編, 『楚亭全書』下, 아세아문화사 영인, 1992, 487~488면) 번역은 안대회 옮김, 『북학의』(돌베개, 2003), 97~98면을 참조하여 필자가 일부 수정한 것이다. 이하 마찬가지다.

그런데 두 사람의 관점에는 미묘한 차이가 있다. 서유구가 전통적인 관념에 따라 농업은 본업本業이고 상업은 말업末業이라고 전제한 반면, 박제가는 그렇시 않다. 서유구는 「『예규지』 인倪圭志引」에시 본격적인 주장을 펼치기에 앞서, 식량과 재산을 관리하는 방법은 본래 군자가 취하지 않는 바이기도 하지만 또한 군자가 버리지 않는 바이기도 하다는, 다소 유보적으로 보이는 말을 했다. 반면 박제가에게는 이런 망설임이 없다. 결국 상업 종사의 당위성을 주장하는 이 두 사람의 논법에 미묘한 차이가 있는 것이다.

이런 차이를 두고 서유구가 좀 더 보수적인 한계 내에 머물렀다는 평가를 내릴 수 있다. 그러나 이런 평가는, 타당성이 없다고는 할 수 없지만, 근대주의적 시각에 견인된 결과가 아닌가 한다. 이렇게 예단하기에 앞서, 서유구와 박제가의 이런 차이가 초래된 이유를 좀 더 따져 볼 필요가 있다.

그 이유의 하나로 계층적 차이를 들 수 있다. 박제가는 서얼 출신이다. 서얼 내에도 편차가 없지 않지만, 박제가는 주변부적 감수성이 강한 편이라고 생각된다. 따라서 박제가로서는 상업 종사의 당위성을 주장하면서 전통적인 관념과 그에 입각한 반발을 신중히 고려할 부담감을 가질 필요가 없거나, 있더라도 그리 심각한 정도까지는 아니지 않았나 한다. 반면 서유구는 경화 벌열 출신이다. 서유구가 박제가처럼 아무런 머뭇거림 없이 상행위의 당위성을 역설하지 못한 것은 이런 계층적 제약에 기인한다고 생각된다. 이런 견지에서 보면, 서유구가 그런 제약 속에서 상행위의 당위성을 주장한 것이 더 주목되는 면도 없지 않다.

또 하나의 이유로 도회적 삶에 대한 문제의식의 차이를 들 수 있다. 서유구는 도시에서의 향락적 삶에 대한 대안적 삶의 가능성을

'임원 생활'에서 찾았다. 반면 박제가에게는 그런 문제의식이 결여되었다고 생각된다. 다음 글은 박제가에게 서울이 어떤 곳이었는지를 잘 보여 준다.

성대한 모습이 아름답구나! 나는 예전에 나라 안을 주유周遊하여 신라, 고려, 기자箕子 조선의 옛 도읍을 두루 구경했고 태백산과 금강산을 지나갔는데, 산수山水가 웅장하고 화려하며 문채가 빛나는 것으로 말하면 서울을 능가하는 데가 없었다. 그러니 아무리 숲과 계곡, 샘물과 바위의 아름다운 경치가 있다 한들, 무엇 하러 이곳을 버리고 다른 데서 구하겠는가?

더구나 한양은 정치·교화가 나오는 곳이고, 사방에서 사람들이 몰려드는 곳이며, 벼슬아치와 벌열의 집안, 인물과 누대樓臺, 수레와 선박과 재화財貨의 성대함, 그리고 친척과 벗, 징험할 만한 문헌이 모두 여기에 모여 있고, 더구나 나랑 그대가 생장한 곳이라 골목길을 다니는 데 익숙하고 꿈속에도 풍경이 생생한데, 도리어 어찌 차마 하루아침에 이곳을 버리고 떠날 수 있겠나? 어찌 머뭇머뭇 망설이고 돌아보며 가지 못하는 사람이 없을 수 있겠는가?[99]

99 "佳哉其鬱鬱乎! 余嘗周遊乎域中, 歷覽麗·羅·箕子之故都, 涉太白·金剛之墟矣, 其山水之壯麗文明, 未有能遠過之者. 雖有林壑泉石之觀, 其何以捨此而他求乎? 而況王城, 治化之所出, 四方之所輻湊, 其仕宦閭閻之族, 人物樓臺·舟車貨財之盛, 與夫親戚友朋·文獻之徵, 悉聚於此, 而況吾與子生長之地, 而步屨慣於阡陌, 風景存乎夢寐, 則顧何忍一朝棄之而去, 寧能無躑躅夷猶眷顧而不行者乎?"(朴齊家,「送李定載往公州序」,『貞蕤閣文集』卷2; 李佑成 編,『楚亭全書』中, 아세아문화사 영인, 1992, 93~94면) 인용문의 원문 표점 및 번역은 정민·이승수·박수밀·박종훈·이홍식·황인건·박동주 옮김,『정유각집』하(돌베개, 2010), 521면 및 112면을 참조하여 필자가 일부 수정한 것이다.

박제가에게 서울은 가장 아름다운 곳이자, 정치·경제·문화의 중심지이자, 가장 번성한 곳이자, 지인들이 모여 있는 곳이다. 그러니 다른 곳을 굳이 찾을 필요가 없다. 이로써 도시 생활자로서의 박제가의 정체성이 한층 더 분명하게 드러난다. 박제가의 이런 생각은, 서울에 붙어 있으려고 기를 쓰는 사대부들의 행태를 두고 스스로 고해苦海에 뛰어드는 꼴이라고 개탄한 서유구와 대비된다. 결국 박제가에게는 도회적 활력에 대한 감수성은 풍부한 대신, 도회적 삶에 대한 문제의식, 도회적 삶과 다른 삶에 대한 전망이 상대적으로 희박하다고 판단된다.

서유구와 박제가의 이런 차이는 두 사람이 심미적 가치를 옹호하는 대목에서 또다시 드러난다. 서유구와 마찬가지로 박제가도 실용적 가치와 더불어 심미적 가치를 중시했다. 그는 골동서화古董書畫와 같이 심미적인 삶에 도움이 되는 것들의 가치를 이렇게 옹호했다.

유리창琉璃廠 좌우 십여 리와 용봉사龍鳳寺 근처의 시장 등지에서 언뜻 보니, 찬란하고 번쩍거려 형용할 수 없는 것이 있었다. 모두 이정彝鼎, 고옥古玉, 서화書畫 등의 교묘한 물건들이었다. 기실 진품은 역시 드물게 보이긴 하지만, 천하의 수만금 되는 재물이 모두 여기에 모여, 사고파는 사람이 종일토록 끊이지 않는다.

어떤 사람이 말했다. "부유하기는 부유하지만 백성에게 무익하니, 몽땅 불태워 버린들 무슨 손해가 있겠는가?" 이 말이 정확한 듯하지만 사실은 그렇지 않다. 푸른 산과 흰 구름은 모두 꼭 먹고 입는 게 아니지만 사람들이 좋아한다. 만약에 백성과 무관하다 해서 무식하고 완고하게 굴 뿐 이런 것들을 좋아할 줄 모른다면, 그 사람은 과연 어떻겠는가? (…) 우리나라 사람들로 말하면, 학문은 과거 공부에서 벗어나지 않고, 견문은 국경을 넘지 못해, 장경지藏經紙를 추하다 하고 밤색 화로를 더럽다 하여, 문명이 발달한 지역으로부터 스스로를 끊어 버린다.

벌레 중에도 꽃에서 사는 것은 날개와 수염이 오히려 향기롭지만, 더러운 곳에서 사는 것은 꿈틀거리고 숨 쉬는 모습이 대체로 추하다. 벌레도 진실로 이런데 사람 또한 그런 게 당연하다. 멋지고 화려한 곳에서 생장한 사람은 먼지 구덩이의 더러운 곳에서 벗어나지 못하는 사람과 반드시 다른 점이 있을 것이다. 나는 우리나라 사람들의 수염과 날개가 향기롭지 못할까 두렵다.[100]

골동서화가 민생民生에 무익해 보이지만, 삶을 풍요롭게 하는 데 꼭 필요하다는 주장이다. 박제가의 이런 주장은, '허'와 '실'의 개념쌍을 통해 문화적 활동의 정당성을 강조한 서유구의 그것과 상통한다. 그러나 두 사람 사이에는 간과할 수 없는 차이가 있다. 박제가의 언술을 보면, 심미적 가치가 실현되는 곳은 바로 도회지이다. '멋지고

---

100 "琉璃廠左右十餘里及龍鳳寺開市等處, 驟看之, 璀璨輝映, 不可名狀者, 皆彝鼎、古玉、書畫、奇巧之屬. 其實眞品亦罕見矣, 然而天下之累鉅萬財皆聚於此, 賣買者終日無間斷. 或云: '富則富矣, 而無益於生民. 盡焚之, 有何虧闕?' 其言似確而實未然. 夫靑山白雲, 未必皆喫着, 而人愛之也. 若以其無關於生民, 而冥頑不知好, 則其人果何如哉? (…) 我國之人, 學不出科學, 目不踰疆域, 藏經之紙以爲涴也, 栗色之爐以爲汚也, 駭駭然自絶于文明都雅之域. 蟲之生於花者, 翅鬚猶香; 生於穢者, 蠢息多醜. 物固如此, 人亦宜然. 生長于韶華錦繡之中者, 必有異於汩沒於塵埃薄陋之地者. 吾恐我國之人之鬚翅不香也."(朴齊家,「古董書畫」,『北學議』內篇; 李佑成 編,『楚亭全書』下, 아세아문화사 영인, 1992, 507~508면)

화려한 곳' 운운한 대목에서 이 점을 알 수 있다. 요컨대 박제가가 생각한 심미적인 삶은 향촌에서의 소박하면서도 운치 있는 삶이 아니라 도시에서의 화려한 삶이나. 반면 서유구가 생각한 심미적인 삶은 도회적인 삶이 아니다. 물론 서유구에게는 경화사족으로서의 생활감각과 문화적 취향이 있었고, 그것은 젊은 시절부터 형성되었다. 하지만 그런 문화적 감각은 경화사족의 존재 방식에 대한 반성을 통과하면서 향촌에서의 자립적인 삶을 위한 방향으로 수렴되었다. 따라서 심미적인 삶에 대한 서유구의 관점은 박제가와 엄연히 다르다.

이 점은 사치와 향락에 대한 문제의식의 차이에서도 잘 확인된다. 향유의 삶은 사치와 향락으로 변질될 위험을 늘 안고 있다. 서유구는 이 문제에 대해 상당히 자각적이었다. 「『예원지』인」藝畹志引에서 서유구는 문화적 활동의 정당성을 논하면서, 인간이 감각 기관을 소유한 존재라는 사실에 주목했다. 서유구의 강조점은 '감각 기관의 소유' 그 자체가 아니라 '감각적인 것의 추구'에 있다. 동물은 생물학적 자기 보존만을 돌보지만, 인간은 오히려 그보다는 '심미적인 것'을 훨씬 더 많이, 그리고 '심하게' 추구한다고 서유구는 지적한다. 따라서 '필요'의 한계를 넘어선 '과잉'이야말로 동물과 구별되는 인간 특유의 현상으로 포착된다. 결국 인간은 본질적으로 과잉의 위험을 안고 있는 존재가 된다.

따라서 서유구의 '임원경제학'에서는 '향유'에 제한이 가해진다. 과도한 향락은 도리어 현세를 충실하게 사는 방법이 못 되는 것이다. 일례로 서유구는 삼복三伏의 피서避暑 방법을 논하면서, 이른바 '피서음'避暑飲이란 것이 운치 있는 것이긴커녕, 졸렬한 방법에 불과하다고 지적했다.[101] 서유구는 이렇게 말한다. 피서지가 꼭 명승지일 필요는 없다. 나무 그늘이 드리워진 물가면 족하다. 거창한 유흥도 필요

없다. 마음이 맞는 벗과 바람 쐬며 편하게 하루를 보내면 그만이다. 결국 서유구는 과도한 향락에 대해 거리를 두고, 운치 있으면서 소박한 방법으로 현세를 향유하고자 한 것이다. 여기서 호사가적 향락과 구분되는 임원 생활의 향유에 대한 서유구의 생각을 확인할 수 있다. 요컨대 서유구는 임원 생활에 걸맞은 소박한 방식의 삶의 심미화를 지향했다.

반면 박제가에게는 과도한 향락의 문제점에 대한 고민이 부족하다. '화려한 곳'과 '더러운 곳'이란 선명한 이항 대립에 의해, 화려한 도회적 삶의 문제점이 은폐된 것이다. 결국 도회적 삶에 대한 문제의식의 차이가 서유구와 박제가 사이의 큰 차이라고 판단된다.

그런데 심미적 삶의 가치를 옹호하는 논법에는 또 하나의 간과할 수 없는 차이가 있다. 두 사람의 논법은 모두 이항 대립의 구도를 취한다. 서유구의 경우 그 대립쌍은 '허/실', '인간/동물'이다. 그리고 '인간의 인간다움'에 의해 '허'와 '실'은 통합된다. 그런데 박제가의 경우 그 대립쌍은 '청나라/조선', '미/추'이다. 그리고 "나는 우리나라 사람들의 수염과 날개가 향기롭지 못할까 두렵다"라는 마지막 구절에서 확인되다시피, 화려하고 아름다운 곳은 곧 청나라고, 조선은 그렇지 못한 곳이다. 따라서 '청나라=미', '조선=추'로 등치된다. 결국 박제가의 대립쌍은 상호 배타적 관계에 놓인다. 서유구의 경우 '허/

---

101 '陸氏之竹篠飮, 袁家之河朔飮, 皆以酩酊無知爲趣, 古今避暑會之鈍漢拙法也. 水次木陰, 自有一段清凉, 宜與快心友朋就風亭池榭, 沈李浮瓜, 剝菱雪藕, 解衣磊礧, 歌嘯永日, 不必待匡廬之飛瀑, 太湖之明月, 峨嵋之古雪爲避暑計也."(徐有榘, 〈三伏避暑飮〉, 「節辰賞樂」, 『怡雲志』 卷第八, 『林園十六志』 5, 442면) '죽소음'은 육기(陸機)가 집 동쪽에 대나무를 심어 놓고 매일 그곳에서 술을 마신 것을 말한다. '하삭음'은 원소(袁紹)가 하삭(河朔) 즉 하북(河北)에 있을 때, 삼복 즈음에 자제들과 함께 정신을 잃을 정도로 술을 마셔 더위를 피한 것을 말한다.

실'은 서로 배타적이지 않으며, '인간'과 '동물' 사이에는 차등이 없다고 할 수 없지만, 그렇다고 인간의 동물적인 면이 비하되는 것은 아니다. 그런 면 또한 엄연한 인간의 모습이며, 서유구는 이 점을 중시하여 『본리지』를 『임원경제지』의 맨 앞에 배치했다. 반면 박제가의 경우 '청나라=미'는 '조선=추'에 대해 일방적인 우월성을 갖는다. 이 점이 서유구와 박제가의 중요한 차이이다.[102]

그렇다면 박제가는 어째서 이런 편향성을 노정하게 된 것인가? 그것은 심미적 가치의 추구를 '북학北學, 즉 '중국 배우기'의 문제로 등치시켰기 때문이다.[103] 박제가의 '북학'은 조선의 낙후성을 문제시하고 극복하기 위한 것이다. 따라서 그것은 기본적으로 비판적 자기 인식을 지향한다고 할 수 있다. 그러나 이 점을 감안하더라도 박제가에게는 주체적 선별과 자기화에 대한 사고가 부족하다. 선명한 이항 대립 속에서 중국이 절대시됨으로써 '북학'은 또 하나의 형이상학이 되고 만다. 이것이 바로 서유구와 박제가 사이의 결정적인 차이이다. 서유구는 『임원경제지』의 「예언」例言에서 이렇게 말했다.

인간이 살아가는 데 토양이 각기 다르고 습속도 같지 않다. 그

---

102 송재소, 「초정 박제가의 미의식과 시론」(『한시 미학과 역사적 진실』, 창작과비평사, 2001, 375~410면)은 실용적 가치뿐 아니라 심미적 가치를 추구한 것이 여타의 실학자와 차별화되는 박제가의 남다른 점이라고 평가했다. 그러나 이런 평가는 다소 일면적이지 않은가 한다. 서유구와의 비교를 통해 드러났다시피, 박제가의 논법에는 간과할 수 없는 문제점이 있다고 판단된다. 또한 안대회, 「임원경제지를 통해 본 서유구의 이용후생학」(『한국실학연구』 제11호, 한국실학학회, 2006)은 서유구에 대한 박제가의 영향을 일일이 거론하는 것이 번거로울 정도라고 단언했지만, 이 역시 서유구와 박제가 사이의 중요한 차이를 간과한 것이라 생각된다.
103 박제가의 북학론의 문제점에 대해서는 박희병, 『연암을 읽는다』(돌베개, 2006), 145~147면 참조.

러므로 생활의 필요에 따라 하는 것이 과거와 현재의 격차가 있고 나라 안과 밖의 구분이 있다. 그렇다면 중국에서 필요한 것을 우리나라에서 시행하고서 어찌 장애가 없을 수 있겠는가? 이 책은 오로지 우리나라를 위해 만든 것이므로 수집한 것 중에 다만 당장 적용할 수 있는 방법만 채택했고 실정에 맞지 않는 것은 채택하지 않았다. 그리고 지금 살펴서 행할 만한데 우리나라 사람들이 미처 강구하지 못한 좋은 제도가 있으면 아울러 상세히 적어 놓았으니, 이는 후세 사람들이 본받아 행하기를 바라서다.[104]

중국 문헌의 수용 기준이 '현실 적합성'에 있다고 서유구는 천명한다. 이렇게 보면 서유구와 박제가의 차이가 한층 더 분명해진다.

사실 연암 그룹 지식인들은 중국에 대해 개방적이었지만, 박제가의 예에서 확인되듯 그 내부적 편차가 없지 않다. 박제가와 달리 박지원은 중국에 대해 개방적이되 주체성을 견지하는 '지적 긴장감'을 갖고 있었다고 생각된다.[105] 이런 차이는 학적 관심의 차이에도 반영된다. 박지원은 각종 문헌에서 외국과의 교섭 관계에 대한 내용을 수집하여 『삼한총서』三韓叢書를 만들 계획을 세웠다. 그 계획은 결국 중단되고 말았으나, 조선의 주체성에 대한 박지원 특유의 문제의식을

---

104 "吾人之生也, 壤地各殊, 習俗不同, 故一應施爲需用, 有古今之隔, 有內外之分, 則豈可以中國所需措於我國而無礙哉? 此書專爲我國而發, 故所採但取目下適用之方, 其不合宜者在所不取. 亦有良制, 今可按行而我人未及講究者, 並詳著焉, 欲後人之倣而行也."(徐有榘, 「林園十六志例言」, 『林園十六志』1, 1면)
105 '북학'의 문제점 및 박지원의 주체 의식에 대해서는 임형택, 「박지원의 주체 의식과 세계의식」(『실사구시의 한국학』, 창작과비평사, 2000), 140면; 박희병, 『연암을 읽는다』(돌베개, 2006), 145~147면 참조.

잘 보여 준다.[106] 그 밖에 이덕무, 유득공 등도 비슷한 학문 경향을 보인다. 이덕무가 자국의 각종 문헌을 집대성한 총서 편찬을 기획한 것, 유득공이 『발해고』와 『사군지』를 지은 것 등을 그 예로 들 수 있다. 그러나 박제가는 자국自國에 대한 주체적 인식을 학적 과제로 포착하지 못한 듯하다.

이상으로 본서는 국내적으로 서유구가 연암일파의 어떤 점을 계승하여 발전시켰는지, 그 계승 과정에서 서유구가 이룬 성취는 무엇이고, 그 이면에는 어떤 한계가 놓여 있는지를 살펴보았다. 특히 박제가와의 비교를 통해 드러났다시피 서유구는 중국 문헌에 대한 주체적 수용을 강조했다. 이 점에 착안하여, 지금부터는 서유구가 실학적 문제의식과 관련하여 국외적으로 어떤 학술적·문학적 성과를 받아들여 자기화했는지를 고찰하기로 한다.

이런 견지에서 주목되는 명말청초의 학자와 문장가는 고염무顧炎武(1613~1682)와 위희魏禧이다. 고염무는 학자로서의 면모가 강하고, 위희는 문장가로서의 면모가 강하다. 그러나 이들은 모두 명나라 멸망 이후 절의를 지킨 인물로 경세적 지향이 강하다는 점에서는 서로 비슷하다. 이런 이유에서 조선 사대부들은 대체로 이 두 사람에 대해 호의적이었다. 서유구는 이 두 사람의 문제의식이나 학문 자세, 문학 세계 등에 공감하면서 자기 나름의 모색을 한 것으로 생각된다.

우선 서유구가 고염무의 어떤 점을 자기화했는지 살펴보기로 한다. 서유구는 고증학과 명물도수학의 성과를 흡수하여, 농학과 '임원경제학'의 유력한 방법론으로 발전시켰다. 이 점은 기왕의 연구를 통

---

106 『삼한총서』에 대해서는 김영진, 「조선 후기 실학파의 총서 편찬과 그 의미」(이혜순 등 엮음, 『한국 한문학 연구의 새 지평』, 소명출판, 2005), 960~965면 참조.

해 이미 지적되었다.[107] 하지만 이런 큰 방향에서의 지적 외에, 서유구가 고염무와 같은 경세적 고증학자의 어떤 점을 자기화했는지에 대한 구체적인 논의는 찾아보기 힘들다.

　서유구의 고염무 수용은 크게 다음 두 가지 방향에서 이루어진 것으로 파악된다. 첫 번째는 학술적 측면에서고, 두 번째는 산문 창작의 측면에서이다. 먼저 학술적 측면에서 살펴보기로 한다. 고염무는 "『대전』大全이 나오자 경설經說이 망했다"[108]라고 했거니와, 「벗에게 보내어 『주역』에 대해 논한 편지」(與友人論易書)에서도 그는 대전본大全本이 학술의 획일화를 초래했다고 비판했다.[109] 서유구도 이런 문제의식을 공유했다. 「중부 명고明皐 선생에게 올려 『사서집석』四書輯釋書에 대해 논한 편지」에서 서유구는 『사서대전』四書大全의 폐단을 지적했는데, 그 내용이 고염무의 대전본 비판과 비슷한 점이 있다. 서유구는 고염무의 『일지록』日知錄을 유력한 논거로 인용하고 있으므로,[110] 고염무의 영향을 받은 것이 틀림없다.

107　유봉학, 『연암일파 북학사상 연구』(일지사, 1995), 195~210면; 조창록, 「풍석 서유구에 대한 한 연구」(성균관대 박사논문, 2003), 22~60면; 한민섭, 「서명응 일가의 박학과 총서·유서 편찬에 대한 연구」(고려대 박사논문, 2010); 심경호, 「『임원경제지』의 박물 고증 방식과 문명사적 의의」(염정섭·옥영정·심경호·유봉학, 『풍석 서유구와 임원경제지』, 소와당, 2011), 161~252면; 유봉학, 「풍석 서유구의 학문과 사상」(염정섭·옥영정·심경호·유봉학, 같은 책), 255~296면 참조.

108　"『大全』出而經說亡."(顧炎武, 「書傳會選」, 『日知錄』 卷18; 黃汝成 集釋, 欒保群·呂宗力 校點, 『日知錄集釋』, 上海: 上海古籍出版社, 2006, 1044면)

109　"至永樂中, 纂輯『大全』, 并『本義』於程傳, 去『春秋』之張傳及四經之古注疏, 前人小注之文稍異於大注者不錄, 欲道術之歸於一, 使博士弟子無不以『大全』爲業, 而通經之路愈狹矣."(顧炎武, 『亭林文集』 卷之三; 華忱之 點校, 『亭林詩文集』, 北京: 中華書局, 1959; 2008 重印, 41~42면)

110　"『大全』全襲『輯釋』, 少有增刪, 其詳其簡, 反不如舊. 『大學·中庸或問』則間多訛誤, 『大學或問』有'不待七十子喪而大義已乖'之語, 『輯釋』釋之曰: '出劉歆「移太常書」及「孔子家語後序」.' 『大全』則輒去劉歆書, 但云: '出「家語後序」.' 是不辨先後. 『中庸或問』引

그런데 그렇다고 해서 서유구가 고염무의 학설을 그대로 답습하는 선에서 그친 것은 아니다. 그는 대전본의 문제점을 지적한 뒤, 다양한 학설을 포괄한 새로운 판본을 편찬할 것을 건의했다. 학자들이 다양한 학설을 놓고 스스로 취사선택할 수 있도록 하기 위해서다. 서유구의 이런 건의는, 성리학이 독점적 지위를 점한 조선 학술계의 병폐를 겨냥한 것이다. 따라서 서유구의 생각은 원칙론의 차원에서는 고염무와 상통하지만, 구체적인 학문 현실과의 관련은 그와 다르다. 그리고 서유구가 새로운 판본 편찬을 대안으로 제시한 것은 그의 문헌학적 소양을 반영한 것으로, 획일화된 학술계의 병폐를 사상적·원리적으로 해결하기보다는 서적의 편찬·보급을 통해 해결하려는 접근법을 보여 준다. 이 점 역시 고염무와 다르다. 고염무는 대전본의 문제점을 지적하긴 했지만, 그에 대한 구체적인 대안을 제시한 것까지는 아니다. 이상과 같이 보면, 서유구는 조선 학술계의 획일성과 폐쇄성을 극복하려는 문제의식하에, 고염무의 글을 자기화했다고 할 수 있다.

서유구와 고염무의 또 한 가지 공통점은, 관념적이고 형이상학적인 것보다 구체적이고 물질적인 것을 중시했다는 것이다. 고염무는 "'형이상形而上의 것을 도道라 하고 형이하形而下의 것을 기器라 한다'라고 했으니, 기물器物이 아니면 도가 깃들 곳이 없다"[111]라고 하여 기

賈捐之對元帝語, 而『輯釋』釋之曰: "『漢書』本傳云: 後宮色盛, 則賢者隱微; 佞臣用事, 則諍臣杜口, 而文帝不行.' 此捐之之言, 謂文帝不聽後宮佞臣之請爾. 『大全』則改云: '元帝不行.' 是不知古書. 此說在顧寧人『日知錄』." (徐有榘, 「上仲父明皐先生論四書輯釋書」, 『楓石鼓篋集』卷第三, 『楓石全集』, 236면)

111 해당 구절을 포함하여 전문을 제시하면 다음과 같다: "'形而上者謂之道, 形而下者謂之器.' 非器則道無所寓, 說在乎孔子之學琴於師襄也. 已習其數, 然後可以得其志; 已習其志, 然後可以得其爲人. 是雖孔子之天縱, 未嘗不求之象數也, 故其自言曰: '下學而

물의 선차적 중요성을 강조했다. 고염무의 이런 관점은 형이상학적인 것에서가 아니라 기물에서 도를 찾으려는 사고로 이어진다. 고염무가 형이상학적 원리 대신 문자학文字學, 음운학音韻學, 전장제도典章制度, 명물도수名物度數를 중요한 연구 과제로 삼은 것은 이런 이유에서다.

마찬가지로 서유구도 기물을 중시하는 사고를 표방한 바 있다. 일례로 그는 『본사』 「자기지」鎡器志에서 다음과 같이 말했다.

> 예악禮樂의 기물이 참으로 성대하구나! 변두籩豆, 보궤簠簋, 준이尊彝, 뇌작罍爵 등은 처음 예禮를 제정했을 때 이미 갖추어졌다. 어떻게 아는가? 이들 기물이 없으면 예는 예를 이루지 못하기 때문이다. 금슬琴瑟, 종고鐘皷, 관약管籥, 적지篴篪 등은 처음 음악을 만들었을 때 이미 갖추어졌다. 어떻게 아는가? 이들 악기가 없으면 음악은 음악을 이루지 못하기 때문이다. 누에 치고 삼베 짜는 기구 또한 어찌 이와 다르겠는가? (…) 그렇다면 예도剚刀, 적공績筀, 잠연蠶連, 잠박蠶箔, 잠족蠶簇, 냉분冷盆, 베틀, 북 등의 기구가 희황羲皇과 서릉西陵의 시대에 이미 구비되었다는 것을 알 수 있다. 삼베와 비단의 품질은 삼과 고치실의 상태에 달려 있고, 삼과 고치실의 상태는 또 기계의 성능에 달려 있다. 이 때문에 희황과 서릉이 이미 예악을 제정할 초기부터 신중함을 다해 만세의 법을 만들었던 것이다. 그러니 노둔하고 거

上達.'"(顧炎武, 「形而下者謂之器」, 『日知錄』 卷1; 黃汝成 集釋, 欒保群·呂宗力 校點, 『日知錄集釋』, 上海: 上海古籍出版社, 2006, 42면) 공자 운운한 내용은 『사기』 「공자세가」(孔子世家) 제17에 보인다.

친 후대 사람으로서 여기에 대해 소홀해서야 되겠는가?[112]

기물의 선차적 중요성을 강조한 말이다. 그런데 서유구의 명물도수학은 고염무와 같은 청대淸代 고증학을 '지식을 위한 지식'의 차원에서 받아들인 것이 아니다. 인용문에서 확인되다시피, 서유구의 경우 기물을 중시하는 사고는 농학에 대한 문제의식과 맞물려 있다. 서유구는 자국의 생활 세계에 대한 정확하고 구체적이고 실제적인 지식을 정리하고 체계화하는 유력한 방법론으로 명물도수학을 발전시켰으며, 사대부의 자립적 삶을 위한 실천적 관심 속에서 명물도수학의 방법론을 효과적으로 활용했다. 「낙랑樂浪의 일곱 물고기에 대한 논변」이나 『임원경제지』가 그 성과다. 요컨대 서유구는 조선 현실과의 연관 속에서 명물도수학을 재정위했다.

이상으로 서유구의 고염무 수용을 학술적 측면에서 살펴보았다. 그다음으로 산문 창작의 측면에서 살펴볼 차례다. 고염무는 학자적 면모가 강한 지식인이었던 만큼, 그의 산문 중에도 그의 학적 자세를 반영한 것이 많다. 꼭 서유구뿐 아니라 조선 지식인에 대한 고염무의 영향은 그동안 간간이 지적되어 왔다. 하지만 그 논의는 대체로 『일

---

112 "優優乎盛矣哉！禮樂之器也. 籩豆簠簋、尊彝罍爵之屬, 自夫始制禮時已具. 何以知之? 無是器, 則禮不成禮也. 琴瑟鐘鼓、管籥篆篪之屬, 自夫始作樂時已具. 何以知之? 無是器, 則樂不成樂也. 夫罋麻之器, 亦豈異於此哉? (…) 是知刀連箔、簇盆機梭之器已具於羲皇、西陵之時, 而布帛之精粗在於麻罋之善否, 麻罋之善否又在於器械之利鈍, 故羲皇、西陵已自制作之初克致其愼, 爲萬世法程. 況以後人之鹵莽而於此其可忽哉?"(徐有榘, 「本史補論斷」 중 「鎡器志」, 『楓石鼓篋集』 卷第六, 『楓石全集』, 287면) 이 글은 『本史』 卷之十二(『保晩齋叢書』 十八；『保晩齋叢書』 7, 서울대학교규장각한국학연구원 영인, 2009, 316～317면)에도 그대로 실려 있다. '西陵'은 황제(黃帝)의 아내로, 처음 길쌈을 했다는 전설상의 인물이다.

지록』에 집중되어 있었다. 그러나 홍길주가 고염무의 시詩를 높이 평가한 예에서 확인되다시피,[113] 고염무의 『일지록』뿐 아니라 그의 문집 역시 조선 지식인들의 주목을 받았다. 서유구의 경우도 마찬가지다. 그는 고염무의 산문을 유심히 읽었던 것으로 추정된다. 이 점과 관련하여 홍석주의 다음 언급이 참고된다.

> 그대의 글로 말하면, 상반부는 증자고曾子固(증공曾鞏)가 『이백집』李白集에 부친 서문의 체제를 응용했고 하반부는 『정림집』亭林集에 수록된 글들과 대단히 비슷한데, 사이사이에 의론을 내어 굽어보고 우러러보며 감개感慨하여 여러 번 탄식하게 하니, 구양영숙歐陽永叔(구양수)과 귀희보歸熙甫(귀유광歸有光)의 여운이 있습니다.[114]

서유구의 「교인『계원필경집』서문」에 대한 평이다. 그 서문이 고염무의 글과 유사하다는 지적은, 최치원의 행적을 기술한 다음에 이어지는 부분, 즉 최치원의 유적遺蹟을 둘러본 일을 서술한 부분이나 최치원의 글과 관련된 의문점을 고증한 부분을 두고 한 말인 듯하다. 그럼 이하 홍석주의 지적을 실마리로 삼아, 「교인『계원필경집』서문」이 고염무 산문의 어떤 점과 친연성을 띠는지 간략히 검토해 보기로 한다.

---

113 「수여방필」(睡餘放筆) 상(上), 제26칙 참조.
114 "傑搆叙述, 上一半, 用曾子固序『李白集』體; 下一半, 大類『亭林集』中諸篇, 而間出議論, 俯仰感慨, 一唱三歎, 有歐陽永叔、歸熙甫之遺韻." (洪奭周, 「答徐觀察準平書」, 『淵泉先生文集』卷之十七, 한국문집총간 293, 384면)

첫째, 고염무는 고증학자답게 산문에서도 사료에 입각한 고증을 중시했다. 「북악변」北嶽辨 같은 논변류는 물론이고 그 밖의 글에서도 문헌 고증이 큰 비중을 차지한다. 『좌선두해보정』서문」(左傳杜解補正序), 『영평이주사사』서문」(營平二州史事序), 『내주 임씨 족보』서문」(萊州任氏族譜序), 『노산도지』서문」(勞山圖志序) 등이 그 예이다. 이들 작품에서 고염무는 사료를 토대로 사실 관계를 확정하거나, 오류를 바로잡거나, 대상이 되는 책의 가치를 부각시키고 있다. 「교인 『계원필경집』서문」 역시 문집 서문이되 사료에 입각한 고증이 중요한 비중을 차지한다는 점에서 고염무의 이들 작품과 유사한 특징을 보인다.

둘째, 고염무는 문헌 고증을 토대로, 서문의 대상이 되는 책에 대해 의문을 제기하기도 했다. 『광송유민록』서문」(廣宋遺民錄序)이 그 좋은 예이다. 그 서문에 따르면 『광송유민록』廣宋遺民錄은 주명덕朱明德이라는 인물이 명대明代 정극근程克勤의 『송유민록』宋遺民錄을 증보增補한 것이라고 한다. 고염무는 『광송유민록』의 편찬자, 성립 경위, 특징 등에 대해 언급한 뒤, 『논어』·『예기』禮記 등을 거론하면서 『광송유민록』에 대해 의문을 제기한 다음, 자기 나름의 추측을 덧붙인다. 그 의문의 요지는, 『광송유민록』에 등재된 사람이 꼭 훌륭한 사람이라는 보장이 없는데 그런 사람들을 모두 '유민'遺民으로 올린 것은 어째서인가 하는 것이다.[115] 마찬가지로 「교인 『계원필경집』서문」

---

115 "余旣眇聞, 且耄矣, 不能爲之訂正, 然而竊有疑焉: 自生民以來, 所尊莫如孔子, 而『論語』·『禮記』皆出於孔氏之傳, 然而互鄉之童子, 不保其往也; 伯高之赴, 所知而已; 孟懿子·葉公之徒, 問答而已; 食於少施氏而飽, 取其一節而已. 今諸繫姓氏於一二名人之集者, 豈無一日之交而不終其節者乎? 或邂逅相遇而道不同者乎? 固未必其人之皆可逃也. 然而朱君猶且眷眷於諸人, 而幷號之爲遺民, 夫亦以求友之難而託思於此歟?"(顧炎

풍석 서유구 산문 연구

의 말미에서 서유구는 문헌 고증에 입각해 『계원필경집』에 대하여 스스로 의문을 제기하고 이어서 자기 나름의 추정을 덧붙였는데, 이 점 역시 고염무의 글과 유사한 특징을 보인다.

셋째, 고염무는 문헌 고증뿐 아니라 실답實踏을 중시했다. 「『노산도지』 서문」은 그의 이런 학문 자세를 잘 보여 준다. 이 작품에서 고염무는 노산勞山의 위치, 관련 전고典故, 명칭의 유래 등을 고증한다. 그중 관련 전고에 대한 고증 중에 실답에 의한 것이 있다. "내가 그 지역을 다니며 노군老君·황석黃石·왕교王喬의 여러 유적을 보니 모두 후인後人이 이름을 가탁한 것이었고, 추위를 견디는 하얀 모란꽃이란 것도 남방에서는 역시 평범한 물건이었다"[116]라고 밝힌 대목이 그것이다. 서유구가 「교인『계원필경집』 서문」에서 최치원의 유적을 둘러본 것, 문집뿐 아니라 비석 등에서 그의 잔편殘編을 채집하려 한 것은 실답을 중시한 고염무의 이런 면모와 상통한다.

이상과 같이 서유구와 고염무는 서문에서 단지 해당 서적의 성립 경위 및 전반적인 특징을 서술하는 것으로 그치지 않고, 사료 및 실답에 입각한 고증과 논변을 펼쳤다는 점에서 공통점을 보인다. 「교인『계원필경집』 서문」에 대한 홍석주의 평가를 염두에 두면, 서유구는 고염무 산문의 특징을 정확히 파악하고 있었고, 그런 토대 위에 「교인『계원필경집』 서문」을 집필했던 것으로 짐작된다. 그런데 서유구

武, 「廣宋遺民錄序」, 『亭林文集』 卷之二; 華忱之 點校, 『亭林詩文集』, 北京: 中華書局, 1959; 2008 重印, 33~34면)

116 "余遊其地, 觀老君·黃石·王喬諸蹟, 類皆後人之所託名, 而耐凍白牡丹花在南方亦是尋瞥之物."(顧炎武, 「勞山圖志序」, 『亭林文集』 卷之二; 華忱之 點校, 『亭林詩文集』, 北京: 中華書局, 1959; 2008 重印, 33~34면) '老君'은 노자(老子)다. '黃石'은 장량(長良)에게 『태공병법』(太公兵法)을 주었다는 진(秦)나라의 은사(隱士) 황석공(黃石公)이다. '王喬'는 신선 왕자교(王子喬)이다.

가 그 글에서 사료에 입각한 고증을 한 것은 자국 한문학의 원류에 대한 관심에서다. 따라서 서유구는 자국 문헌에 대한 역사적 관심 속에서 고염부 산문의 고증적 면모를 자기화하여, 자국의 역사적 지식을 정확히 파악하기 위한 유력한 방법으로 발전시킨 것이 된다.

이상으로 서유구가 어떤 방향으로 고염무를 수용했는지를, 일례一例를 통해 살펴보았다. 서유구는 조선 학술계의 획일성에 대한 문제의식하에, 자국의 산천초목에 대한 지식을 학적 차원으로 체계화하고자 하는 문제의식하에, '임원경제학'의 문제의식하에, 자국의 역사에 대한 문제의식하에, 고염무의 고증적 학문과 산문 작품을 자기화했다. 이 점에서 서유구의 주체적 태도가 확인된다.

그다음으로 서유구가 위희를 어떻게 수용했는지 살펴보기로 한다. 위희는 소장형邵長衡과 더불어 서유구가 젊은 시절부터 혹호酷好한 작가다. 서형수는 「『풍석고협집』 서문」(楓石鼓篋集序)에서 이 사실을 특기特記한 바 있다. 서유구가 이 두 사람을 몹시 애호하여, 매번 작품을 짓고 나면 먼저 서형수에게 보여 주면서 "이 두 사람과 짝할 만합니까?"라고 물어, 그렇다는 답을 들은 뒤에야 비로소 그 작품을 문집에 넣었다고 한다.[117] 위희는 '청초淸初 3대가'로 꼽히는 명문장가로, 명나라 멸망 후 은거하여 절의를 지켰다. 이에 상응하게 그의 작품에는 망국亡國에 대한 회한悔恨, 세상에 대한 근심과 분만감憤懣感, 지식인으로서의 내부 성찰이 큰 비중을 차지한다. 위희는 문학과 학

---

117 "噫! 文之弊久矣. 明清以後, 跅弛不羈之士厭宋人之規撫劈畫, 而卓然注想於秦漢之高, 然秦漢卒不可儔, 則自王·何已失其故步矣. 於是乎矯之以峻整而叔魏倡焉, 矯之以雅潔, 而子湘鳴焉. 之二子亦幾於文, 而宋人爲不畸矣. 楓石酷好二子, 每一作, 先以示余曰: '可與二子儔乎?' 曰可, 然後始入斯卷."(徐瀅修,「楓石鼓篋集序」,『明皐全集』卷之七, 한국문집총간 261, 143면)

문의 경세적 가치를 중시했으며 의론문에 특장이 있었다. 그리고 그는 법도를 존중하되 거기에 얽매이지 않아, 다양한 문체적 특징을 혼합하거나, 전환이 자유롭고 기복이 있는 구성미를 추구했다.

그럼 서유구는 어떤 문제의식 속에서 위희를 읽었으며 어떻게 자기화했는가? 우선 서유구는 '실용성' 내지 '사회적 연관'을 중시한 위희의 문학관과 학문관에 유의했다. 그는 위희의 경세적 문학관을 중시하여 '시문詩文의 삼매三昧'라고 극찬한 바 있다.[118]

이런 생각에서 서유구는 위희의 경세론을 예의 주시하면서 자신의 입론을 정교화했다. 위희의 한전론限田論에 대한 관심에서 이 점을 확인할 수 있다. 한전론은 위희의 이른바 '변법삼책'變法三策의 하나로 개진되었던 것이다. '변법삼책'은 위희가 청년 시절에 구상한 국가개혁안으로, 과거제 개혁, 환관제 혁파, 한전제 시행을 골자로 한다. 현재 위희의 문집인 『위숙자문집』魏叔子文集에는 이 중 한전제에 대한 글은 없고, 나머지 둘에 대한 글이 각각 「제과책」制科策, 「변법」變法이란 제목으로 실려 있다. 그 외에 「구황책」救荒策이 실려 있는데, 이것이 곧 「한전책」限田策을 대체한 것으로 짐작된다. 위희의 진술에 따르면, '변법삼책'을 지은 것은 22세 때인 1645년이며, 그이후로 그는 그 글들을 지속적으로 다듬었다고 한다.[119] 서유구는 『위

---

118 "盧疎齋「文章宗旨」云: '作詩須用三百篇與「離騷」. 言不關於世敎, 義不存於比興, 詩亦徒作.' 魏勺庭與人書云: '言不關於世道, 識不越于庸衆, 雖有奇文, 可以無作.' 兩言偶合, 非果蹈襲, 而亦可謂詩文之三昧."(徐有榘, 「文章宗旨」, 『金華耕讀記』卷之三, 장 14앞) 인용된 노소재(盧疎齋), 즉 노지(盧摯)의 말은 『남촌철경록』(南村輟耕錄), 『원시선』(元詩選) 등에 보인다. 위희의 말은 「答蔡生書」(『魏叔子文集外篇』卷之六)에 보인다.
119 "三策作于乙酉五月, 其後稍損益之云."(魏禧, 「制科策」下의 識語, 『魏叔子文集外篇』卷之三; 胡守仁·姚品文·王能憲 校點, 『魏叔子文集』, 北京: 中華書局, 2003, 188면)

숙자문집』에 빠져 있는 「한전책」을 찾아보기 위해 오랜 시간 공을 들
인 끝에, 『소대총서』昭代叢書에 실린 『일록』日錄 「잡설」雜說에서 관련
기록을 찾아내어 그 전문을 기록한 다음, 이렇게 밀했다.

그 책策이 처음에는 필시 볼만한 게 있으리라 생각했는데 지금
『일록』에 기재된 것에서 그 뜻을 볼 수 있으니, 후세에 한전限田
을 논한 사람들 중에 가장 번요煩擾해서 시행할 수 없다. 그러
나 임훈林勳의 『본정서』本政書에 비하면 더 낫다. 장조張潮는 "부
민富民의 전지田地는 전지의 가격이 어디서 나올지 알 수 없으
니, 가난한 사람이 꼭 부유해지지는 않을 것이고 부유한 사람
이 먼저 가난해질 것이다. 대저 지금 정치하는 방법으로 말하면
오직 부민을 보호하는 것을 급선무로 삼아야 한다. 부민 한 사
람이 빈민 천 명 백 명을 먹여 살릴 수 있으니, 이렇게 하면 지
키는 것은 간략하고 베푸는 것은 매우 넓을 것이다"라고 평했지
만, 이 주장 또한 일부분만 본 것이다.[120]

---

120 "其策初謂必有可觀, 今於『日錄』所記, 亦可欽略其意, 後世論限田諸家中最爲煩撓
不可行, 視林勳『本政書』又風斯下矣. 張潮評曰: '富民之田, 不知田價從何出, 恐貧者未
必富而富者已先貧矣. 大抵當今治道, 惟宜以保富民爲急務. 蓋一富民能養千百貧民, 則
是所守約而所施甚博也.' 是說亦見一斑也."(徐有榘, 「限田」, 『金華耕讀記』卷之六, 장
16앞~뒤) 서유구가 인용한 장조의 평어는 해당 본문 뒤에, 일종의 미평(尾評)으로 달려
있다(張潮, 『昭代叢書』第5冊 卷12, 魏禧, 『日錄』「雜說」, 장14앞, 규장각 소장, 도서번
호: 奎 5024 39). 『소대총서』에는 '富民之田'과 '不知田價從何出' 사이에 '非由攘奪及賤
價而得, 今勒貧民買田'이라는 구절이 더 들어 있다. 임훈의 『본정서』는 고대의 균전제에
근접한 개혁안을 제시했는바, 전지 50묘를 정전(正田)으로 하고, 그 나머지는 연전(羨
田)으로 삼아, 정전 소유자는 더 이상 토지를 사들이지 못하게 하고 파는 것만 허가하여,
점차적인 토지 균등 분배를 유도하는 것이 그 개혁안의 골자이다.

한전론의 골자는 토지 소유의 상한선을 법으로 정해 소수의 대토지 겸병을 막고 토지의 재분배를 제도적으로 유도하는 데 있다. 균전제에 비해 한전론은 좀 더 후퇴한 것이지만, 그 대신 좀 더 현실성 있는 개혁안이라고 할 수 있다. 하지만 지주층과 농민층의 이익을 얼마나 대변하여 조율할 것인가에 대한 판단에 따라 한전론 내부에도 다양한 편차가 있다.

위희가 구상한 한전론은 빈농貧農에게는 세금을 경감해 주는 대신 부호가富豪家에게 중과세를 하여 부호가가 토지를 싼값에 팔 수밖에 없도록 한 것이다.[121] 따라서 한전론 중에도 기층민의 이익을 적극 대변한 쪽에 속한다. 그러나 위희는 자신의 형을 포함하여 몇몇 지인들과의 토론을 거친 후,[122] 고민 끝에 결국 「한전책」 3편을 불사른다. 자신의 개혁론이 오히려 역효과를 낼 수 있다는 판단에서다.[123]

---

121 "予覃思五年, 作「限田」三篇, 其法一夫百不止出十一, 正賦過百石者等而上之, 加以雜差, 若田多者賣與無田之人, 或分授子孫, 不過百石則仍止出正賦. 是同此田也, 貧者得之則賦輕, 富者得之則賦重, 所以驅富民賤賣, 而田不必均而可均矣."(魏禧,「雜說」『魏叔子日錄』卷之二; 胡守仁·姚品文·王能憲 校點,『魏叔子文集』, 北京: 中華書局, 2003, 1130~1131면)

122 이들의 반론은, 문제는 부민(富民)보다는 관부(官府)의 실정(失政)에 있다는 것, 위희의 개혁안이 남방에는 유효하지만 북방에는 맞지 않는다는 것, 개혁안의 시행 과정에서 도리어 관리들의 농간이 심해질 위험이 있다는 것 등이다: "獨家伯子以爲不可. 謂苟行此法, 天下必自此多事, 且後世天下之亂止在官府縉紳貪殘, 民不聊生, 不係富民田多, 貧民無田, 苟刑政得理, 民自樂業, 何必紛紛爲此也. 浙江 秀水曹侍郎則謂此法議之南方尤可, 若北方貧民傭田者, 皆仰給牛種, 衣食于多田之富戶, 今卽每夫分以百畝, 耕作所須, 色色亡有, 田漸荒而賦不可減, 數年之後, 唯有逃亡, 況望其以賤價買諸富民乎? 陝西 涇陽 楊蘭佩則謂山賦僗輕僗重, 朝無成法, 官無定規, 吏因作奸, 民多告訐, 非天下縣官人人賢能則擾亂方始矣."(魏禧, 같은 글, 같은 책, 1131면)

123 "私謂三代以後, 最爲善法, 質諸君子, 亦皆歎服, 獨家伯子以爲不可. (…) 予以三君言反覆思索, 凡數夜不寐, 乃焚其稿, 因筆記于此, 以見改法之難爲、獨見之難任. 人當國事, 切不可輕試紛更也."(魏禧, 같은 글, 같은 책, 같은 곳) 표점본에 "獨見之難. 任人當國事"로 구두가 끊어진 것을 고쳐서 인용한다.

이렇게 위희가 개혁안을 구상하고, 그에 대한 토론을 거치고, 토론에서 제기된 반론을 수용하여 애초의 입론을 철회하는 일련의 과정을 눈여겨보면서 서유구는 현실성이 떨어지는 개혁안의 위험성을 경계한다. 그러는 한편 그는 위희의 글에 대한 장조張潮의 평의 문제점을 함께 지적한다. 장조의 평은 위희와 달리 부유층의 이익을 대변한 것으로, 그 역시 편파적인 견해에 불과하다는 것이다.

결국 서유구는 위희의 개혁안을 접하면서, 현실적 여건을 고려하지 않은 개혁안의 위험성에 유의하는 한편, 그와 반대로 부호층의 이익을 중시하는 또 다른 입장에도 이의를 제기한 셈이다. 요컨대 서유구는 양극단의 문제점을 모두 경계했다. 서유구의 개혁안이 과감하고 근본적인 혁신을 추구하기보다는 실현 가능성에 초점을 맞추어 다소 온건하고 절충적인 경향을 띠게 된 것은 이 점과 무관하지 않다. 그의 토지 개혁안은 '둔전론'이다. 애초에 그는 한전론을 개진했지만, 정조 사후의 경색된 정국과 평안도 농민전쟁 이후의 불안정한 농촌 현실을 고려하여 실행 가능한 개혁안을 고민했고, 그것이 곧 '둔전론'으로 구체화되었다.[124] 이렇게 보면, 위희의 경세론에 대한 관심은 서유구가 자신의 개혁안을 더욱 현실에 밀착되는 방향으로 다듬게 하는 중요한 계기가 되지 않았나 한다.

「한전책」을 대체한 것으로 짐작되는 「구황책」 역시 서유구가 중요하게 참고한 글이다. 그는 몇몇 글에서 「구황책」을 인용한 바 있거니와,[125] 이 작품은 무엇보다도 「의상경계책」과 밀접한 관련을 맺는

---

124 김용섭, 『조선 후기 농업사 연구』(2)(신정 증보판, 지식산업사, 2006), 603면 참조.
125 「送族叔理修之任鎭岑序」(『金華知非集』卷第三), 〈雜種備災害〉(『本利志』卷第八 「五害攷」), 〈弭盜雜術〉(『倪圭志』卷第一 「戒禁」) 등을 그 예로 들 수 있다.

다. 「구황책」은 '일이 발생하기 전의 계책'(先事之策) 8조항, '일이 닥쳤을 때의 계책'(當事之策) 28조항, '일이 생긴 뒤의 계책'(後事之策) 3조항으로 구성되었다. 이 중에서 '일이 닥쳤을 때의 계책'을 예로 들면, 그 28조항 중에 '부자들에게 토목 공사를 일으키고 여러 가지 행사를 치르도록 권한다'(勸富室興土木, 擧庶禮)라는 것이 있다. 그렇게 하면 빈민도 먹고살 길이 생겨서 부자와 빈민 모두에게 이득이 된다는 것이 그 대체적인 내용이다. 서유구는 위희의 이 주장을 『임원경제지』에 소개한 바 있다.[126] 뿐만 아니라 「의상경계책」에서 서유구는 기근이 든 지역에 치수 사업을 하여 백성을 고용하면 구휼 정책과 수리 사업이 일거양득의 효과를 볼 수 있다고 주장했는데, 이 역시 위희의 「구황책」과 비슷한 발상이라고 할 수 있다.

그런데 위희와 서유구 사이에는 큰 차이가 있다. 위희의 「구황책」이 큰 원칙을 내세우는 선에서 그친 반면, 서유구의 「의상경계책」은 큰 원칙뿐 아니라 세부적인 시행 방안을 갖추고 있다. 그리고 위희의 대책이 부호가의 개인적인 차원에 국한된 것과 달리 서유구의 대책은 국가 전체의 제도적 차원으로 확장되었으며, 그 사업의 성격도 부호가 한 개인을 위한 것이 아니라 공공의 이익을 위한 것이다. 요컨대 서유구는 위희와 달리 공공 영역의 제도적 정비를, 즉 수리 사업과 구휼 정책이 서로 연계되어 큰 효과를 낼 수 있는 제도적 방안을 강구했다.

이렇듯 위희의 「구황책」과 서유구의 「의상경계책」 사이에는 일부 유사점이 확인되지만 그 유사점은 큰 방향에서의 유사점이며, 서유구

---

[126] 〈弭盜雜術〉(『倪圭志』卷第一 「戒禁」)이 그것이다. 본서 제6장에서 이 글을 이미 검토한 바 있다.

는「구황책」의 장점을 자기화하여 더 발전시킨 것으로 판단된다. 더 나아가 서유구는「구황책」의 허점을 논하고 그에 대한 대안을 강구한다. 우선 서유구가 문세 삼은 위희의 말을 제시하면 다음과 같다.

> 지방에 우연히 홍수가 지거나 가뭄이 들어 파종을 필시 제때 못 할 것 같으면 먼저 지리地利를 살펴야 한다. 만약 큰물이 져서 벼를 해쳤으면 물을 꺼리지 않는 것을 얼른 심고, 가뭄이 오래되어 벼를 해쳤으면 가뭄을 두려워하지 않는 것을 얼른 심는다. 저것을 잃더라도 이것을 얻으면 그나마 절반은 유지할 수 있으니, 대저 미리 서둘러 해 놓는 것이 낫다.[127]

위희의 이 말을 인용한 다음, 서유구는 이런 주장을 펼친다.

> 내 생각에 빙숙氷叔(위희)의 의도가 좋지 않았던 것은 아니지만, 사리事理에는 오히려 미진한 점이 있다. 지금 봄에 파종하고 여름에 이삭이 패고 가을에 익는 것은 모든 곡식의 변치 않는 특징이다. 파종부터 수확까지의 기간은, 길게는 백 수십 일, 짧게도 60~70일인데, 열흘 동안 비가 내리지 않으면 곡식이 마를까 걱정이고, 20일 동안 장마가 지면 또 곡식이 젖을까 걱정이니, 유독 파종 시기만 걱정인 게 아니다. 그리고 지나치게 무덥고

---

127 "地方遇有水旱, 種植必不得時, 卽須先察地利, 如水多害禾, 則急以不忌水者種之; 旱久害禾, 則急以不畏旱者種之. 失彼得此, 尙可支持其半, 大抵以先時急做爲勝著也."(魏禧,「救荒策」,『魏叔子文集外篇』卷之三; 胡守仁·姚品文·王能憲 校點,『魏叔子文集』, 北京: 中華書局, 2003, 173면)

난 뒤에는 반드시 날씨가 차가워지고, 비가 계속 내린 뒤에는 반드시 햇볕이 계속 쵠다. 가뭄을 걱정해서 다른 품종을 심으려 하면 가뭄은 이미 극에 달해 있으니, 가뭄을 두려워하지 않는 품종을 심느니 차라리 물을 두려워하지 않는 품종을 심는 편이 더 낫다. 장마를 걱정해서 다른 품종을 심으려 하면 홍수가 이미 심해져 있으니, 물을 두려워하지 않는 품종을 심느니 차라리 가뭄을 두려워하지 않는 품종을 심는 편이 더 낫다.[128]

　　서유구는 위희의 문제의식에 공감하면서도 그의 허점을 지적한다. 위희의 주장이 농촌의 실제 상황에 맞지 않는다는 것이 그 골자이다.

　　이어서 서유구는 『한서』漢書 「식화지」食貨志에 의거하여, 다섯 종류의 곡식을 뒤섞어 경작하는 것을 큰 원칙으로 내세운다. 농업의 중요한 특징 중 하나는 기후 환경에 의해 크게 좌우된다는 것이다. 따라서 자연의 예측 불가능성은 농업의 피할 수 없는 문제다. 서유구는 이런 문제에 대한 방안을 강구하여, 애초에 재배 품종을 다변화해, 재해가 닥치더라도 그중 일부나마 수확할 수 있는 방안을 제시한다.[129]

---

128 "余以爲氷叔之意非不善矣, 而其于事理, 則猶有所未盡也. 今夫春種夏秀秋熟, 凡穀之恒情也. 由稼至穡之期, 遠者或百數十日, 近亦六七十日, 而十日不雨, 則憂其枯也; 兼旬淫霖, 則又憂其淹也, 非獨播種之時爲然也. 且夫衍陽之餘必有伏陰, 恒雨之餘必有恒暘. 憂旱而別種, 則旱已極矣. 種之以不畏旱者, 不若以不畏水者種之之爲愈也. 憂澇而別種, 則澇已甚矣. 種之以不畏水者, 不若以不畏旱者種之之爲愈也."(徐有榘, 〈雜種備災害〉, 「五害攷」, 『本利志』卷第八, 『林園十六志』1, 168~169면)

129 "然則如之何而可也? 曰『漢』「志」雜五種之法, 其惟備災荒之大經乎! 天災流行, 不可幾度, 而泰壹之星氣, 魏鮮之占候, 又難責之人人, 則毋寧於擧趾俶載之初, 雜諸種而藝之. 水旱風蝗, 縱値不虞, 稬稏燥濕, 二耗三收, 不猶愈乎全荒乎? '害莫若輕', 此之謂也."(徐有榘, 같은 글, 같은 책, 169면) '害莫若輕'은 문천상(文天祥)의 「기미년에 황제

이런 큰 원칙을 내세운 뒤, 서유구는 다양한 품종의 명칭과 특성을 구체적으로 설명함으로써, 어떤 곡식이 어떤 재해에 강한지에 대한 상세한 정보를 제공한다.[130] 이어서 서유구는 풍토의 차이를 이유로 다양한 품종 도입을 차단하려는 반론의 가능성을 염두에 두면서, 자연과학적 지식에 입각하여 그런 논리를 비판한다.[131]

이상과 같이 서유구는 위희의 경세적인 글을 비판적으로 수용했다. 그는 위희의 글에서 막연한 상태에 머물러 있던 사고를 구체화하거나 확장했고, 농촌 실정에 맞지 않는 위희의 생각을 비판하면서 해박한 농학 지식과 자연과학 지식을 활용하는 한편 농촌 현장에서 당면하게 되는 문제들을 고려하여 그에 맞는 방안을 강구했다. 요컨대 서유구는 농촌 현실에 밀착해 위희의 주장을 비판적으로 검토했고, 그런 토대 위에서 자신의 입장을 다듬었다.

그런데 서유구가 위희의 경세적 면모에 각별히 유의한 것과 달리 명청明淸 소품문에 대해서는 지극히 비판적이었다.[132] 소품문을 비판

에게 올린 글(己未上皇帝書)에 보이는 말로, 위희의 「구황책」에도 인용되었다.

130 "然『漢』「志」之五種, 特槪言之耳. 其實則凡穀之可備災傷者, 何止五種? 如粟一也, 而朱穀、高居、黃劉、豬豬等十四種, 早熟耐旱; 墮車、下馬、看白、群羊等二十四種, 耐風免雀; 暴竹、葉靑、石柳、閩竹、根靑等十種, 晚熟耐蟲. 稻一也, 而有淸明揷秧, 歷四五兩月, 任從烈日暴乾, 六月方栽者; 有水深三四尺, 漫散水中, 能從水底抽芽出水者; 有夏潦已過, 初秋可蒔者; 有春種夏穫, 七月初再揷者. 豆一也, 而豌豆、豇豆, 蝗不能災. 若此類, 何可勝數? 苟能購種有素而蒔藝及時, 則何憂乎水旱風霜也?"(徐有榘, 같은 글, 같은 책, 같은 곳)

131 "或疑吾東風土不幷于中州, 是不知凡所云風土不宜者秪由南北寒暖之不同耳. 卽無論西北豆粟之産, 雖以江南稻種言之, 江南極高三十二度四分, 吾東嶺湖南沿海州郡極高三十四度, 其南北寒暖之相去果幾何哉?"(徐有榘, 같은 글, 같은 책, 같은 곳) 참고로 이상의 인용문은 『행포지』에도 수록되었으며, 「의상경계책」에도 인용문과 거의 같은 대목이 보인다.

132 이 점은 기윤의 『열미초당필기』(閱微草堂筆記)에 대한 평가에서 단적으로 드러난다: "紀之博學精識, 曾所稔聞, 而近見其所著書如『槐西雜志』、『灤陽銷夏錄』諸種, 則頗

하거나 폄하한 것은 서유구뿐이 아니다. 보수적인 지식인들은 물론이고 실학적 지향의 지식인들 또한 대체로 그랬다. 정약용이 그 예다. 그러나 소품문에 대해 비판적 입장을 취한 지식인들이 소품문과 관계 맺는 방식은 단일하지 않다. 전적으로 배척한 경우도 없지 않지만, 소품문의 어떤 점은 비판하더라도 또 어떤 점은 선별적으로 수용한 경우도 있다. 소품문에 대한 태도를 찬반의 이분법으로만 놓고 보면, 이런 내부적 층차를 놓치기 쉽다. 서유구는 소품문을 비판하면서도 실학적 문제의식하에 선별적으로 수용한 쪽이며, 이 점 또한 주목을 요한다.

서유구는 사대부 계층에 대한 비판 의식 속에서 소품문의 한 대목을 눈여겨본다.

> 내가 늘 괴이하게 여기는 일이 있다. 요즘 벼슬아치 집안은 도성都城 밖 십 리 떨어진 지역을 단 하루도 살 수 없는 황량하고 비루한 시골인 양 여긴다. 그리하여 비록 녹봉이 나오는 벼슬이 끊어진 뒤라도 자손 된 사람이 도성에서 한 발짝도 떨어지려 들지 않는다. 남자는 농기구를 잡지 않고 여자는 옷감을 짤 줄 몰라서, 굶주림과 추위가 자기 몸에 닥치면 어쩔 수 없이 선대先代에서 물려준 농지를 몽땅 팔아먹고, 물이 새고 구들이 꺼진 한 뙈기 작은 집을 썰렁하게 지키는 주제에 "그럭저럭 조상의 업業

不離近世小品之習, 而非大雅君子之所尚也, 尋常疑之."(徐有榘, 「上仲父明皐先生論紀曉嵐傳書」, 『金華知非集』卷第二, 『楓石全集』, 321면) 이런 평가가 과연 얼마나 정당한지에 대해서는 이론(異論)의 여지가 없지 않으나, 이 문제와 별개로 소품문에 대한 서유구의 태도만큼은 분명히 확인할 수 있다.

을 실추시키지 않을 수 있다"라고 하니, 실추시키지 않은 게 과
연 무슨 업業이란 말인가? (…) 우연히 진미공陳眉公(진계유陳繼
儒)의 『견문록』見聞錄을 보았는데, 이런 말이 보이더구나.

우리 마을에 장간공莊簡公 장열張悅, 장의공莊懿公 장형張
鑾, 문간공文簡公 손승은孫承恩의 집이 모두 동문東門 밖에
있었고, 문희공文禧公 고청顧淸의 집은 서문西門 밖에 있었
다. 당시에 네 공과 나란히 급제해 함께 조정에 든 사람 중
에 성시城市에 거처한 사람의 집은 모두 다른 사람에게 팔
렸고, 오직 네 공의 집만이 지금까지 오랫동안 남아 있다.

또 이런 말이 보이더구나.

동해東海 장공張公이 대대로 풀이 우거진 교외에서 살았는
데, 관직에 부임하자 그 식구들이 도행교陶行橋에 집을 샀
다. 공公은 이 소식을 듣고 크게 후회하여 말했다. "자손들
이 필시 여기서 망하겠구나." 공의 여섯 아들 중 다섯은 후
손이 끊겼고, 오직 아들 하나만 삼 대를 이어 훌륭한 집안
이 끊어지지 않았다. 비록 모두 공처럼 헤아리진 못하더라
도, 요컨대 성시가 교외만 못하고 교외가 향촌만 못하다는
걸 알 수 있으니, 선배의 선견지명은 미칠 수 없다.

미공眉公의 저서는 한만汗漫하여 취할 점이 없으나, 오직 이 말
만큼은 내 뜻과 상당히 부합하므로 너를 위해 말해 준다.[133]

풍석 서유구 산문 연구

서유구는 한사코 서울에 붙어 있으려고 기를 쓰는 사대부들의 행태를 비난하면서 진계유陳繼儒(1558~1639)의 『견문록』見聞錄을 인용하고 그 내용에 깊은 공감을 표한다. 그렇다고 해서 서유구가 진계유를 높이 평가한 것은 아니다. 그에 대한 서유구의 평가는 '한만'汗漫이란 단어로 요약된다. 이 말은 폭넓지만 요령이 없다는 뜻으로, 진계유가 박물학적 흥미 추구를 탈피하지 못한 점을 겨냥한 것이다. 이렇게 서유구는 진계유에 대해 전반적으로 비판하면서도 사대부의 병폐에 대한 문제의식에 따라 그중 일부를 선별적으로 받아들이고 있다.[134]

　　진계유는 워낙에 유명한 인물이므로, 서유구가 진계유를 읽었다는 사실 자체는 그리 놀라운 게 못 된다. 그러나 서유구가 진계유의 어떤 점에 유의했는지는 주목된다. 대체로 진계유라 하면, 도사道士로서의 탈속적 이미지가 강하다. 그런데 서유구는 서울 사대부의 존재 방식에 대한 문제의식하에 진계유의 다른 면에 주목한 것이다. 이

---

133 "吾一怪夫近世縉紳家, 視城闉外十里之地, 殆若荒徼倥倈楚之鄕, 不可一日居也. 雖其祿仕旣絶之後, 爲子孫者不肯離闤闠一步地. 男不秉耒耜, 女不識機梭, 及其饑寒切身, 不得不斥盡先世所遺之田産, 而枵然守上漏傍圮之一區宅子, 謂可以不墜祖業. 吾未知所不墜者果何業也?(…) 偶見陳<u>眉公</u>『見聞錄』云: '吾鄕<u>張莊簡公悅</u>、<u>張莊懿公鏊</u>、<u>孫文簡公承恩</u>, 宅皆在東門外; <u>顧文禧公淸</u>, 宅在西門外. 當時與四公同榜同朝者, 其居在城市者, 皆已轉售他姓, 惟四公宅久存至今.' 又曰: '東海張公世居草蕩, 旣任官, 其家人買宅於<u>陶行橋</u>. 公聞而甚悔之曰: 「子孫必敗於此!」 公六子其五廢産, 獨一子三世傳而賢書不絶. 雖不盡如公料, 要知城市不如郊坰, 郊坰不如鄕野, 前輩之先見不可及也.' <u>眉公</u>著書, 汗漫無可取, 獨此說頗契余意, 聊爲汝及之."(徐有榘, 「示太孫」, 『金華知非集』卷3, 『楓石全集』, 345면) 인용된 진계유의 글은 『眉公見聞錄』卷之七; 『眉公秘笈』66, 장5앞~뒤(규장각 소장, 도서번호: 奎中 4332 69)에 보인다. 자구(字句)에는 약간의 출입이 있다.

134 이 단락의 서술은 졸고, 「화훼에 대한 서유구의 감수성과 그 의미」(『한국실학연구』제11호, 한국실학학회, 2006), 38~39면에서 해당 부분을 가져와 일부 다듬은 것이다.

점에서 인용문은 진계유에 대한 '실학적 독법'을 보여 주는 사례라 할 수 있다.

이상으로 서유구가 명청대의 학술과 문학의 어떤 점을 이떻게 수용하여 자기화했는지를 살펴보았다. 서유구는 실학적 문제의식하에 고염무와 위희 등 경세적 지향의 학자와 문장가의 성과를 주체적으로 수용한 것으로 파악되며, 소품문의 폐단을 자각하면서도 실학적 문제의식에 부합하는 것을 선별적으로 수용했다. 그의 이런 면모는 그가 『임원경제지』에서 천명한 원칙, 즉 조선 현실에 적합한지 여부를 기준으로 중국 문헌을 선별·수용한다는 원칙을 그 스스로가 실천한 결과라 하겠다.

풍석 서유구 연보

1764년(영조 40, 갑신), 1세

- 음력 11월 10일(이하 날짜는 모두 음력)에 태어나다. 생부는 서호수徐浩修이고 생모는 한산韓山 이씨 이장욱彝章의 딸이다. 후에 서유구는 출계하여 서철수徐澈修의 후사後嗣가 된다.

1770년(영조 46, 경인), 7세

- 숙사塾師 유금柳琴에게 『사기』史記를 배우면서 「예양론」豫讓論을 짓다.
- 매씨妹氏가 태어나다.

1772년(영조 48, 임진), 9세

- 3월 15일, 숙제叔弟 유락有樂이 태어나다.

1775년(영조 51, 을미), 12세

- 여산礪山 송씨 익상翼庠의 딸과 혼인하다.
- 계제季弟 유비有棐가 태어나다.

1777년(정조 1, 정유), 14세

- 평안감사로 부임한 조부 서명응徐命膺을 따라 평양에 머물면서 조부에게 『당송팔가문』唐宋八家文을 배우다.
- 조부의 소개로 남공철南公轍의 글을 처음 접하고 저현苧峴(지금의 서울시 중구 저동)으로 남공철을 찾아가다.

1778년(정조 2, 무술), 15세

- 중부仲父 서형수徐瀅修에게 『모시』毛詩를 배우다.
- 『건륭어제전운시』乾隆御製全韻詩를 보다

1779년(정조 3, 기해), 16세

- 중부에게 『상서』尚書를 배우면서 『상서지지』尚書枝指를 짓다.
- 백씨伯氏 서유본徐有本에게 시詩를 배우다.

1780년(정조 4, 경자), 17세

- 여름, 죽서竹西(죽동竹洞 서쪽, 지금의 서울시 중구 남학동 일대)에 머무르다.

1781년(정조 5, 신축), 18세

- 심염조沈念祖가 죽서서실竹西書室로 찾아오다.

1784년(정조 8, 갑진), 21세

- 3월, 딸 노열老悅이 태어나 50일 뒤에 요절하다.

1785년(정조 9, 을사), 22세

- 용주蓉洲(지금의 서울시 용산 일대)에서 조부를 모시다.
- 『춘추좌전』을 공부하면서 『좌구논단』左邱論斷을 짓다.
- 『보만재총서』保晚齋叢書 중 『본사』本史의 저술을 돕고 9월에 「『본사』발문」(跋本史)을 짓다.
- 가을, 유금과 부용강芙蓉江(밤섬 일대의 한강) 일대를 노닐다.

1786년(정조 10, 병오), 23세

- 생원시에 합격하다.
- 조부의 명으로 「장명」杖銘을 짓다.

- 11월 14일, 조모 이부인李夫人이 별세하다.

1787년(정조 11, 정미), 24세
- 2월, 장단長湍 백학산白鶴山 병사丙舍에 머물다.
- 3월, 용주蓉洲로 돌아오다.
- 9월, 조부가 용주에서 도성으로 들어가다.
- 11월 14일, 「『시유집』 서문」(始有集序)을 짓다.
- 12월 8일, 조부가 위독하다는 전갈을 받고 급히 도성으로 들어가다.
- 12월 20일(양력 1788년 1월 27일), 조부가 별세하다.

1788년(정조 12, 무신), 25세
- 4월 13일, 유금이 별세하다.
- 『풍석고협집』楓石鼓篋集을 자편하다.
- 8월 8일, 중부가 「『풍석고협집』 서문」(楓石鼓篋集序)을 지어 주다.
- 1777년 이후 유실된 조부의 『도덕지귀』道德指歸가 패권敗卷의 배면背面에 적혀 있는 것을 발견하여 수습하다.

1790년(정조 14, 경술), 27세
- 8월 27일, 전강殿講에서 순통純通을 받아 곧바로 전시殿試에 응하다.

1791년(정조 15, 신해), 28세
- 어명御命으로 『주역강의』周易講義, 『상서강의』尙書講義, 『대학강의』大學講義, 『논어강의』論語講義, 『맹자강의』孟子講義, 『좌전강의』左傳講義를 편찬하다.

1792년(정조 16, 임자), 29세
- 2월 11일, 규장각 대교奎章閣待敎에 배수되다.
- 3월 24일, 한림소시翰林召試에 뽑혀 예문관 검열藝文館檢閱이 되다.

- 3월 25일, 홍문관 정자弘文館正字를 겸하다.

1795년(정조 19, 을묘), 32세
- 5월 11일, 아들 우보宇輔가 태어나다.

1796년(정조 20, 병진), 33세
- 「신정 향음의」新定鄉飲儀와 「신정 향사의」新定鄉射儀를 지어 정조正祖에게 올리다.
- 어명으로 『누판고』鏤板考를 편찬하다.
- 규장각 서고西庫 소장 『고려사』高麗史 완질본의 교인校印을 정조에게 건의하다.
- 부인이 폐결핵을 앓다.

1797년(정조 21, 정사), 34세
- 가을, 순창군수로 부임하다.

1799년(정조 23, 기미), 36세.
- 1월 10일, 생부가 별세하다.
- 1월 27일, 부인이 죽다.

1800년(정조 24, 경신), 37세
- 6월 28일, 정조가 승하하다.

1801년(순조 1, 신유), 38세
- 매씨 정경우鄭耕愚 처가 죽다.

1802년(순조 2, 임술), 39세
- 12월, 의주부윤에 제수되다.

풍석 서유구 산문 연구

1803년(순조 3, 계해), 40세

• 종조부從祖父 서명선徐命善이 1768년 의주부윤義州府尹 재직 시 편찬한 『용만지』龍灣志를 증수增修하다.

1804년(순조 4, 갑자), 41세

• 『정조실록』 편찬에 참여하다.

1805년(순조 5, 을축), 42세

• 5월 27일, 성균관 대사성에 제수되다.

1806년(순조 6, 병인), 43세

• 1월 15일, 홍문관 부제학에 제수되다.
• 1월 18일, 전삭鐫削을 청하여 체직되다.
• 2월 6일, 한용귀韓用龜가 김달순金達淳 옥사獄事와 관련하여 중부를 탄핵하다. 이에 중부가 홍양현興陽縣에 정배되다.
• 4월 20일, 중부가 추자도楸子島로 이배移配되다.
• 불안을 느껴 도봉산 아래 망해촌望海村에 임시로 머물다가 각심촌角心村으로 옮기고 백씨는 마포 행정杏亭에 우거하다.
• 측자側子 칠보七輔가 태어나다.

1807년(순조 7, 정묘), 44세

• 노원蘆原에 우거하다.

1809년(순조 9, 기사), 46세

• 2월, 금화金華(지금의 경기도 포천시 영중면 금화봉 일대)에 있으면서 사견촌四堅村(사견동四見洞, 지금의 강원도 이천군 우미리 동북쪽)을 다녀오다.

1811년(순조 11, 신미), 48세

- 봄, 두호豆湖로 거처를 옮기다.
- 봄여름 사이 70일 간 극심한 가뭄이 들다.

1812년(순조 12, 임신), 49세

- 여름, 대호帶湖(임진강 하구)에 머물다.

1813년(순조 13, 계유), 50세

- 여름, 행정杏亭에서 백씨와 『율려신서』律呂新書를 강독하다.
- 9월 20일, 생모가 행정에서 별세하다.

1814년(순조 14, 갑술), 51세

- 봄, 자갈땅에 구전법區田法을 시험해 보다.

1815년(순조 15, 을해), 52세

- 봄, 장단長湍의 난호蘭湖(임진강 북단)에 집을 마련하다.

1817년(순조 17, 정축), 54세

- 아들과 서지보徐芝輔에게 사서四書를 가르치다.

1820년(순조 20, 경진), 57세

- 글상자를 정리하다 「신정 향음의」와 「신정 향사의」를 발견하여 『금화지비집』金華知非集에 편입하다.
- 아들이 서유긍徐有肯, 서지보와 함께 난호초당蘭湖草堂에서 학업에 전념하다.

1821년(순조 21, 신사), 58세

- 여름, 『지부족재총서』知不足齋叢書를 빌려 보다.

- 겨울, 행정杏亭에 있으면서 『사고전서총목』四庫全書總目을 빌려 보다.

1822년(순조 22, 경진), 59세
- 7월 10일, 백씨가 별세하다.

1823(순조 23, 계미), 60세
- 봄, 마포에 있으면서 『사고전서총목』을 우연히 보다.
- 7월, 중부가 임피현臨陂縣으로 이배되다.
- 11월 18일, 회양부사淮陽府使에 제수되다.

1824년(순조 24, 갑신), 61세
- 2월 3일, 형수 이빙허각李憑虛閣이 별세하다.
- 11월 2일, 중부가 배소配所에서 별세하다.

1825년(순조 25, 을유), 62세
- 1월, 중부를 장단長湍 광명동廣明洞 선영에 반장返葬하다.
- 3월, 금강산金剛山 백련암白蓮菴의 승려 화악당華嶽堂이 난호정사蘭湖精舍로 찾아와 『수능엄경』首楞嚴經과 『반야심경』을 강설하다.
- 11월 13일, 「『행포지』 서문」(杏蒲志序)을 짓다.
- 측자 팔보八輔가 태어나다.
- 동래부사東萊府使에게 종자를 구하여 고구마 재배와 보급을 시작하다.

1826년(순조 26, 병술), 63세
- 여름, 양주목사楊州牧使가 되다.

1827년(순조 27, 정해), 64세
- 3월, 강화유수江華留守에 제수되다. 재직 시 '구폐오조'救弊五條를 올리는 한편, 공화채公貨債 관련 허위 기록 문서를 소각하여 부민府

民의 고통을 경감하다.

- 6월 20일, 아들이 죽다.

1828년(순조 28, 무자), 65세

- 5월 11일, 망자亡子의 생일을 기념하여 제사를 지내다.
- 8월 29일, 사헌부 대사헌 겸 지경연사知經筵事에 제수되다.
- 9월 20일, 공조판서 겸 지춘추관사知春秋館事에 제수되다.

1829년(순조 29, 기축), 66세

- 5월 15일, 대사헌에 제수되다.
- 8월 25일, 광주유수廣州留守에 제수되다.
- 9월 2일, 양부가 별세하다. 곧 광주유수에서 교체되다.

1830년(순조 30, 경인), 67세

- 2월 16일, 숙제叔弟가 죽다.
- 4월 26일, 부인 묘소를 장단부長湍府 아곡鵝谷에서 장단부 금릉리金陵里 백학산白鶴山으로 옮기다. 아들 묘도 백학산 아래로 옮기다.

1831년(순조 31, 신묘), 68세

- 12월 25일(양력 1832년 1월 27일), 형조판서 겸 지경연도총관知經筵都摠管에 제수되다.

1832년(순조 32, 임진), 69세

- 2월 10일, 비변사 제조에 제수되다.
- 2월 29일, 예문관 제학에 제수되다.
- 7월 28일, 사헌부 대사헌에 제수되다.
- 8월 27일, 예조판서에 제수되다.
- 9월, 홍석주洪奭周의 청으로 홍현주洪顯周의 『해거재시초』海居齋詩

鈔에 부치는 서문을 지어 주다.
- 9월 24일, 호조판서에 제수되다.
- 윤9월 5일, 홍문관 제학에 제수되다.

1833년(순조 33, 계사), 70세
- 봄, 기로사耆老社에 들어가다.
- 4월, 전라도 관찰사로 부임하다.
- 가을, 홍석주가 『계원필경집』桂苑筆耕集을 부쳐 주면서 간행을 권하다.

1834년(순조 34, 갑오), 71세
- 3월, 호남 일대를 시찰하여 작황을 점검하다. 1809년과 1814년의 기근으로 인해 유랑민이 발생한 뒤로 버려진 묵정밭이 많은 것을 확인하고, 고구자 종자를 보급하는 한편 『종저보』種藷譜를 인쇄 배포하다.
- 5월 10일, 가뭄이 들어 고부·용안·홍덕 등지에서 이앙을 못하여 고심하던 차에 화순군수 서승순徐承淳으로부터 화순 유생 하백원河百源의 「자승차 도해」自升車圖解를 구해 보고 하백원에게 서찰을 보내 자승차自升車 제작을 부탁하다.
- 5월 18일, 『해동총서』海東叢書에 수록하기 위해 하백원에게 「자승차 도해」 완본完本을 청하다.
- 7월 15일, 「교인『계원필경집』서문」(校印桂苑筆耕集序)을 짓다.
- 10월 29일, 『계원필경집』 한 질을 영남 감영에 보내 해인사에 보관하게 하다.
- 11월 13일, 순조가 승하하다.

1835년(헌종 1, 을미), 72세
- 3월 30일, 의정부 좌참찬에 제수되다.
- 여름, 도총관 지실록都摠管知實錄에 제수되다.

- 5월 21일, 규장각 제학에 제수되다.
- 윤6월 11일, 이조판서에 제수되다.
- 윤6월 19일, 세 번째 사직 상소를 올려 허락을 빈다.
- 9월 14일, 병조판서에 제수되다.

1836년(헌종 2, 병신), 73세

- 1월 27일, 수원유수로 부임하다.
- 계제季弟의 소개로 윤영원尹榮遠과 교유하기 시작하다. 윤영원은 윤지완尹趾完의 후손으로 제자백가에 능통하고 본국의 전고에 밝았던 인물이다.

1837년(헌종 3, 정유), 74세

- 3월 6일, 금릉金陵(장단부 금릉리)에 있던 살림을 번계樊溪(지금의 서울시 강북구 번동 일대)로 옮기다.
- 12월 12일, 수원유수 임기를 마치고 상경하다.

1838년(헌종 4, 무술), 75세

- 번계와 필곡筆谷(붓골, 지금의 서울시 중구 필동)을 오가며 생활하다.
- 5월 25일, 사헌부 대사헌에 제수되다.
- 6월 10일, 가뭄이 심하여 '비황삼책'備荒三策의 하나로 늦게 파종하여 수확할 수 있는 벼 품종을 중국 강절江浙에서 구입해 와서 국내에 보급할 것을 건의하다. 허락한다는 국왕의 비답을 받다.
- 7월 30일, 종1품으로 가자加資되어 숭정崇政의 품계에 오르고 판의금부사에 제수되다.
- 9월, 『보만재집』保晚齋集 16권 8책을 취진자聚珍字로 간행하고 「『보만재집』 발문」(保晚齋集跋)을 짓다.
- 아들 묘를 중부 묘 오른쪽으로 옮기고 부인 묘 오른쪽을 비워 두어 자신의 수실壽室로 삼다. 자신이 죽은 뒤에 큰 비석을 세우지 말고

다만 작은 묘갈에 '오비거사달성서모지묘'五費居士達城徐某之墓라고 새기라고 손자 태순太淳에게 당부하다.

- 농서農書를 교정하다.
- 이조묵李祖默, 서지보와 옥류천玉流泉, 금류동金流洞, 흥국사興國寺, 조암동槽巖洞 등 수락산 일대를 유람하고 번계로 돌아오다.
- 가을, 〈오국지감첩〉五菊志感帖을 만들다.
- 겨울, 『임원경제지』『본리지』本利志「전가력표」田家曆表와 『위선지』 魏鮮志를 검토하다.

1839년(헌종 5, 기해), 76세

- 『위선지』를 검토하다.
- 8월 7일, 처음으로 치사致仕 상소를 올리다.
- 8월 10일, 두 번째로 치사 상소를 올려 윤허 받다.
- 8월 16일, 희정당熙政堂 진강進講에 참영하여 해직을 허락받고 '치 사봉조하'致仕奉朝賀에 부쳐지다.
- 번계산장樊溪山莊으로 돌아오다. 이회연李晦淵, 홍석모洪錫謨, 유본 학柳本學 등이 치사를 축하하는 시를 짓다.
- 계제季弟, 이조묵, 서지보와 신흥사新興寺, 손가장孫哥庄, 청수루淸 水樓 등 북한산 일대를 유람하다.

1840년(헌종 6, 경자), 77세

- 흉년으로 인해 도둑이 일어나자 『임원경제지』를 챙겨 필곡으로 옮기다.
- 연초에 역자관曆咨官이 돌아와 중국 강남 지역의 볍씨 12종을 가져 오다. 비변사에서는 애초에 서유구가 건의했던 것이라 하여 그 볍씨 를 서유구에게 전달하여 재배하게 하다. 전달받은 당일 바로 볍씨를 갖고 번계산장으로 돌아가다.
- 이조묵이 별세하여 「육교의 죽음에 곡하다」(哭六橋) 4수를 짓다.
- 중국 농서가 조선과 맞지 않는 것을 병통으로 여겨, 한양의 절후를

기준으로 한 월령가「전가십이월령가」田家十二月令歌를 짓다.

- 홍경모洪敬謨, 서응순徐應淳과 함께 홍현주의 남산 별업別業을 방문하다.
- 8월 18일, 두호豆湖에서 배를 타다. 이후 광진廣津, 미호渼湖, 평구역平丘驛, 두미천斗尾遷, 검단산黔丹山 아래를 지나 석림촌石林村에 도착하다. 석림촌 서쪽 족람동簇藍洞에서 계제季弟와 함께 살 생각으로 집터를 알아보다.
- 석림촌에서 돌아가는 길에 홍석주를 방문하다.
- 인천도호부사 이인승李寅升이 번계산장을 방문하다. 그 당시 번계산장에 광동廣東의 함도鹹稻와 고구마를 심었는데, 고구마 잎을 쪄서 이인승을 대접하다. 돌아간 뒤에 이인승이 염분 많은 인천의 언전堰田에 심기 위해 서유구에게 함도 종자를 구하자, 이인승에게 종자를 보내주어 인천에 함도가 전파되게 하다.

1842년(헌종 8, 임인), 79세
- 「오비거사 생광자표」五費居士生壙自表를 짓다.

1845년(헌종 11, 을사), 82세
- 11월 1일, 시중드는 사람에게 거문고를 타게 하여 그 연주를 들으며 평온하게 잠들다.

※ 본 연보는『풍석전집』楓石全集,『번계시고』樊溪詩稿,『금화경독기』金華耕讀記,『완영일록』完營日錄,『추담소고』秋潭小稾,『총사』叢史,『정조실록』正祖實錄,『순조실록』純祖實錄,『헌종실록』憲宗實錄 등의 문헌과 조창록,「풍석 서유구에 대한 한 연구」(성균관대 박사논문, 2002); 안동교,「간찰에 나타난 학술적 교유의 양상들」(『고문서연구』38, 2011); 정명현·민철기·정정기·전종욱 외,『임원경제지-조선 최대의 실용백과사전』(씨앗을 뿌리는 사람, 2012); 조창록·김문식·염정섭·박권수·김호,『풍석 서유구 연구』상·하(사람의 무늬, 2014) 등의 선행연구를 참조하여 작성한 것이다.

참고문헌

1. 자료

徐有榘, 『華營日錄』, 아세아문화사 영인, 1990.

_____, 『金華耕讀記』, 東京都立中央圖書館 소장, 도서번호: 特7641.

_____, 『杏蒲志』; 한국근세사회경제사료총서『農書』36, 아세아문화사 영인, 1986.

_____, 『林園十六志』, 보경문화사 영인, 2005.

_____, 『林園經濟志』, 大阪府立中之島圖書館 소장; 한양대학교 백남학술정보관 담 헌문고 영인본.

_____, 정명현·김정기 역주, 『임원경제지 1 본리지 01』, 소와당, 2008.

_____, 조창록, 「日本 大阪 中之島圖書館本『林園經濟志』의 引과 例言」, 『한국실 학연구』제10호, 한국실학학회, 2005.

_____, 정명현·민철기·정정기·전종욱 외, 『임원경제지』, 씨앗을 뿌리는 사람, 2012.

_____, 안대회 엮어옮김, 『산수간에 집을 짓고』, 돌베개, 2005.

_____, 『樊溪詩稿』, 국립중앙도서관 영인수집본, 도서번호: 古 3643 456.

_____, 『楓石全集』, 서울대 중앙도서관 고문헌 자료실 소장, 도서번호: 3436-4.

_____, 『楓石全集』, 한국문집총간 288.

吉再, 『冶隱集』, 한국문집총간 7.

朴齊家, 『北學議』; 李佑成 編, 『楚亭全書』下, 아세아문화사 영인, 1992.

_____, 안대회 옮김, 『북학의』, 돌베개, 2003.

_____, 『貞蕤閣文集』; 李佑成 編, 『楚亭全書』中, 아세아문화사 영인, 1992.

_____, 정민·이승수·박수밀·박종훈·이홍식·황인건·박동주 옮김, 『정유각집』, 돌베 개, 2010.

朴宗采, 『過庭錄』; 박희병 옮김, 『나의 아버지 박지원』, 돌베개, 1998.

朴趾源, 『燕巖集』, 한국문집총간 252.

_____, 김혈조 옮김, 『열하일기』, 돌베개. 2009.

_____, 신호열·김명호 옮김, 『연암집』, 돌베개, 2007.

_____, 박희병·정길수·강국주·김하라·최지녀·김수진·박혜진 편역, 『역주·고이·집 평 연암산문 정독』, 돌베개, 2007.

徐命膺, 『保晩齋集』, 한국문집총간 233.

_____, 『本史』; 『保晩齋叢書』, 서울대학교규장각한국학연구원 영인, 2008~2009.

_____, 『道德指歸』, 규장각 소장, 도서번호: 古 1401 1.

徐宇輔, 『秋潭小藁』, 규장각 소장, 도서번호: 古 3428 310.

徐有本, 『左蘇山人文集』, 아세아문화사 영인, 1992.

徐瀅修, 『明皐全集』, 한국문집총간 261.

_____, 『詩故辨』, 국립중앙도서관 영인수집본, 도서번호: 古 1233 61.

成海應, 『研經齋全集』, 한국문집총간 274, 277~278.

_____, 『草榭談獻』, 국립중앙도서관 영인수집본, 도서번호: 古 2510-123.

吳世昌, 『槿域書畵徵』; 동양고전학회, 국역 『근역서화징』, 시공사, 1998.

柳得恭, 『泠齋集』, 한국문집총간 260.

劉在建, 『里鄕見聞錄』, 아세아문화사 영인, 1974.

_____, 실시학사 고전문학연구회 옮김, 『이향견문록』, 글항아리, 2008.

柳重臨, 『增補山林經濟』, 한국학 문헌연구소 편, 農書 4, 아세아문화사 영인, 1981.

李圭景, 『五洲衍文長箋散稿』, 명문당 영인, 1982.

李憑虛閣, 『閨閤叢書』, 한국정신문화연구원 영인본, 2001.

_____, 정양완 역주, 『규합총서』, 보진재, 2008 개정판.

李尙迪, 『恩誦堂集』, 한국문집총간 312.

李裕元, 『嘉梧藁略』, 한국문집총간 315~316.

李瀷, 『觀物篇』; 李佑成 編, 『星湖全書』 7, 여강출판사 영인, 1985.

李齊賢, 『益齋亂藁』, 한국문집총간 2.

田禄生, 『埜隱逸稿』, 한국문집총간 3.

鄭夢周, 『圃隱集』, 한국문집총간 5.

丁若鏞, 『中庸講義補』; 『與猶堂全書』 第二集, 한국문집총간 282.

_____, 『孟子要義』; 『與猶堂全書』 第二集, 한국문집총간 282.

_____, 이지형 역주, 『역주 맹자요의』, 현대실학사, 1994.

_____, 『牧民心書』; 『與猶堂全書』 第五集, 한국문집총간 285.

_____, 다산연구회 역주,『역주 목민심서』, 창작과비평사, 1978~1985.

_____,『詩文集』;『與猶堂全書』第一集, 한국문집총간 281.

_____,『與猶堂全書』, 규장각 소장, 도서번호: 일사 古. 819.55 J466y.

_____, 민족문화추진회 편,『국역 다산시문집』, 솔출판사, 1983; 중판1쇄 1996.

丁學淵,『三倉館集』;『다산학단 문헌집성』1, 대동문화연구원, 2008.

諸安國,『三忠錄』, 한국학중앙연구원 소장, 도서번호: K2-421.

崔致遠,『桂苑筆耕集』, 한국문집총간 1.

_____, 이상현 옮김,『계원필경집』, 한국고전번역원, 2009.

洪敬謨,『叢史』, 규장각 소장, 도서번호: 古3428 263(6) 10.

洪吉周,『孰遂念』, 규장각 소장, 도서번호: 奎 6650 00.

_____,『峴首甲藁』, 연세대 도서관 소장, 도서번호: 고서(귀) 273 0.

_____, 박무영·이은영 외 역,『현수갑고』, 태학사, 2006.

_____,『縹礱乙䌨』, 연세대 도서관 소장, 도서번호: 고서(귀) 271 0

_____, 박무영·이주해 외 역,『표롱을첨』, 태학사, 2006.

_____,『沆瀣丙函』, 연세대 도서관 소장, 도서번호: 고서(귀) 272 0.

_____, 박무영·이현우 외 역,『항해병함』, 태학사, 2006.

洪奭周,『東史世家』, 국립중앙도서관 영인수집본, 도서번호: 古 2130-11.

_____,『淵泉先生文集』, 한국문집총간 293.

_____,『鶴岡散筆』;『淵泉全書』7, 오성사 영인, 1984.

洪直弼,『梅山先生文集』, 한국문집총간 296.

洪翰周,『智水拈筆』, 아세아문화사 영인, 1984.

『純宗大王實錄』;『朝鮮王朝實錄』48, 국사편찬위원회, 1971.

『憲宗大王實錄』;『朝鮮王朝實錄』48, 국사편찬위원회, 1971.

『財團法人中京文庫設立許可申請書類聚』, 국립중앙도서관 소장, 도서번호: 한古朝
    25-60.

顧景星,『白茅堂集』, 四庫全書存目叢書 集部 別集類 205.

顧光旭,『響泉集』, 續修四庫全書 集部 別集類 1451.

顧炎武, 黃汝成 集釋, 欒保群·呂宗力 校點,『日知錄集釋』(全校本), 上海: 上海古

籍出版社, 2006.

_____, 華忱之 點校, 『亭林詩文集』, 北京: 中華書局, 1959; 2008 重印.

金農, 『冬心先生集』, 續修四庫全書 集部 別集類 1424.

德淸(釋), 『憨山老人夢遊集』, 續修四庫全書 集部 別集類 1377.

董其昌, 『容臺別集』; 『四庫禁燬叢刊』 集部 32.

_____, 「畵眼」; 黃賓虹·鄧實 編, 『美術叢書』, 南京: 江蘇古籍出版社, 1986.

_____, 변영섭·안영길·박은화·조송식 옮김, 『화안』, 시공사, 2003.

杜濬, 『變雅堂遺集』, 續修四庫全書 集部 別集類 1394.

萬壽祺, 『隰西草堂詩集』, 續修四庫全書 集部 別集類 1394.

茅坤, 『茅鹿門先生文集』, 續修四庫全書 集部 別集類 1344.

薩都拉, 『雁門集』, 續修四庫全書 集部 別集類 1324.

蘇軾, 茅維 編, 孔凡禮 點校, 『蘇軾文集』, 北京: 中華書局, 1999 重印.

邵雍, 郭彧 整理, 『邵雍集』, 北京: 中華書局, 2010.

楊嗣昌, 『楊文弱先生集』, 續修四庫全書 集部 別集類 1372.

倪思, 『經鉏堂雜志』; 陶宗儀, 『説郛』 第75冊 卷75上, 규장각 소장, 도서번호: 奎中
    4498 165 74.

吳偉業, 『梅村家藏藁』, 續修四庫全書 集部 別集類 1396.

吳曾, 『吳書山先生遺集』, 續修四庫全書 集部 別集類 1325.

汪啓淑, 『訒葊詩存』, 續修四庫全書 集部 別集類 1446.

王士禎, 李毓芙·车通·李茂肅 整理, 『漁洋精華錄集釋』, 上海: 上海古籍出版社,
    1999.

_____, 『帶經堂集』, 續修四庫全書 集部 別集類 1414.

袁采, 『袁氏世範』, 叢書集成初編, 北京: 中華書局, 1985.

_____, 배숙희 역주, 『중국 사대부의 생활문화와 처세술』, 지식산업사, 2001.

魏禧, 胡守仁·姚品文·王能憲 校點, 『魏叔子文集』, 北京: 中華書局, 2003.

_____, 『日錄』; 張潮, 『昭代叢書』 제5책, 규장각 소장, 도서번호: 奎 5024 39.

劉禹錫, 『劉禹錫集』整理組 點校, 『劉禹錫集』, 北京: 中華書局, 1990.

俞允文, 『仲蔚先生集』, 續修四庫全書 集部 別集類 1354.

李塨, 『恕谷後集』, 續修四庫全書 集部 別集類 1420.

張履祥, 『楊園先生詩文』, 續修四庫全書 集部 別集類 1399.

鄭瑄, 『昨非庵日纂』, 續修四庫全書 子部 雜家類 1193.

朱休度,『小木子詩三刻』, 續修四庫全書 集部 別集類 1452.

曾鞏, 陳杏珍·晁繼周 點校,『曾鞏集』, 北京 : 中華書局, 1998 重印.

陳繼儒,『眉公見聞錄』;『眉公秘笈』六十六, 규장각 소장, 도서번호 : 奎中 4332 69.

陳恭尹,『獨漉堂詩集』, 續修四庫全書 集部 別集類 1413.

何焯,『義門先生集』, 續修四庫全書 集部 別集類 1420.

函可(釋),『千山詩集』, 續修四庫全書 集部 別集類 1398.

胡天遊,『石笥山房集』, 續修四庫全書 集部 別集類 1425.

黃庭堅, 劉琳·李勇先·王蓉貴 校點,『黃庭堅全集』, 成都 : 四川大學出版社, 2001.

『周易正義』;『十三經注疏』整理本, 北京 : 北京大學出版社, 2000.

『禮記注疏』;『十三經注疏』整理本, 北京 : 北京大學出版社, 2000.

『莊子』; 王叔岷,『莊子校詮』, 臺北 : 中央研究院歷史語言研究所, 1988.

永瑢·紀昀 主編, 四庫全書總目提要編委會 整理,『四庫全書總目提要』, 海口 : 海
    南出版社, 1999.

上海圖書館 編,『中國叢書綜錄』, 上海 : 上海古籍出版社, 2007.

藤本幸夫,『日本現存朝鮮本研究 集部』, 京都 : 京都大學學術出版會, 2006.

2. 논저

강명관,『조선 시대 문학 예술의 생성 공간』, 소명출판, 1999.

_____,「풍석 서유구의 산문론」, 한국학연구소 편,『18세기 조선지식인의 문화 의식』,
    한양대학교 출판부, 2001.

강민구,「풍석 서유구의 시경학 연구 서설」,『반교어문연구』제9집, 1998.

_____,「서유구의 시경 변석에 대한 연구」,『한국시가연구』제4집, 1998.

고동환,「조선 후기 도시경제의 성장과 지식세계의 확대」, 한림대학교 한국학연구소 편,
    『다시, 실학이란 무엇인가』, 푸른역사, 2007.

금장태,『다산실학탐구』, 소학사, 2001.

김대중,「『풍석고협집』의 평어 연구」, 서울대 석사논문, 2005.

_____, 「화훼에 대한 서유구의 감수성과 그 의미」, 『한국실학연구』 제11호, 한국실학학회, 2006.

_____, 「요연(蓼燕)과 박지원의 원초적 텍스트 이론」, 『한국실학연구』 제15호, 한국실학학회, 2008.

김명호, 『열하일기 연구』, 창작과비평사, 1990.

_____, 『박지원 문학 연구』, 성균관대학교 출판부, 2001.

_____, 『환재 박규수 연구』, 창비, 2008.

김문식, 『조선 후기 경학사상 연구』, 일조각, 1996.

_____, 「풍석 서유구의 학문적 배경」, 『진단학보』 108, 진단학회, 2009.

김새미오, 「연천 홍석주 산문 연구」, 성균관대 박사논문, 2009.

김수영, 「김려의 '심씨를 위해 지은 시' 연구」, 『국문학연구』 18, 2008.

김영진, 「조선 후기의 명청소품 수용과 소품문의 전개 양상」, 고려대 박사논문, 2003.

_____, 「조선 후기 실학파의 총서 편찬과 그 의미」, 이혜순 등 엮음, 『한국 한문학 연구의 새 지평』, 소명출판, 2005.

_____, 「박지원의 필사본 소집(小集)들과 작품 창작년 고증」, 『대동한문학』 23, 2005.

_____, 「박지원의 필사본 소집(小集)들과 자편고 『연상각집』 및 그 계열본에 대하여」, 『동양학』 제48집, 단국대학교 동양학연구소, 2010.

김용섭, 『한국근대농업사연구』(1), 신정 증보판, 지식산업사, 2004.

_____, 『조선 후기 농업사 연구』(2), 신정 증보판, 지식산업사, 2006.

_____, 『조선 후기 농학사 연구』, 신정 증보판, 지식산업사, 2009.

김채식, 「이규경의 『오주연문장전산고』 연구」, 성균관대 박사논문, 2008.

김철범, 「19세기 고문가의 문학론에 대한 연구」, 성균관대 박사논문, 1992.

_____, 「홍길주 산문의 의의와 문예적 성취」, 『한국한문학연구』 22집, 한국한문학회, 1999.

_____, 「홍길주 〈숙수념〉의 세계」, 『열상고전연구』 17, 열상고전연구회, 2003.

김혈조, 『박지원의 산문문학』, 성균관대학교 출판부, 2002.

노기춘, 「『임원경제지』 인용문헌 분석고」(1), 『한국도서관·정보학회지』 제37권, 2006.

_____, 「『임원경제지』 인용문헌 분석고」(2), 『서지학연구』 제35집, 2006.

문선주, 「서유구의 『畵筌』과 『藝翫鑑賞』 연구」, 한국정신문화연구원 석사논문, 2001.

박광용, 「조선 후기 「탕평」 연구」, 서울대 박사논문, 1994.

박권수, 「조선 후기 象數學의 발전과 변동」, 서울대 박사논문, 2006.

_____, 「서명응·서호수 부자의 과학활동과 사상」, 『한국실학연구』 제11호, 한국실학학
　　회, 2006.

박무영, 「『숙수념』의 공간 설계와 문학적 사유」, 『동방한문학』 33, 동방한문학회, 2007.

박은순, 「서유구의 서화감상학과 『임원경제지』」, 한국학연구소 편, 『18세기 조선지식인
　　의 문화 의식』, 한양대학교 출판부, 2001.

박충석, 『한국정치사상사』, 삼영사, 1982, 제2판: 2010.

박혜숙, 「담정 김려-새로운 감수성과 평등 의식」, 『부령을 그리며』, 돌베개, 1996.

박희병, 『한국의 생태사상』, 돌베개, 1999.

_____, 『연암을 읽는다』, 돌베개, 2006.

_____, 『저항과 아만』, 돌베개, 2009.

손병규, 「서유구의 진휼정책: 『완영일록』·『화영일록』을 중심으로」, 『대동문화연구』 42
　　집, 성균관대 대동문화연구원, 2003.

손혜리, 「연경재 성해응의 인물기사연구」, 『민족문학사연구』 제24호, 민족문학사학회,
　　2004.

_____, 「연경재 성해응의 열녀전에 대하여」, 『한국한문학연구』 35집, 한국한문학회,
　　2005.

_____, 「연경재 성해응 산문의 연구」, 성균관대 박사논문, 2005.

송재소, 『한시 미학과 역사적 진실』, 창작과비평사, 2001.

신영주, 「『이운지』를 통해 본 조선 후기 사대부가의 생활모습」, 『한문학보』 13집, 2005.

심경호, 『김시습평전』, 돌베개, 2003.

_____, 「조선 후기 지성사와 제자백가」, 『한국실학연구』 제13호, 한국실학학회, 2007.

안대회, 「18·19세기의 주거 문화와 상상의 정원」, 『진단학보』 97, 진단학회, 2004.

_____, 「임원경제지를 통해 본 서유구의 이용후생학」, 『한국실학연구』 제11호, 한국실
　　학학회, 2006.

염정섭, 「19세기 초반 서유구의 『임원경제지』 편찬과 「본리지」의 농법(農法) 변통론」,
　　『쌀·삶·문명연구』 2, 전북대 인문한국 쌀·삶·문명연구원, 2009.

_____, 「『임원경제지』 「본리지」의 농정개선론」, 『진단학보』 108, 진단학회, 2009.

염정섭·옥영정·심경호·유봉학, 『풍석 서유구와 임원경제지』, 소와당, 2011.

오수경, 「18세기 서울 문인지식층의 성향」, 성균관대 박사논문, 1990.

유봉학, 『연암일파 북학사상 연구』, 일지사, 1995.

윤사순, 「다산의 인간관」, 한우근 등, 『정다산연구의 현황』, 민음사, 1985.

이성미, 「『임원경제지』에 나타난 서유구의 중국회화 및 화론에 대한 관심」, 『미술사학연구』 193, 한국미술사학회, 1992.

이우성, 『한국의 역사상』, 창작과비평사, 1982.

이종묵, 『조선의 문화 공간』 4, 휴머니스트, 2006.

_____, 『글로 세상을 호령하다』, 김영사, 2010.

_____, 「조선 후기 놀이문화와 한시사의 한 국면」, 성호경 편, 『조선 후기 문학의 성격』, 서강대학교 출판부, 2010.

이진수, 「조선양생사상의 성립에 대한 고찰」, 『동아대 석당논총』 12, 1987.

이천승, 「서유구의 『임원경제지』에 담긴 사상적 함의」, 『쌀·삶·문명연구』 2, 전북대 인문한국 쌀·삶·문명연구원, 2009.

이춘녕, 『한국농학사』, 민음사, 1989.

이헌창, 「박제가 경제사상의 구조와 성격」(Ⅰ), 『한국실학연구』 제10호, 한국실학학회, 2005.

_____, 「박제가 경제사상의 구조와 성격」(Ⅱ), 『한국실학연구』 제11호, 한국실학학회, 2006.

_____, 「『임원경제지』의 경제학」, 『진단학보』 108, 진단학회, 2009.

이혜순, 『조선조 후기 여성 지성사』, 이화여자대학교출판부, 2007.

이홍식, 「항해 홍길주의 세계인식과 문학적 구현양상 연구」, 한양대 박사논문, 2007.

임미선, 「『유예지』에 나타난 19세기초 음악의 향유 양상」, 한국학연구소 편, 『18세기 조선지식인의 문화 의식』, 한양대학교 출판부, 2001.

임형택, 『실사구시의 한국학』, 창작과비평사, 2000.

_____, 『한국문학사의 논리와 체계』, 창작과비평사, 2002.

장진성, 「조선 후기 미술과 『임원경제지』」, 『진단학보』 108, 진단학회, 2009.

정민, 「『영처집』에 실린 성대중의 친필 서문」, 『문헌과 해석』 통권 12호, 2000년 가을.

정우봉, 「19세기 시론 연구」, 고려대 박사논문, 1992.

조창록, 「풍석 서유구와 『번계시고』」, 『한국한문학연구』 제28집, 한국한문학회, 2001.

_____, 「풍석 서유구에 대한 한 연구」, 성균관대 박사논문, 2003.

_____, 「풍석 서유구의 「의상경계책」에 대한 일 고찰」, 『한국실학연구』 제11호, 한국실학회, 2006.

_____, 「서유구·서우보 부자의 방폐기 행적과 난호(蘭湖) 생활」, 『한국실학연구』 제16호, 한국실학학회, 2008.

_____, 「서유구의 학문관과『임원경제지』의 글쓰기 방식」, 『쌀·삶·문명연구』 2, 전북대 인문한국 쌀·삶·문명연구원, 2009.

_____, 「『임원경제지』의 찬술 배경과 類書로서의 특징」, 『진단학보』 108, 진단학회, 2009.

_____, 「풍석 서유구의『금화경독기』」, 『한국실학연구』 제19호, 한국실학학회, 2010.

차경희, 「『임원경제지』 속의 조선 후기 음식」, 『진단학보』 108, 진단학회, 2009.

천혜봉, 『한국 서지학』, 민음사, 개정판, 1997.

최식, 「홍길주의 卜居와『숙수념』」, 『동방한문학』 28, 동방한문학회, 2004.

_____, 『조선의 기이한 문장』, 글항아리, 2009.

한국역사연구회 조선시기 사회사 연구반, 『조선은 지방을 어떻게 지배했는가』, 아카넷, 2000.

한민섭, 「풍석 서유구 문학 연구」, 고려대 석사논문, 2000.

_____, 「조선 후기 가학(家學)의 한 국면-서명응 일가의 문학을 중심으로」, 『한국실학 연구』 제14호, 한국실학학회, 2007.

_____, 「서명응 일가의 박학과 총서·유서 편찬에 대한 연구」, 고려대 박사논문, 2010.

한영우, 『조선 후기 사학사 연구』, 일지사, 1989.

한정길, 「다산 정약용의 세계관」, 『한국실학연구』 제13호, 한국실학학회, 2007.

홍나영, 「조선 후기 복식과『임원경제지』」, 『진단학보』 108, 진단학회, 2009.

황정연, 「조선 시대 서화수장 연구」, 한국학중앙연구원 박사논문, 2007.

제임스 팔레, 김범 옮김, 『유교적 경세론과 조선의 제도들』, 도서출판 산처럼, 2008.

가와이 코오조오, 심경호 옮김, 『중국의 자전문학』, 소명출판, 2002.

미우라 쿠니오, 김영식·이승연 옮김, 『인간 주자』, 창작과비평사, 1996.

오오키 야스시, 노경희 옮김, 『명말 강남의 출판문화』, 소명출판사, 2007.

束景南, 『朱子大傳』, 福建: 福建敎育出版社, 1992.

찾아보기

ㄱ

「가격을 속이는 것은 무익하다」(僞賈無益)
  329, 330
가륭칠재자嘉隆七才子 116
가사협賈思勰 223, 263
가색일록稼穡日錄 360, 363, 364
가야사伽倻寺 177
가야산伽倻山 168, 180
가의賈誼 108, 109
가전稼田 35
가정경제학 5, 314, 316~318, 322,
  324, 328, 332, 339, 343, 344, 346,
  391~395
가정자柯亭子 45
가학家學 28, 114, 216, 414, 427 447
  448 451
각심촌覺心村 53
갈징기葛徵奇 92
감악산紺嶽山 168
『강산시집』薑山詩集 104
『강서시사종파도』江西詩社宗派圖 95
강세황姜世晃 38
강정일당姜靜一堂 446
「강화유수를 사직하며 올린 글」(辭江華留
  守書) 65

『거가잡복고』居家雜服攷 105
「거름을 저장하는 각종 방법」(儲糞雜法)
  410, 466, 469
거백옥蘧伯玉 44
「거연정 기문」(居然亭記) 31, 67, 141
『건염이래계년요록』建炎以來繫年要錄 93
검단산黔丹山 158, 160~162, 512
검산黔山 248, 252
계혜사揭傒斯 92
『견문록』見聞錄 49, 499
「겸병하는 데 술책을 쓰는 것은 장구한 계책
  이 아니다」(兼用術非悠久計) 342, 393
『경계신제사장』經界申諸司狀 240
『경도잡지』京都雜志 104
경릉파竟陵派 95
『경서당잡지』經鉏堂雜志 316
경솔사鶊蜂社 366, 367
경외누판京外鏤板 370
경자유전耕者有田 424, 425
『경험방』經驗方 102, 105
경험주의 401
경화사족京華士族 12, 18, 21~23, 27,
  69, 74, 77, 80, 123, 127, 143, 172,
  296, 301, 313, 314, 349, 383, 389,
  402, 403, 412~414, 416, 440, 476
「계사전」繫辭傳 214

『계원총담』桂苑叢談 306, 307

『계원필경집』桂苑筆耕集 64, 66, 103, 105~107, 132, 139, 174~176, 178, 179, 182, 487, 509

고계高啟 92

「고공기」考工記 129, 262

고구마 138, 226, 507, 512

『고금도서집성』古今圖書集成 87

『고려도경』高麗圖經 191

『고려사』高麗史 102, 504

고렴高濂 376

「고송유수관산수폭」古松流水館山水幅 71

『고시기』古詩紀 93

고염무顧炎武 28, 480~488, 500

고운孤雲→최치원崔致遠

고정례高廷禮 92

고증적 학문 경향 23

고증적 학자 24

고증학考證學 29, 33, 127, 132, 135, 175, 179, 400, 415, 427, 480, 481, 484, 486

고청顧淸 498

『고환당수초』古歡堂收艸 39

고황제高皇帝 115

「곡품」穀品 422, 423

골동서화古董書畵 474, 475

공경公卿의 자제 297~300, 389

공공성 346, 365, 368, 370, 373, 375~378, 381~384

공동도사空同道士 399

공무중孔武仲 92

공문중孔文仲 92

공사고公使庫 233~235

공사혼융公私混融 378, 383

공수龔遂 238, 239

공안파公安派 95, 118

공열후公閱侯 377

공인 교육 380, 381, 383

공자孔子 302, 325, 326, 418, 483

공작관孔雀館 35

공평중孔平仲 92

『과농소초』課農小抄 452, 462

「『과농소초』를 진상하며 바친 글」(進課農小抄文) 456, 463

『관물편』觀物篇 105

관민혼융官民混融 383

관악산冠岳山 159, 198

『관자』管子 230, 240, 287

『관휴지』灌畦志 356, 362, 390, 468

『광송유민록』廣宋遺民錄 486

「『광송유민록』서문」(廣宋遺民錄序) 486

교감학校勘學 173, 174

「교인『계원필경집』서문」(校印桂苑筆耕集序) 49, 64, 139, 177~181, 188, 404, 485~487, 509

구가자류九家者流 225

구류九流 222

구서팔도求書八道 89, 99, 100

『구선신은서』臞仙神隱書 350, 351

구양수歐陽修 78, 79, 90, 262, 485

구양영숙歐陽永叔→구양수歐陽修

「구황삼책」救荒三策 138, 139

「구황책」救荒策 344, 345, 489, 492~494, 496

『국조보감』國朝寶鑑 119

「권응수전」權應銖傳 59, 60

귀유광歸有光 54, 485

귀희보歸熙甫→귀유광歸有光

규장각奎章閣 102, 131, 264, 281, 503, 504, 510

「규장각 대교를 사직하는 상소」(辭奎章閣 待敎疏) 61

「규장각 제학을 사직하는 상소」(辭奎章閣 提學疏) 65

『규합총서』閨閤叢書 441~444, 446

「『규합총서』 뒤에 제하다」(題閨閤叢書後) 442

「근검에도 분별이 있어야 한다」(勤儉要有 分別) 323

금강산金剛山 180, 197~200, 202, 294, 473, 507

「『금릉시초』金陵詩草 서문」(金陵詩序) 59, 60, 128, 156, 157, 194, 196, 204, 409

금릉자金陵子→남공철南公轍

「금산사」金山寺 167

『금석사료』錦石史料 110, 112, 113

금실琴室 350, 351

『금양잡록』衿陽雜錄 102

「금은보화를 가만둬서는 안 된다」(金寶莫 開藏) 333

금의산錦衣山 162

금천金川 168, 172, 455

금화金華 45~47, 505

『금화경독기』金華耕讀記 30, 33, 45~47, 58, 134, 306, 314, 317, 352, 395, 449, 454, 512

금화산장金華山庄 45, 444

『금화지비집』金華知非集 30~33, 44~51, 54~56, 61, 63, 133, 137, 228, 264, 314

『금화집』金華集 46

기린봉麒麟峰 138

기승한祁承爜 99

기윤紀昀 98, 496

기하실幾何室 242, 243, 245

「기하실 기문」(幾何室記) 128, 242, 245, 246, 253, 404

『기하원본』幾何原本 240

기하자幾何子→유금柳琴

김광수金光遂 75

김달순金達淳 57, 140, 262, 286, 414, 505

김려金鑢 50, 445, 446

김매순金邁淳 414

김부식金富軾 101

김상헌金尙憲 414

김시습金時習 38

「김씨·박씨 열부전」(金·朴二烈婦傳) 59, 60

김정희金正喜 295

김조순金祖淳 452

김창업金昌業 75

김홍도金弘道 70, 144, 145

ㄴ

나대경羅大經 167, 170, 171

「나무를 심을 때에는 적절한 시기를 놓치 지 말아야 한다」(種樹毋失時) 393

「나무 심기 노래」(種樹歌) 465

「나척동의 기이한 일」(羅尺洞記異) 128

나흠순羅欽順 90

난호蘭湖 46, 47, 506

『난호어목지』蘭湖漁牧志 31, 33, 46, 136, 315

난호초당蘭湖草堂 167, 506

「『난호화악집』에 제한 글」(題蘭湖華萼集) 63, 134

남공철南公轍 50, 51, 78, 79, 140, 145, 182, 183, 185, 188, 189, 412, 413, 415, 416, 441, 501

남산南山 79, 243, 291, 512

「남승도」攬勝圖 168, 170~172, 402, 406

「『남승도』 시권』에 제한 글」(題攬勝圖詩卷) 63, 134, 167, 402, 405, 406

남양南陽 238, 239

『남원오선생집』南園五先生集 92

남원주南園舟 376, 377

남유용南有容 41, 42

내재적 발전론 12, 13, 16~18

「『내주 임씨 족보』 서문」(萊州任氏族譜序) 486

노두老杜 → 두보杜甫

노량鷺梁 159, 162, 163

노량진 158

「노산도지」 서문」(勞山圖志序) 486

『논어』論語 284, 327, 486

『논어고금주』論語古今註 104

농가자류農家者流 222, 224, 225

『농가집성』農家集成 102

농력農曆 240

「농사를 지을 때에는 자기 힘을 헤아려야 한다」(論佃宜量力) 394

『농사직설』農事直說 102

「『농서』 서문」(農書序) 425, 426

「농업에 대한 대책문」(農對) 61, 62, 131

『농정전서』農政全書 224, 226, 229, 231, 236, 470

농학農學 12, 18, 24, 49, 118, 127, 131, 132, 134~136, 139, 141, 219, 220, 223~225, 228, 240, 241, 259, 260, 265, 310, 313, 314, 363, 364, 405, 407, 410, 425~428, 439, 448, 450, 451, 453, 455~457, 463, 480, 484, 496

뇌연雷淵 → 남유용南有容

『누판고』鏤板考 31, 100, 132, 315, 370, 504

「『능양시집』 서문」(菱洋詩集序) 461

『능엄경』楞嚴經 294

ㄷ

「다경루」多景樓 167

다료茶寮 350

다신계茶信契 429

『단궤총서』檀几叢書 168, 170, 402

「달생」達生 155

『담생당장서약』澹生堂藏書約 99

담약수湛若水 94

담원춘譚元春 51

『당문수』唐文粹 94

『당서』唐書 106, 180

당송고문唐宋古文 77, 79, 129, 131, 414, 448

『당송팔가문』唐宋八家文 78, 262, 501

『당유함』唐類函 91

『당척언』唐摭言 91

당태唐泰 92

대동 면포大同棉布 65, 137

대연俟淵(대연자俟淵子)〔서유구의 호〕 145, 146

대호帶湖 45, 285, 289, 506

『도덕지귀』道德指歸 61, 503

「『도덕지귀』 발문」(跋道德指歸) 44, 61

「도둑을 막는 여러 가지 방법」(弭盜雜術) 343, 345, 393

도륭屠隆 51

도봉산道峯山 53, 262, 505

도서圖書 41, 248, 370, 372

『도서대방록』圖書待訪錄 83

도운연濤雲硯 71

『독록당시집』獨漉堂詩集 39

「돈과 곡식을 다른 사람에게 많이 빌려주어서는 안 된다」(錢穀不可多借人) 332, 333, 335

『동관한기』東觀漢記 120

「동국남승도」東國攬勝圖 168, 171

『동국지리고』東國地理考 103

「동국천품」東國泉品 422, 423

동기창董其昌 216

동릉후東陵侯 263, 264

『동사강목』東史綱目 103, 120

『동사세가』東史世家 105, 107

『동심집』冬心集 40

동양문고東洋文庫 38, 107

동원桐原 300, 301

「동원정사 기문」(桐原精舍記) 61, 62, 133, 300, 313, 380

동월董越 191

동자원桐子原 300

두릉斗陵 33, 45, 48, 68, 142, 265, 312

두보杜甫 53, 446

『두실존고』斗室存稿 38

두우杜佑 91

둔전屯田 228, 232~235, 237, 469

둔전론屯田論 219, 232, 492

「등등사 기문」(登登舍記) 61, 62

「딸아이 노열 광전명」(女老悅壙塼銘) 60, 61

ㅁ

『마과회통』痳科會通 432

마단림馬端臨 91

마숙馬驌 93

마포痲浦 151, 162, 505, 507

마형馬熒 92

「막냇동생 사침에게 보낸 편지」(與季弟士忱書) 67, 68, 142

만언소萬言疏 371

만절연晚節硯 74

만천蔓川 158, 160, 162

『만학지』晚學志 390, 468

「망매 숙인 서씨 묘지명」亡妹淑人徐氏墓誌銘 63, 64, 291

「망실 정부인 여산 송씨 묘지명」亡室貞夫人礪山宋氏墓誌銘 63, 277, 280, 281

망해촌望海村 53, 262, 505

망행정望杏亭 355, 357, 358, 360

『매월당시 사유록』梅月堂詩四遊錄 38

매점매석(榷貨) 329, 330

『매촌가장고』梅村家藏藁 39

『매호집』梅湖集 103

『맹자』孟子 220, 264, 279

면재勉齋→황간黃幹

명고明皐(명고공明皐公)→서형수徐瀅修

『명문해』明文海 93

명물도수학名物度數學 60, 135, 136,

262, 447, 448, 480, 483, 484

『명사』明史 115

『명시종』明詩綜 93

「명오지」名塢志 422, 423

명초사걸明初四傑 92

모곤茅坤 39, 54

『모록문선생문집』茅鹿門先生文集 39

『모시강의』毛詩講義 31, 33

모장毛萇 89

모진毛晉 98

「몽수전」蒙叟傳 438

무극연無極硯 74

무기無己→진사도陳師道

무릉武陵 168

무성武城 177

무성서원武城書院 177

『문슬신화』捫蝨新話 350

『문장연요』文章練要 83

『문헌비고』文獻備考 119

『문헌통고』文獻通考 92

민중십자閩中十子 92

『민중십자시』閩中十子詩 92

「민지」澠池 167

ㅂ

박규수朴珪壽 105, 452

박세당朴世堂 157

박시수朴蓍壽 145, 149, 197

박온朴媼 278, 279

박제가朴齊家 16, 28, 104, 451, 452, 468 ~480

박종해朴宗海 110, 112

박지원朴趾源 28, 31, 32, 35, 50, 54,

104, 106, 107, 113, 122, 200, 240, 451~459, 461~468, 479

반고班固 91, 115

반관反觀 211, 215

반악潘岳 355

『반야심경』般若心經 294, 507

발해渤海 238, 239

『발해고』渤海考 103, 105, 480

밤섬 158, 160, 162, 502

『방여기요』方輿紀要 83

방폐放廢 57, 277, 282, 288, 405, 414

방폐기放廢期 44, 45, 47, 54, 57, 62, 66, 125, 133~136, 138, 139, 141, 222, 224, 225, 277, 281, 282, 286, 287, 290, 294, 313, 316, 390, 395, 403, 405, 413, 428, 439, 444

백가百家 222

백거이白居易 42

「백씨 좌소 선생에게 올려 후기候氣를 논한 편지」(上伯氏左蘇先生論候氣書) 55

백악산白岳山 241, 257, 258

『백전잡저』白田雜著 83

백향산白香山 42

번계樊溪 31, 33, 45, 46, 67, 68, 140~142, 205, 265, 312, 510, 511

『번계모여고』樊溪耄餘稿 30, 31, 51

『번계시고』樊溪詩稿 20, 21, 31~33, 46, 52, 439, 465, 512

번지樊遲 326, 327

벌열가 299, 300, 307, 402, 403, 421

범문정공范文正公→범중엄范仲淹

범승지氾勝之 223, 263

범엽范曄 115

범중엄范仲淹 230, 231, 304

범형范桁 92

법경法慶 306

법고창신法古刱新 452

법고창신론法古刱新論 28

「벗에게 보내어『주역』에 대해 논한 편지」
(與友人論易書) 481

「변법」變法 489

변법삼책變法三策 489

『병탑오언』病榻寱言 77, 302

보만공保晩公→서명응徐命膺

보만재保晩齋→서명응徐命膺

「『보만재집』발문」(保晩齋集跋) 64

『보만재총서』保晩齋叢書 57, 109, 114,
502

『보양지』葆養志 400, 441

「『보양지』인」葆養志引 399

『보한집』補閑集 104

『복수전서』福壽全書 318

복희씨伏羲氏 214, 215, 461

『본리지』本利志 16, 220, 348, 358, 362,
366, 390~392, 394, 452, 468, 478,
511

「『본리지』인」本利志引 55, 358

『본사』本史 58, 109, 114, 117, 118, 450,
451, 483, 502

「『본사』발문」(跋本史) 57, 58, 126, 451

「『본사』의 논단을 보충한 글」(本史補論斷)
58, 118, 127

『본정서』本政書 490

봉성원奉誠園 298

봉조하奉朝賀 36, 57, 67, 140, 265, 511

봉호연蓬壺硯 71

부가범택浮家汎宅 376

부용강芙蓉江 34, 127, 158, 159, 164~
167, 197, 198, 248, 253, 402, 502

「『부용강집승시』서문」(芙蓉江集勝詩序)
59, 127, 130, 166, 167, 402, 403, 405

「부용당 기문」(芙蓉堂記) 412

부용자芙蓉子〔서유구의 호〕165, 166

북계北溪→진순陳淳

「북상감회」北上感懷 224

북송北宋 92, 98

「북악변」北嶽辨 486

『북학의』北學議 104, 329, 468, 469, 471

불계원不繫園 377

「붕래에게 준 편지」(與朋來書) 63, 316

「비길사費吉士 난치蘭墀에게 보낸 답서答
書」(答費吉士蘭墀書) 35

빈사국頻斯國 82

「빌려주어 이자를 취할 때에는 적절함을
얻는 것이 중요하다」(假貸取息貴得中)
332, 333, 335

빙숙氷叔→위희魏禧

빙허각憑虛閣 이씨 66, 441~444, 446,
507

「빚지는 것을 경계하라」(戒擧債) 320, 321

ㅅ

「사견기」四堅記 63

사고전서관四庫全書館 97

『사고전서총목』四庫全書總目 85, 97, 98,
507

사광師曠 193

『사군지』四郡志 103~105, 480

『사기』史記 114~116, 134, 135, 226,

247, 264, 371, 418, 483, 501

「사대부는 마땅히 공업 제도에 유의해야 한다는 것을 논함」(論士夫宜留意工制) 382, 390, 391

「사대부 식시오관」士大夫食時五觀 308, 310, 316, 443

사서四書 371, 432, 506

『사서대전』四書大全 481

「사양」四養 318

사의식士意識 462

사촌평沙村坪 159, 162, 163

『산가청사』山家淸事 353, 373

산거경제山居經濟 456

산뢰山籟 193, 194, 196, 204

『산림경제보유』山林經濟補遺 389

『삼국사기』三國史記 101, 102

「삼복피서음」三伏避暑飮 395

삼양三楊(양사기楊士奇, 양영楊榮, 양부楊溥) 95

『삼창관집』三倉館集 33, 104

『삼충록』三忠錄 182, 183, 185, 188

삼통三通 92

『삼한총서』三韓叢書 479, 480

『상서강의』尚書講義 132, 503

상수학象數學 449

「상업은 공정함과 진실함을 최고의 가치로 삼는다」(商以公誠爲主) 329, 330

『상택지』相宅志 348

생계 134, 224, 302

「생계를 위해서는 장사를 해야 한다」(治生須貿遷) 329

『서곡후집』恕谷後集 39

서긍徐兢 191

서로수徐潞修 60, 62, 75, 77, 145, 149~153, 155, 300, 402

서릉후徐陵侯 357, 361

서명민徐命敏 291, 300

서명선徐命善 62, 300, 505

서명응徐命膺 15, 58, 74, 75, 77~79, 82, 113~118, 123, 197, 227, 240, 276, 279, 290, 291, 314, 427, 448~451, 481, 501

서분徐賁 92

서사鋤社 366

서우보徐宇輔 33, 43~45, 47, 66, 134, 140, 171, 271, 278, 281, 282, 284, 286, 294, 442

서유긍徐有肯 134, 167, 506

서유락徐有樂 58, 63, 64, 133, 140, 262, 264, 266, 287, 288, 290, 303, 305, 501

서유린徐有隣 185

서유본徐有本 60, 66, 77, 110, 247, 287, 288, 294, 442, 446~449, 502

서이수徐理修 227

서재書齋 81, 83, 141, 242, 245, 350, 352

서지보徐芝輔 167, 506, 511

서청西淸 263

서태순徐太淳 48, 272, 312, 511

서학西學 240, 243

서형수徐瀅修 35, 36, 53, 57, 75, 77, 81, 105, 113, 118~123, 129, 140, 246, 262, 267, 286, 488, 502

서호西湖 151, 262, 376

서호수徐浩修 271, 287, 427, 449, 501

「서화 골동 구입을 경계하라」(戒買玩好) 395

「서화발미」書畵跋尾 413

「「석고문」서문」(石鼓文序) 127

석귀石龜 177

선거제選擧制 374

「선박의 이로움」(船利) 329

『선실지』宣室志 306

『선천규관』先天竅管 104

선천역先天易 215

선천역학先天易學 214, 215, 449

선천학先天學 215, 310, 409, 410, 448~
    451, 459, 461, 462, 466

『설문해자』說文解字 189, 190

『설부』說郛 170, 307

『섬용지』贍用志 348, 390, 453, 469

성대중成大中 32, 34, 122

성해응成海應 105, 412, 416, 417, 421~
    425, 440, 441

『성호사설』星湖僿說 103, 105

「세검정아집도」洗劒亭雅集圖 144, 147, 148

「「세검정아집도」에 제한 글」(題洗劒亭雅集
    圖) 57, 79, 127, 149, 402, 406

세심자洗心子 60, 76

세심헌洗心軒 60, 155

「세심헌 기문」(洗心軒記) 59, 60, 155~
    157, 402, 403, 407

「세월계」歲月計 317

세존암世尊巖 258

『소대총서』昭代叢書 490

『소명문선』昭明文選 94

『소목자시삼각』小木子詩三刻 40

소부巢父 418

「소상국세가」蕭相國世家 264

소성小成 371, 374, 375

소식蘇軾 156, 196

소신신召信臣 238, 239

소실산少室山 206, 210, 211, 217

소옹邵雍 215, 275, 310, 311, 409, 410,
    461

「소완정 기문」(素玩亭記) 461

「소완정이 지은 「여름밤에 벗을 방문하고
    와서」에 화답한 글」(酬素玩亭夏夜訪友
    記) 464

소요산逍遙山 45, 168

소운경蘇雲卿 264

『소자상전집』邵子湘全集 51

소장형邵長衡 51, 488

소진蘇秦 264

소품문小品文 17, 79, 122, 496, 497, 500

소품서小品書 77

『소학』小學 371

『소화총서』小華叢書 105, 107, 141, 412

『속자치통감장편』續資治通鑑長編 93

속학俗學 121, 122

손분孫賁 92

손승은孫承恩 498

『송계삼조정요』宋季三朝政要 93

송기宋祁 91

『송문감』宋文鑑 94

『송사』宋史 112, 264

『송시초』宋詩鈔 93

송씨 부인(여산礪山 송씨) 271, 276~281,
    290, 501

「송원사」送遠辭 128, 246, 250, 251, 253

「송원사. 기하자의 죽음에 곡하며」(送遠辭.
    哭幾何子) 58, 128, 246, 404

「송원조」送遠操 246, 250

『송유민록』宋遺民錄 486

송지양宋持養 134, 276

『수경주』水經注 206

「수레의 이로움」(車利) 329

『수리정온』數理精蘊 240

「수시도」授時圖 360, 362

「수씨 단인 이씨 묘지명」嫂氏端人李氏墓誌銘 65, 66

『수여방필』睡餘放筆 104, 485

『수여연필』睡餘演筆 104

수운자水芸子 50

수전어사水佃漁社 367

『숙수념』孰遂念 104, 108, 425

숙인淑人 서씨 290, 291

「숙제叔弟 붕래朋來 묘지명」 140

「숙제 붕래에게 준 편지」(與叔弟朋來書) 63

「숙제 유락 자서」叔弟有樂字序 58

순열荀悅 91

순조純祖 137, 140, 509

「순창군수로서 왕명에 응해 올린 상소」(淳昌郡守應旨疏) 62, 130, 131

「숭품崇品을 내려 주신 것을 거두어 주시기를 청하는 상소」(乞收崇品陞授疏) 65, 140

『시경강의』詩經講義 132

『시고변』詩故辨 35, 105

시무책時務策 371

「식결」食訣 308~310, 316, 443

「식시삼사」食時三思 308, 316, 392, 443

「식시오관」食時五觀 308~310, 443

「식화의」食貨議 422

신경준申景濬 103

『신당서』新唐書 91

『신오대사』新五代史 90

「신정 향사의」新定鄕射儀 46, 47, 504, 506

「신정 향음의」新定鄕飮儀 46, 47, 504, 506

「신정 향음·향사의」에 제한 글」(題新定鄕飮鄕射儀) 63

신흠申欽 104

실용주의 401

심상규沈象奎 36, 38, 47, 59, 79, 183, 260, 265, 412, 413, 415, 416, 441

심염조沈念祖 79, 502

「심치교沈穉敎에게 보내 작은 초상화에 대한 제시題詩를 지어 달라고 청하는 편지」(與沈穉敎乞題小照書) 36, 58, 405

『십국춘추』十國春秋 91

「십삼경에 대한 대책문」(十三經對) 61, 62, 131

『십삼경주소』十三經注疏 371

「쌍충사적비」雙忠事蹟碑 185

ㅇ

『아방강역고』我邦疆域考 104

「악惡 또한 성性이라 하지 않을 수 없다는 말에 대한 논설」(惡亦不可不謂之性說) 61, 62, 130

『안문집』雁門集 39

안자顔子 306

안정복安鼎福 103, 120

안화사安和寺 168, 172

안회顔回 325

『암서유사』巖棲幽事 316

『앙엽기』盎葉記 103, 105

야기夜氣 399

『야은일고』埜隱逸稿 38

『야은집』冶隱集 38, 103

약실藥室 350

양간楊簡 94

양기楊基 92

양원楊原 285

『양잠경』養蠶經 109

양재楊載 92

『양조강목비요』兩朝綱目備要 93

양주楊州 45, 257, 507

『어양산인정화록』漁洋山人精華錄 40

엄항수嚴行首 464

여산礪山 송씨 276, 280, 290, 501

여성 실학 446, 447

『여유당집』與猶堂集 104, 105

여전론閭田論 431

『여지승람』輿地勝覽 102

『여지지』輿地志 102

『역사』繹史 93

『연감유함』淵鑑類函 91

연감재淵鑑齋 91

연계燕薊 168

『연려실기술』燃藜室記述 120

『연석』燕石 54

연암燕巖→박지원朴趾源

연암산燕巖山 168

연암일파燕巖一派 28, 106, 107, 113, 351, 447, 451, 480

『연암집』燕巖集 54, 104

연암협燕巖峽 455~457

연천淵泉→홍석주洪奭周

「연천에게 보내「좌씨변」에 대해 논한 편

지」(與淵泉論左氏辨書) 66, 67

『연천집』淵泉集 179

「연천 홍상서에게 보내『계원필경집』에 대해 논한 편지」(與淵泉洪尙書論桂苑筆耕書) 65

열상洌上 33

『열하일기』熱河日記 107, 170, 291, 329, 452~454, 467

「염파·인상여 열전」廉頗藺相如列傳 134

영가학파永嘉學派 90

영빈관迎賓館 352~354

「영성靈星과 수성壽星에 대해 제사 지내는 전례에 대해 널리 상고하여 올린 의논」(靈星、壽星祀典博攷議) 62

영수합令壽閤 서씨 446

『영재시초』泠齋詩鈔 197

『영조법식』營造法式 381

영처고甖處稿 31

영천潁川 239

영취산靈鷲山 258

『『영평이주사사』 서문」(營平二州史事序) 486

『예규지』倪圭志 5, 308, 316~319, 322~325, 328, 329, 332, 338, 339, 341~346, 391~395, 453, 454, 469

『『예규지』 인」倪圭志引 325, 359, 393, 472

『예기』禮記 126, 155, 275, 486

「예덕선생전」穢德先生傳 464

「예문관 제학을 사직하는 상소」(辭藝文館提學疏) 65

「예문지」藝文志 106, 180

예사倪思 308, 310

「예언」例言 348, 478

「예조 판서 서공 신도비명」禮曹判書徐公神
　道碑銘 44, 67, 68

오경五經 371

「오비거사 생광자표」五費居士生壙自表 63,
　67, 129, 132, 142, 265, 270~274,
　276, 311, 405, 409, 442, 449, 450,
　512

『오서산선생유집』吳書山先生遺集 39

오임신吳任臣 91

오진염吳陳琰 170

오초吳楚 168

오탄烏灘 158, 162, 163, 165

옥형차玉衡車 229

온각䲆閣 350, 360, 371

「온돌 제도」(堗制) 454

『옹계록』翁季錄 83

옹방강翁方綱 71

『완영일록』完營日錄 132, 137, 226, 364

완재정宛在亭 138

「완재정 기문」(宛在亭記) 64, 138

왕공王恭 92

「왕부 보만재 선생 제문」(祭王父保晩齋先
　生文) 57

왕사진王士禛 37, 40, 42, 98, 261

왕수인王守仁 90

왕여겸汪汝謙 377

왕정王楨 360

『왕정농서』王楨農書 356, 366

왕정보王定保 91

왕좌王佐 92

왕칭王偁 92

왕포王褒 92

왕필王弼 89

요민倖民 422

용골차龍骨車 229

「용만 백일원 절목 후지」龍灣百一院節目後
　識 62

「용만 팔일당 약」龍灣八一堂約 62

용미차龍尾車 229

용봉사龍鳳寺 474

용산龍山 33, 82, 502

용조龍爪 228

용주溶洲 58, 60, 81, 82, 157, 158, 262,
　502, 503

용주연龍珠硯 71

용주자溶洲子 60

용주정사溶洲精舍 302

「우사영정 기문」(又思潁亭記) 65, 66

우집虞集 92

우초당雨蕉堂 197

「우초당 기문」(雨蕉堂記) 79, 127

우초연雨蕉硯 71, 72, 79

우초자雨蕉子→박시수朴蓍壽

운경雲卿 263

『운부군옥』韻府群玉 91

원굉도袁宏道 51, 121, 122, 415

『원교필결』圓嶠筆訣 102, 105

『원문류』元文類 94

『원사』元史 112

원사대가元四大家 92

원섭袁燮 94

『원시선』元詩選 93

『원씨세범』袁氏世範 304, 305, 316, 320,
　321, 331~335, 338, 340~343

원중랑袁中郎→원굉도袁宏道

원채袁采 305

원표袁表 92

『위사』緯史 114

『위선지』魏鮮志 362, 511

『위숙자문집』魏叔子文集 489

위열왕威烈王 93

위학성魏學誠 174

위희魏禧 28, 54, 113, 150, 153, 344~
346, 447, 480, 488, 489, 491~496,
500

「위희·소장형전」魏禧·邵長蘅傳 59, 60

유가자류儒家者流 225

「유군 묘명」柳君墓銘 60, 61, 128, 253,
404

「유군 탄소 제문」(祭柳君彈素文) 58, 59

유금柳琴 59, 70, 128, 158, 241~253,
257, 259, 351, 451, 501~503

유득공柳得恭 103, 248, 451, 480

유리창琉璃廠 474

『유산집』遺山集 174, 175

유상대流觴臺 177

유식층遊食層 417, 421~425, 471

유안기庾安期 91

유언호兪彦鎬 38, 54

유우석劉禹錫 209

유종원柳宗元 196, 262, 289

유종주劉宗周 94

유준양柳遵陽 241, 254~257, 259

유중루劉中壘→유향劉向

유진劉珍 120

『유통고서약』流通古書約 99

유한준兪漢雋 54

『유항시집』柳巷詩集 103

유향劉向 262, 263

유형원柳馨遠 373, 374

육구연陸九淵 94

육귀몽陸龜蒙 42

육롱기陸隴其 94

육수성陸樹聲 77, 302

「60세 초상화에 스스로 제題한 글」(自題
六十歲眞) 449

육전어사陸佃漁社 367

『육주약선』陸奏約選 132

육채陸采 51

육천수陸天隨 42

윤씨 부인 290

윤원동尹遠東 291

윤종문尹鍾文 429

윤종억尹鍾億 429, 431

「윤현로61세 생일 수서壽序」(尹顯老六十一
初度序) 67

율려律呂 89, 247

『은송당집』恩誦堂集 39

음경현陰勁弦 91

「음산대렵도」陰山大獵圖 70

의고주의擬古主義 116~118

「의상경계책」擬上經界策 49, 63, 64, 132,
139, 222, 228, 236, 239, 240, 311,
343, 345, 403, 406, 407, 438, 439,
492, 493, 496

의숙義塾 368~375, 378

「의정부 영의정 문숙 심공 묘지명」議政府
領議政文肅沈公墓誌銘 38

이경윤李慶允 74

이계심李啓心 438

이광지李光地 98

이규경李圭景 66, 107

이규보李奎報 103

이긍익李肯翊 120

이덕李德 92

이덕무李德懋 31, 34, 50, 103, 104, 107, 120, 175, 245, 451, 480

이동양李東陽 95

「이릉에서 일찍 출발하다」(二陵早發) 167

이만수李晩秀 50, 75

이명기李命基 36, 38, 260

『이백집』李白集 485

이병연李秉淵 75

이비연李泌淵 412

『이상국집』李相國集 103

이생李生 36, 145, 260

이서구李書九 104

이성의李聖儀 32

이소군李少君 306

이순신李舜臣 182~184

이심전李心傳 93

『이아』爾雅 191, 371

이안눌李安訥 74

이암李嵒 103

이영각邇英閣 263

이용후생利用厚生 329, 438, 467, 469

이용후생론利用厚生論 315, 379, 381, 404, 432, 452~455, 462, 468, 470

이용후생학利用厚生學 15, 16, 18, 28, 315

「이우산에게 보내 고문상서古文尙書에 대해 논한 편지」(與李愚山論尙書古文書) 58, 59, 127

「이우산에게 보내 '深衣續鉤邊'에 대해 논한 편지」(與李愚山論深衣續鉤邊書) 59,

60, 127

「『이운각시』梨雲閣詩 서문」(梨雲閣詩序) 127, 150, 153, 402, 403

『이운지』怡雲志 17, 348, 350, 351, 355, 358, 364, 365, 368, 370, 375, 376, 384, 395, 406, 453, 467

「『이운지』 인引」 384

이유원李裕元 22, 35, 47, 48, 351

이의준李義駿 34, 145, 262, 412

이이장李彛章 444

이익李瀷 103

이인로李仁老 104

이인문李寅文 70

이정李霆 74, 75

이정섭李廷燮 75, 276

이제현李齊賢 167, 170~172

「이조판서를 사직하는 상소」(辭吏曹判書疏) 65

이지李贄 121, 122

이탁오李卓吾 → 이지李贄

이하곤李夏坤 75

이한李漢 180

이희경李喜經 59, 451

『익재난고』益齋亂藁 38

『인물고』人物考 119

『인사통』人事通 322, 330, 343~345

「인색함을 경계하라」(戒鄙嗇) 324

인암시존訒葊詩存 40

「일계」日計 317

「일록」日錄 490

『일지록』日知錄 173, 481, 485

임원林園 126, 133~135, 140, 298~301, 313~315, 347, 348, 385, 389, 390,

398, 433, 437, 473, 477

임원경제林園經濟 21, 356~359, 364, 379, 380, 382~384

『임원경제지』林園經濟志 5, 13~20, 23, 26, 30, 33, 45, 70, 74, 129, 133~135, 141, 170, 216, 220, 222, 267, 268, 314, 315, 336, 347~351, 354, 358, 362~364, 368, 370, 373, 378, 382, 384, 388, 389, 391, 392, 394, 395, 398, 401, 402, 405, 406, 408, 410, 423, 427, 433, 438, 441~443, 446, 452, 454, 466~468, 478, 481, 484, 493, 500, 511, 512

임원경제학林園經濟學 5, 6, 26, 27, 314, 315, 316, 348~350, 354, 355, 359, 360, 370, 377, 378, 383, 384, 390, 395, 398, 399, 401~408, 410~412, 414, 416, 423, 424, 426, 432~434, 436, 437, 440, 441, 445~448, 455, 462, 467, 468, 476, 488

임윤지당任允摯堂 445, 446

임피현臨陂縣 286, 507

임홍林鴻 92

임홍林洪 353

임훈林勳 490

ㅈ

자공子贛 418

자립적 삶 296, 338, 347, 349, 360, 364, 365, 368, 376, 378, 383, 384, 386, 390, 391, 404, 407, 408, 410, 411, 422, 423, 426, 428, 432, 440, 448, 450, 451, 455, 457, 458, 462, 465,

466, 468, 484

자모전子母錢 320, 337, 429

자연경自然經 27, 83, 141, 205, 207, 210, 213, 216~219, 310, 408~410, 428, 436, 459, 461, 468

자연경실自然經室 51, 67, 83, 105, 141, 205~208, 216, 217~219

「자연경실 기문」(自然經室記) 67, 141, 205, 213, 215, 216, 218, 219, 410, 449, 466, 467

자연경실본自然經室本 104, 105, 412

자연철학 275, 311, 428, 437, 459, 467

「자이열재 기문」(自怡悅齋記) 31, 67, 141, 204

「자인」自引 34~36, 47

「자전자궁慈殿慈宮께서 경모궁景慕宮에 납실 때 마땅히 행해야 할 의절儀節을 널리 상고하여 올린 계啓」(慈殿慈宮詣景慕宮時, 合行儀節博考啓) 62, 130

「자찬묘지명」自撰墓誌銘 438

자편自編 문집 50

「자표」自表 449, 450

자호慈湖→양간楊簡

『작비암일찬』昨非庵日纂 324

『잠사』蠶史 109, 114, 116, 118

「잠서지」蠶書志 109, 114, 118

「잡설」雜說 490

장경지藏經紙 475

장방기張邦奇 51

장서藏書 81, 82, 84, 89, 90, 95, 96, 100, 104, 105, 108, 110, 369

장서가藏書家 17, 21, 69, 87, 95, 110, 143, 413

장열張悅 498

장우張羽 92

「장원경의 처 심씨를 위해 지은 고시」(古詩, 爲張遠卿妻沈氏作) 445

『장자』莊子 155~157, 194, 210, 212, 214~216, 377, 409

장적교여長狄僑如 306

장조張潮 490, 492

「장천용전」張天慵傳 438

장하자漳河子 197, 198, 203

「장하자의 거문고에 새긴 글」(漳河子琴銘) 128, 197

장형張鎣 498

재도론載道論 414, 438

재료정사齋寮亭榭 350

「재유」在宥 210

저동죽서苧東竹西 291

저현苧峴 78, 501

「전가십이월령가」田家十二月令歌 20, 439, 512

「전가월령표」田家月令表 360, 362

「전가월령후가」田家月令後歌 20, 439

전겸익錢謙益 51, 196, 415

『전공지』展功志 441, 453, 468

『전국책』戰國策 134, 135, 264

전당錢塘 35

『전당시』全唐詩 93

전라도 관찰사 138, 139, 226, 509

전록생田祿生 103

「전산을 둘 때 꼭 기름진 땅을 고집할 필요는 없다」(置田不必膏腴) 393

「전산을 둘 때 중요한 다섯 가지」(置田五要) 393

「전산을 팔아서는 안 된다」(田産不宜鬻賣) 393

「전산의 경계는 마땅히 분명하게 해야 한다」(田産界至宜分明) 393

『전어지』佃漁志 390, 452, 453, 468, 469

전재법剪裁法 134

전주全州 138

「전토가 보배로 여길 만한 것임을 논함」(論田上可寶) 393

『전한기』前漢紀 91

『절강서록』浙江書錄

「절검이 수명을 연장시킨다」(節儉延壽) 316

절서浙西 334

절충주의 354, 384, 401

정경우鄭耕愚 291, 504

정극근程克勤 486

『정림집』亭林集 485

정민시鄭民始 291

정약용丁若鏞 33, 104, 240, 337~339, 412, 416~418, 429~441, 447, 497

정원시鄭元始 291

정유재란丁酉再亂 182

정인지鄭麟趾 101

정정鄭定 92

정조正祖 46, 56, 101, 102, 122, 131, 132, 140, 182, 185, 263, 287, 291, 370, 415, 428, 437, 450, 492

『정조지』鼎俎志 14, 441, 453

정주학程朱學 414, 415, 427

정창사鄭昌師 291

정창유鄭昌兪 291

정초鄭樵 91

정학연丁學淵 33, 104, 412

정현鄭玄 89, 262

「정형」井陘 167

제경욱諸景彧 182, 188

「제과책」制科策 489

제량劑量 307, 308, 316~318, 323, 324,
　335, 394, 395

제말諸沫 182, 183

「제물론」齊物論 156, 157, 194

『제민요술』齊民要術 226

제안국諸安國 182, 183

제자학諸子學 240

제홍록諸弘祿 139, 182~185, 187, 189,
　403, 404

조개趙介 92

조계인趙季仁 167, 170

조공무晁公武 97

조설범趙雪颿 34~36

조식법調息法 399

조안규趙安逵 253, 257, 259

조용曹溶 99

조정연調鼎硯 74

「조주경계장」條奏經界狀 240

조채晁采 376

조학전曹學佺 51

종두법種痘法 432

「종부제 유영 자서」從父弟有榮字序 58

종수가種樹歌 20

『종저보』種藷譜 30, 64, 132, 134, 138,
　226, 315, 509

『『종저보』 서문」(種藷譜序) 49, 64, 137,
　226

『좌구논단』左邱論斷 36, 502

「좌씨변」左氏辯 48, 66~68

『좌전』左傳 293

『좌전경세』(左傳經世) 83

『『좌전두해보정』 서문」(左傳杜解補正序)
　486

「주관」周官 119

주령酒令 170, 172, 402, 405, 406

『주례』周禮 129, 240

주명덕朱明德 486

주비학周髀學 247

『주역』周易 214, 449, 481

『주역강의』周易講義 132, 503

주원周元 92

주이준朱彝尊 98

「주자 묵적 발문」(跋朱子墨蹟) 127

『주자서절약』朱子書節約 132

수자학파朱子學派 90

주지번朱之蕃 165

주희朱熹 94, 131, 173, 240, 241, 262,
　400

죽서竹西 71, 79, 82, 157, 502

「죽은 아내를 이장移葬하며 지은 제문」(祭
　亡室遷窆文) 64

「죽은 아들 묘지명」(亡兒墓誌銘) 66

「죽은 아들 생일 제문」(祭亡兒生日文) 65,
　282

「죽은 아들을 이장하며 지은 제문」(祭亡子
　遷窆文) 64

「죽은 아들의 공령함功令函에 적은 글」(書
　亡兒功令函) 65, 66

죽정竹亭 73, 80

준삽濬鍤 228

『준생팔전』遵生八牋 352, 371, 377

준평準平〔서유구의 자字〕 33

중경문고中京文庫 55

「중부 명고 선생 자지 추기」仲父明皐先生自誌追記 67

「중부 오여 선생 제문」(祭仲父五如先生文) 44, 64, 140, 286

증공曾鞏 156, 485

『증보산림경제』增補山林經濟 320, 321

「증수『용만지』발문」(跋增修龍灣志) 62

「지락」至樂 155

『지부족재총서』知不足齋叢書 99, 506

「지북유」知北遊 214

「「지북제시도」 제기題記」(池北題詩圖記) 57, 60, 127, 156, 157

「지팡이에 새긴 글」(杖銘) 58, 128

진계유陳繼儒 498~500

진관秦關 168

진량陳亮 92

진사도陳師道 52, 53

『진서』晉書 307

진순陳淳 94

「진잠鎭岑에 부임 가는 족숙 이수理修를 전송하는 글」(送族叔理修之任鎭岑序) 61

진주성晉州城 184

진진손陳振孫 97

『진체비서』津逮秘書 98

진화陳澕 103

ㅊ

차여택此予宅 376, 377

『참동계』參同契 400

창힐蒼頡 82, 83

채제공蔡濟恭 50

『천경당서목』千頃堂書目 97

『천공개물』天工開物 381

「천도」天道 214

『천록임랑서목』天錄琳琅書目 97

「천론」天論 209

천주봉天柱峰 158~160, 162, 197, 198

천축天竺 258

『철성연방집』鐵城聯芳集 103

첨포루瞻浦樓 355, 357, 360~362, 364, 366

『청강삼공집』清江三孔集 92

청량산清凉山 168

『청령국지』蜻蛉國志 103, 105

「『청령국지』 서문」(蜻蛉國志序) 127

『청비록』清脾錄 104

「청심정 기문」(清心亭記) 156

청초清初 3대가 488

초계문신抄啓文臣 131

초계응제문抄啓應製文 62, 129~131

『초사담헌』草榭談獻 105

「초상화를 그리는 화가에게 준 서문」(贈寫眞者序) 41

「초연대 기문」(超然臺記) 156

「촉도」蜀道 167

최자崔滋 104

최치원崔致遠 103, 167, 168, 171, 172, 174~182, 189, 485, 487

『추담소고』秋潭小藁 33, 34, 43, 512

『추담집』秋潭集 43

추자도楸子島 262, 286, 505

「춘왕정월변」春王正月辨 48

충선왕忠宣王 167

충정공忠正公→이이장李彛章
취진당聚珍堂 368~370, 372, 378
취진자聚珍字 177, 510
치교穉敎→심상규沈象奎
「치사致仕를 청하는 상소」(乞致仕疏) 66,
140
치익穉翼→서지보徐芝輔
『칠략』七略 97
「칠보에게 보임」(示七輔) 44, 67, 142

ㅌ

탄소彈素→유금柳琴
「탄은 묵죽도 병풍 기문」(灘隱墨竹屛記)
75
태극실太極室 71
태산현泰山縣 177
「태손에게 보임」(示太孫) 67, 68, 142
『태평어람』太平御覽 82, 264
「태학생 조군 묘지명」太學生趙君墓誌銘
128
『택리지』擇里志 329
『통감기사본말』通鑑紀事本末 93
『통전』通典 91
『통지』通志 89, 91
통차筒車 229

ㅍ

파촉巴蜀 168
『파한집』破閑集 104
「『팔자백선』 서문」(八子百選序) 61, 62,
130, 131
『패문운부』佩文韻府 91
패문재佩文齋 91

편장법篇章法 129, 130, 134, 148, 218,
273
평점본評點本 35
평천장平泉莊 298
『포은집』圃隱集 38
포정圃亭 355~357
포희씨包犧氏 214, 459
『풍석고협집』楓石鼓篋集 30~36, 38~40,
43~45, 47~52, 55, 57, 60, 79, 118,
126, 157, 197, 260, 314, 503
풍석암楓石庵 81~83
풍석암서옥본楓石庵書屋本 56
『풍석전집』楓石全集 30~35, 43, 44, 47~
51, 54~56, 107, 138, 179, 228, 293,
439, 512
「『풍석집』 서문」(楓石集序) 35
풍석체楓石體 22
풍유납馮惟納 93
「필세설」筆洗說 467
「필세에 새긴 글」(筆洗銘) 128

ㅎ

하양河陽 356
하증何曾 306, 307
「학기」學記 126
『학림옥로』鶴林玉露 170
학림정鶴林正 74
학산鶴山 60, 193, 442
학전學田 372
한산韓山 이씨 287, 444, 501
『한서』漢書 91, 109, 114~116, 120, 371,
470, 495
한수韓脩 103

한유韓愈 180

한음漢陰 355, 356

한전론限田論 489, 491, 492

「한전책」限田策 489~492

합천군陜川郡 177

항승차恒升車 229

「『해거재시초』서문」(海居齋詩鈔序) 49, 64, 508

『해동명신록』海東名臣錄 119

행포사杏蒲社 365~368

『행포지』杏蒲志 30, 33, 134, 315, 363, 496

「『행포지』서문」(杏蒲志序) 64, 220, 310, 403, 406, 450, 507

향교鄕校 373

『향조필기』香祖筆記 42

「향촌에 살면서 마땅히 공업을 익혀야 한다는 것을 논함」(論鄕居宜訓工) 379, 391

「허생전」許生傳 329

허유許由 418

혈재絜齋→원섭袁燮

「형님 62세 생신 제문」(伯氏六十二歲初度日祭文) 63, 287

「형악비」衡岳碑 탑본榻本 70

「형조 판서로 재직했을 당시, 참판參判 임존상任存常, 참의參議 이경재李景在와 함께 올린 연명聯名 상소」(刑曹判書時與參判任存常、參議李景在聯名上疏) 65

「호남의 부포賦布를 돈으로 대신 바치게 할 것을 청하는 상소」(請湖南賦布蠲代疏) 65, 137

「호조 판서를 사직하는 상소」(辭戶曹判書疏) 65

홀원笏園 76

홀원자笏園子→서로수徐潞修

홍경래洪景來 182

홍경모洪敬謨 30, 34, 44, 51, 512

홍국영洪國榮 455, 457

홍기문洪起文 456

홍길주洪吉周 104, 107, 183, 185, 187, 188, 350, 412, 416, 419~421, 424~428, 440, 441, 446, 485

홍대용洪大容 455~457

「홍문관 부제학을 사직하는 상소」(辭弘文館副提學疏) 62

「홍범」洪範 325

홍붕洪朋 92

홍석주洪奭周 35, 66, 67, 103, 105~107, 177, 179, 180, 183, 412, 414~416, 427, 441, 446, 485, 487, 508, 509, 512

홍염洪炎 92

홍우洪羽 92

홍제천弘濟川 146, 147

홍직필洪直弼 183, 185, 188

홍추洪芻 92

화방畵舫 376

화산서림華山書林 32

「화식열전」貨殖列傳 226, 325, 418

화악 대사華嶽大師 294, 295

화엄학華嚴學 295

『화영일록』華營日錄 67, 132, 137, 138, 226, 364

「화정부인전」和靖夫人傳 60

화통化統 47

화희민華希閔 175

환담桓譚 263

환성암喚醒庵 241, 257~259

「환성암 사리탑명」喚醒庵舍利塔銘 59, 60,
　　128, 257, 259, 404

환실闤室 350

황간黃幹 94, 170

『황극경세서』皇極經世書 215

황산곡黃山谷→황정견黃庭堅

황소黃巢 175, 177

황우직黃虞稷 97

황원黃元 92

황정견黃庭堅 92, 308, 310, 316, 443

황종희黃宗羲 93

황철黃哲 92

황패黃霸 238, 239

『황패문기』皇霸文紀 94

「황하」黃河 167

회남왕淮南王 109

『효경』孝經 371

후칠자後七子 95, 116, 118

『후한기』後漢紀 91

『후한서』後漢書 115, 470

흥양현興陽縣 286, 505